D0905976

Título original: *A Taste of Death*
Traducción: Esteban Riambau Saurí
1.ª edición: junio, 2016

© P. D. James, 1986
© Ediciones B, S. A., 2016
   para el sello B de Bolsillo
   Consell de Cent, 425-427 – 08009 Barcelona (España)
   www.edicionesb.com

Printed in Spain
ISBN: 978-84-9070-268-0
DL B 8796-2016

Impreso por NOVOPRINT
         Energía, 53
         08740 Sant Andreu de la Barca - Barcelona

Sabor a muerte

P. D. JAMES

A mis hijas Clare y Jane,
y en recuerdo de su padre,
Connor Bantry White

Nota de la autora

Presento mis excusas a los habitantes de Campden Hill Square por mi atrevimiento al erigir allí una casa de sir John Soane y romper con ello la simetría de sus terrazas, y a la Diócesis de Londres por introducir, a modo de aportación a las necesidades pastorales, una basílica de sir Arthur Blomfield, con su campanario, en las orillas del canal Grand Union. Otros lugares descritos son identificables como parte de Londres. Por consiguiente, tiene especial importancia manifestar que todos los acontecimientos descritos en la novela son ficticios, y que todos sus personajes, vivos y muertos, son imaginarios.

Expreso mi agradecimiento al director y empleados del Laboratorio de Ciencia Forense de la Policía Metropolitana, por su generosa ayuda en cuanto a los detalles científicos.

Algunos pueden mirar sin mareo
Pero yo jamás aprendería el juego
Digamos pues que sangre y respiración
Hacen que a la muerte se cobre afición.

A. E. Housman

PRIMERA PARTE

MUERTE DE UN BARONET

Los cadáveres fueron descubiertos a las nueve menos cuarto de la mañana del miércoles, dieciocho de septiembre, por la señorita Emily Wharton, una solterona de sesenta y cinco años perteneciente a la parroquia de Saint Matthew de Paddington, Londres, y por Darren Wilkes, de diez años de edad, sin parroquia en particular, que él supiera. Esta pareja inusual había abandonado el piso de la señorita Wharton en Crowhurst Gardens, poco antes de las ocho y media, para recorrer a pie el medio kilómetro que separaba el canal Grand Union de la iglesia de Saint Matthew. Una vez allí, la señorita Wharton, como hacía todos los miércoles y viernes, tenía que retirar las flores marchitas del jarro situado ante la estatua de la Virgen, quitar las gotas de cera y los restos de cirios de los candelabros de bronce, limpiar el polvo de las dos filas de sillas de la capilla de Nuestra Señora, que era el lugar adecuado para la pequeña congregación esperada en la primera misa de aquella mañana, y tenerlo todo a punto para la llegada del padre Barnes, a las nueve y veinte minutos.

Fue en una misión similar, siete meses antes, cuando conoció a Darren. Éste estaba jugando solo en el camino de sirga, si cabe llamar juego a una ocupación tan inútil como la de arrojar latas de cerveza vacías al canal, y ella se detuvo para darle los buenos días. Tal vez él se sintió sorprendido al verse saludado por una persona adulta que no le reprendió ni le asaltó a preguntas. Cualquiera que fuese la razón, lo cierto es que, tras dedicarle una primera mirada inexpresiva, se sintió atraído por ella, siguiéndola primero discretamente, más tarde describiendo círculos a su alrededor, como hubiera podido hacerlo un perro extraviado, y finalmente trotando a su lado. Cuando llegaron los dos a la iglesia de Saint Matthew, él la siguió al interior del templo con tanta naturalidad como si aquella mañana hubieran emprendido juntos el camino desde el principio.

Aquel primer día, la señorita Wharton pudo constatar que él jamás había estado antes en una iglesia, pero ni entonces ni en ninguna otra de las subsiguientes visitas mostró el niño la menor curiosidad acerca de su finalidad. Recorrió alegremente la sacristía y el cuarto de las campanas mientras ella atendía sus obligaciones, observó con expresión crítica cómo disponía los seis narcisos rodeados de hojas en el jarrón a los pies de la Virgen, y presenció con la total indiferencia propia de la infancia las frecuentes genuflexiones de la señorita Wharton, interpretando sin duda aquellos súbitos movimientos como una manifestación más de los hábitos peculiares de los adultos.

Pero ella le volvió a encontrar en el camino de sirga la semana siguiente, y también la otra. Después de la tercera visita, sin que terciara ninguna invitación, el niño regresó con ella a su casa, y compartió con ella su lata de sopa de tomate y sus filetes de pescado.

El almuerzo, como una comunión ritual, confirmó la curiosa y mutua dependencia que, sin mediar palabra al respecto, les unía. Para entonces, ella sabía ya, con una mezcla de gratitud y ansiedad, que el niño había llegado a serle necesario. En sus visitas a Saint Matthew, él siempre abandonaba la iglesia, misteriosamente presente un momento y desaparecido al siguiente, cuando empezaban a entrar en ella los primeros feligreses. Después de la misa le encontraba matando el tiempo en el camino de sirga, y él se reunía con ella como si en ningún momento se hubieran separado. La señorita Wharton jamás había mencionado su nombre al padre Barnes ni a ninguna otra persona de Saint Matthew y, que ella supiera, tampoco él había mencionado el de ella en su mundo secreto infantil; sabía ahora tan poco sobre él, sus padres y su vida, como el primer día en que se encontraron.

Sin embargo, esto había ocurrido hacía ya siete meses, una fría mañana de mediados de febrero, cuando los arbustos que flanqueaban el camino del canal, separándolo del municipio vecino, eran todavía enmarañados matorrales de espino carente de vida; cuando las ramas de los fresnos estaban cubiertas de brotes negros, tan cerrados que parecía imposible que un día pudiera salir el verde de ellos; y las delgadas y desnudas ramas de los sauces, colgantes sobre el canal, trazaban delicadas plumas en la rápida corriente. Ahora, el verano empezaba ya a mostrar tonos pardos, camino del otoño. La señorita Wharton, cerrando brevemente los ojos mientras caminaba sobre la alfombra de hojas caídas, pensó que todavía podía oler, predominando sobre el olor del parsimonioso curso del agua y de la tierra húmeda, un vestigio de las primeras flores del saúco. Era ese olor el que, en las mañanas estivales, más claramente la llevaba con el pensamiento a los caminos de su infancia en Shropshire. Aborrecía el comienzo del invierno y, mientras caminaba esa mañana, le había parecido olfatear su aliento en el aire. Aunque hacía una semana que no llovía, el camino estaba resbaladizo a causa del fango, que amortiguaba el ruido de los pasos. Caminaban bajo las hojas en un silencio ominoso, e incluso el discreto piar de los gorriones quedaba amortiguado. Sin embargo, a su derecha la orilla del canal todavía mostraba el verdor estival, con hierbas que crecían abundantemente sobre las cubiertas de neumáticos rajadas, los colchones abandonados y los jirones de tela que se pudrían por debajo de ellas, y las inclinadas ramas de los sauces dejaban caer sus delgadas hojas sobre una superficie que parecía demasiado aceitosa y estancada para poder absorberlas.

Eran las nueve menos cuarto y se estaban aproximando a la iglesia, pasando ahora por uno de los bajos túneles que flanqueaban el canal. Darren, que tenía manifiesta predilección por esta parte del camino, lanzó un grito de alegría y se adentró en el túnel, buscando sus ecos y pasando las manos, como pálidas estrellas de mar, a lo largo de las paredes de ladrillo. Ella siguió a aquella silueta saltarina, casi temiendo el momento de atravesar el arco que había de conducirla a aquella oscuridad claustrofóbica y húmeda, con olor a río, y que le permitiría oír, con una intensidad fuera de lo corriente, los lengüetazos del agua del canal junto a las piedras de la orilla, así como el lento goteo del agua desde el techo. Aceleró el paso y, poco rato después, la media luna luminosa en el extremo del túnel se había ensanchado para acogerles de nuevo a la luz diurna, y el niño volvió a su lado, temblando.

—Hace mucho frío, Darren —dijo ella—. ¿No deberías ponerte la capucha?

Él encogió sus delgados hombros y meneó la cabeza. A la señorita Wharton la sorprendía lo poco que llevaba el pequeño como ropa de abrigo, y la indiferencia que demostraba ante el frío. A veces, le parecía que el niño prefería vivir sometido a un escalofrío perpetuo. A lo mejor, abrigarse en una fría mañana de otoño era algo considerado poco viril, y por otra parte tenía muy buen aspecto con su tabardo provisto de capucha. Se sintió aliviada la primera vez que apareció con él; era una prenda de un azul chillón con rayas rojas, cara y evidentemente nueva. Un signo tranquilizador de que la madre a la que ella nunca había visto y de la que él nunca hablaba, trataba de prodigarle los debidos cuidados.

El miércoles era el día que ella destinaba a cambiar las flores, y aquella mañana llevaba un ramito de rosas, envuelto en papel de seda, y otro de pequeños crisantemos blancos. Los tallos estaban húmedos y notaba cómo se filtraba la humedad a través de sus guantes de lana. Las flores estaban todavía en capullo, pero una de ellas empezaba a abrirse y eso le produjo una evocación transitoria del verano, que traía consigo una antigua ansiedad. Darren solía llegar a aquellas citas matinales en la iglesia con un obsequio floral. Le dijo que las flores procedían de la casa de campo del tío Frank, en Brixton. Sin embargo, ¿sería verdad? Y además, estaba aquel salmón ahumado, su obsequio del último viernes, que le entregó directamente poco antes de la hora de la cena. Le explicó que se lo había dado el tío Joe, que era el propietario de un café en el camino de Kilburn. Sin embargo, aquellas lonchas, tan jugosas y deliciosas, así como la bandeja blanca en que estaban depositadas, tenían completa semejanza con todo lo que ella había contemplado, con un anhelo sin la menor esperanza, en Marks and Spencer, con la excepción de que alguien había arrancado la etiqueta. El niño se sentó ante ella, observándola mientras comía, haciendo una mueca extravagante de disgusto cuando ella sugirió que compartieran el manjar, pero mirándola fijamente, con una satisfacción concentrada, casi airada; algo semejante, pensó ella, a la madre que observa a su hijo convaleciente cuando éste toma sus primeros bocados sólidos. Sin embargo, ella se lo comió todo, y, con aquel sabor delicioso todavía presente en su paladar, le había parecido una ingratitud interrogarlo a fondo. Sin embargo, los obsequios se estaban sucediendo cada vez con mayor frecuencia. Si le traía más cosas, sería preciso tener una breve charla con él.

De pronto, el niño lanzó un grito, echó a correr con todas sus fuerzas hacia adelante y de un salto se plantó en la orilla. Allí se quedó balanceándose, temblorosas sus delgadas piernas, con aquellas zapatillas de deporte, blancas y de suela gruesa, que ofrecían un aspecto incongruentemente pesado para aquellas piernecillas huesudas. Solía mostrar esos repentinos brotes de actividad, adelantándose a la carrera para ocultarse entre las matas y saltar después hacia ella, brincando sobre los charcos de agua, buscando botellas rotas y latas de conserva en la cuneta y arrojándolas al agua con una energía desesperada. Ella fingía asustarse cuando él se presentaba pegando un brinco, le aconsejaba que tuviera cuidado cuando trepaba por alguna de las ramas más inclinadas y cuando se colgaba de ella, casi rozando el agua. Sin embargo, en realidad disfrutaba con aquella vitalidad. Resultaba menos preocupante que el letargo que tan a menudo parecía apoderarse de él. Ahora al contemplar su cara, con aquellas muecas de mono, mientras se balanceaba con los dos brazos, retorciendo frenéticamente el cuerpo y mostrando el blanco plateado de su delicada caja torácica bajo la pálida piel, allí donde la chaqueta se separaba de sus pantalones vaqueros, la señorita Wharton experimentó una sensación de cariño tan dolorosa como una lanzada en su corazón. Y con el dolor volvió aquella antigua ansiedad. Cuando el niño se dejó caer junto a ella, le preguntó:

—Darren, ¿estás seguro de que a tu madre no le importa que vengas a Saint Matthew para ayudarme?

—Qué va, ya le dije que no pasa nada.

—Es que vienes a mi casa muy a menudo. A mí me gusta, pero ¿estás seguro de que a ella no le importa?

—Mire, ya se lo he dicho muchas veces. No pasa nada.

—Sin embargo, ¿no sería mejor que fuese a verla, sólo para conocerla y para que sepa con quién estás?

—Ya lo sabe. Además, no está en casa. Ha ido a visitar a mi tío Ron, de Romford.

Otro tío. Ya no sabía ni cómo llevar la cuenta de ellos. Entonces, surgió en ella nueva ansiedad.

—¿Quién cuida de ti, Darren? ¿Quién hay en tu casa?

—Nadie. Duermo con una vecina hasta que ella regresa. Estoy la mar de bien.

—¿Y la escuela de hoy?

—Ya se lo he dicho. No tengo que ir. Es fiesta, ¡hoy es fiesta! ¡Ya se lo he dicho!

Su voz había alcanzado un tono alto, casi histérico. Entonces, al ver que ella no hablaba, se puso a su lado y le explicó con más calma:

—Hoy venden Andrex a cuarenta y ocho peniques la doble ración de panecillos, en Notting Hill. En aquel supermercado nuevo. Si le interesa, puedo conseguirle un par de panecillos.

Ella pensó que el niño debía de pasar mucho tiempo en los supermercados, comprando para su madre, en su camino de regreso a casa al salir de la escuela. Tenía una habilidad especial para encontrar gangas, y siempre le hablaba de ofertas especiales en los artículos más baratos. Contestó:

—Procuraré ir allí yo misma, Darren. Se trata de un precio muy interesante.

—Sí, eso es lo que pensé. Es un buen precio. Es la primera vez que veo venderlos a menos de cincuenta peniques.

Durante casi todo el camino, el objetivo de ambos había estado a la vista: la cúpula de cobre verdoso del campanario de aquella extraordinaria basílica románica de Arthur Blomfield, construida en 1870, junto a aquella indolente arteria urbana acuática, con tanto aplomo como si la hubiera erigido junto al Gran Canal de Venecia. En su primera visita a Saint Matthew, nueve años antes, la señorita Wharton había decidido que convenía admirarla, puesto que era su iglesia parroquial y ofrecía lo que ella describía como privilegios católicos. A partir de entonces, había apartado con firmeza de su mente la arquitectura del edificio, junto con sus recuerdos de arcos normandos, retablos de talla y las familiares torres del estilo inglés primitivo. Creía que se había acostumbrado ya a él, pero todavía se sentía levemente sorprendida cuando veía al padre Barnes acompañar a grupos de visitantes, expertos interesados en la arquitectura victoriana, que no ocultaban su entusiasmo ante el baldaquino, admiraban las pinturas prerrafaelistas en los ocho paneles del púlpito, o plantaban sus trípodes para fotografiar el ábside, y comparaban el templo, con un tono confiado y poco eclesiástico (incluso los expertos debieran aprender a bajar sus voces en la iglesia), con la catedral de Torcello, cerca de Venecia, o con la basílica similar que Blomfield había construido en Jericho, en Oxford.

Y ahora, como siempre, con aquella presencia impresionante, se erguía ante ellos. Atravesaron la verja entre las barandillas del canal y enfilaron el camino de grava que conducía al pórtico de la puerta sur, cuya llave obraba en poder de la señorita Wharton. Esta puerta conducía a la sacristía pequeña, donde ella colgaba su abrigo, y a la cocina, donde limpiaba los jarrones y disponía las flores frescas. Cuando llegaron ante la puerta, ella contempló el pequeño parterre de flores que los jardineros de la parroquia trataban de cultivar, con más optimismo que éxito, en la poco agradecida tierra junto al camino.

—¡Mira, Darren, qué hermosas! ¡Las primeras dalias! No creía que llegaran a florecer. No, no las cojas. Están muy bonitas aquí.

El niño se había agachado y tendía ya la mano hacia las flores, pero al hablar ella se enderezó y se metió la sucia mano en el bolsillo.

—¿No las quiere para la Virgen?

—Para Nuestra Señora tenemos ya las rosas de tu tío.

¡Si al menos fueran de su tío! Pensó que debía preguntárselo. No podía seguir con aquello, ofreciendo a Nuestra Señora flores robadas, si es que eran robadas. Pero ¿y si no lo eran y ella le acusaba injustamente? En ese caso, destruiría todo lo que había entre ellos dos. Y ahora no podía perderlo. Por otra parte, eso podría meterle en la cabeza la idea del robo. Surgieron en su mente aquellas frases recordadas a medias: corrupción de la inocencia, ocasión de pecado. Decidió que le convendría pensar profundamente al respecto. Pero ahora no, todavía no.

Buscó en su bolso su llavero de madera, y trató de introducir la llave en la cerradura. Sin embargo, no pudo conseguirlo. Perpleja, pero todavía tranquila, hizo girar el pomo y la pesada puerta de hierro se abrió. Ya estaba abierta, pues había una llave en la cerradura por el otro lado. El pasillo estaba silencioso y a oscuras, y la puerta de roble que conducía a la sacristía pequeña, a la izquierda, estaba bien cerrada. Por consiguiente, el padre Barnes debía de encontrarse allí. Sin embargo, era extraño que hubiera llegado antes que ella. ¿Y por qué no había dejado encendida la luz del pasillo? Cuando su mano enguantada encontró el interruptor, Darren se escabulló junto a ella, en dirección a la reja de hierro forjado que separaba el pasillo de la nave de la iglesia. Le gustaba encender un cirio cuando llegaba, pasando sus delgados brazos a través de la reja para llegar al candelabro y a la caja de las limosnas. Al iniciar su camino, ella le había entregado, como de costumbre, una moneda de diez peniques, y ahora oyó un leve tintineo mientras el niño metía su vela en el soporte y buscaba las cerillas sujetas por una cadenilla al brazo metálico.

Y fue entonces, en aquel preciso momento, cuando notó el primer indicio de inquietud. Cierta premonición alertó su subconsciente; interiores inquietudes y una vaga sensación de intranquilidad se unieron para convertirse en temor. Había un leve olor, extraño pero al mismo tiempo horriblemente familiar; la sensación de una presencia reciente; el posible significado de aquella puerta exterior sin cerrar, la oscuridad del pasillo... De pronto, supo que allí había algo alarmante, e instintivamente exclamó:

—¡Darren!

El niño se volvió y la miró fijamente, y a continuación, inmediatamente, volvió a su lado.

Poco a poco al principio, y después con un movimiento brusco, ella abrió la puerta. La luz la deslumbró. El largo tubo fluorescente que desfiguraba el techo estaba encendido y su resplandor eclipsaba la suave luz del pasillo. Y pudo ver entonces el horror personificado.

Eran dos, y supo instantáneamente y con absoluta certeza que estaban muertos. La habitación era una especie de caos. Los habían degollado y parecían animales sacrificados en medio de un charco de sangre. Instintivamente, empujó a Darren detrás de ella, pero ya era tarde. Él también lo había visto. No gritó, pero notó que el niño temblaba y profería un leve y patético gruñido, como un cachorro enfadado. Lo empujó hacia el pasillo, cerró la puerta y se apoyó en ella. Notaba perfectamente un frío incontrolable, acompañado por los tumultuosos latidos de su corazón. Parecía como si éste se hubiera hinchado en su pecho, y como si, enorme y caliente, estremeciera su frágil cuerpo con un doloroso tamborileo, como dispuesto a partirla en dos. Y el olor, que al principio había sido insinuante, casi imperceptible, poco más que una tonalidad extraña en el aire, parecía ahora invadir el pasillo con los intensos efluvios de la muerte.

La señorita Wharton oprimió su espalda contra la puerta, agradeciendo el apoyo que le ofrecía aquella sólida madera de roble tallada. Sin embargo, ni esta solidez ni sus ojos estrechamente cerrados podían ahuyentar el horror. Tan vivamente iluminados como si estuvieran en un escenario, seguía viendo los cadáveres, bajo una luz más brillante e intensa que cuando sus ojos horrorizados los habían visto por primera vez. Uno de ellos se había deslizado desde el bajo camastro situado a la derecha de la puerta y yacía en el suelo, mirándola, con la boca abierta y la cabeza casi separada del tronco. Volvía a ver las venas y arterias seccionadas, asomando como tuberías retorcidas a través de los coágulos de sangre. El otro estaba apoyado torpemente, como un muñeco de trapo, en la pared más distante. Su cabeza había caído hacia adelante, y sobre su pecho se había extendido una gran mancha de sangre, como un babero. Todavía llevaba en la cabeza un gorro de lana marrón y azul, pero lo llevaba de través. El ojo derecho quedaba oculto, pero el izquierdo la miraba con una espantosa familiaridad. Así mutilados, le parecía a ella como si todo lo humano se hubiera vaciado junto con la sangre: vida, identidad y dignidad. Ya no parecían dos hombres. Y había sangre en todas partes. Tuvo la sensación de que ella misma se estaba ahogando en sangre. La sangre se agolpaba en sus oídos, la sangre gorgoteaba como un vómito en su garganta, la sangre salpicaba, en forma de glóbulos brillantes, las retinas de sus ojos cerrados. Aquellas imágenes de muerte, que no le era posible disipar, flotaban ante ella en un torbellino de sangre, se disolvían, volvían a formarse y después se disolvían de nuevo, pero siempre entre un mar de sangre. Y entonces oyó la voz de Darren y notó la mano de éste que tiraba de su manga.

—Es mejor que nos larguemos de aquí antes de que llegue la poli. ¡Vamos! Nosotros no hemos visto nada. ¡Nada! No hemos estado aquí.

Había en su voz la nota aguda del miedo. Se aferraba al brazo de ella. A través de la delgada tela de mezclilla, sus dedos mordían, agudos como dientes. Suavemente, ella se soltó. Cuando habló, le sorprendió la tranquilidad que había en su voz.

—No digas tonterías, Darren. Desde luego, nadie sospechará de nosotros. En cambio, huir... eso sí que parecería sospechoso.

Le empujó a lo largo del pasillo.

—Yo me quedo aquí. Tú irás a buscar ayuda. Debemos cerrar la puerta con llave. Yo esperaré aquí mientras vas a buscar al padre Barnes. ¿Sabes dónde está la vicaría? Es el piso de la esquina, en aquella manzana de Harrow Road. Él sabrá lo que hay que hacer. Él avisará a la policía.

—Pero usted no puede quedarse sola aquí. ¿Y si él está todavía aquí? ¿En la iglesia, esperando y vigilando? Es mejor que nos marchemos los dos, ¿vale?

La autoridad que había en aquella voz infantil la desconcertó.

—Pero es que no me parece bien, Darren, dejarlos aquí. Los dos no. Me parece... bueno, desacertado. Yo debería quedarme.

—Tonterías. Usted no puede hacer nada. Están muertos, un par de fiambres. Ya los ha visto.

Hizo un rápido gesto como si pasara la hoja de un cuchillo a través de su garganta, puso los ojos en blanco y carraspeó. El sonido fue horriblemente real, como un vómito sanguinolento en su boca, y ella gritó:

—¡Por favor, Darren, no hagas eso!

Inmediatamente, él se mostró conciliador, con una voz más tranquila. Puso su mano sobre la de ella.

—Será mejor que venga conmigo a ver al padre Barnes.

Ella bajó la vista y le miró, compungida, como si fuera ella la menor de los dos.

—Si lo crees así, Darren.

Él había asumido ya el mando y su cuerpecillo casi vibraba.

—Sí, es lo que yo creo. Venga conmigo.

Estaba excitado. Ella lo oyó en el temblor de su voz, y lo vio en aquellos ojos brillantes. Ya no estaba asustado y, en realidad, ni siquiera trastornado. Había sido una tontería pensar que había que protegerlo contra aquel horror. Aquel brote de temor al pensar en la policía se había desvanecido. La señorita Wharton llegó a preguntarse si, criado entre aquellas impresionantes y fugaces imágenes de violencia, el niño sabría distinguir entre ellas y la realidad. Tal vez fuese una suerte que, protegido por su propia inocencia, no consiguiera hacerlo. Darren apoyó su delgado brazo en los hombros de ella acompañándola hacia la puerta, y ella se apoyó en el niño, notando aquellos duros huesecillos bajo su brazo.

«Qué amable es —pensó—, qué cariñoso, este querido chiquillo.» Le hubiera gustado hablarle de las flores y del salmón, pero ahora no era momento para pensar en ello, desde luego.

Se encontraron en el exterior. El aire, puro y frío, parecía oler tan dulcemente como la brisa marina. Pero cuando, entre los dos, cerraron la pesada puerta, con sus barras de hierro forjado, la señorita Wharton descubrió que no podía introducir la llave en la cerradura. Sus dedos se movían rítmicamente, como presa del espanto. Fue él quien le arrebató la llave y, poniéndose de puntillas, la introdujo en el agujero de la cerradura. Y, entonces, las piernas de ella se doblaron lentamente y se dejó caer poco a poco sobre el escalón, tan inerte como una marioneta. El niño la miró.

—¿No se encuentra bien?

—Creo que no puedo andar, Darren. Enseguida estaré mejor, pero ahora tengo que quedarme aquí. Tú irás a buscar al padre Barnes. Pero... ¡date prisa!

Al ver que él seguía titubeando, añadió:

—El asesino todavía puede encontrarse ahí dentro. Cuando hemos llegado, la puerta no estaba cerrada. Debió de irse después de... Supongo que no se habrá quedado dentro, esperando que lo cojan, ¿verdad que no?

«Es extraño —pensó— que mi mente razone, en tanto que mi cuerpo parece haberse dado por vencido.»

Sin embargo, era verdad. No era posible que él siguiera allí, escondido en la iglesia, cuchillo en mano. A menos que aquellos dos hubieran muerto hacía muy poco. No obstante, la sangre no parecía muy reciente... ¿o tal vez sí? De pronto, sus intestinos ronronearon. «Dios mío —rogó—, no permitas que ocurra nada de esto, al menos ahora. Yo nunca voy al retrete.» No sería capaz de ir, una vez atravesada esa puerta. Pensó en la humillación que ello supondría, en la llegada del padre Barnes, acompañado por la policía. Ya resultaba suficientemente humillante encontrarse tumbada allí, como un montón de ropa vieja.

—Date prisa —repitió—. Yo me encuentro bien. ¡Pero tú date prisa!

El niño salió, disparado. Cuando estuvo lejos, ella siguió allí, luchando contra aquel terrible desconcierto de sus intestinos y contra la necesidad de vomitar. Trató de rezar, pero, extrañamente, parecía como si las palabras se mezclaran todas ellas entre sí. «Descansen en paz las almas de los inocentes, en la misericordia de Cristo.» Pero tal vez no eran ellos los inocentes. Debería haber una plegaria que sirviera para todos los hombres. Para todos los seres asesinados en todo el mundo. Tendría que preguntárselo al padre Barnes. Con toda seguridad, él lo sabría.

Y entonces la asaltó un nuevo y diferente terror. ¿Qué había hecho de su llave? Miró la que tenía en la mano. Tenía atado un gran rectángulo de madera, chamuscado en un extremo, allí donde el padre Barnes lo había acercado demasiado a la llama del gas. Por consiguiente, ésa era la llave del padre, la que guardaba en la vicaría. Debía de ser la que ella había encontrado en la cerradura y le había entregado a Darren para que volviera a cerrar la puerta. Por lo tanto, ¿qué había hecho con la suya? Revolvió frenéticamente su bolso, como si la llave fuera una pista vital y su pérdida equivaliera a un desastre, viendo en su imaginación una legión de ojos acusadores, a la policía que le exigía explicaciones, y el rostro cansado y decepcionado del padre Barnes. Pero sus dedos nerviosos la encontraron en su sitio, entre el monedero y el forro del bolso, y entonces la sacó con un suspiro de alivio. Debía de haberla guardado automáticamente, al descubrir que la puerta ya estaba abierta. Sin embargo, no dejaba de ser extraño que no pudiera recordarlo. Todo era como un vacío entre el momento de su llegada y aquel otro momento en el que había abierto de par en par la puerta de la sacristía pequeña.

Advirtió entonces una sombra que se cernía sobre ella y, al levantar la vista, vio al padre Barnes. Una sensación de alivio inundó su cuerpo. Preguntó:

—¿Ha telefoneado a la policía, padre?

—Todavía no. Creí más procedente verlo todo yo mismo, por si se trataba de una broma del chiquillo.

Por tanto, pasaron junto a ella para entrar en la iglesia y en aquella habitación espantosa. No dejaba de ser extraño que, acurrucada en su rincón, ni siquiera lo hubiese advertido. La impaciencia se agolpó como un vómito en su garganta. Le entraron ganas de gritar: «¡Bueno, ahora ya lo ha visto!» Había pensado que, cuando el sacerdote llegara, todo recuperaría su normalidad. No, no una total normalidad, pero sí que todo tendría más sentido. Existían las palabras adecuadas y él las pronunciaría. Sin embargo, al mirarle, supo que el padre no aportaría ningún consuelo. Observó su cara, desagradablemente moteada por el frío matinal, con barba de más de un día, los dos pelos erizados junto a las comisuras de la boca, el rastro de sangre negruzca en el agujero izquierdo de la nariz, como si hubiera tenido una hemorragia nasal, y los ojos todavía medio pegados por el sueño. Qué absurdo pensar que él le traería fuerzas, que de alguna manera haría soportable aquel horror. El hombre ni siquiera sabía qué había de hacer. Había ocurrido lo mismo con la decoración de Navidad. La señora Noakes siempre se había ocupado del púlpito, ya desde los tiempos del padre Collins. Y entonces Lilly Moore sugirió que eso no era justo, pues deberían turnarse las demás en el púlpito y en la pila bautismal. Él hubiese tenido que tomar una decisión y mantenerse firme. Siempre ocurría lo mismo. Pero vaya momento de pensar en la decoración de Navidad, con la mente llena de muérdago de flores de pascua, rojas como la sangre. Pero ésta no era tan roja, sino más bien de un color pardo rojizo.

Pobre padre Barnes, pensó, disolviéndose su irritación para convertirse en sentimentalismo. Es un fracaso como yo. Somos los dos unos fracasados. Notó a su lado la presencia de Darren, que temblaba. Alguien debería llevarle a su casa. «Oh, Dios mío —pensó—, ¿qué será todo esto para él, para los dos?» El padre Barnes seguía a su lado, dándole vueltas a la llave de la puerta con sus manos sin enguantar. Ella dijo entonces, suavemente:

—Padre, debemos avisar a la policía.

—¿La policía? Desde luego. Sí, hemos de avisar a la policía. Telefonearé desde la vicaría.

Pero seguía titubeando y, obedeciendo a un impulso, ella preguntó:

—¿Los conoce, padre?

—Oh, sí, sí... El vagabundo es Harry Mack. ¡Pobre Harry! A veces dormía en el pórtico.

No era necesario que se lo contara, pues ella ya sabía que a Harry le gustaba dormitar en el pórtico. Había asumido la tarea de limpiarlo después de marcharse él, retirando las migas, las bolsas de papel, las botellas vacías, y a veces cosas incluso peores. Habría debido reconocer a Harry, aquel gorro de lana, la chaqueta... Trató de no pensar en el motivo de no haber sido capaz de hacerlo. Preguntó, con la misma suavidad de antes:

—Y el otro, padre, ¿lo ha reconocido?

Él la miró desde su altura. Ella pudo ver su temor, su desconcierto y, por encima de todo, una especie de asombro ante la enormidad de las complicaciones que iban a surgir. Contestó lentamente, dejando de mirarla:

—El otro es Paul Berowne, sir Paul Berowne. Es..., era ministro de la Corona.

2

Apenas abandonó el despacho del jefe superior de policía y regresó a su oficina, el comandante Adam Dalgliesh telefoneó al inspector jefe John Massingham. El auricular fue descolgado con la primera llamada y la disciplinada impaciencia de Massingham llegó a través de la línea con tanto vigor como su voz Dalgliesh dijo:

—El jefe ha hablado con el Ministerio del Interior. Hemos de ocuparnos de esto, John. De todas maneras, la nueva brigada inaugurará su existencia el próximo lunes, así que sólo nos adelantamos en seis días. Y Paul Berowne puede ser todavía, técnicamente, el diputado por el nordeste de Hardfordshire. Al parecer, el sábado escribió al ministro de Hacienda para solicitar el condado de Chilton, y nadie parece muy seguro de si la dimisión data del día en que se recibió la carta o de la fecha en que el ministro firmó la autorización. Sin embargo, todo esto es puramente técnico. Hemos de asumir el caso.

Pero Massingham no estaba interesado en los detalles del procedimiento para el abandono de un escaño parlamentario, y preguntó:

—¿Están seguros en la división de que el cadáver es el de sir Paul Berowne?

—Uno de los cadáveres. No olvide al vagabundo. Sí, es Berowne. Hubo una comprobación de identidad en el lugar de autos, y, al parecer, el párroco local le conocía. No era la primera vez que Berowne pasaba la noche en la sacristía de la iglesia de Saint Matthew.

—Curioso lugar para ir a dormir.

—O a morir. ¿Ha hablado con la inspectora Miskin?

Una vez empezaran a trabajar juntos, ambos la llamarían Kate, pero ahora Dalgliesh le otorgó su debido rango. Massingham contestó:

—Hoy está libre de servicio, señor, pero conseguí encontrarla en su casa. He pedido a Robins que recoja su equipo y ella se reunirá con nosotros en el lugar de los hechos. También he avisado a los demás.

—De acuerdo, John. Puede sacar el Rover. Nos encontraremos fuera. Cuatro minutos.

Pasó por su mente que tal vez a Massingham no le habría desagradado que Kate Miskin hubiese abandonado ya su casa y hubiese sido imposible entrar en contacto con ella. La nueva brigada había sido organizada en el C1 para investigar delitos graves que, por razones políticas o de otra índole, necesitaran ser manejados con gran sensibilidad. A Dalgliesh le resultaba tan evidente el hecho de que la brigada necesitaría una detective experimentada, que había dedicado sus energías a elegir la más apropiada, en vez de especular sobre si encajaría o no en el equipo. Había seleccionado a Kate Miskin, de veintisiete años de edad, por su hoja de servicios y su actitud durante la entrevista, convencido de que poseía las cualidades que él estaba buscando. Eran también aquellas que más admiraba en un detective: inteligencia, valor, discreción y sentido común. Quedaba por ver qué otras cosas pudiera aportar con su contribución. Él sabía que ella y Massingham habían trabajado juntos, antes de ser nombrado él inspector detective de división y ella sargento. Se rumoreaba que su relación había sido a veces tempestuosa, pero Massingham había aprendido a disciplinar algunos de sus prejuicios desde entonces, ya que no en vano tenía el célebre temperamento Massingham. Y una nueva e incluso iconoclasta influencia, hasta cierta rivalidad saludable, podría resultar más efectiva operativamente que la complicidad francmasona y machista que frecuentemente unía a un equipo de policías todos varones.

Dalgliesh empezó a despejar su escritorio, rápida pero metódicamente, y después comprobó el contenido de la bolsa que se llevaba en casos de asesinato. Le había dicho a Massingham cuatro minutos y estaría allí puntualmente. Se había trasladado ya, como por un acto consciente de su voluntad, a un mundo en el que el tiempo era medido con precisión, los detalles eran observados obsesivamente y los sentidos se mostraban sobrenaturalmente alerta ante los sonidos, los olores, las imágenes, un simple parpadeo o el timbre de una voz. Había tenido que abandonar aquella oficina para ver numerosos cadáveres, en diferentes lugares y distintos estados de descomposición, jóvenes, viejos, patéticos, horripilantes y todos ellos con un solo hecho en común, el de que habían encontrado una muerte violenta a manos de otra persona. Pero este cadáver era diferente. Por primera vez en su carrera, la víctima era alguien a quien él había conocido y apreciado. Se dijo que era inútil especular sobre la diferencia, en caso de haberla, que esto introduciría en la investigación. Sabía ya que la diferencia estaba presente.

El jefe de policía había dicho:

—Tiene la garganta cortada, posiblemente por él mismo. Pero hay un segundo cadáver, el de un vagabundo. Es probable que este caso resulte complicado en más de un sentido.

Su reacción ante la noticia había sido en parte previsible y en parte compleja y perturbadora. Se había producido ese impulso inicial de incredulidad tan lógico cuando uno se entera de la muerte inesperada de cualquier persona conocida, aunque sea casualmente. Habría experimentado lo mismo si le hubieran dicho que Berowne había muerto a causa de un infarto o de un accidente de coche. Sin embargo, a esta primera sensación la había seguido otra de afrenta personal, una vaciedad seguida por una oleada de melancolía, no lo suficiente intensa como para calificarla de dolor, pero más aguda que una mera pena, y le había sorprendido por su misma intensidad. Sin embargo, había tenido la fuerza suficiente para decir:

—No puedo aceptar este caso. Estoy demasiado implicado, demasiado comprometido.

Mientras esperaba el ascensor, se dijo que no estaba más implicado en este caso que en cualquier otro. Berowne había muerto. Su tarea consistía en averiguar cómo y por qué. Su compromiso residía en su trabajo con los vivos, no con los muertos.

Apenas había cruzado las puertas giratorias cuando Massingham llegó por la rampa con el Rover. Al acomodarse a su lado, Dalgliesh preguntó:

—¿Se han puesto en marcha los de las huellas y los fotógrafos?

—Sí, señor.

—¿Y el laboratorio?

—Envían una bióloga cualificada. Se reunirá con nosotros allí.

—¿Ha podido hablar con el doctor Kynaston?

—No, señor, sólo con su ama de llaves. Él ha estado en Nueva Inglaterra, visitando a su hija. Siempre va allí en otoño. Se le esperaba en Heathrow; en el vuelo BA 214, que llega a las siete y veinticinco. Ha aterrizado ya, pero probablemente está atascado en la Westway.

—Siga llamando a su casa hasta que llegue.

—Doc Greeley está disponible, señor. Kynaston estará fatigado a causa del viaje.

—Quiero a Kynaston, fatigado o no.

Massingham dijo:

—Lo mejor de lo mejor para este cadáver.

Algo que había en su voz, una nota de diversión, incluso de desprecio, irritó a Dalgliesh. «Dios mío —pensó—, ¿me mostraré excesivamente sensible ante esta muerte, antes incluso de haber visto al difunto?» Se ciñó el cinturón de seguridad sin decir palabra y el Rover enfiló Broadway, la carretera que había cruzado menos de dos semanas antes, disponiéndose a visitar a sir Paul Berowne.

Con la vista fija al frente, sólo consciente a medias del mundo existente más allá de la claustrofóbica comodidad del coche, y de las manos de Massingham aferradas al volante, del cambio de marchas prácticamente insonoro, del tendido de semáforos de tráfico, permitió deliberadamente que sus pensamientos se despojaran del presente y de toda conjetura acerca de lo que le esperaba, y, mediante un ejercicio mental, recordó, como si algo importante dependiera de la exactitud de sus recuerdos, todos los momentos de aquella última entrevista con el hombre que ahora estaba muerto.

3

Era el jueves cinco de septiembre y él se disponía a salir de su despacho y dirigirse a la Escuela de Policía de Bramshill, para iniciar una serie de conferencias ante los mandos superiores, cuando le llegó la llamada desde aquella oficina privada. El secretario particular de Berowne hablaba como suelen hacerlo los de su categoría. Sir Paul agradecería que el comandante Dalgliesh pudiera dedicarle unos minutos. Sería conveniente que viniera enseguida. Dentro de una hora, sir Paul tenía que abandonar su oficina para reunirse con un grupo de sus electores en la Cámara.

Dalgliesh apreciaba a Berowne, pero esta convocatoria era más que inconveniente. No se le esperaba en Bramshill hasta después del almuerzo y había planeado aprovechar su viaje al norte de Hampshire para visitar unas iglesias en Sherborne Saint John y Winchfield, y almorzar en un *pub* cercano a Stratfield Saye, antes de llegar a Bramshill con el tiempo suficiente para cambiar las cortesías usuales con el comandante antes de iniciar su conferencia a las dos y media. Se le ocurrió pensar que había llegado a la edad en que un hombre espera sus placeres con menos avidez que en la juventud, pero se siente desproporcionadamente enojado cuando sus planes sufren un trastorno. Se habían producido los usuales preliminares largos, fatigosos y ligeramente agrios para la creación de la nueva brigada en el C1, y su mente estaba pensando ya con alivio en la solitaria contemplación de unas efigies de alabastro, unos cristales del siglo XVI y las impresionantes decoraciones de Winchfield. Sin embargo, parecía como si Paul Berowne no quisiera dedicar largo tiempo a su entrevista. Todavía podían resultar posibles sus planes. Salió de su despacho, se puso su abrigo de mezclilla, en previsión de una mañana otoñal incierta, y, cruzando Saint James's Station, se dirigió al Ministerio.

Al cruzar las puertas giratorias, pensó una vez más en lo mucho que prefería el esplendor gótico del antiguo edificio de Whitehall. Reconocía que debía de ser exasperante e inconveniente para los que trabajaban en él, pero, al fin y al cabo, lo habían construido en una época en que las habitaciones las calentaban estufas de carbón alimentadas por todo un ejército de sirvientes, y en que un par de docenas de notas cuidadosamente escritas a mano por los legendarios excéntricos del Ministerio bastaban para controlar unos acontecimientos que ahora requerían tres divisiones y dos subsecretarios. Sin duda, el nuevo edificio era excelente en su clase, pero si la intención había sido la de expresar una autoridad firme pero atemperada por cierta humanidad, no estaba muy seguro de que el arquitecto lo hubiera conseguido. Parecía más apropiado para una empresa multinacional que para un gran ministerio del Estado. Encontraba a faltar particularmente los enormes retratos al óleo que dignificaban aquella impresionante escalinata de Whitehall, siempre intrigado por las técnicas con las que artistas de diversos talentos aceptaban el reto de dignificar las facciones ordinarias, y a veces más que vulgares, de sus modelos mediante la explotación visual de magníficos ropajes, y grabando en sus caras mofletudas la enérgica solución del poder imperial. Pero al menos habían quitado la fotografía de estudio de una princesa real que, hasta fechas recientes, adornaba el vestíbulo de entrada. Era un retrato que parecía más adecuado para un salón de peluquería del West End.

Fue reconocido con una sonrisa por el conserje de la recepción, pero a pesar de ello sus credenciales fueron cuidadosamente examinadas y se le pidió que esperase al ordenanza que había de escoltarlo, aunque él había asistido a suficientes reuniones en aquel edificio como para estar razonablemente familiarizado con aquellos particulares pasillos del poder. Quedaban ya muy pocos de los antiguos ordenanzas, y durante años el Ministerio había reclutado mujeres. Éstas acompañaban a los visitantes con una competencia jovial y maternal, como si quisieran tranquilizarles en el sentido de que el lugar, si bien podía parecerse a una prisión, era tan acogedor como una clínica, y que los que iban allí lo hacían por su propio bien.

Finalmente, le introdujeron en la oficina exterior. La Cámara todavía observaba las vacaciones estivales y aquella habitación presentaba una quietud poco usual. Una de las máquinas de escribir estaba enfundada y un solo empleado repasaba papeles sin dar muestras de la urgencia que normalmente imperaba en el despacho privado de un ministro. La escena hubiera sido muy distinta unas semanas antes. Pensó, y no por primera vez, que un sistema que requería ministros que dirigieran sus ministerios, cumplieran con sus responsabilidades parlamentarias y emplearan el fin de semana para escuchar las quejas de sus electores, bien podía haber sido planeado para asegurar que las decisiones principales las tomaran hombres y mujeres cansados hasta el punto del abatimiento. Sin duda, ello aseguraba que dependieran todos, intensamente, de sus funcionarios permanentes. Los ministros vigorosos seguían siendo ellos mismos, pero los más débiles degeneraban hasta convertirse en marionetas, aunque por otra parte esto no llegaba a preocuparles necesariamente. Los altos cargos ministeriales eran hábiles en lo que se refería a ocultar, ante sus títeres, incluso la más leve sacudida de las cuerdas y los alambres. Sin embargo, Dalgliesh no había necesitado recurrir a su fuente privada de rumores ministeriales para saber que Paul Berowne no presentaba trazas de esta lacia servidumbre.

Berowne abandonó su mesa y tendió la mano como si aquél fuese su primer encuentro. Tenía una cara severa, incluso algo melancólica, en estado de reposo, pero se transfiguraba cuando sonreía. Ahora sonrió al decir:

—Siento haberle hecho venir tan apresuradamente. Me alegra que hayamos podido localizarlo. No se trata de algo particularmente importante, pero creo que puede llegar a serlo.

Dalgliesh nunca podía mirarle sin recordar el retrato de su antepasado, sir Hugo Berowne, en la National Portrait Gallery. Sir Hugo no se distinguió especialmente, excepto por una obediencia apasionada, aunque infructuosa, a su rey. Su único gesto notable registrado fue el de encargar a Van Dyke la ejecución de su retrato, pero ello bastó para asegurarle, al menos pictóricamente, una transitoria inmortalidad. Hacía ya mucho tiempo que la casa solariega de Hampshire había sido vendida por la familia, cuya fortuna estaba muy mermada, pero el largo y melancólico semblante de sir Hugo, enmarcado por un cuello de exquisitos encajes, todavía contemplaba con arrogante condescendencia al gentío que pasaba por allí, el caballero decididamente monárquico del siglo XVII. La semejanza del actual baronet con él era casi sobrenatural. Tenía la misma cara larga y huesuda, los pómulos altos que descendían a lo largo de las mejillas hasta una barbilla puntiaguda, los mismos ojos separados con un marcado descenso del párpado izquierdo, las mismas manos pálidas y de dedos largos, y la misma mirada fija pero ligeramente irónica.

Dalgliesh observó que la superficie de su mesa de trabajo estaba casi despejada. Era éste un artificio necesario para todo hombre que, abrumado por el trabajo, deseara mantener su cordura. Ello permitía atender un asunto en un momento determinado, concederle plena atención, dilucidarlo y después apartarlo. En aquel preciso momento, indicaba que la única cosa que exigía atención era algo relativamente poco importante, un breve mensaje en una cuartilla de papel blanco. Se la entregó a Dalgliesh, y éste leyó:

«El diputado en el Parlamento por el nordeste de Herfordshire, a pesar de sus tendencias fascistas, es un liberal notorio cuando se trata de los derechos de las mujeres. Sin embargo, tal vez las mujeres debieran prestar atención, puesto que la proximidad de ese elegante baronet puede ser fatal. Su primera esposa murió en un accidente de automóvil; conducía él. Theresa Nolan, que cuidaba a su madre y dormía en su casa, se suicidó después de someterse a un aborto. Fue él quien supo dónde encontrar el cadáver. El cuerpo desnudo de Diana Travers, su empleada doméstica, fue hallado, ahogado, durante la fiesta de cumpleaños de su esposa, celebrada a orillas del Támesis, una fiesta en la que se esperaba que él estuviera presente. Una vez es una tragedia privada, dos veces es mala suerte, tres veces empieza ya a parecer descuido.»

Dalgliesh comentó:

—Está escrito con una máquina eléctrica de bola. No son las más fáciles a efectos de identificación. Y el papel procede de un bloque de tipo comercial corriente, de los que se venden a millares. Poca ayuda podemos encontrar en ello. ¿Tiene alguna idea de quién pueda haber enviado esto?

—Ninguna. Uno llega a acostumbrarse a las cartas usuales de tipo insultante o pornográfico. Constituyen parte de nuestro trabajo.

—Pero esto se acerca a una acusación de asesinato —dijo Dalgliesh—. Si encontramos al remitente, supongo que sus abogados aconsejarán una querella.

—Una querella, sí; así lo creo yo.

Dalgliesh pensó que quien hubiera redactado aquel mensaje era una persona con cierta educación. La puntuación era cuidadosa y la prosa tenía cierto ritmo. Aquella persona, cualquiera que fuese su sexo, se había preocupado por la ordenación de los hechos, y por obtener la mayor cantidad posible de información relevante. Sin duda, estaba por encima de los anónimos usuales y vulgares que llegaban al buzón de un ministro, y precisamente por ello era algo mucho más peligroso.

Devolvió la hoja y dijo:

—Esto no es el original, desde luego. Es una fotocopia. ¿Ha sido usted, señor ministro, la única persona que lo ha recibido, o no lo sabe con certeza?

—Fue enviado a la prensa, al menos a una publicación, la *Paternoster Review*. Aparece en la edición de hoy. Acabo de verla.

Abrió el cajón de su mesa, sacó la revista y se la entregó a Dalgliesh. La página ocho tenía un doblez, y Dalgliesh la recorrió con la mirada. La revista había estado publicando una serie de artículos sobre miembros jóvenes del Gobierno, y esta vez le tocaba el turno a Berowne. La primera parte del artículo era inofensiva, de hechos concretos, apenas original. Equivalía a una breve revisión de la carrera anterior de Berowne como abogado, con su primer y fallido intento de entrar en el Parlamento, su éxito en las elecciones de 1979, su ascenso fenomenal hasta alcanzar el rango ministerial, y su probable promoción a primer ministro. Mencionaba que vivía con su madre, lady Ursula Berowne, y con su segunda esposa en una de las pocas casas todavía en pie de las construidas por sir John Soane, y que tenía una hija de su primer matrimonio, Sarah Berowne, de veinticuatro años, que se movía en el ala izquierda de la política y a la que se suponía distanciada de su padre. Mostraba una actitud de desagradable sarcasmo respecto a las circunstancias de su segundo matrimonio. Su hermano mayor, el comandante sir Hugo Berowne, había encontrado la muerte en Irlanda del Norte y Paul Berowne se había casado con la prometida de su hermano al cabo de cinco meses del accidente de coche en el que había muerto su esposa. «Tal vez fuese apropiado que, en tan penosos momentos, la prometida y el esposo encontrasen mutuo consuelo, aunque nadie que haya visto a la hermosa Barbara Berowne podría suponer que el matrimonio fuese meramente cuestión de deber fraternal.» La revista seguía pronosticando, con notable percepción pero muy escasa caridad, acerca del futuro político de su personaje, pero gran parte de lo que decía era poco más que simples habladurías propias de las camarillas políticas.

El aguijón se encontraba en el párrafo final, y su origen era inconfundible. «Se sabe que es un hombre al que le gustan las mujeres, y no cabe duda de que muchas de ellas lo juzgan atractivo. Sin embargo, las mujeres que han estado más próximas a él han tenido una curiosa mala suerte. Su primera esposa murió en un accidente de coche, ocurrido mientras conducía él. Una joven enfermera, Theresa Nolan, que cuidaba a su madre, lady Ursula Berowne, se suicidó después de someterse a un aborto y fue Berowne quien descubrió su cadáver. Hace cuatro semanas, una joven que trabajaba para él, Diana Travers, fue hallada ahogada después de una fiesta celebrada en ocasión del cumpleaños de su esposa, una fiesta en la que se esperaba que él estuviera presente. Para un político, la mala suerte es tan perjudicial como la halitosis. Es algo que podría seguir acosándolo en su carrera política. Podría ser el mal olor de la desdicha, más bien que la sospecha de que no sabe lo que realmente quiere, lo que frustrara el pronóstico de que este hombre ha de ser el próximo primer ministro conservador.»

Berowne observó:

—La *Paternoster Review* no circula por el Ministerio. Tal vez sería mejor que lo hiciera. A juzgar por esto, es posible que nos perdamos cierta diversión, ya que no información. Yo la leía a veces en el club, sobre todo por sus reseñas literarias. ¿Sabe usted algo acerca de la revista?

Dalgliesh pensó que bien hubiera podido hacer esa pregunta a la gente de relaciones públicas de su Ministerio. No dejaba de ser interesante que, al parecer, hubiera optado por no hacerlo. Contestó:

—Hace años que conozco a Conrad Ackroyd. Es el propietario y el editor de la *Paternoster*. Su padre y su abuelo ya lo eran antes. En aquellos tiempos se imprimía en Paternoster Place, en la City. Ackroyd no gana ni un céntimo con ella. Su padre le dejó bien provisto mediante otras inversiones más ortodoxas, pero supongo que tampoco presenta números rojos. A él le gusta de vez en cuando la murmuración escrita, pero su revista no es un segundo *Private Eye*. En primer lugar, Ackroyd no tiene los bemoles necesarios para ello. No creo que, en toda la historia de esa publicación, haya corrido jamás el riesgo de encontrarse ante una querella. Por lo tanto, la revista es, desde luego, menos audaz y menos divertida que el *Eye*, excepto en lo que se refiere a sus reseñas literarias y teatrales. Éstas contienen una perversidad que no deja de ser amena. —Recordó que sólo la revista *Paternoster* habría podido describir una reposición de la obra de Priestley *Llama un inspector*, como una obra teatral sobre una joven sumamente cargante que causaba una serie de trastornos a una familia respetable. Añadió—: Los hechos en sí serán exactos, aunque habrá que comprobarlo. Sin embargo, el tono es sorprendentemente maligno para una publicación como *Paternoster*.

Berowne repuso:

—Sí, claro, los hechos son exactos.

Hizo esta afirmación con calma, casi con tristeza, sin dar ninguna explicación y, al parecer, sin intención de ofrecer ninguna.

Dalgliesh sintió el deseo de preguntar «¿Qué hechos? ¿Los hechos de este periódico o los hechos de la carta original?». Sin embargo, decidió no hacer esta pregunta. No se trataba todavía de un caso para la policía, y todavía menos para él. Por el momento, la iniciativa debía partir de Berowne. Se limitó a decir:

—Recuerdo la investigación sobre la muerte de Theresa Nolan, pero la muerte de Diana Travers, ahogada, es un hecho nuevo para mí.

—No salió en la prensa nacional —explicó Berowne—. Hubo un par de líneas en el periódico local, informando sobre la investigación efectuada. No se hacía mención a mi esposa. Diana Travers no participaba en su fiesta de cumpleaños, pero ambas cenaron en el mismo restaurante, el Black Swan, junto al río, en Cookham. Pareció como si las autoridades adoptaran el lema de aquella compañía de seguros: «¿Por qué convertir en drama una crisis?»

Por consiguiente, se había echado tierra sobre el asunto, al menos en cierto modo, y Berowne lo había sabido. La muerte de una joven que trabajaba para un ministro de la Corona y que se ahogó después de cenar en el mismo restaurante en el que cenaba la esposa del ministro estuviera o no presente éste, hubiera justificado, en circunstancias normales, al menos un corto párrafo en uno de los periódicos nacionales. Dalgliesh preguntó:

—¿Qué desea que haga yo, señor ministro?

Berowne sonrió.

—Pues sepa que no estoy muy seguro. Mantener cierta vigilancia, creo yo. No espero que asuma usted esa tarea personalmente. Evidentemente, ello sería ridículo. Pero si se convierte en un escándalo público, supongo que alguien tendrá que hacerle frente. Llegados a este extremo, yo quería meterle a usted en el asunto.

Pero esto era precisamente lo que no había hecho. Con cualquier otro hombre, Dalgliesh habría señalado este detalle y además con cierta aspereza. El hecho de que no sintiera la menor tentación de hacerlo con Berowne le interesaba. «Habrá informes sobre ambas investigaciones

—pensó—. Puedo obtener la mayoría de los datos a partir de fuentes oficiales. Por lo demás, si se ve sometido a una acusación abierta, tendrá que procurar salir limpio de ella.» Y si esto sucedía, el que se convirtiera en una cuestión para él personal y para la nueva brigada que se estaba proponiendo, dependería de la magnitud del escándalo, de la certeza de las sospechas y de aquello a lo que éstas apuntaran. Se preguntó qué esperaba Berowne que hiciera él: ¿Encontrar a un chantajista potencial o investigarlo a él por un doble asesinato? Pero parecía probable que al final se produjera algún tipo de escándalo. Si la carta había sido enviada a la *Paternoster Review*, era casi seguro que también habría llegado a otros diarios o revistas, posiblemente a algunos de los de ámbito nacional. De momento, era posible que optaran por contener el fuego de sus cañones, pero eso no quería decir que hubieran arrojado la carta a la papelera. Probablemente, la habían estudiado mientras consultaban con sus abogados. Mientras tanto, esperar y vigilar era, probablemente, la opción más prudente. No obstante, en nada podía perjudicar tener una conversación con Conrad Ackroyd. Ackroyd era uno de los chismosos más notables de Londres. Media hora pasada en el elegante y confortable salón de su esposa solía resultar más productiva y muchísimo más amena que unas cuantas horas transcurridas hojeando archivos oficiales.

Berowne dijo:

—Tengo que reunirme con un grupo de electores en la Cámara. Quieren que les enseñe el lugar. Si tiene tiempo, tal vez quiera venir a acompañarnos.

De nuevo, esta petición equivalía a una orden.

Pero cuando abandonaron el edificio, se dirigió sin ninguna explicación hacia la izquierda y bajó la escalinata hacia Birdcage Walk. Ello significaba que harían el camino hasta la Cámara siguiendo el trayecto más largo, o sea bordeando Saint James's Park. Dalgliesh se preguntó si habría cosas que su acompañante quisiera confiarle y que expresara con mayor facilidad fuera de su despacho. Aquellas cuarenta hectáreas de parque, de una belleza arrebatadora pero austera, atravesadas por senderos tan oportunos como si hubieran sido trazados a propósito para conducir de un centro de poder a otro, debían de haber oído más secretos que cualquier otra parte de Londres, pensó Dalgliesh.

Pero si era ésa la intención de Berowne, estaba destinada a quedar truncada. Apenas habían atravesado Birdcage Walk cuando fueron saludados por un grito estentóreo y Jerome Mapleton trotó hasta llegar a su altura, con su semblante rubicundo y sudoroso, casi perdido el aliento. Era el diputado de un distrito electoral de Londres Sur, un escaño seguro que de todos modos él nunca dejaba vacío, como si temiera que una simple ausencia de una semana pudiera ponerlo en peligro. Veinte años en la Cámara todavía no habían mitigado su extraordinario entusiasmo por su tarea y su conmovedora sorpresa ante el hecho de que él se encontrase realmente allí. Hablador, gregario e insensible, se unía, como impulsado por una fuerza magnética, a cualquier grupo más numeroso o más importante que aquel del que formase parte en el momento. La ley y el orden eran su interés primordial, preocupación que le otorgaba popularidad entre sus prósperos electores de la clase media, agazapados detrás de sus cerraduras de seguridad y de las decorativas rejas de sus ventanas. Adaptando su tema a su audiencia de aquel momento, inició en el acto una charla parlamentaria sobre la comisión recientemente nombrada, dando saltitos entre Berowne y Dalgliesh como una barca pequeña en aguas alborotadas.

—Esa comisión... «La labor policial de una sociedad libre: la próxima década»... ¿No se llama así? ¿O se trata de «La labor policial en una sociedad libre: la próxima década»? ¿No se pasaron la primera sesión para decidir si había que incluir una u otra preposición? ¡Es típico! ¿Verdad que estudian la política en la misma medida que los recursos técnicos? ¿No se trata de un cometido muy importante? ¿No resultará esa comisión más numerosa de lo que normalmente se considera como efectivo? ¿No era la idea original revisar de nuevo la aplicación de la ciencia y la tecnología a la labor policial? Al parecer, la comisión ha ampliado sus términos de referencia.

Dalgliesh repuso:

—La dificultad consiste en que los recursos técnicos y la política no se dejan separar fácilmente, al menos cuando se busca una labor policial práctica.

—Ya lo sé, ya lo sé. Y créame que lo agradezco, mi querido comandante. Por ejemplo, esa propuesta de controlar los movimientos de vehículos en las autopistas. Pueden hacerlo, desde luego, pero la cuestión es si deben hacerlo. Pasa algo parecido con la vigilancia. ¿Pueden ustedes estudiar métodos científicos avanzados, divorciados de la política y la ética de su uso actual? Ésta es la cuestión, mi querido comandante. Usted lo sabe, y todos lo sabemos. Y a este respecto, ¿podemos seguir confiando en la doctrina tradicional según la cual al jefe superior de policía le incumbe decidir la distribución de recursos?

Berowne intervino a su vez:

—Supongo que no se le ocurrirá en ningún momento pronunciar la tremenda herejía de que deberíamos contar con una fuerza nacional de policía.

Hablaba sin interés aparente, con la mirada fija hacia adelante. Era como si estuviera pensando: «Puesto que se nos ha pegado este pelmazo, vamos a plantearle un tema previsible y a escuchar sus previsibles opiniones.»

—No. Pero sería mejor tenerla por voluntad y por intención que por defecto. *De iure*, señor ministro, no *de facto*. Bien, no va a faltarle trabajo, comandante, y, dada la filiación del grupo de trabajo, tampoco le resultará aburrido.

Hablaba con una cierta ironía y Dalgliesh sospechó

que había tenido ciertas esperanzas de ser también un miembro. Entonces le oyó añadir:

—Supongo que ése es el atractivo que ofrece su trabajo para la clase de hombre como usted.

«¿Qué clase de hombre?», pensó Dalgliesh. El poeta que ya no escribe poesías. El amante que sustituye el compromiso por la técnica. El policía desilusionado de su oficio. Dudaba que Mapleton intentara que sus palabras resultaran ofensivas, pues aquel hombre era tan insensible para el lenguaje como para la gente. Replicó:

—Nunca he estado del todo seguro de dónde reside el atractivo, excepto que el trabajo no resulta aburrido y me concede una vida privada.

Berowne habló entonces con súbita amargura:

—Es un trabajo en el que hay menos hipocresía que en la mayoría. A un político se le exige escuchar patrañas, hablar de patrañas y dejar pasar patrañas. Lo máximo que podemos esperar en este aspecto es que no lleguemos a creerlas realmente.

La voz, más que las palabras, desconcertó a Mapleton, que finalmente decidió considerarlo como una broma y soltó una risita. Después se volvió hacia Dalgliesh.

—¿Y a qué se dedica ahora, comandante? Aparte del grupo de trabajo, desde luego...

—Doy una semana de conferencias en el curso de mandos superiores de Bramshill. Después, he de volver aquí para poner en marcha la nueva brigada.

—Bien, supongo que eso le tendrá muy ocupado. ¿Y qué ocurre si yo asesino al diputado por Chesterfield Oeste, cuando el grupo de trabajo esté reunido?

Lanzó otra risita, divertido ante su propia audacia.

—Espero que resista usted la tentación.

—Sí, lo intentaré. La comisión es demasiado importante para que los intereses de la policía estén representados sólo a tiempo parcial. Y a propósito, hablando de asesinatos, sale hoy, en la *Paternoster Review*, un párrafo muy curioso sobre usted, Berowne. No demasiado elogioso, diría yo.

—Sí —respondió Berowne secamente—. Ya lo he visto.

Aceleró el paso para que Mapleton, que aún no había recuperado el aliento, tuviera que elegir entre hablar o utilizar sus energías para seguir el paso de sus acompañantes. Cuando llegaron al Ministerio de Hacienda, había decidido, evidentemente, que la recompensa no merecía tanto esfuerzo y, con un saludo casual, desapareció hacia Parliament Street. Pero si Berowne había estado buscando un momento para hacer nuevas confidencias, ese momento se había desvanecido. El semáforo de peatones se había puesto en verde. Ningún peatón, al ver la luz a su favor en Parliament Square, vacila. Berowne le dirigió una mirada apenada, como si quisiera decir: «Ya ve que incluso los semáforos conspiran contra mí», y atravesó la calle con paso vivo. Dalgliesh le vio cruzar Bridge Street, contestar al saludo del policía de guardia y desaparecer en New Palace Yard. Había sido un encuentro breve y poco satisfactorio.

Tenía la sensación de que Berowne se encontraba en un apuro más grave y más sutilmente inquietante que aquellos mensajes anónimos. Regresó a Scotland Yard diciéndose a sí mismo que si Berowne quería hacer alguna confidencia, lo haría en el momento que él juzgara más conveniente.

Pero aquel momento no llegaría nunca. Y había sido a su regreso de Bramshill una semana más tarde cuando, al conectar la radio, oyó la noticia de que Berowne había dimitido de su cargo ministerial. Los detalles fueron escasos. Como única explicación, Berowne dijo que había llegado en su vida el momento de tomar una nueva dirección. La carta del primer ministro, publicada en el *Times* del día siguiente, había sido convencionalmente elogiosa, pero breve. El gran público británico, al que en su mayoría le hubiera sido difícil nombrar a tres miembros del Gabinete, en este o cualquier otro gobierno, estaba ocupado buscando el sol en uno de los veranos más lluviosos de los últimos años, y aceptó la pérdida de un joven ministro con ecuanimidad. Aquellos chismosos parlamentarios que permanecían en Londres, soportando el aburrimiento de la época de calma, esperaban, expectantes, el escándalo que se produciría, y Dalgliesh esperaba con ellos.

Sin embargo, al parecer no había escándalo y la dimisión de Berowne seguía sumida en el misterio.

Desde Bramshill, Dalgliesh había reclamado ya los informes sobre las investigaciones efectuadas sobre la muerte de Theresa Nolan y Diana Travers. A la vista de los documentos, no había motivo de preocupación. Theresa Nolan, después de pasar por un confinamiento médico por motivos psiquiátricos, había dejado una nota para sus abuelos, que éstos habían confirmado como escrita sin duda por ella y en la que dejaba bien clara su intención de poner fin a sus días. Y Diana Travers, después de beber y comer con exceso, al parecer se había zambullido en el Támesis para nadar hasta la barcaza donde sus compañeros se estaban divirtiendo.

A Dalgliesh le había quedado una sensación de duda en el sentido de que ninguno de los dos casos era tan claro como los informes pretendían demostrar, pero, por otra parte, tampoco había pruebas *prima facie* de juego sucio en ninguna de las dos muertes. No tenía la menor certeza acerca de qué profundidad había de dar a sus investigaciones, o de si, dada la dimisión de Berowne, había alguna motivación para ellas. Había decidido no hacer nada más de momento y dejar que Berowne diera el primer paso al respecto.

Y ahora Berowne, presunto portador de la muerte, había muerto a su vez, por su propia mano o por la de alguna otra persona. Cualquiera que fuera el secreto que quería confiarle en aquel breve paseo hasta la Cámara, quedaría ignorado para siempre. Pero, si de hecho había sido asesinado, entonces los secretos saldrían a relucir: a través de su cadáver, a través de los íntimos detritos de su vida, a través de las bocas, sinceras, traicioneras, balbuceantes o titubeantes, de su familia, sus enemigos y sus amigos. El asesinato era el principal destructor de la intimidad, como lo era de tantas otras cosas.

Y a Dalgliesh el hecho de que debiera ser él, el hombre ante el cual Berowne había mostrado cierta disposición a la confianza, quien ahora se pusiera en marcha para iniciar ese proceso inexorable de violación, le parecía un giro irónico del destino.

4

Casi habían llegado a la iglesia cuando por fin pudo volver sus pensamientos al momento presente. Massingham había observado, en atención a él, un silencio inusual, como si percibiera que su jefe le agradecía este breve intervalo entre el conocimiento y el descubrimiento. Y no le fue necesario preguntar el camino. Como siempre, había trazado el mapa de su ruta antes de partir. Avanzaban por la carretera de Harrow y acababan de pasar ante el complejo del hospital Saint Mary, cuando de pronto apareció ante ellos, a su izquierda, el campanario de Saint Matthew. Con sus pétreos motivos cruzados, sus altos ventanales arqueados y su cúpula de cobre, recordó a Dalgliesh las torres que, en su infancia, había erigido laboriosamente con su juego de construcciones, colocando precariamente una pieza sobre otra, hasta que finalmente se derrumbaban todas, en ruidoso desorden, en el suelo del cuarto de jugar. Éste le ofrecía ahora la misma fragilidad y, mientras lo miraba, casi esperaba ver cómo se inclinaba y se derrumbaba.

Sin decir palabra, Massingham enfiló el siguiente desvío a la izquierda y una estrecha carretera flanqueada en ambos lados por una serie de casitas. Eran todas ellas idénticas, con sus ventanucos de la planta superior, sus porches estrechos y su cuadrada ventana principal, pero era evidente que aquella carretera se adentraba en un mundo. Algunas de las casas todavía mostraban los signos indicativos de una ocupación múltiple; césped cuidado, pintura que se caía y cortinas corridas para mantener los secretos del interior. Pero a estas casas las sucedían otras con mayor colorido, de cierta aspiración social, con puertas recién pintadas, farolillos, alguna que otra maceta colgante con flores, y el jardín delantero pavimentado para permitir el aparcamiento del coche. Al finalizar el camino, la enorme mole de la iglesia, con sus paredes majestuosas de ladrillo ennegrecido por el humo, parecía tan extraña al lugar como distante de la escala que observaba toda aquella serie de pequeñas viviendas unifamiliares.

El gran pórtico del norte, de un tamaño propio para una catedral, estaba cerrado. Junto a él, un mugriento tablero indicaba el nombre y la dirección del párroco y el horario de las misas, pero nada más sugería que aquella puerta se abriera en alguna ocasión. Avanzaron lentamente por un estrecho camino asfaltado, entre el muro sur de la iglesia y la barandilla que bordeaba el canal, pero sin observar ningún signo de vida. Era evidente que la noticia del asesinato todavía no había circulado. Había tan sólo dos coches aparcados ante el porche sur. Uno de ellos, supuso, pertenecía al sargento de detectives Robins, y el Metro rojo a Kate Miskin. No le sorprendió que ésta hubiera llegado antes que ellos. Ella misma abrió la puerta antes de que Massingham pudiera llamar, con su ovalado y atractivo rostro bien maquillado bajo la aureola de cabellos de color castaño claro, y ofreciendo, con su camisa, sus pantalones y su chaqueta de cuero, un aspecto tan elegante como si acabara de llegar de un paseo por la campiña. Dijo:

—Respetuosos saludos del inspector de distrito, señor, pero ha tenido que regresar a la comisaría. Ha habido un homicidio en Royal Oak. Se marchó apenas llegamos el sargento Robins y yo. Si le necesita, estará disponible a partir del mediodía. Los cadáveres están aquí, señor. En lo que llaman la sacristía pequeña.

Era típico de Glynn Morgan no haber alterado en absoluto el escenario. Dalgliesh respetaba a Morgan como hombre y como detective, pero se alegró de que el deber, el tacto o una mezcla de ambas cosas, le hubieran obligado a retirarse. Constituía un alivio no verse obligado a halagar a un detective experto que difícilmente podía acoger con alegría al jefe de la nueva brigada C1 que se entrometía en su trabajo.

Kate Miskin abrió de par en par la primera puerta a la izquierda y se apartó para que entrasen Dalgliesh y Massingham. La sacristía pequeña estaba tan profusamente iluminada como un plató de estudio cinematográfico. Bajo el resplandor de la luz fluorescente que bañaba todo aquel extraño escenario, el cuerpo inerte de Berowne, con la garganta cortada, la sangre coagulada, y el vagabundo apoyado en la pared como una marioneta sin cuerdas, parecieron por un momento una cosa irreal, un cuadro de Grand Guignol demasiado exagerado y elaborado para resultar convincente. Dirigiendo apenas una mirada al cadáver de Berowne, Dalgliesh avanzó pisando la alfombra hasta llegar a Harry Mack, y se puso en cuclillas junto a él. Sin volver la cabeza, preguntó:

—¿Estaban encendidas las luces cuando la señorita Wharton encontró los cadáveres?

—En el pasillo no, señor, pero ella dice que esta luz sí estaba encendida. El niño lo confirma.

—¿Dónde están ahora?

—En la iglesia, señor. El padre Barnes está con ellos.

—Hable un poco con ellos, ¿quiere, John? Dígales que yo también lo haré apenas pueda. Y procure ponerse en contacto con la madre del chico. Debemos sacarlo de aquí tan pronto como sea posible. Después, quiero que vuelva usted aquí.

Muerto, Harry tenía un aspecto tan desaliñado como debió de tenerlo en vida. De no haber sido por aquel babero de sangre, hubiera podido estar dormido, con las piernas estiradas, la cabeza inclinada hacia adelante, y su gorro de lana tapándole el ojo derecho. Dalgliesh puso la mano bajo su barbilla y levantó suavemente aquella cabeza. Tuvo la sensación de que iba a desprenderse del cuerpo y rodar entre sus manos. Vio lo que esperaba encontrar: un solo corte a través de la garganta, al parecer de izquierda a derecha, que había seccionado la tráquea hasta las vértebras. El *rigor mortis* se había apoderado ya totalmente de él, y la piel estaba fría como el hielo, al tiempo que aparecía carne de gallina al haberse contraído los músculos erectores de los pelos cuando se impuso la rigidez mortal. Cualquiera que fuese la concatenación de azar o deseo que hubiera llevado a Harry Mack hasta aquel lugar, la causa de la muerte no presentaba ningún misterio.

Llevaba unos pantalones viejos a cuadros, muy holgados en las perneras, y sujetos a los tobillos con cordeles. Sobre ellos, hasta donde la sangre permitía verlo, llevaba un jersey de punto sobre una camiseta de marinero. La maloliente chaqueta cruzada, llena de mugre, estaba desabrochada, y su parte izquierda colgaba, abierta. Dalgliesh la levantó cuidadosamente, tocando tan sólo el borde extremo de la tela, y vio, debajo de ella, una mancha de sangre en la alfombra de unos dos centímetros de longitud y más espesa en el extremo derecho que en el izquierdo. Mirando más de cerca, creyó ver una traza de sangre, más o menos de la misma longitud, en el bolsillo de la chaqueta, pero la tela de ésta estaba demasiado sucia para poderlo afirmar con seguridad. Alguna que otra gota de sangre debió de haber caído o haber saltado desde el arma, antes de caer Harry, y después había manchado la alfombra al ser arrastrado el cuerpo hasta la pared. Pero ¿de quién era la sangre? Si se demostraba que era de Harry, el descubrimiento tendría poca importancia, pero ¿y si era de Berowne? Dalgliesh deseó que no tardara en llegar el biólogo forense, aunque sabía que de momento no podía esperar una respuesta concreta. Durante la autopsia, se tomarían muestras de la sangre de ambas víctimas, pero pasarían tres días, como mínimo, antes de que pudiera ver el resultado del análisis. No sabía qué impulso le había obligado a dirigirse primero hacia el cadáver de Harry Mack, pero ahora avanzó cuidadosamente a través de la alfombra hasta llegar a la cama, y permaneció en silencio mientras contemplaba el cadáver de Berowne. Ni siquiera cuando tenía quince años, y se encontraba junto al lecho de muerte de su madre, había sentido la necesidad de pensar, y mucho menos de pronunciar, la palabra «adiós». No se podía hablar con alguien que ya no estaba presente. Pensó que las personas podían vulgarizarlo todo, pero no esto. Aquel cadáver, del que se había apoderado una rigidez grotesca y que ya empezaba, o al menos así se lo pareció a su sensible olfato, a emitir los primeros efluvios agridulces de la podredumbre, todavía tenía, a pesar de todo, una dignidad inalienable, puesto que antes había sido un hombre. Sin embargo, sabía perfectamente con qué rapidez se extinguía aquella humanidad espúrea. Antes incluso de que el forense hubiera acabado su trabajo en el lugar del crimen y de que la cabeza fuera envuelta y las manos enfundadas en bolsas de plástico, antes incluso de que Doc Kynaston empezara a trabajar con sus bisturíes, el cadáver sería una prueba, más importante, más voluminosa y más difícil de conservar que otras pruebas del caso, pero de todos modos una simple prueba, etiquetada, documentada, deshumanizada, que sólo suscitaría interés, curiosidad o repugnancia. Pero todavía no. Pensó: «Yo conocía a este hombre, no muy bien pero le conocía. Me caía bien. Seguramente, merece algo mejor, por mi parte, que el hecho de observarlo con mis ojos de policía.»

Yacía con la cabeza hacia la puerta y formando un ángulo de cuarenta y cinco grados con la cama, cuyo extremo inferior tocaban sus zapatos. La mano izquierda estaba extendida y la derecha más cercana al cuerpo. La cama había sido cubierta con una manta de lana, tejida a mano y formando cuadros de colores chillones. Parecía como si Berowne se hubiera agarrado a ella al caerse, tirando de ella hasta el punto de que se había doblado en parte a su derecha. Sobre ella había una navaja abierta, con la hoja cubierta de sangre coagulada, a unos pocos centímetros de su mano derecha. Era extraordinaria la cantidad de detalles que se grabaron simultáneamente en la mente de Dalgliesh. Una delgada franja de lo que parecía ser barro seco entre el tacón y la suela del zapato izquierdo; las manchas de sangre que formaban una costra sobre la lana de cachemira, de color beige, del suéter; la boca entreabierta, inmovilizada en un rictus mitad sonrisa y mitad mueca; aquellos ojos muertos que, mientras los contemplaba, parecían encogerse en sus órbitas; la mano izquierda, con sus dedos largos y pálidos, curvados y delicados como los de una chica; la palma de la mano derecha cubierta de sangre. Sin embargo, el conjunto del cuadro le dio una impresión de falsedad, y supo el motivo. No era posible que Berowne hubiera podido empuñar la navaja con la mano derecha y agarrarse a la manta al caer. Pero si primero había dejado caer la navaja, ¿por qué ésta había quedado sobre la manta y tan convenientemente próxima a su mano, como si se hubiera deslizado de los dedos ya entreabiertos? ¿Y por qué la palma había de estar tan llena de sangre, casi como si la mano de otro la hubiera levantado y pasado por la sangre que brotaba de la garganta? Si el propio Berowne hubiera utilizado la navaja, con toda seguridad la palma de la mano que la hubiera empuñado no habría quedado tan ensangrentada.

Notó un leve rumor a su lado y, al volverse, vio que la inspectora de detectives Kate Miskin estaba mirando, pero no al cadáver, sino a él.

Enseguida apartó la vista, pero no antes de que él hubiera detectado, con disgusto, una expresión de grave y casi maternal solicitud. Inquirió con aspereza:

—¿Y bien, inspectora?

—Parece evidente, señor, que se trata de un asesinato seguido por suicidio. La clásica serie de heridas infligidas por la misma persona: tres cortes, dos como intento y el tercero que llega hasta la tráquea. —Y añadió—: Podría utilizarse como ilustración en un libro de texto de medicina forense.

—No es difícil reconocer lo evidente —le repuso él—. Sin embargo, es aconsejable una mayor lentitud para creerlo. Quiero que usted comunique la noticia a su familia. La dirección es el número sesenta y dos de Campden Hill Square. Allí están la esposa y una madre ya anciana, lady Ursula Berowne, así como una especie de ama de llaves. Utilice su discreción para averiguar cuál es la más indicada para recibir el primer golpe. Y llévese consigo un agente. Cuando la noticia corra, es posible que les importunen y necesiten protección.

—Sí, señor.

No mostró ningún resentimiento al recibir la orden de retirarse del escenario. Sabía que la tarea de llevar la noticia no era ningún encargo rutinario, que no la habían elegido a ella simplemente por tratarse de la única mujer del equipo y considerar él que se trataba de una misión propia de mujeres. En realidad, ella daría la noticia con tacto, discreción e incluso compasión. Dios sabía que había tenido suficiente práctica en sus diez años en la policía. Sin embargo, no dejaría de traicionar el dolor de los demás, acechando y escuchando, incluso mientras pronunciara las palabras formales de su pésame, el más leve parpadeo, cualquier tensión de las manos y de los músculos faciales, esperando la palabra imprudente o cualquier otro signo de que, para alguna persona de aquella casa de Campden Hill Square, la noticia pudiera no ser una novedad.

5

Antes de concentrarse en el escenario del crimen, a Dalgliesh siempre le agradaba efectuar una breve exploración del entorno, para orientarse y, en cierto modo, para situar la escena del asesinato. Este ejercicio tenía su valor práctico, pero reconocía que, de una manera un tanto misteriosa, satisfacía una necesidad psicológica, tal como en su infancia le agradaba explorar una iglesia rural, caminando primero, lentamente, alrededor de ella, con una sensación de pasmo y emoción, antes de abrir la puerta y comenzar su ya planeada exploración hasta llegar al misterio central. Y ahora, aprovechando los pocos minutos de que disponía, antes de que el fotógrafo, los expertos en huellas y los biólogos forenses llegaran allí, tenía todo el lugar casi para él solo. Al salir al pasillo, se preguntó si aquella atmósfera tranquila, matizada por el aroma del incienso y los cirios y el olor, más sólidamente anglicano, de los mohosos libros de plegarias, el líquido de pulir metales y las flores, había ofrecido también a Berowne la promesa del descubrimiento, de un escenario ya preparado, una tarea inevitable e insoslayable.

El pasillo brillantemente iluminado, con su suelo de mosaico pulimentado con cera encáustica, y sus paredes pintadas de blanco, recorría toda el ala oeste de la iglesia. La sacristía pequeña era la primera habitación a la izquierda. Junto a ella y con una puerta de comunicación, había una cocinilla de unos tres metros por dos y medio. Había después un estrecho retrete con una taza anticuada de porcelana decorada y un asiento de madera de caoba, sobre el que había una cadena que colgaba bajo una única y alta ventana. Finalmente, una puerta abierta le llevó a una habitación cuadrada y de techo alto, casi con certeza situada debajo del campanario, y que era, obviamente, la sacristía propiamente dicha. Frente a ella, el pasillo quedaba separado de la nave de la iglesia por una reja de tres metros de longitud y delgados barrotes de hierro forjado, que permitía una visión, a lo largo de la nave, del cavernoso ábside y la capilla de Nuestra Señora a la derecha. Una puerta central en la reja, rematada con las figuras de dos ángeles trompeteros, permitía la entrada a la iglesia al sacerdote seguido por sus monaguillos. A la derecha, había una puerta de madera cerrada con un candado y también fijada en la reja. Detrás de ella, pero al alcance de la mano extendida, vio un candelabro de varios brazos, también de hierro forjado, con una caja de cerillas en un soporte de bronce sujetado con una cadena, y una bandeja que contenía unas cuantas velillas. Al parecer, ello había de permitir a la gente que tenía algo que hacer en la sacristía encender una vela cuando la puerta enrejada de la iglesia estaba cerrada. A juzgar por la limpieza de los portavelas, era ésta una medida que rara vez, o casi nunca, se tomaba. Había un solo cirio en su lugar, erguido como un pálido dedo de cera, y nunca había sido encendido. Dos de los candeleros de bronce suspendidos sobre la nave proporcionaban una luz suavemente difusa, pero la iglesia tenía un aire misterioso comparado con el resplandor del pasillo y las figuras de Massingham y el sargento de detectives que hablaban en voz baja, así como las de la señorita Wharton y el niño pacientemente sentados, como enanos deformes, en unas sillas bajas en lo que debía de ser el rincón destinado a la infancia, parecían tan distantes e insustanciales como si existieran en una dimensión diferente del tiempo. Mientras los observaba, Massingham levantó la mirada, le vio y atravesó la nave en dirección hacia él.

Regresó a la sacristía pequeña y, ante el umbral de la puerta, se puso sus guantes de goma. Como siempre, le sorprendió ligeramente el hecho de que fuese posible fijar la atención en el cuarto en sí, en su mobiliario y sus objetos, antes incluso de que los cadáveres hubieran sido retirados, como si en su fija y silenciosa decrepitud hubieran pasado a formar parte, por un momento, de los artefactos de la habitación, tan significativos, ni más ni menos, como cualquier otra pista física. Al avanzar dentro de la habitación, supo que Massingham se encontraba detrás de él, alerta y sacando también sus guantes, pero extrañamente sumiso, caminando con discreción detrás de su jefe, como un criado recién contratado que mostrara su deferencia al médico de la casa, Dalgliesh pensó: «¿Por qué se comportan como si yo necesitara ser tratado con tacto, como si sufriera alguna pena privada? Ésta es una tarea como cualquier otra. Promete ser lo bastante difícil sin que John y Kate deban tratarme como si yo fuera un convaleciente excesivamente sensible.»

Recordó que Henry James había dicho sobre su muerte inminente: «¡Veo que llega, por fin, aquella cosa tan distinguida!» Si Berowne había pensado en tales términos, el lugar era de lo más incongruente para recibir tan honrosa visita. El cuarto tenía poco más de cuatro metros cuadrados y lo iluminaba un tubo fluorescente que cubría casi toda la longitud del techo. La única luz natural procedía de dos ventanas altas y curvadas. Las cubría por la parte exterior una tela metálica protectora, que parecía la de un gallinero y en la que se había acumulado el polvo de décadas enteras, de suerte que los cristales eran unos alvéolos cubiertos de mugre verdosa. Por su parte, el mobiliario parecía haber sido adquirido gradualmente a lo largo de los años, a base de donativos, de trastos desechados, y restos sin valor de antiguas ventas de objetos de ocasión. Frente a la puerta y debajo de las ventanas, había una antigua mesa de roble, con tres cajones a la derecha, uno de ellos sin asa. Sobre ella descansaba una sencilla cruz de roble, un secante muy usado sobre un vade de cuero y un teléfono negro de modelo anticuado, cuyo auricular, descolgado, yacía a su lado.

Massingham comentó:

—Parece como si lo hubiera descolgado. ¿A quién se le ocurre llamar por teléfono precisamente cuando se está concentrando para cortarse la yugular?

—O bien su ejecutor no quiso correr el riesgo de que los cadáveres fuesen descubiertos demasiado temprano. Si al padre Barnes se le ocurría telefonear y no recibía contestación, lo más probable era que viniese aquí para comprobar si Berowne estaba bien. Si seguía oyendo la señal de comunicar, probablemente supondría que Berowne estaba haciendo una serie de llamadas, y dejaría de preocuparse.

—Tal vez consigamos una huella de palma de mano, señor.

—No lo creo, John. Si esto es asesinato, no nos las habemos con un necio.

Continuó su exploración. Con las manos enguantadas, abrió el cajón superior y encontró un bloque de papel blanco de cartas, barato, con el nombre de la iglesia como membrete, y una caja de sobres. Aparte de esto, el cajón no contenía nada interesante. Apoyadas en la pared de la izquierda había varias sillas de lona y metal bien apiladas, al parecer para ser utilizadas ocasionalmente por los miembros del consejo parroquial. Detrás de ellas había un archivador metálico de cinco cajones, y junto a él una pequeña librería con puertas de vidrio. La abrió y vio que contenía un surtido de viejos libros de oraciones, misales, folletos religiosos y un montón de libritos con la historia de aquella iglesia. Había tan sólo dos sillones, uno a cada lado de la chimenea; uno era un mueble compacto y de color oscuro, tapizado con cuero ya deteriorado y provisto de un cojín hecho con labor de punto, y el otro era un sillón mugriento pero más moderno, con cojines fijos al armazón. Una de las sillas apiladas había sido sacada del montón. Colgaba de su respaldo una toalla blanca y sobre su asiento reposaba una bolsa de lona marrón, con la cremallera abierta. Massingham investigó cuidadosamente el contenido y dijo:

—Un par de pijamas, unos calcetines de repuesto y una servilleta que envolvía media hogaza de pan integral y un trozo de queso. Roquefort, a juzgar por su aspecto. Y también hay una manzana. Una Cox, si sirve de algo.

—No lo creo. ¿Nada más, John?

—Sí, señor. No hay vino. No sé qué podía estar haciendo aquí, pero no parece que fuese a acudir a una cita, al menos con una mujer. ¿Y por qué elegir este lugar con todo Londres a su disposición? La cama es demasiado estrecha. No ofrece ninguna comodidad.

—Buscara lo que buscase aquí, no creo que fuese comodidad.

Dalgliesh se había aproximado a la chimenea, una sencilla repisa de madera y una reja de hierro con dibujos de racimos y convólvulos, enclavada en medio de la pared de la derecha. Pensó que debía de hacer décadas que no se había encendido en ella un fuego. Frente al hogar había una gran estufa eléctrica con brasas artificiales, la parte posterior alta y curvada y triple quemador. Avanzó un poco más y observó que, en realidad, la parrilla del hogar había sido utilizada recientemente, ya que alguien había tratado de quemar un dietario. Yacía abierto en la parrilla, con las hojas dobladas y ennegrecidas. Al parecer, algunas páginas habían sido arrancadas y quemadas por separado, y los frágiles fragmentos de negra ceniza habían flotado hasta depositarse sobre los desechos que había debajo de la parrilla: cerillas usadas, polvillo de carbón, borra de la alfombra y la porquería de años acumulada. La cubierta azul del dietario, con el año claramente impreso, había ofrecido más resistencia a las llamas, y una esquina sólo estaba ligeramente chamuscada. Era evidente que quien lo hubiese quemado había procedido con apresuramiento, a no ser, desde luego, que sólo le hubiera preocupado destruir ciertas páginas. Dalgliesh ni siquiera lo tocó. Era una tarea para Ferris, el oficial a cargo del escenario del crimen, que ya esperaba con impaciencia en el pasillo. Era un hurón al que nunca le agradaba que otro que no fuese él examinara el lugar de un crimen, y a Dalgliesh le pareció como si su impaciencia para proceder a su trabajo penetrase a través de la pared como una fuerza palpable. Se agachó y examinó los desechos que habían debajo de la parrilla. Entre los fragmentos de papel quemado vio una cerilla usada, cuya mitad aparecía tan limpia y blanca como si acabaran de encenderla. Dijo:

—Pudo haberla utilizado para quemar el dietario. Pero, en ese caso, ¿dónde está la caja? Eche un vistazo a los bolsillos de la americana, John.

Massingham se dirigió hacia la americana de Berowne, colgada de un gancho detrás de la puerta, y palpó los dos bolsillos exteriores y uno interior.

—Una cartera, señor, una estilográfica Parker y unas llaves con su llavero —dijo—. No hay encendedor ni cerillas.

Y tampoco las había en la habitación, al menos a la vista.

Con una excitación que iba en aumento pero que ninguno de los dos mostraba, se trasladaron a la mesa y examinaron atentamente el secante. También aquello debía de haber estado allí durante años. El rosado papel secante, ya desgastado en sus bordes, estaba marcado por una maraña de diferentes tintas y con borrones ya difuminados. Ello no era sorprendente, pensó Dalgliesh, ya que hoy en día eran mayoría los que utilizaban bolígrafos en vez de tinta. Sin embargo, al examinarlo con mayor atención, pudo ver que alguien había estado escribiendo recientemente con una pluma estilográfica. Sobre las señales más antiguas había trazos más recientes, una serie de líneas interrumpidas y semicurvas, en tinta negra, que cubrían una longitud de unos doce centímetros en el papel secante. Su carácter reciente era obvio. Se acercó a la chaqueta de Berowne y sacó la pluma estilográfica. Era un modelo estilizado y elegante, uno de los más recientes, y vio que estaba cargada con tinta negra. El laboratorio podría identificar la tinta, aunque las letras no pudieran ser descifradas. Sin embargo, si Berowne había estado escribiendo y había secado el papel en el escritorio, ¿dónde estaba ahora ese papel? ¿Se habría deshecho de él, lo habría roto, lo habría arrojado al retrete, o tal vez quemado entre los restos de las páginas del dietario? ¿O tal vez lo había encontrado otra persona, que acaso hubiera venido incluso con el único propósito de encontrarlo, y que después lo había destruido o se lo había llevado consigo?

Finalmente, él y Massingham atravesaron la puerta abierta, a la derecha de la chimenea, procurando no rozar el cadáver de Harry, y exploraron la cocina. Había un fogón de gas, relativamente moderno, montado sobre un fregadero de porcelana profundo y cuadrado, muy manchado, y con una servilleta de té, limpia pero arrugada, colgada de un gancho junto a él. Dalgliesh se quitó los guantes y tocó la servilleta. Estaba ligeramente húmeda, pero lo estaba toda ella, como si la hubieran empapado en agua, escurrido después y dejado que se secara durante la noche. La entregó a Massingham, que se quitó a su vez los guantes y la tocó. Dijo:

—Aunque el asesino estuviera desnudo, o semidesnudo, necesitó lavarse las manos y los brazos. Tal vez utilizó esto. La toalla de Berowne es, presumiblemente, la colgada en la silla, y me parece totalmente seca.

Salió para comprobarlo, mientras Dalgliesh proseguía su exploración. A la derecha había una alacena con la superficie de formica, llena de manchas de té, y sobre la cual se encontraban una tetera de gran tamaño, otra más pequeña y más moderna, y dos latas de té. Había también una taza de porcelana desportillada, con su interior manchado hasta el punto de parecer negro, y que olía a alcohol. Al abrir la alacena, vio que contenía una serie de tazas y platos de loza, ninguno de los cuales hacía juego, y dos servilletas de té limpias y dobladas, ambas secas; en el estante inferior encontró un surtido de jarrones para flores, así como un maltrecho cesto de mimbre que contenía trapos para el polvo y botes de productos de limpieza para metales y muebles. Al parecer, era allí donde la señorita Wharton y sus ayudantes arreglaban las flores, lavaban sus trapos y se reconfortaban con un té.

Unida a la tubería del fogón de gas por una cadenilla de latón había una caja de cerillas con un soporte metálico, similar a la encadenada al candelabro, y el soporte tenía una bisagra en la parte superior para permitir la inserción de una nueva caja, Había visto un dispositivo similar, con cadena, en el despacho parroquial de la iglesia de su padre en Norfolk, pero desde entonces no recordaba haber encontrado otro. Su uso era complicado y la superficie para raspar la cerilla apenas resultaba adecuada. Era difícil creer que las cajas hubieran sido extraídas y después colocadas de nuevo y todavía más difícil pensar que una cerilla de una de aquellas cajas encadenadas hubiera sido encendida y seguidamente trasladada, sin que se apagara, hasta la sacristía pequeña, para utilizarla en la incineración del dietario.

Massingham volvía a estar detrás de él y dijo:

—La toalla del otro cuarto está perfectamente seca y apenas sucia. Parece como si Berowne se hubiera lavado las manos al llegar y esto es todo. Es extraño que no la dejara aquí, excepto que no veo nada adecuado para colgarla. Sin embargo, todavía es más extraño que el asesino, suponiendo que hubiera un asesino, no la emplease para secarse, en vez de usar aquella servilleta pequeña.

Dalgliesh repuso:

—Tal vez no pensó en llevarla consigo a la cocina. Y si no lo hizo, difícilmente podía volver para buscarla. Demasiada sangre, demasiado riesgo de dejar una pista. Era mejor utilizar lo que encontrase más a mano.

Era evidente que la cocina era la única habitación con agua y un fregadero; lavarse las manos, así como lavarse en general, debía hacerse allí, cuando se hacía. Sobre el fregadero había un espejo formado por piezas de cristal fijadas a la pared, y debajo de él un sencillo estante de vidrio. Sobre él, había una bolsa de goma espuma, con la cremallera abierta, que contenía un cepillo de dientes y un tubo de pasta, una toallita seca para la cara y una pastilla de jabón ya usada. Debajo, apareció un hallazgo más interesante: un estrecho estuche de cuero con las iniciales PSB grabadas en oro mate. Con las manos enguantadas, Dalgliesh levantó la tapa y encontró lo que ya esperaba: la gemela de la navaja asesina que se encontraba tan incriminadoramente cercana a la mano derecha de Berowne. En el forro de satén de la tapa había un adhesivo con el nombre del fabricante impreso con un tipo de letra anticuado, P. J. Bellingham, y su dirección en Jermyn Street. Bellingham, el barbero más caro y prestigioso de Londres, y todavía el suministrador de navajas a aquellos clientes que nunca se habían acomodado a los hábitos del siglo XX en cuestión de afeitado.

No había nada de aparente interés en el retrete y se dirigieron hacia la sacristía. Era obvio que allí era donde Harry Mack se había acomodado para pasar la noche. Lo que parecía una vieja manta del ejército, deshilachada en los bordes y más que mugrienta, había sido extendida de cualquier manera en una esquina, y su tufillo se mezclaba con el olor del incienso, produciendo una amalgama incongruente de piedad y pobreza. Junto a ella había una botella, un trozo de cuerda sucia y una hoja de periódico sobre la que se encontraba una rebanada de pan moreno, el corazón de una manzana y unas cuantas migas de queso. Massingham las recogió, las frotó entre sus palmas y sus pulgares, y las olió. Después, anunció:

—Roquefort, señor. No creo que Harry se procurase esta clase de queso.

No había señales de que Berowne hubiera comenzado su cena —esto podría servir de ayuda para decidir la hora aproximada de la muerte—, pero, al parecer, o bien había inducido a Harry a entrar en la iglesia con la promesa de darle de comer, o, lo que era más probable, había contribuido a satisfacer una necesidad obvia e inmediata, antes de disponerse a consumir su parte de aquella cena.

La sacristía le resultaba tan familiar, a partir de sus recuerdos de infancia, que Dalgliesh hubiera podido echarle un rápido vistazo, cerrar los ojos y enunciar en voz alta un inventario de objetos eclesiales: los paquetes de incienso en el estante superior del armario; el incensario y el receptáculo del incienso; el crucifijo y, detrás de la rajada cortina de sarga roja, las casullas bordadas y los roquetes cortos y almidonados de los niños del coro. Pero ahora su mente estaba fija en Harry Mack. ¿Qué le había despertado en su sopor de borrachera: un grito, el fragor de una pelea, el ruido de un cuerpo que se desplomaba? Sin embargo, ¿pudo haberlo oído desde esa habitación? Como si se hiciera eco de sus pensamientos, Massingham dijo:

—Pudo haberle despertado la sed, cosa que tal vez le llevó a la cocina en busca de un trago de agua, y de esta manera presenció el crimen, Parecía como si aquel tazón de porcelana fuese el suyo. El padre Barnes sabrá si pertenece a la iglesia, y, con un poco de suerte, tal vez haya huellas en él. También cabe que fuese al retrete, pero dudo que desde allí hubiera podido oír algo.

Y, pensó por su parte Dalgliesh, era improbable que después del retrete hubiera ido a la cocina para lavarse las manos. Probablemente, Massingham tenía razón. Harry se había instalado para pasar la noche allí y, en un momento dado, necesitó tomar unos sorbos de agua. A no ser por aquella sed fatal, todavía podría estar durmiendo apaciblemente.

En el pasillo, Ferris seguía caminando suavemente sobre las puntas de los pies, como el corredor que se prepara para emprender una carrera.

Massingham dijo:

—El secante, esa taza de loza esmaltada, la servilleta de té y el dietario son cosas que tienen todas ellas su importancia, y hay también, en la reja de la chimenea, lo que parece una cerilla encendida recientemente. Necesitamos todo eso. Pero necesitamos también todo lo que se encuentre en la chimenea y en los recodos de las tuberías del fregadero. Lo más probable es que el asesino se lavara en la cocina.

En realidad, nada de esto necesitaba ser expuesto, y menos para Charlie Ferris. Éste era el hombre más experto de la policía metropolitana, y el que Dalgliesh siempre esperaba que estuviera disponible cuando empezaba un caso nuevo. Era inevitable, dado su apellido, que se le apodara «Ferret»*, aunque rara vez cuando la palabra podía llegar a sus oídos. Era bajito, con los cabellos de un color pajizo, facciones pronunciadas y un sentido del olfato tan bien desarrollado que, según se rumoreaba, había olfateado un suicidio en el bosque de Eppin, antes incluso de que los animales predadores llegaran al lugar del hecho. En sus momentos libres, cantaba en uno de los coros de aficionados más famosos de Londres. Dalgliesh, que le había oído cantar en un concierto organizado por la policía, nunca dejaba de sorprenderse ante la realidad de que un pecho tan estrecho y una estructura física tan frágil pudieran producir una voz de bajo tan profunda. El hombre era un fanático en su tarea e incluso se había procurado la indumentaria más apropiada para sus investigaciones: unos pantalones cortos blancos con una camiseta, un go-

* Ferret significa «hurón». (N. del T.)

rro de natación en tela plástica, perfectamente ajustado para impedir que los cabellos pudieran interferir en su búsqueda, guantes de goma tan finos como los de un cirujano, y zapatillas de baño, también de goma, en sus pies desnudos. Su dogma era el de que ningún asesino abandonaba nunca el escenario de un crimen sin dejar detrás de él alguna prueba de su delito. Y si la había, Ferris la encontraba.

Se oyeron voces en el pasillo. Habían llegado el fotógrafo y los expertos en huellas. Dalgliesh oyó la retumbante voz de George Matthew que maldecía el tráfico de la carretera de Harrow, y también la respuesta, más apacible, del sargento Robins. Alguien se rió. No se mostraban insensibles ni particularmente cínicos, pero tampoco eran sepultureros a los que se exigiera una reverencia profesional frente a la muerte. El biólogo forense todavía no había llegado. Algunos de los científicos más distinguidos del Laboratorio Metropolitano eran mujeres, y Dalgliesh, que se reconocía una sensibilidad anticuada que de ningún modo les hubiera confesado, siempre se alegraba cuando resultaba posible retirar los cadáveres más horripilantes antes de que ellas llegaran para investigar y fotografiar las manchas de sangre, y analizar la colección de muestras obtenidas. Puso en manos de Massingham la tarea de saludar a los recién llegados y comunicarles los detalles. Había llegado el momento de hablar con el padre Barnes, pero primero deseaba cambiar unas palabras con Darren antes de que se lo llevaran a su casa.

6

Dijo el sargento Robins:

—Se ha marchado ya, señor, pero ese diablillo nos ha estado tomando el pelo. No conseguimos arrancarle la dirección de su casa, y cuando finalmente nos dio una, era falsa, ya que se trataba de una calle que no existe. Nos hizo perder miserablemente el tiempo. Creo que ahora nos dice la verdad, pero para conseguirlo tuve que amenazarlo con el Departamento de Menores, la Asistencia Social y Dios sabe cuántas cosas, antes de que hablase. E incluso entonces, trató de burlarnos y evadirse. Tuve la suerte de poder alcanzarlo.

La señorita Wharton había sido conducida ya a Crowhurst Gardens por una agente de la policía, sin duda para verse rodeada allí por un ambiente de conmiseración y reconfortada con una taza de té. Había realizado meritorios esfuerzos para recuperar su integridad, pero, a pesar de todo, se mostró confusa acerca de la secuencia exacta de los acontecimientos antes de llegar a la iglesia y hasta el momento en que había abierto la puerta de la sacristía pequeña. Lo importante para la policía era si ella o Darren habían entrado en aquella habitación, lo que suponía el riesgo de que el escenario hubiese sido alterado. Ambos aseguraron que no había sido así. Aparte de esto, poco era lo que pudiera decir la buena mujer, por lo que Dalgliesh había escuchado brevemente su historia y había permitido que se marchara.

Sin embargo, no dejaba de resultar irritante que Darren se encontrase todavía allí. Si era necesario proceder a un nuevo interrogatorio, lo correcto era que el niño estuviera en su casa y con sus padres presentes. Dalgliesh sabía que la aparente indiferencia en la expresión del niño no garantizaba que aquel horror no le hubiese afectado. No siempre era un trauma evidente lo que más trastornaba a un niño, y no dejaba de ser curioso que éste se mostrara tan poco dispuesto a permitir que se le devolviera a su casa. Normalmente, un trayecto en coche, aunque fuera un coche de la policía, tenía su emoción para un niño, sobre todo en unos momentos en que empezaba a reunirse cierto gentío capaz de atestiguar su notorio papel en el asunto, un gentío atraído por los metros de cinta blanca que sellaban toda la parte sur de la iglesia, por los coches policiales y por el inconfundible furgón mortuorio, negro y siniestro, aparcado entre el muro de la iglesia y el canal. Dalgliesh se encaminó hacia el coche de la policía y abrió la puerta; después dijo:

—Soy el comandante Dalgliesh. Y es hora de que regreses a casa, Darren. Tu madre estará preocupada.

Y, seguramente, el niño debería estar en la escuela. El curso debía de haber empezado ya. Pero eso, gracias a Dios, era un problema que no le incumbía a él.

Darren, pequeño y con un aspecto extremadamente desaliñado, se había acomodado en la parte izquierda del asiento delantero. Era un niño de aspecto extraño, con una carita de mono, pálida bajo un sembrado de pecas, con nariz chata y ojos vivarachos detrás de unas pestañas rizadas y casi incoloras. Era evidente que él y el sargento Robins se habían estado midiendo su mutua paciencia casi más allá de todo límite, pero se animó al ver a Dalgliesh y preguntó con una infantil beligerancia:

—¿Es usted el jefe aquí?

Un tanto desconcertado, Dalgliesh contestó con cautela:

—Más o menos, así es.

Darren miró a su alrededor con ojos brillantes y suspicaces, y después manifestó:

—Ella no ha sido. Quiero decir la señorita Wharton. Ella es inocente.

Muy serio, Dalgliesh repuso:

—No, no creemos que haya sido ella. Como tú sabes, se necesitó más fuerza de la que pudieran tener una señora de cierta edad y un niño. Tú y ella estáis fuera de toda sospecha.

—Vale, entonces todo va bien.

Dalgliesh le preguntó:

—¿Te cae bien?

—Es una buena mujer. Pero necesita que se ocupen de ella. Es bastante boba. No sabe valerse por sí misma. De todas maneras, yo me ocupo de ella.

—Creo que ella confía en ti. Ha sido una suerte que estuvierais juntos los dos cuando habéis encontrado los cadáveres. Para ella, debe de haber sido espantoso.

—Le ha dado un soponcio. No puede soportar ver la sangre, ¿comprende? Por eso no tiene televisión en color. Dice que no puede pagárselo, pero eso es una tontería. Al fin y al cabo, siempre está comprando flores para BVM.

—¿BVM? —repitió Dalgliesh, mientras su mente buscaba una marca de coche desconocida.

—Esa estatua en la iglesia. Esa señora vestida de azul, con cirios delante. La llaman BVM. Ella siempre está poniendo flores allí, y encendiendo velas. Valen diez peniques cada una. Cinco peniques las pequeñas.

Sus ojos se desviaron como si se encontrara en un terreno peligroso y se apresuró a añadir:

—Creo que no quiere tener televisión en color porque no le gusta el color de la sangre.

Dalgliesh contestó:

—Creo que, probablemente, tienes razón. Nos has sido muy útil, Darren. ¿Verdad que estás seguro de que ninguno de los dos ha entrado en ese cuarto?

—No, ya lo he dicho. Siempre he estado detrás de ella.

Sin embargo, aquella pregunta no le había resultado grata y por primera vez pareció como si le abandonara una parte de su desparpajo. Se arrellanó en su asiento y, con una expresión enfurruñada, miró a través del parabrisas.

Dalgliesh regresó a la iglesia y buscó a Massingham.

—Quiero que acompañe a Darren a su casa. Tengo la sensación de que nos oculta algo. Tal vez no sea importante, pero será útil que se encuentre usted allí cuando él hable con sus padres. Usted ha tenido hermanos, y conoce a estos niños pequeños.

—¿Quiere que vaya ahora, señor? —le preguntó Massingham.

—Desde luego.

Dalgliesh sabía que esta orden no era grata. Massingham odiaba tener que abandonar el escenario de un crimen, aunque fuese temporalmente, mientras la víctima siguiera en él, y esta vez se alejaría todavía de peor gana porque Kate Miskin, que había regresado ya de Campden Hill Square, iba a quedarse allí. Pero si había de marcharse, lo haría solo. Ordenó al chófer que abandonara el coche, con una sequedad poco usual en él, y partió a una velocidad que sugería que Darren iba a disfrutar de un viaje especialmente emocionante.

Dalgliesh atravesó la puerta de la reja para adentrarse en la iglesia, pero se volvió para cerrarla suavemente tras de sí. A pesar de sus precauciones, el metal resonó intensamente en el silencio reinante y suscitó ecos a su alrededor, mientras caminaba ya por la nave. Detrás de él, fuera del alcance de su vista pero siempre presente en su mente, estaba todo el aparato propio de su oficio: luces, cámaras, equipos, y un silencio truncado por voces susurrantes y tranquilas en presencia de la muerte. Sin embargo, ahí, protegido por elegantes rejas de hierro forjado, había otro mundo todavía no contaminado. El aroma del incienso se intensificó y vio ante sí un resplandor dorado, allí donde el reluciente mosaico del ábside dominaba la atmósfera y la gran figura de un Cristo Glorioso, con sus manos perforadas extendidas, contemplaba toda la nave con ojos cavernosos. Se habían encendido otras dos luces en el templo, pero la iglesia todavía seguía oscurecida, comparada con el duro fulgor de los arcos voltaicos instalados en el escenario, y necesitó todo un minuto para localizar al padre Barnes, una silueta oscura en el extremo de la primera hilera de sillas bajo el púlpito. Avanzó hacia él, oyendo sus propias pisadas sobre el suelo de mosaico, y preguntándose si al sacerdote le parecerían tan impresionantes como se lo parecían a él.

El padre Barnes estaba sentado muy erguido, con los ojos fijos en la resplandeciente curva del ábside, su cuerpo tenso y contraído, como el de un paciente que esperase sentir dolor y se dispusiera a resistirlo. No volvió la cabeza al aproximarse Dalgliesh. Evidentemente, acababan de convocarle. Iba sin afeitar y las manos, rígidamente unidas sobre su regazo, parecían sucias, como si se hubiera acostado sin lavárselas. La sotana, cuyo largo y negro perfil realzaba todavía más su magro cuerpo, era vieja y estaba llena de manchas de lo que parecía ser alguna salsa. Una de ellas parecía haber sido limpiada sin grandes resultados. Sus zapatos negros carecían de lustre y el cuero se resquebrajaba en los lados, mientras que la parte delantera tenía una tonalidad grisácea. Despedía un olor, en parte rancio y en parte desagradablemente dulzón, a ropas viejas e incienso, mezclado con un tufo de sudor acumulado, un olor que era una penosa amalgama de fracaso y temor. Cuando Dalgliesh descansó sus largas piernas al ocupar una silla contigua y apoyó un brazo en el respaldo, le pareció como si su cuerpo acompañara y, con su tranquila presencia, aliviara discretamente un cúmulo de miedo y tensión en su vecino, tan intenso que casi resultaba palpable. Sintió un repentino remordimiento. Desde luego, aquel hombre se había presentado en ayunas para la primera misa del día. Debía de estar anhelando café caliente y algún alimento. En otras circunstancias, alguien hubiera estado preparando té allí cerca, pero Dalgliesh no tenía la menor intención de utilizar la cocina, ni siquiera para poner una tetera a hervir, hasta que el especialista hubiera realizado su tarea.

—No le entretendré mucho tiempo, padre —dijo—. Se trata tan sólo de unas pocas preguntas y después le acompañaremos a la vicaría. Todo esto debe de haber sido un golpe muy duro para usted.

El padre Barnes seguía sin mirarle, pero contestó en voz baja:

—¿Un golpe? Sí, ha sido un golpe. Nunca hubiera debido permitirle tener la llave. En realidad, no sé por qué lo hice. No es fácil explicarlo.

Su voz resultaba inesperada. Era una voz baja, un tanto ronca y con indicios de una energía mayor de lo que pudiera sugerir aquel cuerpo tan frágil; no era una voz educada, sino una voz en la que la educación había impuesto una disciplina que no había borrado del todo el acento provinciano, probablemente de East Anglia, de la infancia. Finalmente se volvió hacia Dalgliesh y dijo:

—Dirán que yo soy el responsable. No hubiera debido permitir que tuviese la llave. Soy culpable de ello.

Dalgliesh repuso:

—No es usted responsable de ello. Usted lo sabe perfectamente y también lo saben ellos.

Aquellos «ellos», ubicuos, atemorizadores y capaces de juzgar. Pensó, aunque no lo dijera, que un asesinato representaba una intensa emoción para aquellos que no tenían que llevar luto por nadie y ni siquiera se veían implicados directamente, y que en general la gente solía mostrarse indulgente con aquellos que facilitaban esta nueva emoción. El padre Barnes quedaría sorprendido —agradablemente o tal vez no— por el número de asistentes a su misa el domingo siguiente.

—¿Podemos empezar desde el principio? —dijo—.
¿Cuándo vio por primera vez a sir Paul Berowne?

—El lunes pasado, hace poco más de una semana.
Vino a la vicaría a eso de las dos y media, y preguntó si
podía visitar la iglesia. Había venido primero aquí y había descubierto que no podía entrar. Nos gustaría tener
la iglesia abierta en todo momento, pero ya sabe usted lo
que ocurre hoy. Hay toda clase de vándalos, personas que
tratan de abrir la caja de las limosnas, que roban los cirios. En el pórtico norte hay una nota en la que se dice
que la llave se encuentra en la vicaría.

—¿Supongo que no dijo qué estaba haciendo en
Paddington?

—Sí, en realidad lo dijo. Dijo que un viejo amigo suyo
se encontraba en el hospital Saint Mary, y que deseaba
visitarlo. Sin embargo, el paciente estaba sometido a un
tratamiento y no se admitían visitantes, por lo que disponía de una hora libre. Dijo que siempre había deseado visitar la iglesia de Saint Matthew.

Por lo tanto, así había empezado la cosa. La vida de
Berowne, como la de todos los hombres ocupados, estaba dominada por el reloj. Se había reservado una hora para
visitar a un viejo amigo, y, de una manera inesperada, esta
hora le había quedado disponible. Se sabía que le interesaba la arquitectura victoriana. Por fantástico que fuese
el laberinto en el que ese impulso le hubiera introducido,
al menos su primera visita a Saint Matthew ostentaba el
sello confortable de la normalidad y la razón.

—¿Se ofreció usted para acompañarlo? —preguntó
Dalgliesh.

—Sí, me ofrecí, pero me dijo que no me molestara.
Yo no insistí. Pensé que a lo mejor quería ir él solo.

Así que el padre Barnes no carecía de sensibilidad.

—Por lo tanto, le dio usted la llave —dijo Dalgliesh—.
¿Qué llave?

—La de reserva. Sólo hay tres para el pórtico sur. La

señorita Wharton tiene una y yo guardo las otras dos en la vicaría. Hay dos llaves en cada llavero, una para la puerta sur y otra, más pequeña, que abre la puerta de la reja. Si el señor Capstick o el señor Pool quieren una llave —se trata de nuestros dos sacristanes—, vienen a pedirla a la vicaría. Como puede ver, ésta queda muy cerca. Sólo hay una llave para la puerta principal del norte, que siempre guardo en mi estudio. No la dejo nunca a nadie, para que no se pierda. Por otra parte, es demasiado pesada para que se le dé un uso general. Le expliqué a sir Paul que encontraría un folleto que describe la iglesia en el rincón destinado a las publicaciones. Lo escribió el padre Collins y siempre hemos tenido la intención de ponerlo al día. Los guardamos en la mesa que hay en el pórtico norte, y sólo cobramos por cada uno tres peniques.

Volvió la cabeza con un gesto doloroso, como el de un enfermo de artritis, y casi como si invitara a Dalgliesh a comprar un ejemplar. Fue un gesto patético y más bien suplicante. Después prosiguió:

—Creo que debió de coger uno, porque dos días después encontré un billete de cinco libras en la hucha. La mayoría mete allí tan sólo los tres peniques.

—¿Le dijo quién era?

—Me dijo que se llamaba Paul Berowne. Siento decir que en aquel momento esto no significó nada para mí. No me dijo que fuese un diputado ni un baronet, ni nada por el estilo. Desde luego, después de su dimisión supe quién era. Salió en los periódicos y en la televisión.

Hubo una nueva pausa y Dalgliesh esperó. Al cabo de unos segundos, la voz empezó a sonar de nuevo, ahora más vigorosa y más resuelta.

—Creo que estuvo allí una hora, tal vez menos. Después me devolvió la llave. Me dijo que le gustaría dormir aquella noche en la sacristía pequeña. Desde luego, él no sabía que la llamamos así. Él me habló de la pequeña habitación con la cama. La cama ha estado allí desde los tiempos del padre Collins, durante la guerra. Él solía dormir en la iglesia durante la época de los bombardeos, para poder apagar las bombas incendiarias. Nunca la hemos sacado de allí. Tiene su utilidad cuando alguien se encuentra mal durante los servicios religiosos, o cuando yo quiero descansar antes de una misa de medianoche. No ocupa mucho sitio, ya que sólo se trata de una cama estrecha y plegable. Bueno, usted ya la ha visto...

—Sí. ¿Le dio alguna razón para ello?

—No. Me pareció una petición corriente y no me atreví a preguntar el motivo. No era hombre al que uno pudiera hacer demasiadas preguntas. Le hablé de las sábanas y de la funda de la almohada, pero me dijo que él traería todo lo necesario.

Y había traído una sábana doble y había dormido en ella, debidamente doblada. Además, había utilizado la vieja manta militar ya existente, doblada debajo de él, y encima aquella otra manta a cuadros multicolores. La funda de lo que era, obviamente, un cojín de sillón también cabía suponer que fuera suya.

Dalgliesh preguntó:

—¿Se llevó la llave consigo o volvió a pedirla por la noche?

—Volvió a pedirla. Debían de ser más o menos las ocho, tal vez algo antes. Se presentó ante la puerta de la vicaría, con una bolsa. No creo que viniera en coche, pues no vi ninguno. Yo le di la llave. No volví a verlo hasta la mañana siguiente.

—Hábleme de esa mañana siguiente.

—Como de costumbre, me dirigí a la puerta sur. Estaba cerrada. La puerta de la sacristía pequeña estaba abierta y vi que él no se encontraba allí. La cama estaba hecha, pulcramente. Todo estaba muy ordenado. Había sobre ella una sábana y una funda de almohada dobladas. A través de la reja, miré hacia la iglesia. Las luces no estaban encendidas, pero pude verlo. Estaba sentado en esta fila, algo más allá. Yo fui a la sacristía y me vestí para la misa, y después entré en la iglesia por la puerta de la verja. Cuando vio que la misa iba a celebrarse en la capilla de Nuestra Señora, se trasladó y se sentó en la última fila. No habló en ningún momento. Allí no había nadie más. Aquella mañana no le tocaba venir a la señorita Wharton, y el señor Capstick, que suele venir para asistir a la misa de nueve y media, estaba en cama con gripe. Estábamos solos los dos. Cuando terminé la primera plegaria y me volví hacia él, vi que estaba arrodillado. Comulgó. Después, nos dirigimos juntos a la sacristía pequeña. Me devolvió la llave, me dio las gracias, cogió la bolsa y se marchó.

—¿Y eso fue todo en aquella primera ocasión?

El padre Barnes se volvió y le miró fijamente. En la penumbra de la iglesia, su cara parecía exangüe. Dalgliesh vio en sus ojos una mezcla de súplica, resolución y pena. Había algo que temía decir, pero que al mismo tiempo necesitaba explicar. Dalgliesh esperó. Estaba acostumbrado a esperar. Finalmente, el padre Barnes habló.

—No, hay algo más. Cuando levantó las manos y yo deposité la hostia en sus palmas, creí ver... —hizo una pausa y después prosiguió— que había en ellas marcas, heridas. Creí ver estigmas.

Dalgliesh fijó la mirada en el púlpito. La figura pintada de un ángel prerrafaelista portador de un lirio, con sus rubios cabellos rizados bajo un amplio halo, le devolvió la mirada con suave indiferencia. Después preguntó:

—¿En las palmas?

—No. En las muñecas. Llevaba una camisa y un jersey. Los puños le venían un poco anchos. Se deslizaron hacia atrás, y entonces fue cuando vi aquello.

—¿Ha hablado con alguien más sobre ello?

—No, sólo con usted.

Durante todo un minuto ninguno de los dos habló. En toda su carrera como detective, Dalgliesh no podía recordar una información procedente de un testigo que resultara más ingrata y —no había otra palabra— más impresionante. Su mente se llenó de imágenes de lo que semejante noticia pudiera representar para su investigación si alguna vez llegaba a hacerse pública: los titulares de los periódicos, las especulaciones divertidas de los cínicos, las multitudes de mirones, los supersticiosos, los crédulos, los auténticos creyentes llenando aquella iglesia en busca de... ¿qué? ¿Una emoción, un nuevo culto, una esperanza, certidumbre? Pero su disgusto caló más hondo que la irritación ante esta indeseable complicación de su investigación, ante la extraña intrusión de la irracionalidad en una tarea tan arraigada en la búsqueda de pruebas que pudieran presentarse en un tribunal, pruebas documentadas, demostrables, reales. Le estremeció, casi físicamente, una emoción mucho más intensa que la del disgusto, y una emoción de la que se sintió casi avergonzado, pues le pareció a la vez innoble y en sí misma poco más racional que el hecho en sí. Lo que sentía en aquel momento era una revulsión casi lindante con el ultraje. Dijo:

—Creo que debe seguir guardando silencio. Esto no es importante por lo que se refiere a la muerte de sir Paul. Ni siquiera es necesario incluirlo en su declaración. Si siente la necesidad de confiar en alguien, hable con su obispo.

El padre Barnes se limitó a contestar:

—No hablaré de esto con nadie más. Creo que necesitaba hablar de ello, compartirlo, pero ahora ya se lo he dicho a usted.

Dalgliesh repuso:

—La iglesia estaba escasamente iluminada. Usted ha dicho que no se habían encendido las luces. Estaba en ayunas. Pudo haberlo imaginado, y también pudo haber sido una ilusión debida a la escasa luz. Por otra parte, vio las marcas tan sólo durante un par de segundos, cuando él alzó las palmas de sus manos para recibir la hostia. Pudo usted haberse equivocado.

Pensó: «¿A quién estoy tratando de tranquilizar, a él o a mí?». Y después vino la pregunta que, contra toda razón, había de formular:

—¿Qué aspecto tenía? ¿Diferente? ¿Cambiado?

El sacerdote meneó la cabeza y seguidamente contestó, con una inmensa tristeza:

—Usted no lo entiende. Yo no hubiera reconocido una diferencia, incluso en el caso de haberla. —Después, pareció recuperar fuerzas y prosiguió más resueltamente—: Fuera lo que fuese lo que vi, estaba allí. Y no duró mucho tiempo. Y no es un hecho tan inusual. Se han dado otros casos antes. La mente actúa sobre el cuerpo de una manera muy extraña: una experiencia intensa, un sueño poderoso. Y, como dice usted, la luz era muy débil.

Por consiguiente, tampoco el padre Barnes quería creerlo. Buscaba argumentos para rechazarlo. Bien, pensó Dalgliesh, eso siempre era mejor que una nota en la revista parroquial, una llamada telefónica a los diarios o un sermón el domingo siguiente sobre el fenómeno de los estigmas y la sabiduría inescrutable de la providencia. Le interesó descubrir que compartían la misma desconfianza, acaso la misma revulsión. Más tarde, habría un tiempo y un lugar para considerar por qué había ocurrido eso, pero de momento había otras preocupaciones de carácter más inmediato. Cualquiera que fuese la causa que había llevado a Berowne de nuevo a aquella sacristía, había sido una mano humana, la suya o la de otro, la que había empuñado aquella navaja. Dijo:

—¿Y ayer por la noche? ¿Cuándo le preguntó si podía volver?

—Por la mañana. Me llamó poco después de las nueve. Me dijo que llegaría después de las seis de la tarde, y, precisamente a esa hora, vino a buscar la llave.

—¿Está usted seguro de la hora, padre?

—¡Ya lo creo! Estaba viendo las noticias de las seis. Acababan de empezar cuando llamó a la puerta.

—¿Y tampoco le dio ninguna explicación?

—No. Llevaba la misma bolsa. Creo que vino en autobús o en metro, o tal vez andando. No vi ningún coche. Le entregué la llave en la misma puerta, la misma llave. Me dio las gracias y se fue. Por la noche no fui a la iglesia, ya que no tenía ninguna razón para hacerlo. No me enteré de nada hasta que el niño vino a buscarme y me dijo que había dos muertos en la sacristía pequeña. Usted ya conoce lo demás.

—Hábleme de Harry Mack —dijo Dalgliesh.

Era evidente que el cambio de tema resultaba grato y el padre Barnes fue locuaz hablando de Harry. El pobre Harry era un problema para la parroquia de Saint Matthew. Por alguna razón, que nadie conocía, durante los últimos cuatro meses se había acostumbrado a dormir en el pórtico sur. Solía acostarse sobre una capa de periódicos y taparse con una vieja manta que a veces dejaba en el pórtico, preparada para la noche siguiente, y que otras veces se llevaba, enrollada y atada alrededor de su cintura con un cordel. Cuando el padre Barnes encontraba la manta, no se atrevía a retirarla de aquel lugar. Después de todo, era el único cobijo que tenía Harry, sin embargo, en realidad no era apropiado dejar que el pórtico se utilizara como refugio o como almacén para las pertenencias de Harry, de aspecto poco grato y más bien maloliente. En realidad, se había comentado en el Consejo Parroquial si convenía instalar una verja con una puerta, pero esto se juzgó poco caritativo y había cosas más importantes en las que invertir el dinero. De hecho, ya resultaba bastante difícil reunir la aportación que se esperaba de los feligreses. Todos habían intentado ayudar a Harry, pero la cosa no era fácil. Éste era bien conocido en el Refugio del Viajero de Cosway Street, en Saint Marylebone, un excelente lugar donde solía tomar su comida del mediodía y recibir, cuando la necesitaba, atención médica para dolencias leves. Era un tanto inclinado a la bebida y, de vez en cuando, intervenía en reyertas. Saint Matthew había hablado con el refugio acerca de Harry, pero nadie sabía qué podía sugerirse. Habían tratado de persuadir a Harry para que tuviese una cama en su dormitorio común, pero él no lo admitía. No podía soportar el contacto íntimo con otras personas, y ni siquiera tomaba su comida en el albergue. La metía entre rebanadas de pan y se la llevaba, para comer en plena calle. El pórtico era su lugar, recóndito y orientado hacia el sur, fuera de la vista de los demás.

Dalgliesh dijo:

—Por lo tanto, no es probable que llamara a la puerta ayer por la noche, para pedir a sir Paul que le dejara entrar.

—¡Oh, no! Harry nunca hubiera hecho tal cosa.

Pero de algún modo había entrado. Tal vez se había instalado ya bajo su manta cuando llegó Berowne. Berowne, inesperadamente, le había invitado a compartir su cena. Pero ¿cómo pudo persuadir a Harry? Preguntó al padre Barnes lo que pensaba él al respecto.

—Supongo que debió de ocurrir así. Es posible que Harry ya estuviera en el pórtico. Generalmente se acostaba bastante temprano. Y era una noche inusualmente fría para el mes de septiembre. Sin embargo, es muy extraño. Debió de ver en sir Paul algo que le dio confianza. No era una cosa que acostumbrara hacer. Incluso los empleados del refugio, tan experimentados con los vagabundos de la ciudad, no lograban persuadir a Harry para que pasara la noche allí. Sin embargo, claro está que ellos sólo se ocupan de un dormitorio. Era dormir o comer con otras personas lo que Harry no podía soportar.

«Y aquí —pensó Dalgliesh— tenía la sacristía principal para él solo. Pudo haber sido esta seguridad y, tal vez, la promesa de una cena lo que le persuadiera para entrar.» Preguntó:

—¿Cuándo estuvo usted en la iglesia por última vez, padre? Le hablo del día de ayer.

—Desde las cuatro y media hasta las cinco y cuarto, más o menos, cuando leí las vísperas en la capilla de Nuestra Señora.

—Y cuando la cerró al salir, ¿qué seguridad puede tener de que no hubiera alguien allí, tal vez escondido? Evidentemente, usted no registró la iglesia..., ¿por qué habría de hacerlo? Sin embargo, si alguien hubiera estado escondido en ella, ¿había alguna probabilidad de que usted lo hubiera visto?

—Creo que sí. Ya ve usted cómo es la iglesia. No tenemos bancos de respaldo alto, tan sólo las sillas. No hay ningún lugar en el que alguien hubiera podido esconderse.

Dalgliesh sugirió:

—¿Tal vez debajo del altar, del altar principal o del de la capilla de Nuestra Señora? ¿O acaso en el púlpito?

—¿Debajo del altar? Es un pensamiento terrible, un sacrilegio. Pero ¿cómo hubiera podido entrar? Cuando yo llegué, a las cuatro y media, encontré la iglesia cerrada.

—¿Y nadie había cogido las llaves durante el día, ni siquiera los sacristanes?

—Nadie.

Y la señorita Wharton había asegurado a la policía que su llave no había abandonado su bolso.

—¿Pudo haber entrado alguien durante las vísperas? —inquirió— ¿Tal vez mientras usted estaba rezando? ¿Estaba usted solo en la capilla de Nuestra Señora?

—Sí. Entré, como de costumbre, por la puerta sur, y la cerré, así como la puerta de la verja. Después, abrí la puerta principal. Ésta representa la entrada natural para cualquiera que desee asistir a un servicio. Mi gente sabe que siempre abro la puerta principal para las vísperas, y es una puerta muy pesada y chirría atrozmente. Siempre estamos hablando de engrasarla. No creo que hubiera podido entrar nadie sin oírlo yo.

—¿Dijo usted a alguien que sir Paul iba a pasar aquí la última noche?

—No, desde luego que no. No pude decírselo a nadie. Y, por otra parte, tampoco lo hubiera dicho. Él no me pidió que lo guardara en secreto; en realidad, no me pidió nada. Sin embargo, no creo que le hubiese gustado que lo supiesen otras personas. Nadie más supo nada acerca de él, al menos hasta esta noche.

Dalgliesh siguió interrogándole sobre el papel secante y la cerilla apagada. El padre Barnes explicó que la sacristía pequeña había sido utilizada dos días antes, el lunes día dieciséis, al reunirse allí, como de costumbre, el Consejo Parroquial a las cinco y media, inmediatamente después de las vísperas. Él había presidido, sentado ante la mesa, pero no había utilizado el secante. Siempre escribía con un bolígrafo. No había advertido ninguna marca reciente, pero, por otra parte, no era muy perspicaz para fijarse en esa clase de detalles. Estaba seguro de que ninguno de los componentes del consejo había encendido aquella cerilla. Sólo fumaba George Capstick y lo hacía en pipa, utilizando un encendedor. Por otra parte, éste no había asistido al consejo, porque todavía estaba convaleciente de una gripe. Los demás habían hecho la observación de que resultaba muy agradable no verse envuelto en el humo de su pipa.

Dalgliesh dijo:

—Se trata de detalles pequeños y probablemente sin importancia, pero le agradecería que no los comentara. Y me gustaría que echara usted un vistazo al secante y tratara de recordar qué aspecto tenía el lunes. Por otra parte, hemos encontrado un tazón de loza esmaltada, bastante sucio. Nos resultaría útil comprobar si pertenecía a Harry.

Y, al ver la cara del padre Barnes, añadió:

—No es necesario que vuelva a entrar en la sacristía pequeña. Cuando el fotógrafo haya terminado su tarea, nosotros le traeremos el tazón. Y después, supongo que le apetecerá volver a la vicaría. Más tarde, necesitaremos una declaración, pero eso admite espera.

Siguieron sentados durante un minuto, en silencio, como si lo que se había transmitido entre ellos necesitara ser asimilado en paz. Dalgliesh pensó que, por lo tanto, allí radicaba el secreto de la quijotesca decisión de Berowne de dimitir en su cargo. Había sido algo más profundo y menos explicable que la desilusión, que la inquietud propia de cierta edad, o que el temor de un escándalo amenazante. Lo que le sucedió en aquella primera noche en Saint Matthew, fuera lo que fuese, le indujo, el día siguiente, a cambiar toda la dirección de su vida. ¿Le habría dirigido también hacia su muerte?

Al levantarse los dos, oyeron el rumor metálico de la puerta de la verja. La inspectora Miskin esperaba en el pasillo. Cuando llegaron junto a ella, anunció:

—Ha llegado el forense, señor.

7

Lady Ursula Berowne estaba sentada en su salón, en el cuarto piso del número sesenta y dos de Campden Hill Square, y desde allí contemplaba las copas de los árboles como si fueran una visión distante, casi indistinguible. Le parecía como si su cabeza fuese una copa llena a rebosar, que sólo ella pudiera mantener estable. Una sola sacudida, un estremecimiento, una leve pérdida de control, y la copa se derramaría en un caos tan terrible que sólo podía terminar en la muerte. Era extraño, pensó, que su respuesta física al *shock* fuese ahora la misma que se había producido después de encontrar la muerte Hugo, de modo que su dolor actual se añadía al dolor que sentía por él, renovándolo como si acabara de enterarse de la noticia de su muerte. Y los síntomas físicos habían sido los mismos: una sed intensa, la sensación de que su cuerpo se había apergaminado y encogido, una boca seca y amarga como si la infectara su propio aliento. Mattie le había preparado, una y otra vez, café fuerte, que ella consumió casi hirviendo, sin leche, sin notar su dulzor excesivo. Después, dijo:

—Me gustaría comer algo, algo salado. Unas tostadas con anchoas...

Pensó que era como una mujer preñada por el dolor, sometida a extraños antojos.

Pero esto había cesado ya. Mattie insistió en colocar un chal sobre sus hombros, pero ella lo rechazó, exigiendo que se la dejara a solas. Pensó: «Hay un mundo fuera de este cuerpo, de este dolor. Debo entrar de nuevo en él.

Sobreviviré. Debo sobrevivir. Siete años, diez como máximo, es todo lo que necesito.» Y ahora esperaba, acumulando energías para hacer frente a los primeros de muchos visitantes. Sin embargo, al primer visitante lo había convocado ella misma. Había cosas que era preciso decirle, y tal vez después no hubiera mucho tiempo.

Poco después de las once, oyó el timbre de la puerta, después el chirrido de la cerradura y un apagado ruido metálico al cerrarse la puerta de la verja. Se abrió la puerta de su salón, y Stephen Lampart entró silenciosamente. Le pareció importante recibirle de pie, pero no pudo reprimir una mueca de dolor cuando en su cadera artrítica recayó el peso de su cuerpo, y supo que la mano que agarraba la empuñadura de su bastón temblaba. Inmediatamente, él se encontró a su lado y le dijo:

—¡No, por favor! Le ruego que no se mueva.

Con una mano firme en el brazo de ella, la ayudó cariñosamente a acomodarse de nuevo en el sillón. A ella le desagradaba el contacto de tipo casual, la presencia de conocidos o extraños a los que su impedimento parecía autorizar a tocarla, como si su cuerpo fuese un obstáculo enojoso que debiera ser empujado suavemente para colocarlo de nuevo en su sitio. Quiso librarse de aquel contacto firme, autoritario, pero consiguió resistir a este impulso. Sin embargo, no pudo evitar que sus músculos se contrajeran con aquel contacto, y supo que a él no le había pasado por alto aquel rechazo instintivo. Una vez la hubo acomodado, gentilmente y con una competencia profesional, él se sentó en una silla frente a ella. Les separaba una mesa baja. Un círculo de madera de palisandro pulimentada establecía el dominio de él: fuerza contra debilidad, juventud contra edad, médico y paciente sumisa. Con la excepción de que ella no era su paciente. Él dijo:

—Tengo entendido que espera una intervención para sustitución de cadera.

Había sido Barbara, desde luego, la que se lo había

explicado, pero él se guardaría de ser el primero en mencionar el nombre de ella.

—Sí, estoy en la lista del hospital ortopédico.

—Perdóneme, ¿por qué no acudir a una clínica privada? ¿No estará usted sufriendo innecesariamente?

Ella pensó que aquello era una observación incongruente, casi indecorosa, con la que iniciar una visita de pésame, pero tal vez fuese el modo que él tenía de enfrentarse a su dolor y su estoicismo, refugiándose en el terreno profesional, el único en el que se sentía seguro y que le permitía hablar con autoridad.

Lady Ursula contestó:

—Prefiero que me traten como una paciente de la Seguridad Social. Me agradan mis privilegios, pero éste es, precisamente, uno de los que no deseo.

Él sonrió levemente, como si quisiera contentar a un chiquillo.

—Me parece un tanto masoquista.

—Tal vez sí; sin embargo, no le he convocado aquí para pedirle una opinión profesional.

—Que, como ginecólogo, de todos modos no tendría competencia para ofrecerle. Lady Ursula, esta noticia sobre lo que le ha ocurrido a Paul es terrible, increíble. ¿No habría debido avisar a su propio médico? ¿O tal vez a un amigo? Debería tener a alguien a su lado. Es un error quedarse sola en momentos como éste.

Ella repuso:

—Tengo a Mattie si necesito los paliativos de costumbre: café, alcohol o calor. A los ochenta y dos años, las pocas personas a las que una desea ver están ya todas muertas. He sobrevivido a mis dos hijos, y eso es lo peor que puede ocurrirle a un ser humano. Tengo que soportarlo, pero no tengo por qué hablar de ello.

Hubiera podido añadir: «Y menos con usted», y le pareció como si estas palabras, aunque no pronunciadas, flotaran en el aire entre los dos. Por unos momentos, él guardó silencio como si las calibrase, aceptando la justicia que contenían. Después dijo:

—Desde luego, yo la hubiera visitado más tarde, aunque no me hubiese telefoneado. Pero es que no tenía la seguridad de que deseara ver a alguien tan pronto. ¿Recibió mi carta?

Debió de haberla escrito apenas Barbara le comunicó la noticia y la había enviado por mediación de una de sus enfermeras, que, en su apresuramiento por regresar a casa después de una noche de guardia, ni siquiera se había detenido para entregarla en mano, y se había limitado a introducirla en el buzón. En ella, él había empleado todos los adjetivos de costumbre. No había necesitado un diccionario de sinónimos para decidir la respuesta apropiada. Después de todo, el asesinato era algo espantoso, terrible, horrendo, increíble, un verdadero ultraje. Pero la carta, una obligación social cumplimentada con excesivo apresuramiento, carecía de convicción.

Y, por otra parte, hubiera debido saber que no resultaba procedente hacer que su secretaria la pasara a máquina. Sin embargo, pensó ella, eso era típico. Eliminando aquella pátina tan cuidadosamente adquirida de éxito profesional, prestigio, modales ortodoxos, el hombre auténtico quedaba a la vista: ambicioso, algo vulgar, sensible tan sólo cuando se le pagaba ostensiblemente. Pero sabía que gran parte de esto era prejuicio, y que el prejuicio era peligroso. Debía procurar delatarse lo menos posible si la entrevista había de transcurrir como ella deseaba. Y no era justo criticar la carta. Dictar un pésame a la madre de un marido asesinado al que uno le había estado poniendo cuernos durante los últimos tres años, era algo que hubiera exigido mucho más que el limitado vocabulario social que él pudiera poseer.

No le había visto desde hacía casi tres meses y de nuevo le impresionó su buen aspecto.

Había sido un joven atractivo, alto, un tanto desaliñado y con una espesa cabellera negra, pero ahora aquella figura desaliñada había sido pulida y perfeccionada por el éxito; ofrecía su alta figura con una fácil seguridad y sus ojos grises —que, como ella sabía, utilizaba tan certeramente— reflejaban una solidez fundamental. Su cabello, escarchado ahora por algunas canas, todavía era espeso, con un desorden que los peluqueros más caros aún no habían disciplinado por completo. Era un detalle que contribuía a su atractivo, indicando una individualidad indomable, muy distante del modelo tedioso y convencional de apostura masculina.

Se inclinó hacia adelante y la miró fijamente, con sus ojos grises ablandados por la compasión. Ella se indignó ante aquella fácil adquisición de la preocupación profesional, pero tuvo que reconocer que la adoptaba muy bien. Casi esperó que él le dijera: «Hicimos todo lo posible, todo lo humanamente posible». Después se dijo a sí misma que aquel pesar podía ser auténtico. Había de resistir a la tentación de menoscabar sus facultades, de clasificarlo como el apuesto y experimentado seductor de los seriales baratos. Fuera lo que fuese, aquel hombre no era tan sencillo de calibrar. Ningún ser humano lo es. Y estaba, al fin y al cabo, reconocido como un buen ginecólogo. Trabajaba de firme y conocía su oficio.

Cuando Hugo estudiaba en Balliol, Stephen Lampart fue su amigo más íntimo; en aquel tiempo, ella le apreciaba y parte de este aprecio todavía persistía, mezclado con resentimiento y sólo reconocido a medias, pero vinculado a recuerdos de paseos bajo el sol en Port Meadow, almuerzos y risas en las habitaciones de Hugo, con años de esperanza y promesa. Fue el muchacho inteligente, guapo y ambicioso procedente de un hogar de clase media baja, simpático, divertido, capaz de conseguir la compañía que deseara gracias a su aspecto y a su ingenio, astuto al ocultar la ambición que hervía en él. Hugo fue el privilegiado, con una madre hija de un conde, un padre baronet y distinguido militar, poseedor del nombre Berowne, heredero de lo que quedara de la fortuna de los Berowne. Por primera vez, se preguntó si él no se habría sentido antagonista, no sólo de Hugo, sino de toda su familia, y si su traición subsiguiente no tendría unas largas raíces en el terreno de una antiquísima envidia. Dijo:

—Hay dos cosas que debemos discutir, y tal vez no haya mucho tiempo ni tampoco otra oportunidad. Acaso deba decir, en primer lugar, que no he solicitado su presencia aquí para criticar la infidelidad de mi nuera. No estoy en condiciones de criticar la vida sexual de nadie.

Los ojos grises mostraron cautela.

—Es muy prudente por su parte. Pocos estamos en condiciones de hacerlo.

—Sin embargo, mi hijo ha sido asesinado. La policía pronto lo sabrá, si no lo sabe ya. Y yo ya lo sé ahora.

Él repuso:

—Perdone, pero ¿puede estar segura de ello? Todo lo que Barbara pudo decirme al telefonear esta mañana era que la policía había encontrado el cadáver de Paul y el de un vagabundo... —hizo una pausa— con heridas en sus gargantas.

—Los dos tenían la garganta cortada. Los dos habían sido degollados. Y, a juzgar por el tacto exquisito con el que se comunicó la noticia, supongo que el arma fue una de las navajas de Paul. Supongo que Paul pudo haber sido capaz de matarse. La mayoría somos capaces, si atravesamos situaciones lo suficientemente penosas. Pero de lo que no era capaz era de matar a ese vagabundo. Mi hijo fue asesinado, y esto significa que hay ciertos hechos que la policía se obstinará en descubrir.

Él preguntó, con toda calma:

—¿Qué hechos, lady Ursula?

—Que usted y Barbara se entienden.

Las manos unidas flojamente sobre el regazo de él se

contrajeron, para relajarse inmediatamente. Sin embargo, se mostró incapaz de enfrentarse a la mirada de ella.

—Comprendo. ¿Fue Paul o Barbara quien se lo explicó?

—Ninguno de los dos. Pero durante cuatro años he vivido en la misma casa con mi nuera. Soy una mujer. Puedo estar imposibilitada, pero todavía conservo el uso de mis ojos y de mi inteligencia.

—¿Cómo se encuentra ella, lady Ursula?

—No lo sé. Pero, antes de que se marche, le sugiero que procure averiguarlo. Desde que recibí la noticia, sólo he visto a mi nuera durante tres minutos. Al parecer, está demasiado disgustada para hablar con las visitas. Todo parece indicar que a mí se me considera una visita.

—¿Es justo lo que dice? A veces, resulta más difícil hacer frente al dolor de los demás que al de uno mismo.

—¿Sobre todo si el de uno mismo no es muy intenso?

Él se inclinó hacia adelante y habló con suavidad:

—No creo que tengamos derecho a suponer eso. Es posible que los sentimientos de Barbara no sean intensos, pero Paul era su marido. Ella se preocupaba por él, probablemente más de lo que usted y yo podamos comprender. Se trata de un acontecimiento espantoso para ella, para todos nosotros. Veamos, ¿hemos de hablar de esto ahora? Tanto usted como yo estamos bajo una fuerte impresión.

—Hemos de hablar y no hay mucho tiempo. El comandante Adam Dalgliesh vendrá a visitarme tan pronto como hayan terminado con lo que estén haciendo en la iglesia. Es de suponer que deseará hablar también con Barbara. Con el tiempo, probablemente antes de lo que quepa suponer, también acudirán a usted. Yo he de saber lo que usted se dispone a decirles.

—¿No es ese Adam Dalgliesh una especie de poeta? ¡Extraña afición para un policía!

—Si es tan buen detective como poeta, es un hombre peligroso. No subestime a la policía por lo que lea en los periódicos.

Él repuso:

—No subestimo a la policía, pero no tengo motivo para temerla. Sé que combinan un entusiasmo machista por la violencia selectiva con una rígida adhesión a la moralidad de la clase media, pero no creo que usted pueda sugerir seriamente que sospechen que yo le corté la garganta a Paul por el hecho de acostarme con su esposa. Es posible que estén alejados de la realidad social, pero, con toda seguridad, no pueden estarlo tanto.

Ella pensó: «Esto ya encaja más, éste es el hombre auténtico.» Contestó con perfecta tranquilidad:

—Yo no digo que la policía sospeche de usted. No dudo de que podrá presentar una coartada satisfactoria para la noche pasada. Sin embargo, causarán menos problemas si ni usted ni ella mienten sobre su asunto. Yo prefiero, por mi parte, no tener que mentir al respecto. Como es natural, tampoco brindaré gratuitamente esta información, pero es muy posible que me lo pregunten.

—¿Y por qué deberían hacerlo, lady Ursula?

—Porque el comandante Dalgliesh trabajará en estrecha relación con la Sección Especial. Mi hijo fue ministro de la Corona, aunque fuese por poco tiempo. ¿Supone que en la vida privada de un ministro, en particular un ministro de ese Ministerio, puede haber algo que desconozcan aquellas personas cuya tarea consiste en descubrir y documentar este tipo de escándalo potencial? ¿En qué clase de mundo cree usted que vivimos?

Él se levantó y empezó a caminar lentamente de un lado a otro, ante ella, Finalmente dijo:

—Supongo que tendría que haber pensado en esto. Y lo habría hecho, si hubiera dispuesto de más tiempo. Pero la muerte de Paul ha sido un golpe abrumador. No creo que mi mente trabaje todavía como es debido.

—Entonces, le sugiero que empiece ya a trabajar. Usted y Barbara han de coincidir en sus historias. Mejor dicho, han de coincidir en decir la verdad. Tengo entendido que Barbara era ya su amante cuando usted se la presentó a Hugo, y que siguió siéndolo después de morir Hugo y casarse ella con Paul.

Él se detuvo y se volvió hacia ella.

—Créame, lady Ursula, no fue nada planeado; las cosas no ocurrieron así.

—¿Irá a decirme que ella y usted decidieron generosamente abstenerse de su relación sexual, al menos hasta que terminara la luna de miel?

Él se detuvo ante ella y la miró fijamente.

—Creo que hay algo que debería decir, pero me temo que no sea muy... propio de un caballero.

Sin decir una palabra, ella pensó: «Ese término carece ya de todo significado. Contigo, probablemente nunca lo tuvo. Antes de 1914, cabía hablar así sin que las palabras sonaran falsas o ridículas, pero ahora no. Esa palabra y el mundo que representaba han desaparecido para siempre, pisoteados en los fangos de Flandes.» Dijo:

—Mi hijo ha sido degollado. Ante semejante brutalidad, no creo que debamos preocuparnos por cuestiones de dignidad, sean o no falsas. Estoy hablando de Barbara, desde luego.

—Sí. Hay algo que usted debiera comprender, si no lo ha comprendido todavía. Yo puedo ser su amante, pero ella no me ama. Desde luego, no desea casarse conmigo. Se siente tan satisfecha conmigo como podría estarlo con cualquier hombre. Por eso yo comprendo sus necesidades y no planteo exigencias. Al menos, no muchas exigencias. Todos presentamos alguna. Y, desde luego, yo la quiero a ella, tanto como pueda yo querer a alguien. A ella, esto le es necesario, y se siente segura conmigo. Pero nunca desearía librarse de un excelente marido y de un título para casarse conmigo. No mediante el divorcio, y, desde luego, menos contribuyendo a un asesinato. Tiene usted que creer esto, si es que usted y ella han de seguir viviendo juntas.

Ella replicó:

—Al menos, ha hablado con franqueza. Parece que están cortados a la medida el uno para el otro.

Él aceptó el sutil insulto que había detrás de esa ironía.

—Ya lo creo —contestó con tristeza—, estamos cortados a la medida. —Y añadió—: Sospecho que ella ni siquiera se siente particularmente culpable. En todo caso, menos que yo, por extraño que esto pueda parecer. Es difícil tomarse el adulterio en serio si la persona no obtiene de él un excesivo placer.

—Su papel debe ser agotador y escasamente satisfactorio. Le admiro por su capacidad de sacrificio.

La sonrisa de él, aunque discreta, era evocadora.

—¡Es tan hermosa! Se trata de un rasgo absoluto, ¿no cree? Ni siquiera depende de si ella se encuentra bien o contenta, o de si no está cansada o de lo que lleve puesto. Es algo que siempre está presente. No puede usted culparme por haber intentado hacerla feliz.

—Ya lo creo que sí —contestó ella—, puedo hacerlo y lo hago.

Pero sabía que con estas palabras distaba de ser sincera. Durante toda su vida se había sentido cautivada por la belleza física en hombres y en mujeres. Había sido la meta fija en su vida. Cuando, en 1918, con su hermano y su prometido muertos, ella, la hija de un conde, llegó a la edad propia de desafiar la tradición, ¿qué otra cosa tenía para ofrecer? Pensó, con ruda sinceridad, que no podía ofrecer un gran talento dramático. De modo casi casual e instintivo, exigió belleza física en sus amantes y nunca sintió celos de la de sus amigas, sino que se mostró excesivamente indulgente en este aspecto. Todos se sorprendieron, cuando a la edad de treinta y dos años se casó con sir Henry Berowne, aparentemente por unas cualidades menos obvias, y le dio dos hijos. Pensó ahora en su nuera, tal como la había visto muchas veces, de pie e inmóvil frente al espejo del vestíbulo. Barbara era incapaz de pasar ante un espejo sin aquel momento de inmovilidad narcisista, aquella mirada tranquila y profunda. ¿Qué podía mirar? Aquel primer pliegue junto a los ojos, aquel tono azul apagado, una reseca arruga en la piel, las primeras marcas en el cuello que mostraran cuán transitoria podía ser aquella perfección tan preciada.

Él seguía paseando de un lado a otro, sin dejar de hablar.

—A Barbara le gusta ver que se le presta atención. Hay que admitirlo en lo que se refiere al acto sexual. Desde luego, se presta una atención, específica e intensa. Ella necesita hombres que la deseen. En realidad, ni siquiera quiere que lleguen a tocarla. Si ella pensara que yo intervine en la muerte de Paul, no me daría las gracias. No creo que llegara a perdonarme y, desde luego, no me protegería. Lo siento. He hablado con excesiva franqueza. Pero creo que todo esto había que decirlo.

—Sí, había de decirlo. ¿A quién protegería ella?

—A su hermano, tal vez, pero no creo que por mucho tiempo, y no, desde luego, si ello implicara algún riesgo para ella. Nunca han estado muy unidos.

Ella contestó secamente:

—No se le exigirá ninguna lealtad fraternal. Dominic Swayne estuvo en esta casa con Mattie durante toda la velada de ayer.

—¿Eso lo dice él o ella?

—¿Es que le acusa a él de tener algo que ver con la muerte de mi hijo?

—Desde luego que no. La idea es ridícula. Y si Mattie dice que estaba con ella, no dudo de que así fue. Todos sabemos que Mattie es un modelo de rectitud. Usted me ha preguntado si había alguien a quien Barbara pudiera proteger. No se me ocurre pensar en nadie más.

Había dejado de pasearse y volvió a sentarse frente a ella. Después dijo:

—¿Y sus razones para telefonearme? Me ha dicho que había dos cosas que teníamos que comentar.

—Sí. Debo estar segura de que el hijo que Barbara lleva en su vientre es mi nieto, no el bastardo de usted.

Los hombros de él se envararon. Por un momento, que pudo ser tan sólo un segundo, permaneció rígido, mirando sus manos cruzadas. En aquel silencio, ella pudo oír el tictac del reloj de pared. Después, él levantó la vista. Mantenía la calma, pero ella pensó que su rostro había palidecido.

—¡Bien, sobre eso no puede haber ninguna duda! ¡Ni la menor duda! Hace tres años me sometí a una vasectomía. No me va lo de la paternidad y no tengo ningún deseo de quedar en ridículo por demandas judiciales en ese sentido. Puedo darle el nombre de mi cirujano, si desea una prueba. Probablemente, esto será más sencillo que confiar en unos análisis de sangre cuando nazca el pequeño.

—¿El pequeño?

—Sí, es un niño. Barbara se sometió a una amniocentesis. Su hijo quería un heredero e iba a tenerlo. ¿No lo sabía usted?

Ella guardó unos momentos de silencio, y después dijo:

—¿No es un procedimiento peligroso para el feto, sobre todo en un momento tan temprano del embarazo?

—No con las nuevas técnicas y en unas manos expertas, y pude ver que ella se encontraba en manos de un experto. No, no las mías. No soy tan imbécil.

Ella preguntó:

—¿Sabía Paul lo del niño antes de morir?

—Barbara no me lo ha dicho. Supongo que no. Después de todo, ella misma acaba de enterarse.

—¿De que está embarazada? No lo creo.

—No, del sexo del niño. Le telefoneé ayer por la mañana y fue lo primero que le dije. Pero Paul pudo haber sospechado que había un crío en camino. Después de todo, volvió a aquella iglesia, tal vez para pedir a su Dios nuevas y mejores instrucciones.

Se apoderó de ella una indignación tan intensa que, por un momento, le fue imposible hablar, y cuando su voz brotó por fin temblaba como la de una mujer vieja e impotente. Sin embargo, al menos sus palabras podían herir:

—Nunca pudo resistir usted, ni siquiera cuando era un muchacho, la tentación de combinar la vulgaridad con lo que creía que era ingenio. No sé lo que le ocurrió a mi hijo en aquella iglesia y no pretendo comprenderlo, pero al final murió a causa de ello. La próxima vez que sienta la tentación de exhibir su humor barato, tal vez será mejor que lo recuerde.

La voz de él fue baja y tan fría como el acero.

—Lo siento. Desde el principio, pensé que esta conversación era un error. Estamos los dos demasiado impresionados para mostrarnos razonables. Y ahora, si me lo permite, bajaré para ver a Barbara antes de que la policía empiece a acosarla. Estará sola, supongo...

—Que yo sepa, sí. Anthony Farrell no tardará en llegar. Le mandé aviso a su casa apenas recibí la noticia, pero tiene que venir desde Winchester.

—¿El abogado de la familia? ¿Y no parecerá sospechoso tenerlo aquí cuando la policía llegue? ¿No dará la impresión de ser una precaución necesaria?

—Es un amigo de la familia, además de su abogado. Es natural que las dos deseemos su presencia. Sin embargo, me alegra que usted la vea a ella antes de que llegue Farrell. Dígale que conteste a las preguntas de Dalgliesh pero que no anticipe información, ninguna información. No tengo razones para suponer que la policía adopte una visión innecesariamente dramática sobre lo que, después de todo, no era más que un adulterio corriente. Sin embargo, no es cosa que esperen que ella les confíe aunque estén bien enterados al respecto. Un exceso de ingenuidad resulta tan sospechoso como el defecto de ella.

Él le preguntó:

—¿Estaba usted con ella cuando la policía le comunicó la noticia?

—La policía no le comunicó la noticia. Lo hice yo. Me pareció aconsejable en tales circunstancias. Una oficial de policía, muy competente, me la comunicó primero, y entonces bajé, yo sola, para hablar con Barbara. Se comportó muy bien. Barbara siempre ha sabido qué emociones es apropiado mostrar. Y es una espléndida actriz. Debería serlo, pues ha tenido una extensa práctica. Además, hay otra cosa: dígale que no hable del pequeño. Esto es importante.

—Si eso es lo que usted quiere, o lo que usted considera prudente... Sin embargo, podría ser útil mencionar el embarazo. Se mostrarían particularmente amables con ella.

—Se mostrarán igualmente amables. No van a enviar aquí a ningún necio.

Estaban hablando como cómplices, precariamente aliados en una conspiración que ninguno de los dos deseaba reconocer. Ella notó entonces un frío malestar, tan físico como una náusea, y con él se apoderó de todo su cuerpo una debilidad que la clavó en su butaca.

Inmediatamente, advirtió la presencia de él a su lado, el contacto de sus dedos, suaves pero firmes, que apretaban su muñeca. Pensó que debía disgustarle aquel contacto, pero en realidad ahora la reconfortaba. Descansó en la butaca, con los ojos cerrados, y su pulso se revigorizó bajo los dedos de él.

—Lady Ursula, verdaderamente debiera verla su médico. ¿No es Malcolm Hancock? Permítame que le telefonee.

Ella denegó con la cabeza.

—Estoy bien. Sin embargo, no quiero ver a nadie más. Hasta que llegue la policía, necesito estar sola.

Era una confesión de debilidad que no había pensado hacer, sobre todo a él, y menos en semejante momento. Él se dirigió hacia la puerta pero cuando tenía ya la mano en el pomo, ella le dijo:

—Hay otra cosa. ¿Qué sabe usted de Theresa Nolan?

—No más que usted, supongo que probablemente menos. Sólo trabajó en Pembroke Lodge durante cuatro semanas, y apenas me fijé en ella. La cuidó a usted y vivió en esta casa durante más de seis años, y, cuando acudió a mí, ya estaba embarazada.

—¿Y Diana Travers?

—Nada, excepto que cometió la imprudencia de comer y beber demasiado y después zambullirse en el Támesis. Como debe usted de saber, Barbara y yo habíamos salido del Black Swan antes de que ella se ahogara.

Guardó silencio por unos momentos y después dijo con voz grave:

—Ya sé en lo que está usted pensando: en ese artículo indignante en la *Paternoster Review*. Lady Ursula, ¿me permite que le dé un consejo? El asesinato de Paul, si ha sido un asesinato, es algo perfectamente simple. Dejó entrar en aquella iglesia a un ladrón, un vagabundo, un psicópata, y esa persona lo mató. No complique su muerte, que (no es necesario decirlo) ya es lo bastante horrible, con antiguas tragedias perfectamente irrelevantes. Sin ellas, la policía encontrará sin dificultad dónde hincar sus dientes.

—¿Cree que son las dos irrelevantes?

Él no contestó, pero preguntó a su vez:

—¿Se lo han dicho a Sarah?

—Todavía no. Intenté telefonearle esta mañana a su casa, pero no ha contestado nadie. Seguramente había salido en busca de un trabajo. Lo intentaré de nuevo cuando usted se marche.

—¿Quiere que vaya a verla? Después de todo, es la hija de Paul. Será un golpe terrible para ella. Es mejor que no se entere por la policía o las noticias de la televisión.

—No lo hará. En caso necesario, iré yo misma.

—Pero ¿quién la llevará hasta allí? ¿No es el miércoles el día libre de Halliwell?

—Siempre hay taxis.

Le molestaba el aire de él, que parecía indicar que se hacía cargo de todo, introduciéndose en la familia con tanta astucia como en otro tiempo lo había hecho en Oxford. Pero entonces, una vez más, se reprochó su propia injusticia. Nunca le había faltado cierta dosis de amabilidad. En aquel momento le estaba diciendo:

—Debería tener tiempo para prepararse, antes de que la policía se dirija a ella.

¿Tiempo para qué?, se preguntó ella. ¿Para fingir con cierta decencia que el hecho la entristecía? No contestó. De pronto, deseó con tanta urgencia que aquel hombre se marchara, que eso fue lo único que pudo hacer para no ordenarle que se fuera de una vez. Consiguió tenderle la mano. Inclinándose, él la tomó en la suya y la llevó a sus labios. El gesto, teatral y totalmente inapropiado, la desconcertó, pero no llegó a disgustarla. Después de marcharse él, se quedó contemplando sus delgados y ensortijados dedos, y aquellos nudillos manchados por la edad, sobre los cuales, brevemente, se habían posado los labios de él. ¿Había sido aquel gesto un tributo a una anciana que se enfrentaba, con dignidad y valor, a una última tragedia? ¿O había sido algo más sutil, una insinuación de que, a pesar de todo, eran aliados y él comprendía las prioridades de ella y sabría respetarlas?

8

Dalgliesh recordó que en cierta ocasión un cirujano le había dicho que Miles Kynaston prometía convertirse en un diagnosticador brillante, pero que había abandonado la medicina general para dedicarse a la legal porque no podía soportar el sufrimiento humano. El cirujano lo explicaba con una nota de humorística condescendencia, como si estuviera delatando la infortunada debilidad de un colega, algo que un hombre más prudente hubiera debido detectar antes de comenzar su carrera de medicina o que, al menos, hubiera tenido que solventar antes de terminar su segundo curso. Dalgliesh pensó que tal vez fuera verdad. Kynaston había cumplido lo que prometía, pero ahora aplicaba sus brillantes diagnósticos a unos difuntos silenciosos, cuyos ojos no podían implorarle que ofreciera alguna esperanza, y cuyas bocas ya no podían gritar. Desde luego, tenía cierta afición a la muerte. En ella, nada le desconcertaba, ni sus aspectos más desagradables, ni su olor, ni sus revelaciones más extrañas. A diferencia de la mayoría de los médicos, no la contemplaba como el enemigo final, sino como un enigma fascinante, y clavaba en cada cadáver la misma mirada intensa que en otro tiempo hubiese dedicado a sus pacientes vivos, considerándolo como una nueva prueba que, debidamente interpretada, podía aproximarlo más a su misterio esencial.

Dalgliesh le respetaba más que a cualquier otro de los forenses con los que había trabajado. Acudía presto cuando se le llamaba y era igualmente diligente cuando se trataba de informar sobre una autopsia. No hacía gala del cruel humor que algunos de sus colegas juzgaban necesario para reforzar su amor propio en la sociedad, y los que compartían con él alguna pena podían considerarse a salvo de las desagradables anécdotas tan frecuentes sobre los cuchillos empleados o la historia de los riñones perdidos. Y, muy en especial, era un testigo excelente en los juicios, demasiado incluso para ciertas personas. Dalgliesh recordaba el agrio comentario de un abogado defensor después de emitirse un veredicto de culpabilidad: «Kynaston está adquiriendo una infalibilidad peligrosa con los jurados. No necesitamos a otro Spilsbury.»

Nunca perdía el tiempo. Mientras saludaba a Dalgliesh, se estaba quitando ya la americana y poniendo sus finos guantes de goma en aquellas manos de dedos gruesos, que mostraban una blancura poco natural, casi como si no circulara la sangre por ellas. Era alto y robusto, y daba una impresión de desordenada torpeza hasta que se le veía trabajar en un espacio limitado, donde parecía contraerse físicamente y volverse sólido, aunque grácil, moviéndose alrededor del cadáver con la rapidez y la precisión de un gato. Su cara era carnosa y sus espesos cabellos dejaban libre una frente alta y pecosa; su largo labio superior tenía la curvatura de un arco, y los ojos, oscuros y muy brillantes, bajo unos párpados gruesos, conferían a su rostro una expresión de sardónica y humorística inteligencia.

Ahora se agazapaba, como una rana, junto al cuerpo de Berowne, con las manos inertes ante él, pálidamente incorpóreas. Observaba las heridas de la garganta con una concentración extraordinaria, pero sin hacer el menor gesto para tocar el cuerpo, excepto el roce ligero de una mano sobre la parte posterior de la cabeza, como una caricia. Después preguntó:

—¿Quiénes son?

—Sir Paul Berowne, ex diputado y ministro, y un tal Harry Mack, un vagabundo.

—A primera vista, asesinato seguido por suicidio. Los cortes son de libro de texto; dos de ellos bastante superficiales de izquierda a derecha, y después uno encima, rápido, profundo, que ha seccionado la arteria. Y la navaja al alcance de la mano. Como digo, a primera vista es obvio. ¿Demasiado obvio, tal vez?

—Así lo he pensado yo —respondió Dalgliesh.

Kynaston avanzó sobre la alfombra en dirección a Harry, caminando de puntillas como un bailarín inexperto.

—Un tajo. Suficiente. De nuevo, de izquierda a derecha. Lo que significa que Berowne, si es que fue Berowne, se encontraba detrás de él.

—Entonces, ¿por qué no está manchada de sangre la manga derecha de la camisa de Berowne? De acuerdo, hay manchas de sangre, la suya o la de Harry, o la de ambos. Pero si él mató a Harry, ¿no cabría esperar mayor cantidad de sangre en la manga?

—No, si se subió primero la manga de la camisa y sorprendió al otro por detrás.

—¿Y volvió a bajarla antes de rajarse su propia garganta? Lo creo bastante improbable.

Kynaston dijo:

—Los analistas podrán identificar la sangre de Harry, o lo que puede ser sangre de Harry en la manga de la camisa, así como la de Berowne. Al parecer, no hay manchas visibles entre los cadáveres.

Dalgliesh repuso:

—Los biólogos forenses han examinado la alfombra con la lámpara de fibras ópticas. Es posible que consigan algo. Y hay una pequeña pero visible traza debajo de la chaqueta de Harry, y otra de lo que parece ser sangre en el forro de la chaqueta, justo encima de la primera.

Levantó la esquina de la alfombra y los dos observaron en silencio la mancha visible en la misma. Después, Dalgliesh dijo:

—Estaba debajo de la chaqueta cuando la encontramos. Esto quiere decir que ya estaba allí antes de que Harry se desplomara. Y si resulta ser sangre de Berowne, entonces éste fue el primero en morir, a no ser que, claro está, avanzara hacia Harry después de haberse hecho uno o más de los cortes superficiales en su propia garganta. Como teoría, me parece bastante absurda. Si estaba entregado a la tarea de rajarse la garganta, ¿cómo podía habérselo impedido Harry? Por consiguiente, ¿por qué molestarse en matarlo? Pero ¿es posible, médicamente posible?

Kynaston le miró fijamente. Los dos sabían la importancia de esta pregunta. Contestó:

—Después del primer corte superficial, yo diría que sí.

—Pero ¿pudo tener todavía la fuerza necesaria para matar a Harry?

—¿Estando él medio degollado? De nuevo, después de hacerse ese primer corte superficial, no creo que sea posible descartar la posibilidad. Recordemos que debía de encontrarse en un estado de gran excitación. Es sorprendente la fuerza que demuestran a veces ciertas personas. Después de todo, estamos suponiendo que se le interrumpió en el momento de suicidarse. Difícilmente un momento en que un hombre se muestre racional. No obstante, no puedo estar seguro. Nadie puede estarlo. Me está pidiendo un imposible. Adam.

—Ya me lo temía. Pero es que parece demasiado claro.

—O tal vez quiera usted creer que es demasiado claro. ¿Cómo lo ve usted?

—Por la posición del cuerpo, creo que pudo haber estado sentado en el borde de la cama. Suponiendo que fuese asesinado, suponiendo que el asesino entrase primero en la cocina, entonces pudo haber regresado silenciosamente y atacado a Berowne por detrás. Un golpe, una cuerda alrededor del cuello. O bien agarrarle por el pelo, echarle atrás la cabeza, hacer el primer corte profundo. Los otros, los destinados a dar la impresión de un intento, pudieron haberse hecho después. Por consiguiente, hay que buscar cualquier marca además de los cortes, o tal vez un chichón en la parte posterior de la cabeza.

Kynaston dijo:

—Hay un chichón, pero es pequeño. Pudo haber sido causado al caerse. Sin embargo, sabremos algo más con la autopsia.

—Una teoría alternativa sería la de que el asesino le dejó primero sin sentido, después entró en el baño para desnudarse y regresó para proceder al degüello final, antes de que Berowne tuviera la oportunidad de volver en sí. Sin embargo, esto suscita unas objeciones obvias. Hubiera tenido que calcular con gran precisión la fuerza del golpe, y cabría esperar que éste hubiera dejado algo más que un ligero chichón.

Kynaston repuso:

—No obstante, esto suscita menos objeciones que la primera teoría, la de que entró aquí medio desnudo y armado con una navaja, y, con todo, no hay signos evidentes de que Berowne opusiera la menor resistencia.

—Es posible que le sorprendiera. Quizás él esperaba que el visitante regresara atravesando la puerta que da a la cocina. Es posible que recorriera el pasillo de puntillas y entrase por la puerta principal. Ésta es la teoría más probable, en vista de la posición del cuerpo.

Kynaston preguntó:

—Entonces, ¿usted supone premeditación? ¿Supone que el asesino sabía que encontraría una navaja a su disposición?

—Desde luego. Si Berowne fue asesinado, su muerte fue premeditada. Sin embargo, estoy elaborando teorías antes de conocer los hechos a fondo, lo que siempre es un pecado imperdonable. De todos modos, aquí se planeó algo, Miles. Es todo demasiado evidente, demasiado claro.

Kynaston dijo:

—Terminaré el examen preliminar y después podrá usted ordenar que se los lleven. Normalmente, yo procedería mañana a esta autopsia, en primer lugar, pero no me esperan en el hospital hasta el lunes y la sala de autopsias está ocupada hasta la tarde. Las tres y media será la hora más temprana posible. ¿Les va bien a ustedes?

—No sé qué dirán en el laboratorio; para nosotros, cuanto antes mejor.

Algo en su voz alertó a Kynaston, que inquirió:

—¿Usted le conocía?

Era algo que se repetiría una y otra vez, pensó Dalgliesh. Usted le conocía. Está emocionalmente implicado. No quiere considerarle como un loco, un suicida, un asesino. Contestó:

—Sí, le conocía ligeramente, de sentarnos en la mesa de una comisión.

Estas palabras le parecieron poco generosas, casi como una pequeña traición. Repitió:

—Sí, le conocía.

—¿Qué hacía él aquí?

—Había tenido en esta habitación una especie de experiencia religiosa, casi mística, y es posible que esperase repetirla. Habló con el párroco para que le dejara pasar la noche aquí. No le dio ninguna explicación.

—¿Y Harry?

—Parece ser que Berowne le dejó entrar. Tal vez le encontró durmiendo en el pórtico. Al parecer, Harry no toleraba estar en contacto con otras personas. Hay pruebas suficientes que indican que se disponía a dormir más allá del pasillo, en la sacristía más grande.

Kynaston asintió con la cabeza y continuó su trabajo rutinario. Dalgliesh le dejó entregado a él y salió al pasillo. Contemplar esa violación de los orificios del cuerpo, preliminares de las brutalidades científicas que la sucederían, era algo que siempre le había hecho sentir tan violento como si fuera un *voyeur*. A menudo se preguntaba por qué consideraba ese examen más ofensivo y maligno que la propia autopsia. Tal vez fuese debido a la muerte reciente, al hecho de que a veces el cadáver apenas se hubiera enfriado. Un hombre supersticioso bien podía temer que el espíritu, liberado tan recientemente, siguiera merodeando por allí y se sintiera ultrajado ante ese insulto a la carne que había abandonado pero que todavía era vulnerable. Nada podía hacer él ahora, hasta que Kynaston hubiese terminado. Le sorprendió descubrir que estaba fatigado. Esperaba sentirse exhausto más tarde, en una investigación en la que trabajase dieciséis horas diarias, pero este primer cansancio, la sensación de que estaba ya agotado mental y corporalmente, le resultaba nuevo. Se preguntó si empezaba ya a envejecer, o bien si se trataba de un signo más de que ese caso iba a ser diferente.

Regresó a la iglesia, y se sentó en una silla delante de una estatua de la Virgen. La enorme nave estaba ahora vacía. El padre Barnes se había marchado, acompañado hasta su casa por un policía. Se había mostrado muy útil con respecto al tazón, identificándolo como uno que Harry solía llevar consigo cuando le encontraba durmiendo en el pórtico. Y también había tratado de resultar útil con el secante, observándolo con una intensidad casi dolorosa antes de decir que, según creía, las señales negras no estaban allí cuando vio por última vez el secante, el lunes por la tarde. Sin embargo, no podía estar seguro. Había utilizado una hoja de papel de carta del escritorio para tomar notas durante la reunión. Ese papel había cubierto el secante, de modo que en realidad sólo había visto éste durante breve tiempo. No obstante, si no le fallaba la memoria, las marcas negras eran nuevas.

Dalgliesh agradeció aquellos minutos de tranquila contemplación. El aroma del incienso parecía haberse intensificado, pero le parecía mezclado con un olor enfermizo, más siniestro, y el silencio no era absoluto. A su espalda, oía el rumor de pasos, alguna voz que se alzaba ocasionalmente, tranquila, mientras unos profesionales invisibles efectuaban su tarea detrás de la reja. Los ruidos parecían muy distantes y sin embargo claros, y tuvo la sensación de un secreto y siniestro susurro, como si rebulleran unos ratones detrás del arrimadero. Sabía que los dos cadáveres pronto serían pulcramente envueltos en bolsas de plástico. La alfombra sería cuidadosamente doblada para preservar las manchas de sangre y, en particular, aquella significativa mancha de sangre seca. Las pruebas en el escenario del crimen, empaquetadas y etiquetadas, serían trasladadas al coche policial: la navaja, las migas de pan y de queso procedentes de aquella habitación más espaciosa, las fibras de la ropa de Harry y aquella cerilla apagada. De momento, él conservaría en su poder el dietario. Necesitaba llevarlo consigo cuando fuese a Campden Hill Square.

Al pie de la estatua de la Virgen y el Niño, había un candelabro de hierro forjado con su triple hilera de cavidades para las velillas, cuyas mechas quedaban hundidas en sus rebordes de cera. Siguiendo un impulso, buscó en su bolsillo una moneda de diez peniques y la depositó en la caja. El ruido que hizo al caer fue extrañamente intenso. Casi esperó oír a Kate o Massingham situarse detrás de él para mirar, sin decir palabra pero con ojos llenos de interés, aquel acto atípico de extravagancia sentimental. Había una caja de cerillas en un soporte de latón sujeto con una cadenilla al pie del candelabro, similar al que había visto en la parte posterior de la iglesia. Cogió una de las velas más pequeñas y, encendiendo una cerilla, aplicó la llama a la mecha. Le pareció como si pasara un tiempo inusitadamente largo antes de que ésta prendiera. Después, la llama brilló intensamente, con un resplandor límpido e inalterado. Colocó la vela en una de las cavidades y después se sentó para contemplar la llama, permitiendo que ésta le hipnotizara y le hiciera retroceder en el recuerdo.

9

Hacía poco más de un año, pero parecía que hubiera transcurrido más tiempo. Los dos habían asistido a un seminario sobre sentencias judiciales en una universidad del norte, Berowne para inaugurarlo formalmente con un breve discurso y Dalgliesh en representación de la policía, y después habían viajado juntos en tren, en el mismo compartimiento de primera clase. Durante la primera hora, Berowne, al que acompañaba su secretario privado, hojeó papeles oficiales, mientras Dalgliesh, tras una última revisión de la agenda, se disponía a releer *The Way We Live Now* de Trollope. Una vez guardada la última carpeta en su cartera de mano, Berowne le miró, dando la impresión de que deseaba hablar. El joven secretario, con un tacto que parecía asegurarle una brillante carrera, sugirió que él podía almorzar primero, si el ministro estaba conforme, y seguidamente desapareció. Y durante un par de horas, los dos hombres hablaron.

Al recordarlo ahora, Dalgliesh seguía sorprendido de que Berowne se hubiera mostrado tan franco. Era como si el propio viaje en tren, aquel anticuado pero acogedor compartimiento en el que los dos se encontraban, la ausencia de interrupciones y de la tiranía del teléfono, la sensación de un tiempo que volaba visiblemente, aniquilado bajo las ruedas traqueteantes, un tiempo que ya no contaba, los hubiesen liberado a los dos de una cautela que había llegado a formar parte tan integrante de sus vidas que ya no advertían su peso hasta que éste se desprendía de sus hombros. Eran los dos hombres muy reservados. Ni el uno ni el otro necesitaban la camaradería masculina del club o del campo de golf, del *pub* o del coto de caza que tantos de sus colegas juzgaban necesarios para solazarse o para sostener sus vidas excesivamente atareadas.

Berowne habló al principio espasmódicamente, después con facilidad y por último íntimamente. De los temas ordinarios de una conversación casual —libros, obras teatrales recientes, amistades que tenían en común—, había pasado a hablar de sí mismo. Ambos se habían inclinado hacia adelante, con las manos cruzadas. A cualquier pasajero que casualmente hubiese mirado al pasar por el pasillo, le hubieran parecido, pensó Dalgliesh, dos penitentes encerrados en un confesionario privado y dándose mutuamente la absolución. No parecía que Berowne esperase unas confidencias recíprocas, un intercambio de indiscreciones. Él hablaba y Dalgliesh escuchaba. Dalgliesh sabía que ningún político hubiera hablado con tanta libertad de no haber tenido una confianza absoluta en la discreción de su oyente. Era imposible no sentirse halagado. Él siempre había respetado a Berowne; ahora le miraba con afecto y era lo bastante sincero respecto a sus reacciones para saber por qué Berowne había hablado de su familia:

—No somos una familia distinguida, tan sólo una familia antigua. Mi bisabuelo perdió una fortuna porque le fascinaba una cosa para la que estaba absolutamente falto de talento: las finanzas. Alguien le dijo que la manera de ganar dinero era comprar cuando las acciones estuvieran bajas y vender cuando la cotización fuese alta. Una norma más que sencilla y que impresionó su mente, más bien subdesarrollada, con la fuerza de una inspiración divina. No tuvo la menor dificultad en seguir el primer precepto. El problema fue que nunca tuvo la oportunidad de seguir el segundo. Era todo un genio para escoger perdedores. Lo mismo le había ocurrido a su padre, pero en el caso de éste los perdedores corrían sobre cuatro patas. No obstante, me siento agradecido a mi bisabuelo. Antes de perder su dinero, tuvo la buena idea de encargar a John Soane los planos de la casa de Campden Hill Square. A usted le interesa la arquitectura, ¿no es verdad? Me gustaría que la viese cuando pueda disponer de un par de horas. Es lo menos que se merece la casa. En mi opinión, es todavía más interesante que el museo Soane de Lincoln's Inn Fields; supongo que usted lo calificaría de neoclasicismo perverso. Yo la encuentro satisfactoria, al menos en el aspecto arquitectónico, pero no sé si es una casa más apta para admirarla que para vivir en ella.

Dalgliesh se preguntó cómo sabía Berowne que a él le apasionaba la arquitectura. Sólo podía ser por el hecho de haber leído sus poesías. A un poeta puede desagradarle profundamente tener que hablar sobre sus versos, pero saber que alguien los ha leído es algo que siempre se agradece.

Y ahora, sentado con las piernas extendidas, en una silla demasiado baja para acomodar en ella su estatura de un metro noventa y dos, con los ojos fijos en aquella única llama, que permanecía inmóvil en aquella calma aromatizada por el incienso, pudo oír de nuevo el tono, repleto de disgusto, con el que Berowne le había explicado por qué abandonó la práctica de las leyes.

—Son tan extrañas las cosas que determinan por qué y cuándo toma uno ese tipo de decisión. Supongo que llegué a persuadirme de que mandar gente a la cárcel era algo que yo no estaba dispuesto a hacer durante el resto de mi vida. Y aparecer tan sólo como defensor siempre me había parecido una opción excesivamente fácil. En realidad, nunca supe fingir que podía asumir la inocencia de mi cliente por el hecho de que yo me hubiera ocupado de asegurar que no llegara a confesar. Cuando uno ha visto a su tercer violador salir en libertad por el hecho de haber sido más listo que el fiscal, se pierde la afición a ese tipo de victoria. Pero esto es tan sólo la explicación fácil. Sospecho que no hubiera tomado la decisión si no hubiese perdido un caso importante, al menos importante para mí. No creo que usted lo recuerde... el caso de Percy Matlock. Mató al amante de su esposa. No era un caso particularmente difícil y confiábamos en lograr un veredicto de homicidio involuntario. E incluso con ese veredicto menos severo, abundaban las razones para mitigar la pena. Sin embargo, yo no me preparé con el cuidado debido. Supongo que pensé que no era necesario. En aquellos tiempos, yo era muy arrogante. Pero no fue tan sólo eso. En aquella época, yo estaba muy enamorado, una de esas aventuras que cuando ocurren parece revestir una importancia extraordinaria, pero que después le dejan a uno con la sospecha de que tal vez se tratara de una especie de enfermedad. Sea como fuere, no trabajé en el caso como hubiera sido de rigor. Matlock fue declarado culpable de asesinato y murió en la prisión. Tenía una hija, una niña pequeña. La condena de su padre desmontó la precaria estabilidad que ella había conseguido mantener y, cuando salió del hospital psiquiátrico, se puso en contacto conmigo y yo le encontré un trabajo. Todavía sigue llevando la casa para mi madre. No creo que fuera capaz de hacer otra cosa, pobre muchacha. Por lo tanto, yo vivo con un recuerdo constante e ingrato de mi necedad y mi fracaso, y sin duda eso me hace bien. El hecho de que ella me esté en realidad agradecida —devoción es la palabra que utiliza la gente— no me facilita más las cosas.

Después siguió hablando de su hermano, muerto cinco años antes en Irlanda del Norte:

—El título me llegó a través de su muerte. La mayoría de las cosas que yo suponía valiosas en la vida han llegado hasta mí a través de la muerte.

No habló, recordó Dalgliesh, de las «cosas valiosas» sino de las «cosas que yo suponía valiosas».

Podía oler, dominando la insistencia invasora del incienso, el leve olor acre del humo de la vela. Al abandonar su silla, la dejó encendida, con su llama pálida contaminando el aire, y atravesó la nave y la verja para pasar a la parte posterior de la iglesia.

En la sacristía grande, Ferris había montado su mesa metálica y depositado ordenadamente en ella su botín, con cada pieza etiquetada y metida en su bolsa de plástico. Ahora, lo contemplaba todo dando unos pasos atrás, con el aire ligeramente ansioso del que monta una parada en un bazar parroquial y se pregunta si está exponiendo debidamente sus artículos. Y ciertamente, así dignificados y etiquetados, aquellos objetos diversos y ordinarios habían adquirido un significado casi ritual: los zapatos, uno de ellos con su costra de barro detrás del tacón, la jarra manchada, el secante con su zigzag de marcas muertas dejadas por manos muertas, el dietario, los restos de la última cena de Harry Mack, el estuche cerrado de la navaja y, ocupando el centro de la mesa, la prueba principal, la navaja asesina abierta, con pegotes de sangre en su hoja y en su mango de hueso. Dalgliesh preguntó:

—¿Algo interesante?

—El dietario, señor.

Ferris hizo un movimiento como si se dispusiera a sacarlo de su bolsa, pero Dalgliesh le dijo:

—Déjelo. Cuénteme.

—Es la última página. Parece como si hubieran arrancado las entradas de los últimos dos meses y quemado estas páginas por separado, arrojando después el libro abierto a las llamas. La tapa sólo está chamuscada. La última página es la que contiene los calendarios del año pasado y del próximo. Ni siquiera tiene trazas de haberse chamuscado, pero falta la mitad superior. Alguien ha roto la página en dos. —Y añadió—: Supongo que pudo haberla doblado para utilizarla prendiéndole fuego a partir del piloto del calentador de gas.

Dalgliesh levantó la bolsa que contenían los zapatos y comentó:

—Es posible.

Sin embargo, le parecía improbable. Para un asesino con prisas, y este asesino las tenía, hubiera sido un método complicado e inseguro de conseguir fuego. Si había llegado sin encendedor ni cerillas, seguramente lo más fácil hubiera sido sacar la caja del soporte sujeto con la cadenilla al calentador. Examinó los zapatos que sostenía y dijo:

—Hechos a mano. Hay algunas rarezas que no pueden pasar por alto. Las punteras todavía están brillantes, pero los lados y los tacones están mates y ligeramente manchados. Parece como si hubieran sido lavados. Y todavía hay trazas de barro en los lados, así como debajo del tacón izquierdo. Probablemente, el laboratorio encontrará señales de que han sido raspados.

Pensó que difícilmente podían ser los zapatos que uno esperase encontrar en un hombre que había pasado el día en Londres, a no ser que hubiera paseado por los parques o a lo largo del camino de sirga del canal. Sin embargo, difícilmente hubiera podido llegar a pie a Saint Matthew siguiendo ese trayecto, y no había señales de que se hubiera limpiado los zapatos en algún lugar de la iglesia. Pero esto volvía a ser anticipar las teorías a los hechos. Cabía esperar que se enterasen más tarde del lugar donde Berowne había pasado su último día en la Tierra.

Kate Miskin apareció en el umbral y dijo:

—Doc Kynaston ha terminado, señor. Está todo dispuesto para retirar los cadáveres.

10

Massingham suponía que Darren vivía en una de las viviendas de pisos construidas por el Ayuntamiento de Paddington, pero la dirección que finalmente, después de persuadirlo, le había dado, correspondía a una calle corta y estrecha cerca de Edgware Road, un enclave de cafés baratos y ordinarios, en su mayoría goaneses y griegos. Al entrar en ella, Massingham advirtió que no era un lugar que le resultara extraño, pues ya había estado antes allí. Era seguramente en aquella calle donde él y el viejo George Percival habían encontrado dos excelentes restaurantes vegetarianos, cuando ambos eran sargentos de detectives en la división. Incluso los nombres, exóticos y hasta el momento casi olvidados, acudieron a su memoria: Alu Ghobi y Sag Bhajee. Había cambiado poco desde entonces, y era una calle cuyos habitantes sólo atendían a sus negocios, principalmente el de suministrar a los de su raza comidas apreciables por su precio y su calidad. Aunque era la mañana y el momento más tranquilos del día, en el aire flotaba ya el intenso aroma del curry y las especias, recordando a Massingham que habían pasado varias horas desde el desayuno y que no tenía la menor certeza de dónde conseguiría almorzar.

Había sólo un *pub*, un edificio victoriano alto y estrecho, comprimido entre un restaurante chino y un café *tandoori*, oscuro y poco acogedor, en cuyo escaparate unos letreros pintados a mano anunciaban en lenguaje retadoramente popular: «Salchichas con puré de patata», «Morcillas con verdura refrita» y «Rollos de salchicha en hojaldre». Entre el *pub* y el café, había una puerta pequeña con un solo timbre y una tarjeta con el único nombre de «Arlenne». Darren se detuvo, extrajo una llave de la caña de sus botas de lona y después, poniéndose de puntillas, la insertó en la cerradura. Massingham subió detrás de él por la estrecha escalera, carente de alfombra. Al llegar arriba, preguntó:

—¿Dónde está tu madre?

Siempre en silencio, el niño señaló hacia la puerta de la izquierda. Massingham llamó suavemente y después, al no obtener respuesta, la abrió.

Las cortinas estaban corridas, pero eran de tela fina y sin ningún adorno, y, a pesar de la luz difusa, Massingham pudo ver que la habitación estaba espectacularmente desordenada. Una mujer yacía en la cama. Avanzó y, extendiendo la mano, encontró el interruptor de la luz junto a la cama. Al encenderse, ella emitió un leve gruñido, pero no se movió. Yacía boca arriba, desnuda excepto por una bata corta de la que había escapado un pecho surcado por venas azules, parecido a una medusa viva sobre el satén rosa de la bata. Una fina línea de lápiz de labios perfilaba la boca húmeda y abierta, de la que caía un hilillo de espesa saliva. Roncaba suavemente, con un rumor bajo y gutural, como si se hubiera acumulado flema en su garganta. Las cejas habían sido depiladas al estilo de los años treinta: delgados arcos situados muy por encima de la línea natural del arco ciliar. Incluso en su sueño, conferían a la cara una expresión de cómica sorpresa, como la de un payaso, realzada por unos círculos rojos en ambas mejillas. Sobre una silla colocada junto a la cama había un tarro de vaselina, con la tapa abierta y una mosca pegada al borde. El respaldo de la silla y el suelo estaban cubiertos de prendas de vestir, y la superficie de una cómoda que servía también como tocador, bajo un espejo ovalado, estaba atiborrada de botellas, vasos sucios, potes de cosméticos y paquetes de toallitas de papel. Plantado incongruentemente en medio de aquel desorden, había un frasco de cristal para mermelada, con un ramo de fresias, todavía sujeto por una banda elástica, y el delicado y dulce aroma de las flores se perdía entre el hedor de sexo, perfume y whisky. Massingham preguntó:

—¿Ésta es tu madre?

Tenía ganas de preguntar si ofrecía a menudo aquel aspecto, pero se limitó a llevarse al niño de allí y cerrar la puerta. Nunca le había agradado interrogar a un niño con respecto a sus padres, y no pensaba hacerlo ahora. Era una tragedia más que corriente, pero la tarea correspondía al Departamento de la Juventud y no a él, y, cuanto antes llegara allí uno de sus funcionarios, tanto mejor. Le irritaba pensar en Kate, que habría vuelto ya al escenario del crimen, y experimentó cierto rencor contra Dalgliesh, que le había encomendado aquella gestión desagradable.

—¿Dónde duermes tú, Darren? —preguntó.

El niño indicó un cuarto en la parte posterior, y Massingham, suavemente, hizo que le acompañara allí.

Era una habitación muy pequeña, poco más que un cuarto trastero, con una sola ventana situada muy alta. Debajo de ella había una cama estrecha, cubierta con una manta marrón del ejército, y al lado una silla con una colección de objetos bien ordenados. Había un modelo de coche de bomberos, una esfera de cristal que al sacudirla producía una tormenta de nieve en miniatura, dos modelos de coches de carreras, tres grandes canicas jaspeadas y otro frasco de mermelada, éste con un ramo de rosas, que ya se estaban doblando sobre sus altos tallos desprovistos de espinas. Sólo había otro mueble, una vieja cómoda sobre la que se amontonaba una incongruente colección de objetos: camisas metidas todavía en sus envases de plástico transparente, ropa interior de mujer, pañuelos de seda para el cuello, latas de salmón, de alubias y de sopa, una lata de jamón y otra de lengua, tres juegos de piezas para construir barcos, un par de tubos de pintura de labios, una caja de soldados y tres botellas de perfume barato.

Massingham llevaba demasiado tiempo en la policía para emocionarse con facilidad. Ciertos delitos, como la crueldad con los niños o animales, la agresión violenta contra personas ancianas y débiles, todavía podían producir un estallido del temperamento espectacular de los Massingham, que había llevado a más de uno de sus antepasados a un desafío o ante un consejo de guerra. Pero hasta esto había aprendido a controlar con la disciplina. Pero ahora, al contemplar con ojos llenos de indignación aquella habitación infantil, con su patético orden, aquellas muestras de cierta autosuficiencia, aquel recipiente con flores, que, según suponía él, había arreglado el propio niño, sintió que se apoderaba de él una ira impotente contra la ramera borracha que dormía en la habitación contigua. Preguntó:

—¿Robaste estas cosas, Darren?

Darren no contestó de momento, pero después asintió con la cabeza.

—Muchacho, te has metido en un mal fregado.

El niño se sentó en el borde de la cama. Dos lágrimas descendían por sus mejillas, y fueron seguidas por sollozos comprimidos y la palpitación de aquel pecho estrecho. De pronto gritó:

—¡No quiero ir a un asilo municipal! ¡No iré, no iré!

—Deja de llorar —le ordenó Massingham, que odiaba las lágrimas y deseaba ante todo marcharse de allí.

¿Por qué puñeta le había metido en eso su jefe? ¿Por quién le tomaban, por un protector de la infancia? Dividido entre la compasión, la cólera y la impaciencia por volver de nuevo a lo que era su verdadero trabajo, ordenó con más aspereza:

—¡Deja de llorar!

Debía de haber un tono de gran urgencia en su voz, pues los sollozos de Darren cesaron inmediatamente, aunque las lágrimas siguieran fluyendo. Entonces Massingham dijo con voz más suave:

—¿Quién ha hablado aquí de asilos? Mira, lo que voy a hacer es telefonear a la Oficina de la Juventud. Vendrá alguien para ocuparse de ti. Será probablemente una asistenta social, y te caerá bien.

El rostro de Darren expresó un inmediato y vivo escepticismo que, en otras circunstancias, Massingham hubiera considerado cómico. El niño alzó la vista y preguntó:

—¿Por qué no puedo ir a casa de la señorita Wharton?

¿Y por qué no?, pensó Massingham. Al parecer, el pobre chiquillo le tenía un gran aprecio. Dos náufragos ayudándose entre sí.

—En realidad, no creo que eso sea posible. Espérame aquí, vuelvo enseguida —contestó.

Miró su reloj. No le quedaba más remedio que esperar, claro, hasta que llegara la asistenta social, pero ésta no tardaría mucho y, al menos, el jefe tendría una respuesta para su pregunta. Sabía ahora lo que había estado preocupando a Darren, lo que había estado ocultando. Al menos, se había resuelto un pequeño misterio. El jefe podría relajarse y proseguir su investigación. Y, con un poco de suerte, también podría seguirla él.

11

Tampoco el predecesor del padre Barnes, el padre Kendrick, no había podido hacer gran cosa con la vicaría de Saint Matthew's Court, un bloque anodino de tres plantas, en ladrillo rojo, que flanqueaba la carretera de Harrow. Después de la guerra, la autoridad eclesiástica decidió finalmente que la gran casa victoriana existente resultaba antieconómica y poco práctica, y vendió el lugar a una inmobiliaria, con la condición de que se cediera a perpetuidad una vivienda en la planta baja y el primer piso para alojar al cura de la parroquia. Era la única vivienda de estas características en el bloque, pero por otra parte no se la distinguía de las demás, con sus ventanas angostas y sus habitaciones pequeñas y mal proporcionadas. Al principio, los pisos fueron alquilados a unos inquilinos cuidadosamente seleccionados, y se hizo un intento para conservar los modestos ornamentos del lugar: la franja de césped que bordeaba la calzada, los dos parterres con rosales y los tiestos colgantes en cada balcón. Sin embargo, aquel bloque de viviendas, como la mayoría de los de su clase, había tenido una historia accidentada. La primera compañía inmobiliaria había sido liquidada y vendida a una segunda empresa, y después a una tercera. Los alquileres se aumentaron, con el disgusto general de los inquilinos, pero todavía eran insuficientes para cubrir los costes de mantenimiento de un edificio de construcción muy deficiente, y se daban las usuales y agrias disputas entre los inquilinos y los propietarios. Sólo la vivienda parroquial estaba bien conservada y las blancas ventanas de sus dos plantas destacaban con una muestra incongruente de respetabilidad entre la pintura medio desprendida y las maderas en curso de desintegración de las otras ventanas.

Los primeros inquilinos habían sido sustituidos por personas procedentes de la ciudad, jóvenes que se mudaban a menudo y que compartían una habitación entre tres, madres solteras que vivían de la seguridad social, estudiantes extranjeros, en una mezcla racial que, como si fuese un caleidoscopio humano, se agitaba continuamente para producir nuevos y más brillantes colores. Los pocos que iban a la iglesia se encontraban más a sus anchas con el padre Donovan, de Saint Anthony, con sus bandas de instrumentos de metal, sus procesiones carnavalescas y su benevolencia general en la cuestión racial. Ninguno de ellos llamaba nunca a la puerta del padre Barnes. Veían con ojos atentos e inexpresivos sus idas y venidas casi furtivas. Pero él era, en Saint Matthew's Court, un anacronismo casi como el de la iglesia que representaba.

Fue escoltado hasta la vicaría por un agente de paisano, no el que había estado trabajando junto al comandante Dalgliesh, sino un hombre de más edad, de anchos hombros, estólido y del que emanaba una calma tranquilizadora, que le habló con un leve acento rural que el cura no supo reconocer pero tuvo la certeza de que no era local. El agente dijo que pertenecía a la comisaría de Harrow Road, pero que había sido trasladado recientemente a ella desde West Central. Esperó mientras el padre Barnes abría la puerta principal y después le siguió y se ofreció para prepararle una taza de té, el específico británico contra el desastre, el dolor y los sustos. Si le sorprendió la suciedad de la mal equipada cocina de la vicaría, supo ocultarlo. Había preparado té en lugares peores. Cuando el padre Barnes reiteró que se encontraba perfectamente y que la señora McBride, que atendía su casa, llegaría a las diez y media, no insistió en quedarse. Antes de marcharse, entregó al padre Barnes una tarjeta con un número en ella.

—Éste es el número al que el comandante Dalgliesh dijo que podía llamar si necesitaba algo. Si tiene alguna preocupación, o si le ocurre alguna novedad, basta con telefonear. No hay ningún problema. Y cuando lleguen los de la prensa, dígales tan sólo lo mínimo que considere necesario. Nada de especulaciones. Especular no sirve de nada, ¿no cree? Dígales solamente cómo ocurrió todo. Una señora de su feligresía y un niño descubrieron los cadáveres y el niño vino a buscarle a usted. Es mejor que no dé ningún nombre, si no se ve obligado a ello. Vio usted que estaban muertos y llamó a la policía. No necesita decir nada más. Eso bastará .

Esta afirmación, que simplificaba las cosas de una manera asombrosa, abrió un nuevo abismo ante los ojos horrorizados del padre Barnes. Había olvidado a la prensa. ¿Cuándo llegarían? ¿Desearían sacar fotografías? ¿Debería convocar una reunión urgente del Consejo Parroquial? ¿Qué diría el obispo? ¿Debería telefonear inmediatamente al archidiácono y dejar el asunto en sus manos? Sí, ése sería el mejor plan. El archidiácono sabría lo que debía hacerse. El archidiácono era capaz de enfrentarse a la prensa, al obispo, a la policía y al Consejo Parroquial. Sin embargo, a pesar de todo temía que Saint Matthew estuviera condenado a convertirse en el centro de una desagradable atención.

Siempre celebraba la misa en ayunas y, por primera vez aquella mañana, se sintió débil, e incluso, paradójicamente, un poco mareado. Se dejó caer en una de las dos sillas de madera ante la mesa de la cocina, y contempló con una sensación de impotencia aquella tarjeta con sus siete cifras claramente escritas, y después miró a su alrededor, como si buscara inspiración para guardarla en algún lugar seguro. Finalmente, buscó su cartera en el bolsillo de la sotana y la deslizó en ella, junto con su tarjeta bancaria y su única tarjeta de crédito. Después dejó vagar sus ojos alrededor de la cocina, viéndola como debía de haberla visto aquel amable policía, en un estado de total abandono. El plato en el que había comido sus hamburguesas y sus guisantes congelados, que habían constituido su cena la última noche, todavía sin lavar en el fregadero; las manchas grasientas en la vieja cocina de gas; la viscosa capa de mugre que cubría el estrecho espacio entre los fogones y la alacena; la manchada y maloliente toalla colgada de un gancho al lado del fregadero; el calendario del año pasado, torcido en el clavo que lo sujetaba a la pared; los dos estantes llenos de un conglomerado de paquetes de cereales medio vacíos, botes de mermelada rancia, cuencos desportillados y paquetes de detergente; la mesa, barata e inestable, con sus dos sillas, cuyos respaldos mostraban las huellas de numerosas manos; el linóleo, curvado junto a la pared, donde se había despegado del suelo; todo aquel ambiente general de incomodidad, descuido, negligencia y suciedad. Y el resto del piso no estaba mucho mejor. La señora McBride no se esmeraba demasiado, puesto que no había allí nada en lo que esmerarse. No se esmeraba porque tampoco lo hacía él. Como él, lo más probable era que ella hubiera dejado de advertir también la lenta acumulación de polvo sobre sus vidas.

Después de treinta años de matrimonio con Tom McBride, Beryl McBride parecía más irlandesa incluso que su esposo. De hecho, el padre Barnes sospechaba a veces que su acento irlandés era menos adquirido que asumido, como un estereotipado irlandés teatral adoptado a partir de la unión marital o bien a partir de alguna necesidad menos identificable. Había observado que, en raros momentos de tensión, ella tendía a utilizar de nuevo el *cockney* de su infancia. La empleaba la parroquia doce horas por semana y sus obligaciones nominales consistían en venir los lunes, miércoles y viernes, limpiar la casa, lavar y secar las ropas y otras prendas domésticas que encontraba en el sucio cesto destinado a esta finalidad, y prepararle al párroco un sencillo almuerzo que le dejaba en una bandeja. Los demás días de la semana, así como los fines de semana, se confiaba en que el padre Barnes supiera ocuparse de sí mismo. Nunca había existido una descripción exacta de la tarea. La señora McBride y el ocupante de la casa habían de seguir una distribución de horas y deberes mutuamente acordada.

Doce horas por semana fue una distribución de tiempo adecuada, incluso generosa, cuando el joven padre Kendrick era el párroco del lugar. Éste estaba casado con una mujer que era el prototipo ideal de la esposa de un párroco, una fisioterapeuta rolliza y eficiente, perfectamente capaz de desempeñar sus tareas en el hospital y en la parroquia simultáneamente, y de infundir en la señora McBride, vigorosamente, las energías que sin duda confería a sus pacientes. Nadie, desde luego, esperaba que el padre Kendrick se quedara allí. Fue tan sólo un párroco provisional, para rellenar el hueco después del largo ministerio desempeñado durante veinticinco años por el padre Collins y antes de que se produjera el nombramiento de un sucesor permanente, si es que llegaba un sucesor. Saint Matthew, como nunca se cansaba de señalar el archidiácono, representaba un excedente en el ministerio pastoral de la Iglesia en el radio interior de Londres. Con otras dos iglesias anglicanas a una distancia de cuatro o cinco kilómetros, ambas con una plantilla clerical de hombres jóvenes y con suficientes organizaciones parroquiales para constituir una seria competencia frente al departamento de servicios sociales, Saint Matthew, con una población reducida y de elevado índice de edad, era un recuerdo incómodo de la autoridad en declive de la Iglesia establecida en el interior de las ciudades. Sin embargo, el archidiácono solía decir: «Su parroquia se muestra notablemente leal. Es una lástima que los feligreses no sean al mismo tiempo ricos. No cabe duda de que esta parroquia es un agujero en nuestros recursos, pero difícilmente podríamos venderla. Se supone que el edificio tiene cierta importancia arquitectónicamente hablando, aunque yo nunca lo haya considerado así. Yo diría que ese campanario tan extraño difícilmente puede considerarse como inglés, ¿no cree? Al fin y al cabo no nos encontramos, ni mucho menos, en el Lido de Venecia, pensara lo que pensase el arquitecto.» Y es que el archidiácono que, en realidad, nunca había visto el Lido de Venecia, se había criado en el Close de Salisbury, y, permitiendo cierto margen en la escala, había sabido exactamente, desde su infancia, el aspecto que había de tener una iglesia.

Antes de que el padre Kendrick se estableciera en su nueva parroquia urbana —mezcla racial, club de chicos, asociación de madres, reunión de jóvenes, es decir el reto adecuado para un joven clérigo moderadamente ambicioso, pero con un ojo puesto en la mitra—, había tenido una breve conversación acerca de Beryl McBride.

—Francamente, esta mujer me aterra. Procuro mantenerme alejado de su lado. Sin embargo, Susan parece capaz de entendérselas con ella. Es mejor tener un cambio de impresiones con ella sobre las cuestiones domésticas. Ojalá la señora McBride hubiera adoptado la religión de su marido, en vez de su acento, pues con ello Saint Anthony se habría beneficiado de su cocina. Le indiqué al padre Donovan que había aquí una fruta madura a punto de ser cogida, pero Michael sabe cuándo apañárselas bien solo. Ahora, si puede convertir usted a su ama de llaves, la señora Kelly, a la doctrina anglicana, encontrará una bicoca.

Susan Kendrick, que envolvía expertamente artículos de porcelana en papeles de periódico, hundidos los pies hasta los tobillos en las virutas de madera procedentes de sus cajas de embalaje, se mostró enérgicamente informativa, pero poco más tranquilizadora.

—Necesita que la vigilen. Su cocina es sencilla y bastante buena, aunque su repertorio sea un tanto limitado.

Sin embargo, ya no es tan de fiar en lo que se refiere al trabajo de la casa. Necesitará usted puntualizar desde un buen principio lo que desea. Si fija las reglas precisas y ella sabe que no puede engañarle, todo irá bien. Lleva aquí largo tiempo, desde luego, desde la época del padre Collins. No sería fácil sacarla de aquí. Y, por otra parte, es un miembro muy leal de la feligresía. Al parecer, por alguna razón Saint Matthew parece caerle bien. Como he dicho, puntualice desde el primer momento lo que desea. Y otra cosa, vigile el jerez. No es que no sea de fiar. Puede dejar donde quiera lo que desee: dinero, el reloj, comida..., pero le gusta echar un trago de vez en cuando. Lo mejor es ofrecerle uno en alguna que otra ocasión, y así la tentación es menor. Le sería difícil tenerlo siempre encerrado.

—No, claro que no —había dicho él—. No, lo comprendo perfectamente.

Sin embargo, fue la señora McBride la que indicó desde el principio cómo habían de funcionar las cosas. Desde el primer momento, no dejó la menor esperanza. Él todavía recordaba, con una sensación de vergüenza, aquella primera y definitiva entrevista. Él se había sentado delante de ella, en aquella pequeña habitación cuadrada que era utilizada como estudio, como si fuese él quien aspirase al puesto de trabajo, y había visto los agudos ojillos de ella, negros como dos moras, recorrer la habitación, observando los huecos en los estantes, allí donde había guardado el padre Kendrick sus libros encuadernados en piel, la vieja alfombrilla frente a la estufa de gas, sus escasos libros apilados junto a la pared. Y eso era todo lo que ella había asumido. Desde el primer momento, le tomó las medidas, vio su timidez, su ignorancia en lo que se refería a llevar una casa, su falta de autoridad como hombre o como cura. Y sospechaba, además, que ella había observado otros secretos más íntimos. Su virginidad, su temor casi vergonzoso ante la abrumadora y cálida feminidad de ella, su inseguridad en el aspecto social, por haber nacido en aquella casa pequeña junto al río en Ely, donde había vivido con su madre viuda, criado entre desesperadas dificultades, con las pequeñas decepciones de una pobreza respetable, aquellas privaciones que resultaban mucho más humillantes que la pobreza auténtica de las ciudades del interior. Podía imaginar incluso las palabras que pronunciaría ella más tarde ante su marido:

—En realidad, no es un caballero, no es como el padre Kendrick. Enseguida salta a la vista. Después de todo, el padre del padre Kendrick era un obispo, y la señora Kendrick es, bien mirado, una sobrina de lady Nichols. Sabe Dios de dónde procede éste.

A veces, sospechaba que ella adivinó incluso cuán mermada estaba su reserva de fe, y que era esta carencia esencial, y no su inadecuación general, la causa principal del menosprecio de ella.

El último libro que había sacado de la biblioteca era una obra de Barbara Pym. Había leído con envidiosa incredulidad la amable pero irónica historia de una parroquia rural, donde los curas eran agasajados, alimentados y generalmente mimados con exceso por los miembros femeninos de la feligresía. Pensó que la señora McBride no tardaría en poner punto final a una situación semejante en Saint Matthew. Y, efectivamente, así lo había hecho. Durante su primera semana, la señora Jordan le visitó con un pastel de frutas de confección casera. Ella lo vio sobre la mesa al ir el miércoles y comentó:

—Es de Ethel Jordan, ¿verdad? Será mejor que la vigile, padre, por ser usted un cura soltero.

Estas palabras flotaron en el aire, cargadas de intención, y así se echó a perder un gesto de simple amabilidad. Al comer el pastel, éste le supo como una pasta insípida, y cada bocado del mismo le pareció un acto de indecencia compartida.

Llegó a la hora en punto. Cualesquiera que fuesen sus

otras negligencias, la señora McBride era una maniática de la puntualidad. Oyó su llave en la puerta y, un minuto después, se presentó en la cocina. No pareció sorprendida al verle sentado todavía allí, con su mantel, y evidentemente recién llegado de su misa, y él supo enseguida que ella se había enterado ya de los asesinatos. La miró mientras se quitaba cuidadosamente el pañuelo de la cabeza, revelando las ondas desordenadas de un cabello de un negro poco natural, mientras colgaba su abrigo en el armario del recibidor, cogía el delantal colgado en el gancho detrás de la puerta de la cocina, se quitaba los zapatos y metía los pies en sus zapatillas caseras. No habló hasta que hubo puesto sobre el fogón la cafetera para preparar su café matinal.

—Un bonito suceso para la parroquia, padre. Dos muertos, o al menos así lo decía Billy Crawford en el quiosco. Y uno de ellos el pobre Harry Mack.

—Mucho me temo que sí, señora McBride. Uno de ellos era Harry.

—¿Y quién era el otro? ¿O es que la policía todavía no lo sabe?

—Creo que no tendremos más remedio que esperar hasta que se informe al pariente más próximo, antes de que nos den esa información.

—Pero usted lo vio, padre. ¿Acaso no lo vio con sus propios ojos? ¿Y no supo reconocerle?

—En realidad, no debe preguntarme eso, señora McBride. Debemos esperar a que hable la policía.

—¿Y quién podía matar a Harry? Desde luego, no pudieron matarle por algo que llevase encima, pobre diablo. No fue tampoco un suicidio, ¿verdad que no, padre? ¿Uno de esos pactos entre suicidas? ¿O es que la policía cree que lo hizo Harry?

—Todavía no saben lo que ocurrió. Desde luego, no deberíamos hacer suposiciones.

—Pues bien, yo no lo creo. Harry Mack no era un

asesino. Más bien creo que el otro individuo, ese sobre el cual usted guarda tanto silencio, ese sobre el que no quiere decir nada, fue el que mató a Harry. Harry era un tipo desagradable, un pillastre mal hablado, que Dios le haya perdonado, pero era totalmente inofensivo. La policía no tiene derecho a cargarle el muerto a Harry.

—Estoy seguro de que no piensa hacerlo. Pudo haber sido cualquier otro, alguien que entrase allí para robar, o alguien al que dejara entrar el propio sir Paul Berowne. La puerta de la sacristía estaba abierta cuando llegó la señorita Wharton esta mañana.

Se volvió hacia la estufa, para que ella no pudiera ver el rubor que había invadido su rostro al advertir que se le había escapado el nombre de Berowne. Y a ella no le había pasado por alto, pues no hubiera sido propio de ella. ¿Y por qué le había hablado de aquella puerta sin cerrar? ¿Intentaba tranquilizarla a ella o a sí mismo? No obstante, ¿qué importaba aquello? No tardarían en hacerse públicos los detalles y parecía extraño que él se mostrara demasiado reticente y suspicaz. Pero ¿por qué suspicaz? Seguramente, nadie, ni siquiera la señora McBride iba a sospechar de él. Reconoció, con una confusión familiar de reproche y desaliento, que estaba diciendo más de lo que debiera en su intento usual de congraciarse con aquella mujer, de conseguir que estuviera a su lado. Era algo que nunca había conseguido y que tampoco conseguiría ahora. Ella no pareció captar el nombre de Berowne, pero él sabía que lo había archivado con toda seguridad en su mente. Sentado frente a ella, observó la nota de triunfo en sus ojillos astutos y oyó en su voz la nota de un júbilo maligno.

—De modo que se trata de un asesinato sangriento, ¿verdad? ¡Bonita cosa para la parroquia! Va a necesitar que le fumiguen la iglesia, padre.

—¿Que la fumiguen?

—Bueno, quiero decir que la rieguen con agua bendita, o algo por el estilo. Tal vez sea oportuno que mi Tom hable con el padre Donovan. Él nos podría enviar un poco de Saint Anthony.

—Tenemos aquí nuestra propia agua bendita, señora McBride.

—En un caso como éste, no se pueden correr riesgos. Será mejor obtener una poca del padre Donovan. Para estar más seguros. Mi Tom puede traerla el domingo, después de la misa. Aquí tiene su café; hoy lo he hecho más fuerte. Lo cierto es que ha tenido usted una impresión muy desagradable.

Como siempre, el café era del tipo más barato de grano envasado. Resultaba ahora incluso menos bebible, puesto que su concentración permitía distinguir su sabor. En la superficie marrón, nadaban y se empujaban entre sí unos glóbulos de leche casi agria. Había, en el borde de la taza, una mancha de lo que parecía ser lápiz de labios, y la apartó lentamente de su boca, haciendo girar la taza, para que ella no lo observara. Sabía que hubiera debido llevarse el café al ambiente relativamente sereno de su estudio, pero no tuvo el valor necesario para ponerse de pie. Y, por otra parte, marcharse antes de que se hubieran vaciado las dos tazas hubiera sido ofenderla a ella. En su primera mañana en la casa, ella había dicho: «La señora Kendrick y yo siempre tomábamos juntas una taza de café antes de que yo empezara mi trabajo, como dos buenas amigas.» No había tenido la oportunidad de comprobar si eso era verdad, pero de este modo se había establecido aquella pauta de falsa intimidad.

—Ese Paul Berowne era diputado del Parlamento, ¿verdad? Recuerdo haber leído en el *Standard* que dimitió, o algo por el estilo.

—Sí, era diputado del Parlamento.

—Y un noble, también, ¿verdad?

—Un baronet, señora McBride.

—¿Qué hacía entonces, en la sacristía pequeña? Yo

no sabía que hubiera ningún baronet que frecuentase la iglesia de Saint Matthew.

Era ya demasiado tarde para refugiarse en la discreción.

—Y no lo hacía. Era tan sólo alguien a quien yo conocía. Le di la llave. Quería pasar algún tiempo tranquilo en la iglesia —añadió, con la vana esperanza de que una confidencia tan peligrosamente cercana a la intimidad, de su tarea como sacerdote, pudiera halagarla, pudiera incluso dominar aquella curiosidad—. Deseaba un lugar tranquilo para pensar, para rezar.

—¿En la sacristía pequeña? ¡Pues había elegido un lugar bien curioso! ¿Y por qué no se arrodilló en un reclinatorio? ¿Por qué no fue a la capilla de Nuestra Señora, delante del Santísimo Sacramento? Ése es el lugar adecuado para rezar, para los que no pueden esperar hasta el domingo.

Había en su voz una nota de agria desaprobación, que sugería que tanto el lugar como la plegaria eran igualmente criticables.

—Difícilmente hubiera podido dormir en la iglesia, señora McBride.

—¿Y por qué había de querer dormir? ¿Acaso no tenía una cama en su casa?

Las manos del padre Barnes habían empezado a temblar de nuevo. La taza de café oscilaba entre sus dedos y notó que un par de gotas le escaldaban la mano. Cuidadosamente, volvió a dejar la taza en su plato, deseando que cesara aquel odioso temblor. Casi se le escaparon las siguientes palabras de ella.

—Bueno, si es que se mató, murió limpio, eso hay que reconocerlo.

—¿Que murió limpio, señora McBride?

—¿Acaso no se estaba lavando cuando Tom y yo pasamos por allí anoche, poco después de las ocho? ¿Él o Harry Mack? Y no irá usted a decirme que Harry se acercaba al agua corriente si podía evitarlo. Corría el agua de lo lindo por el desagüe. Claro que pensamos que usted se encontraba allí. «El padre Barnes se está dando un buen fregoteo en el lavabo de la sacristía», eso es lo que yo le dije a Tom. «A lo mejor quiere reducir la factura del gas en la vicaría.» Y nos reímos.

—¿Cuándo ocurrió eso, exactamente, señora McBride?

—Ya se lo he dicho, padre, poco después de las ocho. Nos dirigíamos a las Tres Plumas. No hubiéramos pasado junto a la iglesia, pero teníamos que recoger a Maggie Sullivan y es el camino más corto desde su casa hasta las Plumas.

—Pero la policía debiera saber esto. Podría ser una información importante. Les interesará hablar con todos los que se acercaron a Saint Matthew la noche pasada.

—¿Qué les interesará? ¿Y cree que sólo les interesará? ¿Adónde quiere ir a parar, padre? ¿Va a decirme que Tom, la pobre Maggie Sullivan y yo le cortamos el cuello a aquel tipo?

—Claro que no, señora McBride. Eso es ridículo. Sin embargo, pueden ser ustedes testigos importantes. Ese ruido de agua en el desagüe... significa que sir Paul todavía vivía a las ocho.

—Alguien estaba vivo allí a las ocho, y de eso no hay ninguna duda. Y que no estaba gastando poca agua, que digamos.

Al padre Barnes le sobrecogió la idea de una terrible posibilidad y, sin pensar, la expresó en voz alta.

—¿Se fijó en el color del agua?

—¿Y usted cree que yo me dedico a mirar lo que sale por los desagües? ¡Claro que no me fijé en el color! ¿De qué color había de ser? Pero salía deprisa y abundante, esto puedo asegurárselo.

De pronto, adelantó la cara hacia él, por encima de la mesa. Sus enormes pechos, que tanto contrastaban con su cara delgada y sus brazos huesudos, se posaron como grandes medias lunas sobre el borde de la mesa. Su taza de café fue depositada de golpe en el plato. Aquellos ojillos agudos se ensancharon, y después la mujer murmuró con un placer mal disimulado:

—Padre, ¿quiere decir que podía salir roja?

Él contestó débilmente:

—Supongo que es posible.

—¿Cree que estaba lavándose las manos ensangrentadas, padre? ¡Oh, Dios mío! ¡Y pensar que hubiera podido salir y vernos! Habría sido capaz de matarnos a todos allí mismo, a Tom, a Maggie y a mí. Lo más probable es que nos hubiese rajado las gargantas allí mismo, para arrojarnos después al canal. ¡Madre de Dios!

La conversación había sido extraña, irreal, totalmente incontrolable. La policía le había dicho que hablara lo menos posible con los demás. Él había determinado no decir nada. Pero ahora ella sabía los nombres de las víctimas, sabía quién las había encontrado, sabía que la puerta estaba abierta, sabía cómo habían muerto, aunque, desde luego, él no hubiera mencionado que habían sido degollados. Sin embargo, eso pudo haber sido simple deducción. Al fin y al cabo, un cuchillo era, en Londres, un arma más común que una pistola. Ella sabía todo esto y, además, había pasado por allí en el momento preciso. La miró a través de la mesa con ojos atemorizados, vinculado a ella por aquel chorro de agua ensangrentada que corría a través de las mentes de ambos, compartiendo los dos la misma y espantosa imagen de aquella figura silenciosa, capaz de salir alzando un cuchillo ensangrentado. Y se daba cuenta también de otra cosa. Por terrible que fuese el vínculo que les unía en aquella fascinante fraternidad de sangre, por primera vez estaban sosteniendo una conversación. Los ojos que se encontraban con los suyos a través de la superficie de la mesa brillaban por el horror y con una excitación demasiado próxima al placer para resultar cómoda. No obstante, había desaparecido aquella mirada familiar de insolencia y desprecio. Casi podía convencerse a sí mismo de que ella confiaba en él. La sensación de alivio fue tan grande que descubrió que su mano avanzaba a través de la mesa hacia la de ella, con una especie de gesto indicador de mutuo consuelo. Avergonzado, la retiró rápidamente.

Ella dijo entonces:

—Padre, ¿qué haremos?

Era la primera vez que le hacía semejante pregunta, y a él le sorprendió la confianza que de pronto reflejó su propia voz.

—La policía me ha dado un número especial de teléfono. Creo que deberíamos llamarle ahora, inmediatamente. Enviará a alguien, ya sea aquí o bien a su casa. Después de todo, usted, Tom y Maggie son testigos muy importantes. Y, cuando hayamos hecho esto, necesitaré quedarme en el estudio sin que nadie me moleste. No he podido celebrar la misa. Leeré las oraciones de la mañana.

—Sí, padre —dijo ella, con una voz casi dulce.

Y había algo más que tendría que hacer. Era extraño que aquel pensamiento no se le hubiera ocurrido antes. Seguramente, era su deber visitar el día siguiente, o el otro, a la esposa y la familia de Paul Berowne. Ahora, sabiendo ya lo que había de hacerse, era notable la diferencia que sentía en su interior. Una frase bíblica resonó en su mente: «Haciendo el mal puede surgir el bien.» Sin embargo la apartó enseguida. Se aproximaba demasiado a la blasfemia para resultar reconfortante.

SEGUNDA PARTE

EL PARIENTE MÁS PRÓXIMO

1

Al abandonar la iglesia, Dalgliesh se dirigió enseguida al Yard para recoger sus expedientes sobre Theresa Nolan y Diana Travers, y ya era más de mediodía cuando llegó al sesenta y dos de Campden Hill Square. Le acompañaba Kate, y habían dejado a Massingham para supervisar lo que todavía tuviera que hacerse en la iglesia. Kate le había dicho que, de momento, sólo había mujeres en la casa, y parecía aconsejable que también a él le acompañara una mujer, sobre todo tratándose de Kate, que había sido la primera en dar la noticia a la familia. No esperaba que esta decisión satisficiera a Massingham y, efectivamente, así había sido. Estas primeras entrevistas con los parientes más próximos eran de una importancia crucial, y Massingham deseaba asistir a ellas. Trabajaría junto a Kate Miskin con lealtad y concienzudamente, porque la respetaba como detective y eso era lo que se le exigía. Sin embargo, Dalgliesh sabía que Massingham todavía añoraba más o menos los tiempos en que las mujeres policías se limitaban a buscar niños perdidos, registrar a las mujeres detenidas, reformar prostitutas, consolar a los afligidos y, si les complacía la excitación propia de la investigación criminal, se ocupaban adecuadamente de los pecadillos de los delincuentes juveniles. Y, tal como Dalgliesh le había oído comentar, pese a todas sus peticiones en el sentido de una igualdad de categoría y oportunidades, colocarlas en primera línea detrás de los escudos de las fuerzas antidisturbios, recibiendo las bombas de petróleo, las piedras y últimamente las balas, era algo que sólo conseguía que la labor de sus colegas masculinos resultara incluso más onerosa. En opinión de Massingham, el instinto de proteger a una mujer en momentos de grave peligro era algo muy profundo y que no podía erradicarse, y el mundo sería un lugar todavía peor si no fuese así. Dalgliesh sabía que respetaba de mala gana la capacidad de Kate para mirar sin marearse los cuerpos ensangrentados en la sacristía de Saint Matthew, pero no por ello simpatizaba más con ella.

Sabía que no encontraría ningún agente de policía en la casa. Con amabilidad no exenta de firmeza, lady Ursula había rechazado la sugerencia de que alguno de ellos se quedara allí. Kate había transmitido sus palabras:

—Supongo que no esperan ustedes que el asesino, si es que existe, dirija su atención al resto de la familia. Por lo tanto, no veo la necesidad de una protección policial. Estoy segura de que tienen mejores ocupaciones para sus hombres y, por mi parte, preferiría no tener un agente sentado en el vestíbulo como si fuera un alguacil.

También había insistido en ser ella quien diera la noticia a su nuera y a la gobernanta. Aparte de lady Ursula, Kate no tuvo la oportunidad de observar la reacción de ninguna otra persona ante la noticia de la muerte de Paul Berowne.

Campden Hill Square gozaba de la tranquilidad del mediodía, como un oasis urbano de vegetación y elegancia georgiana aislada de los incesantes ruidos de Holland Park Avenue. Se había disipado la primera niebla matinal y un sol fugitivo brillaba sobre unas hojas que ahora tan sólo empezaban a tornarse amarillas y que colgaban, espesas y casi inmóviles, en aquella quieta atmósfera. Dalgliesh no pudo recordar cuándo había visto por última vez la casa de Berowne. Puesto que él vivía muy por encima del Támesis, en los límites de la ciudad, no era ésta la zona de Londres que él frecuentaba. Sin embargo, la casa, uno de los raros ejemplos de la arquitectura doméstica de sir John

Soane, estaba reproducida en tantos libros sobre los edificios de la capital que su elegante excentricidad resultaba tan familiar como si paseara a menudo por aquellas calles y plazas. Las casas georgianas convencionales, a cada lado de ella, eran de la misma altura, pero su fachada neoclásica en piedra de Portland y ladrillo dominaba la terraza y toda la plaza, constituyendo una parte inalienable de ellas, pero con una apariencia casi arrogantemente única.

Permaneció todo un minuto contemplándola, mientras Kate guardaba silencio a su lado. En la segunda planta había tres ventanas muy altas y curvas; y sospechó que originariamente habían sido una galería abierta, pero ahora estaban acristaladas y amparadas por una baja balaustrada de piedra. Entre las ventanas, sobre unas ménsulas incongruentes que parecían más góticas que neoclásicas, había cariátides de piedra, cuyas líneas airosas, reforzadas por los pilares típicamente soanianos en las esquinas de la casa, obligaban a la vista a alzarse, más allá de las ventanas cuadradas de la tercera planta, hasta un cuarto piso con fachada de obra de ladrillo y, finalmente, hasta la balaustrada de piedra con su hilera de conchas curvadas que repetían la curva de las ventanas bajas. Mientras contemplaba la casa, como si titubeara antes de violar su calma, hubo un momento de extraordinario silencio en el que incluso el sordo rumor del tráfico en la avenida cesó y durante el cual le pareció que dos imágenes, la esplendorosa fachada de la casa y aquella habitación polvorienta y manchada de sangre de Paddington, quedaran suspendidas más allá del tiempo y después se fundieran de modo que las piedras quedaron manchadas de sangre y las cariátides teñidas de rojo. Y entonces los semáforos desencadenaron de nuevo la corriente de coches, el tiempo volvió a moverse y la casa permaneció, incólume, en su pálido prístino silencio. Sin embargo, no tuvo ninguna sensación de que les estuvieran observando, de que en algún lugar entre aquellas paredes y las ventanas que reflejaban el sol transitorio, hubiera personas esperándole, personas sumidas en la ansiedad, el dolor y tal vez el miedo. Incluso cuando pulsó el timbre, transcurrieron dos buenos minutos antes de que se abriera la puerta y se encontrase ante una mujer que supo había de ser Evelyn Matlock.

Calculó que debía de rondar los cuarenta años y su aspecto era tan anónimamente sencillo como el de pocas mujeres de hoy en día, pensó. Una nariz pequeña y puntiaguda estaba incrustada entre unas mejillas rollizas, en las que la red de venas rotas destacaba, en vez de quedar disimulada, bajo una gruesa capa de maquillaje. Tenía una boca de expresión severa sobre una barbilla ligeramente huidiza, bajo la que aparecía ya la primera muestra de una papada. Sus cabellos, que daban la impresión de haber sido tratados por una peluquera inexperta, estaban peinados hacia atrás en ambos lados, pero rizados sobre la alta frente, según el estilo eduardiano que tanto recordaba la cabeza de un perro de lanas. Pero al hacerse ella a un lado para que entraran, vio que sus muñecas y sus tobillos eran delgados y delicados, en curioso contraste con el cuerpo robusto y el busto prominente, casi voluptuoso, bajo la blusa de cuello alto. Recordó lo que Paul Berowne había dicho de ella. Ésta era la mujer cuyo padre había defendido él sin éxito, la mujer a la que había dado un hogar y un puesto de trabajo, y que se suponía había de serle devota. Si esto era cierto, ocultaba el dolor que hubiera podido producirle su muerte con notable estoicismo. Pensó que un oficial de la policía es como el médico que visita una casa. Es una persona a la que no se recibe con emociones ordinarias. Estaba acostumbrado a ver expresiones de alivio, de aprensión, de desagrado e incluso de odio, pero ahora, por un momento, vio en los ojos de ella un temor manifiesto. La expresión desapareció casi en el acto y dio lugar a lo que le pareció una indiferencia asumida y ligeramente truculenta, pero la expresión había existido. Entonces la mujer les dio la espalda, diciendo:

—Lady Ursula les está esperando, comandante. Por favor, síganme.

Estas palabras, pronunciadas con una voz alta y algo forzada, contenían la autoridad represiva de la enfermera jefe que recibe a un paciente del que sólo espera problemas. Atravesaron el vestíbulo exterior y pasaron después bajo la cúpula acanalada del vestíbulo interno. A su izquierda, la baranda finamente tallada de una escalera de mármol ascendía como un festón de encaje negro. La señorita Matlock abrió la doble puerta a su derecha y se apartó para dejarles entrar, diciendo:

—Si esperan aquí, comunicaré a lady Ursula su llegada.

La habitación en la que se encontraron abarcaba toda la longitud de la casa y era, evidentemente, el comedor formal y la biblioteca. Estaba llena de luz. En la parte frontal, dos altas ventanas curvadas ofrecían una vista del jardín de la plaza, mientras que en la parte posterior una enorme cristalera daba a una pared de piedra con tres hornacinas, cada una de las cuales contenía una estatua de mármol: una Venus desnuda, con una mano ocultando delicadamente el *mons Veneris* y otra señalando hacia su pezón izquierdo; una segunda figura femenina, medio vestida y sosteniendo una corona de flores, y, entre las dos, Apolo con su lira y coronado de laurel. Las dos partes de la habitación estaban divididas por dos librerías de caoba con puertas de cristal, desde las cuales se extendía un dosel de tres arcos semicirculares decorados y pintados en verde y oro. Altas librerías cubrían las paredes de la biblioteca entre las ventanas, cada una de ellas rematada por un busto de mármol. Los libros, encuadernados en cuero verde y marcados con letras de oro, eran de tamaño idéntico y encajaban en los estantes con tanta precisión que el efecto era más bien el de un *trompe-l'oeil* de un artista que el de una biblioteca real. Entre los estantes y en los huecos que quedaban entre ellos había espejos, de modo que el rico esplendor de la sala parecía reflejarse interminablemente, con una visión de techos pintados, libros encuadernados en cuero, mármol, y caoba y cristal resplandecientes. Era difícil imaginar aquella sala utilizada para una cena, y en realidad para cualquier propósito que no fuera la contemplación admirativa de aquella obsesión romántica del arquitecto por la sorpresa espacial. La gran mesa ovalada se encontraba ante la última ventana, pero en su centro había un modelo de la casa sobre un bajo pedestal, como si fuera una pieza de museo, y las ocho sillas de respaldo alto habían sido dispuestas junto a las paredes. Sobre la chimenea de mármol había un retrato, presumiblemente el del baronet que había encargado la casa. En él, el delicado primor de la pintura existente en la National Portrait Gallery se había metamorfoseado en una elegancia más contundente, propia del siglo XIX, pero las inconfundibles facciones de Berowne todavía se mostraban arrogantemente confiadas sobre la corbata impecablemente anudada. Mientras lo contemplaba, Dalgliesh dijo:

—Recuérdeme lo que dijo lady Ursula, Kate.

Ella contestó:

—«Después de la primera muerte ya no hay otra.» Parecía una cita.

—Es una cita. —Y añadió sin más explicación—: A su hijo mayor lo mataron en Irlanda del Norte. ¿Le gusta esta sala?

—Si quisiera instalarme para leer tranquilamente un rato, preferiría la biblioteca pública de Kensington. Es para enseñar, más bien que para utilizarla, ¿no cree? Curiosa idea la de tener en una sola habitación la biblioteca y el comedor. —Y añadió—: Pero supongo que, a su manera, es espléndida. No es exactamente lo que yo llamaría confortable, sin embargo. Me pregunto si alguien ha sido asesinado alguna vez por una casa.

Para tratarse de Kate, había sido un largo discurso.

Dalgliesh contestó:

—No recuerdo ningún caso. Podría ser un motivo más racional que asesinar a causa de una persona; habría menor riesgo de sufrir después una decepción.

—Y también menos oportunidad de traición, señor.

La señorita Matlock apareció en el umbral y dijo con fría formalidad:

—Lady Ursula les espera. Su salón está en el cuarto piso, pero hay un ascensor.

Era como si fueran una pareja de aspirantes a un empleo doméstico de escasa categoría. El ascensor era una elegante caja dorada en la que subieron lentamente, sumidos en un opresivo silencio. Cuando se detuvo repentinamente, fueron invitados a seguir un estrecho pasillo alfombrado. La señorita Matlock abrió una puerta al fondo y anunció:

—El comandante Dalgliesh y la señorita Miskin, lady Ursula.

Después, sin esperar a que ellos entraran en la habitación, dio media vuelta y se retiró.

Ahora, al entrar en el salón de lady Ursula Berowne, Dalgliesh sintió por primera vez que se encontraba en una casa particular, que aquélla era la habitación que la propietaria había convertido en peculiarmente suya. Las dos altas ventanas, de bellas proporciones y con sus doce hojas de cristal, ofrecían una visión de un cielo delicadamente enmarcado por las copas de los árboles, y la habitación, larga y estrecha, estaba repleta de luz. Lady Ursula se sentaba, muy erguida, a la derecha de la chimenea, dando la espalda a la ventana. Había un bastón de ébano con puño de oro apoyado en su sillón. No se levantó al entrar ellos, pero extendió la mano cuando Kate le presentó a Dalgliesh. Su apretón, aunque muy breve, resultó sorprendentemente vigoroso, pero fue como sostener por unos instantes una serie de huesos inconexos estrechamente enfundados en una seca piel de Suecia. Dirigió a Kate una rápida mirada como salutación y movió la cabeza en un gesto que podía ser reconocimiento o aprobación, antes de decir:

—Siéntense, por favor. Si la inspectora Miskin ha de tomar notas, tal vez le resulte conveniente esa silla junto a la ventana. Usted puede sentarse ante mí, comandante.

La voz, con su timbre lleno de la arrogancia propia de la clase alta, aquella arrogancia que a menudo parece pasarle inadvertida a quien la muestra, era, exactamente, lo que él hubiese esperado. Parecía artificialmente producida, como en un intento de controlar cualquier dificultad que experimentara en reunir aliento y energía para producir las cadencias debidas. Sin embargo, era todavía una voz hermosa. Sentada ante él, rígidamente erguida, Dalgliesh vio que su silla era de un modelo especial para los impedidos, con un botón en el brazo para alzar el asiento y ayudarla cuando quisiera levantarse. Su modernidad funcional era una nota discordante en una habitación que, por otra parte, estaba llena de mobiliario del siglo XVIII: dos sillones con asientos tapizados en brocado, una mesa Pembroke y un escritorio, cada pieza un hermoso ejemplo de su período, y todas estratégicamente colocadas para facilitar una isla de apoyo si ella necesitaba dirigirse trabajosamente hacia la puerta, de modo que el salón recordaba una tienda de antigüedades con sus tesoros inadecuadamente expuestos. Era una habitación de anciana y, por encima del olor a cera virgen y el leve aroma estival que emanaba de un pebetero sobre la mesa Pembroke, su sensible olfato pudo detectar un atisbo de agrio olor de la vejez. Sus ojos se encontraron y se sostuvieron la mirada. Los de ella todavía eran extraordinarios, muy grandes, bien espaciados y con párpados gruesos. En otro tiempo debieron de ser el foco de su belleza y, aunque ahora estuvieran ya hundidos, todavía pudo ver la chispa de la inteligencia detrás de ellos. Su piel estaba marcada por profundos surcos que discurrían desde la mandíbula hasta los altos pómulos. Era como si alguien hubiera colocado las dos palmas de las manos junto a aquella piel frágil y la hubiera tensado hacia arriba, hasta el punto de que él vio, como en un reconocimiento premonitorio, el brillo de la calavera bajo la piel. Los pabellones de las orejas, aplanadas contra el cráneo, eran tan amplios que daban la impresión de unas excrecencias anormales. En su juventud, seguramente se había peinado de modo que permitiera cubrirlos. No había rastros de maquillaje en su cara y, con los cabellos peinados enérgicamente hacia atrás y reunidos en un moño alto, era una cara que parecía desnuda, preparada para la acción. Vestía unos pantalones negros y sobre ellos una túnica fina de lana gris, con cinturón y abrochada casi hasta la barbilla, con puños muy ajustados. Calzaba unos zapatos anchos y negros y, en su inmovilidad, sus pies daban la impresión de estar clavados al suelo. Había una edición de bolsillo en la mesita redonda, a la derecha de su butaca. Dalgliesh observó que la obra era *Required Writing*, de Philip Larkin. Ella extendió la mano, la depositó sobre el libro y después dijo:

—Larkin escribe aquí que la idea de un poema y un verso del mismo acuden simultáneamente. ¿Está usted de acuerdo, comandante?

—Sí, lady Ursula, creo que sí. Un poema empieza con poesía. No con una idea para la poesía.

No mostró ninguna sorpresa ante semejante pregunta. Sabía que un *shock*, una pena o un trauma afectaban a las personas de muy diferentes maneras, y si esa extraña manera de comenzar una conversación había de ayudarla a ella, bien podía él disimular su impaciencia. Ella dijo:

—Ser poeta y bibliotecario, aunque el hecho en sí sea inusual, tenía cierta relación, pero ser poeta y policía me parece a mí algo excéntrico, incluso perverso.

Dalgliesh repuso:

—¿Considera usted la poesía contraria a la detección, o la detección contraria a la poesía?

—Desde luego, lo último. ¿Qué pasa si la musa irrumpe —no, ésta no es la palabra adecuada—, si la musa le visita a usted en medio de un caso? Aunque, si la memoria no me engaña, comandante, en los últimos años su musa se ha mostrado más bien fugitiva. —Y añadió, con una nota de delicada ironía—: Lo que no deja de ser una lástima para todos nosotros.

Dalgliesh replicó:

—Hasta el momento, eso no ha ocurrido. Es posible que la mente humana sólo pueda enfrentarse a una sola experiencia intensa en cada momento.

—Y la poesía es, claro está, una experiencia intensa.

—Una de las más intensas, diría yo.

De pronto, ella le sonrió. La sonrisa iluminó su rostro con toda la intimidad de una confidencia compartida, como si fueran antiguos colegas.

—Debe usted excusarme. Ser interrogada por un detective es una experiencia nueva para mí. Si es que existe un diálogo apropiado para esta ocasión, yo todavía lo ignoro. Gracias, de todos modos, por no abrumarme con sus expresiones de pésame. Dados mis años, he recibido demasiados pésames oficiales, y siempre me han parecido embarazosos o bien muy poco sinceros.

Dalgliesh se preguntó qué hubiera contestado ella si él hubiese dicho: «Conocía a su hijo. No muy bien, pero le conocía. Acepto que no desee usted mis expresiones de condolencia, pero, si yo hubiese sido capaz de decir las palabras oportunas, éstas no habrían sido falsas.»

Ella dijo:

—La inspectora Miskin me dio la noticia con tacto y consideración. Le estoy agradecida. Pero, desde luego, no pudo o no quiso decirme nada más aparte del hecho de que mi hijo había muerto, y de que presentaba ciertas heridas. ¿Cómo murió, comandante?

—Degollado, lady Ursula.

No había manera de suavizar aquella brutal realidad. Añadió:

—El vagabundo que encontramos junto a él, Harry Mack, murió de la misma manera.

Se preguntó por qué había considerado importante decir el nombre de Harry. Aquel pobre Harry, tan incongruentemente uncido a la democracia forzosa de la muerte, cuyo cuerpo ya rígido recibiría muchas más atenciones en su disolución de las que él había recibido en vida.

—¿Y el arma? —preguntó ella.

—Una navaja ensangrentada, aparentemente propiedad de su hijo, que estaba cerca de su mano derecha. Habrá que efectuar numerosas pruebas forenses, pero espero constatar que esa navaja fue el arma.

—Y la puerta de la iglesia... la sacristía, o dondequiera que estuviera él, ¿estaba abierta?

—La señorita Wharton, que, junto con un niño, descubrió los cadáveres dice que la encontró sin cerrar.

—¿Están tratando este caso como un suicidio?

—El vagabundo, Harry Mack, no se mató. Mi opinión preliminar es la de que tampoco lo hizo su hijo. Es demasiado pronto para decir más, hasta que dispongamos de los resultados de la autopsia y de las pruebas forenses. Entretanto, yo trato el caso como un doble asesinato.

—Comprendo. Gracias por ser tan franco.

Dalgliesh dijo entonces:

—Hay algunas preguntas que debo hacerle. Si prefiere usted esperar, siempre puedo volver en otro momento, pero, evidentemente, es importante perder el menor tiempo posible.

—Yo prefiero que no se pierda ninguno, comandante. Y dos de sus preguntas ya las puedo prever. No tengo ninguna razón para suponer que mi hijo pensara en poner fin a su vida, y que yo sepa no tenía enemigos.

—En un político, eso resulta sin duda poco usual.

—Tenía enemigos políticos, claro. Y unos cuantos, sin duda alguna, eran de su mismo partido. Pero, que yo sepa, ninguno de ellos es un maníaco homicida. Y los terroristas, claro está, utilizan bombas y pistolas, no la navaja de su víctima. Perdóneme, comandante, si pretendo decirle lo que usted ya sabe bien, pero ¿no es más probable que alguien, desconocido para él, un vagabundo, un psicópata, un ladrón cualquiera, le matara a él y a ese Harry Mack?

—Es una de las teorías que debemos considerar, lady Ursula. —Y preguntó—: ¿Cuándo vio a su hijo por última vez?

—Ayer, a las ocho de la mañana, cuando me subió la bandeja con mi desayuno. Solía hacerlo siempre. Sin duda, deseaba asegurarse de que yo había sobrevivido a la noche anterior.

—¿Le habló, entonces o en cualquier otro momento, de que pensaba volver a Saint Matthew?

—No. No hablamos de sus planes para el día; sólo de los míos, y supongo que éstos no pueden interesarle a usted.

Dalgliesh repuso:

—Podría ser importante saber quién hubo en la casa durante el día y en qué momentos. Su horario podría ayudarnos en ese sentido.

No dio más explicaciones y ella tampoco se las exigió.

—La señora Beamish, mi pedicura, llegó a las diez y media. Siempre viene aquí. Pasé con ella más o menos una hora. Después fui a almorzar con la señora Charles Blaney en su club, el University Women's. Después de comer, fuimos a ver unas acuarelas en las que ella estaba interesada, en Agnew's, en Bond Street. Tomamos juntas el té en el Savoy; yo dejé a la señora Blaney en su casa de Chelsea antes de regresar aquí, más o menos a las cinco y media. Pedí a la señorita Matlock que me subiera un termo de sopa y una bandeja de canapés de salmón ahumado a las seis. Así lo hizo ella, y entonces le dije que prefería que ya no se me molestara más durante la velada. El almuerzo y la exposición de cuadros me habían resultado más fatigosos de lo que yo esperaba. Pasé la velada leyendo y, poco antes de las once, llamé a la señorita Matlock para que me ayudara a acostarme.

—¿Vio usted a alguna otra persona de la casa durante el día, aparte de su hijo, la señorita Matlock y el chófer?

—Vi por unos momentos a mi nuera cuando entré en la biblioteca. Eso ocurrió en la primera mitad de la mañana. ¿Cree que es importante, comandante?

—Hasta que sepamos cómo murió su hijo, es difícil saber con certeza qué es o no importante. ¿Sabía algún otro miembro del servicio que sir Paul deseaba visitar de nuevo Saint Matthew ayer por la noche?

—No he tenido oportunidad de preguntárselo. No creo probable que lo supieran. Sin duda, usted lo investigará. Aquí tenemos poco personal. Evelyn Matlock, a la que ya ha visto, es el ama de llaves. Está también Gordon Halliwell. Es un ex sargento de la guardia, que sirvió a las órdenes de mi hijo mayor. Supongo que él se describiría como chófer y hombre para todo. Llegó aquí hace poco más de cinco años, antes de que mataran a Hugo, y se quedó.

—¿Hacía también de chófer para su hijo?

—Rara vez. Paul, desde luego, utilizaba su coche oficial antes de presentar su dimisión, pero de lo contrario conducía él mismo. Halliwell me lleva a mí casi a diario, y en alguna ocasión a mi nuera. Tiene un piso sobre el garaje. Tendrá que esperar usted, comandante, para oír lo que pueda decirle él. Hoy es su día libre.

—¿Cuándo salió él, lady Ursula?

—O bien anoche muy tarde o esta mañana a primera hora. Es su práctica habitual. Ignoro adónde va. No hago preguntas a mi servidumbre sobre sus vidas privadas. Si la radio da la noticia de la muerte de mi hijo esta tarde, como espero que haga, sin duda regresará temprano. En cualquier caso, lo normal es que vuelva antes de las once. A propósito, hablé ayer con él, por el teléfono interior, poco después de las ocho de la tarde, y otra vez alrededor de las nueve y cuarto. Aparte de Halliwell, ahora sólo hay otra persona a nuestro servicio, la señora Iris Minns, que viene aquí cuatro días a la semana para el trabajo general de la casa. La señorita Matlock puede darle sus señas.

Dalgliesh preguntó:

—¿Le había hablado su hijo de esa experiencia en la sacristía de Saint Matthew?

—No. Él no podía esperar que yo simpatizara con ese tema. Desde 1918, no he sido una mujer religiosa. Dudo haberlo sido alguna vez, en un sentido auténticamente real. El misticismo, en particular, es para mí algo tan carente de sentido como pueda serlo la música para un sordo. Acepto, desde luego, que la gente tenga esas experiencias. Yo diría que las causas son físicas y psicológicas: un exceso de trabajo, el *ennui* de la mediana edad, o una necesidad de encontrar algún significado a la existencia. Para mí, ésa ha sido siempre una búsqueda carente de resultados.

—¿La juzgaba también su hijo carente de resultados?

—Hasta que ocurrió eso, yo le hubiera descrito como un anglicano convencional. Sospecho que utilizaba los buenos oficios de su religión como recuerdo de una decencia fundamental, como una afirmación de identidad, como un breve momento de respiro en el que poder pensar sin temor a ser interrumpido. Como la mayoría de los anglicanos pertenecientes a la clase alta, él hubiera juzgado más comprensible la encarnación si Dios hubiera optado por visitar su creación como un caballero inglés del siglo XVIII. Pero, al igual que la mayoría de los de su clase, superaba esta pequeña dificultad remodelando más o menos a Dios como un caballero inglés del XVIII. Su experiencia —su supuesta experiencia— en esa iglesia resulta inexplicable y, para hacerle justicia, no intentó explicarla, al menos a mí. Espero que no supondrá usted que yo voy a comentarla. Este tema me resulta desagradable, y seguramente no ha tenido nada que ver con su muerte.

Había sido una larga explicación y Dalgliesh comprendió que la había fatigado. Y pensó que no podía ser tan ingenua como aparentaba; incluso le sorprendía que ella esperara que él lo creyera así. Dijo:

—Cuando un hombre cambia toda la dirección de su vida y muere —posiblemente asesinado— al cabo de una semana de esa decisión, eso debe de tener su importancia, al menos para nuestra investigación.

—Sí, no me cabe duda de que es importante en ese sentido. Pocas intimidades habrá en esta familia que no sean importantes para su investigación, comandante.

Pudo ver que en los últimos segundos la fatiga había llegado a abrumarla. Su cuerpo parecía haber disminuido de tamaño, como empequeñecido, en aquel enorme sillón, y las manos crispadas sobre los brazos del mismo empezaban a temblar levemente. Sin embargo, dominó su compasión, tal como ella estaba dominando su pena. Todavía había preguntas que necesitaba formular y no sería la primera vez que se aprovechara del cansancio o del dolor. Se inclinó hacia adelante y extrajo de su cartera de mano el dietario chamuscado, envuelto todavía en la bolsa de plástico transparente. Dijo:

—Ha sido examinado en busca de huellas dactilares. En su momento, deberemos comprobar cuáles pertenecen a personas que tuvieran derecho a tocar este dietario. Sir Paul, usted, miembros del servicio de la casa. Yo querría que usted me confirmara que es, en efecto, el dietario de él. Sería muy útil que pudiera hacerlo sin necesidad de desenvolverlo.

Ella tomó el paquete en sus manos y, durante unos momentos, lo tuvo en su regazo, mientras lo contemplaba. Dalgliesh tuvo la sensación de que ella procuraba evitar sus ojos. La anciana se envaró, rígida en su asiento, y después contestó:

—Sí, es suyo. Pero seguramente carece de toda importancia. Un simple registro de citas. No era aficionado a los dietarios.

—En ese caso, es extraño que deseara quemarlo... si es que lo quemó él. Y hay otro detalle curioso: la mitad superior de la última página ha sido arrancada. Es la página en la que aparece el calendario del último año y también el del próximo. ¿Puede usted recordar qué más había, si es que lo había, en esa página, lady Ursula?

—No recuerdo haber visto nunca esa página.

—¿Puede recordar cuándo y dónde vio usted por última vez el dietario?

—Temo que éste sea el tipo de detalle que me resulte imposible recordar. ¿Algo más, comandante? Si hay algo más, y no es urgente, tal vez pueda esperar hasta que esté usted seguro de que investiga, efectivamente, un caso de asesinato.

Dalgliesh repuso:

—Esto lo sabemos ya, lady Ursula. Harry Mack fue asesinado.

Ella no contestó y, durante un minuto, los dos siguieron sentados en silencio, cara a cara. Después ella levantó los ojos hasta encontrar los suyos y él creyó observar una mezcla de emociones fugaces: resolución, súplica, desafío. Dijo entonces:

—Siento haberla entretenido demasiado tiempo y haberla fatigado. En realidad, sólo hay otra cuestión. ¿Puede decirme algo acerca de las dos jóvenes que murieron después de haber trabajado en esta casa, Theresa Nolan y Diana Travers?

La aparición del dietario a medio quemar la había conmovido profundamente, pero esta pregunta la encajó sin pestañear. Contestó con perfecta tranquilidad:

—Muy poco, créame. Sin duda, usted ya lo sabe prácticamente todo. Theresa Nolan era una enfermera amable y considerada, así como una joven competente, aunque no muy inteligente, creo yo. Vino aquí como enfermera de noche el día dos de mayo, cuando sufrí un ataque agudo de ciática y se marchó el catorce de julio. Tenía una habitación en esta casa, pero sólo prestaba servicio de noche. Como ya sabrá usted, fue después a una clínica de maternidad en Hampstead. Acepto la probabilidad de que quedase embarazada mientras trabajaba aquí, pero puedo asegurarle que nadie de esta casa fue responsable de ello. El embarazo no es un riesgo laboral cuando se cuida a una mujer artrítica de ochenta y dos años. Todavía es menos lo que sé acerca de Diana Travers. Al parecer, era una actriz sin trabajo que se dedicaba a labores domésticas mientras «descansaba»..., creo que éste es el eufemismo que utilizan en su oficio. Vino a esta casa como respuesta a una tarjeta que la señorita Matlock había colocado en el escaparate de un quiosco del barrio, y la señorita Matlock la admitió para sustituir a una asistenta que se había marchado poco tiempo antes.

—¿Después de consultarla a usted, lady Ursula?

—No era un asunto para el que necesitara consultarme, y, de hecho, no lo hizo. Sé, desde luego, por qué me pregunta usted acerca de esas dos mujeres. Un par de amigas mías se creyeron en la obligación de enviarme el recorte de lo publicado por la *Paternoster Review*. Me sorprende que la policía se ocupe de lo que, con toda probabilidad, no es más que un periodismo despreciable y barato. Difícilmente puede tener nada que ver con el asesinato de mi hijo. Si esto es todo, comandante, tal vez quiera usted ver ahora a mi nuera. No, no se moleste en llamar. Prefiero enseñarle el camino yo misma. Y puedo arreglármelas perfectamente sin su ayuda.

Oprimió el botón del brazo de su sillón y el asiento se alzó lentamente. Necesitó unos momentos para asegurar su equilibrio, y después dijo:

—Antes de que hable con mi nuera, hay algo que tal vez deba decirle. Es posible que, aparentemente, la encuentre usted menos apenada de lo que sería de esperar. Eso se debe a que ella no tiene imaginación. Si hubiera encontrado ella el cadáver de mi hijo se mostraría desconsolada, sin duda alguna demasiado trastornada y apenada para hablar ahora con usted. Pero lo que no ve con sus ojos le resulta difícil imaginarlo. Digo esto tan sólo para ser justa con los dos.

Dalgliesh asintió en silencio. Era, pensó, el primer error que ella había cometido. El sentido de sus palabras era obvio, pero hubiera sido más prudente por su parte abstenerse de pronunciarlas.

2

Esperó mientras ella se disponía a dar el primer paso, afianzándose ante el ramalazo de dolor que presentía. No hizo el menor gesto para ayudarla, pues sabía que ello resultaría tan atrevido como inoportuno, y Kate, sensible como siempre a las órdenes silenciosas, cerró su libreta de notas y esperó también en un atento silencio. Lentamente, lady Úrsula se encaminó hacia la puerta, apoyándose en su bastón. Su mano, con unas venas que sobresalían como cordones azules hizo girar el pomo de oro. La siguieron lentamente a lo largo del pasillo alfombrado, hasta llegar al ascensor. En el interior del mismo, elegantemente curvado, apenas había espacio para tres personas, y el brazo de Dalgliesh rozó el de ella. Incluso a través de la gruesa tela de su manga, pudo notar la fragilidad de la anciana, y sentir su leve y perpetuo temblor. Notó que ella se encontraba bajo una fuerte tensión y se preguntó cuánto se necesitaría para quebrar su personalidad y si era tarea que le correspondía a él procurar que esta personalidad se quebrase. Mientras el ascensor descendía lentamente los dos pisos, supo que ella le prestaba a él la misma atención, y que le veía como al enemigo.

La siguieron hasta el salón. Esa habitación también se la hubiera enseñado Paul Berowne y por un momento tuvo la ilusión de que era el muerto, y no su madre, quien se encontraba a su lado. Tres altas ventanas con la parte superior en arco, protegidas por elaborados cortinajes, ofrecían una vista de los árboles del jardín. Éstos parecían irreales, como un tapiz unidimensional tejido con una infinita variedad de verde y oro. Bajo el elaborado techo, con su curiosa mezcla de clásico y gótico, la sala estaba escasamente amueblada y su aire era la misma atmósfera melancólica y apenas respirada del salón de una casa de campo rara vez visitada, una amalgama de aromas de peletero y cera virgen. Casi esperó ver el cordón blanco que marcara la zona prohibida para las pisadas de los turistas.

La desconsolada madre le había recibido a solas, presumiblemente por deseo suyo. La viuda había juzgado prudente sentirse acompañada y protegida por su médico y su abogado. Lady Ursula les presentó brevemente y se retiró enseguida, y Dalgliesh y Kate tuvieron que avanzar solos, a través de la alfombra, hacia un escenario que parecía tan preparado como el de un cuadro. Barbara Berowne estaba sentada en una butaca de respaldo alto, a la derecha de la chimenea. Frente a ella, e inclinado hacia adelante en su asiento, se encontraba su abogado, Anthony Farrell. De pie al lado de ella, con la mano en su muñeca, estaba su médico. Fue éste el que habló primero.

—Ahora la dejaré, lady Berowne, pero volveré a visitarla esta tarde, alrededor de las seis si le parece conveniente, y trataremos de hacer algo para que esta noche pueda dormir. Si me necesita antes, dígale a la señorita Matlock que me llame. Procure cenar un poco, si le es posible. Dígale a la señorita Matlock que le prepare algo ligero. Ya sé que no le apetece nada, pero deseo que lo intente. ¿Lo hará?

Ella asintió y le tendió la mano. Él la sostuvo por unos momentos, después dirigió su mirada a Dalgliesh, apartó los ojos y murmuró:

—Espantoso, algo espantoso...

Viendo que Dalgliesh no respondía, dijo:

—Creo que lady Berowne está lo bastante fuerte como para hablar ahora con usted, comandante, pero espero que no se prolongue mucho.

Hablaba como un actor aficionado en una obra detectivesca, en un diálogo previsible y previsiblemente pronunciado. Le sorprendió a Dalgliesh que un médico, para el que presumiblemente la tragedia no era cosa inusual, se mostrara menos a sus anchas que su paciente. Cuando llegó a la puerta, Dalgliesh le preguntó con toda calma:

—¿Era usted también el médico de sir Paul?

—Sí, pero desde hace poco tiempo. Él era paciente del doctor Gillespie, que falleció el año pasado. Entonces, sir Paul y lady Berowne se inscribieron en mi consulta de la Seguridad Social. Tengo sus antecedentes médicos, pero nunca me consultó profesionalmente. Era un hombre muy saludable.

Por lo tanto, parte de su zozobra quedaba explicada. No era el antiguo y estimado médico de la familia, sino un atareado especialista en medicina general, comprensiblemente deseoso de regresar a su concurrida sala de consulta, o emprender su ronda de visitas, tal vez angustiosamente consciente de que la situación requería una habilidad social y una atención concentrada para la que él no disponía de tiempo, pero intentando, aunque no de manera muy convincente, desempeñar el papel de un amigo de la familia en un salón en el que probablemente nunca había entrado hasta ese momento. Dalgliesh se preguntó si la decisión de Paul Berowne de registrar su nombre como paciente de la Seguridad Social había sido una cuestión de tacto político, de convicción o de economía, o tal vez de las tres cosas al mismo tiempo. Había un rectángulo de papel mural descolorido sobre la chimenea de mármol tallado. Quedaba medio disimulado por un retrato familiar carente de particular distinción, pero Dalgliesh sospechó que en otro tiempo había colgado de allí un óleo más valioso. Barbara Berowne dijo:

—Siéntese, por favor, comandante.

Le señaló vagamente un tresillo junto a la pared. Estaba colocado en un lugar poco apropiado y parecía demasiado frágil para ser usado, pero Kate se dirigió allí, se sentó y sacó discretamente su libreta de notas. Dalgliesh se encaminó hacia uno de los sillones de alto respaldo, lo acercó a la chimenea y lo colocó a la derecha de Anthony Farrell. Después dijo:

—Siento tener que molestarla en momentos como éstos, lady Berowne, pero estoy seguro de que usted comprenderá que es necesario.

Sin embargo, Barbara Berowne miraba hacia la puerta que acababa de cruzar el doctor Piggott y dijo con un tono de enojo:

—¡Extraño hombrecillo! Paul y yo nos inscribimos en su consulta el mes de junio pasado; tiene las manos sudorosas.

Hizo una leve mueca de disgusto y se frotó los dedos enérgicamente. Dalgliesh dijo:

—¿Cree que será capaz de contestar a unas preguntas?

Ella miró a Farrell, como una niña que esperase consejo, y él le dijo con su voz suave y profesional:

—Mucho me temo, mi querida Barbara, que en una investigación por asesinato las usuales convenciones civilizadas deban dejarse de lado. El retraso es un lujo que la policía no puede permitirse. Sé que el comandante lo acortará todo tanto como sea posible, y que tú serás valiente y le facilitarás la tarea lo mejor que puedas.

Antes de que ella tuviera oportunidad de contestar, dijo también a Dalgliesh:

—Estoy aquí como amigo de lady Berowne, así como abogado suyo. Mi firma se ha ocupado de su familia durante tres generaciones. Yo sentía un gran afecto personal por sir Paul. He perdido un amigo, además de un cliente. En parte, esto explica mi presencia aquí. Lady Berowne está muy sola. Su madre y su padrastro se encuentran los dos en California.

Dalgliesh se preguntó lo que diría Farrell si él replicara: «Pero su suegra está sólo dos pisos más arriba.» Se preguntó también si el significado de esta separación entre las dos, en unos momentos en que es natural que la familia busque un apoyo mutuo, ya que no un consuelo, era algo que se perdía en ellas, o en Farrell, o bien si estaban tan acostumbradas a vivir sus existencias bajo un mismo techo pero aparte la una de la otra que, incluso en un momento de gravísima tragedia, ninguna era capaz de cruzar la barrera psicológica representada por aquel ascensor semejante a una jaula y aquellos dos pisos.

Barbara Berowne dirigió sus grandes ojos de color azul violeta hacia Dalgliesh y, por un momento, éste se sintió desconcertado. Después del primer destello huidizo de curiosidad, la mirada se amortiguó, hasta quedar casi sin vida, como si estuviera contemplando unas lentillas de contacto coloreadas. Tal vez después de toda una vida de ver el efecto de su mirada, ella ya no necesitara animarla con ninguna expresión que no fuese la de un interés casual. Sabía que era hermosa, aunque no podía recordar cómo se enteró de ello, pero probablemente se debía a una acumulación de comentarios de pasada cuando se hablaba de su marido, y de fotografías de la prensa. Sin embargo, no era una belleza apropiada para conmover su corazón. Le hubiera gustado poder estar allí sin que se advirtiera su presencia y contemplarla como pudiera hacerlo con un cuadro, observar con admiración desapasionada el arco delicado, perfectamente curvo, sobre aquellos ojos rasgados, la curva del labio superior, la cavidad sombreada entre el pómulo y la mandíbula, el perfil de aquel cuello esbelto. Era algo que podía mirar y admirar, para alejarse después sin lamentarlo. Para él, aquella rubia hermosura era demasiado exquisita, demasiado ortodoxa, demasiado perfecta. Lo que a él le agradaba era una belleza más individual y excéntrica. La vulnerabilidad aliada con la inteligencia. Dudaba de que Barbara Berowne fuera inteligente, pero tampoco la menospreciaba. Nada más peligroso, en la labor policial, que hacer juicios superficiales sobre los seres humanos. Sin embargo, se preguntó brevemente si aquélla era una mujer por la que un hombre sería capaz de matar. Había conocido a tres de esas mujeres en su carrera, pero ninguna de ellas podía ser descrita como bella.

Estaba sentada en su sillón con una elegancia tranquila y relajada. Sobre su falda de color gris claro, de lana, finamente plisada, llevaba una blusa de seda azul pálido, con un jersey de cachemira gris colocado negligentemente sobre los hombros. Sus únicas joyas eran dos cadenas de oro y unos pendientes pequeños también de oro. Sus cabellos, con sus mechas de color amarillo pálido y matices más oscuros de color maíz, estaban peinados hacia atrás y colgaban sobre su hombro en un solo y grueso mechón sujetado en un extremo con una peineta de concha. Pensó que nada hubiera podido quedar más discretamente apropiado. El negro, particularmente en una viuda tan reciente, hubiera resultado ostentoso, teatral, incluso vulgar. Aquella gentil combinación de gris y azul era perfectamente apropiada. Él sabía que Kate había llegado con la noticia antes de que lady Berowne se hubiera vestido. Le habían dicho que su marido había muerto degollado, y sin embargo ella había sido capaz de preocuparse por su atuendo. ¿Y por qué no? Él era demasiado veterano para suponer que un dolor no era auténtico tan sólo por mostrarse debidamente ataviado. Había mujeres cuyo amor propio exigía una atención perpetua a los detalles por violentos que fuesen los acontecimientos que las rodearan, otras para las cuales esto era una cuestión de confianza, de rutina o de desafío. En un hombre, este puntillo era juzgado normalmente como elogiable; ¿por qué no, pues, en una mujer? ¿O se trataba, meramente, de que durante más de veinte años su aspecto había sido la principal preocupación de su vida, y que no podía cambiar ese hábito porque alguien le hubiera cortado la garganta a su marido? Pero no podía evitar la observación de los detalles, la complicada hebilla en el lado de cada zapato, el lápiz de labios meticulosamente aplicado y haciendo juego perfecto con el rosado del barniz de sus uñas, así como la traza del sombreado de los ojos. Sus manos, al menos, se habían mostrado firmes. Cuando habló, su voz presentó un tono alto y, para él, desagradable. Pensó que fácilmente podía degenerar en una especie de chillido infantil. Dijo:

—Claro que deseo ayudar, pero no sé cómo hacerlo. Quiero decir que todo esto es increíble. ¿Quién pudo haber querido matar a Paul? No tenía ningún enemigo. Todos le querían. Era un hombre muy popular.

Este tributo banal e inadecuado, pronunciado en un tono alto y ligeramente estridente, hubiera debido parecerle, incluso a ella, torpe. Hubo un breve silencio que Farrell juzgó prudente interrumpir diciendo:

—Como es natural, lady Berowne está profundamente impresionada. Esperábamos, comandante, que usted pudiera facilitarnos más información de la que poseemos en este momento. Tenemos entendido que el arma fue una especie de cuchillo, y que había heridas en la garganta.

Y esto, pensó Dalgliesh, era lo que cabía esperar del tacto de un abogado experto para decir que la garganta de sir Paul había sido rebanada.

Contestó:

—Al parecer, tanto sir Paul como el vagabundo fueron muertos de la misma manera.

—¿Encontraron el arma en el lugar?

—Había en el lugar una posible arma. Cabe que los dos hubieran sido muertos con la navaja de sir Paul.

—¿Y la abandonó el asesino en la habitación?

—La encontramos allí, sí.

El significado de sus cuidadosas palabras se perdió para Farrell. Por su parte, no quería utilizar la palabra «suicidio», pero ésta flotaba entre ellos con todas sus implicaciones. El abogado prosiguió.

—¿Y la puerta de la iglesia? ¿Había sido forzada?

—Estaba abierta cuando la señorita Wharton, que trabaja en la iglesia, encontró los cadáveres esta mañana.

—Por tanto, alguien pudo haber entrado, y al parecer alguien lo hizo, ¿no es así?

—Ciertamente. Usted comprenderá que la investigación se encuentra todavía en sus primeros pasos. No podemos tener ninguna seguridad hasta que dispongamos del resultado de la autopsia y de los informes forenses.

—Desde luego. Lo pregunto porque lady Berowne prefiere conocer los hechos, o por lo menos los que se saben. Y tiene derecho, evidentemente, a estar debidamente informada.

Dalgliesh no contestó, pues no lo juzgó necesario; los dos se comprendían el uno al otro perfectamente. Farrell se mostraba cortés, estudiadamente cortés, pero no afable. Su actitud cuidadosamente controlada, tan frecuentemente parte de su vida profesional que ya no parecía asumida, estaba diciendo: «Los dos somos profesionales con cierta reputación en nuestro trabajo. Los dos sabemos qué terreno pisamos. Sabrá excusarme cierta falta de cordialidad, pero cabe que se nos exija encontrarnos en bandos opuestos.»

Lo cierto es que ya se encontraban en bandos opuestos, y los dos lo sabían. Era como si de Farrell emanara un ectoplasma ambiguo que envolviera a Barbara Berowne con su aura reconfortante, diciéndole «Aquí estoy yo, estoy a tu lado; déjame que yo me ocupe de todo. No hay nada que deba preocuparte». Y esto llegó hasta Dalgliesh como un sutil entendimiento masculino, próximo a la conspiración, del que ella quedaba excluida. Farrell lo estaba haciendo muy bien.

Su firma en la ciudad —Torrington, Farrell y Penge—, con sus numerosas sucursales, había disfrutado de una intachable reputación durante más de doscientos años. Su departamento de lo criminal había representado a algunos de los más ingeniosos villanos de Londres. Algunos de éstos pasaban sus vacaciones en sus villas de la Riviera, y otros en sus yates. Muy pocos de ellos se encontraban entre rejas. Dalgliesh tuvo la súbita visión de un furgón celular con el que dos días antes se había cruzado camino del Yard, con la hilera de ojos anónimos y hostiles que atisbaban a través de las mirillas, como si ya no esperasen ver nada más. La capacidad para pagar un par de horas del tiempo de Farrell en un momento crucial de sus tribulaciones, hubiera representado para ellos toda la diferencia del mundo. Barbara Berowne dijo entonces con displicencia:

—No sé por qué han de molestarme a mí. Paul ni siquiera me dijo que iba a pasar la noche en esa iglesia. Alternando con un vagabundo.... quiero decir que fue todo tan absurdo...

Dalgliesh preguntó:

—¿Cuándo lo vio por última vez?

—Alrededor de las nueve y cuarto, ayer por la mañana. Vino a verme poco antes de que Mattie me subiera mi desayuno. No se quedó mucho tiempo. Cosa de un cuarto de hora.

—¿Qué aspecto tenía, lady Berowne?

—El de siempre. No dijo gran cosa. Nunca lo hacía. Creo que yo le expliqué cómo me disponía a pasar el día.

—¿Y cómo lo pasó?

—Tenía hora a las once en la peluquería de Michael y John, en Bond Street. Después almorcé en Knightsbridge con una antigua condiscípula mía, e hicimos unas compras en Harveys Nichols. Volví aquí a la hora del té, y para entonces él ya se había marchado. Después de las nueve y cuarto de la mañana, no volví a verle.

—¿Y, que usted sepa, él no volvió a casa?

—No lo creo, pero de todas maneras yo no le hubiera visto. Cuando regresé, me cambié y después tomé un taxi para ir a Pembroke Lodge. Es la clínica de mi primo, en Hampstead. Es ginecólogo, el doctor Stephen Lampart. Estuve con él hasta la medianoche, cuando me acompañó a casa. Fuimos a cenar a Cookham, en el Black Swan. Salimos de Pembroke Lodge a las ocho menos veinte y fuimos directamente al Black Swan. Quiero decir que no nos detuvimos por el camino.

Era, pensó, una explicación que venía al pelo. Esperaba que presentara una coartada antes o después, pero no tan pronto y con tanto detalle. Preguntó:

—Y cuando vio por última vez a sir Paul, a la hora del desayuno, ¿no le dijo él cómo se proponía pasar el día?

—No. Sin embargo, tal vez pueda usted verlo en su dietario. Lo guarda en el cajón de su mesa, en el estudio.

—Encontramos parte de su dietario en la sacristía. Había sido quemado.

Dalgliesh observaba fijamente su cara mientras ella hablaba. Los ojos azules parpadearon y apareció en ellos una expresión de alerta, pero Dalgliesh hubiera podido jurar que eso era nuevo para su interlocutora. Ella se volvió de nuevo hacia Farrell:

—¡Pero esto es extraordinario! ¿Por qué había Paul de quemar su dietario?

Dalgliesh repuso:

—No sabemos si lo hizo. Pero el dietario estaba allí, en la chimenea. Varias páginas se habían quemado, y la mitad de la última página había sido arrancada.

Los ojos de Farrell buscaron los de Dalgliesh. Ninguno de los dos habló. Después, Dalgliesh dijo:

—Por consiguiente, necesitamos tratar de establecer sus movimientos de alguna otra manera. Yo esperaba que usted pudiera ayudar en este sentido.

—Pero ¿es que eso importa? Quiero decir que, si alguien entró y lo mató, ¿de qué va a servir el saber si él fue a ver a su agente de la propiedad unas horas antes?

—¿Es que lo hizo?

—Dijo que tenía una cita con él.

—¿Dijo con qué agente?

—No, y yo no lo pregunté. Supongo que Dios le dijo que vendiera la casa. No creo, sin embargo, que Dios le dijera a qué agente había de dirigirse.

Las palabras le impresionaron tanto como si hubiera oído una indecencia. Dalgliesh notó el desconcierto y la sorpresa de Farrell tan claramente como si al abogado se le hubiera escapado una exclamación. No pudo detectar, sin embargo, amargura ni ironía en aquella voz de tono alto, ligeramente petulante. Hubiera podido ser la de una criatura traviesa, que osara decir en presencia de adultos algo imperdonable, sorprendida a medias por su propia temeridad. Anthony Farrell decidió que había llegado el momento de intervenir y dijo con voz suave:

—También yo esperaba ver a sir Paul ayer por la tarde. A las dos y media tenía una cita conmigo y dos de mis colegas del departamento financiero de la firma, para hablar de ciertas medidas que, según tengo entendido, resultaban necesarias a causa de su decisión de abandonar su carrera parlamentaria. Pero llamó ayer, poco antes de las diez, para cancelar la cita y establecer otra para hoy, a la misma hora. Yo no había llegado todavía al despacho cuando telefoneó, pero dejó un mensaje a uno de mis empleados. Si puede usted demostrar que su muerte fue por asesinato, entonces yo acepto, naturalmente, que cualquier detalle de sus asuntos sea sometido al debido examen. Tanto lady Ursula como lady Berowne desearán que sea así.

Podía ser un asno pomposo, pensó Dalgliesh, pero no era tonto. Sabía o sospechaba que la mayoría de estas preguntas eran prematuras. Estaba dispuesto a permitirlas, pero podía atajarlas cuando quisiera. Barbara Berowne dirigió hacia él sus admirables ojos.

—Pero si no hay nada que discutir... Paul me lo dejaba todo a mí. Me dijo que lo había hecho después de casarnos. Y también la casa. Todo está bien claro. Yo soy su viuda. Todo es mío..., bueno, casi todo.

Farrell repuso con la misma calma:

—Todo está bien claro, querida. Sin embargo, no creo que sea necesario hablar de esto ahora.

Dalgliesh sacó de su cartera una fotocopia de la carta anónima y se la entregó a ella, diciendo:

—Supongo que usted ya ha visto esto.

Ella negó con la cabeza y entregó la carta a Farrell, que la leyó detenidamente con una cara totalmente inexpresiva. Si ya la había visto antes, era evidente que no pensaba admitirlo.

Después dijo:

—Por su aspecto, esto es un ataque malicioso y posiblemente delictivo contra la persona de sir Paul.

—Puede que no tenga nada que ver con su muerte, pero, desde luego, nos gustaría aclarar este asunto antes de poder descartarlo —dijo Dalgliesh, y seguidamente se volvió de nuevo hacia Barbara Berowne—. ¿Está segura de que su esposo no le enseñó nunca esta carta?

—No, ¿por qué habría de hacerlo? A Paul no le gustaba preocuparme con cosas sobre las que yo no podía hacer nada. ¿No es eso un ejemplo de lo que se conoce como carta anónima? Quiero decir que los políticos las reciben en todo momento.

—¿Quiere usted decir que no tenía nada de particular, o sea que su marido había recibido ya escritos similares?

—No, yo no lo sé, y no creo que fuese así. Él nunca me lo dijo. Quería decir que cualquiera en la vida pública...

Farrell intervino, con su tacto profesional:

—Lady Berowne se refiere, desde luego, al hecho de que cualquiera que tenga una vida pública, particularmente en la política, debe esperar ser víctima de alguno de estos atentados tan desagradables como malévolos.

Dalgliesh dijo:

—Pero seguramente no tan explícitos como éste.

Hubo después un artículo, evidentemente basado en este escrito, en la *Paternoster Review*. ¿Lo vio usted, lady Berowne?

Ella denegó con la cabeza. Farrell preguntó entonces:

—Supongo que esto debe de tener su importancia, pero ¿es necesario hablar ahora de ello?

Dalgliesh repuso:

—No, si lady Berowne lo considera demasiado desagradable.

La intención era evidente y a Farrell no le gustó. Su cliente le ayudó entonces al volverse hacia él con una mirada en la que se mezclaban, acertadamente, la seducción, la sorpresa y el disgusto.

—Pero es que no lo entiendo... Le he dicho al comandante todo lo que sé. He tratado de ayudar, pero ¿cómo puedo hacerlo? Yo no sé nada de Diana Travers. La señorita Matlock, Mattie, se ocupa de la casa. Tengo entendido que esa chica contestó a un anuncio y Mattie la contrató.

Dalgliesh inquirió:

—¿No fue eso un tanto inusual en estos tiempos? No es frecuente que las jóvenes quieran dedicarse a trabajos domésticos.

—Mattie dijo que era actriz y que sólo pretendía trabajar unas cuantas horas cada semana. Era un trabajo que le convenía.

—¿Consultó la señorita Matlock con usted antes de contratar a la chica?

—No. Supongo que debió de preguntárselo a mi suegra. Entre las dos, se ocupan de la casa. A mí no me molestan con esas cosas.

—Hablemos de la otra joven muerta, Theresa Nolan. ¿Tuvo usted algo que ver con ella?

—Era la enfermera de mi suegra y nada tenía que ver conmigo. Yo apenas la veía.

Se volvió entonces hacia Anthony Farrell:

—¿Debo contestar a todas estas preguntas? Yo deseo ayudar, pero ¿cómo puedo hacerlo? Si Paul tenía enemigos, yo nada sé de ellos. En realidad, nunca hablábamos de política ni de cosas por el estilo.

El súbito brillo del azul de sus ojos indicaba que ningún hombre hubiera deseado abrumarla con unas cuestiones tan irrelevantes para lo que ella consideraba como hechos esenciales. Después añadió:

—Es demasiado horroroso. Paul muerto, asesinado... No puedo creerlo. En realidad, todavía no me hago cargo. No deseo seguir hablando de esto. Lo único que deseo es que me dejen sola y poder retirarme a mi habitación. Quiero que me acompañe Mattie.

Estas palabras eran un llamamiento desgarrador a la compasión, a la comprensión, pero su voz era la de una niña excesivamente mimada.

Farrell se dirigió hacia la chimenea y tiró del cordón de la campana. Después dijo:

—Debemos reconocer que uno de los detalles más desagradables de un asesinato es el hecho de que la policía se vea obligada a interferir en el dolor de una familia. Es su tarea. Han de asegurarse de que no haya nada que tu marido te dijera a ti y que pueda darles a ellos una clave que sugiera la existencia de un enemigo. Alguien a quien él conociera y que supiera que él estaría en la iglesia de Saint Matthew esa noche, alguien que le tuviera rencor, que tal vez quisiera eliminarlo. Parece lo más probable que a Paul le matara un intruso casual, pero la policía ha de excluir otras posibilidades.

Si Anthony Farrell pensaba que iba a dirigir la entrevista a su antojo, estaba equivocado, pero, antes de que Dalgliesh pudiera hablar, la puerta se abrió bruscamente y un joven atravesó con rapidez la habitación en dirección a Barbara Berowne.

—¡Barbie, querida! —gritó—; Mattie me ha telefoneado para darme la noticia. ¡Es algo horroroso, inconcebible! Hubiera venido antes, pero no pudo encontrarme hasta las once. ¿Cómo te encuentras, querida? ¿Estás bien?

Ella respondió con voz débil:

—Es mi hermano, Dominic Swayne.

Él les dirigió una breve inclinación de cabeza, como si la presencia de ellos fuera una intrusión, y se volvió de nuevo hacia su hermana.

—Pero ¿qué ha ocurrido, Barbie? ¿Quién lo hizo? ¿Lo sabes tú?

Aquello no era auténtico; estaba representando una comedia, pensó Dalgliesh. Y seguidamente se dijo que este juicio era sin duda prematuro y posiblemente injusto. Una de las cosas que enseñaba el oficio de policía era que, en momentos de sorpresa y dolor, incluso el discurso más articulado podía sonar a comedia. Si Swayne estaba extremando el papel del hermano devoto y dispuesto a consolar, ello no quería decir necesariamente que no se sintiera auténticamente dispuesto a prodigar su consuelo. Sin embargo, no le pasó por alto a Dalgliesh el leve estremecimiento de Barbara Berowne cuando los brazos de él rodearon sus hombros. Pudo haber sido, desde luego, una pequeña manifestación de emoción, pero Dalgliesh se preguntó si no lo había sido también de una leve repugnancia.

A primera vista, no hubiera descubierto que eran hermano y hermana. Cierto que Swayne tenía los cabellos del mismo color amarillento del maíz, pero los suyos, ya fuese por naturaleza o gracias a la técnica, estaban intensamente rizados sobre una frente pálida y abombada. También los ojos eran semejantes, con el mismo y notable color azul violeta bajo las cejas arqueadas. Sin embargo, aquí terminaba la semejanza. Él no tenía nada de la clásica y sobrecogedora belleza de su hermana, aunque su rostro, de facciones delicadas, no carecía de cierto encanto infantil, con su boca bien formada y con un ligero rictus de malhumor, y unas orejas tan pequeñas como las de un niño, blancas como la leche y ligeramente separadas, como si fueran unas aletas incipientes. Era bajo, pues mediría poco más de un metro sesenta, pero ancho de hombros y con brazos largos. Esa robustez simiesca acoplada a aquella cabeza y cara delicadas ofrecía una nota tan discordante que la primera impresión era la de una leve deformidad física.

Pero la señorita Matlock había atendido a la llamada y se encontraba ya en el umbral de la puerta. Sin despedirse y lanzando un breve gemido, Barbara Berowne se dirigió tambaleándose hacia ella. La mujer la miró primero a ella y después, impasible, a los hombres que había en la sala, y seguidamente le rodeó los hombros con un brazo y se retiró con ella. Hubo un momento de silencio y, a continuación, Dalgliesh se dirigió a Dominic Swayne:

—Ya que está usted aquí, tal vez pueda contestar a un par de preguntas. Cabe que pueda usted ayudarnos. ¿Cuándo vio por última vez a sir Paul?

—¿A mi reverenciado cuñado? Pues sepa que no me es posible recordarlo. De todas maneras, hacía ya unas cuantas semanas. En realidad, estuve en esta casa toda la tarde de ayer, pero no nos vimos. Evelyn, la señorita Matlock, no le esperaba para cenar. Dijo que se había marchado después de desayunar y que nadie sabía adónde había ido.

Desde su silla junto a la pared, Kate preguntó:

—¿Cuándo llegó usted, señor Swayne?

Él se volvió para mirarla, con una nota de diversión en sus ojos azules, abiertamente escrutadores, como si señalaran una invitación sexual.

—Poco antes de las siete. El vecino se encontraba ante su puerta y me vio llegar, por lo que podrá confirmar la hora si es que eso tiene importancia. Yo no acierto a ver que pueda tenerla. Y también la señorita Matlock, desde luego. Me quedé hasta poco antes de las diez y media y entonces fui al bar, el Raj, para tomar una última copa. Allí recordarán mi presencia. Fui uno de los últimos en marcharse.

Kate preguntó:

—¿Y estuvo aquí todo ese tiempo?

—Sí. Pero ¿qué tiene esto que ver con la muerte de Paul? ¿Tan importante es?

«No puede ser tan ingenuo como parece», pensó Dalgliesh, y dijo a su vez:

—Puede resultar útil para averiguar lo que hizo sir Paul ayer. ¿Pudo haber regresado él a la casa mientras usted se encontraba aquí?

—Supongo que sí, pero no me parece probable. Yo pasé una hora tomando un baño —ésa fue la causa principal de mi venida— y es posible que él regresara entonces, pero creo que la señorita Matlock hubiera señalado este hecho. Yo soy actor, en este momento sin trabajo. Me limito a pasar por un período de pruebas, por lo que llaman, sabe Dios por qué, un descanso. Personalmente, a mí se me antoja una actividad febril. Me alojé aquí durante una o dos semanas en mayo, pero Paul no se mostraba conmigo muy hospitalario y, por tanto, fui a casa de Bruno Packard. Es un diseñador de escenarios teatrales. Tiene un apartamento pequeño, un piso reconvertido, en Shepherd's Bush, pero, entre sus modelos y todas sus tramoyas, no hay allí, que digamos, mucho espacio. Por otra parte, no hay una bañera, sino tan sólo una ducha, y ésta se encuentra junto al retrete, por lo que no resulta lo más apropiado para una persona con gustos razonablemente refinados. Me he acostumbrado a dejarme caer por aquí, de vez en cuando, para tomar un baño y comer como es debido.

Resultaba, pensó Dalgliesh, casi tan sospechosamente campechano como si toda la explicación hubiera sido ensayada. Y sin duda resultaba una explicación insólitamente abierta para un hombre al que ni siquiera se le había pedido que explicara sus movimientos, y que no tenía ninguna razón para suponer que se estuviera tratando un caso de asesinato. Sin embargo, si las horas quedaban confirmadas, parecía que Swayne podía presentar unos papeles limpios. Swayne dijo entonces:

—Veamos, si no desea usted nada más, subiré a ver a Barbara. Esto ha sido una impresión tremenda para ella. Mattie le dará la dirección de Bruno, si le interesa.

Después de marcharse, nadie habló durante unos momentos, hasta que Dalgliesh dijo:

—Me ha interesado saber que lady Berowne hereda la casa. Yo hubiera supuesto que ésta quedaría sujeta a vinculación.

Farrell admitió la pregunta con una calma profesional:

—Sí, la situación es inusual. Tengo, desde luego, el permiso, tanto de lady Ursula como de lady Berowne, para darle a usted toda la información que necesite. La antigua propiedad Berowne, la de Hampshire, estaba vinculada, pero esa finca desapareció hace ya mucho tiempo, junto con la mayor parte de la fortuna. Esta casa siempre ha sido legada de un baronet al siguiente. Sir Paul la heredó de su hermano, pero mostró una absoluta discreción acerca de sus derechos sobre ella. Después de su matrimonio, hizo un nuevo testamento y se la dejó íntegramente a su esposa. El testamento no ofrece ninguna duda. Lady Ursula tiene su propio dinero, pero hay un pequeño legado para ella y otro más sustancioso para la única hija de sir Paul, la señorita Sarah Berowne. Halliwell y la señorita Matlock han de recibir diez mil libras cada uno, y ha legado un cuadro al óleo, un Arthur Davis si la memoria no me engaña, al jefe local de su partido. Hay otros donativos menores. Sin embargo, la casa, con lo que contiene y una provisión adecuada, pasa a manos de su esposa.

«Y sólo la casa —pensó Dalgliesh— debe de valer al menos tres cuartos de millón, probablemente bastante más si se tiene en cuenta su ubicación y su especialísimo interés arquitectónico.»

Recordó, como solía hacer con frecuencia, las palabras de un veterano sargento de detectives cuando él llevaba poco tiempo como comisario de distrito.

«Amor, Avidez, Aversión y Afán de lucro, son las cuatro aes del asesinato, muchacho. Y la principal entre ellas es el afán de lucro.»

3

Su última entrevista aquella tarde en Campden Hill Square fue con la señorita Matlock. Dalgliesh había pedido que se le enseñara dónde guardaba Berowne su dietario, y ella les condujo al estudio de la planta baja. Era, como Dalgliesh ya sabía, arquitectónicamente una de las habitaciones más excéntricas de la casa y, tal vez, la más típica del estilo de Soane. Era octogonal, con cada pared revestida, desde el suelo hasta el techo, con librerías de puertas cristaleras, entre las cuales unas columnas acanaladas ascendían hasta una cúpula coronada por una linterna también octogonal, decorada con admirables cristales de colores. Era, pensó, un ejercicio de hábil organización de un espacio limitado, un ejemplo evidentemente afortunado del genio peculiar del arquitecto. Sin embargo, no por ello dejaba de ser una habitación apropiada para dar libre curso al pensamiento, más que para vivir, trabajar o disfrutar en ella.

Sólidamente instalado en el centro de la sala, estaba el escritorio de caoba de Berowne. Dalgliesh y Kate avanzaron hacia él, mientras la señorita Matlock se quedaba junto a la puerta y les observaba, con los ojos fijos en el rostro de Dalgliesh, como si un fallo momentáneo en su concentración pudiera hacer que él se abalanzara sobre ella. Dalgliesh dijo:

—¿Puede enseñarme dónde guardaba exactamente el dietario?

Ella se adelantó y, sin hablar, abrió el cajón superior

de la derecha. Estaba ahora vacío, excepto una caja de papel de cartas y otra de sobres. Dalgliesh preguntó:

—¿Trabajaba sir Paul aquí?

—Escribía cartas. Guardaba sus papeles parlamentarios en su despacho en la Cámara, y todo lo que tenía relación con sus electores en su oficina de Wrentham Green. —Y añadió—: Le gustaba que las cosas estuvieran separadas.

Separadas, impersonales, bajo control, pensó Dalgliesh. Una vez más tuvo la sensación de encontrarse en un museo, de que Berowne se hubiera sentado en esa celda ricamente adornada como si fuera un forastero. Dijo:

—¿Y sus papeles privados? ¿Sabe por casualidad dónde los guardaba?

—Supongo que en la caja fuerte. Está disimulada detrás de los libros, en la librería a la derecha de la puerta.

Si realmente Berowne había cometido un asesinato, la caja fuerte y su contenido deberían ser examinados. Pero eso, como otras tantas cosas, podía esperar.

Se acercó a las librerías. Era, desde luego, un dicho popular el de que la personalidad puede ser diagnosticada a partir de los estantes de una librería privada. Éstos revelaban que Berowne había leído más biografías, historia y poesía que ficción, y sin embargo, escudriñando entre los estantes, a Dalgliesh le sorprendió pensar que era como si estuviera fisgoneando en la biblioteca de un club privado, o de un barco destinado a cruceros de lujo, aunque, desde luego, un barco en el que el objeto del viaje fuera el enriquecimiento cultural más que la diversión popular, y además con unos precios muy elevados. Allí, pulcramente ordenada en los estantes, estaba, esencialmente, la selección previsible, de ningún modo excepcional, de un inglés culto y bien educado, que sabía lo que resultaba adecuado leer. Pero no podía creer que Berowne fuera un hombre cuya idea de elegir las obras de ficción consistiera en seguir rutinariamente una guía del lector. De nuevo tuvo la sensación de una personalidad que se le escapaba, e incluso de una habitación y sus objetos que conspiraban para ocultar ante él al hombre verdadero.

Preguntó:

—¿Cuántas personas tuvieron ayer acceso a esta habitación?

La impersonalidad formal de la biblioteca debía de haberle afectado. La pregunta resonó como una frase extraña incluso para sus oídos, y ella no se molestó en ocultar un tono de menosprecio.

—¿Acceso? El estudio forma parte de una casa particular. No lo tenemos cerrado. Toda la familia y sus amigos tienen lo que usted llama acceso a él.

—Y, en realidad, ¿quién entró ayer?

—No puedo estar segura. Supongo que sir Paul debió de hacerlo, si han encontrado su dietario con él en la iglesia. La señora Minns debió de entrar para limpiar el polvo. Al señor Frank Musgrave, que es jefe de circunscripción electoral, se le hizo pasar aquí a la hora del almuerzo, pero no esperó. La señorita Sarah Berowne vino durante la tarde a ver a su abuela, pero creo que esperó en la sala de estar. Se marchó antes de que regresara lady Ursula.

Dalgliesh preguntó:

—¿Usted abrió la puerta al señor Musgrave y a la señorita Berowne?

—Yo les abrí la puerta. No hay nadie más para hacerlo. —Hizo una pausa y después añadió—: La señorita Berowne tenía llaves de la puerta principal, pero no se las llevó consigo cuando se marchó de esta casa.

—¿Y cuándo vio usted por última vez el dietario?

—No puedo recordarlo. Creo que fue hace unas dos semanas, cuando sir Paul llamó desde su oficina del Ministerio y me pidió que le confirmara una cita para cenar.

—¿Y cuándo vio por última vez a sir Paul?

—Ayer, antes de las diez de la mañana. Entró en la cocina a fin de recoger un poco de comida para un almuerzo al aire libre.

—Entonces, tal vez debamos ir ahora a la cocina.

Ella le acompañó a lo largo del pasillo revestido de azulejos, bajaron un par de escalones y después, a través de una puerta forrada con paño verde, llegaron a la parte posterior de la casa. Allí, ella se hizo a un lado para dejarle pasar, y de nuevo se quedó junto a la puerta, con los dedos de ambas manos entrelazados, como la parodia de una cocinera que esperase un juicio sobre la limpieza de la cocina. Y, ciertamente, no había allí nada que reprochar. Al igual que el estudio, era curiosamente impersonal, carente de toda calidez pero sin resultar en realidad incómoda ni estar mal equipada. Había una mesa central de madera de pino muy pulimentada, con cuatro sillas, y una cocina de gas, grande y muy antigua, además de otra más moderna. Era evidente que en los últimos años poco dinero se había gastado en la cocina. Desde la ventana pudo ver la parte posterior del muro que separaba la casa de los garajes en el pasaje contiguo, y tan sólo los pies de las estatuas de mármol en sus hornacinas. Así truncada, aquella hilera de pies con sus dedos delicadamente tallados parecía subrayar la mezquindad incolora de la estancia. La única nota individual era un geranio rojo en un tiesto, en el estante sobre el fregadero, y junto a él otro tiesto con un par de esquejes. Dalgliesh dijo:

—Me ha dicho que sir Paul se preparó aquí su almuerzo. ¿Lo hizo él mismo, o usted le procuró lo necesario?

—Lo hizo él. Sabía dónde se guardan las cosas. Entraba a menudo en la cocina, cuando yo preparaba el desayuno de lady Ursula. Él solía subírselo.

—¿Y qué se llevó ayer?

—Media barra de pan, que él mismo cortó en rebanadas, un trozo de queso Roquefort y dos manzanas. —Y añadió—: Parecía que estaba muy preocupado. No creo que le importara mucho lo que estaba cogiendo.

Era la primera vez que ella avanzaba una información, pero cuando él siguió interrogándola amablemente sobre el posible talante de Berowne, y sobre lo que éste dijera, si es que dijo algo, pareció como si ella se arrepintiera de aquel momento de confidencia y adoptó una expresión casi huraña. Sir Paul le había dicho que no vendría a almorzar, pero nada más. Ella no sabía entonces que él iba a la iglesia de Saint Matthew, ni tampoco si volvería para cenar. Dalgliesh preguntó:

—Por consiguiente, ¿usted preparó la cena como de costumbre y para la hora usual?

Esta pregunta la desconcertó. Se sonrojó y sus manos se contrajeron. Después contestó:

—No. No de la manera usual. Lady Ursula me pidió, cuando regresó después de tomar el té fuera de casa, que le subiera una bandeja con un termo de sopa y un plato de canapés de salmón ahumado sobre pan moreno. No quería que volvieran a molestarla esa tarde. Yo le subí la bandeja poco después de las seis. Y sabía que lady Berowne cenaba fuera de casa. Decidí esperar, y ver si sir Paul regresaba para cenar. Había cosas que, si volvía, yo podía cocinar rápidamente. Tenía sopa, a la que sólo le faltaba calentarla. También podía prepararle una tortilla. Siempre hay algo.

Parecía estar tan a la defensiva como si él la hubiera acusado de faltar a sus deberes:

Dalgliesh dijo entonces:

—Sin embargo, tal vez fue un tanto desconsiderado por su parte no hacerle saber si volvería o no para cenar.

—Sir Paul nunca era desconsiderado.

—Pero supongo que debía de ser un poco inusual el hecho de que pasara fuera toda la noche sin decir nada al respecto, ¿no cree? Podía haber sido motivo de preocupación para todos los de casa.

—Para mí, no. No es de mi incumbencia saber lo que la familia piensa hacer. Él podía haberse quedado en cualquier lugar de su distrito electoral. A las once, le pregunté a lady Ursula si podía acostarme, dejando la puerta principal con el cerrojo descorrido. Me contestó que sí. Lady Berowne sabía que siempre se corre el cerrojo después de haber entrado ella.

Dalgliesh cambió el rumbo de sus preguntas:

—¿Se llevó sir Paul cerillas consigo, ayer por la mañana?

La sorpresa de ella fue evidente y, pensó él, sincera.

—¿Cerillas? Él no necesitaba cerillas. Sir Paul no fuma..., no fumaba. No le vi coger ninguna cerilla.

—Si las hubiera necesitado, ¿de dónde las habría sacado?

—De aquí, junto a los fogones. No tienen encendido automático. Y también hay un paquete de cuatro cajas en la alacena.

La abrió y le enseñó el paquete. El papel que envolvía las cuatro cajas había sido desgarrado, y una de las cajas había sido retirada de allí, al parecer la que ahora se encontraba junto a los fogones. Ella le miraba ahora con la atención fija, unos ojos muy brillantes, la cara un tanto arrebolada, como si tuviera algo de fiebre. Sus preguntas sobre las cerillas, que al principio la habían sorprendido, parecían ahora desconcertarla. Estaba más en guardia, más alerta, mucho más tensa. Él era demasiado experto y ella una actriz demasiado mala para poder engañarlo. Hasta el momento, había contestado a sus preguntas en el tono de la mujer que efectúa una tarea necesaria, aunque desagradable, pero ahora el interrogatorio se estaba convirtiendo en una dura prueba. Deseaba que aquel hombre se marchara de una vez. Dalgliesh dijo:

—Nos gustaría ver su sala de estar, si no le causa molestia.

—Si usted lo juzga necesario... Lady Ursula ha dicho que se le deben conceder todas las facilidades.

Dalgliesh pensó que era improbable que lady Ursula hubiera dicho eso, y, mucho menos, con aquellas mismas palabras. Él y Kate la siguieron a través del pasillo, hasta la habitación del extremo opuesto. Dalgliesh pensó que, en otro tiempo, debió de ser la estancia privada del mayordomo o del ama de llaves. Al igual que en la cocina, la única vista era la del patio y de la puerta que conducía a los garajes. Sin embargo, el mobiliario era confortable: un sofá de dos plazas con tapicería de cretona, una butaca haciendo juego, una mesa plegable y dos sillones junto a la pared, y una librería llena de volúmenes de idéntico tamaño, procedentes sin duda de un club del libro. La chimenea era de mármol, con una amplia repisa en la que se acumulaba, sin ninguna pretensión de orden, una colección de figurillas modernas y delicadamente sentimentales, mujeres con miriñaque, una niña que sostenía un perrito, pastores y pastoras, y una bailarina. Presumiblemente, eran propiedad de la señorita Matlock. Los cuadros eran reproducciones con marcos modernos: uno de Constable, *El henil*, y, lo que resultaba más sorprendente, *Mujeres en un campo* de Monet. Ellos y los muebles eran anodinos, previsibles, como si alguien hubiera dicho: «Necesitamos los servicios de un ama de llaves; amuebladle una habitación.» Incluso los desechos del resto de la casa hubieran tenido más carácter que aquellos objetos impersonales. Lo que de nuevo se echaba de menos era la sensación de que alguien hubiera impreso en aquel lugar su propia personalidad. Pensó: «Viven aquí sus vidas separadas en sus compartimientos. Pero sólo lady Ursula se encuentra a sus anchas en esta casa. Los demás son meros inquilinos.»

Le preguntó entonces dónde había pasado la tarde anterior, y ella contestó:

—Estuve aquí, en la cocina. El señor Dominic Swayne vino a comer y a tomar un baño, y después jugamos al

Scrabble. Llegó poco antes de las siete y se marchó antes de las once. Nuestro vecino, el señor Swinglehurst, estaba guardando su coche en el garaje y vio llegar al señor Swayne.

—¿Le vio alguien más de la casa mientras estuvo aquí?

—No, pero recibió una llamada telefónica a eso de las nueve menos veinte. Era de la señora Hurrell, la esposa del último agente del distrito electoral. Deseaba hablar con sir Paul. Yo le dije que nadie sabía dónde estaba.

—¿Y dónde se bañó el señor Swayne?

—Arriba, en el cuarto de baño principal. Lady Ursula tiene su propio baño, y aquí abajo hay un cuarto de ducha, pero el señor Swayne deseaba tomar un baño.

—Por consiguiente, usted se encontraba en esta habitación o bien en la cocina, y el señor Swayne arriba, al menos durante parte de la tarde. ¿Estaba cerrada la puerta posterior?

—Cerrada y con el pestillo corrido. Siempre lo está después de la hora del té. La llave se guarda en su llavero, en esta alacena.

La abrió y le enseñó el listón clavado en la pared, con su hilera de ganchos y de llaves etiquetadas. Dalgliesh preguntó:

—¿Pudo haber salido alguien sin que usted lo advirtiera, tal vez mientras usted se encontraba en la cocina?

—No. Generalmente, dejo abierta la puerta del pasillo. Yo lo hubiera visto o lo hubiera oído. Nadie abandonó la casa por esta puerta la noche pasada. —Parecía irritada y de pronto exclamó con un repentino vigor—: ¡Todas estas preguntas! ¿Qué estaba haciendo yo? ¿Quién había en la casa? ¿Quién pudo haber salido sin ser visto? Cualquiera creería que lo asesinaron.

Dalgliesh repuso:

—Es posible que sir Paul fuese asesinado.

Ella le miró fijamente, atónita, y después se dejó caer

en una silla. Él se percató de que estaba temblando. Después, repitió en voz baja:

—Asesinado... Nadie dijo nada de asesinato. Yo creía...

Kate se acercó a ella, miró a Dalgliesh y después colocó una mano sobre el hombro de la señorita Matlock. Dalgliesh preguntó:

—¿Qué creía usted, señorita Matlock?

Ella alzó la vista para mirarle y murmuró con una voz tan queda que él tuvo que inclinar la cabeza para oírla:

—Yo creía que tal vez lo hubiera hecho él mismo.

—¿Tenía usted alguna razón para suponerlo?

—No. Ninguna razón. Claro que no. ¿Cómo podía tenerla yo? Y lady Berowne dijo... Algo se dijo sobre su navaja. Pero un asesinato... No quiero contestar a más preguntas, esta noche no. No me encuentro bien. No quiero que me acosen más. Él ha muerto y esto ya es en sí algo terrible. ¡Pero un asesinato! No puedo creer que sea un asesinato. Quiero que me dejen sola.

Mientras la miraba, Dalgliesh pensó: «La impresión es en sí auténtica, pero hay una parte de representación, y además no muy convincente.» Dijo fríamente:

—No se nos permite acosar a un testigo, señorita Matlock y no creo que realmente piense usted que la hemos estado acosando. Nos ha sido usted muy útil. Me temo que tendremos que hablar de nuevo, para hacerle más preguntas, pero no es necesario que sea ahora. Sabremos encontrar el camino de salida.

Ella se levantó de la silla como si fuera un anciano, y dijo:

—Nadie sale por sí solo de esta casa. Eso forma parte de mis tareas.

Ya en el Rover, Dalgliesh telefoneó al Yard, y dijo a Massingham:

—Veremos al señor Lampart mañana, tan temprano como sea posible. Sería conveniente que pudiéramos contar con ello antes de la reunión de las tres y media. ¿Hay alguna noticia de Sarah Berowne?

—Sí, señor. Es una fotógrafa profesional, al parecer, y ha tenido sesiones de fotografía durante todo el día de hoy. Tiene otras concertadas para mañana por la tarde, con una escritora que debe marcharse a Estados Unidos mañana por la noche. Es algo muy importante, y por tanto ella espera que no sea necesario cancelarlo. Le he dicho que iríamos por la tarde, a las seis y media. Y la oficina de prensa desea un comunicado urgente. La noticia se difundirá a las seis, y ellos quieren organizar una conferencia de prensa mañana a primera hora.

—Eso es prematuro. ¿Qué diablos esperan que podamos decir en estos momentos? Trate de aplazarlo, John.

Si podía probar que Berowne había sido asesinado, toda la investigación se efectuaría en un ambiente de febril interés por parte de los medios de comunicación. Él lo sabía, aunque ello no le agradara, pero tampoco había motivo para que la cosa empezara ya. Mientras Kate maniobraba con el Rover para abandonar el estrecho espacio de su aparcamiento, y empezaba a avanzar lentamente desde Campden Hill, se volvió para contemplar la elegante fachada de la casa, aquellas ventanas parecidas a ojos muertos. Y entonces, en la planta superior, observó el temblor de una cortina y supo que lady Ursula estaba acechando su partida.

4

Eran ya las seis y veinte cuando Sarah Berowne consiguió hablar por teléfono con Ivor Garrod. Había permanecido en su casa durante toda la primera mitad de la tarde, pero no se había atrevido a llamar desde allí. Era para él una regla absoluta —hija, pensaba a veces ella, de su obsesión por el secreto— la de que nada importante debía decirse jamás a través del teléfono de ella. Por consiguiente, toda la tarde, desde el momento en que su abuela la había dejado, había estado dominada por la necesidad de encontrar una cabina pública conveniente y de tener a punto suficientes monedas. Sin embargo, en ninguna de esas llamadas había podido hablar con él, y no se había atrevido a dejar un mensaje, ni siquiera su nombre.

Su única cita durante el día había sido para fotografiar a una escritora visitante que pasaba unos días con unos amigos en Hertfordshire. Ella trabajaba siempre con un mínimo de equipo y había hecho el viaje en tren. Poca cosa podía recordar acerca de aquella breve sesión. Había trabajado como un autómata, seleccionando el mejor entorno, comprobando la luz y ajustando los objetivos. Suponía que todo había resultado bastante satisfactorio, pues la mujer parecía satisfecha, pero incluso mientras trabajaba había sentido impaciencia por alejarse de allí y encontrar un teléfono público, a fin de intentar una vez más hablar con Ivor.

Se apeó del tren casi antes de que éste se detuviera del todo en King's Cross, y miró a su alrededor con ojos desesperados, buscando las flechas que le señalaran la proximidad de un teléfono. Encontró teléfonos abiertos, instalados a cada lado de un maloliente pasillo procedente del vestíbulo principal, con las paredes llenas de números y dibujos garabateados. Era la hora punta y tuvo que esperar un par de minutos hasta que quedó libre un teléfono. Casi lo arrancó, todavía tibio, de la mano que lo acababa de colgar. Y esta vez tuvo suerte, pues él se encontraba en su oficina y fue su voz la que contestó. A ella se le escapó un breve sollozo de alegría:

—Soy Sarah. Todo el día estoy intentando hablar contigo. ¿Puedes hablar?

—Poco. ¿Dónde estás?

—En King's Cross. ¿Te has enterado?

—Hace un momento, en las noticias de las seis. Todavía no sale en los periódicos vespertinos.

—Ivor, tengo que verte.

Él repuso con calma:

—Naturalmente. Hay cosas de las que debemos hablar, pero no esta noche. No es posible. ¿Se ha puesto la policía en contacto contigo?

—Han intentado hablar conmigo, pero yo les he dicho que tenía todo el día ocupado y que no quedaría libre hasta mañana a las seis y media.

—¿Y estás tan ocupada?

«¿Qué puede importar eso?», pensó ella, y contestó:

—Tengo un par de citas esta tarde.

—Difícilmente se le puede decir a eso tener todo el día ocupado. No le mientas nunca a la policía, a no ser que tengas la seguridad de que no podrán averiguarlo. En este caso, les basta con comprobar tu agenda.

—Pero es que yo no podía dejarles venir hasta que hubiéramos hablado. Hay cosas que podrían preguntarme. Sobre Theresa Nolan, y sobre Diana. Ivor, tenemos que vernos.

—Y nos veremos. Y ellos no te preguntarán nada sobre Theresa. Tu padre se suicidó, cometiendo con ello su última y más embarazosa tontería. Su vida era un lío. La familia querrá enterrarlo todo decentemente, sin que salgan los malos olores a relucir ante todos. A propósito, ¿cómo te enteraste de la noticia?

—Mi abuela. Me telefoneó y después vino en taxi, apenas la policía la dejó en paz. No me ha contado gran cosa. No creo que ella conozca todos los detalles, pero no cree que papá se suicidara.

—Naturalmente. De los Berowne se espera que se pongan el uniforme y maten a otras personas, pero no a sí mismos. Sin embargo, puestos a hablar de esto, al parecer eso fue lo que hizo, matar a otra persona. Me pregunto si Ursula Berowne se permitirá mostrar una nota de compasión por ese vagabundo muerto.

Una leve duda se formó en su mente. ¿Era posible que en el noticiario hubieran dicho que la segunda víctima era un vagabundo? Repuso:

—Pero no se trata tan sólo de mi abuela. La policía, un comandante llamado Dalgliesh, tampoco parece pensar que papá se matase.

El nivel de ruidos había aumentado. El estrecho pasillo estaba lleno de gente que necesitaba telefonear antes de tomar el tren. Sentía los cuerpos de aquellas personas apiñándose junto a ella. En el aire había una mezcolanza de voces junto con un rumor de pasos y la ronca e ininteligible letanía de los avisos en los altavoces de la estación. Inclinó más la cabeza para acercarse al teléfono y dijo:

—La policía no parece creer que se trate de un suicidio.

Hubo un silencio, y ella se atrevió entonces a hablar con una voz más alta, para dominar el ruido que la rodeaba:

—Ivor, la policía no cree...

Él la interrumpió:

—Ya te he oído. Mira, quédate donde estás e iré enseguida. Es posible que sólo dispongamos de media hora, pero tienes razón: debemos hablar. Y no te preocupes. Yo estaré contigo en tu casa cuando ellos vayan mañana. Es importante que no les veas estando sola, y otra cosa, Sarah...

—Sí, te oigo.

—Estuvimos los dos juntos toda la tarde de ayer. Estuvimos juntos los dos desde las seis, cuando yo llegué de mi trabajo. Pasamos juntos toda la noche. Comimos en tu casa. Grábate esto en la mente. Empieza ahora mismo a concentrarte en ello. Y quédate donde estás. Yo llegaré dentro de unos cuarenta minutos.

Colgó el teléfono y se quedó inmóvil unos momentos, con la cabeza todavía apoyada en el frío metal de la cabina. Una voz enfurecida de mujer dijo: «Si no le importa, algunos tenemos que tomar un tren», y se sintió empujada a un lado. Salió como pudo hasta el vestíbulo de la estación y se apoyó en una pared. Unas leves oleadas de debilidad y mareo se cernieron sobre ella, y cada una de ellas la dejó más desolada, pero no había ningún lugar donde sentarse, no había intimidad ni paz. Podía ir al café, pero tal vez no fuese oportuno. Acaso llegara a desorientarse y perder la noción del tiempo. Él le había dicho: «Quédate donde estás», y obedecerle se había convertido en un hábito para ella. Se apoyó y cerró los ojos. Ahora tenía que obedecerle, confiar en su fuerza, esperar que le dijera lo que había de hacer. No tenía a nadie más.

En ningún momento le había dicho él que lamentaba la muerte de su padre, pero en realidad no la lamentaba ni esperaba que ella lo hiciera. Siempre había mostrado una falta absoluta de sentimentalismo, y eso era lo que él interpretaba como sinceridad. Sarah se preguntó qué hubiera hecho él en caso de decirle ella: «Era mi padre y ha muerto. Yo le quería. Necesito llorarlo, lo necesito de veras y necesito ser consolada. Me siento perdida, estoy asustada. Necesito sentir tus brazos alrededor de mí. Necesito que me digan que no fue por culpa mía.»

La multitud seguía caminando junto a ella, una falange de caras grises y decididas, con la vista al frente. Era como una multitud de refugiados de una ciudad bombardeada, o como un ejército en retirada, todavía disciplinado pero peligrosamente próximo al pánico. Cerró los ojos y dejó que el ruido de aquellas pisadas la invadiera. Y de pronto se encontró en otra estación, con otra multitud. Pero entonces ella tenía seis años y el lugar era la estación Victoria. ¿Qué estaban haciendo allí, ella y su padre? Probablemente, esperando a su abuela, que regresaba por tren y barco de su casa de Les Andelys, junto al Sena. Por un momento, ella y su padre quedaron separados. Él se había detenido para saludar a un conocido y, momentáneamente, ella se soltó de su mano y echó a correr para mirar un cartel que representaba en vivos colores una población junto al mar. Al mirar a su alrededor, comprobó, llena de pánico, que su padre ya no estaba allí. Se sintió sola, amenazada por un bosque móvil de piernas interminables y terroríficas, que pisaban el suelo sin cesar. Es posible que sólo hubieran estado separados unos segundos, pero aquel terror fue tan intenso que, al recordarlo ahora, dieciocho años más tarde, notó la misma sensación de pérdida, el mismo miedo avasallador y la misma y absoluta desesperación. Pero de pronto él volvió a aparecer, avanzando hacia ella con largas zancadas, con un revuelo de su largo abrigo de mezclilla, sonriendo, su padre, su seguridad, su dios. Sin llorar, pero estremeciéndose a causa del terror y de la sensación de alivio, ella corrió hacia sus brazos abiertos y se vio levantada en el aire, oyó su voz: «Todo va bien, cariño, no pasa nada, todo va bien.» Y entonces notó que aquel estremecimiento espantoso se disolvía en el vigor de aquel abrazo.

Abrió los ojos y entre las lágrimas que ardían en sus ojos vio que los opacos negros y grises de aquel ejército en movimiento se mezclaban y se fundían, para girar después en una imagen caleidoscópica a través de destellos de brillantes colores. Le pareció como si aquellos pies en movimiento siguieran avanzando a través de ella, como si se hubiera vuelto invisible, una concha frágil y vacía. Pero de pronto la masa abrió un camino y él estaba allí, todavía con aquel largo abrigo de lana, avanzando hacia ella, sonriendo, hasta el punto de que tuvo que reprimirse para no gritar: «¡Papá, papá!», y echar a correr hacia sus brazos. Pero la alucinación pasó. No era él; era un extraño con prisa, con una cartera de mano, que miró con una curiosidad momentánea su cara llena de ansiedad y sus brazos tendidos, y después miró a través de ella y siguió su camino. Sarah se encogió, apoyándose con más fuerza en la pared, y comenzó su larga y paciente espera hasta que llegase Ivor.

5

Faltaba poco para las diez y pensaban recoger ya sus papeles dando la noche por terminada, cuando lady Ursula telefoneó. Gordon Halliwell había regresado y ella agradecería que la policía pudiera hablar ahora con él. También él lo prefería. El día siguiente sería de mucho ajetreo para los dos, y ella no podía asegurar cuándo estarían disponibles. Dalgliesh sabía que Massingham, de haber estado al frente de la situación en aquel momento, hubiera contestado con firmeza que irían a la mañana siguiente, aunque sólo fuera para demostrar que trabajaban de acuerdo con sus conveniencias, y no con las de lady Ursula. Sin embargo, Dalgliesh, que ansiaba interrogar a Gordon Halliwell y que nunca había sentido la necesidad de subrayar su autoridad ni su amor propio, dijo que irían tan pronto como les fuese posible.

La puerta del número sesenta y dos fue abierta por la señorita Matlock, que les miró durante un par de segundos con ojos fatigados y rencorosos, antes de apartarse a un lado para dejarles pasar. Dalgliesh pudo observar que su piel mostraba el tono grisáceo de la fatiga y que el perfil de sus hombros era demasiado rígido para corresponder a su postura natural. Llevaba una bata larga de nilón estampado con flores, cruzada ante el pecho y con el cinturón asegurado con un nudo doble, como si temiera que alguien le pudiera quitar aquella prenda. Ella misma señaló esa bata con un torpe movimiento de las manos y explicó tímidamente:

—No estoy vestida para recibir visitas. Esperábamos

acostarnos temprano. No sabía que volverían ustedes esta noche.

Dalgliesh contestó:

—Siento tener que molestarla de nuevo. Si quiere acostarse, tal vez el señor Halliwell nos abrirá después la puerta.

—No es ésa su tarea. Él sólo es el chófer. Cerrar la casa es responsabilidad mía. Lady Ursula le ha pedido que mañana conteste al teléfono, pero eso no es lo convenido, y no está bien. No hemos tenido ni un momento de tranquilidad desde las noticias de las seis. A ella, esto la matará si continúa así.

Dalgliesh pensó que lo más probable era que siguiera así durante largo tiempo, pero se permitió dudar que llegara a matar a lady Ursula.

Sus pasos resonaron sobre el suelo de mármol cuando la señorita Matlock les acompañó a través del pasillo hasta el estudio octogonal y después, a través de la puerta forrada de paño verde, hasta la parte posterior de la casa, bajando finalmente tres escalones hasta la puerta del exterior. La casa estaba muy tranquila, pero parecía esperar algo, como si fuera un teatro vacío. Dalgliesh tuvo la sensación, como le ocurría a menudo en las casas de los recién asesinados, de una atmósfera enrarecida, de una presencia carente de voz. Ella corrió los cerrojos y se encontraron en el patio posterior. Las tres estatuas, en sus hornacinas, estaban sutilmente iluminadas por unos focos ocultos, y parecían flotar, con una suave luminiscencia, en un aire inmóvil. La noche era sorprendentemente benigna tratándose del otoño y, desde algún jardín cercano, llegaba el olor transitorio de los cipreses, hasta el punto de que por un momento se sintió desplazado, desorientado como si le hubieran transportado hasta Italia. Le pareció impropio que las estatuas estuvieran iluminadas, que la belleza de la casa siguiera luciendo cuando Berowne yacía, congelado como un bloque de carne, en su funda de plástico, y de una manera instintiva buscó con la mano un interruptor antes de seguir a la señorita Matlock a través de una segunda puerta que conducía a las antiguas caballerizas y los garajes.

El otro lado del muro de las estatuas carecía de adornos; los lujos del *grand tour* del siglo XVIII no estaban destinados a los ojos de los lacayos o cocheros que en otro tiempo habían habitado aquellas caballerizas. El patio estaba adoquinado y llevaba a dos grandes garajes. Las puertas dobles del de la izquierda estaban abiertas y, a la luz de dos largos tubos fluorescentes, vieron que la entrada al piso se efectuaba mediante una escalera de hierro forjado que ascendía junto a la pared del garaje. La señorita Matlock se limitó a señalar hacia la puerta que había arriba y a decir:

—Encontrarán allí al señor Halliwell. —Y entonces, como para justificar la formalidad que daba a su nombre, añadió—: Fue sargento en el regimiento del difunto sir Hugo. Fue condecorado por su valor, con la Medalla de Servicios Distinguidos. Supongo que lady Ursula ya se lo explicó. No es un chófer corriente.

Dalgliesh se preguntó qué supondría ella que era, en los tiempos actuales, un chófer corriente.

El garaje tenía espacio suficiente para albergar cómodamente el Rover negro, con su matrícula A, y un Golf blanco, los dos bien aparcados y dejando espacio para un tercer coche. Al pasar junto al Rover, entre un intenso olor a gasolina, vieron que el garaje era utilizado también, sin duda, como taller. Bajo una alta y amplia ventana en la parte posterior había un banco de madera con numerosos cajones, y en la pared, sobre él, un tablero del que colgaban, bien ordenadas, varias herramientas. Apoyada en la pared, a la derecha, había una bicicleta de hombre.

Apenas habían pisado el primer escalón, la puerta se abrió encima de ellos y la robusta silueta de un hombre destacó contra la luz. Al ascender hacia él, Dalgliesh vio que era a la vez más viejo y más bajo de lo que había imaginado; seguramente, su estatura era la mínima permitida a un militar, pero sus hombros eran anchos y daban una impresión inmediata de fuerza disciplinada. Era muy moreno, casi cetrino, y sus cabellos hirsutos, más largos de lo que debía de llevarlos cuando estaba en el ejército, caían sobre su frente hasta casi tocar unas cejas rectas, como negras hendiduras, sobre sus ojos muy hundidos. La nariz era breve, con las aletas ligeramente ensanchadas, y la boca se mostraba inexpresiva sobre una barbilla cuadrada. Llevaba unos pantalones bien cortados de color claro y una camisa de lana a cuadros, con el cuello abierto; no mostraba la menor señal de cansancio y parecía tan dispuesto como si recibiera una visita matinal. Les miró con ojos agudos pero serenos, unos ojos que habían visto cosas peores que un par de oficiales de la policía que llegaban en plena noche. Apartándose a un lado para dejarlos entrar, dijo con una voz en la que sólo había una traza mínima de aspereza:

—Me disponía a preparar café, pero también tengo whisky si lo prefieren.

Aceptaron el café y él atravesó una puerta para dirigirse a la parte posterior de su piso, desde la cual se oyó el rumor del agua corriente y el chasquido de la tapa de una cafetera. La sala de estar era larga pero estrecha, y sus ventanas, bajas, daban a la cara desnuda de la pared. Como buen arquitecto, Soane debió de asegurarse de que la intimidad de la familia quedara protegida, y las caballerizas permanecían invisibles, excepto desde las ventanas más altas de la casa. En el extremo más distante de la habitación, había una puerta abierta y Dalgliesh pudo observar los pies de una cama individual. Detrás de él había una pequeña chimenea victoriana, con adornos de hierro forjado, un marco de madera tallada y una elegante reja que le recordó la de la iglesia de Saint Matthew. Enchufada en ella, había una moderna estufa eléctrica de tres pantallas.

Una mesa de madera de pino, con cuatro sillas, ocupaba el centro de la habitación, y dos butacas algo maltrechas estaban situadas una a cada lado de la chimenea. Entre las ventanas había un banco de trabajo, y sobre él una panoplia de herramientas, más pequeñas y más delicadas que las del garaje. Observaron que el *hobby* de Halliwell era la talla de madera, y que estaba trabajando en un Arca de Noé con una serie de animales. La embarcación estaba muy bien realizada, con tablas ensambladas y una cubierta muy airosa; los animales ya terminados —una pareja de leones, otra de tigres y otra de jirafas— mostraban un trabajo más tosco, pero eran identificables al momento y no carecían de cierto vigor.

En la pared opuesta había una librería desde el suelo hasta el techo. Dalgliesh se acercó a ella y vio con interés que Halliwell poseía lo que parecía una serie completa de los *Famosos procesos británicos*. Y había también otro volumen todavía más interesante, pues sacó y hojeó un ejemplar de la octava edición del *Manual de Medicina Forense* de Keith Simpson. Al devolverlo a su lugar y echar una mirada alrededor del cuarto, le impresionó su pulcritud y la autonomía que reflejaba. Era la habitación de un hombre que se había organizado su espacio vital, y probablemente su vida, para satisfacer sus necesidades, un hombre que conocía su propia naturaleza y que estaba en paz con ella. A diferencia del estudio de Paul Berowne, ésta era la habitación de un hombre que sabía que tenía derecho a estar en ella.

Halliwell entró con una bandeja en la que había tres tazas de loza, una botella de leche y otra de whisky Bell's. Hizo un gesto en dirección al whisky y, cuando Dalgliesh y Massingham denegaron con su cabeza, él agregó una dosis generosa a su café. Se sentaron alrededor de la mesa.

Dalgliesh dijo:

—Veo que tiene usted lo que parece la colección completa de los *Famosos procesos británicos*. Debe de ser una obra relativamente rara.

Halliwell contestó:

—Es un tema que me interesa. Me hubiera gustado ser abogado criminalista, si las cosas hubieran sido diferentes.

Hablaba sin ningún resentimiento. Era una simple manifestación, pero no era necesario preguntar qué cosas eran aquellas a las que se refería. El derecho era todavía una profesión privilegiada. Era raro que un muchacho de la clase trabajadora acabara cenando en el Inns of Court.

Después añadió:

—Son los juicios lo que considero interesante, no los abogados defensores. Muchos asesinos parecen estúpidos y vulgares cuando se les ve sentados en el banquillo. Sin duda, lo mismo ocurrirá con ese tipo, cuando ustedes le echen el guante. Pero tal vez un animal enjaulado sea siempre menos interesante que el que se encuentra en libertad, especialmente cuando se le ha seguido el rastro.

Massingham observó:

—Así que usted supone que se trata de un asesinato.

—Lo que yo supongo es que un comandante y un inspector jefe del departamento de investigación criminal no vendrían aquí, pasadas las diez de la noche, a causa de los motivos que pudiera tener sir Paul Berowne para cortarse la garganta.

Massingham adelantó una mano para alcanzar la botella de leche. Mientras removía su café, preguntó:

—¿Cuándo se enteró usted de la muerte de sir Paul?

—Por el noticiario de las seis de la tarde. Telefoneé a lady Ursula y le dije que volvía enseguida. Ella me dijo que no me apresurase. No había nada que yo pudiera hacer aquí y ella tampoco necesitaría el coche. Dijo que la policía había querido verme, pero que tendrían ustedes muchas cosas por hacer hasta que regresara.

Massingham preguntó:

—¿Qué le contó lady Ursula?

—Todo lo que sabe, que no es mucho. Me dijo que

los habían degollado y que el arma había sido la navaja de sir Paul.

Dalgliesh había pedido a Massingham que efectuara la mayor parte del interrogatorio. Esta aparente inversión de papel y categoría resultaba a menudo desconcertante para un sospechoso, pero no para éste. O bien Halliwell se sentía demasiado confiado, o bien demasiado preocupado para que le turbaran esas trivialidades. Dalgliesh tuvo la impresión de que, de los dos, era Massingham el que, inexplicablemente, se mostraba menos dueño de sí mismo. Halliwell, que contestaba a sus preguntas con lo que parecía una lentitud deliberada, practicaba el extraño y desconcertante truco de clavar sus ojos oscuros en el interrogador como si quien realizara el interrogatorio fuese él, como si fuera él el que tratara de explorar una personalidad desconocida y escurridiza.

Admitió que sabía que sir Paul utilizaba una navaja barbera; todas las personas de la casa lo sabían. Sabía que guardaba su dietario en el cajón superior de la derecha. No era un dietario privado. Sir Paul llamaba a veces y pedía a la persona que contestaba al teléfono que le confirmara la hora de alguna cita. Había una llave para aquel cajón, que solía encontrarse en la cerradura del mismo. A veces, sir Paul cerraba el cajón y se llevaba la llave consigo, pero esto no era usual. Era uno de aquellos detalles que cualquiera llegaba a conocer si vivía o trabajaba en una casa. Sin embargo, no pudo recordar cuándo había visto por última vez las navajas o el dietario, y no se le había dicho que sir Paul visitaría la iglesia aquella noche. No le era posible decir si alguna otra persona de la casa lo sabía, pues nadie le había hecho mención de esta cuestión.

Al preguntarle por sus movimientos durante el día, dijo que se había levantado alrededor de las seis y media y había salido para practicar media hora de marcha atlética en Holland Park, antes de prepararse un huevo pasado por agua para desayunar. A las ocho y media había entrado en la casa para preguntar si había alguna tarea que la señorita Matlock quisiera encomendarle. Ésta le había entregado una lámpara de sobremesa y una tetera eléctrica para arreglar. Después había ido a buscar a la señora Beamish, la podóloga de lady Ursula, que vivía en Parsons Green y ya no conducía. Era una visita regular el tercer martes de cada mes. La señora Beamish tenía más de setenta años y lady Ursula era la única paciente a la que ella atendía ahora. La sesión terminó a las once y media, y, seguidamente, acompañó a la señora Beamish a su casa y volvió para conducir a lady Ursula a un almuerzo que había concertado con una amiga, la señora Charles Blaney, en el University Women's Club. Había aparcado el coche cerca del club, y, después de almorzar en una taberna solitaria, regresó a las tres menos cuarto para llevarlas a las dos a una exposición de acuarelas en Agnew's. Después las dejó en el Savoy para tomar el té y, seguidamente, regresó a Campden Hill Square, pasando por Chelsea, donde la señora Blaney se apeó ante su casa. Él y lady Ursula llegaron al número sesenta y dos a las cinco y treinta y tres minutos. Podía recordar con exactitud la hora, porque la miró en el reloj del coche. Estaba acostumbrado a organizar su vida en función del tiempo. Ayudó a lady Ursula a entrar en la casa, metió después el Rover en el garaje y pasó el resto de la velada en su piso, hasta que poco después de las diez partió hacia la campiña. Massingham dijo:

—Tengo entendido que lady Ursula le telefoneó dos veces durante la noche. ¿Puede recordar a qué horas?

—Sí, una vez cerca de las ocho, y la segunda a las nueve y cuarto. Quería hablar de lo que debía hacerse durante la semana y recordarme que me había dicho que podía utilizar el Rover. Yo conduzco un Cortina de los primeros modelos, pero lo tengo ahora en revisión.

Massingham preguntó:

—Cuando los coches están guardados, el Rover, el suyo y el Golf, ¿cierran siempre el garaje?

—Está siempre cerrado, estén o no los coches en él. La puerta de la verja exterior está siempre cerrada, desde luego, por lo que no hay un gran riesgo de robo, pero es posible que niños de la escuela del barrio puedan saltar la tapia, tal vez como una apuesta. En el garaje hay herramientas peligrosas y lady Úrsula cree prudente que siempre lo tenga cerrado. Esta noche no lo he hecho porque sabía que iban a venir ustedes.

—¿Y ayer por la noche?

—Quedó cerrado después de las cinco cuarenta.

—¿Quién tiene las llaves, aparte de usted?

—Tanto sir Paul como lady Berowne tienen un juego de llaves, y hay otro en el llavero de la sala de estar de la señorita Matlock. Lady Úrsula no las necesita. Siempre la llevo yo en el coche.

—¿Y estuvo usted en este piso durante toda la velada de ayer?

—Desde las cinco y cuarenta, exactamente.

—¿Hay alguna posibilidad de que alguien de la casa, o de fuera de ella, sacara un coche o la bicicleta sin que usted se enterase?

Halliwell esperó unos momentos y después contestó:

—No creo que eso fuese posible.

Dalgliesh intervino con toda calma:

—Me gustaría que se mostrara más preciso, señor Halliwell, si le es posible. ¿Podría ser o no podría ser?

Halliwell le miró fijamente.

—No, señor, no podría ser. Yo hubiera oído cómo abrían el garaje. Tengo un oído muy fino.

Dalgliesh prosiguió:

—Por consiguiente, la noche pasada, desde las cinco cuarenta de la tarde hasta que salió usted hacia el campo, poco después de las diez, estuvo solo aquí, en este piso, y con la puerta del garaje cerrada con llave.

—Sí, señor.

—¿Es usual que tenga usted las puertas cerradas con llave cuando se encuentra aquí?

—Si sé que no voy a salir, es lo que hago siempre. Confío en la puerta del garaje para mi propia seguridad. La cerradura de este piso es únicamente una llave. Para mí se ha convertido en hábito cerrar estas puertas.

Massingham preguntó:

—¿Y adónde fue usted cuando salió de aquí?

—Fui al campo. A Suffolk, a ver a una amiga. Es un trayecto de dos horas. Llegué alrededor de la medianoche. Es la viuda de uno de mis compañeros, que murió en las Malvinas. Tiene un chiquillo. No echa de menos a su padre, ya que él murió antes de nacer él, pero su madre considera que es conveniente para él que vea de vez en cuando un hombre en casa.

Massingham inquirió:

—Así que fue usted a ver al niño.

Unos ojos ardientes se clavaron en él, pero Halliwell se limitó a contestar:

—No. Fui a ver a su madre.

Massingham dijo:

—Su vida privada es algo que sólo le incumbe a usted, pero necesitamos confirmación acerca de la hora en que llegó usted a casa de su amiga. Y esto quiere decir que necesitamos saber sus señas.

—Es posible, señor, pero no veo por qué debo dárselas. Ella ya ha pasado por suficientes apuros durante los últimos tres años para que ahora vaya a molestarla la policía. Salí de aquí muy poco después de las diez. Si sir Paul murió antes, lo que yo hiciera aquella noche, más tarde, no tiene importancia. Tal vez sepan ustedes cuándo murió, o tal vez no lo sepan, pero cuando consigan el informe de la autopsia tendrán una idea más exacta al respecto. Si entonces es necesario que les dé el nombre y la dirección de ella, de acuerdo, lo haré. Sin embargo, esperaré hasta que ustedes me convenzan de que realmente es necesario.

Massingham dijo:

—Es que no la molestaremos. Ella sólo deberá contestar a una simple pregunta.

—Una pregunta sobre un asesinato. Ya ha tenido demasiadas ocasiones de hablar de la muerte. Veamos, yo salí de aquí poco después de las diez y llegué casi exactamente a medianoche. Si se lo preguntan a ella, dirá lo mismo, y si esto es relevante, si yo tuviera algo que ver con la muerte de sir Paul, supondrán que yo ya habría convenido estos horarios con ella, ¿no es así?

Massingham preguntó:

—¿Por qué se marchó de aquí tan tarde? Ayer era su día libre. ¿Por qué entretenerse hasta casi las diez, antes de comenzar su trayecto de dos horas?

—Prefiero conducir cuando han pasado las peores horas del tráfico, y antes había de acabar algunas tareas: un enchufe que arreglé para la lámpara de sobremesa, y también reparar la tetera eléctrica. Están ahí al lado, si quieren comprobar estos trabajos. Después me bañé, me cambié y me preparé una cena.

Las palabras, si no la voz, lindaban ya en la insolencia, pero Massingham contuvo su genio. Dalgliesh, con el suyo bajo absoluto control, creyó saber el porqué. Halliwell era un soldado condecorado, un héroe. Massingham hubiera actuado con menos amabilidad con cualquier hombre por el que siente menos respeto instintivo. Si Halliwell había asesinado a Paul Berowne, no lo salvaría ni la Cruz Victoria, pero Dalgliesh sabía que Massingham preferiría que fuese culpable casi cualquier otro sospechoso. Massingham preguntó entonces:

—¿Está usted casado?

—Tenía esposa y una hija. Las dos murieron.

Se volvió, miró directamente a Dalgliesh y preguntó:

—¿Y usted, señor? ¿Está usted casado?

Dalgliesh se había situado detrás de él y tomado uno

de los leones tallados, al que en ese momento daba vuelta delicadamente entre sus manos. Contestó:

—Tenía esposa y un hijo. Y también ellos están muertos.

Halliwell se volvió de nuevo hacia Massingham y le dirigió la mirada de sus ojos oscuros y hostiles.

—Y si esa pregunta es sobre algo que a mí no me importa, tampoco les importan a ustedes mi esposa y mi hija.

Massingham repuso:

—Nada es irrelevante cuando se trata de un asesinato. ¿Está usted comprometido con esa señora a la que visitó ayer por la noche?

—No. No está preparada para ello. Después de lo que le ocurrió a su marido, no sé si llegará a estarlo nunca. Por esa razón no quiero darles sus señas. No está preparada para este tipo de preguntas por parte de la policía, ni para otra pregunta cualquiera.

Massingham rara vez cometía ese tipo de error y no intentó enmendarlo con explicaciones o excusas. Por su parte, Dalgliesh no insistió en la cuestión. La hora importante era las ocho. Si Halliwell tenía una coartada para las horas de la tarde hasta las diez, quedaba exento de sospechas y tenía derecho a gozar de su intimidad durante el resto del día y el siguiente. Si estaba tratando, con dificultad, de establecer una relación con una mujer desdichada y vulnerable, era comprensible que no quisiera que la policía fuese a ella con preguntas innecesarias, por más que se las formularan con tacto. Dijo:

—¿Cuánto tiempo lleva trabajando aquí?

—Cinco años y tres meses, señor. Ocupé este puesto cuando el mayor Hugo vivía. Cuando lo mataron, lady Ursula me pidió que me quedase, y me quedé. La paga me conviene, el lugar me conviene, y podría decir que lady Ursula me conviene. Me gusta vivir en Londres y todavía no he decidido lo que haré con mi retiro.

—¿Quién le paga su sueldo? ¿De quién depende usted, exactamente?

—Lady Ursula. Mi tarea consiste, sobre todo, en conducir su coche. Sir Paul solía conducir él mismo, o utilizaba el coche oficial. Algunas veces le llevaba yo, así como a su esposa, si salían por la noche. Pero no ocurría muy a menudo. No eran una pareja muy entregada a la vida social.

—¿Qué clase de pareja eran? —La voz de Massingham mostraba una cuidadosa despreocupación.

—No se cogían las manos en el asiento del coche, si a eso se refiere usted. —Hizo una pausa y añadió—: Creo que ella estaba algo atemorizada por él.

—¿Con razón?

—Que yo sepa no, pero tampoco lo describiría a él como un hombre fácil de entender. Ni tampoco como un hombre feliz, ya que hablamos de esto. Si uno no puede soportar un sentimiento de culpabilidad, lo mejor es evitar hacer aquellas cosas que puedan hacerle sentir culpable.

—¿Culpable?

—Mató a su primera esposa, ¿verdad? De acuerdo, fue un accidente: la carretera mojada, mala visibilidad y una curva peligrosa... Todo eso salió a relucir en la encuesta. Pero él era el que conducía. Lo he visto otras veces. Nunca se perdonan a sí mismos. Hay algo aquí —se dio un golpecito en el pecho— que les continúa preguntando si realmente fue un accidente.

—No hay pruebas de que no lo fuese y corrió el mismo peligro de morir junto con su esposa.

—Tal vez eso no le hubiera preocupado en exceso. De todos modos, él no murió. La que murió fue ella. Y después, cinco meses más tarde, volvió a casarse. Se quedó con la prometida de su hermano, la casa de su hermano, el dinero de su hermano y el título de su hermano.

—¿Pero no con el chófer de su hermano?

—No. No se quedó conmigo.

Dalgliesh preguntó:

—¿Le importaba mucho el título? Yo no lo hubiera creído así.

—Claro que le importaba, señor. Supongo que no era mucho, un simple título de baronet, pero era antiguo. De 1642. Ya lo creo que le gustaba esa sensación de continuidad, su pequeña participación en una inmortalidad provisional.

Massingham dijo:

—Bien, todo esto es mucho suponer. No parece que le apreciara usted mucho.

—El aprecio no intervino nunca entre él y yo. Yo llevaba a su madre en coche y ella me pagaba. Y si a él no le agradaba yo, no lo demostraba. No obstante, creo que yo le recordaba cosas que hubiera preferido olvidar.

Massingham dijo:

—Y ahora todo ha desaparecido, ha terminado con él, incluso el título.

—Tal vez. El tiempo lo dirá. Creo que yo esperaría nueve meses antes de estar seguro de ello.

Era una sombra de posibilidad que Dalgliesh ya había sospechado, pero no insistió al respecto. Se limitó a preguntar:

—Cuando sir Paul dimitió de su cargo ministerial, y después de su escaño parlamentario, ¿cuál fue la impresión que esto causó en la casa, entre el personal de la misma?

—La señorita Matlock no lo comentó. No es ésta una de esas casas en las que el personal de servicio se sienta en la cocina para tomar el té y contar chismes sobre sus señores. Ese tipo de ambientes lo dejamos para los seriales de la televisión. Sin embargo, la señora Minns y yo pensamos que tal vez nos encontrásemos ante un escándalo.

—¿Qué clase de escándalo?

—Sexual, supongo. Siempre suelen serlo.

—¿Tenía alguna razón para sospecharlo?

—Ninguna, excepto aquel sucio artículo de la *Pater-*

noster Review. No tengo ninguna prueba. Usted me ha preguntado lo que pensaba, y eso fue lo que yo creí más probable. Bien puede ser que estuviera equivocado. Al parecer, la cosa pudo ser más complicada. Pero también él era un hombre complicado.

Massingham le preguntó entonces acerca de las dos mujeres muertas y Halliwell contestó:

—Apenas vi a Theresa Nolan. Tenía una habitación aquí, pero o bien se quedaba en ella casi todo el tiempo, o salía de la casa. Hacía su vida. La emplearon como enfermera de noche y no tenía que entrar de servicio hasta las siete. La señorita Matlock cuidaba a lady Ursula durante el día. Theresa parecía una muchacha tranquila, algo tímida. Demasiado tímida para ser una enfermera, pensé. Que yo sepa, lady Ursula no tenía ninguna queja de ella. Será mejor que esto se lo pregunte a ella misma.

—¿Sabe que quedó embarazada mientras trabajaba aquí?

—Tal vez, pero no se quedó embarazada en este piso, ni tampoco en la casa, al menos que yo sepa. No hay ninguna ley que diga que uno sólo puede gozar del sexo entre las siete de la noche y las siete de la mañana siguiente.

—¿Y Diana Travers?

Halliwell sonrió.

—Una chica muy diferente. Vivaracha, muy brillante diría yo. A ella la vi más a menudo, aunque sólo trabajaba aquí dos días, los lunes y los viernes. Extraño tipo de trabajo para una chica como ella, pensaba yo. Y también una coincidencia el hecho de ver el anuncio de la señorita Matlock cuando ella buscaba un empleo por horas. Estas tarjetas generalmente se quedan pegadas en los escaparates hasta que ya nadie las puede leer, tan amarillentas y borrosas están.

Massingham dijo:

—Al parecer, el señor Swayne, el hermano de lady Berowne estuvo aquí por la tarde. ¿Usted lo vio?

—No.

—¿Viene a menudo?

—Más a menudo de lo que a sir Paul le hubiera gustado. Y también a otras personas, puestos a hablar.

—¿Incluido usted?

—Yo y su hermana, supongo. Tiene la costumbre de dejarse caer por aquí cuando le apetece un baño o una comida, pero es inofensivo. Rencoroso, pero poco más peligroso que una avispa.

Dalgliesh pensó que éste era un juicio demasiado elemental.

De pronto, los tres hombres prestaron oído y levantaron las cabezas. Alguien se acercaba a través del garaje. Oyeron un ruido de pisadas, de calzado con suela blanda, en la escalera de hierro, la puerta se abrió de par en par y Dominic Swayne apareció en el umbral. Halliwell debía de haber dejado abierta su cerradura Yale. Era, pensó Dalgliesh, un curioso descuido, a no ser, desde luego, que hubiera esperado más o menos aquella súbita intrusión. Sin embargo, no dio ninguna señal de ello y se limitó a clavar en Swayne su mirada oscura y hostil, antes de volver a dedicar su atención a su taza de café. Swayne debía de saber que se encontraban allí, puesto que, presumiblemente, la señorita Matlock le había dejado entrar en la casa, pero su expresión de sorpresa y la leve sonrisa de embarazo estuvieron perfectamente sincronizados.

—¡Oh, Dios mío! ¡Lo siento, lo siento! Al parecer, tengo la mala costumbre de llegar cuando la policía está cumpliendo con sus deberes. Bien, les dejo entregados a su tercer grado.

Halliwell le preguntó fríamente:

—¿Y por qué no llama antes de entrar?

Pero Swayne se había vuelto hacia Dalgliesh:

—Sólo quería decirle a Halliwell que mi hermana dice que mañana puedo disponer del Golf.

Sin moverse de su asiento, Halliwell repuso:

—Puede usted sacar el Golf sin necesidad de anunciarlo. Es lo que suele hacer siempre.

Swayne mantenía su mirada fija en Dalgliesh.

—Entonces, de acuerdo. Ya ven que estoy aquí. ¿Hay algo que deseen preguntarme? En ese caso, adelante con las preguntas.

Massingham se había levantado y había cogido uno de los elefantes tallados en madera. Su voz resonó totalmente exenta de énfasis.

—¿Sólo para confirmar de nuevo que estuvo usted en la casa toda la tarde de ayer, desde el momento en que llegó, poco antes de las siete, hasta que salió, camino del Raj, a las diez y media?

—Exactamente, inspector. Tiene buena memoria.

—¿Y durante ese tiempo no salió del número sesenta y dos de esta plaza?

—Acertado de nuevo. Mire, admito que difícilmente se me puede considerar como un cuñado favorito, pero yo no tuve nada que ver con la muerte de Paul. Y no sé por qué Paul había de tenerme tan atravesado, a no ser que yo le recordara a alguien cuyo recuerdo le fuese a él insoportable. Quiero decir que no me drogo, a no ser que sea otro el que me lo pague, cosa que rara vez hace nadie. Soy un hombre relativamente sobrio. Trabajo cuando hay un trabajo a mi alcance. Admito que me baño y como a sus expensas alguna que otra vez, pero no veo por qué había de molestarle eso —al fin y al cabo, nunca había tenido que apuntarse al paro—, ni tampoco el hecho de jugar una partida de Scrabble con la pobre Evelyn. A nadie le molesta eso. Además, no fui yo quien le rajó el cuello. No tengo nada de sanguinario. No creo que jamás hubiera tenido valor para hacerlo. Yo no soy como Halliwell, entrenado para arrastrarse entre las rocas con la cara ennegrecida y un puñal entre los dientes. No es eso lo que yo considero libertad.

Massingham dejó el elefante sobre la mesa, como si lo repudiara, y dijo:

—¿Prefiere usted una velada jugando al Scrabble con su amiga? ¿Quién ganó?

—Ganó Evelyn, como suele ocurrir siempre. Ayer, la muy lista puso «Zafiro» en una casilla triplicada. Ganó trescientos ochenta y dos puntos contra mis doscientos. Es extraordinario que tan a menudo sepa aprovechar los números más altos. Si no fuera tan exasperantemente honrada, sospecharía que hace trampas.

Massingham observó:

—«Zigzag» hubiera puntuado todavía más.

—De acuerdo, pero en el Scrabble no hay dos zetas. Ya veo que no es usted un aficionado. Debería probar este juego alguna vez, inspector; es excelente para aguzar el ingenio. Bien, si esto es todo me largo.

Dalgliesh dijo:

—No es todo. Háblenos de Diana Travers.

Durante un par de segundos Swayne permaneció inmóvil, excepto el rápido parpadeo de sus ojos brillantes. Pero la impresión, suponiendo que lo fuese, fue rápidamente controlada. Dalgliesh pudo ver cómo se relajaban los músculos de sus manos y sus hombros. Después, Swayne dijo:

—¿Qué quiere que le diga sobre ella? Ha muerto.

—Ya lo sabemos. Se ahogó después de una cena ofrecida por usted en el Black Swan. Usted estaba allí cuando murió. Háblenos de aquella velada.

—No hay nada de que hablar. Quiero decir que debieron ustedes de leer el informe de la encuesta. Y tampoco veo que pueda tener que ver con Paul. Ella no era su chica, ni nada por el estilo.

—No suponíamos que lo fuese.

Se encogió de hombros y extendió las manos abiertas en una parodia de resignada aquiescencia.

—Está bien, ¿qué desean saber?

—¿Por qué no empieza por explicarnos por qué la invitó al Black Swan?

—Por ninguna razón en particular. Digamos que fue un impulso generoso. Yo sabía que mi querida hermana estaba ofreciendo lo que ella describiría como una cena íntima para celebrar su cumpleaños; demasiado íntima, al parecer, para invitarme a mí. Entonces pensé que yo podía organizar una pequeña celebración por mi cuenta. Había venido a esta casa con mi regalo de cumpleaños para Barbara, y al marcharme vi a Diana que limpiaba el polvo del vestíbulo. Fue entonces cuando le pedí que viniera a mi fiesta. La recogí a las seis y media, ante la estación de metro de Holland Park, y la llevé en coche al Black Swan, donde nos reunimos toda la familia.

—¿Y dónde cenaron?

—Donde cenamos. ¿Quiere los detalles del menú?

—No, a no ser que tuvieran especial importancia. Prefiero que prosiga a partir de aquí.

—Después de cenar fuimos a la orilla del río y encontramos aquella barca amarrada allí. Los demás pensaron que podía ser divertido armar un poco de jarana en el río. Diana y yo decidimos que sería todavía más divertido armar jarana en la orilla. Ella iba bastante cargada. De bebida, no de drogas. Después pensamos que sería divertido nadar hasta la barcaza y aparecer junto a los otros.

—Después de quitarse primero sus ropas.

—Ya nos las habíamos quitado. Lo siento si les escandalizo.

—Y usted fue el primero en zambullirse.

—Zambullirme no, más bien vadeé. Nunca me zambullo en aguas desconocidas. Aquella noche utilicé mi elegante crol de costumbre y llegué hasta la barca. Después miré hacia atrás, buscando a Diana. No pude verla en la orilla, pero hay unas cuantas matas en aquel lugar, pues creo que Jean Paul trata de arreglar allí una especie de jardín, y pensé que tal vez ella hubiese cambiado de opinión y se estuviera vistiendo. Me sentí algo preocupado, pero no frenéticamente preocupado, no sé si me entiende. Sin embargo, pensé que lo mejor sería regresar y echar un vistazo. Para entonces, la idea de nadar estaba perdiendo ya su encanto. El agua estaba helada y muy oscura, y los demás no me habían saludado con el entusiasmo que yo había previsto. Abandoné la barca y me dirigí de nuevo hacia la orilla. Ella no estaba allí, pero sí sus ropas. Entonces me sentí realmente asustado. Llamé a los de la barca, pero estaban saltando todos y riéndose, y no creo que me oyeran. Y entonces fue cuando la encontraron. El palo de la barcaza chocó con su cuerpo, apenas éste salió a la superficie. Fue una impresión terrible para las chicas. Entre todos consiguieron mantener la cabeza de ella sobre el agua y dirigirse hacia la orilla, no sin estar a punto de zozobrar. Yo ayudé a arrastrarla hasta tierra firme y probamos el boca a boca de costumbre. Fue una escena muy desagradable, con las chicas llorando y tratando de ponerle a ella alguna ropa encima. Yo chorreaba y estaba temblando, y Tony soplaba en la boca de ella como si estuviese hinchando un globo. Diana yacía inmóvil, con una mirada fija en los ojos, el agua escurriéndose de sus cabellos y las algas enrolladas alrededor de su cuello como si fueran un pañuelo verde... Daba la impresión de haber sido decapitada. Una escena erótica, dentro de su horror. Y entonces, una de las chicas corrió hacia el restaurante para pedir ayuda y aquel cocinero salió y se hizo cargo de todo. Parecía saber lo que se llevaba entre manos, pero no sirvió de nada. Fin de Diana. Fin de una alegre velada. Fin de la historia.

Hubo un rumor de roce de madera al apartarse Halliwell violentamente de la mesa y desaparecer con rapidez en la cocina. Swayne se le había quedado mirando.

—¿Qué mosca le ha picado? Yo fui el que tuvo que verla a ella. Yo diría que ha oído contar cosas peores que ésta.

Ni Dalgliesh ni Massingham hablaron y, casi inmediatamente, Halliwell regresó. Llevaba otra media botella de whisky y la dejó sobre la mesa. Dalgliesh tuvo la impresión de que su cara estaba más pálida, pero el hombre se sirvió otro trago de whisky con una mano perfectamente firme. Swayne contempló la botella, como si se preguntara por qué no le invitaban a beber, y después se volvió de nuevo hacia Dalgliesh.

—Le diré una cosa acerca de Diana Travers. No era actriz. Me enteré de ello cuando la llevaba en coche al Black Swan. No tenía carnet. No había estudiado en ninguna escuela dramática. No conocía la jerga teatral, no tenía agente. No le habían dado ningún papel.

—¿Le dijo ella cuál era su verdadera ocupación?

—Dijo que quería ser escritora y estaba reuniendo materiales. Esto resultaba más fácil si le decía a la gente que trabajaba en el teatro. De este modo, nunca le preguntaban por qué quería un puesto de trabajo temporal. No puedo decir que eso me importara mucho. En realidad, llevaba a la chica a cenar y no me proponía enrollarme demasiado con ella.

—Y durante el tiempo que estuvo con ella en la orilla del río, antes de la travesía a nado y cuando regresó para buscarla, ¿vio o bien oyó a alguna otra persona?

Los ojos azules se abrieron más de lo corriente y entonces recordaban tanto los de su hermana, que la semejanza parecía sobrenatural. Contestó:

—No lo creo. Estábamos más bien ocupados, no sé si me entiende. ¿Se refiere usted a algún mirón, alguien que nos estuviera espiando? No se me ocurrió pensar en ello.

—Pues piense ahora en ello. ¿Estaban completamente solos?

—Bien habíamos de estarlo, ¿no cree? Quiero decir... ¿quién más podía haber allí?

—Piense de nuevo. ¿Vio u oyó algo sospechoso?

—No puedo decirle que sí, pero es que llegaba hasta allí el griterío que armaban las chicas en la barcaza. Y no creo que hubiera podido ver o bien oír nada con claridad una vez me metí en el agua y empecé a nadar. Me parece recordar que oí a Diana echarse al agua detrás de mí, pero eso era lo que yo esperaba que hiciera y tal vez lo imaginé. Y supongo que pudo haber alguien allí que nos estuviera observando. Entre las matas, tal vez. Sin embargo, yo no lo vi. Lo siento si mi respuesta no es satisfactoria. Y también siento haberme entrometido aquí. A propósito, me quedaré en la casa si me necesita para algo. Voy a prodigar mis consuelos fraternales a la viuda.

Se encogió de hombros y mostró una sonrisa que pareció dedicada más bien a la habitación en general que a cualquiera de sus ocupantes. Después se retiró. Oyeron sus blandas pisadas en la escalera de hierro y nadie hizo el menor comentario. Cuando ellos se levantaron para marcharse a su vez, Massingham hizo su última pregunta:

—Todavía no podemos estar seguros de cómo murieron sir Paul y Harry Mack, pero creemos probable que ambos fueran asesinados. ¿Ha oído o ha visto algo en esta casa, o fuera de ella, que le hiciera sospechar sobre la responsabilidad de alguien en estas muertes?

Era la pregunta que siempre hacía, una pregunta ya esperada, formal, casi crudamente directa. A causa de ello, solía ser la que menos se prestaba a que se soslayara la verdad en la respuesta.

Halliwell se sirvió otro whisky. Parecía decidido a pasar una noche entregado a la bebida. Sin levantar la vista, contestó:

—Yo no lo degollé. Si supiera quién lo hizo, probablemente se lo diría.

Massingham perseveró:

—Que usted sepa, ¿sir Paul no tenía enemigos?

—¿Enemigos?

La sonrisa de Halliwell casi fue una mueca. Transformó sus facciones morenas y correctas en una máscara a la vez siniestra y sardónica, como si quisiera confirmar la descripción que Swayne había hecho de él, arrastrándose con la cara ennegrecida entre las rocas.

—Debía de tenerlos, ¿no cree usted, señor, toda vez que era un político? Pero esto ya es cosa del pasado. Ha terminado. Como su hermano el mayor, él ya está fuera del alcance de sus disparos.

Y con esa frase al estilo de Bunyan, que Dalgliesh sospechó que bien podía haber sido una deliberada cita a medias, se dio por terminada la entrevista.

Halliwell bajó con ellos hasta el garaje y cerró las pesadas puertas de éste apenas los policías lo abandonaron. Oyeron cómo pasaba los dos pestillos. Las luces de las hornacinas estaban apagadas y el patio adoquinado sumido en la oscuridad, excepto las dos luces murales gemelas en cada extremo de la pared del garaje. En aquella semioscuridad, el olor a ciprés había aumentado, pero lo sofocaba un aroma más enfermizo y funerario, como si allí cerca hubiera un cubo lleno de flores muertas y en estado de putrefacción. Al aproximarse a la puerta posterior de la casa, la silueta de la señorita Matlock apareció sin hacer el menor ruido entre las sombras. Entre los pliegues de la larga bata parecía más alta, con un aspecto hierático, casi grácil en su vigilante inmovilidad. Dalgliesh se preguntó cuánto tiempo hacía que les estaba esperando de pie y en silencio.

Él y Massingham la siguieron, también en silencio, a través de la tranquilidad de la casa. Al dar ella la vuelta a la llave y correr los cerrojos de la puerta principal, Massingham dijo:

—¿Quién ganó en aquella partida de Scrabble que jugó usted anoche con el señor Swayne?

El cebo era deliberadamente ingenuo y la trampa evidente, pero la reacción de ella fue sorprendente. Bajo la luz discreta del vestíbulo, observaron el rubor que ascendió por su garganta y que después cubrió su cara con un tono carmesí.

—Yo. Conseguí trescientos ochenta y dos puntos, si esto puede interesarles. Jugamos esa partida, inspector.

Tal vez usted esté acostumbrado a hablar con personas mentirosas, pero yo no soy una de ellas.

La ira había envarado su cuerpo, pero sus manos entrecruzadas temblaban como en un ataque de epilepsia. Dalgliesh repuso con voz suave:

—Nadie sugiere que lo sea, señorita Matlock. Muchas gracias por habernos esperado. Buenas noches.

Afuera, mientras abría la puerta del Rover, Massingham dijo:

—Me pregunto por qué una sugerencia tan simple la ha estremecido literalmente hasta ese punto.

Dalgliesh había visto antes esa reacción, la torpe agresión de mujeres que eran a la vez tímidas e inseguras. Deseó incluso poder sentir más piedad por ella.

—No fue una pregunta particularmente sutil, John —dijo.

—No, señor, y no pretendía serlo. Desde luego, jugó esa partida de Scrabble. Lo que interesa saber es cuándo.

Dalgliesh empuñó el volante. Se alejó de la casa y, al entrar en un solar, a medio camino desde Campden Hill Square, llamó al Yard. La voz de Kate Miskin contestó con tanto vigor y viveza como había mostrado en las primeras horas de la investigación.

—He encontrado y visto a la señora Hurrell, señor. Confirma que ella llamó a la casa de Campden Hill Square poco antes de las nueve menos cuarto y preguntó por sir Paul. Contestó un hombre, que dijo: «Swayne al habla.» Después, cuando ella le dijo lo que deseaba, pasó el teléfono a la señorita Matlock. Ésta dijo que ignoraba dónde estaba sir Paul, y que tampoco lo sabía nadie más en la casa.

Dalgliesh pensó que no dejaba de ser extraño que Swayne contestara de aquel modo al teléfono encontrándose en casa ajena. Casi inducía a creer que deseaba establecer su presencia allí. Preguntó:

—¿Algún resultado de la investigación puerta a puerta?

—Todavía no, pero he hablado otra vez con los Mc-Bride y Maggie Sullivan. Los tres se muestran muy seguros sobre la salida de agua desde el desagüe de la iglesia. Alguien estaba utilizando el fregadero de aquel cuarto poco después de las ocho. Los tres están de acuerdo en la hora.

—¿Y el laboratorio?

—He hablado con el biólogo jefe. Si pueden conseguir las muestras de sangre inmediatamente después de la autopsia, digamos a última hora de la tarde, procederán a la electroforesis por la noche. El director me ha confirmado que no pueden trabajar durante el fin de semana. No sabremos nada acerca de las manchas de sangre hasta el lunes por la mañana.

—Y supongo que todavía no habrá tampoco noticias del experto en documentos. ¿Y qué se sabe del trozo de cerilla?

—El experto en documentos todavía no ha podido dedicarse al papel secante, pero le dará prioridad. Con la cerilla, los problemas de costumbre, señor. Harán un análisis con el microscopio electrónico y buscarán huellas, pero no es probable que puedan decir nada al respecto, excepto que la madera es, como siempre, de álamo. Tampoco será posible que nos digan si procede de una caja determinada, y es demasiado corta para hacer una comparación de longitudes.

—Está bien Kate. Daremos la jornada por terminada. Puede irse a su casa. Buenas noches.

—Buenas noches, señor.

Al dejar atrás Campden Hill Square y enfilar Holland Park Avenue, Dalgliesh dijo:

—Halliwell tiene gustos refinados y caros. Esa colección de los *Famosos procesos británicos* debió de costarle cerca de un millar de libras, a no ser que haya coleccionado un tomo tras otro a lo largo de los años.

—Sin embargo, sus gustos no son tan caros como los

de Swayne, señor. Llevaba una chaqueta Fellucini, de seda y lino, con botones de plata. Las venden a cuatrocientas cincuenta libras.

—Si usted lo dice... Me pregunto por qué entró de repente allí. Fue una representación poco convincente. Probablemente, esperaba averiguar qué estaba contando Halliwell. Es significativo, sin embargo, que entrase sin llamar, como si tuviera costumbre de ello. Y cuando Halliwell no está, no ha de serle un problema el hacerse con una llave, o incluso manipular la cerradura Yale si es necesario.

—¿Es importante, señor, saber si pudo entrar en el piso del patio de caballerizas?

—Creo que sí. Ese asesino estaba buscando la verosimilitud. En la librería de Halliwell, hay un ejemplar del *Manual de Medicina Forense* de Simpson. Con la claridad usual en este escritor, en el capítulo quinto se explica todo, incluso con una tabla que muestra la distinción entre las heridas de un suicida y las de un homicida, en la garganta. Swayne debió de verlo en algún momento, mientras lo hojeaba, y después lo recordaría. También pudo hacerlo cualquier otra persona de Campden Hill Square con acceso al piso del garaje, y con mayor facilidad, claro está, el propio Halliwell. La persona que le cortó el cuello a Berowne sabía exactamente qué efecto estaba tratando de producir.

Massingham preguntó:

—Pero ¿hubiera dejado Halliwell el Simpson a la vista, para que lo encontráramos nosotros?

—Si otras personas conocían su existencia, destruir el libro hubiera sido más incriminador que dejarlo en su estante. Pero Halliwell ha de estar fuera de toda sospecha si lady Ursula dice la verdad acerca de esas dos llamadas telefónicas, y no me es posible verla ofreciendo a Halliwell una coartada para el asesinato de su propio hijo. Y tampoco a cualquier otro sospechoso, claro.

Massingham dijo:

—O a Halliwell ofreciendo a Swayne una coartada, a menos que no tuviera más remedio que hacerlo. Aquí no juega el cariño, pues él desprecia a ese hombre. A propósito, yo sabía que había visto antes a Swayne en algún lugar. Ahora acabo de recordarlo. Fue en aquella función en el Coningsby Theatre de Campden Town, hace un año. La obra era *El garaje*. En realidad, los actores construían un garaje en el escenario. En el primer acto lo montaban todo, y en el segundo lo derribaban.

—Yo creía que se trataba de una tienda para celebrar una boda.

—Será otra obra, señor. Swayne hacía el papel de un psicópata del pueblo, uno de la pandilla que derribaba el garaje al final. Por consiguiente, debe de tener carnet de actor.

—¿Y qué impresión le causó como actor?

—Dinámico, pero poco sutil. En realidad, no puedo considerarme buen juez, pues yo prefiero el cine. Sólo fui porque Emma estaba haciendo entonces su cursillo cultural. La obra era muy simbólica. Se suponía que el garaje representaba a Gran Bretaña, o al capitalismo, o al imperialismo, o tal vez la lucha de clases. No estoy seguro de que lo supusiera el propio autor. Cabía pronosticar que iba a ser un gran éxito de crítica. Nadie hablaba allí una sola frase coherente y una semana más tarde yo ya no podía recordar ni una palabra del diálogo. En el segundo acto, había una pelea bastante movida. Swayne sabe moverse en este sentido. Sin embargo, darle coces a la pared de un garaje no es el entrenamiento más apropiado para rajar una garganta. No puedo ver a Swayne como asesino, al menos como ese asesino que andamos buscando.

Eran los dos detectives experimentados y conocían la importancia de mantener, en esa etapa, un nivel racional en sus investigaciones, de concentrarse en los hechos físicos y demostrables. ¿Cuál de los sospechosos tiene los medios, la oportunidad, los conocimientos, la fuerza física, el motivo? No resultaba productivo en esta fase temprana de la investigación empezar a preguntarse: ¿tiene este hombre la crueldad, los nervios, la desesperación, la capacidad psicológica para cometer este crimen en particular? Y sin embargo, seducidos por la fascinación de la personalidad humana, casi siempre lo hacían.

6

En el pequeño dormitorio posterior del segundo piso del cuarenta y nueve de Crowhurst Gardens, la señorita Wharton yacía despierta, con el cuerpo rígido y mirando a la oscuridad. Sobre el duro colchón, su cuerpo se sentía extrañamente caliente y pesado, como si lo hubieran llenado de plomo. Incluso darse la vuelta en busca de una postura más cómoda representaba un esfuerzo excesivo. No esperaba dormir profundamente, pero había procedido a todas sus rutinas nocturnas con la obstinada esperanza de que adherirse a aquellos pequeños y reconfortantes rituales engañaría a su cuerpo y lo induciría al sueño, o al menos a una quietud reparadora: la lectura de un capítulo de las Escrituras prescrita en su libro de devociones, la leche caliente, la galleta digestiva como indulgencia final de la jornada. Nada de esto había dado resultado. El fragmento del Evangelio de San Lucas era la parábola del buen pastor. Era uno de sus predilectos, pero esta noche lo había leído con una mente aguzada, perversamente inquisitiva. ¿Qué era, después de todo, el oficio de pastor? Tan sólo ocuparse de las ovejas, procurar que éstas no se escaparan para poder ser marcadas, esquiladas y después sacrificadas. Sin la necesidad de su lana, de su carne, no habría ningún trabajo para el pastor.

Mucho después de haber cerrado su Biblia, permaneció rígida durante lo que parecía ser una noche interminable, con su mente revolviéndose y retorciéndose como un animal atormentado. ¿Dónde estaba Darren?

¿Cómo estaba el niño? ¿Quién se aseguraba de que no pasara una noche sin consuelo o presa de temores? No parecía demasiado afectado por el horror de aquella espantosa escena, pero con un niño nunca se sabía. Y era culpa de ella que les hubiesen separado. Ella habría debido insistir en saber dónde vivía, en conocer a su madre. Él nunca le había hablado de su madre y, cuando ella le preguntó por ella, se encogió de hombros sin contestar. Ella no quería presionarlo en este sentido. Tal vez pudiera saber de él a través de la policía. Sin embargo, ¿podía molestar al comandante Dalgliesh, cuando éste se encontraba ante dos asesinatos que resolver?

Y la palabra «asesinato» le produjo una nueva ansiedad. Había algo que ella debía recordar, pero no le era posible hacerlo, algo que debiera haber explicado al comandante Dalgliesh. Éste la había interrogado brevemente, con amabilidad, sentándose junto a ella en una de las sillas bajas del rincón de los niños en la iglesia, como si no le importara, incluso como si no lo advirtiera, el extraño aspecto que esta posición confería a su alta figura. Ella había tratado de mantenerse tranquila, precisa, diligente, pero sabía que había lagunas en su memoria, y que había algo que el horror de aquella escena había borrado. Pero ¿qué podía ser? Era algo pequeño, posiblemente insignificante, pero él había dicho que ella debía contarle todos los detalles, por triviales que pudieran parecer.

Pero ahora afloraba otra preocupación todavía más inmediata. Necesitaba ir al retrete. Encendió la luz junto a su cama, buscó sus gafas y echó un vistazo al reloj que dejaba oír su quedo tictac sobre su mesita de noche. Sólo eran las dos y diez. No le era posible esperar hasta que despuntara el día. Aunque disponía de su propia sala de estar, su dormitorio y su cocina, la señorita Wharton compartía el cuarto de baño con los McGrath, que vivían en la planta baja. La instalación de fontanería era anticuada y, si se veía obligada a utilizar el water por la noche, la señora McGrath se quejaría a la mañana siguiente. La alternativa consistía en utilizar su orinal, pero éste había de ser vaciado y toda la mañana estaría dominada por sus ansiosas exploraciones en busca del momento más oportuno para llevarlo hasta el retrete, sin topar con los ojos severos y despreciativos de la señora McGrath. En cierta ocasión, se encontró con Billy McGrath en la escalera, llevando ella el orinal, tapado, en su mano. Aquel recuerdo todavía hacía que le ardieran las mejillas. Sin embargo, habría de utilizarlo. La noche era todavía tan tranquila que no podía osar quebrantar su paz con cascadas de agua corriente, acompañadas por aquellos largos estremecimientos y gargarismos en la tubería.

La señorita Wharton ignoraba por qué les caía tan mal a los McGrath, por qué su inofensiva amabilidad había de resultarles tan provocativa. Procuraba mantenerse fuera de su camino, aunque esto no fuese fácil, ya que compartían la misma puerta principal y el mismo estrecho pasillo de entrada. Les había explicado la primera visita de Darren a su habitación, diciéndoles que su madre trabajaba en Saint Matthew. Esta mentira, proferida con pánico, parecía haberles satisfecho y, más tarde, ella tomó la resolución de borrarla de su mente, puesto que apenas merecía ser incluida en sus idas y venidas que había muy escaso riesgo de que ellos pudieran interrogarle. Era como si el niño presintiera que los McGrath eran enemigos, a los que valía más evitar en vez de salir a su encuentro. Ella trataba de propiciarse a la señora McGrath con unas muestras desesperadas de urbanidad, e incluso con pequeñas gentilezas, como apartar del sol sus botellas de leche en verano, o dejarle un tarro de mermelada o confitura casera ante su puerta, cuando regresaba de la feria navideña de Saint Matthew. Pero estos signos de debilidad sólo parecían aumentar la enemistad de ellos, y la señorita Wharton sabía, en el fondo de su corazón, que nada podía hacerse al respecto. La gente, como los países, necesitaba a alguien más débil y más vulnerable, a quien poder tiranizar y despreciar. Así estaba hecho el mundo. Mientras sacaba cuidadosamente el orinal que había debajo de la cama y se situaba en cuclillas sobre él, con los músculos tensos, tratando de regular y silenciar el chorro, pensó una vez más cuánto le hubiera gustado tener un gato. Pero el jardín, veinte metros de hierba sin cuidar, ondulado como un campo, rodeado por un borde casi desaparecido de rosales sin cuidar, y de arbustos maltrechos y sin flores, pertenecía a los de la planta baja. Los McGrath jamás le permitirían hacer uso de él, y no sería justo mantener un gato encerrado toda la noche y todo el día en sus dos pequeñas habitaciones.

A la señorita Wharton la habían enseñado en su infancia mediante el miedo, y ésta es una lección que los niños nunca dejan de aprender. Su padre, maestro en una escuela elemental, había conseguido mantener una precaria tolerancia en el aula, mediante una tiranía compensadora en su propio hogar. Su esposa y sus tres hijos le temían. Sin embargo, este temor compartido no había logrado que los niños se unieran más entre sí. Cuando, con su irracionalidad usual, él elegía a uno de los hijos para dar rienda suelta a su enojo, los otros hermanos observaban, cada uno en los ojos avergonzados del otro, su sensación de alivio al verse exentos del castigo. Aprendieron a mentir para protegerse, y se les pegaba por decir mentiras. Aprendieron a sentir temor, y se les castigaba por su cobardía. Y, sin embargo, la señorita Wharton conservaba en su mesilla de noche una fotografía de sus padres, con un marco de plata. Jamás culpaba a su padre por su desdicha pasada o presente. Había aprendido bien su lección. Se culpaba a sí misma.

Estaba ahora virtualmente sola en el mundo. Su hermano menor, John, al que ella se había sentido más próxima, más fuerte psicológicamente que sus hermanos, se las había arreglado mejor. Sin embargo, John había muerto, quemado vivo en la torreta posterior de su bombardero Lancaster, el día antes de cumplir sus diecinueve años. La señorita Wharton, misericordiosamente ignorante de aquel infierno de acero en el que John había muerto gritando, había logrado idealizar su muerte con la pacífica imagen de una sola bala alemana que encontró el corazón de aquel joven y pálido guerrero, que seguidamente descendió hacia el suelo con la mano apoyada todavía en su ametralladora. Su hermano mayor, Edmund, había emigrado a Canadá después de la guerra, y ahora, divorciado y sin hijos, trabajaba como oficinista en una pequeña ciudad del norte, cuyo nombre ella nunca recordaba, puesto que él rara vez escribía.

Deslizó de nuevo el orinal debajo de la cama, después se puso la bata y, descalza, atravesó el estrecho pasillo para entrar en su salita de estar y situarse junto a su única ventana. En la casa reinaba un profundo silencio. Bajo los faroles, la calle discurría como un río fangoso entre las orillas formadas por coches aparcados. Aunque la ventana estuviera cerrada, podía oír el apagado rugido del tráfico nocturno a lo largo de Harrow Road. Era una noche de nubes bajas, teñidas de rojo por el resplandor de la inquieta ciudad. A veces le parecía a la señorita Wharton, cuando contemplaba aquella semioscuridad espectral, que Londres había sido construido sobre carbón y que este carbón ardía perpetuamente, como si el infierno, sin que nadie lo reconociera, lo rodease por completo. A la derecha, perfilado contra aquel resplandor turbulento, se alzaba el campanario de Saint Matthew. Generalmente, su visión la reconfortaba. Era un lugar donde a ella se la conocía, se le apreciaban los pequeños servicios que podía prestar, donde se mantenía continuamente ocupada, distraída, protegida, y como en su casa. Pero ahora aquella torre delgada y extraña, desnuda frente al cielo enrojecido, era un símbolo de horror y de muerte. ¿Y cómo podría enfrentarse ahora a aquel paseo, dos veces por semana, hasta Saint Matthew, siguiendo el camino de sirga? El camino le había parecido hasta entonces misteriosamente exento de los terrores de las calles de la ciudad, exceptuando aquellos breves trayectos bajo los puentes. Incluso en la mañana más oscura, caminaba hasta allí gozosamente libre de todo temor. Y en los últimos meses había tenido la compañía de Darren. Pero ahora Darren se había ido, toda seguridad había desaparecido, y el camino de sirga estaría siempre resbaladizo a causa de una sangre imaginaria. Al volver a la cama, su mente revoloteó sobre los tejados hasta la sacristía pequeña. Estaría vacía ya, desde luego. La policía habría retirado los cadáveres. Antes de marcharse ella, ya estaba aparcado allí aquel furgón negro y sin ventanas. Ahora, allí no había nada, excepto aquellas manchas de sangre de color marrón en la alfombra... ¿o acaso se las habrían llevado también? Nada, excepto el vacío y la oscuridad y el olor de la muerte, excepto en la capilla de Nuestra Señora, donde todavía ardería la luz del santuario. Se preguntó si también llegaría a perder eso. ¿Era esto lo que el asesinato les hacía a los inocentes? ¿Llevarse a las personas que éstos amaban, llenar de terror sus mentes, dejarlos abandonados y desconsolados bajo un cielo con resplandor de rescoldos?

7

Habían dado ya las once y media cuando Kate Miskin cerró la puerta del ascensor detrás de ella y abrió con la llave la cerradura de seguridad de su apartamento. Quería esperar en el Yard hasta que Dalgliesh y Massingham regresaran de su visita a Halliwell, pero el jefe le sugirió que ya era hora de dar por terminada la jornada, y en realidad poco más podía hacer ella, o cualquier otra persona, hasta la mañana. Si el jefe tenía razón, y Berowne y Harry Mack habían sido asesinados los dos, ella y Massingham bien podían encontrarse trabajando regularmente jornadas de dieciséis horas. Tal vez más. Era una posibilidad que no temía, pues ya lo había hecho en otras ocasiones. Al encender la luz y cerrar con doble vuelta la puerta a su espalda, le chocó el pensamiento extraño, tal vez incluso reprensible, de que esperaba que su jefe tuviera razón. Después, casi inmediatamente, se absolvió mediante la reconfortante explicación de costumbre. Tanto Berowne como Harry estaban muertos y nada podía volverlos a la vida. Y si sir Paul Berowne no se había degollado por su propia mano, el caso prometía ser tan fascinante como importante, y no sólo para ella personalmente, sino también para sus posibilidades de promoción. Se había formado una cierta oposición contra la creación, en el C1, de una brigada especial para investigar delitos graves a los que se considerase como política o socialmente delicados, y ella hubiera podido nombrar a varios oficiales superiores que no lamentarían que este caso, el primero de la brigada, se convirtiera finalmente en una tragedia corriente de asesinato seguido por suicidio.

Entró en su piso, como siempre, con la sensación de satisfacción que le daba el regreso a su casa. Llevaba poco más de dos años viviendo en Charles Shannon House. Comprar el piso mediante una hipoteca cuidadosamente calculada había sido su primer paso en un proceso ascendente y debidamente planeado, que con el tiempo podía llevarla hasta uno de los almacenes reconvertidos junto al Támesis, con amplios ventanales sobre el río, enormes habitaciones con sus vigas desnudas y una vista distante de Tower Bridge. Pero esto era el comienzo. Ella disfrutaba con su piso, y a veces había de reprimirse para no empezar a recorrerlo, tocando las paredes y los muebles, como para asegurarse de su propia realidad.

El piso, una larga sala de estar con un estrecho balcón de barandilla de hierro y que abarcaba toda su anchura, dos pequeños dormitorios, una cocina, un cuarto de baño y un cuarto de aseo aparte, se encontraba en la planta más alta de un edificio victoriano, cerca de Holland Park Avenue. Había sido construido a principios de la década de 1860, para facilitar estudios destinados a artistas y diseñadores del movimiento, entonces en auge, de las artes y los oficios, y un par de placas azules conmemorativas sobre la puerta atestiguaban su interés histórico. Sin embargo, en el aspecto arquitectónico carecía de todo mérito; era una aberración de ladrillo amarillento londinense implantada entre la elegancia estilo Regencia que lo rodeaba, inmensamente alto, almenado y tan incongruente como un castillo victoriano. Los imponentes muros, perforados por numerosas ventanas talladas y de extrañas proporciones, y surcados en zigzag por escaleras metálicas de seguridad, se alzaban hasta un tejado coronado por hileras de chimeneas entre las cuàles brotaba toda una variedad de antenas de televisión, algunas de ellas fuera de uso desde hacía largo tiempo.

Era el único lugar que ella jamás había considerado como un hogar. Era hija ilegítima y había sido criada por una abuela materna que estaba a punto de cumplir los sesenta años cuando ella nació. Su madre había muerto a los pocos días de nacer ella, y sólo la conocía como un rostro delgado y muy serio en la primera fila de una fotografía de alumnas de la escuela, un rostro en el que ella no podía reconocer ninguna de sus vigorosas facciones. Su abuela nunca le había hablado de su padre, y ella supuso que su madre jamás había divulgado la identidad de él. Carecía de padre incluso en su apellido, pero hacía largo tiempo que esto había dejado de preocuparla, suponiendo que lo hubiera hecho alguna vez. Aparte de las fantasías inevitables de la primera infancia, cuando imaginaba a su padre buscándola, no había experimentado ninguna necesidad apremiante de averiguar sus raíces. Dos líneas de Shakespeare, que recordaba a medias y que había encontrado al abrir casualmente el libro en la biblioteca de la escuela, se convirtieron para ella en la filosofía con la que pretendía vivir.

«Qué importa lo que ocurrió antes o después, si conmigo voy a empezar y a terminar.»

Había optado por no amueblar su piso siguiendo un estilo clásico. Le interesaba poco el pasado, ya que toda su vida había sido una pugna por librarse de él, para forjarse un futuro amoldado a sus propias necesidades de orden, seguridad y éxito. Durante un par de meses, vivió tan sólo con una mesa plegable, una silla y un colchón en el suelo, hasta que ahorró el dinero suficiente para comprarse el mobiliario moderno, austero y bien diseñado, que a ella le gustaba: el sofá y dos butacas tapizadas en cuero auténtico, la mesa de comedor y cuatro sillas de madera de olmo pulimentada, la librería a medida que cubría completamente una pared, y la brillante y bien diseñada cocina que contenía el mínimo de utensilios y vajilla necesarios, sin nada que resultara superfluo. El piso era su mundo privado, inviolable por parte de sus colegas de la policía.

Sólo admitía en él a su amante, y cuando Alan cruzó por primera vez aquella puerta, sin mostrar curiosidad ni el menor asomo de amenaza, cargado como siempre con su bolsa de plástico llena de libros, incluso su amable presencia pareció por un momento una peligrosa intrusión.

Se sirvió dos dedos de whisky, lo mezcló con agua y después abrió la cerradura de seguridad de la estrecha puerta que comunicaba la sala de estar con el balcón. El aire penetró, fresco y límpido. Cerró la puerta y se quedó, con el vaso en la mano, apoyada en la pared de ladrillo y contemplando la parte este de Londres. Un bajo banco de nubes espesas había absorbido el resplandor de las luces de la ciudad y se cernía, con su color carmesí más bien pálido, como una pincelada de color cuidadosamente trazada junto al intenso negro azulado de la noche. Había una leve brisa, la suficiente para agitar las ramas de los grandes limeros que flanqueaban Holland Park Avenue, y para hacer vibrar las antenas de televisión que brotaban, como frágiles y exóticos fetiches, de la cuadrícula de tejados que se extendía quince metros más abajo. Al sur, los árboles de Holland Park eran una masa negra recortada ante el cielo, y más allá el campanario de la iglesia de Saint John brillaba como un distante espejismo. Era uno de los placeres de aquellos momentos, contemplar cómo la torre parecía moverse, a veces tan cercana que le daba la impresión de que le bastaría con alargar una mano para tocar sus ásperas piedras, y otras veces, como esta noche, tan distante e insustancial como una visión. Mucho más allá, a su derecha, bajo los altos faroles, la avenida se extendía hacia el oeste, aceitosa como un río de materia fundida, transportando su interminable cargamento de coches, camiones y rojos autobuses. Ella sabía que en otro tiempo había sido la vieja carretera romana que salía, en dirección oeste, directamente desde Londinium, y su constante rugido llegaba hasta ella quedamente, como el rumor de un mar lejano.

Cualquiera que fuese la época del año, excepto en los peores días invernales, ésta era su costumbre nocturna. Se servía un whisky, Bell's, y salía con el vaso en la mano para entregarse a estos minutos de contemplación, como si fuese, pensaba, una prisionera enjaulada que quisiera asegurarse de que la ciudad seguía allí. Sin embargo, su pequeño piso no era una prisión, sino más bien la afirmación física de una libertad duramente conseguida y celosamente conservada. Había escapado de la finca, de su abuela, de aquel apartamento de mezquinas proporciones, sucio y ruidoso, en la séptima planta de unos edificios de la posguerra, los Ellison Fairweather Buildings, un monumento a un concejal local apasionadamente dedicado, como la mayoría de los de su clase, a la destrucción de pequeñas calles de barrio y a la construcción de monumentos de doce pisos al orgullo físico y a la teoría sociológica. Había huido de los gritos, de los graffiti, de los ascensores averiados, del hedor a orina. Recordaba la primera tarde de su escapada, el ocho de junio, hacía más de dos años. Se había colocado donde estaba ahora y había vertido su whisky como una libación, contemplando el momentáneo arco de luz líquida que caía entre los barrotes de la barandilla, y diciendo en voz alta: «Que te jodan, concejal, Fairweather de mierda. Bienvenida sea la libertad.»

Y ahora seguía verdaderamente su propio camino. Si había tenido éxito en ese nuevo trabajo, todo, o casi todo, era posible. Tal vez no fuera tan sorprendente que el jefe eligiera al menos una mujer para su brigada. Sin embargo, no era hombre que hiciera gestos rutinarios de cara al feminismo, ni a ninguna otra causa que estuviera de moda. La había elegido a ella porque necesitaba una mujer en la brigada, y porque conocía su hoja de servicios, y sabía que podía confiar en ella para realizar una buena tarea. Mientras contemplaba Londres, sintió que la confianza corría a través de sus venas, vigorosa y dulce como la primera respiración consciente de la mañana. El mundo que se extendía debajo de ella era un mundo en el que se encontraba a sus anchas, una parte de aquel denso y excitante conglomerado de poblaciones urbanas que formaban el distrito de la Policía Metropolitana. Lo imaginaba extendiéndose más allá de Notting Hill Gate, más allá de Hyde Park y la curva del río, pasadas las torres de Westminster y el Big Ben, cubriendo brevemente aquella anomalía que era la zona de la City para la Policía de Londres, y después hacia los suburbios orientales, hasta la frontera con la Policía de Essex. Conocía, casi metro a metro, el recorrido de esa frontera. Así veía ella la capital, dividida en zonas policiales, distritos, divisiones y subdivisiones. E inmediatamente debajo de ella estaba Notting Hill, aquella población vigorosa, diversa, exuberantemente cosmopolita, adonde la habían enviado a ella después de salir de la escuela de adiestramiento preliminar. Podía recordar cada ruido, cada color y cada olor tan vivamente como en aquella calurosa noche de agosto, ocho años antes, cuando aquello sucedió, el momento en que ella supo que su elección había sido acertada y que éste era su trabajo.

Había estado patrullando a pie en Notting Hill, con Terry Read, en la noche de agosto más calurosa que podía recordar. Un chiquillo, casi chillando de pura excitación, corrió hacia ellos y, tembloroso, señalaba hacia una casa cercana. Volvía a verlo todo: el grupo de asustados vecinos al pie de la escalera, los rostros brillantes a causa del sudor, las camisas manchadas y pegadas a los cuerpos febriles, y el olor a humanidad acalorada y sin lavar. Y, dominando los murmullos, una voz ronca procedente de arriba y que gritaba una protesta ininteligible. El chiquillo explicó:

—Tiene un cuchillo, señorita. George trató de quitárselo, pero él lo amenazó. ¿Verdad, George?

Y George, pálido, pequeño, semejante a una comadreja acurrucada en un rincón, contestó:

—Sí, eso es.

—Y tiene a Mabelle con él, a Mabelle y a la cría.

Una mujer murmuró:

—Dios santo, se ha llevado a la cría.

Se apartaron para dejarla pasar, a ella y a Terry. Ella preguntó:

—¿Cómo se llama él?

—Leroy.

—¿Y su apellido?

—Price. Leroy Price.

El vestíbulo estaba oscuro y la habitación, abierta, puesto que la cerradura había sido destrozada, estaba todavía más oscura. La única luz se filtraba a través de un trozo de alfombra clavado sobre la ventana. Pudo ver, en aquella semioscuridad, el manchado colchón doble en el suelo, una mesa plegable, dos sillas, una de ellas volcada. Olía a vómito, a sudor y a cerveza, pero sobre ello predominaba el intenso olor grasiento a pescado y patatas fritas. Junto a la pared se había agazapado una mujer, con una criatura en sus brazos.

Ella dijo con voz suave:

—No pasa nada, señor Price. Entrégueme ese cuchillo. Usted no quiere hacerles ningún daño. Es su hijita. No quiere hacer daño a ninguna de ellas. Yo sé lo que ocurre: hace demasiado calor y se siente usted abrumado. A todos nos ocurre lo mismo.

Lo había visto antes, tanto fuera de la ciudad como patrullando por ella, aquel momento en que la carga de frustración, desesperación y miseria resultaba de pronto demasiado pesada y la mente explotaba en una anarquía de protestas. Ciertamente, el hombre se sentía abrumado. Demasiadas facturas sin pagar y que no podrían pagarse, demasiadas preocupaciones, demasiadas exigencias, demasiada frustración y, desde luego, demasiado alcohol. Se había acercado a él sin hablar, aguantando tranquilamente su mirada, alargando la mano para que le entregase el cuchillo. No sentía ningún miedo, tan sólo el temor de que a Terry se le ocurriera entrar violentamente. No se oía el menor rumor; el grupo al pie de la escalera guardaba un silencio glacial y la calle había alcanzado uno de aquellos extraños momentos de quietud que a veces se apoderan incluso de los barrios más estruendosos de Londres. Sólo podía oír su propia y acompasada respiración, y el áspero jadeo del hombre. Después, con un violento sollozo, éste dejó caer el cuchillo y se lanzó a sus brazos. Ella le retuvo entre ellos, murmurando como hubiera hecho con un niño, y todo terminó.

Había desempeñado con creces el papel de Terry en el caso y él se lo había permitido. Sin embargo, la vieja Moll Green, jamás ausente cuando había una probabilidad de emociones y la esperanza de derramamiento de sangre, era una de las personas que esperaban, con los ojos brillantes, al pie de la escalera. El martes siguiente, Terry la detuvo por llevar encima hachís; forzoso era reconocer que la provocación de ella había sido menor, pero Terry andaba un poco retrasado en la cuota semanal de arrestos que se había impuesto a sí mismo. Moll, ya fuese motivada por un inesperado impulso de solidaridad femenina, o por una repulsa contra todos los hombres en general y Terry en particular, dio su propia versión del incidente al sargento del puesto. Poco se le dijo después a Kate al respecto, pero sí lo suficiente para que comprendiera que la verdad se sabía, y que su reserva no le había ocasionado ningún perjuicio. Y ahora se preguntó, por unos momentos, qué habría sido de aquel hombre, de Mabelle y de la niña. Por primera vez, le chocó que, una vez terminado el incidente y redactado su parte, jamás les hubiera concedido ni un solo pensamiento.

Entró de nuevo, cerró la puerta y corrió las gruesas cortinas de lino, y después telefoneó a Alan. Habían planeado ir a ver una película la noche siguiente, pero esto ya no sería posible. Era inútil trazar planes hasta que el caso hubiera concluido. Él aceptó la noticia con calma, como siempre hacía, cuando ella había de cancelar una cita. Una de las muchas cosas que a ella le agradaban en él era que nunca se enfadaba. Esta vez, Alan dijo:

—Parece ser, pues, que la cena del próximo jueves tampoco será posible.

—Es posible que para entonces hayamos terminado, pero no lo creo probable. Sin embargo, dejemos el plan abierto y, si es necesario, te llamaré para anularlo.

—De acuerdo, te deseo mucha suerte en el caso. Espero que no sea un trabajo de amor perdido.

—¿Cómo?

—Lo siento. Berowne es el nombre de un noble en la obra de Shakespeare. En realidad, es un nombre poco usual y muy interesante.

—Fue una muerte poco usual y muy interesante. Espero verte el jueves próximo, alrededor de las ocho.

—A no ser que tengas que cancelar la cita. Buenas noches, Kate.

Ella creyó detectar un rastro de ironía en su voz, pero después decidió que el cansancio le había excitado la imaginación. Era la primera vez que él le deseaba buena suerte en un caso, pero sin embargo no había hecho ninguna pregunta. Pensó que era tan puntillosamente discreto con el trabajo de ella como pudiera serlo ella misma. ¿O sería, meramente, que no le importaba? Y, antes de que él colgase, preguntó rápidamente:

—¿Y qué le ocurrió a ese noble?

—Amaba a una mujer llamada Rosaline, pero ella le dijo que fuese a cuidar a los enfermos. Por consiguiente, él fue a pasar todo un año en un hospital.

Ella pensó que no era éste un punto que pudiera ofrecer gran inspiración. Sonrió al colgar el teléfono. Era una lástima lo de la cena del próximo jueves, pero habría otras cenas, otras veladas. Él vendría cuando ella le llamase y se lo pidiera.

Siempre lo hacía.

Sospechaba que había conocido a Alan Scully en el momento oportuno. Su primera educación sexual en los pasillos subterráneos de cemento de los bloques de apartamentos y detrás de los cobertizos de bicicletas en su barrio al norte de Londres, la mezcla de excitación, peligro y disgusto, había sido una buena preparación para la vida, pero muy mala preparación para el amor. Muchos de aquellos chicos se habían mostrado menos inteligentes que ella misma. Esto no le hubiera importado, con tal que hubieran tenido mejor aspecto o un poco de ingenio. La divertía, pero también la decepcionaba un poco, comprender, cuando ella tenía dieciocho años, que pensaba en los hombres tal como tan a menudo se suponía que ellos miraban a las mujeres, una ocasional diversión de tipo sexual o social, pero demasiado poco importante para permitir que se interfiriese en los asuntos serios de la vida: pasar sus exámenes superiores, planear su carrera y alejarse para siempre de los Ellison Fairweather Buildings. Descubrió entonces que podía disfrutar del sexo al tiempo que despreciaba el origen de su placer. Sabía que ésta no era una base sincera para una relación, pero después, hacía dos años, conoció a Alan. Su apartamento en una callejuela estrecha detrás del British Museum había sido objeto de un robo y fue ella la que llegó allí con el técnico en huellas y los demás oficiales. Él le explicó que trabajaba en una biblioteca teológica de Bloomsbury y que era un coleccionista aficionado de libros de antiguos sermones victorianos —a ella le pareció una opción realmente extraordinaria— y que se habían llevado dos de los volúmenes más valiosos. Éstos jamás fueron recuperados y, a juzgar por la tranquila resignación con la que él contestó a sus preguntas, presintió que tampoco esperaba que llegaran nunca a serlo. Su apartamento, pequeño y abarrotado, un depósito de libros más bien que un hueco donde vivir, era diferente de todos los lugares que ella había visto hasta entonces, y también él era diferente de cualquier otro hombre. Tuvo que hacerle una nueva visita y esta vez pasaron casi una hora charlando y tomando café. Fue entonces cuando él le pidió, con toda sencillez, que le acompañara a ver una obra de Shakespeare en el National Theater.

Menos de un mes después de aquella velada se acostaron por primera vez juntos y él acabó con una de las convicciones más arraigadas en ella, la de que a los intelectuales no les interesaba el sexo. Además de interesado en él, se reveló como un excelente practicante del mismo. Establecieron seguidamente una cómoda relación amorosa, al parecer mutuamente satisfactoria, en la que cada componente contemplaba el trabajo del otro sin resentimiento ni envidia, como un terreno extranjero cuyo lenguaje y cuyos hábitos estuvieran tan lejos de cualquier posibilidad de comprensión, que rara vez hablaban de ello. Kate sabía que él estaba intrigado, no tanto por la carencia de ella en lo referente a fe religiosa como por el hecho de que, al parecer, ella no sintiera ninguna curiosidad intelectual acerca de sus diversas y fascinantes manifestaciones. Ella presentía, también, aunque él nunca lo dijera, que pensaba que su educación literaria había sido llevada con negligencia. Si la incitaban a ello, Kate podía citar versos modernos y airados sobre los jóvenes en paro en las ciudades del interior o el sometimiento de los negros en Sudáfrica, pero esto lo consideraba él como un pobre sustitutivo de Donne, Shakespeare, Keats o Eliot. Por su parte, ella le veía a él como un inocente, tan falto de las facultades necesarias para sobrevivir en la jungla urbana que le sorprendía que caminara con aquella aparente indiferencia a través de sus peligros. Aparte del robo, que seguía envuelto en el misterio, no parecía que le sucediera jamás nada que se saliera de lo corriente, y, en caso de que algo ocurriera, él no lo advertía. A ella le divertía pedirle que le recomendara libros y se mostraba perseverante con las obras que tímidamente él le ofrecía. Actualmente, su lectura en la cama era Elizabeth Bowen. La vida de sus heroínas, sus rentas, sus encantadoras mansiones en Saint John's Wood, sus camareras uniformadas y sus tías de aspecto formidable, y sobre todo la delicada sensibilidad de las primeras, no dejaban de sorprenderla. «No se lavan lo suficiente, y ése es su problema», le decía a Alan, pensando tanto en la autora como en sus protagonistas. Sin embargo, no dejaba de interesarle el hecho de que ella necesitara seguir leyendo aquello.

Se acercaba ya, ahora, la medianoche. Estaba a la vez demasiado excitada y demasiado fatigada para sentir apetito, pero pensó que le convenía prepararse algo ligero, tal vez una tortilla, antes de acostarse. Sin embargo, primero puso en marcha el contestador automático y, con el primer sonido de aquella voz familiar, desapareció la euforia para ser sustituida por una confusión de culpabilidad, enojo y depresión. Era la asistenta social de su abuela. Había tres mensajes, cada uno con dos horas de intervalo, con una paciencia profesional controlada que gradualmente cedía el paso a la frustración y, finalmente, a una irritación rayana en la hostilidad. Su abuela, cansada de su reclusión en su piso de la séptima planta, había ido a la estafeta de correos para cobrar su pensión y, al regresar, había encontrado forzada la ventana y descubierto que también se había intentado violentar la puerta. Era el tercer incidente de esta clase en menos de un mes. La señora Miskin se mostraba ahora demasiado aprensiva para decidirse a salir. Se suplicaba a Kate que llamara a los servicios sociales del municipio tan pronto como llegase, o, si lo hacía después de las cinco y media, que telefonease directamente a su abuela. La cosa era urgente.

Siempre lo era, pensó ella con desaliento. Y por otra parte era ya demasiado tarde para llamar. Sin embargo, no era posible esperar hasta la mañana siguiente. Su abuela no se dormiría hasta que llamara ella. Su llamada fue contestada después del primer timbrazo y sospechó que la anciana había estado sentada junto al teléfono, esperándola.

—Ah, ya veo que eres tú. Bonita hora para llamar. Casi es medianoche. La señora Mason ha estado tratando de encontrarte.

—Lo sé. ¿Te encuentras bien, abuela?

—Claro que no me encuentro bien. ¡Qué puñeta voy a encontrarme bien! ¿Cuándo piensas venir?

—Procuraré ir mañana en cualquier momento, pero tengo la impresión de que no será fácil. Me encuentro en medio de un caso.

—Será mejor que vengas a las tres. La señora Mason ha dicho que ella vendrá a esa hora. Quiere verte a ti, muy en especial. Las tres, recuérdalo.

—Abuela, es que eso no es posible.

—¿Cómo me las arreglaré para hacer la compra, pues? No pienso dejar solo este piso, ya te lo he dicho muchas veces.

—Debe de haber en el congelador lo bastante para otros cuatro días, como mínimo.

—Es que a mí no me gustan esas porquerías congeladas. También te lo he dicho otras veces.

—¿Y no puedes pedírselo a la señora Khan? Ya sabes que siempre se muestra muy amable.

—No, no puedo. Ella ahora no sale, a menos que la acompañe su marido, desde aquella vez en que los del Frente Nacional la molestaron en la calle. Además, no es justo. Tiene ya bastantes problemas en su casa. Por si no lo sabías, los críos han vuelto a estropear ese maldito ascensor.

—Abuela ¿está arreglada la ventana?

—Sí, han venido y han arreglado la ventana.

La voz de la abuela sugería que eso no era más que un detalle carente de importancia.

Añadió:

—Has de sacarme de aquí.

—Lo estoy intentando, abuela. Estás en la lista de espera para un apartamento individual de un bloque bien protegido y con vigilante. Tú ya lo sabes.

—Yo no necesito ningún vigilante, puñeta. Lo que debería estar es con los de mi propia sangre. Ven a verme mañana a las tres. Y no dejes de venir. La señora Mason quiere verte.

Y colgó el teléfono.

Kate pensó: «Dios mío, no puedo enfrentarme de nuevo con esto, no ahora, cuando estamos empezando un nuevo caso.»

Se dijo a sí misma, con una iracunda autojustificación, que no era una irresponsable, que hacía cuanto podía.

Había comprado a su abuela un refrigerador nuevo provisto de un pequeño congelador, y la visitaba cada domingo para llenarlo con provisiones sólo para la semana siguiente, aunque casi siempre topaba con una queja que ya resultaba familiar:

—Yo no puedo comer esas porquerías. Yo quiero hacer mi propia compra. Quiero salir de aquí.

Le había pagado la instalación del teléfono y había enseñado a su abuela a no temer aquel aparato. Se había puesto en contacto con las autoridades locales y había logrado que se hiciera una visita semanal a su abuela para limpiarle el piso. De buena gana lo habría hecho ella misma, si su abuela hubiera tolerado semejante interferencia. Estaba dispuesta a asumir cualquier molestia, a gastar el dinero que fuese, con tal de evitar que su abuela viviera con ella en Charles Shannon House. Pero esto, bien lo sabía, era el objetivo que la anciana, aliada con su asistenta social, perseguía inexorablemente para lograr que ella lo aceptara. Y ella no podía hacerlo. No podía prescindir de su libertad, de las visitas de Alan, de la habitación extra donde pintaba, de su intimidad y paz al finalizar la jornada, en aras del impedimento de una anciana, del ruido incesante de la televisión, del desorden, del olor a vejez y a fracaso, el olor de los Ellison Fairweather Buildings, de la infancia, del pasado. Y ahora, más que nunca, eso era imposible.

Ahora, con su primer caso en la nueva brigada, necesitaba ser libre.

Se apoderó de ella un sentimiento de envidia y de enojo contra Massingham. Aunque éste tuviera una docena de parientes difíciles y exigentes, ninguno esperaría que él se doblegara jamás. Y si ella se viera en la necesidad de sacarse unas horas de sus tareas, él sería el primero en señalar que, cuando las cosas se ponían realmente difíciles, no era posible confiar en una mujer.

8

En su dormitorio del segundo piso, Barbara Berowne yacía sobre unos cojines y contemplaba la pantalla del televisor instalado en la pared opuesta a su cama con baldaquín pero sin cortinajes. Estaba esperando la última película de la noche, pero había encendido el televisor apenas se acostó, y ahora éste le ofrecía los últimos diez minutos de un debate político. Había bajado el volumen hasta el punto de que no oía nada, pero seguía mirando fijamente aquellas bocas incansables como si leyera los movimientos de los labios. Recordaba cómo se había apretado la boca de Paul en una mueca de desaprobación cuando vio por primera vez el televisor instalado en su placa giratoria, excesivamente grande, estropeando la pared y reduciendo a un tamaño insignificante las dos acuarelas de Cotman con la catedral de Norwich, a cada lado del mismo. Sin embargo, no hizo ningún comentario, y ella se dijo para sus adentros, desafiante, que no le importaba. Pero ahora podía ver la última película sin la molesta sensación de que él se encontraba en la habitación contigua, tal vez echado y sin dormir, en una rígida desaprobación, oyendo los gritos y los disparos del film como si fueran las ruidosas manifestaciones de la guerra más sutil y no declarada que existía entre los dos. También le desagradaba su desorden, una protesta inconsciente contra la impersonalidad, la obsesiva pulcritud del resto de la casa. A la luz de la lámpara junto a su cama, contempló impávida el caos de la habitación: las ropas esparcidas allí donde las había dejado caer, el brillo de su bata de satén a los pies de la cama, la blusa gris abierta como un abanico sobre una silla, sus bragas depositadas como una pálida sombra en la alfombra, su sujetador colgado por una de sus tiras en el tocador. Echado allí casualmente, tenía el aspecto de una prenda necia e indecente, moldeada y cortada con precisión y con un aspecto quirúrgico, a pesar de todos sus encajes y refinamientos. Sin embargo, Mattie lo arreglaría todo por la mañana, recogería su ropa interior para lavarla, y colgaría chaquetas y faldas en el armario guardarropa. Y ella permanecería en la cama, con la bandeja del desayuno sobre las rodillas y contemplaría aquella actividad; después se levantaría, se bañaría, se vestiría y se enfrentaría al mundo, inmaculada como siempre.

Había sido la habitación de Anne Berowne y ella se instaló allí después de su matrimonio. Paul sugirió que cambiaran de dormitorio, pero ella no vio razón alguna para dormir en una habitación más pequeña, inferior, privada de la vista del jardín de la plaza, simplemente porque aquélla había sido la cama de Anne. Primero había sido la habitación de Anne, después la de Paul y ella, más tarde fue solamente suya, pero siempre sabiendo que él dormía al otro lado de la puerta. Y ahora era absolutamente suya. Recordó aquella tarde en que por primera vez se encontraron juntos en el dormitorio después de casarse, y la voz de él, tan formal que ella apenas la reconoció. Era como si estuviera enseñando la casa a un presunto comprador.

—Puede interesarte elegir unos cuadros; hay unos cuantos en el salón pequeño. A Anne le agradaban las acuarelas y la luz es aquí propicia para ellas, pero no es necesario que las conserves.

A ella no le importaban aquellas pinturas que le parecieron más bien unos paisajes ingleses insulsos e insignificantes, obra de unos pintores que, al parecer, Paul creía que ella debiera reconocer. Seguían sin importarle, y ni siquiera valía la pena cambiarlas, pero desde su primer acto de posesión, el dormitorio pareció adquirir una personalidad diferente: más blanda, más lujosa, más perfumada y femenina. Y, gradualmente, se llenó como si fuera una tienda de antigüedades indiscriminadamente abastecida. Había recorrido la casa y había trasladado a su habitación aquellos muebles, aquellos objetos disparatados de los que se había encaprichado, como si violara obsesivamente la casa, sin dejar espacio para aquellos espectros repudiados pero insidiosos. Un jarrón Regencia de dos asas bajo una campana de cristal y lleno de flores multicolores elaboradamente confeccionadas a base de conchas; una arquilla Tudor de madera y bronce dorado, decorada con óvalos de porcelana con pastores y pastoras; un busto de John Soane sobre un pedestal de mármol; una colección de tabaqueras del siglo XVIII, sacadas de su vitrina y que ahora estaban esparcidas sobre el tocador. Sin embargo, todavía había fantasmas, fantasmas vivientes, voces en el aire que ningún objeto, por más que fuese deseado, tenía poder para exorcizar. Reclinada en aquellas almohadas perfumadas, volvía a encontrarse en su cama de mimbre, una niña de doce años que yacía rígida y sin poder dormir, con las manos aferrando las ropas de la cama. Fragmentos de discusiones interminables oídas a medias a lo largo de semanas y meses, y después sólo comprendidas en parte, habían acudido a la vez formando un todo coherente, refinado por su imaginación y ahora inolvidable. Primero, la voz de su madre:

—Creía que tú querías la custodia de los niños. Tú eres su padre.

—¿Y dejarte a ti libre de responsabilidades, para que te diviertas en California? Oh, no, querida, tú eras la que querías tener hijos, y ahora te quedas con ellos. Supongo que Frank no regateará al encontrarse con un par de hijastros, ¿verdad? Pues bien, ya los tiene. Espero que le gusten.

—Ellos son ingleses. Su lugar está aquí.

—¿Qué le dijiste a él? ¿Que irías allí sin ningún fardo a cuestas? ¿Un poco deteriorada, querido, pero libre por fin? El lugar de ellos está junto a su madre. Incluso una perra tiene algún instinto maternal. Te los llevas o me opondré al divorcio.

—Dios mío, ¡es que son tus hijos! ¿No te importan? ¿Es que no los quieres?

—Lo habría hecho si tú me lo hubieras permitido, y si se parecieran algo menos a ti. Tal como están las cosas, me son totalmente indiferentes. Tú quieres libertad, y yo también.

—Está bien, nos los repartiremos; yo me quedaré con Barbie y tú con Dicco. El lugar de un niño es junto a su padre.

—Entonces, tendremos una dificultad. Sería mejor que consultaras al padre, es decir, si es que sabes quién fue. Te ruego que le entregues a Dicco. Yo no me interpondré en su camino. Si hubiera algo de mí en ese chico, lo habría reconocido. Es grotesco.

—¡Dios mío, Donald, eres un hijo de puta!

—Oh, no, querida, no soy yo el hijo de puta de esta familia.

Pensó: «No escucharé, no recordaré, no pensaré en ello», y apretó el pulsador de volumen, permitiendo que aquellas voces roncas percutieran en sus oídos. No oyó abrir la puerta, pero de pronto hubo un rectángulo de luz pálida y Dicco apareció allí, con su batín hasta las rodillas y con sus rizados cabellos formando un halo enmarañado. Permaneció contemplándola en silencio y después atravesó descalzo, la habitación y los muelles de la cama vibraron al instalarse él junto a ella. Dicco preguntó:

—¿No puedes dormir?

Ella apagó el televisor, sintiendo aquella sensación familiar de culpabilidad.

—Estaba pensando en Silvia y en nuestro padre.

—¿Cuál? ¡Hemos tenido tantos!

—El primero. Nuestro padre de verdad.

—¿Nuestro padre de verdad? Nuestro padre de mentira, dirás. Me pregunto si habrá muerto ya. El cáncer era demasiado bueno para él. No pienses en ellos, piensa en el dinero. Eso siempre es un consuelo. Piensa en ser libre, en ser tú misma. Piensa en lo bien que quedas siempre vestida de negro. No estarás asustada, ¿verdad?

—No, claro que no. No hay nada de qué asustarse. Dicco, vuelve a la cama.

—A su cama. ¿Lo sabías, verdad? Sabes dónde estoy durmiendo. En su cama.

—A Mattie eso no le va a gustar, ni tampoco a lady Ursula. ¿Por qué no puedes dormir en el cuarto de invitados? ¿O volver a casa de Bruno?

—Bruno no quiere verme en su apartamento. Nunca le ha gustado. No hay espacio allí. Y yo no me sentía cómodo. Supongo que deseas que me sienta cómodo. Y me estoy cansando ya de Bruno. Mi lugar está aquí. Soy tu hermano. Ésta es ahora tu casa. No te estás mostrando muy amable conmigo, Barbie. Yo creía que me querías tener cerca de ti, por si querías hablar esta noche, hacerme confidencias, confesiones. Vamos, Barbie, confiesa. ¿Quién crees que lo mató?

—¿Cómo voy a saberlo? Supongo que alguien entró allí, un ladrón, otro vagabundo, alguien que quería robar la colección de la iglesia. No quiero hablar de eso.

—¿Es eso lo que cree la policía?

—Supongo que sí. En realidad, no sé lo que creen.

—Entonces yo puedo decírtelo. Creen que era una iglesia muy poco apropiada para que la eligiera un ladrón. Es decir, ¿qué había allí que valiera la pena robar?

—Hay cosas en el altar, supongo. Candelabros, una cruz... Las había en la iglesia cuando yo me casé.

—Yo no estuve cuando te casaste, Barbie. No me invitaste, ¿recuerdas?

—Paul quería una boda muy discreta, Dicco. ¿Qué importa eso?

Y eso, pensó, fue otra cosa en la que Paul la estafó. Ella había imaginado una boda a lo grande, con ella flotando en el pasillo de Saint Margaret en Westminster, con el brillo del satén blanco, un velo como una nube, las flores, la multitud, los fotógrafos. En cambio, él había sugerido el despacho de un registro civil y, cuando ella protestó, insistió en la iglesia de su parroquia local y la más modesta de las ceremonias, casi como si aquella boda fuese algo de lo que avergonzarse, algo furtivo e indecente.

La voz de Dicco llegó hasta ella en un murmullo bajo e insinuante:

—Pero ya no los guardan en el altar, al menos por la noche. Las cruces y los candelabros los encierran en otro sitio. Las iglesias están oscuras, vacías. No hay plata ni oro, ni luces. Nada. ¿No crees que es entonces cuando su Dios baja de la cruz y camina hasta el altar, para encontrar que sólo hay una mesa de madera con un trozo de tela barata clavada a su alrededor?

Ella se estremeció bajo las sábanas.

—No digas tonterías, Dicco. Ve a acostarte.

Él se inclinó hacia adelante, y aquella cara tan parecida a la de ella, pero al mismo tiempo tan diferente, brilló a un palmo de sus ojos, hasta el punto de que ella pudo ver las gotas de sudor en su frente y oler el vino en su aliento.

—Aquella enfermera, Theresa Nolan, que se mató... ¿Era Paul el padre de su bebé?

—¡Claro que no! ¿Por qué ha de hablar todo el mundo de Theresa Nolan?

—¿Y quién habla de ella? ¿Es que la policía hizo preguntas sobre ella?

—No me acuerdo. Creo que preguntaron por qué se marchó de aquí. Algo por el estilo. No quiero pensar en ello.

La risa blanda e indulgente de él fue como una conspiración.

—Barbie, tienes que pensar. No puedes ir por la vida sin pensar en las cosas, sólo porque te resulten inconvenientes o desagradables. El crío era de él, ¿verdad? Eso es lo que hizo tu marido mientras tú andabas jugueteando por ahí con tu amante; él se tiraba a la enfermera de su madre. Y esa otra chica, Diana Travers, la que se ahogó... ¿Qué hacía en esta casa?

—Ya sabes tú lo que hacía. Ayudar a Mattie.

—Una ocupación peligrosa, sin embargo, la de trabajar para tu marido, ¿no crees? Mira, si alguien mató a Paul fue una persona muy lista y muy astuta; alguien que sabía que él se encontraba en aquella iglesia, alguien que sabía dónde podía encontrar al alcance de la mano una navaja bien afilada, alguien que tenía los bemoles necesarios para correr un riesgo enorme, alguien acostumbrado a cortar carne humana. ¿Conoces a alguien con esas características, Barbie? ¿Sí? Es una suerte, ¿verdad?, que tú y Stephen tengáis una coartada.

—¿Y tú también tienes una coartada?

—Y Mattie, claro está. Y lady Ursula. Y Halliwell. No deja de resultar sospechoso que haya tantas coartadas a toda prueba. ¿Y qué me dices de Sarah?

—No he hablado con ella.

—Pues bien, esperemos que ella no tenga también una coartada, pues en ese caso la policía empezará a olerse una especie de conspiración. Cuando me telefoneaste para decirme que se disponía a jugarte alguna pasada te dije que no pasaría nada. Pues bien, así ha sido. Te dije que no te preocuparas por el dinero. Pues bien, no tienes por qué preocuparte. Todo es tuyo.

—No será tanto.

—Vamos, Barbie, el suficiente. Para empezar, la casa, que debe de valer su buen millón de libras. Y él tenía un seguro, ¿no es así? ¿Había tal vez una cláusula sobre el suicidio? Eso sí que sería enojoso.

—El señor Farrell dijo que no la había. Yo se lo pregunté.

De nuevo resonó aquella blanda risa interna, algo entre un gruñido y un gorgorito.

—¿Conque en realidad llegaste a preguntarle por lo del seguro? Veo que no pierdes el tiempo, ¿verdad? ¿Y eso es lo que creen los abogados? ¿Que Paul se mató?

—Los abogados nunca hablan. El señor Farrell me dijo que no hablara con la policía de no estar él presente.

—La familia no quiere que sea un suicidio; prefiere que haya sido asesinado. Y tal vez lo fue. Si hubiera querido matarse él mismo, ¿por qué no utilizó la pistola? La pistola de su hermano. Nadie se corta la garganta si tiene una pistola a mano. Y no le faltaría munición, ¿verdad?

—¿Munición?

—Balas. ¿Dónde está la pistola? ¿Sigue en su caja fuerte?

—No, no sé dónde está.

—¿Qué quieres decir con eso de que no sabes dónde está? ¿La has buscado?

—Ayer, después de marcharse él. No la pistola; yo quería buscar unos papeles, su testamento. Abrí la caja fuerte y la pistola no estaba allí.

—¿Estás segura?

—Claro que estoy segura. Es una caja fuerte muy pequeña.

—Y no dijiste nada a la policía, naturalmente. No resultaría fácil explicar por qué querías echarle un vistazo al testamento de tu marido pocas horas antes de que él muriese tan convenientemente.

—No he hablado de esto con nadie. Por otra parte, ¿cómo sabías tú lo de la pistola?

—¡Dios mío, Barbie, eres extraordinaria! A tu marido le han rajado la garganta, su pistola ha desaparecido y tú no dices nada a nadie.

—Supongo que se deshizo de ella. Además, ¿qué puede importar? Al fin y al cabo, no se pegó un tiro. Dicco, ve a acostarte. Estoy cansada.

—Pero no te inquieta lo de la pistola, ¿verdad que no? Barbie, ¿por qué no te inquieta eso? Porque sabes quién la cogió, ¿no es así? Lo sabes, o lo sospechas. Quién fue, ¿lady Ursula, Halliwell, Sarah, tu amante?

—¡Claro que no lo sé! Dicco, déjame en paz. Estoy cansada. No quiero seguir hablando. Quiero dormir.

Las lágrimas se agolpaban en sus ojos. Era injusto por parte de él trastornarla de aquella manera. Se sentía ahora intensamente apesadumbrada al pensar en ella, viuda, sola, vulnerable. Y embarazada. Lady Ursula no quería que ella hablara todavía con nadie acerca del bebé, ni con la policía ni con Dicco. Sin embargo, éste habría de enterarse en algún momento u otro. Todo el mundo se enteraría. Y deberían saberlo para que pudieran ocuparse de ella, ver que ella no se sentía preocupada. Paul hubiera cuidado de ella, pero Paul ya no estaba presente. Y ella no le había hablado de su embarazo hasta el día antes por la mañana. Ayer. Pero no quería pensar en aquel ayer, no ahora, ni tampoco nunca más. Y la película iba a empezar ya. Una reposición de un film de Hitchcock, y a ella siempre le había gustado Hitchcock. No era justo por parte de Dicco entrar allí, acosarla y obligarla a recordar.

Él sonrió y le dio una palmadita en la cabeza como lo hubiera hecho con un perro, y seguidamente se marchó. Ella esperó hasta que se cerró la puerta y tuvo la certeza de que él no volvería, y entonces oprimió el pulsador del televisor. La pantalla se iluminó y empezaron a desfilar los créditos del programa anterior. Había acertado el momento justo. Se acomodó entre sus almohadas, manteniendo bajo el volumen para que él no lo oyera.

9

Massingham se había entretenido en el Yard más tiempo del estrictamente necesario y faltaba un minuto para la medianoche cuando llegó en su coche a la villa de Saint Petersburgh Place. Pero la luz de la planta baja todavía estaba encendida, lo que indicaba que su padre aún no se había acostado. Dio vuelta a la llave en la cerradura con la mayor discreción posible, y abrió la puerta con tanta precaución como si estuviera procediendo a una irrupción ilegal. Sin embargo, esto no sirvió de nada. Su padre debía de haber estado esperando el ruido del coche. Casi inmediatamente, se abrió la puerta de la pequeña sala de estar de la parte anterior de la casa y lord Dungannon apareció en ella. Las palabras «bufón en zapatillas» se iluminaron en la mente de Massingham, trayendo con ellas aquel peso ya familiar de compasión, irritación y culpabilidad.

Su padre dijo:

—Vaya, veo que ya has llegado, mi querido muchacho. Purves acaba de servir la bandeja del grog. ¿Quieres acompañarme?

Su padre nunca solía llamarle «mi querido muchacho». Eran unas palabras que sonaban a falsas, a ensayadas, a ridículas. Y, al responder, su voz dio la misma nota de embarazosa falsedad.

—No, gracias, papá. Prefiero ir a acostarme. Ha sido un día muy atareado. Estamos trabajando en el caso Berowne.

—Claro. Berowne. Ella era lady Ursula Stollard antes de casarse. Tu tía Margaret fue presentada en sociedad el mismo año. Pero debe de tener más de ochenta años. Su muerte no ha podido sorprender a nadie.

—No es lady Ursula la que ha muerto, papá. Es su hijo.

—Pero si a Hugo Berowne lo mataron en Irlanda del Norte...

—No es Hugo, es Paul.

—Paul. —Su padre pareció digerir este nombre y después dijo—: Entonces, claro está, debo escribirle unas líneas a lady Ursula. Pobre mujer. Si estás seguro de que no te apetece entrar aquí...

Su voz, que desde abril había adquirido el tono trémulo propio de un anciano, se quebró. Pero Massingham subía ya, precipitadamente, por la escalera. Al llegar al rellano, se detuvo y miró desde la baranda, esperando ver a su padre retirarse, con paso incierto, hacia la sala de estar, en busca de su soledad y su whisky. Sin embargo, el anciano seguía plantado allí, mirándolo desde abajo con lo que parecía ser una fijeza casi indecente. Bajo la luz intensa de la lámpara del vestíbulo, vio con claridad lo que los últimos cinco meses habían hecho en las duras facciones de aquel Massingham. Parecía como si la carne hubiera resbalado desde los huesos, de modo que la nariz ganchuda sobresalía de la piel como el filo de un cuchillo, mientras las mejillas colgaban formando unas flácidas bolsas que recordaban la carne de un ave desplumada. El cabello llameante de los Massingham estaba blanqueado y había adquirido ahora el color y la textura de la paja. Pensó: «Parece tan arcaico como un dibujo de Rowlandson. La edad nos convierte a todos en caricatura. No es extraño que la temamos.»

Al subir por el breve tramo de peldaños hasta su piso, se encontró sumido en la confusión de siempre. Aquello, realmente, se estaba haciendo intolerable. Había de marcharse de allí, y pronto. Pero ¿cómo? Aparte de una breve temporada alojado en la Sección, había vivido en sus habitaciones separadas de la casa de sus padres, desde que entró en la policía. Mientras su madre vivió, este arreglo le había resultado más que conveniente. Sus padres, absorbidos el uno en el otro como siempre habían estado desde que se casara su padre, ya bien cumplidos los cuarenta años, le habían dejado siempre en paz, apenas advirtiendo si entraba o salía. La puerta principal, que todos compartían, había sido un inconveniente en este sentido, pero nada más. Él había vivido confortablemente, pagando un alquiler nominal, había ahorrado dinero y se había dicho siempre que se compraría su propio piso cuando estuviera dispuesto para ello. Incluso le era posible llevar sus asuntos amorosos en privado, y al propio tiempo recurrir al menguado personal de servicio de su madre si deseaba que le preparasen una comida, que le lavaran la ropa, que le limpiaran sus habitaciones o que le subieran a ellas sus cosas.

Pero con la muerte de su madre, en el mes de abril, todo esto había cambiado. Mientras la Cámara de los Lores celebraba sus sesiones, su padre seguía las rutinas habituales, saliendo de la casa con su pase de autobús para tomar el número 12 o el 88 hasta Westminster, almorzando en la Cámara y, de vez en cuando, dormitando durante los debates de la tarde. Pero los fines de semana, y sobre todo en la temporada de vacaciones parlamentarias, se había convertido en un ser tan posesivo como pudiera serlo una mujer, acechando las idas y venidas de su hijo con un interés casi obsesivo, escuchando el rumor de su llave en la cerradura, y presentando sus peticiones, discretas pero al mismo tiempo desesperadas, de compañía. Los dos hermanos más jóvenes de Massingham todavía estudiaban y escapaban de la presencia de su padre durante los días de fiesta ya que se quedaban en casa de amigos suyos. Su única hermana estaba casada con un diplomático y vivía en Roma. Otro hermano se encontraba en la escuela militar de Sandhurst. Así pues, la carga recaía casi totalmente sobre él. Y ahora sabía que incluso el alquiler que él pagaba se había convertido finalmente en una contribución necesaria, casi tan importante para los recursos cada vez más disminuidos de su padre como el pago diario de su dieta de asistencia en la Cámara de los Lores.

Súbitamente arrepentido, pensó: «Hubiera podido dedicarle diez minutos.» Diez minutos de embarazosa falta de comunicación, de vana charla sobre su tarea, que, hasta el momento, su padre jamás había considerado merecedora de interés. Diez minutos de aburrimiento sólo aliviado en parte por el alcohol, y que crearían un precedente para otras noches de aburrimiento en el futuro.

Cerrando la puerta de su piso detrás de él, pensó en Kate Miskin, que se encontraba a menos de tres kilómetros más al oeste, relajándose en su casa, sirviéndose una copa, libre de responsabilidad, libre de sentimientos de culpabilidad, y experimentó una oleada de envidia y de rencor irracional tan intensa que casi llegó a persuadirse a sí mismo de que todo era culpa de ella.

TERCERA PARTE

AYUDANDO
EN LA INVESTIGACIÓN

1

El mensaje recibido desde Pembroke Lodge era cortés pero carente de toda ambigüedad. El señor Lampart operaría durante toda la mañana, pero con mucho gusto vería al comandante Dalgliesh cuando se lo permitiera su trabajo. Esto sería alrededor de la una o algo más tarde, según fuera la longitud de su lista. Traducido, ello quería decir que el señor Lampart era un hombre atareado, dedicado a salvar vidas y aliviar dolores, que legítimamente podía alegar que estas benignas actividades tenían preferencia sobre las sórdidas preocupaciones de un policía, por distinguido que fuese éste. Y también la hora de la cita estaba bien calculada. Dalgliesh difícilmente podía quejarse de quedarse sin su almuerzo, puesto que el señor Lampart, ocupado en cosas más importantes, prescindía obviamente de preocuparse por el suyo.

Se llevó a Kate con él y le pidió que condujera el coche. Ella se acomodó en el asiento de la derecha sin protestar y condujo como siempre lo hacía, con perfecta competencia y siguiendo estrictamente las instrucciones del manual, sin ninguno de los bruscos gestos de impaciencia o los repentinos aumentos de velocidad tan propios de Massingham. Cuando llegaron a Haverstock Hill y pasaban ya por el Round Pond, él dijo:

—Pembroke Lodge está a cosa de un kilómetro después de los Spaniards. No creo que nos pase desapercibida la entrada.

Ella redujo la marcha pero, aun así, sólo la vio en el

último momento, una entrada amplia y pintada de blanco, apartada de la carretera y amparada por unos castaños. Un ancho camino de gravilla se curvaba hacia la izquierda y después se dividía para rodear una zona de césped inmaculado frente a la casa. Vieron una baja pero elegante villa eduardina al borde del seto, evidentemente construida cuando un hombre rico podía satisfacer sus deseos de aire fresco, de una vista amplia y una conveniente proximidad con respecto a Londres, sin encontrarse acosado por las autoridades de planificación o los conservacionistas preocupados por la intrusión en terrenos públicos. Mientras el Rover avanzaba lentamente entre el crujido de la gravilla, Dalgliesh observó que los antiguos establos a la derecha de la casa habían sido convertidos en garajes, pero apenas se observaban otros cambios arquitectónicos, al menos exteriormente. Se preguntó cuántas camas podía acomodar aquella clínica. Probablemente no más de treinta, como máximo. Sin embargo, las actividades de Stephen Lampart no se limitaban a su tarea en aquella propiedad suya. Formaba parte, como había averiguado ya Dalgliesh, de la plantilla de dos de los principales hospitales de Londres, con sus respectivas escuelas de medicina, y sin duda operaba también en clínicas privadas, aparte de Pembroke Lodge. Pero éste era su domicilio personal y Dalgliesh no dudaba de que debía de ser altamente rentable.

La puerta exterior estaba abierta. Daba paso a un vestíbulo ovalado y elegante con un par de puertas ornamentadas y un letrero que invitaba a los visitantes a entrar. Se encontraron en una primera sala, cuadrada y muy luminosa. La escalera, con su balaustrada delicadamente tallada, estaba iluminada por un enorme ventanal con vidrios de color. A la izquierda había una chimenea de mármol jaspeado y, sobre ella, un cuadro al óleo, al estilo de un Gainsborough de la última época: una joven madre, de cara muy seria y rodeando con sus blancos brazos dos hijas vestidas de satén azul y encajes. A la derecha, había un escritorio de caoba pulimentada, más decorativo que útil, complementado con un jarrón de rosas y presidido por una recepcionista de bata blanca.

El olor a desinfectante era perceptible, pero quedaba apagado por el aroma más intenso de las flores. Era evidente que había llegado recientemente una remesa de éstas. Grandes manojos de rosas y gladiolos, dispuestos formalmente en cestillos con cintas y otros ejemplos más osados del ingenio de los floristas se acumulaban junto a la puerta, esperando su distribución. El aura de feminidad mimada era casi abrumadora. No era un lugar en el que un hombre pudiera sentirse a gusto, y sin embargo Dalgliesh notó que era Kate la que se sentía menos a sus anchas. Vio que dirigía una mirada de fascinado disgusto a una de las más extravagantes ofrendas de felicitación conyugal: una cuna de más de medio metro de longitud, densamente recubierta con capullos de rosas teñidas de azul, y con una almohada y una colcha de claveles blancos similarmente decapitados, y toda esa monstruosidad estaba embellecida por un enorme lazo azul. Al avanzar hacia la mesa de recepción, a través de una alfombra lo bastante gruesa como para hundir en ella los pies, un carrito lleno de botellas de colores, pintura para las uñas y todo un surtido de tarros, fue empujado a través de la sala por una elegante mujer de cierta edad, vestida con chaqueta y pantalones de un rosado pálido, que era evidentemente la cosmetóloga. Dalgliesh recordó una conversación que había oído casualmente en una cena, unos meses antes: «Pero querida, el lugar es divino. Una se siente rodeada de atenciones apenas llega. La peluquera, la masajista, un menú *Cordon Bleu*, y champaña en vez de Valium si una se siente deprimida. Hay de todo. Sin embargo, lo malo es que no sé si se exceden un poco. Una se siente absolutamente violentada cuando empieza el parto y comprende que hay ciertas humillaciones e incomodidades que ni siquiera nuestro querido Stephen puede evitar.» Dalgliesh se preguntó, de pronto y sin que viniera a cuento, si las pacientes de Lampart se morían alguna vez delante de él. Probablemente no, al menos no allí. Las que presentaran un riesgo debían de ingresar en otra parte.

Aquel lugar tenía su propia aura sutil de mal gusto, pero el mal gusto definitivo de la muerte y el fracaso debía de estar rigurosamente excluido.

La recepcionista, al igual que la decoración, había sido cuidadosamente elegida para tranquilizar, no para amenazar. Era una mujer de mediana edad y aspecto agradable sin ser bella, educadísima y con un peinado impecable. Desde luego, se les esperaba. El señor Lampart no haría esperar al comandante más de unos pocos minutos. ¿Les apetecía tomar café? ¿No? En ese caso, les rogaba que esperaran en el salón.

Dalgliesh miró su reloj. Supuso que Lampart llegaría al cabo de unos cinco minutos, un retraso perfectamente calculado, lo suficientemente largo para demostrar ausencia de toda ansiedad, pero lo suficientemente breve para no irritar a un hombre que era, después de todo, un alto funcionario del Yard.

El salón en el que se encontraban era espacioso y de techo alto, con una gran ventana central y otras dos más pequeñas, una a cada lado, que ofrecían la visión del césped y una vista más distante del seto. Parte de su formalidad eduardiana y de su cálido ambiente se centraba en la alfombra Axminster, los grandes sofás situados en ángulo recto con la chimenea, y en ésta, con sus carbones sintéticos ardiendo bajo la repisa labrada. Stephen Lampart había resistido a toda tentación de combinar el aspecto hogareño de aquella habitación con un gabinete de consulta. No había ningún diván discretamente oculto detrás de un biombo, ni tampoco un lavabo. Era una habitación en la que, por unos momentos, podían olvidarse las realidades clínicas. Tan sólo la mesa de caoba recordaba al visitante que era también una habitación destinada al trabajo.

Dalgliesh contempló los cuadros. Había un Frith sobre la chimenea y se acercó a él para estudiar más atentamente el meticuloso romanticismo con el que representaba una escena victoriana. Se trataba de una vista de una estación ferroviaria de Londres, con héroes uniformados que regresaban de alguna aventura colonial. Los coches de primera clase aparecían en primer plano. Damas lujosamente vestidas y tocadas, acompañadas por sus hijas, decorosamente ocultas las piernas por pantalones con volantes, saludaban decorosamente a los recién llegados varones de sus casas, en tanto que las bienvenidas menos comedidas que se dedicaban a la tropa ocupaban la periferia de la tela. En la pared opuesta había una serie de diseños teatrales, decorados y trajes para lo que parecían ser unas obras de Shakespeare. Dalgliesh supuso que el mundo del teatro proporcionaba a Lampart algunas de sus principales pacientes, y que aquellos dibujos eran un acto de agradecimiento por los servicios prestados. Una mesa lateral estaba cubierta de fotografías dedicadas y enmarcadas en plata. Dos de ellas, con unas rúbricas complicadas, eran de figuras menores de monarquías europeas destronadas. Las demás eran de madres impecablemente ataviadas, anhelantes, sentimentales, triunfantes o renuentes, que sostenían sus bebés entre brazos inexpertos. Había, al fondo, la inconfundible aura de nodrizas y amas. Esta falange de maternidad en una habitación que, por otra parte, era esencialmente masculina, ofrecía una nota de incongruencia. Pero al menos, pensó Dalgliesh, el hombre no había desplegado sus diplomas médicos en la pared.

Dalgliesh dejó a Kate estudiando el Frith y se dirigió hacia las ventanas. El gran castaño que se alzaba en medio del césped tenía todavía su follaje estival, pero el muro de hayas que en parte ocultaba el seto mostraba ya el primer bronce del otoño. La luz matinal se difundía a través de un cielo que al principio se había mostrado tan opaco como la leche cremosa, pero que ahora se había aclarado para convertirse en plata. No había sol, pero Dalgliesh sabía que brillaba por encima de aquella gasa de nubes y que el aire era fresco. Por el camino paseaban lentamente dos figuras, una enfermera con gorro blanco y capa, y una mujer con un casco de cabellos amarillos y un grueso abrigo de pieles que parecía demasiado pesado para aquella jornada de principios de otoño.

Exactamente seis minutos después llegó Stephen Lampart. Entró sin prisas, se excusó por la tardanza y les saludó con tranquila cortesía, como si se tratara de una visita social. Si le sorprendió encontrar a Dalgliesh acompañado por una detective, supo ocultarlo admirablemente. Sin embargo, al presentarlos Dalgliesh y mientras se estrechaban la mano, pudo observar en Lampart una mirada aguda y calculadora. Era como si saludara a una posible paciente, calculando a través de su larga experiencia, en aquel primer encuentro, si era probable que ella pudiera causarle problemas.

Vestía ropa cara, pero no formal. El traje de lana, gris oscuro y con una raya casi invisible, y la inmaculada camisa azul claro, sin duda tenían la misión de distanciarlo de la ortodoxia más intimidadora propia del médico de gran éxito. Dalgliesh pensó que hubiera podido ser un banquero, un académico o un político. Pero, cualquiera que fuese su actividad, habría brillado en ella. Su cara, sus ropas, su mirada llena de confianza en sí mismo, ostentaban la huella inconfundible del éxito.

Dalgliesh esperaba que se sentara ante la mesa, lo que le hubiera proporcionado una posición de dominio, pero, en cambio, les indicó el bajo sofá y se sentó ante ellos, en un sillón más alto y de respaldo recto. Esto le concedía una ventaja más sutil y al propio tiempo reducía la entrevista al nivel de una conversación íntima, incluso agradable, sobre un problema mutuo. Dijo:

—Desde luego, sé por qué están aquí. Es un asunto muy desagradable. Todavía me es difícil creerlo. Supongo que todos los parientes y amigos les dicen siempre lo mismo. Un asesinato tan brutal es una de esas cosas que les ocurren a los extraños, pero no a la gente a la que uno conoce.

Dalgliesh preguntó:

—¿Cómo se enteró?

—Lady Berowne me telefoneó poco después de que ustedes le dieran la noticia, y apenas me fue posible me presenté en la casa. Deseaba ofrecerles toda la ayuda posible a ella y a lady Ursula. Pero todavía no conozco los detalles. ¿Pueden ustedes decirme algo más de lo que ocurrió exactamente?

—A los dos los degollaron. Todavía no sabemos por qué ni quién lo hizo.

—He sabido eso a través de los diarios y la televisión, pero las informaciones me han parecido casi intencionadamente confusas. Tengo la impresión de que tratan ustedes el caso como un asesinato.

Dalgliesh replicó secamente:

—No hay pruebas que sugieran que fuese un pacto de suicidio.

—Y la puerta de la iglesia, la que da a esa sacristía o lo que fuese, allí donde encontraron los cadáveres, ¿puedo preguntar si la encontraron ustedes abierta, o ésta es una de esas preguntas que no pueden contestar?

—Estaba sin cerrar.

—Bien, al menos eso tranquilizará a lady Ursula.

No explicó el motivo, pero, por otra parte, tampoco necesitaba hacerlo. Tras una pausa, preguntó:

—¿Qué desea de mí, comandante?

—Me gustaría que nos hablara usted de él. Este asesinato podría ser lo que a primera vista aparenta. Dejó entrar a alguien y esa persona, un extraño, los mató a los dos. Pero si la cosa no es tan sencilla, entonces necesitamos saber todo lo que sea posible acerca de él.

Lampart dijo:

—Incluso quién sabía dónde estaba ayer por la noche, y quién le odiaba lo suficiente como para cortarle la garganta.

—Incluido todo lo que pueda usted decirnos y que resulte aunque sea remotamente relevante.

Lampart hizo una pausa como para reunir y ordenar sus pensamientos. Era del todo necesario. Los dos sabían que sus pensamientos habían sido ordenados mucho tiempo antes. Finalmente, dijo:

—No creo que pueda servirle de gran ayuda. Nada de lo que yo sepa o pueda suponer acerca de Paul Berowne tiene la menor relación con su muerte. Si me pregunta sobre sus enemigos, supongo que debía de tenerlos, enemigos políticos. Pero yo supondría que Paul tenía menos que la mayor parte de los miembros del Gobierno, y, por otra parte, no son estos enemigos personas capaces de pensar en el asesinato. La idea de que esto pudiera ser un crimen político es absurda. A no ser, desde luego... —hizo una nueva pausa y Dalgliesh esperó—, a no ser que alguien de la extrema izquierda le tuviera una animosidad personal. Sin embargo, esto parece improbable. Más que improbable, ridículo. Sarah, su hija, era muy contraria a sus ideas políticas, pero nada me permite suponer que la gente con la que ella se mezcla, ni siquiera su amiguito marxista, sean capaces de utilizar una navaja como arma.

—¿A qué gente se refiere?

—Bueno, un pequeño grupo revolucionario de la extrema izquierda. No creo que los laboristas quieran tenerlos a su lado. Yo hubiera creído que usted lo sabía ya. ¿Acaso no es misión de la Sección Especial seguirle los pasos a esa gente?

Su mirada era franca y levemente inquisitiva, pero Dalgliesh captó la nota de desprecio y disgusto que había en aquella voz cuidadosa, y se preguntó si Kate la había oído también. Preguntó:

—¿Quién es el amigo?

—Verdaderamente, comandante, no es que lo esté acusando. Yo no acuso a nadie. —Dalgliesh no habló. Se preguntó qué período de silencio Lampart juzgaría convincente antes de facilitar la información. Tras una pausa, dijo—: Es Ivor Garrod. El abanderado de todas las causas de moda. Yo sólo lo he visto una vez. Sarah lo llevó a cenar a Campden Hill Square, hará unos cinco meses, principalmente, creo yo, para enojar a su padre. Fue una cena que prefiero olvidar. A juzgar por lo que habló allí, la violencia que él propugna alcanza una escala mucho más grandiosa que simplemente cortarle el cuello a un ex ministro conservador.

Dalgliesh preguntó con calma:

—¿Cuándo vio usted por última vez a sir Paul Berowne?

El cambio en el interrogatorio casi desconcertó a Lampart, pero éste respondió con perfecto aplomo:

—Hace unas seis semanas. No éramos tan amigos como lo habíamos sido antes. En realidad, yo me proponía telefonearle hoy y preguntarle si podía cenar conmigo esta noche o mañana, a no ser, desde luego, que su conversión religiosa hubiera anulado su afición a la buena comida y a los vinos de marca.

—¿Por qué quería usted verlo?

—Quería preguntarle qué pensaba hacer con respecto a su esposa. Usted ya sabe, desde luego, que recientemente había abandonado su escaño así como su cargo ministerial, y es probable que usted sepa mejor que yo sus razones. Al parecer, se proponía situarse al margen de la vida pública. Yo quería saber si esto incluía situarse también al margen de su matrimonio. Estaba la cuestión de la provisión financiera para lady Berowne, para Barbara. Ella es prima mía. La conozco desde la infancia. Me intereso por ella.

—¿Hasta dónde llega este interés?

Lampart miró a un lado por encima de su hombro, para observar a la mujer rubia y su enfermera, que todavía seguían dando pacientemente su paseo circular sobre el césped. Por un momento pareció como si transfiriese todo su interés a ellas, pero después se rehízo, de modo tal vez demasiado obvio, y se volvió de nuevo hacia Dalgliesh.

—Lo siento. ¿Hasta dónde llega mi interés? No quiero casarme con ella, si esto es lo que usted infiere, pero me preocupo por ella. Durante los últimos tres años, he sido su amante además de su primo. Supongo que a eso se le puede considerar un interés considerable.

—¿Sabía su marido que usted y ella eran amantes?

—No tengo la menor idea. Generalmente, los maridos se enteran de estas cosas. Paul y yo no nos veíamos tanto como para crear con ello una situación embarazosa. Somos los dos hombres ocupados, y ahora con muy poco en común. Excepto Barbara, desde luego. Por otra parte, difícilmente podía él hacer objeciones, en el sentido moral. Él tenía una querida, como sin duda ustedes han descubierto ya. ¿O acaso no han hurgado todavía en esa parte escabrosa?

Dalgliesh repuso:

—Me interesa saber cómo hurgó usted en ella.

—Barbara me lo contó. Ella lo suponía, o, mejor dicho, lo sabía. Hace unos dieciocho meses utilizó los servicios de un detective privado y le hizo seguir. Para ser más preciso, ella me habló de sus sospechas y yo busqué un hombre adecuadamente discreto para que le prestara ese servicio. No creo que eso la molestara particularmente, esa infidelidad. Se trataba tan sólo de que deseaba saberlo. No creo que viera en esa mujer una seria rival. En realidad, sospecho que más bien la complacía. La divertía y le daba algo con lo que enfrentarse a Paul si resultaba necesario. Y, desde luego, la libraba de la desagradable necesidad de dormir con él, al menos sobre una base inconvenientemente regular. No obstante, ella no cerraba su puerta. A Barbara le agradaba comprobar de vez en cuando que él todavía se sentía adecuadamente subyugado.

Era, pensó Dalgliesh, mostrarse notablemente franco, innecesariamente incluso. Se preguntó si aquella disposición aparentemente ingenua a confiar sus más íntimas emociones, así como las de otras personas, procedía de un exceso de confianza en sí mismo, de su arrogancia y vanidad, o si había en ello algún motivo más siniestro. Lampart no sería el primer asesino en suponer que si se le cuentan a la policía detalles que ésta no tiene un derecho particular a preguntar, la policía se muestra menos inclinada a sospechar otros secretos más peligrosos. Preguntó:

—¿Y él se mostraba adecuadamente subyugado?

—Supongo que sí. Es una lástima que no esté aquí para preguntárselo.

Con un movimiento rápido y sorprendentemente desmañado, se levantó y se dirigió hacia la ventana, como si el cuerpo le pidiera movimiento. Dalgliesh se volvió en su sillón y le observó. De pronto, el otro se dirigió a la mesa, descolgó el teléfono y marcó un número. Dijo:

—Hermana, creo que la señora Steiner ha hecho ya suficiente ejercicio al aire libre. Esta mañana hace demasiado fresco para pasear lentamente. Dígale que yo volveré a verla —consultó su reloj— dentro de unos quince minutos. Muchas gracias. —Colgó el teléfono, volvió a su sillón y dijo casi ásperamente—: Vayamos al grano. Supongo que lo que desea de mí es una especie de declaración. Dónde estaba yo, qué estaba haciendo, con quién estaba cuando Paul murió... Si fue un asesinato, no soy tan ingenuo como para engañarme pensando que no puedo ser sospechoso.

—No se trata de sospechas. Hemos de hacer esas preguntas a todos los que tuvieran una estrecha relación con sir Paul.

Se echó a reír, con una súbita explosión sonora, agria y despectiva.

—¡Estrechamente relacionados! Vamos a suponerlo así. ¡Y todo esto es simple rutina! ¿No es eso lo que suelen ustedes decir a sus víctimas? —Dalgliesh no contestó y el silencio pareció irritar a Lampart, que preguntó—: ¿Y dónde debo hacer esa declaración? ¿Aquí, o en el puesto local de policía? ¿O acaso operan ustedes desde el Yard?

—Podría hacerla allí, en mi despacho, si ello le resulta conveniente. Tal vez podría venir esta tarde. Pero también se le puede tomar la declaración en el puesto local si con ello se ahorra tiempo. No obstante, sería útil conocer ahora la sustancia de la misma.

Lampart repuso:

—Supongo que habrá observado que no he pedido que estuviera presente mi abogado. ¿No cree que esto muestra una confianza conmovedora en la policía?

—Si quiere que su abogado esté presente, desde luego está usted en su perfecto derecho.

—No quiero que venga. No lo necesito. Espero no decepcionarle, pero creo tener una coartada. Es decir, si es que Berowne murió entre las siete de la tarde y la medianoche. —Dalgliesh seguía guardando silencio y Lampart prosiguió—: Estuve con Barbara durante todo ese tiempo, como sin duda ya saben ustedes. Deben de haber hablado ya con ella. Antes, desde las dos hasta las cinco de la tarde, estuve aquí, operando. La lista está a su disposición y la instrumentista y el anestesista pueden corroborarlo. Ya sé que iba enguantado, enmascarado y con un gorro en la cabeza, pero puedo asegurarle que mi personal reconoce mi trabajo aunque no me vea la cara. Pero, desde luego, me la vieron también, antes de ponerme la máscara. Hago mención de esto por si se les ocurriera alguna idea fantasiosa sobre la posibilidad de que hubiera persuadido a alguno de mis colegas para hacerse pasar por mí.

Dalgliesh dijo:

—Eso puede ocurrir en las novelas, pero difícilmente en la vida real.

—Y después, Barbara y yo tomamos el té en esta habitación y seguidamente pasamos algún tiempo en mi apartamento privado, arriba. Después, yo me cambié y salimos juntos de aquí, alrededor de las siete cuarenta. El portero de noche nos vio salir y probablemente podrá confirmar la hora. Fuimos al Black Swan, en Cookham, donde cenamos juntos. No es que yo observara con rigor la hora, pero supongo que llegamos allí alrededor de las ocho y media. Conduzco un Porsche de color rojo, por si eso importa. La mesa estaba reservada para las nueve menos cuarto. Jean Paul Higgins es el administrador y él podrá confirmarlo. Sin duda, confirmará también que eran ya más de las once cuando nos marchamos. Sin embargo, agradecería que se empleara en ello un poco de tacto. No soy extremadamente sensible en cuanto a la reputación, pero no puedo permitirme el lujo de que la mitad del Londres elegante se dedique a chismorrear sobre mi vida privada. Y si bien algunas de mis pacientes tienen sus pequeños caprichos, como el de parir bajo el agua o ponerse en cuclillas sobre la alfombra del salón, no creo que a ninguna le agradase que la ayudara a dar a luz un sospechoso de asesinato.

—Seremos discretos. ¿Cuándo llegó aquí lady Berowne? ¿O fue usted a buscarla antes, a Campden Hill Square?

—No. No he entrado en el número sesenta y dos desde hace semanas. Barbara vino en taxi. No le gusta conducir en Londres. Llegó hacia las cuatro, supongo. Estuvo en el quirófano, viéndome operar, desde las cuatro y cuarto, aproximadamente, hasta que terminé. ¿No le había mencionado este detalle?

—¿Estuvo con usted todo el tiempo?

—Casi todo. Creo que salió unos pocos minutos después de ver la tercera cesárea.

—¿Y ella llevaba también bata y máscara?

—Desde luego. Pero ¿qué importancia puede tener esto? Seguramente, él no murió antes de las siete.

—¿Lo hace muy a menudo? Me refiero a verle operar.

—No tiene nada de raro. Es un capricho suyo... —Hizo una pausa y añadió—: De vez en cuando.

Los dos guardaron silencio. Había ciertas cosas, pensó Dalgliesh, que incluso Stephen Lampart, con su actitud de irónico desprendimiento y su desprecio por la reticencia, no llegaba a atreverse a decir. De modo que ella se excitaba así. Eso era lo que la excitaba: ver, enfundada en una bata y con una máscara en el rostro, cómo sus manos cortaban el cuerpo de otra mujer. La carga erótica del sacerdocio médico. Las enfermeras ayudantes moviéndose, como en una ceremonia bien ensayada, alrededor de él. Los ojos grises encontrando los ojos azules por encima de la máscara. Y después observar, mientras él se quitaba los guantes, extendía los brazos en una parodia de bendición al tiempo que un acólito le quitaba la bata. La mezcla embriagadora de poderío, misterio y crueldad. Los rituales del cuchillo y la sangre. Se preguntó dónde habrían hecho después el amor... ¿en el dormitorio de él, en una salita privada? Era sorprendente que no se acoplaran sobre la mesa de operaciones. O tal vez lo hicieran.

Sonó el teléfono sobre la mesa. Murmurando unas palabras de excusa, Lampart descolgó el auricular. La conversación, sostenida aparentemente con un colega, fue de tono eminentemente clínico y unilateral, ya que Lampart se dedicó casi todo el rato a escuchar. Sin embargo, no hizo ningún intento para acortarla. Dalgliesh contemplaba el jardín mientras su mente hacía un juicio preliminar. Si ellos habían salido de Pembroke Lodge a las siete cuarenta, el coche tuvo que llevar una buena velocidad para llegar al Black Swan a las ocho y media. ¿Tiempo para cometer un asesinato en el camino? Era factible, siempre y cuando él pudiera encontrar una excusa para dejarla a ella en el coche. Ningún hombre en su sano juicio la hubiera llevado consigo a la iglesia para tan sangrienta misión, incluso en el caso de que ella supiera o sospechara lo que se llevaba entre manos. Por consiguiente, tuvo que haber una excusa. Alguien a quien él tuviera que hacer una breve visita. Algún asunto que solucionar. El coche tuvo que quedar aparcado cerca de la iglesia. En sí, esto hubiera sido arriesgado. Un Porsche rojo es un automóvil llamativo. ¿Y después qué? La llamada a la puerta de la iglesia. Berowne dejándole entrar. La excusa ya preparada para justificar la visita. ¿Cuánto tiempo requerían tales preliminares? Menos de un minuto, tal vez. El golpe repentino para atontar a Berowne. Después, entrar en aquel lavadero en busca de la navaja que sabía con seguridad que encontraría allí, quitarse rápidamente la chaqueta y la camisa y volver a la sacristía, navaja en mano. Los cuidadosos cortes preliminares, seguidos por el golpe final hasta el hueso. Cuando estudiaba, debió de cursar alguna asignatura de medicina forense, suponiendo que después no hubiera continuado. Él podía saber mejor que cualquier otro sospechoso cómo simular un suicidio.

Y después, el desastre. Aparece Harry, tambaleándose, probablemente medio borracho, medio dormido, pero no tan dormido como para no poder ver ni recordar. Y entonces, ya no quedó tiempo para sutilezas, ni tampoco se requería ninguna. Y a continuación, el rápido lavado en el fregadero, la navaja depositada cerca de la mano de Berowne, la rápida mirada a derecha e izquierda, la oscuridad protectora, la puerta dejada sin cerrar puesto que él no podía llevarse la llave, el regreso sin apresuramientos al coche. Tendría que depender del silencio de ella, desde luego. Necesitaría estar seguro de que ella se aferraría a su historia y diría que habían ido directamente al Black Swan. Sin embargo, se trataba de una mentira fácil, sin complicadas elaboraciones, detalles difíciles u horarios que recordar con exactitud. Ella diría lo que de hecho había dicho ya. «Fuimos directamente allí. No, no recuerdo la ruta. No me fijé. Pero no nos detuvimos.» Él tendría que inventar un buen motivo para pedirle a ella que mintiera. «Necesitaba ver a uno de mis pacientes, una mujer.» Pero ¿por qué no decirle eso a la policía? Nada tiene de malo una rápida visita profesional. La necesidad de pararse podía ser también levemente indecorosa. O eso o algo que hubiera recordado repentinamente. Una llamada telefónica que hubiera quedado sin respuesta. Demasiado rápido. Necesitaba más tiempo. ¿Y por qué no esperar y efectuarla desde el Black Swan? Pero, desde luego, siempre estaba la explicación obvia. Diría que había ido a la iglesia, hablado con Berowne y dejado a éste con vida y perfectamente bien. De este modo, ella apoyaría su coartada por propio interés, aparte del interés que significara para él. Y si, al final, ella no lo hacía, él seguiría teniendo su argumento. «Fui allí para hablar con Berowne acerca de su esposa. Sólo me quedé unos diez minutos, como máximo. La conversación fue perfectamente amistosa. Sólo vi allí a Berowne, y cuando lo dejé estaba vivo y perfectamente.»

Lampart colgó el teléfono y dijo:

—Les ruego que me excusen. ¿Dónde estábamos, comandante? ¿En el Black Swan?

Pero Dalgliesh cambió la orientación del interrogatorio y dijo:

—Usted había conocido íntimamente a sir Paul Berowne, aunque últimamente no tuvieran mucho trato. Dos hombres que comparten una mujer nunca dejan de interesarse el uno por el otro. —Hubiera podido añadir que a veces se obsesionan pensando el uno en el otro, pero continuó—: Es usted médico y me pregunto qué opina de la experiencia que tuvo él en la sacristía de Saint Matthew.

El halago no tenía nada de sutil y Lampart era demasiado listo para que le pasara desapercibido. Sin embargo, no sería capaz de resistirlo. Estaba acostumbrado a que se le preguntara su opinión, a que se le escuchara con deferencia. Era algo que formaba parte de su misma existencia. Contestó:

—Yo soy ginecólogo y no psiquiatra. Sin embargo, pensaría que la psicología de este hecho era particularmente complicada. Es una historia usual. Son únicamente las manifestaciones las que resultan un poco extrañas. Llamémoslo crisis al llegar la vida a su mitad. A mí no me gusta la expresión «menopausia masculina», que por otra parte es inexacta. Las dos cosas son fundamentalmente diferentes. Creo que examinó su vida, lo que había logrado, lo que podía esperar de ella, y consideró que no valía gran cosa. Había intentado la práctica legal y la política, y ninguna de las dos cosas le satisfacía. Tenía una esposa a la que deseaba pero a la que no amaba. Una hija que no le quería a él. Un trabajo que le vedaba toda esperanza que pudiera tener de prorrumpir en una protesta espectacular o exuberante. De acuerdo, se buscó una amante. Éste es el expediente fácil. Yo no he visto a esa señora pero, por lo que Barbara me contó, se trata más bien de una cuestión de comodidad y de tomar una taza de cacao, de unos discretos chismorreos de oficina más que de romper la camisa de fuerza en la que se encontraba atrapado. Por consiguiente, necesitaba una excusa para mandarlo todo a paseo. ¿Cuál podía ser mejor que la de proclamar que el propio Dios le había indicado que seguía un camino equivocado? No creo que fuese el que eligiera yo, pero siempre se puede alegar que es preferible a un derrumbamiento nervioso, al alcoholismo o al cáncer.

Al observar que Dalgliesh no decía nada, siguió hablando con rapidez, con una especie de sinceridad nerviosa que resultaba casi convincente.

—Lo he visto una y otra vez. Los maridos. Se sientan donde está sentado ahora usted. En apariencia, vienen para hablarme sobre sus esposas, pero son ellos los que tienen el problema. No pueden triunfar. Es la tiranía del éxito.

Pasan la mayor parte de su juventud trabajando para prepararse, la mayor parte de su joven virilidad la aplican a labrarse el éxito: la esposa adecuada, la casa adecuada, las escuelas adecuadas para los niños, los clubs adecuados. ¿Para qué? Para conseguir más dinero, más comodidades, una casa más grande, un coche más rápido y más impuestos. Y ni siquiera consiguen unas emociones aceptables con ello. Y les quedan otros veinte años para seguir funcionando. Y las cosas no son mucho mejores para aquellos que no se sienten desilusionados, para los que encuentran su lugar en la sociedad, los que verdaderamente disfrutan con lo que hacen. El temor de éstos es la perspectiva de la jubilación. De la noche a la mañana, uno descubre que no es nadie. Un muerto que anda. Usted ya ha visto a esos ancianos espantosos que buscan un lugar en un comité, que tratan de pescar una comisión real, un empleo, cualquier clase de empleo, mientras les ofrezca la ilusión de que todavía son importantes.

Dalgliesh contestó:

—Sí, los he visto.

—Dios mío, es que prácticamente se arrodillan y suplican para conseguirlo.

—Creo que esto es cierto, pero no aplicable a él. Él era todavía un ministro joven. El éxito le estaba esperando. Él se encontraba aún en la etapa de la lucha.

—Sí, ya lo sé. El segundo candidato a primer ministro conservador. ¿Y usted cree que era una verdadera posibilidad? Yo no. No llevaba fuego en la sangre, al menos para la política. Ni siquiera un pequeño rescoldo que lo animara.

Hablaba con una especie de amargura triunfal, y añadió:

—Yo estoy muy bien. Soy uno de los afortunados. No soy un rehén de la suerte. Mi trabajo me da todo lo que necesito. Y cuando esté a punto de ir a la chatarra, tengo el *Mayflower*, un yate de cincuenta pies. Está amarrado en

Chichester y ahora no puedo dedicarle mucho tiempo. Pero apenas me retire lo equiparé y zarparé. ¿Y usted, comandante? ¿Ningún *Mayflower*?

—Ningún *Mayflower*.

—¡Pero usted tiene su poesía, claro! Lo había olvidado. Pronunció la palabra como si fuera un insulto. Como si dijera: «Tiene usted sus trabajitos en madera, su colección de sellos, sus bordados.» Peor todavía, pues hablaba como si supiera que durante cuatro años no había escrito ningún poema, y que era posible que nunca más volviera a hacerlo. Dalgliesh dijo:

—Para ser alguien que no era íntimo suyo, sabe mucho acerca de él.

—Me interesaba. Y, en Oxford, su hermano mayor y yo éramos amigos. Yo cenaba a menudo en Campden Hill Square cuando él vivía y los tres habíamos ido a navegar juntos varias veces. Hasta Cherburgo para ser exactos, en 1978. Uno llega a conocer a un hombre cuando los dos han sobrevivido juntos a una galerna de fuerza diez. En realidad, Paul me salvó la vida. Yo me caí por la borda y él pudo pescarme.

—¿Pero no es la suya una evaluación bastante superficial, una explicación obvia?

—Es sorprendente cuán a menudo la explicación obvia es la correcta. Si tuviese usted que diagnosticar, lo sabría.

Dalgliesh se volvió hacia Kate:

—¿Desea preguntar algo, inspectora?

Lampart no tuvo tiempo para impedir la momentánea expresión de sorpresa y desconcierto producida al ver que una mujer, a la que consideraba como poco más que una esclava de Dalgliesh, cuya misión consistía solamente en tomar con discreción notas y permanecer sentada como dócil y silencioso testigo, al parecer disfrutaba de permiso para interrogarle. Dirigió hacia ella una mirada penetrante y risueña, pero sus ojos se mostraban alerta.

Kate preguntó:

—Con respecto a esa cena en el Black Swan, ¿es ese lugar uno de sus predilectos? ¿Usted y lady Berowne van allí a menudo?

—Bastante a menudo en verano. Menos, en invierno. El ambiente es agradable. Está a una distancia conveniente de Londres y ahora, después de cambiar Higgins su *chef*, la comida es buena. Si me pide usted una recomendación para una cena tranquila, sí, puedo recomendarlo.

El sarcasmo era visible y su enojo había resultado demasiado evidente. La pregunta, aunque inofensiva y aparentemente irrelevante, le había molestado. Kate prosiguió:

—¿Y estuvieron allí, los dos, la noche del siete de agosto, cuando Diana Travers se ahogó?

Él contestó secamente:

—Es obvio que usted ya sabe que estuvimos allí, por lo que no veo la necesidad de esta pregunta. Era la fiesta del cumpleaños de lady Berowne. Cumplía veintisiete años. Nació el siete de agosto.

—¿Y la acompañó usted, no su marido?

—Sir Paul Berowne tenía otros compromisos. Yo ofrecí la fiesta a lady Berowne. Se suponía que él se reuniría más tarde con nosotros, pero telefoneó para decir que no le era posible. Puesto que sabe usted que estábamos allí, es obvio que sabrá también que nos marchamos antes de que ocurriera la tragedia.

—¿Y aquella otra tragedia, señor, la de Theresa Nolan? Desde luego, tampoco estaba usted presente cuando ocurrió, ¿no es así?

«Cuidado, Kate», pensó Dalgliesh, pero no intervino.

—Si me pregunta si estuve sentado al lado de ella en Holland Park cuando ingirió toda una botella de tabletas de Distalgesic y se ayudó con unos tragos de jerez de cocinar, no, no estuve presente. De haber estado allí, lógicamente hubiera impedido que lo hiciera.

—Ella dejó una nota en la que explicaba claramente que se había matado debido al sentimiento de culpabilidad que le producía su aborto. Un aborto perfectamente legal. Ella era una de sus enfermeras en esta clínica. Me pregunto por qué no se sometió a esa operación en Pembroke Lodge.

—No lo pidió. Y si lo hubiera hecho, yo no la habría operado. Prefiero no operar a las personas de mi plantilla. Si parece haber razones médicas para poner fin a un embarazo, las envío a un colega ginecólogo. Así lo hice con ella. En realidad, no acierto a ver cómo su muerte o la de Diana Travers puedan tener algo que ver con el asunto que les ha traído aquí esta mañana. ¿Es necesario perder tiempo con preguntas irrelevantes?

Dalgliesh repuso:

—No son irrelevantes. Sir Paul recibió cartas que sugerían de un modo retorcido, pero inconfundible, que de alguna manera estaba relacionado con esas dos muertes. Todo lo que le ocurriese durante las últimas semanas de su vida ha de ser relevante. Probablemente, esas cartas eran el tipo usual de necedad maliciosa a la que los políticos están expuestos, pero es conveniente eliminar toda clase de posibilidades.

Lampart pasó su mirada de Kate a Dalgliesh.

—Comprendo. Siento haberme mostrado tan poco cooperador, pero no sé absolutamente nada sobre esa Travers, excepto que trabajaba en Campden Hill Square como asistenta por horas y que se encontraba en el Black Swan la noche de la fiesta de cumpleaños. Theresa Nolan vino aquí desde Campden Hill Square, donde había estado atendiendo a lady Ursula, incapacitada entonces por la ciática. Tengo entendido que la contrataron a través de una agencia de enfermeras. Cuando lady Ursula ya no necesitó una enfermera de noche, sugirió a la joven que ofreciera sus servicios aquí. Tenía el título de comadrona y resultaba perfectamente satisfactoria. Debió de quedar embarazada mientras trabajaba en Campden Hill Square, pero yo no le pregunté quién fue el responsable y no creo que ella lo dijera nunca.

Dalgliesh preguntó:

—¿No se le ocurrió que el hijo pudiera ser de sir Paul Berowne?

—Sí. Se me ocurrió. Imagino que se le ocurrió a bastantes personas.

No dijo nada más y Dalgliesh no lo presionó en este punto. Pasó a preguntar:

—¿Qué ocurrió cuando descubrió su embarazo?

—Acudió a mí y me dijo que no podía permitirse tener el hijo y quería una interrupción de embarazo. La envié a un psiquiatra y dejé que éste tomara las medidas necesarias.

—¿Creyó usted que el estado de la joven en aquellos momentos, me refiero a su estado mental, permitía que solicitara legalmente un aborto?

—Yo no la examiné. No discutí ese punto con ella. Y tampoco era una decisión médica que yo pudiera tomar. Como he dicho, la envié a un colega psiquiatra. Le dije a la joven que podía ausentarse, sin dejar de percibir su paga, hasta que tomara una decisión. No volvió aquí hasta una semana después de la operación. En cuanto a lo demás, ustedes ya lo saben.

De pronto se levantó y empezó a pasear de un lado a otro, hasta que se volvió hacia Dalgliesh:

—He estado reflexionando sobre este asunto de Paul Berowne. El hombre es un animal y vive más a sus anchas consigo mismo y con el mundo cuando recuerda que lo es. Desde luego, es el más inteligente y el más peligroso de todos los animales, pero no por ello deja de serlo. Los filósofos, y también los poetas, que yo sepa, han complicado demasiado este punto. En realidad, no es tan complicado. Nuestras necesidades básicas son muy claras: comida, techo, afecto, sexo y prestigio, por este orden. Eso es lo que buscan las personas más felices, y se consideran satisfechas al conseguirlas. Berowne no. Sólo Dios sabe cuáles eran las cosas intangibles e inalcanzables a las que creía tener derecho. La vida eterna, probablemente.

Dalgliesh dijo:

—Por lo tanto, ¿usted cree en la probabilidad de que se matara él mismo?

—No tengo las pruebas suficientes. Pero le diré que si ustedes deciden finalmente que fue suicidio, para mí no será ninguna sorpresa.

—¿Y el vagabundo? Hubo dos muertos.

—Eso ya es más difícil. ¿Mató él a Paul, o fue Paul el que lo mató a él? Evidentemente, la familia no deseará admitir esta última posibilidad. Lady Ursula jamás aceptará esa explicación, cualquiera que sea el veredicto final.

—Pero usted...

—Oh, yo creo que si un hombre tiene en su interior suficiente violencia para cortarse su propia garganta, desde luego también es capaz de cortar la de otro. Y ahora, debo rogarles que me excusen —Miró a Kate—. Me está esperando una paciente. Llegaré al Yard entre las ocho y las nueve y media y firmaré mi declaración. —Añadió, levantándose—: Tal vez para entonces se me haya ocurrido algo más que pueda servirles de ayuda. Pero no confíen demasiado en ello.

Hizo que estas últimas palabras sonaran como una amenaza.

2

Había una corriente ininterrumpida de tráfico ante la verja de la entrada, y Kate tuvo que esperar más de un minuto antes de encontrar un hueco en el que meterse. Incluso pensó en cómo debía de arreglárselas Lampart para salir. Tenía toda la entrevista en su libreta de notas, escrita con su clara aunque poco ortodoxa taquigrafía, pero poseía el don de una memoria verbal casi perfecta y hubiera podido mecanografiar la mayor parte de la conversación sin necesidad de consultar sus jeroglíficos. Dejó que su mente recorriera cada pregunta y cada respuesta, pero aún así no podía ver dónde su jefe se había mostrado tan astuto.

Había dicho muy poca cosa, formulando unas preguntas breves y a veces aparentemente desconectadas de la línea de investigación. Pero Lampart, y después de todo ésta era la intención del jefe, se había sentido invitado a decir muchas cosas, incluso demasiadas. Y toda aquella charla sobre la crisis del hombre de mediana edad era psicología popular como la que cualquiera podía recibir por correo si escribía a un consultorio público preguntando qué le ocurría al marido o al padre. Desde luego, tal vez tuviera razón, pero, al fin y al cabo, médicamente hablando, las variedades de la menopausia masculina no eran la especialidad de Stephen Lampart. Le habían pedido su opinión y él la había dado, pero cabía esperar en un hombre tan satisfecho de su voz como lo estaba él que se mostrara algo más comunicativo en su explicación sobre los problemas psicológicos del embarazo y el aborto. Sin embargo, cuando se trató de Theresa Nolan, ¿qué obtuvieron? Nada en claro, un silencio absoluto sobre los indicios evidentes. Ni siquiera había querido pensar en ella, mucho menos hablar de ella. Y no era simplemente por el hecho de que estas preguntas las hubiera hecho Kate, y las hubiera formulado con una corrección extrema pero carente de toda deferencia, que ella sabía resultaría más ofensiva para la vanidad de él que la rudeza o un abierto antagonismo. Ella esperaba que, con suerte, esto le obligara a él a cometer alguna indiscreción, pero no podía funcionar si no había nada que esconder. Oyó entonces la voz de su jefe:

—Ese detalle emocionante acerca de sir Paul salvándole la vida... ¿Usted lo cree?

—No, señor. Al menos, no como lo ha contado él. Creo que probablemente ocurrió algo por el estilo: él se cayó por la borda y su amigo lo izó. No lo hubiera mencionado si no hubiese algún tipo de corroboración, pero creo que lo que en realidad decía era: «Miren, puedo haberme acostado con su mujer, pero nunca hubiera sido capaz de matarlo. Él me salvó la vida.» —Y añadió—: No ha sido muy sutil su manera de hablar de Garrod.

Le dirigió una rápida mirada. Él sonreía con una expresión de disgusto, como hacía a veces cuando uno de sus colegas empleaba un americanismo. Sin embargo, dejó pasar esta observación con un simple comentario:

—En él nada ha sido sutil.

De pronto, ella notó una sensación de optimismo, intensa, embriagadora y peligrosamente cercana a la euforia, que siempre surgía cuando un caso se desarrollaba bien, pero ella había aprendido ya a desconfiar de esta sensación y a sofocarla. «Si esto va bien, si le echamos la mano encima, sea quien fuere el culpable, y lo conseguimos, entonces estoy en mi camino. Realmente, estoy en mi camino.» Pero esta ilusión era más profunda que la mera ambición o la satisfacción de haber pasado airosamente un examen, de haber rematado debidamente una tarea. Había disfrutado con ella. Cada minuto de su breve confrontación con aquel engreído comediante le había resultado profundamente placentero. Pensó en sus primeros meses en el CID, en aquellas arduas y concienzudas investigaciones puerta a puerta que habían constituido su labor entonces, en las patéticas víctimas y los todavía más patéticos villanos. Resultaba infinitamente más satisfactoria esta cacería sofisticada, sabiendo que se enfrentaba a un asesino con inteligencia para pensar y planear, un asesino que no era una víctima ignorante e impotente de las circunstancias o de la pasión. Había aprendido a dominar su rostro mucho antes de entrar en la policía. Conducía ahora con cuidado, reflejando la calma en su rostro y observando la carretera que se abría ante ella. Sin embargo, una parte de lo que estaba sintiendo debió de comunicarse a su acompañante, que le preguntó:

—¿Ha disfrutado usted, inspectora?

La pregunta y el raro uso de su grado la sorprendieron, pero decidió contestar sinceramente, sabiendo que no tenía otra opción. Había aprendido bien esta parte de su oficio. Conocía la reputación de él, y cuando los colegas hablaban del jefe, ella siempre se había esforzado en escuchar. Decían: «Es un hijo de mala madre, pero es justo.» Sabía también que existían ciertas inconveniencias que él era capaz de perdonar, así como ciertos caprichos que sabía tolerar, pero la falta de sinceridad no se contaba entre ellos. Por consiguiente, contestó:

—Sí, señor. Me agradó la sensación de controlar la situación, de que estábamos llegando a alguna parte. —Y entonces añadió, sabiendo que al decirlo se adentraba en un territorio peligroso, pero pensando también que bien podía salir airosa—: ¿Representa esta pregunta una crítica, señor?

—No. Nadie entra en la policía si no obtiene cierto

placer del ejercicio del poder. Y a la brigada de homicidios no se agrega nadie que no tenga cierta afición a la muerte. El peligro comienza cuando el placer se convierte en un fin por sí mismo. Entonces es cuando llega la hora de pensar en otro tipo de trabajo.

Kate tuvo ganas de preguntarle: «¿Ha pensado usted alguna vez en otro trabajo, señor?», pero sabía que la tentación era ilusoria. Había ciertos superiores a los que cabía hacerles semejante pregunta después de tomar un par de whiskies en la cantina de los oficiales, pero Dalgliesh no era uno de ellos. Recordó el momento en que le dijo a Alan que Dalgliesh la había elegido para la nueva brigada. Él había contestado, sonriendo: «¿No crees, pues, que ha llegado el momento de que trates de leer sus versos?», y ella había replicado: «Preferiría llegar a adaptarme al hombre, antes de intentar adaptarme a su poesía.» No estaba segura de haberlo conseguido. Dijo:

—El señor Lampart habló de los navajazos. Deliberadamente, nosotros no le habíamos dicho cómo murió sir Paul. Por lo tanto, ¿por qué ha mencionado una navaja?

Dalgliesh repuso:

—Totalmente razonable. Él era un viejo amigo, una de las personas que habían de saber cómo se afeitaba Berowne. Debió de adivinar cuál fue el arma utilizada. Es interesante que no se decidiera a preguntarnos directamente si fue así. A propósito, tendremos que comprobar esos horarios sin perder tiempo. Creo que es una tarea para Saunders. Lo mejor será que haga tres viajes a la misma hora, con la misma marca de coche y la misma noche de la semana, y si hay un poco de suerte, con las mismas condiciones meteorológicas. Y necesitaremos saber todo lo posible acerca de Pembroke Lodge. Quién es el propietario de la finca, quién tiene acciones, cómo funciona el negocio y cuál es su reputación.

Ella no podía tomar nota escrita de sus instrucciones,

pero por otra parte tampoco era necesario. Se limitó a contestar afirmativamente y Dalgliesh prosiguió:

—Tenía los medios, tenía los conocimientos y tenía el motivo. No creo que quisiera un matrimonio con ella, pero, desde luego, tampoco deseaba una amante empobrecida que pudiera empezar a pensar en la cuestión del divorcio. Sin embargo, si quería ver muerto a Berowne, y muerto antes de que se gastara el dinero en algún proyecto descabellado para albergar vagabundos, no necesitaba cortarle el cuello. Es médico. Existen métodos más sutiles. Ese asesino no mató simplemente por conveniencia. Hubo una explosión de odio en aquella habitación y el odio no es una emoción fácil de ocultar. No lo vi en Stephen Lampart. Arrogancia, agresión, celos sexuales contra el hombre poseedor de la mujer, pero odio no.

A Kate nunca le había faltado valor y no le faltó ahora. Después de todo, él la había seleccionado para su equipo. Era de suponer que juzgara que su opinión era digna de ser oída. Él no buscaba una subordinada femenina para que acariciara su ego. Por consiguiente, dijo:

—Sin embargo, ¿no pudo haber sido conveniencia más que odio, señor? Matar sin despertar sospechas no es fácil, ni siquiera para un médico. Él no era el médico de cabecera de sir Paul. Y esto, de haberlo podido hacer como había planeado, podía ser el asesinato perfecto, incluso lejos de la sospecha de asesinato. Fue Harry Mack el que enredó la cosa. Sin esa segunda muerte, ¿no lo hubiéramos interpretado según las apariencias, es decir, como un suicidio?

Dalgliesh contestó:

—Seguido por el usual y eufemístico veredicto de «con las facultades mentales perturbadas». Tal vez. Si no hubiera cometido el error de llevarse las cerillas y quemar a medias el dietario. Eso fue un refinamiento innecesario. En ciertos aspectos, la pista de aquella cerilla a medio quemar es la más interesante del caso.

De pronto, Kate se sintió a sus anchas con él, casi como una compañera. Ya no pensaba en la impresión que pudiera causar ella, sino en el caso. Hizo lo que hubiera hecho con Massingham. Con los ojos fijos en la carretera, pensó en voz alta:

—Una vez el asesino decidió quemar el dietario, supo que necesitaba llevarse las cerillas a la iglesia. Berowne no fumaba, por lo que no podía haber un encendedor en el cadáver. Evidentemente, hubiera sido una imprudencia utilizar su propio encendedor, si es que lo tenía, y no podía estar seguro de encontrar cerillas en la sacristía. Y cuando las encontró, la caja estaba encadenada y resultaba más fácil y rápido utilizar la caja que llevaba consigo. El tiempo era vital. Por consiguiente, volvemos a alguien que conocía a sir Paul, que conocía sus hábitos, que sabía dónde se encontraba el martes por la noche, pero que no estaba familiarizado con la iglesia. Sin embargo, difícilmente podía llevar el dietario en la mano cuando llegó. Por lo tanto, llevaba una chaqueta o un abrigo con bolsillos amplios. O tal vez una bolsa o algo por el estilo, un macuto, una cartera, un maletín de médico.

Dalgliesh observó:

—También pudo haberlo llevado en medio de un periódico doblado.

Kate prosiguió:

—Llama a la puerta. Sir Paul le franquea la entrada. Pide ir al lavabo. Deja su bolsa allí, junto con las cerillas y el dietario. Se quita ropa. Tal vez se queda desnudo. Después vuelve a la sacristía pequeña. Pero esto empieza a parecer extraño, señor. Su víctima no hubiera permanecido allí, esperando tranquilamente. Seguro que no al encontrarse ante un hombre desnudo y con una navaja abierta en la mano. Paul Berowne no era viejo ni estaba enfermo o debilitado. Se hubiera defendido. No es posible que ocurriera así.

—Concéntrese en las cerillas.

—Pero debía de estar desnudo cuando cometió el crimen. Al menos, desnudo hasta la cintura. Él sabía que correría la sangre en abundancia. No podía correr el riesgo de mancharse la ropa. Pero... ¡Claro! Primero atonta a su víctima de un golpe. Después va a buscar la navaja, se desnuda y efectúa la operación delicada. Vuelve al lavabo. Se lava rápidamente pero a fondo, y vuelve a vestirse. Después, finalmente, quema el dietario. Así puede estar seguro de que no habrá sangre en la reja de la chimenea. Debió de ocurrir todo por este orden. Finalmente, tal vez por hábito, se mete la caja de cerillas en el bolsillo de la chaqueta. Esto sugiere que estaba acostumbrado a llevar cerillas. Un fumador, tal vez. Debió de tener un sobresalto al meterse la mano en el bolsillo más tarde y encontrarlas, y comprender que hubiera debido dejarlas en el lugar del crimen. ¿Por qué no regresó? Demasiado tarde, tal vez. O acaso no se sintiera capaz de entrar nuevamente allí.

Dalgliesh dijo:

—O acaso sabía que una segunda visita aumentaría el riesgo de ser visto, o de dejar alguna pista en la sacristía. Pero supongamos que el asesino se llevó su caja de cerillas adrede. ¿Qué sugiere esto?

—Que la caja que utilizó podía serle atribuida. Pero esto es improbable, desde luego. Utilizaría una marca corriente, una de esas cajas que hay a millones. Y no pudo saber que encontraríamos aquella cerilla medio quemada. Tal vez se la llevó porque era una caja que alguien podía echar en falta. Tal vez planeara devolverla, y esto significa que no fue a la iglesia desde su propia casa. Lógicamente, él venía de Campden Hill Square, donde se había apropiado del dietario y también de la caja de cerillas. Pero, en este caso, si la caja de cerillas procedía de casa del propio Berowne, ¿por qué no dejarla en el escenario del crimen? Aunque se averiguase la procedencia de la caja, sólo podía llevarnos hasta el propio Berowne. Por lo tanto, hemos de pensar de nuevo en un simple error. Una cuestión de hábito. Se metió la caja en el bolsillo.

Dalgliesh dijo:

—Si lo hizo, no debió de preocuparle mucho después de la primera impresión causada por el descubrimiento. Se diría que nosotros supondríamos que Berowne utilizó las cerillas de la caja encadenada, o que pensaríamos que las cerillas se habían quemado junto con el dietario. O acaso llegáramos a la suposición de que pudo haber utilizado una cerilla de uno de esos estuches que se obtienen en hoteles y restaurantes, lo bastante pequeñas como para consumirse sin dejar traza. Desde luego, no cabe imaginar a Berowne como un hombre que recogiera cerillas del restaurante, pero la defensa podría argumentar que esto fue lo ocurrido. No es éste, precisamente, un momento propicio para solicitar acusación sólo por las pruebas forenses, y no hablemos ya de ese par de centímetros de cerilla medio quemada.

Kate preguntó:

—¿Cómo cree usted que ocurrió, señor?

—Posiblemente, de modo muy parecido a lo que usted ha descrito. Si sir Paul se hubiera encontrado ante un asaltante desnudo y armado, dudo que hubiéramos encontrado lo que encontramos en aquella habitación. No había señal de lucha, lo cual sugiere que primero debió de quedar aturdido por un golpe. Hecho esto, el asesino emprendió su trabajo, con rapidez, expertamente, sabiendo perfectamente lo que había de hacer. Y no necesitó mucho tiempo. Un par de minutos para desnudarse y coger la navaja. Menos de diez segundos para cometer el asesinato. Por consiguiente, el golpe para aturdir a la víctima no tuvo que ser muy fuerte. De hecho, debió de estar muy bien calculado, para no dejar una contusión sospechosamente grande. Pero hay otra posibilidad. Pudo haber puesto algo alrededor de la cabeza de Berowne, y de este modo haberlo derribado. Algo blando, un pañuelo de cuello, una toalla, su propia camisa. O tal vez un lazo corredizo, un cordón, un pañuelo de bolsillo.

Kate objetó:

—Pero en este caso debió procurar no apretarlo demasiado, para no estrangular a su víctima. La causa de la muerte había de ser la herida en la garganta. ¿Y no hubiera dejado marcas un pañuelo?

Dalgliesh contestó:

—No necesariamente. No, una vez terminada su labor de carnicero. Pero tal vez sepamos algo a través de la autopsia de esta tarde.

Y de pronto, ella se encontró de nuevo en la sacristía pequeña, viendo otra vez aquella cabeza medio seccionada, viendo todo el cuadro vívida, nítidamente, tan claro como un grabado en color. Y esta vez no tuvo aquel bendito momento de preparación, ninguna posibilidad de preparar su mente y sus músculos para lo que sabía que había de contemplar. Sus manos, con los nudillos muy blancos, apretaron el volante. Por un momento, imaginó que el coche se había parado, que había pisado el pedal del freno, pero seguían avanzando suavemente, a lo largo de Finchley Road. Era extraño, pensó, que el horror, brevemente recordado, pudiera ser a veces más terrible que la realidad. Pero su compañero estaba hablando. Debía de haberse perdido unos segundos de lo que él estaba diciendo. Sin embargo, le había oído hablar sobre la autopsia, diciendo que tal vez le gustara a ella asistir a la misma. Normalmente, esta sugerencia, que había de traducir como una orden, le hubiera agradado. La hubiera recibido con satisfacción, como una nueva afirmación de que ella formaba parte, realmente, de su equipo. Pero ahora, por primera vez, notó un espasmo de repugnancia, casi una revulsión. Asistiría, desde luego. No sería ésta su primera autopsia. No temía ponerse en ridículo. Podía mirar, sin sentirse mareada. En la escuela de adiestramiento de detectives, había visto a sus compañeros varones tambalearse en la sala de autopsias, mientras ella se mantenía firme. Era importante estar presente en la autopsia, si el forense lo permitía. Se podían aprender muchas cosas, y ella ansiaba aprender. Su abuela y la asistenta social la estarían esperando a las tres, pero tendrían que limitarse a esperar. Había intentado, aunque no con un gran afán, encontrar un momento en aquel día para telefonear y decir que no podría ir. Sin embargo, se dijo que ello no era necesario, pues su abuela debía de saberlo ya. Intentaría ir un rato al finalizar la jornada, si no era demasiado tarde. Pero ahora, para ella y en este momento, los muertos habían de tener prioridad sobre los vivos. No obstante, por primera vez desde que se había incorporado al CID, una vocecilla traicionera, que hablaba con un tono desconfiado, le preguntaba qué era, exactamente, lo que su trabajo le estaba haciendo.

Había elegido ser oficial de la policía deliberadamente, sabiendo que este trabajo era el apropiado para ella. Pero nunca, desde el primer momento, se había hecho ilusiones al respecto. Era una tarea en que la gente, cuando necesitaba a la policía, exigía que ésta se personara en el acto, incuestionablemente, efectivamente, y cuando no la necesitaba, prefería olvidar que existía. Era un trabajo en el que a veces se exigía actuar con gente cuya compañía resultaba indeseable, y mostrar respeto a unos superiores que inspiraban muy poco respeto o ninguno, un trabajo en el que una podía encontrarse como aliada de hombres a los que se despreciaba y enfrentada a algunos hacia los que, más a menudo de lo que cabía suponer, con mayor frecuencia de lo que convendría, se sentía simpatía, incluso compasión. Ella conocía las cómodas ortodoxias según las cuales la ley y el orden eran la norma y el crimen era la aberración, y la vigilancia en una sociedad libre sólo podía realizarse con el consentimiento de los vigilados, incluso presumiblemente en aquellas zonas donde la policía siempre había sido considerada como enemigo y que ahora había sido elevada a convenientes estereotipos de opresión. Pero ella tenía su propio credo. Mantenía la cordura sabiendo que la hipocresía podía ser políticamente necesaria, pero que no por ello había que creer en ella. Mantenía la honradez, puesto que de lo contrario el oficio no tenía ningún sentido. Cumplía las órdenes para que los colegas del otro sexo la respetaran, incluso si resultaba excesivo esperar que simpatizaran con ella. Mantenía una vida privada limpia, sin embrollos. Había suficientes hombres en el mundo sin verse una atrapada por líos de sexo con los colegas. No caía en el fácil hábito de la obscenidad, puesto que ella ya había tenido suficientes conocimientos de ello en los Ellison Fairweather Buildings. Sabía hasta qué punto podía esperar razonablemente ascender y cómo se proponía llegar a tales niveles. No se creaba enemigos innecesarios, pues ya le resultaba bastante difícil a una mujer ascender sin que le pusieran la zancadilla por el camino. Al fin y al cabo, todo trabajo presentaba sus desventajas. Las enfermeras se acostumbraban al olor de los vendajes y de las sábanas, de los cuerpos sin lavar, a los dolores de otras personas y al olor de la muerte. Ella había decidido su opción y ahora, más que nunca, no se arrepentía de ello.

3

El hospital donde Miles Kynaston trabajaba como forense llevaba años necesitando una nueva sala de autopsias, pero las instalaciones para los pacientes vivos habían gozado de prioridad sobre las destinadas a los difuntos. Kynaston refunfuñaba al respecto, pero Dalgliesh sospechaba que en realidad no le importaba en demasía. Disponía del equipo que necesitaba y la sala de autopsias en la que trabajaba era un territorio familiar en el que él se encontraba tan cómodo como si se hubiera enfundado en un batín viejo. No deseaba en realidad verse trasladado a un lugar más amplio, más lejano y más impersonal, y sus quejas ocasionales no eran más que unos ruidos rituales destinados a recordar al comité médico la existencia de un Departamento de Patología Forense.

Sin embargo, era inevitable que cada vez se produjera un cierto apiñamiento. Dalgliesh y sus oficiales se encontraban allí principalmente por interés más que por necesidad, pero el sargento responsable de las pruebas, el oficial de huellas, los oficiales que habían explorado el escenario del crimen y recogido sus sobres, botellas y tubos, ocupaban un espacio necesario. La secretaria de Kynaston, una mujer obesa y de mediana edad, jovialmente eficiente como presidente del Instituto Femenino, vestida con su traje sastre de tela gruesa, estaba acurrucada en el rincón, con una gran bolsa a sus pies. Dalgliesh siempre esperaba que sacara de ella su labor de punto. A Kynaston siempre le había desagradado utilizar un magnetófono, y de vez en cuando se dirigía hacia ella y le dictaba sus hallazgos con unas frases telegráficas y pronunciadas en voz baja, pero que ella parecía entender. Kynaston siempre trabajaba con música, generalmente barroca y a menudo procedente de un cuarteto de cuerda: Mozart, Vivaldi, Haydn. Esa tarde, la grabación era una que Dalgliesh reconoció inmediatamente, puesto que también él tenía el disco: Neville Marriner dirigiendo el *Concierto en sol para viola*, de Telemann. Dalgliesh se preguntó si su tono enigmático y melancólico procuraba a Kynaston una catarsis necesaria, si era ésta su manera de intentar dramatizar las indignidades rutinarias de la muerte, o si, como los pintores de brocha gorda y otros operarios con empleos menos singulares, simplemente le agradaba oír música mientras trabajaba.

Dalgliesh observó, con una mezcla de interés y de irritación, que Massingham y Kate mantenían los ojos clavados en las manos de Kynaston, con una atención que sugería que les asustaba apartar la mirada por si, inadvertidamente, llegaban a encontrar sus ojos. Se preguntó cómo supondrían que veía aquel ritual de destripamiento teniendo algo que ver con Berowne. El despego, que había llegado a ser para él una segunda naturaleza, se veía ayudado por la práctica eficiencia con que los órganos eran extraídos, examinados, embotellados y etiquetados. Sentía exactamente lo mismo que cuando, siendo él un joven aspirante, había presenciado su primera autopsia: sorpresa ante los brillantes colores de las espirales y bolsas que colgaban de las manos enguantadas y ensangrentadas del forense, y una admiración casi infantil al pensar que una cavidad tan pequeña pudiera contener una colección tan grande y diversa de vísceras.

Después, mientras se lavaban meticulosamente las manos en el lavabo, Kynaston por necesidad y Dalgliesh por una pulcritud que le hubiera resultado difícil explicar, este último preguntó:

—¿Qué puede decirse sobre la hora de la muerte?

—No hay motivo para alterar el cálculo que hice en el lugar de autos. Las siete, como lo más temprano. Digamos entre las siete y las nueve. Podré ser un poco más preciso cuando se haya analizado el contenido del estómago. No había señales de lucha. Y si Berowne fue atacado, no intentó protegerse. No hay cortes en la palma de la mano. Bien, usted mismo lo ha visto. La sangre de la palma de la mano derecha procedía de la navaja, y no de cortes producidos al intentar defenderse de ella.

Dalgliesh preguntó:

—¿De la navaja o de la hemorragia de la garganta?

—Eso también es posible. Desde luego, la capa de sangre en la palma era algo más gruesa de lo que cabía esperar. En cualquiera de los dos casos, nada viene a complicar la causa de la muerte. En ambos, se trata del clásico corte a través del ligamento tiroideo, que lo secciona todo, desde la piel hasta la columna vertebral. Berowne era un hombre saludable y nada permite creer que no hubiera vivido hasta una edad muy avanzada de no haberle cortado alguien la garganta. Y Harry Mack estaba en mejor forma, médicamente hablando, de lo que yo hubiera esperado. Un hígado no muy saludable, pero que todavía hubiera resistido unos cuantos años más de excesos antes de darse por vencido. El laboratorio examinará los tejidos del cuello en el microscopio, pero no creo que esto le proporcione ninguna pista. No hay ninguna señal de ligadura junto a los bordes de la herida. El chichón en la nuca de Berowne es superficial, y probablemente se lo hizo al caerse.

Dalgliesh observó:

—O al ser derribado.

—O al ser derribado. Tendrá que esperar el informe del laboratorio sobre la mancha de sangre, antes de poder progresar mucho más en sus pesquisas, Adam.

Dalgliesh dijo:

—E incluso en el caso de que aquella mancha no fuese de la sangre de Harry Mack, todavía no está usted dispuesto a decir que Berowne no fuera capaz de avanzar a tropezones hacia Harry, incluso con los dos cortes superficiales en la garganta.

Kynaston contestó:

—Yo diría que es improbable. No podría decir que fuese imposible. Y no estamos hablando simplemente de los cortes superficiales. ¿Recuerda aquel caso citado por Simpson? El suicida prácticamente se rebanó la cabeza, y sin embargo permaneció consciente el tiempo suficiente para echar a patadas, escaleras abajo, al hombre de la ambulancia.

—Pero si Berowne mató a Harry, ¿por qué regresar a la cama para terminar con su propia vida?

—Una asociación natural: cama, sueño, muerte. Si había decidido morir en su cama, ¿por qué cambiar de opinión sólo por el hecho de haber tenido que matar primero a Harry?

—No fue necesario. Dudo de que Harry hubiera llegado a él con tiempo para impedir aquel corte final. Es algo que va contra el sentido común.

—O contra la idea que usted tiene de Paul Berowne.

—Ambas cosas. Fue un doble asesinato, Miles.

—Le creo, pero le va a costar lo suyo demostrarlo y no creo que mi informe sirva para mucho en ese sentido. El suicidio es el más privado y misterioso de todos los actos, inexplicable porque el actor principal nunca está presente para explicarlo.

Dalgliesh añadió:

—A menos, desde luego, que deje detrás de él su testimonio. Si Berowne decidió matarse, yo hubiera esperado encontrar alguna nota, un intento de explicación.

Kynaston repuso enigmáticamente:

—El hecho de que usted no la encontrara no significa necesariamente que él no la escribiera.

Cogió un nuevo par de guantes de goma y dejó que la máscara se deslizara sobre su boca y su nariz. Estaban entrando ya un nuevo cadáver. Dalgliesh consultó su reloj. Massingham y Kate podrían regresar en coche al Yard y continuar con el papeleo. Él tenía otra cita. Después de las frustraciones de aquel día necesitaba un leve descanso, incluso obsequiarse con un pequeño regalo. Se proponía extraer información de manera más agradable que a través de un interrogatorio policial. Aquella mañana, mucho más temprano, había telefoneado a Conrad Ackroyd y había sido invitado a tomar un civilizado té de la tarde con el propietario y director de la *Paternoster Review*.

4

Conrad y Nellie Ackroyd vivían en una villa eduardiana, cuidadosamente estucada, en Saint John's Wood, con un jardín que llegaba hasta el canal. Era una casa que, según se decía, había hecho construir Eduardo VII para una de sus queridas, y que Nellie Ackroyd había heredado de un tío soltero. Ackroyd se había instalado en ella, procedente de su apartamento de la ciudad, situado sobre las oficinas de la revista *Paternoster*, tres años después de casarse, y había acomodado satisfactoriamente sus libros, sus pertenencias y su vida, de acuerdo con los gustos de Nellie en cuanto a comodidad y vida hogareña. Ahora, aunque tenían una sirvienta, fue él mismo el que abrió la puerta a Dalgliesh, con sus ojos negros tan brillantes de expectativa como los de un niño.

—Adelante, adelante. Sabemos para qué vienes, querido amigo. Es sobre mi pequeño escrito en la *Review*. Me alegra que no hayas juzgado necesario venir acompañado. Estamos bien dispuestos para ayudar a la policía en sus pesquisas, como decís vosotros con tanto tacto cuando habéis atrapado a vuestro hombre y le estáis retorciendo los brazos en una pequeña habitación sin ventanas, pero yo me limitaré a ofrecer el té a un individuo corpulento que desgasta los muelles de mi sofá y se come mis bocadillos de pepino con una mano, mientras con la otra apunta todo lo que diga.

Dalgliesh repuso:

—Un poco más de seriedad, Conrad. Estamos hablando de un asesinato.

—¿De veras? Corrió el rumor —sólo un rumor, desde luego— de que Paul Berowne pudo haberse montado su propio viaje. Me alegro de que no sea verdad. El asesinato es más interesante y mucho menos deprimente. Resulta poco considerado que los amigos de uno se suiciden; es algo demasiado parecido a querer dar un buen ejemplo. Pero todo esto puede esperar. Primero, el té.

Y voceó desde el pie de la escalera:

—¡Nellie, querida, ha llegado Adam!

Al mirarle, mientras le precedía hacia la sala de estar, Dalgliesh pensó que no parecía haber envejecido ni un día desde que se conocieron. Daba una impresión de obesidad, tal vez a causa de su cara casi redonda y de sus carnosas mejillas de marsupial. Pero sus carnes eran firmes y se mostraba activo, moviéndose con la gracia de un bailarín. Sus ojos eran pequeños y un tanto sesgados hacia arriba. Cuando se divertía, reducía todavía más su tamaño entre dos pliegues gemelos de carne. Lo más notable de su rostro era la continua movilidad de su boca, pequeña y bien formada, que él utilizaba como un foco húmedo de emoción. Apretaba los labios para mostrar desaprobación, los inclinaba hacia abajo como los de un niño para revelar desaprobación o disgusto, y los alargaba y curvaba cuando sonreía. No parecía que se estuviera quieto ni un solo momento, ni que tuviera nunca la misma forma. Incluso en reposo, fruncía los labios como si disfrutara del sabor de su lengua.

Nellie Ackroyd era tan esbelta como él robusto. Rubia en vez de morena como él, y además le llevaba sus buenos ocho centímetros de estatura. Sus largos y rubios cabellos formaban una trenza alrededor de su cabeza, según la moda de los años veinte. Sus faldas de lana estaban bien cortadas pero eran más largas de lo que había sido usual durante medio siglo, y las acompañaba invariablemente con una holgada chaqueta de punto. Los zapatos eran puntiagudos, con cordones. Dalgliesh recordaba a una de las maestras de la escuela dominical de su padre que hubiera podido ser perfectamente su doble. Cuando ella entró en la habitación, por un momento él se sintió transportado a aquella sala de la iglesia del pueblo, sentado en círculo con los otros niños, en sus bajas sillas de madera, y esperando que la señorita Mainwaring repartiera aquella estampa dominical, una imagen bíblica en colores que él mojaba y pegaba con infinitas precauciones en el espacio de su tarjeta correspondiente a aquella semana. Le había sido simpática la señorita Mainwaring —muerta ya desde hacía más de veinte años, de cáncer, y enterrada en aquel distante cementerio de Norfolk— y simpatizaba también con Nellie Ackroyd.

El matrimonio de los Ackroyd había dejado estupefactos a sus amigos y había sido motivo de libidinosas especulaciones para sus escasos enemigos. Pero cada vez que se encontraba con ellos Dalgliesh no dudaba de que juntos eran auténticamente felices y cada vez se maravillaba ante la variedad infinita del matrimonio, aquella relación a la vez tan privada y pública, tan llena de convenciones y al mismo tiempo tan anárquica. En su vida privada, Ackroyd gozaba de la reputación de ser uno de los hombres más amables de Londres. Sus víctimas indicaban que bien podía permitirse este lujo, ya que un número de la *Paternoster Review* contenía normalmente suficiente bilis para satisfacer toda la vida de un hombre. Las reseñas de los nuevos libros y obras de teatro eran siempre agudas y amenas, a veces perspicaces y ocasionalmente crueles, y constituían una forma de entretenimiento quincenal apreciada por todos, excepto por las víctimas. Incluso cuando el suplemento literario del *Times* cambió su práctica, la *Paternoster* siguió conservando el anonimato de sus críticos. Ackroyd era de la opinión de que ninguno de ellos, ni siquiera el más escrupuloso o desinteresado, podía ser totalmente sincero si su texto iba firmado, y preservaba la confianza de sus colaboradores con el celo exquisito del director consciente de que difícilmente ha de encontrarse ante una demanda judicial. Dalgliesh sospechaba que las reseñas más incisivas las escribía el propio Ackroyd, instigado por su esposa, y se recreaba con una imagen privada de Conrad y Nellie sentados en sus camas separadas y comunicándose sus más felices inspiraciones a través de la puerta abierta de comunicación.

Cada vez que se encontraba con ellos le impresionaba aquella autonomía, equivalente a una conspiración, en su felicidad conyugal. Si alguna vez hubo un matrimonio de conveniencia, era éste. Ella era una cocinera magnífica y a él le entusiasmaba la comida. A ella le gustaba cuidar a los enfermos, y él padecía cada invierno una leve bronquitis recurrente, así como ataques de sinusitis que exacerbaban su discreta hipocondría y que a ella le permitían entregarse con satisfacción a darle friegas en el pecho y prepararle inhalaciones. Dalgliesh, aunque era el menos curioso de todos los hombres acerca de la vida sexual de sus amistades, no podía resistir el preguntarse de vez en cuando si el matrimonio había llegado incluso a consumarse. En conjunto, juzgaba que sí. Ackroyd era un acérrimo seguidor de la legalidad. Y al menos una noche de su luna de miel debió de cerrar los ojos y pensar en Inglaterra. Y después de ese necesario sacrificio a las exigencias legales y teológicas, los dos se habían entregado plenamente a los aspectos más importantes del matrimonio, la decoración de su casa y el estado de los bronquios de Conrad.

Dalgliesh no llegaba con las manos totalmente vacías. Su anfitriona era una coleccionista apasionada de los cuentos para niñas de los años veinte y treinta, y su serie de primeras ediciones de Angela Brazil era particularmente notable. Los estantes de su sala de estar atestiguaban su adicción a esta poderosa nostalgia, con sus libros en los que una serie de heroínas de pecho plano, con blusas y botas, llamadas Dorothy o Magde, Marjorie o Elspeth, manejaban con vigor palos de hockey, revelaban la trampa perpetrada en el partido de campeonato, o desempeñaban un papel esencial para desenmascarar espías alemanes. Dalgliesh había encontrado su primera edición unos meses antes en una librería de segunda mano en Marylebone. El hecho de que no pudiera recordar con exactitud cuándo o dónde le demostraba el largo tiempo transcurrido desde la última vez que viera a los Ackroyd. Sospechaba que éstos eran visitados con frecuencia por personas que, como él mismo, deseaban algo, generalmente información. Dalgliesh reflexionó de nuevo sobre la extravagancia de unas relaciones humanas en que la gente se describía a sí misma como amigos a los que no les importaba no verse entre sí durante años, y que sin embargo, cuando se encontraban, podían reanudar su intimidad como si no hubiera existido el menor intervalo de olvido. No obstante, su mutua vinculación era totalmente auténtica. Cabía que Dalgliesh sólo les visitara cuando necesitaba algo, pero siempre se alegraba de sentarse en la elegante sala de estar de Nellie Ackroyd y contemplar el centelleo del canal a través del invernadero eduardiano. Al reposar ahora sus ojos en él, le resultaba difícil creer que aquel agua moteada por la luz y vista a través de las cestas colgantes de un abigarrado conjunto de hiedra y geranios rojos era la misma que, tres kilómetros más arriba, fluía como una amenaza líquida a través de los oscuros túneles y discurría, fangosa, ante la puerta sur de la iglesia de Saint Matthew.

Entregó su obsequio con el acostumbrado y casto beso que parecía haberse convertido en una convención social incluso entre amistades relativamente recientes.

—Es para ti —dijo—. Creo que se llama *Dulcy juega fuerte*.

Nellie Ackroyd desenvolvió el paquete lanzando un gritito de placer.

—No seas malo, Adam. Se llama *Dulcy sabe jugar*. ¡Es

magnífico, y además está en un perfecto estado! ¿Dónde lo encontraste?

—En Church Street, creo. Me alegro de que todavía no lo tuvieras.

—He estado buscándolo durante años. Esto completa mis Brazils anteriores a 1930. Conrad, querido, ¡mira lo que me ha traído Adam!

—Muy amable por tu parte, muchacho. Ah, aquí llega el té.

Fue servido por una criada ya de edad, y depositado delante de Nellie Ackroyd con un cuidado casi ritual. Era un té más que completo. Finas rebanadas de pan sin corteza y con mantequilla, una bandeja de bocadillos de pepino, bollos hechos en casa con nata y mermelada, y un pastel de frutas. Le recordó los tés de la rectoría en su infancia, los clérigos visitantes y los ayudantes de la parroquia, sosteniendo sus anchas tazas en el salón desvencijado pero confortable de su madre, y se recordó a sí mismo, cuidadosamente peinado, haciendo circular los platos. Era extraño, pensó, que la visión de una fuente con finas rebanadas de pan untadas con mantequilla pudiera evocar todavía aquella momentánea pero aguda punzada de dolor y nostalgia. Al observar cómo Nellie alineaba con exactitud las tazas, sospechó que toda la vida de aquel matrimonio estaba regida por pequeños rituales diurnos: el té de la mañana, el cacao o la leche como última cosa por la noche, las camas cuidadosamente preparadas, con el camisón y el pijama extendidos sobre ellas. Y eran ahora las cinco y cuarto, la oscuridad de aquel día otoñal pronto anunciaría la caída de la tarde, y esa pequeña ceremonia del té, tan inglesa, tenía como motivo propiciar las furias del atardecer. No estaba seguro de si a él le agradaría vivir así, pero como visitante juzgaba que aquel ambiente era relajante y se guardaba de menospreciarlo. Al fin y al cabo, también él tenía sus dispositivos para mantener a raya la realidad. Dijo:

—Ese artículo en la *Review*... Supongo que no pensarás convertir tu periódico en una nueva revista de murmuraciones.

—Ni mucho menos, mi querido amigo. Sin embargo, a la gente le gusta de vez en cuando alguna habladuría. Estoy pensando en incluirte a ti en nuestra nueva columna «Cuál es su tema de conversación». Personas incongruentes a las que se ha visto cenar juntas. Adam Dalgliesh, poeta y detective, con Cordelia Gray en Mon Plaisir, por ejemplo.

—Tus lectores deben de llevar unas vidas muy aburridas si es que encuentran algún interés en el hecho de que una joven y yo cenemos virtuosamente pato a la naranja.

—Una joven muy hermosa que cene con un hombre que le lleva veinte años siempre es interesante para nuestros lectores. Les da esperanzas. Y tú tienes muy buen aspecto, Adam. Es evidente que esta nueva aventura te sienta bien. Me estoy refiriendo a tu nuevo trabajo, claro está. ¿No eres tú el que manda la brigada del crimen delicado?

—Eso no existe.

—No, es el nombre que le doy yo. En la Policía Metropolitana probablemente la llaman C3A, o algo así de aburrido. Pero tú sabes a qué me refiero. Si el primer ministro y el jefe de los socialdemócratas ingieren arsénico mientras cenan juntos en secreto para planear una coalición, y se ve el cardenal arzobispo de Westminster y a Su Gracia de Canterbury abandonando misteriosamente, de puntillas, el lugar del suceso, no nos interesa que el CID local irrumpa allí, ensuciando las alfombras con sus zapatones del cuarenta y cinco. ¿No es ésta, más o menos la idea?

—Un guión fascinante, aunque improbable. ¿Y si se encontrara al director de una revista literaria muerto de una paliza, y se observara que un oficial de detectives abandonaba el lugar de puntillas? ¿Qué originó tu artículo sobre Paul Berowne, Conrad?

—Un comunicado anónimo. Y no es necesario que adoptes una expresión de disgusto. Todos sabemos que vosotros os sentáis en las tabernas para pagar dinero de nuestros contribuyentes a los más sórdidos ex presidiarios, a cambio de informaciones recibidas, en su mayor parte, sin duda, de una exactitud más que dudosa. Estoy bien enterado de esas confidencias. Sin embargo, yo ni siquiera tuve que pagar por ésta. Me llegó por correo, totalmente gratuita.

—¿Quién más la recibió, si es que lo sabes?

—Llegó a tres diarios, dirigida a los redactores de las columnas de chismes. Decidieron esperar antes de utilizar el material.

—Muy prudentes. Tú lo comprobaste.

—Naturalmente, lo comprobé. Al menos, Winifred lo hizo.

Winifred Forsythe era, nominalmente, la ayudante editorial de Ackroyd, pero había pocas tareas relacionadas con la *Review* que ella no supiera manejar, y no dejaba de haber quienes aseguraban que era el poder financiero de Winifred lo que mantenía a flote la revista. Tenía la apariencia, la manera de vestir y la voz de un ama de llaves victoriana, y era una mujer intimidante, acostumbrada a salirse con la suya. Tal vez a causa de cierto temor atávico a la autoridad femenina, pocas personas se atrevían a enfrentarse a ella, y cuando Winifred hacía una pregunta esperaba recibir la oportuna respuesta. Más de una vez Dalgliesh había deseado tenerla en su plantilla de colaboradores.

Ackroyd dijo:

—Empezó por telefonear a la casa de Campden Hill Square y preguntar por Diana Travers. Contestó una mujer, que no era lady Berowne ni lady Ursula. Se trataba de una sirvienta o una asistenta; Winifred dijo que no le había sonado a secretaria, ya que no mostró la suficiente autoridad ni tenía un tono de voz competente. Por otra parte, Berowne nunca tuvo una secretaria en su casa. Era, probablemente, el ama de llaves. Cuando oyó la pregunta, guardó silencio y se le escapó una especie de resuello. Después dijo: «La señorita Travers no está aquí, se marchó.» Winifred preguntó si tenían una dirección y ella contestó negativamente y colgó el teléfono con cierta brusquedad. No fue una reacción bien montada. Si querían ocultar el hecho de que la Travers había trabajado allí, hubieran tenido que adiestrar a esa mujer con más eficiencia. En la encuesta no se mencionó el hecho de que la joven había trabajado para Berowne, y nadie más parece estar relacionado con el hecho. Sin embargo, parecía que nuestro anónimo estaba en lo cierto, al menos en uno de sus datos. No cabía duda de que a la Travers se la conocía en Campden Hill Square.

Dalgliesh preguntó:

—¿Y después?

—Winifred fue al Black Swan. Debo admitir que el pretexto que empleó no era particularmente convincente. Les dijo que estábamos pensando en escribir un artículo sobre personas ahogadas en el Támesis. Podíamos confiar en que nadie hubiera oído hablar de la *Paternoster Review*, de modo que la incongruencia esencial de la consulta no podía ser demasiado aparente. Aun así, todos se mostraron curiosamente cautelosos. El propietario —no recuerdo su nombre, creo que era un francés— no estaba allí cuando Winifred llegó, pero las personas con las que habló habían sido bien adiestradas. Después de todo, a ningún propietario de restaurante le gusta que se produzca una muerte en el local. En plena vida nos acecha la muerte, pero cabe esperar que no lo haga en plena cena. Meter unas infortunadas langostas vivas en agua hirviendo es una cosa —a propósito, ¿cómo puede creer la gente que ellas no lo notan?—, pero un cliente ahogado en el local es otra cosa muy diferente. No es que el Támesis pueda considerarse exactamente como su local, pero ésta es la teoría general. Demasiado cerca para resultar cómodo. A partir del momento en que uno del grupo que cenó con ella llegó chorreando para decir que la chica estaba muerta, el propietario y su personal adoptaron posiciones defensivas, y debo reconocer que, al parecer, lo hicieron con una habilidad considerable.

Dalgliesh no dijo que él ya había estudiado los informes de la policía local. Preguntó:

—¡Qué ocurrió, exactamente? ¡Pudo averiguarlo Winifred?

—La chica, Diana Travers, llegó con un grupo de cinco amigos. Creo que eran, en su mayoría, gente del teatro, o al menos que intentaban serlo. Ninguno de ellos era conocido en este aspecto. Después de cenar armaron un poco de barullo y se dirigieron a la orilla del río, donde se armó cierto jaleo entre ellos. No es cosa que se aliente demasiado en el Black Swan; se tolera, sin duda, cuando se trata de un joven vizconde con buenas relaciones, pero los componentes de aquel grupo no eran ni lo bastante ricos, ni lo bastante aristocráticos, ni lo bastante famosos para permitirse esa conducta. El propietario se estaba preguntando si debía enviar a alguien para hacerles una advertencia, cuando el grupo se trasladó más arriba y se encontró más o menos fuera del alcance del oído.

Dalgliesh apuntó:

—Supongo que para entonces habrían pagado ya la cuenta...

—Sí, desde luego, todo estaba pagado.

—¿Quién pagó?

—Bien, esto tal vez te sorprenda. Pagó Dominic Swayne, el hermano de Barbara Berowne. Era su fiesta. Él reservó la mesa. Y él pagó.

Dalgliesh dijo:

—Ese joven debía de llevar la cartera bien repleta si pudo pagar una cuenta de seis cenas en el Black Swan. ¿Por qué no formaba parte del grupo que celebraba el cumpleaños de su hermana?

—Winifred juzgó que no sería práctico hacer esa pregunta. Sin embargo, se le ocurrió pensar que tal vez él hubiera organizado su fiesta la misma noche para molestar a su hermana o, desde luego, a los que la acompañaban.

Esto también se le había ocurrido a Dalgliesh. Recordó el informe policial. El grupo lo constituían seis personas: Diana Travers, Dominic Swayne, dos chicas estudiantes de teatro y cuyos nombres no recordaba, Anthony Baldwin, diseñador de escenarios y Liza Galloway, que seguía un curso de administración teatral en el City College. Ninguno tenía antecedentes policiales, y de haberlos tenido ello hubiera ocasionado cierta sorpresa. Ninguno había sido investigado por la policía de Thames Valley, y tampoco esto resultaba sorprendente. No había habido nada sospechoso, al menos superficialmente, en la muerte de Travers. Se había sumergido desnuda en el Támesis y se había ahogado con una eficiencia poco espectacular, en cuatro metros de agua infestada por los juncos, en una cálida noche estival.

Ackroyd prosiguió su relato:

—Al parecer, el grupo tuvo el buen gusto, desde el punto de vista de los del restaurante, de no entrar un cadáver envuelto en hierbajos directamente a través de las puertas cristaleras del comedor. Afortunadamente, la puerta lateral que conduce a las cocinas era la más cercana. Las chicas entraron, anunciando a gritos que una de su grupo se había ahogado, mientras Baldwin, que aparentemente se comportó con más sentido común que los demás, trataba de administrar a la joven el «beso de la vida», aunque no con gran eficiencia. El *chef* salió para sustituirlo, con más experiencia, y estuvo trabajando en ella hasta que llegó la ambulancia. Para entonces, la chica estaba muerta del todo. Probablemente, lo había estado desde el momento en que la sacaron del agua. Pero tú ya estás enterado de todo esto. No irás a decirme que no has estudiado el informe de la encuesta efectuada, ¿verdad?

—¿Preguntó Winifred si Paul Berowne había estado allí aquella noche? —inquirió Dalgliesh.

—Sí, lo preguntó, con todo el tacto de que fue capaz. Al parecer, se le esperaba. Tenía algún asunto que le impedía unirse al grupo para la cena, pero dijo que intentaría llegar a tiempo para tomar el café con ellos. Poco antes de las diez, llamó por teléfono para decir que le habían entretenido y que no le era posible llegar. El detalle interesante es que estuvo allí..., al menos su coche.

—¿Cómo descubrió eso Winifred?

—Bien, debo decir que gracias a su astucia y sobre todo a la buena suerte. ¿Supongo que conoces el aparcamiento de coches junto al Black Swan?

Dalgliesh contestó:

—No, nunca he estado allí. Es un placer que todavía me reservo. Explícamelo.

—Pues bien, al propietario le desagrada el ruido de los coches al llegar y al partir, y no le culpo por ello, de modo que el aparcamiento está a unos cincuenta metros del restaurante y rodeado por un alto seto de hayas. No tienen un encargado del aparcamiento, pues es de suponer que resultaría demasiado caro. Los clientes han de caminar esos cincuenta metros y, si llueve, dejan primero a sus invitados ante la puerta, por lo tanto, ese aparcamiento queda aislado y es más o menos privado. Sin embargo, el portero le echa un vistazo de vez en cuando, y se le ocurrió a Winifred que difícilmente pudo Berowne haber dejado su coche allí si en realidad telefoneaba para decir que no podía llegar a tiempo. Después de todo, a cualquiera de aquel grupo se le podía haber ocurrido marcharse poco después, y entonces habría reconocido el coche. Por lo tanto, ella investigó un poco más en los alrededores. Hay una especie de zona libre poco antes de llegar a la A3, frente a una pequeña granja situada a poca distancia de la carretera. Preguntó allí.

—¿Con qué pretexto? —quiso saber Dalgliesh.

—Bueno, dijo tan sólo que estaba realizando una investigación privada para encontrar un coche robado. La gente siempre contesta a todo, mientras se le hagan las preguntas con suficiente aplomo. Deberías saber esto, mi querido Adam.

—Y tuvo suerte —dijo Dalgliesh.

—Ya lo creo. Un chico de unos catorce años estaba haciendo sus deberes de la escuela en su dormitorio, cuya ventana se encuentra en la fachada del edificio, y vio un Rover negro aparcado. Por ser chico, naturalmente se sintió interesado. Se mostró muy seguro acerca de la marca. Estuvo allí desde las diez, aproximadamente, y seguía allí cuando él se acostó.

—¿Tomó el número de la matrícula?

—No, esto le hubiera obligado a salir de casa, desde luego, y no se sentía tan intrigado como para tomarse esa molestia. Lo que le interesó fue el hecho de que hubiera sólo un hombre en el coche. Lo aparcó, lo cerró y se encaminó hacia el Black Swan. No es raro que aparquen coches allí, pero generalmente se trata de parejas de enamorados que se quedan dentro del coche.

—¿Pudo dar una descripción?

—Tan sólo de tipo muy general, pero más o menos correspondía a la de Berowne. Yo estoy convencido de que era su coche y de que él estuvo allí, pero admito que no hay pruebas. Eran las diez de la noche cuando el chico le vio, y en aquella parte no hay farolas. Yo no podía saber con certeza que se encontraba en el Black Swan cuando Diana Travers se ahogó y, como habrás observado en mi artículo, procuré cuidadosamente no decir semejante cosa.

—¿Consultaste con tus abogados antes de darlo a la imprenta?

—Claro que sí. No es que les gustara mucho, pero tuvieron que admitir que no podía contener calumnia.

Después de todo, era un dato puramente factual. Nuestras habladurías siempre lo son.

Y las habladurías, pensó Dalgliesh, eran como cualquier otro artículo en el mercado. Uno sólo lo recibía si tenía algo de valor que dar. Y Ackroyd, uno de los chismosos más notorios de Londres, tenía fama por la precisión y el valor de sus palabras. Coleccionaba pequeños retazos de información como otros guardan tornillos y clavos. Tal vez no los necesitara para la faena que en un momento dado tenía entre manos, pero antes o después podían resultarle útiles.

Y, por otra parte, le gustaba la sensación de poder que la murmuración le otorgaba. Tal vez redujera para él aquella ciudad vasta y amorfa a unas proporciones manejables, a los pocos centenares de personas que contaban en su mundo y que le daban la ilusión de vivir en un pueblo privado, íntimo pero diverso y no carente de excitación. Y él no era malévolo. Le gustaba la gente y disfrutaba complaciendo a sus amigos. Ackroyd se acurrucaba como una araña en su estudio y tejía su tela de blanda intriga. Le resultaba importante que al menos un hilo de la misma le conectase con un alto funcionario de la policía, como otros, mucho más poderosos, hacían con las camarillas parlamentarias, el teatro, Harley Street o la abogacía. Casi con toda seguridad, había registrado sus fuentes, dispuesto a ofrecer a Dalgliesh una pequeña prima de información. Dalgliesh creyó llegado el momento de buscarla y preguntó:

—¿Qué sabes de Stephen Lampart?

—No mucho, puesto que la naturaleza me ha ahorrado misericordiosamente la experiencia de los partos. Dos buenas amigas tuvieron sus bebés en su clínica de Hampstead, Pembroke Lodge. Todo fue muy bien; el heredero de un ducado y un futuro banquero mercantil, ambos dados a luz sin problemas y los dos varones, lo cual, tras una serie de niñas, era lo que se pretendía. Tiene fama de ser un buen ginecólogo.

—¿Y con las mujeres?

—Mi querido Adam, eres un hombre libidinoso. Por ser un ginecólogo, debe de tener particulares tentaciones. Después de todo, las mujeres están siempre dispuestas a mostrar su gratitud de la única manera que las pobrecillas conocen. Sin embargo, él sabe protegerse a sí mismo, y no sólo en lo que se refiere a su vida sexual. Hace ocho años, hubo una querella por calumnia. Tal vez la recuerdes. Un periodista llamado Mickey Case tuvo la mala idea de sugerir que Lampart había efectuado un aborto ilegal en Pembroke Lodge. En aquellos tiempos, las cosas eran algo menos liberales. Lampart se querelló y consiguió daños y perjuicios. Arruinó a Mickey. Desde entonces, no ha habido ni traza de escándalo. No hay nada como la fama de querellante para que uno se salve de la difamación. A veces se rumorea que él y Barbara Berowne son algo más que primos, pero no creo que nadie posea pruebas al respecto. Han sabido ser notablemente discretos y Barbara Berowne, desde luego, desempeñó a la perfección el papel de la amante y hermosa esposa del diputado cuando se le exigió que lo hiciera, lo cual no sucedía muy a menudo. Berowne nunca fue un tipo sociable. Una pequeña cena de vez en cuando, las usuales meriendas electorales, recaudación de fondos y cosas por el estilo. Sin embargo, a ella no se le exigía que se exhibiera en ese papel particular con inconveniente frecuencia. Lo curioso de Lampart es que se pasa la vida trayendo críos al mundo, pero al mismo tiempo le desagradan intensamente los niños. Aunque aquí estoy bastante de acuerdo con él. Hasta las cuatro semanas, son perfectamente encantadores, pero después, todo lo que pueda decirse en favor de los críos es que llega un momento en que han crecido ya. Él tomó sus precauciones contra la procreación; se sometió a una vasectomía.

—¿Y cómo diablos te has enterado de eso, Conrad?

—Mi querido amigo, eso no es ningún secreto. La

gente suele jactarse de esas cosas. Apenas se la hizo empezó a lucir una de esas corbatas nauseabundas que lo pregonan por ahí. Admito que es una nota bastante vulgar, pero es que en Lampart hay una nota de vulgaridad. Ahora la tiene más controlada, me refiero a la vulgaridad. La corbata está guardada en un cajón junto con, no me cabe duda de ello, otros recuerdos de su pasado.

Y eso no dejaba de ser un premio, pensó Dalgliesh. Si Barbara Berowne estaba embarazada y Lampart no era el padre, ¿quién podía serlo? De haber sido el propio Berowne y haber conocido él este hecho, ¿se hubiera sentido más o menos predispuesto a darse muerte? Probablemente, un jurado hubiera pensado que menos. Para Dalgliesh, que jamás había creído en la teoría del suicidio, esto no tenía una relevancia particular.

Sin embargo, la tendría, y muy considerable, para el fiscal, si él, Dalgliesh, agarraba a su hombre y el caso llegaba ante los jueces.

Ackroyd dijo entonces:

—¿Cómo te fue con la formidable lady Ursula? ¿La conocías ya?

—No. En mi vida social no suelo tratar con hijas de condes. Y, hasta el momento, tampoco había conocido a ninguna en el ámbito de mi trabajo. ¿Qué debería pensar acerca de ella? Dímelo tú.

—Lo que todo el mundo quiere saber acerca de ella —al menos, todos los de su generación— es por qué se casó con sir Henry. Pero resulta que yo conozco la respuesta. La he deducido totalmente por mi cuenta. Tal vez pienses que mi teoría es obvia, pero ello no le restará mérito. Explica por qué tantas mujeres hermosas eligen a hombres tan ordinarios. Es porque una mujer hermosa —y estoy hablando de belleza, no solamente de atractivo— es totalmente ambivalente en lo que respecta a su belleza. Con una parte de su mente sabe que ésta es la cosa más importante que hay en su persona. Y, desde luego, hay que reconocer que así es. Pero con otra parte de su persona desconfía de ello. Al fin y al cabo, sabe que se trata de algo transitorio. Ha de presenciar cómo se desvanece esa belleza. Ella desea ser amada por otra cualidad, en general una que no posee. Por lo tanto, cuando lady Ursula se cansó de todos aquellos jóvenes importunos que la rodeaban y la colmaban de cumplidos, eligió al viejo Henry, que durante años la había amado devotamente, que sin duda seguiría amándola hasta que muriese, y que no parecía darse cuenta de que se había apropiado la belleza más admirada de Inglaterra. Al parecer, todo funcionó perfectamente. Ella le dio dos hijos y le fue fiel..., es decir, más o menos. Y ahora, pobrecita, se ha quedado sin nada.

El título de su padre se extinguió cuando su único hermano murió en 1917. Y ahora ocurre esto. A no ser, desde luego, que Barbara Berowne lleve en su vientre un heredero, lo cual, dadas las circunstancias, parece improbable.

Dalgliesh preguntó:

—¿No será la parte menos importante de la tragedia, esa extinción del título de baronet?

—No necesariamente. Un título, particularmente si es antiguo, confiere una confortable sensación de continuidad familiar, casi una especie de inmortalidad personal. Si se pierde, uno empieza a comprender que toda la carne es ceniza. Voy a darte un consejo, mi querido Adam. No subestimes nunca a lady Ursula Berowne.

Dalgliesh repuso:

—No hay peligro de ello. ¿Conociste personalmente a Paul Berowne?

—No. Conocía a su hermano, pero no muy bien. Nos conocimos cuando se hizo novio oficial de Barbara Swayne. Hugo era un anacronismo, más bien un héroe de la primera guerra mundial que un soldado moderno. Casi se esperaba verlo golpeándose los pantalones caqui de montar con su bastón, y llevando espada. Cabía esperar que los de su especie se hicieran matar. Nacen para eso. Si no lo hicieran, ¿qué diablo harían de sus personas cuando envejecieran? Era, desde luego, el hijo predilecto, y con mucho. Era el tipo de hombre al que su madre comprendía, que se había criado junto a ella, con esa mezcla de belleza física, temeridad y encanto. Empecé a interesarme por Paul Berowne cuando decidimos escribir ese corto artículo, pero admito que la mayor parte de información que obtuve sobre él es de segunda mano. Una parte de la tragedia privada de Paul Berowne, desde luego pequeña si la miramos *sub specie aeternitatis*, la resumió perfectamente Jane Austen.

»"Su carácter tal vez se agriara un poco al descubrir, como tantos otros de su mismo sexo, que, debido a una injustificable inclinación en favor de la belleza, era el marido de una mujer muy necia." *Orgullo y prejuicio*, palabras del señor Bennet.

—*Razón y sensibilidad*, palabras del señor Palmer. Y cuando uno conoce a Barbara Berowne, esa inclinación no parece tan injustificable.

—¿*Razón y sensibilidad*? ¿Estás seguro? Sea como sea, me satisface verme inmune a ese especial atractivo y al impulso de posesión que parece inseparable de él. La belleza sofoca la facultad de crítica. Sabe Dios lo que pensó Berowne estar consiguiendo, aparte de toda una carga de culpabilidad. Probablemente, el Santo Grial.

En general, pensó Dalgliesh, la visita a Saint John's Wood había sido más fructífera incluso de lo que él esperaba. Se entretuvo antes de dar por terminado su té. Debía a su anfitriona, como mínimo, la apariencia de una decente urbanidad, y por otra parte tampoco tenía ningún deseo especial de marcharse con apresuramiento. Relajado por la solícita atención de Nellie Ackroyd, cómodamente instalado en una butaca discretamente mecedora, cuyos brazos y respaldo parecían diseñados precisamente para amoldarse a su cuerpo, y con la vista calmada por el distante fulgor del canal visto a través de aquel invernadero lleno de luz, tuvo que hacer un esfuerzo para levantarse y despedirse, y emprender su regreso al Yard, recoger a Kate Miskin y llevarla con él a entrevistar a la única hija de Berowne.

5

Melvin Jones no llevaba la intención de hacer el amor. Había encontrado a Tracy en el lugar de costumbre, la cerca junto al camino de sirga, y habían caminado, rodeando ella con su brazo el suyo y con su cuerpo delgado apretado contra el de él, hasta que llegaron a su lugar secreto, aquella franja de hierba aplanada detrás de los densos saúcos, junto al erguido y muerto tocón de un árbol. Y ocurrió todo como sabía él que ocurriría. El breve y escasamente satisfactorio espasmo y lo que ocurrió antes no presentaron ninguna diferencia con lo que siempre había sucedido.

El intenso olor a tierra y a hojas muertas, el blando suelo bajo sus pies, el cuerpo ávido de ella forcejeando bajo el suyo, el olor de sus axilas, sus dedos arañando su cuero cabelludo, el roce de la corteza del árbol contra su mejilla, el centelleo del canal divisado a través de la hojarasca. Todo terminó, pero después la depresión que siempre seguía fue peor que todo lo que hubiera experimentado antes. Tenía ganas de hundirse en la tierra y gemir en voz alta. Ella murmuró:

—Cariño, tenemos que ir a ver a la policía. Debemos explicarles lo que vimos.

—No fue nada. Tan sólo un coche aparcado frente a la iglesia.

—Frente a la puerta de la sacristía. Frente al lugar donde ocurrió aquello. La misma noche. Y sabemos la hora, más o menos las siete. Pudo ser el coche del asesino.

—No es probable que condujera un Rover negro, y ni siquiera vimos su matrícula.

—Pero tenemos que explicarlo. Si no encuentran a quién lo hizo y vuelve a matar, nunca nos lo perdonaremos.

Esta nota de untuosa rectitud le dio náuseas. Preguntóse por qué no había notado nunca ese tono plañidero en la voz de ella. Sabiendo que de nada iba a servir dijo:

—Me dijiste que tu padre nos mataría si supiera que nos hemos estado viendo. Todas esas mentiras que le has contado, sobre tus clases nocturnas. Dijiste que nos mataría a los dos.

—Pero, cariño, ahora es diferente. Él lo comprenderá. Y siempre podemos casarnos. Les diremos que estamos prometidos.

Claro, pensó él, repentinamente iluminado. A papá, aquel respetable predicador laico, no le importaría con tal que no hubiera escándalo. Papá disfrutaría de la publicidad, de una sensación de importancia. Ellos tendrían que casarse. Papá, mamá y la propia Tracy se asegurarían de ello. Era como si su vida se revelara de pronto en una lenta película de desesperanza, sucediéndose una imagen tras otra a lo largo de los años insoslayables. Trasladarse a la casita de los padres de ella, pues ¿dónde más podían permitirse vivir? Esperar un piso del municipio. El primer bebé llorando en plena noche. La voz plañidera y acusadora de ella. La muerte lenta, incluso del deseo. Un hombre había muerto, un ex ministro, un hombre al que él nunca había conocido, nunca había visto, cuya vida y la suya jamás habían entrado en contacto hasta ese momento. Alguien, su asesino o un automovilista inocente, había aparcado su Rover frente a la iglesia. La policía detendría al asesino, si es que había un asesino, y éste iría a la prisión de por vida, y al cabo de diez años se le dejaría salir, libre de nuevo. Pero él sólo tenía veintiún años y su sentencia perpetua sólo terminaría con su muerte. ¿Y qué había hecho él para merecer semejante castigo? Un pecado tan insignificante, comparado con el asesinato. Tuvo que reprimir un gemido ante tamaña injusticia.

—Está bien —dijo con sorda resignación—. Iremos al puesto de policía de Harrow Road. Les explicaremos lo del coche.

6

El piso de Sarah Berowne se encontraba en una tétrica hilera de casas victorianas de cinco pisos, cuya recargada y mugrienta fachada distaba unos diez metros de Cromwell Road, situada detrás de un seto de polvorientos laureles y aligustre espinoso y casi privado de hojas. Junto al interfono había una hilera de nueve timbres, el más alto de los cuales ostentaba una sola palabra: «Berowne». La puerta se abrió al empujarla, apenas llamaron, y Dalgliesh y Kate atravesaron un vestíbulo y avanzaron por un estrecho pasillo, con el suelo recubierto de linóleo y las paredes pintadas en el sempiterno crema brillante; el único mobiliario consistía en una mesa para la correspondencia. La caja del ascensor sólo tenía cabida para dos pasajeros. Su pared posterior la cubría casi por completo un espejo, pero mientras la cabina ascendía lentamente y rechinando, la imagen de sus dos figuras tan cerca entre sí que él podía oler el limpio y dulce aroma del cabello de ella, y casi podía imaginar que oía latir su corazón, no hizo nada para disipar su incipiente claustrofobia. Se detuvieron con una sacudida. Al salir al pasillo y volverse Kate para cerrar la reja del ascensor, Dalgliesh vio que Sarah Berowne les esperaba ante su puerta abierta.

La semejanza de familia era casi sobrecogedora. La joven estaba enmarcada frente a la luz de su apartamento, como una frágil sombra femenina de su padre. Tenía los mismos ojos grises y ampliamente separados, la misma inclinación de los párpados, la misma distinción en el porte, pero carente de la pátina masculina constituida por la confianza y el éxito. Los cabellos rubios, sin mechas de oro como los de Barbara Berowne, sino más oscuros, casi rojizos, mostraban ya las primeras hebras grises y colgaban en secos y mortecinos mechones junto a aquella cara alargada de Berowne. Él sabía que sólo tenía veinte años y pico, pero parecía mucho mayor, con aquella piel color de miel exangüe y fatigada. Ni siquiera se molestó en echar una ojeada a su credencial y Dalgliesh se preguntó si es que no le importaba o con ello denotaba un leve gesto de menosprecio. Se limitó a inclinar levemente la cabeza cuando le presentó a Kate, y después se hizo a un lado y les invitó a pasar a la sala de estar, atravesando el recibidor. Una figura familiar se levantó para recibirlos y se encontraron cara a cara con Ivor Garrod.

Sarah Berowne los presentó, pero no explicó el motivo de su presencia. No obstante, no había razón para hacerlo, ya que se trataba de su apartamento y ella podía invitar a quien se le antojara. Eran Kate y él los intrusos, presentes allí, en el mejor de los casos, por invitación o porque no había más remedio, tolerados, rara vez bien acogidos.

Después de la oscuridad del pasillo y de aquel ascensor claustrofóbico, se encontraban ahora en el vacío y la luz. El apartamento era una reconversión a partir de la mansarda del tejado; la sala de estar, de techo muy bajo, abarcaba casi toda la longitud de la casa y su pared norte, totalmente de vidrio y con puertas correderas, daba a un estrecho balcón. Había una puerta en el extremo más distante, que presumiblemente llevaba a la cocina. Dalgliesh supuso que el dormitorio y el baño tenían su entrada por el vestíbulo, en la parte frontal de la casa. Había adquirido la habilidad de captar las características sobresalientes de una habitación sin aquel examen preliminar abierto, que él hubiera juzgado ofensivo en cualquier extraño, y mucho más en un policía. Pensaba a veces que no dejaba de ser extraño que un hombre morbosamente sensible respecto a su propia intimidad hubiera elegido un trabajo que le exigía invadir casi a diario la intimidad de los demás. Sin embargo, los espacios donde vivía la gente, y las posesiones personales con las que ésta se rodeaba, eran inevitablemente fascinantes para un detective, una afirmación de identidad que resultaba intrigante en sí misma, pero también como delación de carácter, intereses y obsesiones. Esa habitación era, evidentemente, a la vez sala de estar y estudio. Estaba amueblada escasamente, pero con comodidad. Había dos grandes y viejos sofás en paredes opuestas, y sobre ellos estantes para libros, el estéreo y un pequeño armario para las bebidas. Ante la ventana había una mesita redonda, con cuatro sillas. La pared situada frente a la ventana estaba recubierta con paneles de corcho en los que se había fijado, con chinchetas, una colección de fotografías. A la derecha había fotos de Londres y de londinenses, evidentemente destinadas a establecer una postura política: parejas elegantemente ataviadas para una fiesta en los jardines de palacio, avanzando sobre el césped de Saint James's Park, con la tarima de la banda de música como fondo; un grupo de negros en Brixton, mirando malhumorados al objetivo; los Queen's Scholars de la escuela de Westminster, decorosamente situados en el interior de la abadía; un abarrotado patio de recreo victoriano, con un niño delgado y de ojos tristones que se agarraba a una barandilla como si fuera un animalito aprisionado; una mujer con cara de zorro eligiendo un abrigo de pieles en Harrods; un par de jubilados, con las deformadas manos en sus regazos y sentados muy rígidos, como figuras de Staffordshire, uno a cada lado de su estufa eléctrica de un solo panel. Pensó que el mensaje político era demasiado fácil para llevar mucho peso, pero, en su opinión, las fotografías eran técnicamente válidas y, ciertamente, con una buena composición. A la izquierda del tablero había lo que probablemente había sido un encargo más lucrativo: una hilera de retratos de escritores de fama. Parte de la preocupación de la fotógrafa por las privaciones sociales parecía haber infectado también su trabajo en este sentido. Los hombres, sin afeitar, vestidos despreocupadamente con camisas sin corbata y el cuello abierto, daban la impresión de acabar de tomar parte en un debate literario del Canal 4, o de dirigirse a una bolsa de trabajo de los años treinta, mientras que las mujeres parecían inquietas o a la defensiva, excepto una rolliza abuela famosa por sus novelas detectivescas, que miraba tristemente a la cámara, como si deplorase la nota sanguinaria de su oficio o bien la magnitud de su progreso en él.

Sarah Berowne les indicó el sofá a la derecha de la puerta y ella se sentó en el opuesto. Era, pensó Dalgliesh, una distribución muy poco conveniente para todo lo que no fuera una conversación a gritos. Garrod se acomodó en el brazo del sofá al otro lado de ella, como si se distanciara deliberadamente de los tres. En el último año se había retirado, al parecer voluntariamente, del escenario de la política y últimamente se le oía mucho menos exponer los puntos de vista de la Campaña Revolucionaria Obrera, concentrándose, aparentemente, en su trabajo como asistente social de la comunidad, cualquiera que fuese el significado de esta denominación. Pero se le reconocía inmediatamente como hombre que, incluso en reposo, se comportaba como si conociera perfectamente la fuerza de su presencia física, aunque con esa fuerza sometida a un control consciente. Llevaba unos pantalones vaqueros con una camisa blanca de cuello abierto y tenía un aspecto a la vez deportivo y elegante. Parecía salido, pensó Dalgliesh, de un retrato de los Uffizi, con su rostro florentino alargado y arrogante, la boca generosamente curvada bajo el breve labio superior, la nariz pronunciada y una mata de pelo negro, con unos ojos a los que nada les pasaba por alto. Preguntó:

—¿Desean beber algo? ¿Vino, whisky o café?

Su tono era casi estudiadamente cortés, pero no sardónico ni tampoco provocativamente obsequioso. Dalgliesh conocía su opinión sobre la Policía Metropolitana, pues la había proclamado con harta frecuencia. Sin embargo, ahora llevaba el juego con mucho cuidado. Habían de estar todos en el mismo bando, al menos por el momento. Dalgliesh y Kate rehusaron su invitación y hubo un breve silencio que rompió Sarah Berowne al decir:

—Han venido a causa de la muerte de mi padre, claro. No creo que pueda decirles gran cosa que sirva de ayuda. Hacía más de tres meses que no lo había visto ni había hablado con él.

Dalgliesh dijo:

—Pero usted estuvo en el sesenta y dos de Campden Hill Square el martes por la tarde.

—Sí, para ver a mi abuela. Tenía una hora libre entre mis citas y quería tratar de descubrir qué estaba sucediendo, con la dimisión de mi padre y los rumores sobre su experiencia en esa iglesia. No había nadie más a quien preguntárselo, con quien hablar. Pero ella había salido a tomar el té. No esperé y me marché alrededor de las cuatro y media.

—¿Entró en el estudio?

—¿El estudio?

Pareció sorprendida, pero enseguida dijo:

—Supongo que está usted pensando en su dietario. La abuela me dijo que lo habían encontrado medio quemado en la iglesia. Estuve en el estudio, pero no lo vi.

Dalgliesh preguntó:

—¿Pero sabía dónde lo guardaba él?

—Claro. En el cajón del escritorio. Todos lo sabíamos. ¿Por qué lo pregunta?

Dalgliesh repuso:

—Sólo por si lo vio usted. Hubiera sido útil saber si el dietario se encontraba allí a las cuatro y media. No podemos seguir los pasos de su padre desde que salió de la oficina de un agente de fincas en Kensington High Street, a las once y media. Si casualmente hubiera mirado usted en el cajón y hubiese visto el dietario, habría entonces la posibilidad de que él hubiera regresado a casa, sin ser visto, en algún momento durante aquella tarde.

Ésta era tan sólo una posibilidad y Dalgliesh no creía ni mucho menos que Garrod ignorase las demás. Éste dijo entonces:

—Ni siquiera sabemos lo que ocurrió, excepto lo que Sarah supo a través de su abuela, es decir, que sir Paul y el vagabundo murieron degollados, y que al parecer la navaja de él fue el arma. Esperábamos que usted pudiera decirnos algo más. ¿Está sugiriendo que se trató de un asesinato?

Dalgliesh contestó:

—Bien, no creo que pueda haber ninguna duda de que fue un asesinato.

Vio cómo los dos interlocutores sentados frente a él adoptaban visiblemente una postura más rígida, y entonces añadió con toda calma:

—Desde luego, el vagabundo, Harry Mack, no se cortó él mismo la garganta. Su muerte puede no tener un gran significado social, pero sin duda su vida tenía alguna importancia, al menos para él.

Pensó: «Si esto no provoca a Garrod, no sé qué otra cosa puede hacerlo.» Sin embargo, Garrod se limitó a decir:

—Si nos piden que presentemos una coartada por el asesinato de Harry Mack, le diré que estuvimos los dos aquí desde las seis del martes hasta las nueve de la mañana del miércoles. Cenamos aquí. Yo compré un flan de setas en Marks y Spencer, en Kensington High Street, y lo despachamos entre los dos. Podría decirle qué vino bebíamos, pero supongo que esto debe de carecer de importancia.

Era la primera señal de irritación, pero su voz seguía siendo suave, y su mirada clara y fija. Sarah Berowne dijo:

—Pero papá... ¿Qué le ocurrió a papá?

De pronto parecía tan asustada e indefensa como una chiquilla que se hubiera perdido.

Dalgliesh contestó:

—Tratamos el caso como una muerte sospechosa. No podemos decir mucho más hasta que obtengamos el resultado de la autopsia y de los análisis forenses.

Repentinamente, ella se levantó y se dirigió hacia la ventana para contemplar los treinta metros de descuidado jardín otoñal. Garrod abandonó el brazo del sofá y se acercó al armario de las bebidas; seguidamente, llenó dos copas de vino tinto. Le ofreció una en silencio a la joven, pero ésta denegó con la cabeza. Después volvió al sofá y se sentó, sosteniendo su copa, pero sin beber. Dijo:

—Vamos a ver, comandante, supongo que ésta no es exactamente una visita de pésame. Y aunque resulte tranquilizador oírle expresar su preocupación por Harry Mack, no está usted aquí a causa de un vagabundo muerto. Si el cadáver de Harry hubiera sido el único en esa sacristía de iglesia, como máximo habría movilizado a un sargento de detectives. Yo pensaría que la señorita Berowne tiene derecho a saber si se la está interrogando en una investigación por asesinato o si ustedes tan sólo sienten curiosidad por saber por qué Paul Berowne pudo haberse rajado la garganta. Quiero decir que o bien lo hizo o no lo hizo. La investigación criminal es trabajo de ustedes, no mío, pero yo creo que, en estos momentos, ya debería estar bien claro si las cosas van por un lado o por el otro.

Dalgliesh se preguntó si esa contundente parrafada había sido intencionada. De todos modos, Garrod no consideró necesario excusarse por ella. Contemplando aquella figura inmóvil junto a la ventana, Dalgliesh vio que Sarah Berowne se estremecía ligeramente. Después, como por un esfuerzo de su voluntad, se apartó de la ventana y le miró fijamente. Dalgliesh ignoró a Garrod y habló directamente a la joven.

—Me gustaría mostrarme más seguro, pero, por el momento, esto no es posible. Evidentemente, el suicidio es una posibilidad. Yo esperaba que usted hubiera visto recientemente a su padre y pudiera decirme qué impresión le causó, si le dijo algo que pudiera tener relevancia con respecto a su muerte. Ya sé que esto es doloroso para usted. Lamento que nos veamos obligados a hacer estas preguntas, y que tengamos que estar aquí.

Ella dijo:

—Me habló en una ocasión acerca del suicidio, pero no en el aspecto al que usted se refiere.

—¿Recientemente, señorita Berowne?

—Oh, no, hace años que no nos hablamos. Me refiero a hablarnos como algo más que emitir sonidos con las bocas. No, esto ocurrió cuando yo estaba en casa, terminado mi primer curso en Cambridge. Uno de mis amigos se había matado y mi padre y yo hablamos sobre su muerte, y sobre el suicidio en general. Siempre lo he recordado. Él dijo que ciertas personas pensaban en el suicidio como una de las opciones que se abrían ante ellos. No lo era. Era el fin de todas las opciones. Y citó a Schopenhauer: «El suicidio puede ser considerado como un experimento, una pregunta que el hombre hace a la naturaleza, tratando de obligarla a una respuesta. Es en realidad un torpe experimento, pues implica la destrucción de la misma conciencia que plantea la pregunta y espera la contestación». Papá dijo que mientras vivamos aquí siempre existe la posibilidad, la certeza del cambio. El único momento racional para que un hombre se mate no es cuando la vida se hace intolerable, sino cuando él preferiría no vivirla aunque se hiciera tolerable, incluso agradable.

—Eso suena a desesperación final —observó Dalgliesh.

—Sí, supongo que eso es lo que pudo haber sentido él, una desesperación definitiva.

De pronto habló Garrod, diciendo:

—Pudo haber citado con mayor razón a Nietzsche. «El pensamiento del suicidio es un gran consuelo, ya que por medio de él uno logra escapar de una mala noche.»

Ignorándole, Dalgliesh siguió hablando directamente con Sarah Berowne:

—Por consiguiente, ¿su padre no la veía ni le escribía? ¿No le explicó lo que había ocurrido en aquella iglesia, por qué estaba abandonando su puesto, su escaño parlamentario?

Casi esperaba que ella replicara: «¿Qué tiene esto que ver con esta investigación y qué tiene que ver con usted?», pero lo que contestó fue:

—¡Oh, no! Supongo que él no creía que a mí me importara una u otra cosa. Sólo me enteré de ello cuando su mujer me telefoneó. Fue cuando abandonó su cargo ministerial. Parecía como si ella pensara que yo pudiera tener cierta influencia sobre él. Esto demostraba lo poco que nos conocía a él y a mí. Si ella no me hubiera telefoneado, yo habría tenido que enterarme de su dimisión por los periódicos. —Y de repente exclamó—: ¡Dios mío! Ni siquiera pudo convertirse como un hombre corriente. Se le tuvo que conceder su propia visión personal y beatífica. Ni siquiera pudo dimitir de su cargo con una reserva decente.

Dalgliesh intervino con tono suave:

—Parece ser que actuó con una reserva considerable. Evidentemente, pensaba que se trataba de una experiencia privada, más propia para ser realizada que discutida.

—Bien, es que difícilmente podía plantearla en las primeras páginas de los suplementos dominicales. Tal vez se diera cuenta que con ello sólo lograría ponerse en ridículo. Él y su familia.

Dalgliesh inquirió:

—¿Hubiera importado mucho?

—A mí no, pero a la abuela sí le hubiera importado..., y supongo que le importa ahora. Y a su esposa, desde luego. Ella creía haberse casado con un futuro sucesor del primer ministro. No le hubiera agradado verse atada a un chiflado religioso. Pues bien, ahora ya se ha librado de él. Y él se ha librado de nosotros, de todos nosotrós.

Guardó silencio por unos momentos y después dijo con súbita vehemencia:

—No voy a fingir. Por otra parte, usted sabe perfectamente que mi padre y yo estábamos... digamos distanciados. No hay ningún secreto en ello. No me gustaban sus ideas políticas, no me gustaba cómo trataba a mi madre, no me gustaba cómo me trataba a mí. Yo soy marxista, y tampoco esto es un secreto. Su gente debe de tenerme apuntada en una de sus listas, en alguna parte. Y yo respeto mis creencias políticas. No creo que él lo hiciera en realidad. Esperaba de mí que discutiera de política como si estuviéramos charlando sobre una obra teatral reciente que ambos hubiéramos visto, o un libro que hubiésemos leído, como si fuese una diversión intelectual, algo sobre lo que se pudiera tener lo que él llamaba una argumentación civilizada. Decía que esto era una de las cosas que él deploraba en la pérdida de la religión, pues significaba que la gente elevaba la política al nivel de una fe religiosa y eso era peligroso. Pues bien, esto es lo que la política es para mí, una fe.

Dalgliesh dijo:

—En vista de sus sentimientos respecto a él, el legado que le deja debe de plantearle un dilema de conciencia.

—¿Es ésta su manera diplomática de preguntarme si maté a mi padre por su dinero?

—No, señorita Berowne. No, es una manera particularmente diplomática de averiguar cómo se siente usted ante un dilema moral que no tiene nada de raro.

—Pues me siento bien, perfectamente. En lo que a mí se refiere, no hay dilema. A todo lo que consiga se le dará un buen uso, por una vez. No va a ser mucho. Veinte mil libras, ¿verdad? Van a necesitarse más de veinte mil libras para cambiar este mundo.

De pronto volvió al sofá, se sentó y vieron que estaba llorando. Dijo entonces:

—Lo siento, lo siento mucho. Esto es ridículo. No es más que la impresión. Y el cansancio. Esta noche apenas he dormido. Y he tenido un día muy atareado, con cosas que no podía cancelar. Y por otra parte, ¿por qué había de cancelarlas? Nada puedo hacer por él.

Este fenómeno no era nuevo para Dalgliesh. Las lágrimas de los demás, el dolor de los demás eran inseparables de una investigación por asesinato. Había aprendido a no mostrar sorpresa ni embarazo. La respuesta variaba, desde luego. Una taza de té caliente y dulce si había alguien a mano para prepararla, una copa de jerez si la botella estaba cerca, un trago de whisky. Nunca había sido apto para reconfortar con una mano en el hombro de los demás, y en este caso sabía que este gesto no sería bien acogido. Sintió que Kate se envaraba a su lado, como si quisiera moverse instintivamente hacia la joven. Después, Kate miró a Garrod, pero Garrod no se movió. Esperaron en silencio. Los sollozos no tardaron en ser controlados y Sarah Berowne alzó de nuevo su cara hacia ellos y dijo:

—Lo siento, lo siento muchísimo. Por favor, no me hagan caso; dentro de unos momentos estaré bien.

Garrod dijo entonces:

—No creo que haya nada más que podamos decirles y les resulte útil, pero si lo hay tal vez podría esperar a otros momentos. La señorita Berowne está trastornada.

Dalgliesh repuso:

—Ya lo veo. Si quiere que nos marchemos, desde luego lo haremos inmediatamente.

Ella alzó la vista y dijo a Garrod:

—Vete tú. Yo estoy bien. Ya has dicho lo que viniste a decir. Estuviste aquí conmigo el martes por la noche, toda la noche. Estuvimos juntos. Y nada puedes decir acerca de mi padre. Jamás lo conociste. Por consiguiente, ¿por qué no te marchas?

Dalgliesh quedó sorprendido ante el repentino veneno en su voz. A Garrod no debió de gustarle esa contundente despedida, pero era demasiado dueño de sí y demasiado astuto para protestar. La miró con lo que parecía ser amable interés en vez de enojo, y dijo:

—Si me necesitas, me llamas.

Dalgliesh esperó hasta que llegó a la puerta y entonces dijo tranquilamente:

—Un momento. Diana Travers y Theresa Nolan. ¿Qué sabe usted sobre ellas?

Garrod quedó inmóvil durante un segundo y después se volvió lentamente y contestó:

—Sólo que las dos están muertas. De vez en cuando, le echo un vistazo a la *Paternoster Review*.

Dalgliesh continuó:

—El reciente artículo de sir Paul en esta revista se basaba en parte en un comunicado anónimo que le enviaron a él y a varios periódicos. Este comunicado.

Sacó un papel de su cartera y se lo entregó a Garrod. Reinó el silencio mientras lo leía. Después, con la cara totalmente inexpresiva, Garrod se lo pasó a Sarah Berowne y dijo:

—Seguramente, no estará sugiriendo que Berowne se cortó el cuello porque alguien le envió una carta poco amable. ¿No sería mostrarse excesivamente sensible, tratándose de un político? Y él era abogado. Si creía que era motivo de querella, sabía dónde encontrar el remedio.

Dalgliesh dijo:

—No sugiero que esto aporte un motivo para un suicidio. Me estaba preguntando si usted o la señorita Berowne tenían alguna idea de quién pudo haberlo enviado.

La joven le devolvió el papel, limitándose a negar con la cabeza, pero Dalgliesh observó que su exhibición no había sido bien recibida. Ella no era buena actriz, ni tampoco una hábil mentirosa. Garrod dijo:

—Admito que yo daba por sentado que la criatura que Theresa Nolan abortó era de Berowne, pero no me sentí inclinado a hacer nada al respecto. De haberlo hecho, hubiera buscado algo más efectivo que ese párrafo insustancial y lleno de despecho. Sólo vi una vez a la chica, en una poco afortunada cena que se dio en Campden Hill Square. Lady Ursula estaba convaleciente y era la primera noche que bajaba. Desde luego, la pobre chica no parecía muy contenta, pero es que a lady Ursula le habían enseñado a saber en qué lugar la gente tiene derecho a cenar y, claro está, el lugar que debe ocupar cada uno en la mesa. La enfermera Nolan, pobre chica, estaba comiendo fuera del lugar que se le había destinado y se lo hizo notar.

Sarah Berowne intervino con voz suave:

—No intencionadamente.

—¡Es que no he dicho que fuera intencionadamente! Las mujeres como tu abuela resultan ofensivas por el mero hecho de existir. La intención no tiene nada que ver con ello.

Y entonces, sin tocar a Sarah Berowne, sin dirigirle siquiera una mirada, se despidió de Kate y Dalgliesh tan formalmente como si todos hubieran sido comensales en una cena, y la puerta se cerró tras él. La joven trató de dominarse, pero finalmente estalló en sollozos. Kate se levantó, atravesó la puerta del lado opuesto y, después de lo que a Dalgliesh le pareció un tiempo innecesariamente largo, regresó con un vaso de agua, se sentó al lado de Sarah Berowne y se lo ofreció en silencio. La joven bebió ávidamente, y después dijo:

—Gracias. Me he comportado como una tonta. Pero es que no me hago a la idea de que esté muerto, de que nunca más volveré a verlo. Supongo que siempre pensé que algún día, de alguna manera, las cosas se arreglarían entre nosotros dos. Supongo que pensaba que sobraba tiempo para ello. Había todo el tiempo del mundo. Y ahora todos han desaparecido: mamá, papá, el tío Hugo... ¡Dios mío, me siento tan desesperada!

Había cosas que a él le hubiera gustado preguntar, pero no era el momento oportuno. Esperaron hasta que ella volvió a calmarse y después le preguntaron si verdaderamente se encontraba bien del todo, antes de marcharse. Esta pregunta le sonó a él insincera, como una hipocresía formal. Estaba tan bien como pudo haberlo estado mientras ellos se encontraban allí.

Al alejarse de la casa en el coche, Kate guardó silencio durante unos momentos y después dijo:

—Es una cocina totalmente eléctrica, señor. Hay un paquete intacto de cuatro cajas de cerillas Bryant and May en la alacena, y eso es todo. Pero, eso no demuestra nada. Pudieron haber comprado una sola caja y tirarla después.

Dalgliesh pensó: «Ha ido a buscar el vaso de agua mostrando una compasión auténtica, una preocupación sincera, pero su mente seguía fija en la búsqueda de pruebas. ¡Y algunos de mis hombres creen que las mujeres son más sentimentales que ellos!» Dijo:

—No nos servirá de mucho tratar de encontrar una caja de cerillas. Una cerilla es el objeto al que más fácilmente se le puede echar mano, y el más difícil de identificar.

—Pero hay otra cosa, señor. Miré en el cubo de la basura y encontré el envoltorio de cartón del flan de setas de Marks y Spencer. Es verdad que lo comieron, pero tenía dos días más que su fecha de venta, adjudicada al martes. Por lo tanto, no pudo haberlo comprado entonces. ¿Desde cuándo Marks y Spencer vende alimentos pasados de fecha? No supe si desearía usted o no tener ese envase.

Dalgliesh contestó:

—Todavía no tenemos derecho a sacar nada del piso. Sería prematuro. Cabría decir incluso que es una pista que les favorece. Si ellos hubieran planeado este crimen, sospecho que Garrod habría comprado la comida el martes por la mañana, y se habría asegurado de que la dependienta se acordara de él. Y, además, hay otra cosa: han presentado una coartada para toda la noche. Esto sugiere que tal vez no estén enterados de las horas más importantes.

—Pero ¿no es Garrod demasiado listo para caer en semejante trampa?

—Desde luego, no presentaría una coartada perfectamente ajustada para las ocho, pero la que tiene, más bien generosa en este aspecto, cubre todas las horas desde las seis de la tarde hasta las nueve de la mañana siguiente, lo que sugiere que juega sobre seguro.

Y, como todas las demás coartadas, no sería fácil desmontarla. Los dos se habían estudiado su actuación antes de la visita, como lo hacían antes de cada entrevista. Sabían que Garrod vivía solo en un apartamento de un solo dormitorio en Bloomsbury, situado en un gran bloque de viviendas anónimas, sin portero. Si aseguraba haber pasado la noche en otro lugar, era difícil prever cómo cabría demostrar otra cosa. Como todos los restantes relacionados con el caso que habían sido interrogados hasta el momento, Sarah Berowne y su amante habían presentado una coartada. La policía tal vez no la juzgara como demasiado convincente, pero Dalgliesh tenía una opinión demasiado elevada sobre la inteligencia de Garrod para suponer que la coartada pudiera ser anulada con facilidad, y, desde luego, no mediante un sello con una fecha en el envase de cartón de un flan de setas.

De nuevo en el Yard, apenas había entrado Dalgliesh en su despacho irrumpió también en él Massingham. Éste se enorgullecía de su capacidad para controlar toda excitación y su voz resonó con una cuidada indiferencia.

—Harrow Road acaba de telefonear, señor. Hay un hecho interesante. Hace diez minutos, una pareja se presentó en el puesto, un chico de veintiún años y su chica. Dicen que se encontraban el martes por la tarde en el camino de sirga, al parecer haciendo el amor. Pasaron por la verja de entrada de Saint Matthew poco antes de las siete. Había un gran Rover negro aparcado frente a la puerta sur.

—¿Se fijaron en la matrícula?

—No ha habido tanta suerte. Ni siquiera están seguros de la marca, pero sí con respecto a la hora. A la chica la esperaban en su casa a las siete y media y los dos miraron sus relojes poco antes de abandonar el camino de sirga. Y el chico, Melvin Jones, cree que pudo haber sido una matrícula A. En Harrow Road creen que dice la verdad. El pobre muchacho parece petrificado. Desde luego, no es ningún chiflado que ande buscando publicidad. Han pedido a los dos que esperen hasta que yo llegue allí. —Y añadió—: Aquel aparcamiento junto a la iglesia podría ser útil para cualquiera que lo conociera, pero es evidente que los vecinos de ese barrio prefieren aparcar sus coches allí donde puedan tenerles la vista encima. Y, desde luego, no es un lugar donde haya teatros ni restaurantes lujosos. En mi opinión, sólo hay un Rover negro al que cabría suponer aparcado ante aquella iglesia.

Dalgliesh contestó:

—Eso es prematuro, John. Oscurecía y esos jóvenes llevaban prisa. Ni siquiera pueden estar seguros de la marca.

—Me está usted deprimiendo; será mejor que me vaya allí. Sería todo un golpe de suerte descubrir que en realidad se trataba del furgón de la funeraria local.

7

Sabía que Ivor regresaría aquella noche. No quería telefonear primero, en parte por un exceso de cautela, y en parte porque él siempre suponía que ella le estaría aguardando cuando sabía que su visita era probable. Por primera vez desde que eran amantes, descubrió que él tenía su señal, un timbrazo largo en el interfono de la entrada, seguido por otros tres cortos. ¿Por qué no podía telefonear, hacerle saber cuándo podía esperar su llegada?, pensó con enojo. Trató de concentrarse en el trabajo de su último proyecto, el montaje de dos fotos en blanco y negro tomadas el último invierno en Richmond Park, con las desnudas ramas de los enormes robles bajo un cielo de nubarrones acumulados, y que planeaba montar, invirtiendo una debajo de la otra, de modo que la maraña de ramas tuviera el aspecto de raíces reflejadas en el agua. Sin embargo, mientras manipulaba las copias con una creciente insatisfacción, le pareció que aquella idea no tenía el menor sentido, que se trataba de un fácil efecto derivativo, y que ello, como toda su obra, era un símbolo de su vida, delgada, insustancial, de segunda mano, basada en la experiencia de otras personas y las ideas de los demás. Incluso las fotos de Londres, con toda su hábil composición, carecían de convicción y eran imágenes estereotipadas vistas a través de los ojos de Ivor, y no de los suyos. Pensó: «Debo aprender a ser mi propia persona; por tarde que pueda ser, por mucho que duela, debo hacerlo.» Y le pareció extraño que se hubiera necesitado la muerte de su padre para demostrarle lo que era ella.

A las ocho sintió hambre y se preparó unos huevos revueltos, removiéndolos cuidadosamente sobre fuego bajo y actuando con tanto cuidado como si Ivor hubiera estado allí para compartirlos con ella. Si llegaba mientras ella estaba comiendo, siempre podía prepararse su plato. Se lavó y, al terminar, él todavía no había llegado. Salió al balcón y miró, a través del jardín, la oscura mole de la terraza del apartamento de enfrente, cuyas ventanas empezaban a iluminarse como señales procedentes del espacio. Aquellas personas desconocidas podrían ver también su ventana, aquella gran superficie de cristal iluminado. ¿Les visitaría la policía, les preguntaría si habían visto luz allí el martes por la noche? ¿Había pensado en eso Ivor, con toda su astucia?

Al contemplar la oscuridad, se obligó a pensar en su padre. Podía recordar el preciso momento en el que las cosas habían cambiado entre ellos. Vivían entonces en la casa de Chelsea, sólo sus padres, ella y Mattie. Eran las siete de una neblinosa mañana de agosto y ella estaba sola en el comedor, sirviéndose su primera taza de café, cuando sonó aquella llamada. Contestó al teléfono desde la sala y recibió la noticia en el preciso momento en que su padre bajaba por la escalera. Al ver su cara se detuvo, con la mano en la barandilla, y ella alzó la mirada hacia él.

—Es el coronel del tío Hugo. Ha querido llamar él mismo. Papá, Hugo ha muerto.

Y entonces sus ojos se encontraron, se sostuvieron la mirada por unos momentos y ella pudo ver claramente la mezcla de alegría y de viva esperanza, el conocimiento de que ahora él podría tener a Barbara. Aquello sólo duró un segundo. El tiempo avanzó, y entonces tomó el teléfono de la mano de ella y, sin hablar, ella volvió al comedor, atravesó las puertas cristaleras y se encontró en el envolvente verdor del jardín, temblando todavía a causa del horror.

Después, nada pudo ya funcionar debidamente entre ellos. Todo lo que siguió, el accidente de coche, la muerte de su madre, el matrimonio de él con Barbara menos de cinco meses después, pareció tan sólo la consecuencia inevitable de aquel momento de descubrimiento, no deseado por él, ni siquiera con su connivencia, pero aceptado como insoslayable. Y antes incluso del matrimonio, la enormidad de aquel conocimiento mutuo les imposibilitaba a ambos mirar fijamente a los ojos del otro. A él le avergonzaba que ella lo supiera, y a ella le avergonzaba saber. Y le parecía que cuando se trasladaron a la casa de Hugo, aquella casa que desde el primer momento de tomar posesión de ella pareció enojarse con ellos y repudiarlos, ella siempre llevó su conocimiento de aquella cosa como si fuera una infección secreta, y que si Halliwell, Mattie y su abuela lo sabían, era porque ella les había contagiado tal conocimiento.

En Campden Hill Square, ella y su padre habían sido como huéspedes de un hotel que se hubieran encontrado por casualidad, sabedores ambos de una historia vergonzosa compartida entre los dos, deslizándose por los pasillos con el temor de que el otro pudiera aparecer de repente, planeando tomar las comidas a diferentes horas, violento cada uno al advertir la presencia del otro, su paso en el vestíbulo, la llave en la puerta. Ivor había sido su escape y su venganza. Había estado buscando con desespero una causa, una excusa para distanciarse de su familia, para amar, pero sobre todo para vengarse. Ivor, al que conoció cuando le encargó una serie de fotografías, le había facilitado todo esto. Antes de casarse su padre con Barbara, ella se había marchado de casa, pidiendo un préstamo con la garantía del modesto legado que le dejó su madre, para pagar un depósito a cuenta por el apartamento de Cromwell Road. Abrazando con pasión todo aquello que más le desagradaba a su padre, o lo que más despreciaba, había tratado de librarse de él. Sin embargo, ahora él se había ido y nunca más estaría libre de él, nunca.

Una de las sillas del comedor estaba todavía separada de la mesa. En ella, tan sólo ayer, su abuela se había sentado con grandes dificultades y le había dado la noticia con brutales monosílabos, mientras el taxímetro de su taxi funcionaba en la calle. Le había dicho:

—Nadie espera que muestres un gran pesar, pero procura, cuando venga la policía, ya que vendrá, comportarte con una discreción razonable. Si tienes alguna influencia sobre él, persuade a tu amante para que haga lo mismo. Y ahora, tal vez puedas ayudarme a abrir la puerta del ascensor.

Siempre la había atemorizado un poco su abuela, pues sabía desde su infancia que ella había sido una decepción, puesto que se esperaba un hijo. Y tampoco tenía ninguna de las cualidades que su abuela admiraba: belleza, inteligencia, ingenio, ni siquiera valor. Para ella no había ningún apoyo en aquella sala atiborrada de muebles en el piso alto de Campden Hill Square, donde la anciana se había instalado desde la muerte de Hugo, como una profetisa arcaica que esperase el inevitable juicio final. Había sido su padre el que siempre le había apoyado, en su infancia y después. Había sido su padre el que le había prestado el mayor apoyo cuando abandonó Cambridge al terminar su primer año allí, y fue a un politécnico de Londres para estudiar fotografía. ¿Qué le había importado a ella, en realidad, la cólera de su madre cuando el capricho de Barbara resultó obvio? ¿No sería que ella había odiado la amenaza contra su vida cómoda, ordenada y convencional, que se había encolerizado contra el hecho de que su padre, hechizado, ni siquiera parecía advertir su presencia? Tal vez, pensó, el reconocimiento tardío de aquellos celos de otros tiempos fuese un breve paso hacia la conversión en su propia persona.

Ivor llegó después de las once, y ella se sentía muy cansada. Él no se disculpó ni perdió tiempo en preliminares. Tendiéndose en el sofá, dijo:

—No ha sido muy ingenioso, ¿verdad? Mi presencia aquí se debía a la necesidad de tener un testigo. Y tú vas y quieres quedarte a solas con el que es, probablemente, el detective más peligroso del Yard, y además acompañado por un esbirro hembra traído para que tuvieras la seguridad de que él iba a comportarse como un caballero.

Ella replicó:

—No te preocupes. No le he revelado el santo y seña de los Boy Scouts. Y supongo que son seres humanos. La inspectora Miskin se ha mostrado muy amable.

—No me hagas reír. Esa chica es una fascista.

—Ivor, ¿cómo puedes decir tal cosa? ¿Cómo puedes saberlo?

—Mi especialidad es saber. Supongo que ella te acarició la mano y te preparó una buena taza de té.

—Me sirvió un vaso de agua.

—Lo cual le proporcionó una excusa para husmear en la cocina, sin tener que molestarse en enseñar un permiso de registro.

—¡No ha sido así! —gritó ella—. ¡No ha pasado nada de eso!

—Tú no tienes idea de lo que es la policía. El problema vuestro, de los liberales de la clase media, es que estáis condicionados para ver en los policías unos aliados. Nunca aceptáis la verdad acerca de ellos. No podéis. Para vosotros, ellos siempre son como el paternal sargento Dickson, echándose atrás el mechón de cabellos y diciendo la hora a los chiquillos. Así os han criado. «Si alguna vez te encuentras en apuros, querida, si un hombre malo se acerca a ti y te enseña el pito, busca siempre un policía.» Mira, Dalgliesh conoce tus ideas políticas, está enterado del testamento, sabe que tienes un amante que es un marxista comprometido y al que le gustaría meter las manos en el dinero por las mejores o las peores razones. Por consiguiente, tiene un motivo y un sospechoso muy satisfactorio desde su punto de vista, precisamente lo que anda buscando el *establishment*. Seguidamente, puede dedicarse a la tarea de fabricar las pruebas.

—En realidad, tú no crees semejante cosa.

—¡Por favor, Sarah, hay precedentes! No es posible que hayas vivido más de veinte años con los ojos cerrados. Tu abuela prefiere creer que su hijo no fue un asesino ni un suicida. Eso me parece justo. Incluso puede persuadir a la policía para que se deje arrastrar por sus fantasías. Está casi chocheando, pero esas viejas todavía tienen una influencia extraordinaria. Sin embargo, no va a hacer de mí la víctima sacrificada en aras del orgullo de la familia Berowne. Sólo hay una manera de tratar a la policía. Es no decirle nada, absolutamente nada. Dejar que esos jilipollas suden lo suyo. Obligarles a trabajar por una vez para ganarse sus jubilaciones.

Ella dijo:

—Supongo que, si realmente resulta necesario, me dejarás que les diga dónde estaba yo el martes por la noche.

—¿Si es necesario qué? ¿De qué me estás hablando ahora?

—Si llegan a detenerme.

—¿Por cortarle el cuello a tu padre? ¿Lo crees probable? Bien pensado, sin embargo, pudo haberlo hecho una mujer. Con una navaja en la mano, no se necesitaría mucha fuerza, sino tan sólo unos nervios a toda prueba. Pero tuvo que ser una mujer en la que él confiara, una mujer que pudiera acercarse a él. Esto explicaría el hecho de que no hubiese ninguna lucha.

Ella preguntó:

—¿Cómo sabes que no hubo lucha, Ivor?

—Si la hubiese habido, la prensa y la policía lo habrían dicho. Hubiera sido una de las indicaciones más sólidas de que no hubo suicidio. Ya sabes qué cosas se dan a la prensa: «Sir Paul luchó desesperadamente por su vida. Había señales considerables de desorden en la habitación.» Tu padre se mató él mismo, pero esto no significa que la policía no utilice su muerte para dar la lata a todo el mundo.

Ella dijo:

—¿Y si me decidiera a hablar?

—¿Hablar de qué? ¿Darles los nombres en código de once personas cuyas direcciones, cuyos nombres reales, ni siquiera conoces? ¿Darles la dirección de un bloque de viviendas del extrarradio, donde no encontrarán nada incriminador? Apenas un agente de policía ponga el pie en el piso franco, la célula se desbandará, se formará de nuevo y se establecerá en otro lugar. No somos tontos. Hay un procedimiento para tratar con la traición.

—¿Qué procedimiento? ¿Arrojarme al Támesis? ¿Rajarme la garganta?

Vio sorpresa en los ojos de él. ¿Fue imaginación suya percibir una nota de respeto en su mirada? Sin embargo, él se limitó a decir:

—No seas ridícula.

Abandonó el sofá y se encaminó hacia la puerta, pero había algo más que necesitaba preguntar. En otros momentos se hubiera sentido asustada y todavía lo estaba un poco, pero tal vez hubiese llegado el momento de avanzar un breve paso hacia el valor. Preguntó:

—Ivor, ¿dónde estabas tú el martes por la noche? Nunca habías llegado tarde a una reunión de la célula, pues siempre has llegado allí antes que nosotros. Sin embargo, cuando llegaste eran ya más de las nueve y diez.

—Estaba con Cora en la librería y hubo un atraco en el metro. Lo expliqué en su momento. No estaba en la iglesia de Saint Matthew degollando a tu padre, si esto es lo que quieres dar a entender. Y hasta que la policía se vea obligada a aceptar que se suicidó, será mejor que no nos reunamos. Si es necesario, me mantendré en contacto por el método usual.

—¿Y la policía? ¿Y si vuelven?

—Volverán. Insiste en la coartada y procura no pasarte de lista. No te enrolles. Estuvimos aquí los dos toda la noche, a partir de las seis. Comimos un flan de setas y bebimos una botella de Riesling. Todo lo que debes hacer es recordar lo que hicimos el domingo por la noche y trasladarlo al martes. No creas estar haciéndome un gran favor, pues eres tú misma lo que necesitas proteger.

Y, sin tocarla siquiera, se marchó. Así era, pensó ella, como terminaba el amor, cerrándose de golpe una puerta metálica y con el chirrido del ascensor en el que él descendía lentamente para salir de su vida.

CUARTA PARTE

TRETAS Y DESEOS

1

El Black Swan, a pesar de su nombre, no procedía de un *pub* a orillas del río, sino que su origen era una elegante villa de dos plantas construida a principios de siglo por un próspero pintor de Kensington que buscaba un retiro para los fines de semana, rodeado por una tranquila campiña y con vistas al río. Después de la muerte del pintor, había pasado por las usuales vicisitudes de una residencia privada demasiado húmeda y situada en un lugar poco adecuado para servir como hogar permanente, y demasiado grande como chalet para fines de semana. Había sido un restaurante durante veinte años, manteniendo su nombre original, pero no floreció hasta que Jean Paul Higgins la adquirió en 1980, le puso un nuevo nombre, construyó un nuevo comedor con amplios ventanales ante el río y los lejanos prados, contrató un cocinero francés, unos camareros italianos y un conserje inglés, y se dispuso a conseguir su primera y modesta mención en *The Good Food Guide*. La madre de Higgins era francesa y evidentemente él había decidido que, como *restaurateur*, era este ala de su familia la que más le convenía destacar. Sus empleados y clientes le llamaban monsieur Jean Paul y era tan sólo el director de su banco el que, con gran pesar por su parte, insistía en saludarle con jovial exhuberancia como mister Higgins. Él y el director de su banco mantenían excelentes relaciones, por la mejor de las razones: el señor Higgins estaba haciendo buen negocio. En verano, era necesario reservar mesa para almorzar o cenar al menos con tres días de antelación. En otoño y en invierno, había menos trabajo y el menú del almuerzo sólo ofrecía tres platos principales, pero el nivel de la cocina y el servicio nunca variaban. El Black Swan estaba lo bastante cerca de Londres como para atraer a numerosos ciudadanos dispuestos a viajar en coche unos cuarenta kilómetros a fin de disfrutar de las ventajas peculiares del Black Swan: un ambiente atractivo, mesas separadas por una distancia razonable, bajo nivel de ruidos, ausencia de músicas chillonas, un servicio poco ostentoso, discreción y una comida excelente.

Monsieur Jean Paul era bajo y moreno, con ojos melancólicos y un delgado bigote que le daba la apariencia de un actor francés de teatro, impresión que se reforzaba cuando hablaba. Él en persona saludó a Dalgliesh y Kate en la puerta, con una cortesía espontánea que parecía indicar que nada podía haber deseado tanto como una visita de la policía. Sin embargo, Dalgliesh observó que, a pesar de la hora temprana y la tranquilidad reinante en el establecimiento, se les hacía pasar a su despacho privado en la parte posterior del edificio, y ello con la mayor prontitud. Higgins pertenecía a la escuela que cree, no sin razón, que incluso cuando la policía visita a alguien vestida de paisano y sin pegar puntapiés a las puertas, no por ello deja de ser, inconfundiblemente, la policía.

A Dalgliesh no le pasó desapercibida su rápida mirada sopesando a Kate Miskin, la expresión rápidamente disimulada de sorpresa, y enseguida de aprobación. Ella llevaba unos pantalones de gabardina de color beige con una bien cortada chaqueta a cuadros, sobre un jersey de cachemira con el cuello vuelto, y los cabellos recogidos detrás en una corta pero gruesa trenza. Dalgliesh se preguntó si Higgins esperaba que una policía de paisano hubiera de tener el aspecto de una corpulenta arpía vestida de satén negro y con una gabardina encima.

Les ofreció bebidas, al principio cuidadosamente

ambiguo al respecto, y después más explícito. Dalgliesh y Kate aceptaron café. Éste llegó enseguida, servido por un camarero joven con chaquetilla blanca, y era excelente. Cuando Dalgliesh tomó su primer sorbo, Higgins lanzó un breve suspiro de alivio como si su huésped, ahora irrevocablemente comprometido, hubiera perdido parte de su poder.

Dalgliesh dijo:

—Como espero que sepa ya, estamos investigando la muerte de sir Paul Berowne. Es posible que tenga usted información apta para ayudar a rellenar algunas de las lagunas existentes.

Jean Paul extendió las palmas de la mano y adoptó enseguida el papel del francés voluble. Sin embargo, sus ojos melancólicos se mantenían alerta.

—¡La muerte de sir Paul, tan terrible, tan trágica! Me pregunto adónde va el mundo, cuando resultan posibles estas violencias. Pero ¿cómo puedo yo ayudar al comandante? Él fue asesinado en Londres, no aquí, gracias a Dios. Si es que fue asesinato. Existen rumores de que tal vez el propio sir Paul... Pero también esto sería terrible, para su esposa tal vez más terrible que el asesinato.

—¿Venía aquí con frecuencia?

—De vez en cuando, no con frecuencia. Era un hombre muy ocupado, desde luego.

—No obstante, lady Berowne venía aquí más a menudo, y tengo entendido que con su primo, ¿no es así?

—Una dama deliciosa. Adornaba mi comedor. Pero, claro está, uno no siempre se da cuenta de quién come con quién. Nosotros nos concentramos en la comida y en el servicio. Comprenderá que nosotros no somos escritores de chismes.

—Pero supongo que recordará si estuvo cenando con su primo, el señor Stephen Lampart, el martes de esta semana, hace tan sólo tres días.

—El diecisiete. Así es. Se sentaron a las nueve menos

veinte minutos. Es una pequeña manía mía la de anotar la hora en que cada cliente se sienta a la mesa. La reserva era para las nueve menos cuarto, pero llegaron un poco antes. Tal vez monsieur quiera inspeccionar el libro...

Abrió el cajón de su escritorio y sacó el libro. Obviamente, pensó Dalgliesh, había estado esperando una visita de la policía y había colocado esta prueba al alcance de su mano. Junto al nombre de Lampart la hora estaba escrita con claridad. Y no había ninguna señal de que las cifras hubieran sido alteradas.

Dalgliesh preguntó:

—¿Cuándo se reservó la mesa?

—Aquella misma mañana. A las diez y media, creo. Siento no poder ser más preciso.

—Entonces tuvo suerte al conseguirla.

—Siempre podemos encontrar una mesa para un antiguo y estimado cliente. Pero, desde luego, es más fácil si se hace reserva. Esta llamada telefónica fue suficiente.

—¿Qué aspecto tenían el señor Lampart y lady Berowne cuando llegaron?

Los ojos oscuros miraron con reproche a los suyos, como si protestaran en silencio contra una pregunta tan carente de tacto.

—¿Qué aspecto podían tener, comandante? Dos personas hambrientas. —Seguidamente, añadió, como si temiera que su respuesta hubiera sido imprudente—: Como de costumbre. La dama siempre se muestra simpática, muy amable. Se alegraron de que pudiera ofrecerles su mesa predilecta, en el rincón y junto a la ventana.

—¿A qué hora se marcharon?

—A las once o poco más tarde. Nadie se apresura ante una buena cena.

—¿Y durante la cena? Supongo que hablarían...

—Hablaron, monsieur. En una cena, es un placer compartir una buena comida, un buen vino y una buena charla con una persona amiga. Pero, en cuanto a lo que dijeran, nosotros no escuchamos nunca, comandante. Nosotros no somos la policía. Comprenderá que se trata de buenos clientes.

—A diferencia de algunos de los clientes que tuvo usted aquí la noche en que Diana Travers se ahogó. Supongo que tuvo tiempo para fijarse en ellos.

Higgins no mostró sorpresa ante este súbito cambio en el interrogatorio. Extendió las manos con un gesto de resignación muy francés.

—Por desgracia, ¿a quién podían pasarle por alto? No eran de la clase de clientes a los que solemos atraer aquí. Durante la cena, se comportaron bien, pero después... Bien, la cosa no fue agradable. Me sentí aliviado cuando salieron del comedor.

—Tengo entendido que sir Paul Berowne no formaba parte del grupo de su esposa.

—Exactamente. Cuando llegaron, el señor Lampart dijo que sir Paul esperaba reunirse con ellos más tarde, a tiempo para tomar un café. Sin embargo, como debe saber, telefoneó a las diez, o tal vez algo más tarde, y dijo que no le sería posible venir.

—¿Quién contestó a esta llamada?

—Henry, mi conserje. Sir Paul quiso hablar conmigo, y Henry me avisó enseguida.

—¿Reconoció la voz de sir Paul?

—Como he dicho, él no venía aquí muy a menudo, pero conocía su voz. Era una voz... ¿cómo le diría? Una voz característica, sorprendentemente parecida a la de usted, comandante, si me permite decirlo. No podría jurarlo, pero en aquel momento no tuve la menor duda acerca de quién me estaba hablando.

—¿Y ahora tiene alguna duda?

—No, comandante, no puedo decir que la tenga.

—En cuanto a los dos grupos que vinieron a cenar, el del señor Lampart y el de los jóvenes, ¿se mezclaron entre sí, se saludaron unos a otros?

—Tal vez lo hicieran al llegar, pero las mesas no estaban próximas.

Él debió de encargarse de ello, pensó Dalgliesh. Si hubiera existido el menor signo de embarazo por parte de Barbara Berowne, o de insolencia por parte de su hermano, Higgins lo habría advertido.

—Con respecto a los miembros del grupo de Diana Travers, ¿los había visto antes aquí?

—Que yo recuerde, no, excepto el señor Dominic Swayne. Ha cenado aquí un par de veces con su hermana, pero han pasado ya varios meses desde la última vez. Sin embargo, en cuanto a los demás no puedo estar seguro.

—¿No dejaba de ser extraño que el señor Swayne no estuviera incluido en la cena de cumpleaños de lady Berowne?

—Monsieur, no me incumbe a mí dictaminar a quién deben invitar mis clientes. Sin duda, habría sus razones. Sólo había cuatro personas en el grupo del cumpleaños, una reunión íntima. La mesa estaba bien equilibrada.

—¿Pero se habría desequilibrado si hubiese llegado sir Paul?

—Así es, pero sólo se le esperaba para tomar café y, después de todo, era el esposo de la dama.

Dalgliesh pasó a interrogar a Higgins sobre los hechos que condujeron al accidente de Diana Travers.

—Como he dicho, me alegré cuando aquellos jóvenes abandonaron el comedor y, a través del invernadero, pasaron al jardín. Se llevaron dos botellas de vino. No era el mejor clarete, pero para ellos era suficientemente aceptable. A mí no me gusta ver tratar mi vino como si fuera cerveza. Se oyeron muchas risas y me preguntaba si debía enviar a Henry o Barry para que les hicieran una advertencia, pero se alejaron por la orilla hasta dejar de oírse. Fue allí donde encontraron aquella barcaza. Estaba amarrada, atracada podríamos decir, en un pequeño islote, unos ochenta metros aguas arriba. Ahora, desde luego, la han retirado de allí. Tal vez no hubiera debido estar, pero ¿por qué voy a culparme yo? No eran niños, aunque se comportaban como tales. Yo no puedo controlar lo que hagan mis clientes cuando se encuentran fuera de mi propiedad, y de hecho tampoco cuando están aquí.

Había utilizado la palabra «culpar», pero el pesar sonó a hueco. Ninguna voz hubiera podido expresar menos preocupación. Dalgliesh sospechó que Higgins sólo se culpaba de una cena echada a perder o de un servicio deficiente. Prosiguió:

—Lo siguiente que sé es que el *chef* me llamó desde la puerta del comedor. Comprenderá que esto era poco usual. Inmediatamente comprendí que había ocurrido algo. Salí enseguida. En la cocina estaba una de las chicas llorando y diciendo que esa otra chica, Diana, estaba muerta, ahogada. Fuimos a la orilla del río. La noche era oscura, ¿comprende? Con las estrellas muy altas y luna menguante. Sin embargo, llegaba algo de luz desde el aparcamiento de coches, que siempre está bien iluminado, y también un poco desde las cocinas de la casa. Sin embargo, me llevé conmigo una linterna. Monsieur puede imaginarse la escena. Las chicas llorando, uno de los jóvenes trabajando con la accidentada, el señor Swayne de pie y con sus ropas chorreando. Marcel se hizo cargo de la respiración artificial —tiene muchas habilidades, y ésta es una de ellas— pero no sirvió de nada. Vi que estaba muerta. Los muertos no son como los vivos, monsieur, nunca, nunca...

—¿Y la chica estaba desnuda?

—Como sin duda le habrán dicho ya. Se había quitado toda la ropa y se había zambullido para nadar. Fue una gran imprudencia.

Reinó un silencio mientras él rememoraba aquella imprudencia. Después, Dalgliesh dejó sobre la mesa su taza de café y dijo:

—Fue oportuno que el señor Lampart estuviera cenando aquí aquella noche. Resultaba natural, desde luego, apelar a su ayuda.

Los ojos oscuros, cuidadosamente privados de toda expresión, miraron fijamente a los suyos.

—Fue lo primero que se me ocurrió, comandante, pero ya era demasiado tarde. Cuando llegué al comedor, me dijeron que el grupo del señor Lampart acababa de marcharse. Yo mismo vi el Porsche cuando tomaba la curva del camino de entrada.

—Por consiguiente, ¿el señor Lampart pudo haber ido a buscar su coche al aparcamiento, poco antes de que usted se enterase de la tragedia?

—Es posible, desde luego. Tengo entendido que el resto del grupo le esperó ante la puerta.

—Seguramente, un final un tanto apresurado de aquella velada...

—Lo de apresurado no puedo decírselo, pero el grupo se había reunido temprano, poco después de las siete. En caso de que sir Paul hubiera podido reunirse con ellos, sin duda se habrían quedado hasta más tarde.

Dalgliesh dijo:

—Se ha sugerido que sir Paul pudo haber llegado aquí aquella noche, a pesar de todo.

—Lo he oído decir, comandante. Hubo una mujer que vino a interrogar a mi personal. No fue agradable. Yo no me encontraba aquí en aquellos momentos, pero me las hubiera tenido con ella. Puedo asegurarle que nadie vio a sir Paul aquella noche. Y su coche tampoco fue visto en el aparcamiento. Pudo haber estado allí, pero no fue visto. Y me pregunto qué puede tener esto que ver con su muerte.

Generalmente, Dalgliesh podía decir cuándo conseguía la verdad y cuándo sólo obtenía parte de ella. Era menos cuestión de instinto que de experiencia. Y Higgins estaba mintiendo. Decidió entonces hacer un intento y dijo:

—Sin embargo, alguien vio a sir Paul Berowne aquella misma noche. ¿Quién fue?

—Monsieur, yo le aseguro...

—Necesito saberlo y estoy dispuesto a quedarme aquí hasta conseguirlo. Si quiere verse libre de nosotros, un deseo perfectamente lógico por su parte, lo conseguirá antes contestando a mis preguntas. El veredicto en la encuesta fue el de muerte accidental. Nadie, que yo sepa, ha sugerido que fuese otra cosa. Ella había comido demasiado, había bebido demasiado, se vio prendida entre los juncos y se apoderó de ella el pánico. Tiene un interés puramente académico el que muriese a causa de un corte de digestión o que se ahogara. Por consiguiente, ¿qué está usted ocultando y por qué?

—No ocultamos nada, comandante, absolutamente nada. Pero, como usted me acaba de decir, aquella muerte fue un accidente. Por consiguiente, ¿por qué causar problemas? ¿Por qué incrementar el pesar? Y uno no puede estar seguro. Una figura que caminaba rápidamente, medio vista en la oscuridad, en la sombra del seto, ¿quién puede decir quién era?

—Por consiguiente, ¿quién le vio? ¿Henry?

Fue menos una afortunada suposición que una asunción razonable. Casi con toda seguridad, Berowne no se había dejado ver en el recinto y el portero era el miembro del personal que con mayor probabilidad pudo haberse encontrado fuera del edificio.

—Fue Henry, sí.

Higgins admitió el hecho con una triste expresión de derrota. Sus ojos tristones miraron con reproche a Dalgliesh como si dijera: «He intentado ayudar, les he dado información y café, y vean ahora qué he sacado con ello.»

—Entonces, tal vez será mejor que lo haga venir. Y me gustaría hablar con él a solas.

Higgins levantó el receptor del teléfono y marcó un solo número, lo que le puso en comunicación con la entrada principal.

Henry contestó y fue convocado al despacho. Cuando apareció, Higgins dijo:

—Le presento al comandante Dalgliesh. Por favor, explíquele lo que creyó ver aquella noche en que la joven se ahogó.

Después, le dirigió una mirada casi de tristeza, se encogió de hombros y se retiró. Henry, imperturbable, se mantenía en posición de firmes. Dalgliesh observó que tenía más edad de lo que su figura erguida y arrogante parecía sugerir. Desde luego, estaba más cerca de los setenta que de los sesenta.

Le preguntó:

—Ha servido usted en el ejército, ¿verdad?

—Sí, señor, en los Gloucesters.

—¿Cuánto tiempo lleva trabajando aquí para el señor Higgins, para monsieur Jean Paul?

—Cinco años, señor.

—¿Vive usted aquí?

—No, señor. Mi esposa y yo vivimos en Cookham. Es un lugar que nos cae muy bien. —Y añadió, como si esperase que un toque personal demostrase su buena voluntad para cooperar sinceramente—: Tengo mi pensión del ejército, pero un pequeño extra no le sienta mal a nadie.

Y no debía de ser tan pequeño, pensó Dalgliesh. Allí, probablemente las propinas eran generosas y la mayor parte de ellas, dada la fragilidad humana ante las depredaciones del fisco, debían de considerarse como libres de impuesto. Henry estaría deseoso de conservar su empleo.

Le dijo:

—Estamos investigando la muerte de sir Paul Berowne. Nos interesa todo lo que pudiera ocurrirle durante las últimas semanas de su vida, por más que los detalles puedan parecer irrelevantes o poco importantes. Al parecer, él estuvo aquí la noche del siete de agosto, y usted le vio.

—Sí, señor, atravesando el aparcamiento de los coches. Aquella noche, uno de nuestros clientes se disponía a marcharse y yo fui a buscarle su Rolls. No tenemos personal en el aparcamiento, señor, y esa tarea me apartaría a mí de la puerta principal demasiado a menudo. Pero, de vez en cuando, hay clientes que prefieren que se les aparque el coche y que me entregan sus llaves al llegar. Antonio, uno de los camareros, me avisó que uno de esos clientes se disponía a marcharse y yo fui a buscarle el coche. Me encontraba allí, metiendo la llave en la cerradura, cuando vi a sir Paul atravesar el aparcamiento y caminar junto al seto, en dirección a la salida que conduce al río.

—¿Qué seguridad puede tener de que se tratara de sir Paul Berowne?

—Toda la seguridad, señor. No viene aquí muy a menudo, pero tengo buen ojo para las caras.

—¿Sabe qué coche conduce?

—Un Rover negro, creo. Una matrícula A. No puedo recordar el número.

No puede o no quiere, pensó Dalgliesh. Sería difícil identificar un Rover negro, pero el número de matrícula era una prueba irrefutable. Preguntó:

—¿Y no había ningún Rover negro aparcado, aquella noche?

—No lo vi, señor, y creo que me hubiera dado cuenta.

—¿Y dice que caminaba con paso vivo?

—Muy vivo, señor; podríamos decir que como si tuviera algún objetivo fijo.

—¿Cuándo habló usted de esto con monsieur Jean Paul?

—A la mañana siguiente, señor. Me dijo que no era necesario decírselo a la policía. Sir Paul tenía perfecto derecho a pasear junto al río si así se le antojaba. Dijo que sería mejor esperar hasta que se hiciera el juicio.

»De haber habido señales en el cuerpo, cualquier sugerencia de juego sucio, la cosa habría sido diferente. La policía desearía saber los nombres de todo el que hubiera estado aquí aquella noche. Pero se trató de una muerte por accidente. El juez quedó convencido de que aquella joven se ahogó en el río. Después de esto, monsieur Jean Paul decidió que no dijéramos nada.

—¿Ni siquiera después de la muerte de sir Paul?

—No creo que monsieur pensara que la información pudiera ser útil, señor. Sir Paul Berowne estaba muerto. ¿Qué podía importar que hubiera dado un paseo junto al río seis semanas antes?

—¿Ha contado usted esto a alguien más? ¿A alguna otra persona? ¿A su esposa, a alguien que trabaje aquí?

—A nadie, señor. Vino una señora, haciendo preguntas. Aquel día, yo estaba de baja porque no me encontraba bien. Pero si hubiera estado aquí, no hubiera dicho nada, a no ser que monsieur me hubiese indicado que no había inconveniente en ello.

—¿Y unos diez minutos después de verle usted caminando a través del aparcamiento, sir Paul telefoneó para decir que no podía venir?

—Sí, señor.

—¿Dijo él desde dónde llamaba?

—No, señor. No pudo haber sido desde aquí. El único teléfono público que tenemos está en el vestíbulo. Hay una cabina telefónica en Mapleton, que es el pueblo más próximo, pero casualmente sé que aquella noche el teléfono estaba estropeado. Mi hermana vive allí y quería telefonearme. Que yo sepa, no hay ninguna otra cabina aquí cerca. Aquella llamada fue todo un misterio, señor.

—Cuando usted mencionó esta cuestión el día siguiente, ¿qué pensaron usted y monsieur acerca de lo que sir Paul podía estar haciendo aquí? Tengo entendido que hablaron ustedes de esta cuestión.

Henry dejó pasar unos momentos y finalmente contestó:

—Monsieur pensó que tal vez sir Paul estaba vigilando a su esposa.

—¿Espiándola?

—Supongo que es posible, señor.

—¿Paseando a lo largo del río?

—Tal como usted lo dice, no parece muy probable.

—¿Y por qué podía interesarle espiar a su esposa?

—Verdaderamente, no estoy muy seguro, señor. No creo que monsieur hablara en serio. Se limitó a decir: «No es nada que nos incumba, Henry. Tal vez esté vigilando a su señora esposa.»

—¿Y esto es todo lo que puede usted decirme?

Henry titubeó y Dalgliesh esperó. Finalmente, el conserje dijo:

—Bueno, hay algo más, señor, pero cuando pienso en ello no deja de parecerme absurdo. El aparcamiento de los coches está bien iluminado, pero él caminaba apresuradamente y a la sombra del seto que hay en el extremo más distante. Sin embargo, había algo en la manera de ajustarse la chaqueta al cuerpo, y también los pantalones. Creo, señor, que había estado en el río, y por eso digo que la cosa resulta absurda. No se estaba alejando del río, señor; estaba caminando hacia él.

Miró a Dalgliesh y a Kate, con los ojos llenos de perplejidad, como si el carácter peculiar de aquella cuestión acabara de despertar su atención.

—Juraría que estaba mojado, señor, totalmente empapado. Pero, como he dicho, caminaba hacia el río, no alejándose de él.

Dalgliesh y Kate habían llegado por separado en coche al Black Swan. Ahora, ella regresaba directamente al Yard y él conducía en dirección noreste, hacia Wrentham Green, para almorzar con el presidente y el vicepresidente del partido de Berowne. Habían de encontrarse en el Yard, a media tarde, para cumplimentar las breves formalidades de la encuesta preliminar, antes de dirigirse hacia lo que prometía ser una cita más interesante, una entrevista con la amante de Paul Berowne. Cuando Kate abrió la puerta de su Metro, él dijo:

—Convendría tener unas palabras con la pareja que cenó aquí, con el señor Lampart y lady Berowne, el siete de agosto. Tal vez ellos puedan decir cuándo abandonó Lampart exactamente la mesa para ir a buscar el coche, y cuánto tiempo estuvo ausente. Consiga sus nombres y sus direcciones, Kate. Le sugiero que será mejor que lo haga a través de la señora, y no de Lampart. Y resultaría útil saber algo más acerca de esa misteriosa Diana Travers. Según los informes de la policía, emigró con sus padres a Australia en 1963. Ellos se quedaron allí, pero ella regresó. Ni el padre ni la madre vinieron para el juicio o para el entierro. Las autoridades de Thames Valley tuvieron ciertas dificultades para encontrar a alguien que la identificara. Finalmente, dieron con una tía y ésta se ocupó de las formalidades del entierro. Hacía más de un año que no había visto a su sobrina, pero la identificación no le ofreció la menor duda. Y mientras se encuentre en el número sesenta y dos de aquella plaza, vea si puede sacarle a la señorita Matlock alguna información más sobre la chica.

Kate repuso:

—Tal vez la señora Minns pudiera decirnos algo, señor. Mañana hemos de hablar con ella como primera gestión. —Y añadió—: una cosa que ha dicho Higgins acerca de la muerte de la Travers me chocó. Es algo que resulta incongruente.

Por consiguiente, también ella había notado la anomalía. Dalgliesh dijo:

—Al parecer, fue una velada dedicada a los deportes fluviales. Es algo que resulta casi tan extraño como la historia que nos ha contado Henry. Paul Berowne con sus ropas mojadas y adheridas a su cuerpo, pero caminando hacia el río, en vez de alejarse de él.

Kate seguía esperando, con la mano en la puerta del coche. Dalgliesh miró por encima del alto seto de hayas que separaba el aparcamiento del río. El día estaba cambiando. El aire de las primeras horas de la mañana había traído un sol brillante y transitorio, pero ahora las nubes tempestuosas, previstas para la tarde, acudían ya desde el oeste. Sin embargo, la temperatura todavía era alta para principios de otoño, y llegaba hasta él, en el aparcamiento casi desierto, libre ahora del olor de metales calientes y gasolina, el aroma del agua del río y de la hierba calentada por los rayos solares. Por unos momentos, lo saboreó, como un chiquillo que hiciera novillos, notando el impulso del agua, deseando que hubiera tiempo para volver a seguir la trayectoria de aquella figura humana empapada en agua a través de la entrada del recinto hasta la paz de la orilla del río. Saliendo de su trance momentáneo, Kate abrió la puerta del coche y entró en él. Sin embargo, parecía compartir el humor de su interlocutor y dijo:

—Todo parece muy distante de aquella sórdida sacristía de Paddington.

Y él se preguntó si con estas palabras ella sugería sin atreverse a decirlo que era el asesinato de Berowne lo que se suponía que habían de investigar, y no la muerte accidental y coincidente de la chica a la que nunca habían visto.

Pero ahora, más que nunca, él estaba convencido de que las tres muertes tenían una vinculación: Travers, Nolan, Berowne. Y la finalidad principal de su visita al Black Swan se había cumplido. La coartada de Lampart se mantenía. Aunque condujera un Porsche, resultaba difícil imaginar cómo pudo matar a Berowne y, a pesar de ello, sentarse a la mesa a las ocho y cuarenta minutos.

2

Con la electrificación de la línea suburbana del nordeste, Wrentham Green se había convertido en una ciudad dormitorio, a pesar de que sus antiguos habitantes protestaran, alegando que se trataba de una villa aparte, con toda su personalidad, y no de un suburbio donde los londinenses buscaran el descanso nocturno. Era una población que se había puesto en guardia antes de que algunas de sus vecinas, menos alertas a la expoliación a la que fue sometido en la posguerra el patrimonio de Inglaterra, por parte de los urbanizadores y de las autoridades locales, y había impedido en el último momento los peores excesos de tan funesta alianza. La amplia calle principal, que databa del siglo XVIII, aunque insultada por dos modernos edificios de múltiples plantas, estaba esencialmente intacta, y el pequeño grupo de casas georgianas frente al río todavía era fotografiado regularmente para los calendarios navideños, aunque ello requiriese ciertas contorsiones por parte del fotógrafo, para excluir de la imagen el extremo del aparcamiento de coches y los urinarios municipales. Era en una de las casas más pequeñas de este barrio donde el Partido Conservador tenía su sede. Al atravesar el portal, con su resplandeciente placa de bronce, Dalgliesh fue recibido por el presidente, Frank Musgrave, y el vicepresidente, el general Mark Nollinge.

Como siempre, se había preparado para la visita. Sabía acerca de ambos más de lo que, seguramente, cualquiera de los dos hubiera juzgado necesario. Los dos juntos, formando un tándem amistoso, habían dirigido durante los últimos veinte años el partido local. Frank Musgrave era un agente de compraventa de fincas, que dirigía un negocio familiar todavía independiente de las grandes compañías, y que había heredado de su abuelo. Por el número de los letreros en las casas que Dalgliesh había observado al atravesar la población y los suburbios vecinos, su negocio era floreciente. La palabra «Musgrave», en letras negras sobre fondo blanco, le había saludado en todos los virajes. Su reiteración había llegado a ser un recordatorio irritante, casi premonitorio, de su lugar de destino.

Él y el general formaban una pareja incongruente. Era Musgrave el que, a primera vista, parecía un militar, y, de hecho, su semejanza con el mariscal Montgomery era tan notable que a Dalgliesh no le sorprendió oírle hablar en una parodia de los secos ladridos que había proferido aquel formidable guerrero. El general apenas le llegaba al hombro. Mantenía su delgado cuerpecillo con tanta rigidez que parecía como si sus vértebras estuvieran soldadas, y su calva cabeza, con una tonsura de finos cabellos blancos, era tan pecosa como un huevo de tordo. Cuando Musgrave hizo las presentaciones, el general miró a Dalgliesh con ojos tan inocentemente cándidos como los de un niño, pero con una mirada tensa y perpleja, como si hubiera estado mirando durante un tiempo excesivo unos horizontes inalcanzables. En contraste con el traje formal de Musgrave y su corbata negra, el general llevaba una vieja chaqueta de mezclilla, cortada según algún capricho personal, con un parche ovalado de piel en cada codo. Su camisa y su corbata de regimiento eran impecables. Su cara lustrosa mostraba la pulcra vulnerabilidad de un bebé bien cuidado. Ya en los primeros minutos de conversación casual, resultó inmediatamente aparente el mutuo respeto que se prodigaban los dos hombres. Cada vez que hablaba el general, Musgrave miraba de él a Dalgliesh, con el ceño ligeramente angustiado de un padre preocupado por la posibilidad de que al interlocutor le pasara por alto la brillantez de su retoño.

Musgrave atravesó el amplio vestíbulo y, a través de un breve pasillo, llegó a la habitación de la parte posterior de la casa que Berowne había utilizado como despacho. Una vez allí, dijo:

—La hemos mantenido cerrada desde la muerte de Berowne. Sus hombres llamaron, pero de todos modos siempre ha estado cerrada. El general y yo pensamos que eso era lo más conveniente. No se trata de que haya aquí algo que pueda aportar una luz al asunto. Al menos, yo no lo creo así. Pero, desde luego, puede usted examinar lo que desee.

La atmósfera era allí rancia y polvorienta, casi agria, como si aquella habitación hubiera estado cerrada durante meses y no tan sólo durante unos pocos días. Musgrave encendió la luz y seguidamente se dirigió hacia la ventana y, con un gesto vigoroso, corrió las cortinas, con un tintineo de anillas. Una débil luz septentrional se filtró a través de las sencillas cortinas de nilón, más allá de las cuales Dalgliesh pudo ver un pequeño aparcamiento cerrado. Pensó que pocas veces se habían encontrado en una habitación más deprimente, y sin embargo resultaba difícil explicar por qué sentía esa súbita sensación de abatimiento. La habitación en sí no era peor que cualquiera de las de su estilo; era funcional, impersonal, despejada, y sin embargo él sentía como si el aire que respiraba estuviera infectado por la melancolía.

Dijo:

—¿Residía en esta casa cuando se encontraba en su distrito?

—No. Sólo utilizaba esta habitación como su despacho. Siempre paraba en la fonda Courtney Arms. La señora Powell le tenía reservada una habitación. Resultaba más barato y más práctico que tener un apartamento en el distrito. Alguna vez me había pedido que le buscara uno, pero en realidad nunca llegamos a hacerlo. No creo que a su esposa le hubiera gustado.

Dalgliesh preguntó con indiferencia:

—¿Veía usted con frecuencia a lady Berowne?

—No mucho. También trabajaba, desde luego. La fiesta anual, apariciones en las elecciones municipales, y todas estas cosas. Una mujer realmente decorativa y simpática. Sin embargo, no le interesaba mucho la política, ¿no es verdad, general?

—¿A lady Berowne? No, no mucho. La primera lady Berowne era diferente, desde luego. Pero es que los Manston han sido una familia política durante cuatro generaciones. Yo me había preguntado a veces si Berowne se metió en política para complacer a su esposa. No creo que sintiera el mismo compromiso después de morir ella.

Musgrave le dirigió una mirada dura, como si acabara de decir una herejía previamente inadmisible, y que incluso ahora fuese mejor abstenerse de comentar. Dijo rápidamente:

—Sí, bien, ha llovido mucho desde entonces... Penoso asunto. En aquel momento, conducía él. Supongo que habrá oído hablar de ello.

Dalgliesh repuso:

—Sí. He oído hablar de ello.

Hubo una breve pero incómoda pausa, durante la cual le pareció como si resplandeciera la imagen dorada de Barbara Berowne, identificada e inquietante, en aquella plácida atmósfera.

Comenzó su examen de la habitación, consciente de la mirada ansiosa y esperanzada del general, y de los agudos ojos de Musgrave clavados en él, como si observara a un joven empleado en el momento de efectuar su primer inventario. En medio de la habitación y ante la ventana, había un sólido escritorio victoriano y un sillón giratorio con una tapicería claveteada. Ante la mesa, dos butacas de cuero, algo más pequeñas. Había también una mesa escritorio moderna a un lado, con una pesada y anticuada máquina de escribir, y otros dos sillones y una mesa baja para tomar el café ante la chimenea. El único mueble memorable era un escritoriolibrería con vidrieras de montantes metálicos, que ocupaba un hueco a la derecha de la chimenea. Dalgliesh se preguntó si sus acompañantes conocían su valor, pero después supuso que el respeto a la tradición había de impedir su venta. Como la gran mesa escritorio, formaba parte de la habitación y era algo inviolable, una cosa de la que no podía disponerse para obtener un rápido beneficio. Acercándose a ella vio que contenía una colección heterogénea de libros de referencias, guías locales, biografías de políticos conservadores notables, el *Who's who*, informes parlamentarios, publicaciones oficiales, incluso unas cuantas novelas clásicas, aparentemente pegadas entre sí por el tiempo inmutable.

En la pared, detrás del escritorio, había una reproducción de un famoso retrato al óleo de Winston Churchill, con una gran fotografía en color de la señora Thatcher colgada a su derecha. Pero fue el cuadro que había sobre la chimenea lo que inmediatamente captó su atención. Acercándose a él desde la librería, Dalgliesh vio que se trataba de un óleo del siglo XVIII, obra de Arthur Davis, y que representaba a la familia Harrison. El joven Harrison, con las piernas elegantemente cruzadas y enfundadas en medias de satén, se erguía, con toda la arrogancia de un propietario, junto a una silla de jardín en la que descansaba su esposa, una joven de cara alargada y cuyo brazo rodeaba a un niño de corta edad. Una niña estaba sentada junto a ella, sosteniendo un cestillo con flores, mientras que a su izquierda el brazo de su hermano se alzaba hacia la cuerda de una cometa, luminosa en el cielo estival. Detrás del grupo, se extendía un suave paisaje inglés en pleno verano, con prados de suave césped, un lago y una casa solariega a lo lejos. De su entrevista con Anthony Farrell, Dalgliesh recordó que a Musgrave se le había legado un Davis. Presumiblemente, era éste. El general dijo entonces:

—Berowne lo trajo desde Campden Hill Square. Desplazó el retrato de Churchill y lo colgó aquí, en su lugar. En aquellos momentos, hubo ciertas discrepancias al respecto, puesto que el Churchill siempre había estado sobre la repisa de la chimenea.

Musgrave se había colocado junto a Dalgliesh y dijo:

—Echaré de menos este cuadro. Nunca me canso de contemplarlo. Fue pintado en Hertfordshire, tan sólo a seis millas de aquí. Todavía se puede ver este paisaje. El mismo roble, el mismo lago. Y la casa, que ahora es una escuela. Mi abuelo ya era agente de la propiedad cuando se vendió. No podría ser de ningún otro sitio, sino de Inglaterra. Yo no conocía la obra de este pintor, hasta que Berowne trajo este cuadro aquí. Recuerda un Gainsborough, ¿no cree? Sin embargo, no sé si me gusta más que el que hay en la National Gallery, el del señor y la señora Robert Andrews. No obstante, las mujeres se parecen bastante, ¿verdad que sí? Unos rostros delgados, arrogantes, y no me importaría estar casado con cualquiera de ellas. Sin embargo, éste es magnífico, realmente magnífico.

El general dijo a media voz:

—Me quitaré un peso de encima cuando la familia venga a buscarlo. Es una responsabilidad.

Por lo tanto, ninguno de los dos estaba enterado del legado, a no ser que fueran mejores actores de lo que él juzgaba probable. Dalgliesh mantuvo un prudente silencio, pero hubiera dado cualquier cosa por ver la cara de Musgrave cuando se enterase de la suerte que le esperaba al cuadro. Se preguntó qué brote de quijotesca generosidad había promovido aquel donativo. Era, seguramente, una manera excepcionalmente generosa de recompensar una lealtad política. Y era, al mismo tiempo, una irritante complicación. El sentido común y la imaginación protestaban al pensar en Musgrave degollando a un amigo para poseer un cuadro, por más obsesivamente que pudiera desearlo, y sin que hubiera pruebas siquiera de que supiera que él se había convertido en su heredero. Pero, en el curso normal de la vida, podía sentirse afortunado por haber sobrevivido a Berowne. Había estado en la casa de Campden Hill Square la misma tarde en que murió Berowne. Pudo haberse apoderado del dietario. Sabía, casi con toda seguridad, que Berowne utilizaba una navaja para afeitarse. Como todos los demás que se beneficiaban de la muerte de éste, habría de ser investigado con tacto. Sería, indudablemente, una tarea vana y exigiría tiempo, a la vez que complicaba el impulso principal de la investigación, pero, con todo, era algo que había de hacerse.

Sabía que los dos esperaban que hablara del asesinato, pero lo que hizo fue dirigirse hacia la mesa escritorio y sentarse en el sillón de Berowne. Éste era, por fin, un sillón confortable, que se ajustaba a sus largas piernas como si se lo hubieran hecho a medida. Había una fina película de polvo en la superficie de la mesa. Abrió el cajón de la derecha y sólo encontró en él una caja de papel de cartas y sobres, y un dietario parecido al que descubrieron junto al cadáver. Al abrirlo, comprobó que sólo contenía citas y un recordatorio para los días que pasaba en su distrito electoral. También aquí, su vida había sido ordenada, dividida en compartimentos.

Afuera, empezaba a caer una leve llovizna, empañando la ventana, a través de la cual veía la pared de ladrillo del aparcamiento y los relucientes y curvados techos de los coches como si fuera una pintura puntillista. Se preguntó qué clase de carga pudo haber traído consigo Berowne a aquel despacho sórdido y deprimente. ¿Desencanto por la segunda tarea a la que se había entregado? ¿Culpabilidad por la muerte de su esposa, por el fracaso de su matrimonio? ¿Culpabilidad por la amante cuyo lecho acababa de abandonar tan recientemente? ¿Culpabilidad por su negligencia respecto a su única hija, por el título de baronet, que, según el derecho, había pertenecido a su hermano? ¿Culpabilidad por aquel hermano mayor más amado y que había muerto, mientras él seguía viviendo? «La mayoría de las cosas que yo suponía valiosas en la vida han llegado hasta mí a través de la muerte.» ¿Y no habría habido, tal vez, una sensación de culpabilidad más reciente, por Theresa Nolan, que se había matado después de haber abortado? ¿Su propio hijo? ¿Y qué había allí para él, entre aquellos archivos y papeles, remedando burlonamente con su orden meticuloso su vida desordenada, sino la trampa de los bienintencionados? Los miserables se ceban a expensas de sus víctimas. Si uno les facilita lo que ansían, si les abre su corazón y se preocupa por ellos, si les escucha demostrando compasión y llegan en número cada vez creciente, hasta vaciarle a uno emocional y físicamente, y no dejarle nada que poder dar. Si se les rechaza, ya no regresan, y uno se queda despreciándose a sí mismo por su propia inhumanidad. Dijo:

—Supongo que esta habitación es el lugar que sirve como último recurso.

Fue Musgrave el primero en comprender a qué se refería.

—Nueve veces de cada diez, eso es lo que es. Han agotado la paciencia de sus familias, de la Seguridad Social, de las autoridades locales y de los amigos. Entonces le llega el turno aquí. «Yo voté por usted. Haga algo.» A algunos miembros del partido, esto les gusta, desde luego. Consideran que ésta es la parte más fascinante de su tarea. Son los asistentes sociales frustrados. Sospecho que a él no le gustaba. Lo que él trataba de hacer, y que a veces parecía casi obsesivo, era explicar a la gente los límites del poder gubernamental, de cualquier gobierno. ¿Recuerda el último debate sobre las ciudades del interior? Yo me encontraba entre el público. Hubo en su ironía no poca cólera contenida. «Si he comprendido los argumentos un tanto confusos del honorable diputado, se le pide al Gobierno que asegure una igualdad de inteligencia, talento, salud, energía y riqueza mientras que, al mismo tiempo, procede a la abolición del pecado original desde el comienzo del próximo año financiero. Lo que la Divina Providencia precisamente no consiguió hacer, el Gobierno de Su Majestad se dispone a conseguirlo mediante una real orden.» A la Cámara esto no le gustó mucho, ni tampoco su tipo de humor.

Y añadió:

—De todos modos, era una batalla perdida lo de educar al electorado en los límites del poder ejecutivo. Nadie quiere creerlo. Y, por otra parte, en una democracia siempre hay una oposición para decirles que cualquier cosa es posible.

El general intervino:

—Era un parlamentario consciente, pero su cargo le exigió mucho, más de lo que podamos comprender. Creo que a veces se sentía dividido entre la compasión y la irritación.

Musgrave abrió el cajón de un archivador y sacó de él una carpeta al azar.

—Veamos esto: soltera, edad cincuenta y dos años. En pleno cambio físico, y con un humor de todos los demonios. El padre, muerto. La madre en casa y virtualmente postrada en cama, exigente, incontinente y en plena senilidad. No hay cama en el hospital, y la madre tampoco iría voluntariamente aunque la hubiera. O este otro caso. Dos críos, de diecinueve años los dos. Ella se queda embarazada y se casan, lo cual no agrada ni a los padres de él ni a los de ella. Ahora están viviendo con los padres de ella en un pequeño apartamento. No existe ningún tipo de intimidad. No pueden hacer el amor. Mamá lo oiría a través de las paredes. El crío chilla y la familia comenta una y otra vez: «Ya te lo dije.» No hay esperanza de recibir una vivienda municipal en los tres años próximos, y tal vez la cosa se alargue más. Y esto es típico de lo que recibía él cada sábado. Encuéntreme una cama en el hospital, una vivienda, trabajo. Déme dinero, déme esperanza, déme amor. En parte, en esto consiste la tarea, pero creo que él lo juzgaba frustrante. Y no digo que no se mostrara compasivo con los casos auténticos.

El general rezongó:

—Todos los casos son auténticos. La miseria siempre lo es.

Observó a través de la ventana la densa lluvia en que se había convertido la llovizna, y añadió:

—Tal vez hubiéramos debido encontrarle una habitación más alegre.

Musgrave protestó:

—Pero si el diputado del distrito siempre ha utilizado esta habitación para sus consultas, general, y al fin y al cabo sólo se trata de una vez por semana...

—Sin embargo, cuando consigamos el nuevo diputado, debe tener algo mejor —repuso el general.

Musgrave capituló sin rencor.

—Podríamos echar a George. O utilizar esa habitación de la parte delantera, en la planta superior, para las consultas. Pero entonces los ancianos tendrán que subir por la escalera. No sé cómo podríamos remodelar esta casa.

Dalgliesh casi esperaba que pidiera en el acto planos y comenzara la tarea, olvidando ya sus demás preocupaciones. Preguntó:

—¿Fue una sorpresa su dimisión?

Fue Musgrave el que contestó:

—Absolutamente. Un golpe para todos. Un golpe y una traición. De nada sirve andarse con rodeos, general. Es mal momento para unas elecciones parciales, y él debía de saberlo.

El general dijo:

—Yo no hablaría de traición. Nunca nos hemos considerado como un escaño marginal.

—Todo lo que sea menos de quince mil electores es marginal en estos días. Debió haber aguantado hasta las elecciones generales.

Dalgliesh preguntó:

—¿Explicó sus motivos? Tengo entendido que habló con ustedes dos, que no se limitó simplemente a escribirles.

De nuevo fue Musgrave el que contestó:

—Sí, claro, habló con nosotros. En realidad, aplazó escribir su dimisión al canciller, hasta haber hablado con nosotros. Yo estaba de vacaciones —mis breves vacaciones usuales de cada otoño— y tuvo la delicadeza de esperar hasta que regresé. Vino aquí el viernes pasado, a media tarde. Era viernes y trece, lo que no deja de ser apropiado. Dijo que no sería correcto por su parte continuar como nuestro diputado. Había llegado el momento de que su vida iniciara un nuevo camino. Naturalmente, le pregunté qué quería decir con eso de un nuevo camino. «Eres un diputado del Parlamento —le dije—. No estás conduciendo precisamente un autobús.» Él me contestó que todavía no lo sabía. No se lo habían indicado. «¿Quién ha de indicarlo?», pregunté. Me contestó: «Dios.» Bien, poca cosa puede uno decir ante esto. No hay nada como una respuesta así para poner fin a una conversación racional.

—¿Qué aspecto tenía?

—Perfectamente tranquilo, y totalmente normal. Demasiado tranquilo. Eso es lo que más me chocó. En realidad, un tanto misterioso, ¿no le parece, general?

El general contestó con gran calma:

—A mí me pareció un hombre libre del dolor, del dolor físico. Pálido y fatigado, pero muy pacífico. Es un aspecto inconfundible.

—Desde luego, se mostró muy pacífico. Y también obstinado. No se podía discutir con él. Sin embargo, su decisión nada tenía que ver con la política. Finalmente, conseguimos establecer este punto. Yo le pregunté con toda franqueza: «¿Te ha desilusionado la política, el partido, el primer ministro; te hemos desilusionado nosotros?» Dijo que no había nada de eso. Contestó: «No tiene nada que ver con el partido. Soy yo el que tiene que cambiar.» Pareció sorprenderle la pregunta, casi como si le divirtiera, como si la juzgara irrelevante. Pues bien, para mí no era irrelevante. El general y yo hemos puesto toda nuestra vida al servicio del partido. El partido es importante para nosotros. No es como un juego, una búsqueda trivial que uno pueda tomar y dejar cuando se aburra. Merecíamos una explicación mejor y, desde luego, mucha más consideración de la que obtuvimos. Casi parecía molestarle el hecho de tener que hablar de ello. Parecía como si estuviéramos discutiendo los planes para la fiesta del verano.

Empezó a pasear a través de la estrecha habitación, con su indignación como una fuerza palpable. El general dijo suavemente:

—Mucho me temo que no le servimos de ayuda. De ninguna ayuda.

—Es que él no pedía ayuda, vamos a ver. Ni tampoco consejo. Para eso había recurrido a una instancia superior. Es una lástima que pusiera los pies en aquella iglesia. ¿Y por qué lo hizo? ¿Lo sabe usted?

Lanzó esta pregunta a Dalgliesh como si fuera una acusación. Dalgliesh respondió amablemente:

—Al parecer, interesado por la arquitectura eclesial victoriana.

—Pues fue una lástima que no le diera por pescar o por coleccionar sellos. En fin, ahora ya está muerto. De nada sirve indignarse ahora.

Dalgliesh inquirió:

—¿Supongo que habrán visto ustedes ese artículo de la *Paternoster Review*?

Musgrave había logrado dominarse y contestó:

—Yo no leo ese tipo de revistas. Si me interesan reseñas de libros, las leo en los periódicos dominicales. —Su tono sugería que de vez en cuando se permitía tan extrañas indulgencias—. Sin embargo, alguien lo leyó y lo recortó, y al poco tiempo recorrió todo el electorado. En opinión del general, ese artículo podía ser objeto de querella.

El general Nollinge dijo:

—Pensé que podría serlo y le aconsejé que consultara a su abogado. Él contestó que lo pensaría.

—Hizo algo más —dijo Dalgliesh—. Me lo enseñó a mí.

—Le pidió que investigara, ¿verdad? —el tono de Musgrave era cortante.

—En realidad, no. No especificó nada.

—Exactamente. En las últimas semanas no especificó absolutamente nada —afirmó Musgrave, y añadió—: Desde luego, cuando nos dijo que había escrito al primer ministro y que solicitaba que se le admitiera su dimisión, recordamos ese artículo de la *Review* y ya nos preparamos para el escándalo. Nos equivocamos, desde luego. No ocurrió nada tan humano y comprensible. No obstante, hay una cosa extraña que creo debemos mencionar. Ahora, con él ya muerto, no puede causar ningún daño. Ocurrió aquella noche en que se ahogó aquella chica, Diana ...

—Diana Travers —apuntó Dalgliesh.

—Eso es. Apareció aquí aquella noche... bien, digamos que era ya de madrugada. No llegó hasta bien pasada la medianoche, pero yo todavía estaba aquí, trabajando con unos cuantos papeles. Alguien o algo le había arañado la cara. Eran arañazos superficiales, pero lo bastante profundos para haber sangrado. Hacía poco que se le había formado la costra. Pudo haber sido un gato, creo yo, o tal vez se cayó entre unos rosales. Igualmente, las uñas pudieron haber sido de una mujer.

—¿Le dio él alguna explicación?

—No. No lo mencionó y yo tampoco, ni entonces ni más tarde. Berowne tenía su habilidad para imposibilitar a cualquiera el formular preguntas no deseadas. No pudo haber tenido nada que ver con aquella chica, desde luego. Al parecer, él no cenó en el Black Swan aquella noche. Pero después, cuando leímos aquel artículo, me pareció que era una curiosa coincidencia.

«Y, desde luego, lo fue», pensó Dalgliesh. Preguntó —porque la pregunta era necesaria, no porque esperase ninguna información útil— si en el electorado alguien pudo haber sabido que Berowne se encontraría en la iglesia de Saint Matthew la noche de su muerte. Al observar la mirada aguda y suspicaz que le dirigió Musgrave y la mueca dolorosa del general, añadió:

—Debemos considerar la posibilidad de que se tratara de un asesinato planeado, de que el asesino supiera que él estaría allí. En el caso de que sir Paul lo dijera a alguien del distrito, tal vez por teléfono, puede darse la casualidad de que la conversación fuera escuchada o comentada inconscientemente.

Musgrave replicó:

—¿No sugerirá usted que lo mató un elector agraviado? Desde luego, la cosa sería un tanto exagerada.

—Pero no imposible.

—Los electores agraviados escriben a la prensa local, dejan de pagar las cuotas y amenazan con votar a los socialdemócratas la próxima vez. En ningún sentido, puedo ver que en esto haya entrado la política. ¡Maldita sea, al fin y al cabo había dimitido y abandonado su escaño! Había abandonado el ruedo, estaba acabado, quemado, no podía representar un peligro para nadie. Después de esa insensatez en la iglesia, nadie más podía tomarlo ya en serio.

Intervino entonces la voz suave del general:

—Ni siquiera la familia sabía dónde se encontraba él

aquella noche. Resultaría extraño que lo dijera a alguien de aquí, cuando no lo había dicho a los suyos.

—¿Cómo lo sabe, general?

—La señora Hurrell llamó a Campden Hill Square poco después de las ocho y media, y habló con el ama de llaves, la señorita Matlock. Al menos, tengo entendido que fue un joven el que contestó al teléfono, pero que pasó la llamada a la señorita Matlock. Wilfred Hurrell era el agente aquí. Murió a las tres de la mañana siguiente, en el Saint Mary's Hospital, de Paddington; un cáncer, pobre hombre. Era un admirador de Berowne y la señora Hurrell llamó a Campden Hill Square, porque su marido preguntaba por él. Berowne le había dicho que llamase a cualquier hora. Él procuraría que siempre pudieran pasarle el aviso. Y eso es lo que a mí me parece tan extraño. Sabía que a Wilfred no le quedaba mucho de vida, y sin embargo no dejó ni un número de teléfono ni una dirección. Eso no era propio de él.

Musgrave dijo:

—Betty Hurrell me telefoneó después para saber si yo me encontraba en el distrito. No estaba en mi casa. Todavía no había regresado de Londres, pero ella habló con mi mujer, la cual no pudo hacer nada por ella, desde luego. Un mal asunto.

Dalgliesh no dio ninguna indicación de que esta llamada telefónica no fuese una novedad para él. Inquirió:

—¿Dijo la señorita Matlock si había preguntado a alguien de la familia si sabían cómo ponerse en contacto con sir Paul?

—Ella sólo le dijo a la señora Hurrell que él no estaba en casa y que allí nadie sabía dónde se encontraba. Difícilmente podía la señora Hurrell hacer presión en este sentido. Al parecer, él salió de su casa poco después de la diez y media, y ya no regresó. Yo estuve en su casa poco antes de la hora de almorzar, esperando encontrarle allí, pero no volvió a ella. Supongo que le dijeron que yo estuve allí.

El general dijo:

—Yo traté de hablar con él más tarde, poco antes de las seis, para convenir con él que nos viéramos el día siguiente. Pensé que podría servir de ayuda sostener los dos una conversación tranquila. En aquel momento no se encontraba en casa. Lady Ursula contestó al teléfono. Dijo que consultaría el dietario de él y volvería a llamarme.

—¿Está usted seguro, general?

—¿De que hablé con lady Ursula? Ya lo creo. Generalmente, contesta la señorita Matlock, pero a veces se pone al teléfono lady Ursula.

—¿Está usted seguro de que ella dijo que consultaría el dietario?

—También pudo haber dicho que miraría si su hijo tenía alguna hora libre y que volvería a llamarme. Algo por el estilo. Naturalmente, yo supuse que se refería a consultar su dietario. Le dije que no se preocupara, si ello le causaba alguna molestia. Ya sabe usted que la artritis la tiene casi inválida.

—¿Volvió a llamar ella?

—Sí, unos diez minutos más tarde. Me dijo que el miércoles por la mañana le parecía bien, pero que pediría a Berowne que me telefoneara para confirmarlo, a la mañana siguiente.

A la mañana siguiente. Esto sugería que ella sabía que su hijo no regresaría aquella noche. Y, lo que era más importante, si es que en realidad lo había hecho, había ido al estudio y había consultado el dietario, y por tanto éste se encontraba en aquel cajón del estudio poco después de las seis del día de la muerte de Berowne. Y a las seis, según el padre Barnes, él había llegado a la vicaría. Aquí, por fin, podía radicar la clave vital que vinculase el asesinato con Campden Hill Square. Se había tratado de un asesinato cuidadosamente planeado. El asesino sabía dónde encontrar el dietario, se lo había llevado consigo a la iglesia, y lo había quemado en parte, tratando de añadir verosimilitud a la teoría del suicidio. Y esto situaba el núcleo del asesinato, firmemente, en el mismo hogar de Berowne. Sin embargo, ¿no era allí donde él siempre había sabido que se encontraría?

Recordó aquel momento en el salón de lady Ursula, cuando él le mostró el dietario. Aquellas manos parecidas a garras, encogidas por la edad, tensándose sobre el plástico del envoltorio. Aquel cuerpo frágil, congelado en su inmovilidad. Por lo tanto, ella lo sabía. Por fuerte que fuera la impresión recibida, su mente había seguido trabajando. Pero ¿podía una madre amparar al asesino de su hijo? En cierta circunstancia, creía él posible que su madre pudiera hacer tal cosa. Sin embargo, probablemente la verdad sería menos complicada y menos siniestra. Ella no podía creer que alguien a quien conociera personalmente hubiera sido capaz de ese crimen en particular. Ella sólo podía aceptar dos posibilidades. O bien su hijo se había suicidado, o, lo que era más probable y más aceptable, su asesinato había sido fruto de una violencia casual y no premeditada. Si lady Ursula podía llegar a creer esto, entonces ella consideraría como irrelevante cualquier conexión con Campden Hill Square, como una fuente potencial de escándalo, y, lo que todavía sería peor, como una nociva diversión de las energías de la policía en su tarea para descubrir al verdadero asesino. Sin embargo, él habría de interrogarla acerca de esa llamada telefónica. En toda su vida profesional, nunca se había sentido atemorizado ante un testigo o un sospechoso, pero en este caso se trataba de una entrevista que no le causaba la menor satisfacción. Pero si el dietario había estado en el escritorio a las seis de la tarde, al menos Frank Musgrave quedaba libre de toda sospecha. Él había salido de Campden Hill Square antes de las dos. No obstante, desde el primer momento su sospecha sobre Musgrave le había parecido una irrelevancia. Y entonces, otro pensamiento, tal vez igualmente irrelevante, surgió en su mente. ¿Qué era lo que Wilfred Hurrell, en su lecho de muerte, tanto había deseado decirle a Paul Berowne? ¿Y era posible que alguien hubiese determinado que no tuviera la oportunidad de poder decirlo?

Más tarde, los tres almorzaron juntos en el elegante comedor de la planta baja, desde el cual se veía el río, que ahora discurría caudaloso y turbulento bajo la incesante lluvia. Después de sentarse, Musgrave dijo:

—En esta mesa mi bisabuelo cenó una vez con Disraeli. Contemplaron prácticamente el mismo paisaje.

Las palabras confirmaron lo que Dalgliesh ya había sospechado: era Musgrave aquel cuya familia siempre había votado por los conservadores y que juzgaría impensable cualquier otra obediencia, y era el general quien había llegado a adquirir su filosofía política mediante un proceso de pensamiento y de compromiso intelectual. Fue una comida agradable, con una espalda de cordero mechada, verduras frescas y muy bien cocidas, y una tarta de grosellas con nata. Sospechó que sus dos compañeros se habían puesto tácitamente de acuerdo en no molestarle con preguntas acerca de los progresos en la investigación policial. Antes habían hecho las preguntas más obvias y habían acogido su reticencia con un silencio lleno de tacto. Dalgliesh tendía ahora a atribuirlo al deseo de que él pudiera disfrutar de una comida en la que obviamente ambos se habían esmerado, más que a cualquier repugnancia respecto a discutir un tema penoso, o a un temor de que se les pudiera escapar cosas que más valía dejar en silencio. Les servía un camarero de cierta edad y chaqueta negra, cuyo rostro recordaba el de un sapo ansiosamente amable, y que sirvió un excelente Niersteiner con manos temblorosas, pero sin verter una sola gota. El comedor estaba casi vacío, pues sólo había en él dos parejas y se habían instalado en mesas distantes. Dalgliesh sospechó que sus anfitriones se habían asegurado, también con mucho tacto, de que él pudiera disfrutar en paz de su almuerzo. Sin embargo, los dos hombres encontraron una oportunidad para ofrecerle su opinión. Cuando, después de tomar el café, el general recordó su necesidad de efectuar una llamada telefónica, Musgrave se inclinó con aire confidencial a través de la mesa:

—El general no puede creer que fuese un suicidio. Es algo que él jamás haría, y por lo tanto no puede imaginarlo en sus amigos. En otros momentos yo hubiera dicho lo mismo... acerca de Berowne, quiero decir. Ahora ya no estoy tan seguro. Hay algo de locura en el aire. Y nada es cierto, y menos cuando se trata de la gente. Uno cree conocer a las personas, saber cómo han de comportarse. Pero no es así, y no es posible. Todos somos como extraños. Esa chica, por ejemplo, aquella enfermera que se suicidó... Si el aborto era de un crío de Berowne, a él pudo resultarle difícil vivir con semejante carga. No es que yo trate de entrometerme, usted ya me comprende. Ésa es su tarea, desde luego, no la mía. Pero a mí el caso me parece bien claro.

Y fue en el aparcamiento, cuando Musgrave les dejó para ir a buscar su coche, donde el general dijo:

—Sé que Frank cree que Berowne se suicidó, pero está equivocado. No se trata de malicia ni deslealtad, ni tampoco de poca caridad, pero está equivocado. Berowne no era uno de esos hombres que se matan.

Dalgliesh repuso:

—No sé si lo era o no lo era. De lo que estoy razonablemente seguro es de que no lo hizo.

Miraron los dos en silencio mientras Musgrave, con un saludo final de su mano, franqueaba la entrada del aparcamiento y aceleraba hasta perderse de vista.

Le pareció a Dalgliesh una perversidad adicional del destino el hecho de que Musgrave condujera un Rover negro, con una matrícula A.

Media hora más tarde, Frank Musgrave entraba en el camino que conducía a su casa. Era una casa de campo pequeña pero elegante, construida en obra de ladrillo rojo, diseñada por Lutyens y adquirida por su padre cuarenta años antes. Musgrave la había heredado junto con el negocio familiar, y la contemplaba con un orgullo tan obsesivo como si hubiera sido un hogar familiar que contara doscientos años de antigüedad. La mantenía con un celo extremado, tal como cuidaba todo lo que era suyo, su esposa, su hijo, su negocio y su coche. Generalmente, llegaba a ella tan sólo con la satisfacción habitual que le producía la buena vista que había tenido su padre al adquirir la casa, pero cada seis meses, como si obedeciera a alguna ley no escrita, detenía el coche y efectuaba deliberadamente una nueva evaluación de su precio en el mercado.

Ahora lo hizo.

Acababa de entrar en la sala cuando su esposa salió a recibirle, con ansiedad en su rostro. Mientras le ayudaba a quitarse la chaqueta, le dijo:

—¿Cómo ha ido todo, querido?

—Perfectamente. Es un hombre muy especial. No se muestra del todo amistoso, pero tiene una educación perfecta. Al parecer, le gustó el almuerzo. —Hizo una pausa y añadió—: Sabe que fue asesinato.

—¡Oh Frank, no! ¡Eso no! ¿Qué piensas hacer?

—Lo que hará todo el que esté preocupado por la herencia de Berowne: tratar de limitar los daños. ¿Ha llamado Betty Hurrell?

—Hace unos veinte minutos. Le he dicho que irías a verla.

—Sí —dijo él con voz ronca—. Debo hacerlo.

Momentáneamente, apoyó una mano en el hombro de su esposa. La familia de ella no había querido que se casara con él, no le habían considerado suficientemente apto para la única hija de un ex lord gobernador del distrito.

Pero se había casado con ella y habían sido felices, y todavía lo eran. Pensó con súbita cólera: «Él ha hecho ya bastante daño, pero aquí es donde se acaba todo. No voy a arriesgar todo aquello por lo que he estado trabajando, todo lo que he conseguido y lo que logró mi padre, sólo porque Paul Berowne perdiera la cabeza en la sacristía de una iglesia.»

3

Scarsdale Lodge era un gran bloque moderno de apartamentos, de forma angular y construido en obra de ladrillo, con la fachada desfigurada, más bien que realzada, por una serie de balcones irregulares y salientes. Un camino enlosado discurría entre el césped hasta llegar al porche de entrada, protegido por un toldo. En medio de cada zona de césped, un pequeño parterre circular, lleno de dalias enanas colocadas en círculos y que pasaban del blanco al amarillo para llegar finalmente al rojo, miraba hacia arriba como un ojo sanguinolento. A la izquierda, un camino asfaltado les llevó hasta el garaje detrás del bloque de edificios y a un aparcamiento en el que un letrero advertía que estaba reservado estrictamente para visitantes de Scarsdale Lodge. Dominaban el aparcamiento las ventanas, más pequeñas, de la parte posterior del edificio, y Dalgliesh, que no ignoraba la paranoia que se apoderaba de los residentes de un bloque de apartamentos ante un aparcamiento irregular, tuvo la sospecha de que alguien debía de vigilar la presencia de coches extraños. Casi con toda seguridad, Berowne hubiera juzgado más seguro dejar su coche en el parque público de Stanmore Station, y andar los últimos trescientos metros cuesta arriba, como un anónimo transeúnte con su eterna cartera de mano, una bolsa con una botella de vino, o la ofrenda de unas flores probablemente compradas en una parada cerca de Baker Street o del metro de Westminster. Y Stanmore no quedaba muy lejos de su camino. De hecho, se encontraba convenientemente en la ruta de su distrito electoral de Hertfordshire. Bien podía aprovechar una hora un viernes por la noche, como un lapso entre su vida en Londres y su despacho electoral de los sábados por la mañana.

Él y Kate caminaron en silencio hasta la puerta frontal.

Había en ella un interfono, cosa que no podía considerarse como la medida de seguridad más efectiva, pero que siempre era mejor que nada, y con la ventaja de que no había portero que pudiera acechar idas y venidas. La llamada de Kate y su cuidadosa enunciación de los dos nombres a través de la rejilla fueron contestadas solamente por el zumbido de la cerradura de la puerta, y seguidamente atravesaron un vestíbulo que era típico de un millar de bloques de apartamentos similares en el Londres suburbano. El suelo era de vinilo a cuadros, pulimentado hasta mostrar el brillo de un espejo. En la pared izquierda había un tablero de corcho con notas de los administradores, referentes a la fecha del servicio de mantenimiento del ascensor y de los contratos de limpieza. A la derecha, una planta inmensa en un tiesto de plástico verde, desequilibrado, dejaba colgar sus hojas bifurcadas. Ante ellos había los dos ascensores gemelos. El silencio era absoluto. Más arriba, la gente debía de estar viviendo sus existencias reclusas, pero el aire, en el que se notaba el olor del pulimento del suelo, estaba tan silencioso como si aquello fuese una casa de apartamentos para los difuntos. Los inquilinos debían de ser londinenses, provisionales en su mayor parte, jóvenes profesionales en su camino de ascenso, secretarias que compartían un apartamento entre dos, o parejas de jubilados que vivían sus existencias autónomas. Y un visitante podía dirigirse a cualquiera de aquellos cuarenta y pico apartamentos. Si Berowne era sensato, debía de tomar el ascensor y bajar cada vez en un piso diferente, continuando su camino a pie. Sin embargo, el riesgo era ínfimo. Stanmore, pese a toda su alcurnia, ya no era un pueblo. No habría allí ojos escudriñadores detrás de las cortinas para vigilar quién iba o venía. Si Berowne había comprado aquel apartamento para su amiga, como un lugar de encuentro apropiado, anónimo, había elegido con acierto.

El número cuarenta y seis era el apartamento de la esquina en la planta superior. Avanzaron silenciosamente a lo largo de un pasillo alfombrado, hasta llegar a una puerta blanca y en la que no había ningún letrero. Cuando Kate llamó, Dalgliesh se preguntó si habría un ojo observándolos a través de la mirilla, pero la puerta se abrió en el acto, como si ella hubiera estado allí, esperándoles. Se hizo a un lado y con un gesto les invitó a entrar. Después se volvió hacia Dalgliesh y dijo:

—Les he estado esperando. Sabía que vendrían más tarde o más temprano. Y al menos ahora sabré lo que ocurrió. Puedo escuchar a todo el que me hable de él, aunque se trate solamente de un policía.

Estaba preparada para su llegada. Había terminado su llanto, no todo el llanto que deseaba dedicar a su amante, pero aquellos penosos sollozos desesperados que parecen desgarrar el cuerpo habían terminado ya, al menos por algún tiempo. Dalgliesh había tenido que presenciar sus efectos tantas veces que no se le escapaban los signos: los párpados hinchados, la piel mate a causa de la fuerza devastadora del dolor, los labios turgentes y de un rojo poco natural, como si el más ligero golpe pudiera partirlos. Era difícil saber cuál podía ser su aspecto normal. Pensó que ella tenía un rostro agradable e inteligente, con una nariz larga pero pómulos altos, una mandíbula vigorosa y una piel lozana. Sus cabellos, de color castaño claro, densos y lisos, se mantenían apartados de su cara gracias a un trozo de cinta arrugada. Unos pocos, sin embargo, colgaban como humedecidos a través de su frente. Su voz sonaba tensa y quebrada por el reciente llanto, pero la mantenía bajo estricto control. Sintió respeto por ella. A juzgar por el dolor, ella era la viuda. Al seguirla hasta la sala de estar, le dijo:

—Siento mucho tener que molestarla, y tan pronto. Desde luego, ya sabe usted por qué estamos aquí. ¿Se siente con fuerzas para hablar de él? Necesito conocerle mejor, si queremos llegar a alguna parte.

Ella pareció entender lo que él quería decir: que la víctima era el punto central de su propia muerte. Había muerto a causa de lo que era, de lo que sabía, de lo que hacía, de lo que pensaba hacer. Murió porque era, únicamente, él mismo. La muerte destruía la intimidad, desnudaba, con una brutal familiaridad, todas las pequeñas complicaciones de la vida del difunto. Dalgliesh husmearía a través del pasado de Berowne tan a fondo como lo hacía en los archivos y carpetas de una víctima. La intimidad de la víctima era lo primero en desaparecer, pero nadie estrechamente relacionado con un asesinato quedaba incólume. La víctima, al menos, había escapado de las consideraciones terrenales de dignidad, o reputación. Sin embargo, para los vivos, formar parte de una investigación por asesinato era como verse contaminados por un proceso que dejaría muy poca parte de sus vidas sin sufrir cierto cambio. No obstante, pensó, esto tenía la recompensa de la democracia. El asesinato seguía siendo el crimen único. Nobles y mendigos eran iguales ante él. Los ricos, desde luego, gozaban de ventaja en esto como en todas las demás cosas. Podían pagarse el mejor abogado. Sin embargo, en una sociedad libre poco más podían comprar. Ella les preguntó:

—¿Desean un poco de café?

—Sí, por favor, si no es demasiada molestia.

Kate preguntó:

—¿Puedo ayudarla?

—No se necesita mucho tiempo.

Al parecer, Kate tomó estas palabras como una aceptación y siguió a la joven hasta la cocina, dejando la puerta entreabierta. Era típica de ella, pensó Dalgliesh, esa respuesta práctica, nada sentimental, ante la gente y sus preocupaciones más inmediatas. Sin presunción ni aires de superioridad, podía reducir la situación más embarazosa a algo parecido a la normalidad. Era ésta una de sus virtudes. Ahora, por encima del tintineo de las tazas y la tetera, podía oír las voces de las dos, en un tono de conversación casi corriente. Por las pocas frases que pudo captar, parecían estar discutiendo las ventajas de una marca de tetera eléctrica que las dos poseían. De pronto, pensó que él no debiera encontrarse allí, que era un estorbo, como detective y como hombre. Las dos se sentirían mejor sin su presencia masculina y destructiva. Incluso la habitación parecía mostrarle enemistad, y casi llegó a persuadirse de que aquellas voces femeninas, bajas y sibilantes, tramaban una conspiración.

Se oyó el zumbido del molinillo de café. Por consiguiente, ella utilizaba café en grano. Desde luego, era de esperar. Debía de esmerarse en el café. Debía de ser lo que ella y su amante compartían más a menudo. Contempló la sala de estar, con su largo ventanal que proporcionaba una vista distante del horizonte londinense. El mobiliario revelaba un buen gusto casi ortodoxo. El sofá, cubierto por una funda de color crema, sin una sola arruga, todavía impecable, parecía un mueble caro y, por la austeridad del diseño, probablemente escandinavo. A cada lado de la chimenea había butacas que hacían juego con el sofá, pero cuyas fundas estaban algo más usadas. La chimenea en sí era una repisa moderna y sencilla de madera blanca, con un diseño liso. Y pudo ver que el fuego era uno de los nuevos modelos de estufa de gas, que daban la ilusión de carbones incandescentes y llama viva. Ella debía de encenderlo apenas oía el timbre, consiguiendo un bienestar y un calor instantáneos. Y si él no venía, si tenía trabajo en la Cámara o en su casa, o en el distrito electoral, y ello no le permitía acudir a su lado, a la mañana siguiente no habría cenizas frías para burlarse de ella con su fácil simbolismo.

Sobre el sofá había una hilera de acuarelas: cálidos paisajes ingleses de una calidad inconfundible. Creyó reconocer un Lear y un Cotman. Se preguntó si habrían sido obsequios de Berowne, tal vez un medio para transferirle a ella algo de valor de lo cual ambos pudieran disfrutar y que el orgullo de ella pudiera aceptar. La pared opuesta a la chimenea estaba recubierta por módulos ajustables de madera, que llegaban desde el suelo hasta el techo. Contenían un sencillo sistema estereofónico, clasificadores para los discos, un televisor y los libros de ella. Acercándose para inspeccionarlos y hojear algunos, vio que había estudiado historia en la universidad de Reading. Prescindiendo de los libros y sustituyendo las acuarelas por unos grabados populares, aquel apartamento hubiera podido ser el de muestra en un bloque recientemente construido, seduciendo al posible comprador con un tristemente ortodoxo buen gusto. Pensó: hay habitaciones diseñadas para alejarse de ellas, tristes antesalas con un blindaje destinado a hacer frente al mundo real que hay más allá. Hay habitaciones a las que se ha de regresar, refugios claustrofóbicos contra la dura actividad del trabajo y la lucha. Esa habitación era un mundo en sí mismo, un centro tranquilo, acondicionado con economía y cuidado, pero que contenía todo lo necesario para la vida de su propietario; era un apartamento que representaba una inversión en algo más que en la propiedad. Todo el capital de ella había quedado anclado aquí, el monetario y el emocional. Contempló la hilera de plantas, variadas y bien cuidadas, lustrosamente saludables, alineadas en la repisa de la ventana. Sin embargo, ¿por qué no habían de aparecer saludables? Ella estaba siempre allí, para atenderlas.

Las dos mujeres regresaron a la habitación. La señorita Washburn llevaba una bandeja con una cafetera, tres grandes tazas blancas, una jarra con leche caliente y terrones de azúcar. Ella se sentó ante la mesa de café, y Dalgliesh y Kate lo hicieron en el sofá. La señorita Washburn sirvió el café, incluida una taza para sí misma, que trasladó después a su asiento junto al fuego. Tal como supuso Dalgliesh, el café era excelente pero ella no lo probó. Les miró a los dos y dijo:

—El locutor de la televisión ha hablado de heridas de arma blanca. ¿Qué heridas?

—¿Así se ha enterado usted, por las noticias de la televisión?

Ella dijo con amargura:

—Desde luego. ¿De qué otro modo iba yo a enterarme?

Dalgliesh se sintió invadido por una compasión tan inesperada y aguda que por un momento no se atrevió a hablar. Y con la compasión llegó también una oleada de indignación contra Berowne, que le asustó por su misma intensidad. Seguramente, aquel hombre se había enfrentado a la posibilidad de una muerte repentina. Era una figura pública y debía de saber que siempre había un riesgo. ¿Había existido alguien a quien él pudiera confiar su secreto? Alguien que pudiera haberle dado la noticia a ella, visitarla, prodigarle al menos el consuelo de que él había pensado en ahorrarle dolor. ¿No pudo haber encontrado tiempo en su vida excesivamente atareada, para escribir una carta que pudiera serle entregada en privado a ella si él moría inesperadamente? ¿O había sido tan arrogante como para creerse inmune a los riesgos que corren otros mortales: un infarto, un accidente de coche o una bomba del IRA? La ola de indignación remitió, dejando una resaca de disgusto. Pensó: «¿No es así como me hubiera comportado yo? Nos parecemos incluso en esto. Si él tenía un carámbano de hielo en el corazón, también lo tengo yo.»

Ella repitió obstinadamente:

—¿Qué heridas de arma blanca?

No había modo de explicárselo con suavidad.

—Tenía la garganta cortada. La suya y también la del vagabundo que se encontraba con él, Harry Mack.

No sabía por qué, decirle el nombre de Harry resultaba tan importante como lo había sido decírselo a lady Ursula. Era como si estuviera decidido a que ninguno de ellos olvidase a Harry.

Ella preguntó:

—¿Con la navaja de Paul?

—Es probable.

—¿Y la navaja todavía estaba allí, junto al cuerpo?

Había dicho cuerpo, no cuerpos. Sólo uno de ellos la preocupaba. Dalgliesh contestó:

—Sí, junto a su mano extendida.

—¿Y la puerta del exterior estaba sin cerrar?

—Sí.

Ella dijo:

—Por consiguiente, dejó entrar a su asesino tal como había hecho con el vagabundo. ¿Acaso lo mató el vagabundo?

—No, el vagabundo no lo mató. Harry fue una víctima, no un asesino.

—Entonces, hubo alguien de fuera. Paul no pudo haber matado a nadie, y no creo que se matara él tampoco.

Dalgliesh dijo:

—Tampoco lo creemos nosotros. Estamos tratando el caso como asesinato. Por esta razón necesitamos su ayuda. Necesitamos que nos hable usted de él. Es probable que le conociera usted mejor que cualquier otra persona.

Ella contestó, en voz tan baja que él apenas pudo captar el significado de aquel murmullo:

—Yo pensaba que sí. Yo pensaba que sí...

Levantó la taza y trató de llevársela a los labios, pero no pudo controlarla. Dalgliesh notó que Kate se envaraba a su lado y se preguntó si estaba controlando el impulso de rodear con sus brazos los hombros de la joven y ayudarla a tomar un sorbo. Sin embargo, no se movió, y con el segundo intento la señorita Washburn logró llevarse el borde de la taza hasta la boca. Sorbió el café ruidosamente, como una chiquilla sedienta.

Al observarla, Dalgliesh se dio cuenta de lo que estaba haciendo y la parte más sensible de su mente se rebeló. Ella estaba sola, una persona desconocida a la que se le negaba la simple necesidad humana de compartir su dolor, de hablar de su amante. Y era esa necesidad lo que él se disponía a explotar. A veces pensaba con amargura que la explotación era la clave de una investigación satisfactoria, particularmente en casos de asesinato. Se explotaba el temor del sospechoso, su vanidad, su necesidad de confiarse, la inseguridad que le tentaba a pronunciar aquella frase esencial y reveladora. Explotar el dolor y la soledad no era sino otra versión de la misma técnica.

Ella le miró y dijo:

—¿Puedo ver dónde ocurrió? Desde luego, sin armar ningún jaleo ni hacerme notar. Me gustaría sentarme allí sola, cuando se celebre el funeral. Sería mejor que estar sentada detrás de los fieles, procurando no ponerme en ridículo.

Él repuso:

—De momento, la parte posterior de la iglesia se mantiene cerrada. Sin embargo, creo que esto podrá arreglarse cuando hayamos terminado por fin con nuestra tarea allí. El padre Barnes, que es el párroco, la dejaría entrar. Es una habitación muy corriente. Tan sólo una pequeña sacristía, polvorienta y llena de trastos, que huele a libros de cánticos y a incienso, pero de todos modos un lugar muy tranquilo. —Y añadió—: Creo que todo sucedió muy deprisa. No creo que sintiera ningún dolor.

—Pero debió de sentir miedo.

—Tal vez ni siquiera eso.

Ella dijo:

—Es que lo que sucedió fue una cosa tan inimaginable... aquella conversión, la revelación divina, lo que fuese. Es algo que parece absurdo. Desde luego, es inimaginable.

Quiero decir que era impensable que le fuera a ocurrir algo semejante a Paul. Él era..., bien, mundano. Desde luego, no lo digo en el sentido de que sólo le preocuparan el éxito, el dinero o el prestigio. Pero estaba muy metido en el mundo, pertenecía al mundo. No era un místico. Ni siquiera era particularmente religioso. Solía ir a la iglesia los domingos y en las principales festividades porque le gustaba la liturgia, pero no iba si utilizaban la Biblia nueva o el Libro de Plegarias. Y decía que le gustaba una hora en la que pudiera pensar sin interrupciones, sin que le llamaran por teléfono. Dijo una vez que la observancia religiosa formal confirmaba la identidad, le recordaba a uno los límites de la conducta, algo por el estilo. Creer no tenía por qué ser una carga. Ni tampoco la incredulidad. No sé si algo de esto tiene sentido...

—Sí.

—Le gustaban la comida, el vino, la arquitectura, las mujeres. No quiero decir con ello que fuese promiscuo, pero le gustaba la belleza de las mujeres. Yo no le podía dar eso, pero sí le podía dar algo que nadie más podía ofrecerle: paz, sinceridad y una confianza total.

Extraño, pensó él. Era la experiencia religiosa y no el asesinato lo que consideraba más necesario comentar. Su amante estaba muerto y ni siquiera la enormidad de aquella pérdida final, irrevocable, podía borrar el dolor de la anterior traición. Pero ya llegarían al asesinato con el tiempo. No había prisa. No podía conseguir lo que deseaba si ahora la apremiaba. Preguntó:

—¿Le explicó algo sobre aquella experiencia en la sacristía?

—Vino a verme la noche siguiente. Había tenido una reunión en la Cámara y ya era tarde. No podía quedarse mucho tiempo. Me dijo que había tenido una experiencia de Dios. Esto es todo. Una experiencia de Dios. Y lo dijo como si fuera algo perfectamente natural. Pero no lo era, desde luego. Después se marchó, y yo supe que lo había perdido. No como amigo, tal vez, pero yo no lo deseaba como amigo. Lo había perdido como amante. Lo había perdido para siempre. No necesitó decírmelo.

Sabía Dalgliesh que había mujeres para las cuales el secreto, el riesgo, la traición o la conspiración conferían a un asunto amoroso una cierta carga erótica adicional. Eran mujeres tan poco comprometidas como sus hombres, apegadas a su intimidad personal, que deseaban una relación intensa, pero no al precio de sus carreras, mujeres para las que la pasión sexual y el sentido hogareño eran dos cosas irreconciliables. Pero ésta, pensó, no había sido una de ellas. Recordó, palabra por palabra, su conversación con Higginson, de la Sección Especial. Higginson, con su chaqueta de mezclilla bien cortada, su espalda erguida, sus ojos claros, una mandíbula vigorosa bajo un bigote recortado, tan parecido a la imagen convencional de un oficial del ejército que, para Dalgliesh, siempre aparecía con una aureola de falsa respetabilidad, un chorizo amable de un barrio suburbial, un vendedor de coches de segunda mano hablando de su mercancía en el metro de Warren Street. Incluso su cinismo parecía tan cuidadosamente calculado como su acento. Sin embargo, el acento era perfectamente auténtico y también lo era el cinismo. Lo peor que podía decirse de Higginson era que le gustaba demasiado su tarea.

—Es lo de siempre, mi querido Adam. Una esposa decorativa para exhibirla, la mujercilla devota al lado para usarla. Sólo que en este caso no estoy seguro de qué uso se le podía dar precisamente. La elección resulta un tanto sorprendente. Ya lo verás. Pero no hay problemas de seguridad. Nunca los ha habido. Los dos han sido notablemente discretos. Berowne siempre ha dejado bien claro que aceptaba toda precaución necesaria para su seguridad, pero que tenía derecho a correr ciertos riesgos en lo referente a su vida privada. Ella nunca ha causado un problema. Me sorprendería que lo hiciera ahora. No habrá ningún crío envuelto en pañales dentro de ocho meses.

Se preguntó si ella podía haber cerrado realmente los ojos ante la realidad. La realidad de que su relación estaba documentada, cada paso de su progreso anotado con precisión clínica por aquellos cínicos observadores que habían decidido, sin duda después de los procesos burocráticos normales, que ella podía ser clasificada como una diversión inofensiva, y que Berowne podía disfrutar de su entretenimiento semanal sin que ello causara problemas oficiales. Seguramente, ella no pudo haberse engañado a sí misma hasta ese punto, y tampoco él. Al fin y al cabo, también ella era una burócrata, una profesora. Debía de saber cómo funcionaba el sistema. Era todavía relativamente novata, pero era su mundo. Una sola señal de que ella representara un riesgo de seguridad y él hubiese recibido una advertencia. Y habría tenido en cuenta esta advertencia. Nadie se convierte en ministro si no tiene suficiente ambición, egoísmo y frialdad para saber dónde tienen que radicar sus prioridades.

Preguntó:

—¿Cómo se conocieron?

—¿Cómo cree que nos conocimos? En el trabajo. Yo era primera secretaria en su oficina privada.

Por lo tanto, había sido tal como él esperaba.

—Y después, cuando se convirtieron en amantes, ¿pidió usted un traslado?

—No, ya me tocaba el traslado. Nadie se queda largo tiempo en oficina privada.

—¿Llegó a conocer a su familia?

—Nunca me llevó a su casa, si se refiere a esto. No me presentó a su esposa o lady Ursula para decir: «Os presento a Carole Washburn. Es mi querida.»

—¿Con cuánta frecuencia le veía?

—Tan a menudo como él podía abandonar lo demás. A veces disponíamos de medio día. Otras veces, de un par de horas. Él procuraba venir, camino de su distrito electoral, si estaba solo. A veces, no nos veíamos durante semanas.

—¿Y nunca le sugirió el matrimonio? Perdóneme, pero esta pregunta podría ser importante.

—Si con ello se refiere a que alguien pudo haberle cortado la garganta para impedir que pidiera un divorcio y se casara conmigo, está usted perdiendo el tiempo. La respuesta a su pregunta, comandante, es un no; nunca me sugirió el matrimonio. Y yo tampoco.

—¿Usted lo describiría como un hombre feliz?

No pareció sorprenderle la aparente irrelevancia de la pregunta, ni le concedió tampoco larga reflexión. Sabía la respuesta desde hacía largo tiempo.

—No, en realidad no. Lo que le ocurrió —y no me refiero al asesinato—, lo que le ocurrió en aquella iglesia, fuera lo que fuese, no creo que hubiese ocurrido si él se hubiera sentido satisfecho con su vida. Si nuestro amor le hubiera bastado. A mí me bastaba y era todo lo que yo quería, todo lo que necesitaba. Para él no era suficiente. Yo siempre lo había sabido. Nada era suficiente para Paul, nada.

—¿Le dijo que había recibido una carta anónima en la que se hablaba de Theresa Nolan y Diana Travers?

—Sí, me lo dijo. No la tomó en serio.

—Pues la tomó suficientemente en serio como para enseñármela a mí.

Ella dijo:

—El niño que esperaba Theresa Nolan antes de abortar no era de él, si es eso lo que usted está pensando. No pudo haberlo sido. Él me lo hubiera dicho. Mire, fue tan sólo una de esas cartas anónimas que los políticos reciben día tras día. Están acostumbrados a ellas. ¿Por qué preocuparse ahora por eso?

—Porque algo que ocurrió durante las últimas semanas de su vida podría ser importante. Debe usted comprenderlo.

—¿Qué pueden importar el escándalo o las mentiras? Ahora ya no pueden afectarle. No le pueden hacer ningún daño. Nada puede hacérselo. Nunca más.

El preguntó, con voz afectuosa:

—¿Había cosas que a él le dolían?

—Era un ser humano, ¿comprende? Claro que había cosas que le dolían.

—¿Qué cosas? ¿La infidelidad de su esposa?

Ella no contestó y él insistió:

—Señorita Washburn, lo que a mí más me interesa es atrapar a su asesino, no preservar su reputación. Ambas cosas no tienen por qué ser incompatibles. Yo procuraré que no lo sean, pero sé perfectamente lo que ha de venir en primer lugar. ¿No lo cree usted así?

Ella replicó con súbita vehemencia:

—No. Durante tres años yo he preservado su intimidad; no su reputación, su intimidad. Me ha costado muchísimo. Nunca me quejé ante él y tampoco me estoy quejando ahora. Conozco las normas. Sin embargo, estoy dispuesta a preservar su intimidad. Para él, era algo importante. Si no lo hago, todos estos años de discreción, de no dejarnos ver nunca juntos, de nunca poder decir yo: «Éste es mi hombre, somos amantes»; siempre ocupando el segundo lugar después de su cargo, de su esposa, de sus electores, de su madre... ¿de qué hubiera servido todo esto? Y usted no puede devolverlo a la vida.

Siempre se producía esta exclamación cuando las cosas se endurecían: «Usted no puede devolverlos a la vida.» Recordó su segundo asesino de menores, el escondrijo de fotografías pornográficas que la policía había descubierto en el apartamento del criminal, fotos indecentes de sus víctimas, cuerpos infantiles violados y expuestos a la vista. Fue su tarea, poco después de ser ascendido a inspector de detectives, pedir a una madre que identificara a su hija. Los ojos de la mujer miraron una sola vez la fotografía y después miraron al vacío, negando la identificación, negando la verdad. Había algunas realidades que la mente se negaba a aceptar, aunque fuese para ayudar al castigo, a la justicia. «Usted no puede devolverlos a la vida.» Era el grito de un mundo totalmente derrotado, angustiado y dolido.

Pero ella volvía a hablar:

—Había muchas cosas que yo no podía darle. Sin embargo, pude darle secreto, discreción. He oído hablar de usted. Hubo aquel asunto en los Fens, aquel científico forense que fue asesinado. Paul me habló de él. Fue todo un triunfo para usted, ¿no es verdad? Usted dijo: «¿Y la víctima?» Pero ¿qué decir de las víctimas de usted? Yo espero que detenga al asesino de Paul. Generalmente, lo consigue, ¿verdad? ¿Se le ha ocurrido alguna vez calcular el precio de ello?

Dalgliesh notó que Kate se envaraba al oír aquella clara nota de desagrado y menosprecio. La joven siguió hablando:

—Pero tendrá que arreglárselas sin mí. En realidad, usted no necesita mi ayuda. No estoy dispuesta a revelar las confidencias de Paul sólo para que usted pueda apuntarse otro éxito.

Él repuso:

—Está también la cuestión del vagabundo muerto, de Harry Mack.

—Lo siento, pero nada me queda para llorar a Harry Mack, ni siquiera un poco de compasión. Estoy dispuesta a excluir a Harry Mack de mis cálculos.

—Sin embargo, yo no puedo excluirlo de los míos.

—Claro que no, pues éste es su trabajo. Veamos, yo no sé nada que pueda ayudarle a usted a resolver este asesinato. Si Paul tenía enemigos, nada sé de ellos. Le he hablado de él y de mí. Además, usted ya lo sabía todo. Sin embargo, no estoy dispuesta a dejarme involucrar más en este asunto. No quiero acabar en el estrado de los testigos, fotografiada camino del tribunal y descrita en primera página de los periódicos como «la amiguita de Paul Berowne».

Se levantó, lo que era la indicación para que se marcharan. Al llegar a la puerta, dijo:

—Quiero marcharme de aquí, aunque sólo sea un par de semanas. Dispongo de unas largas vacaciones. Si los de la prensa se enteran de mi existencia, no quiero estar aquí cuando ocurra. No podría soportarlo. Quiero marcharme de Londres, de Inglaterra, y usted no puede detenerme.

Dalgliesh contestó:

—No, pero seguiremos estando aquí cuando usted regrese.

—¿Y si no regreso?

Había hablado con la débil aceptación de la derrota. ¿Cómo podía vivir en el extranjero, puesto que dependía de su trabajo, de su salario? Aquel apartamento tal vez hubiera perdido todo significado para ella, pero Londres seguía siendo su hogar y el trabajo había de resultarle importante por otras razones, aparte del dinero. Una mujer joven no llega a un puesto importante sin tener inteligencia y ambición, y trabajar de firme. No obstante, él contestó a su pregunta como si hubiera contenido alguna realidad.

—Entonces, yo tendría que ir a buscarla.

Ya en el coche, mientras se ajustaba el cinturón de seguridad, Dalgliesh dijo:

—Me pregunto si hubiéramos obtenido algo más de ella si usted la hubiera visitado a solas. Acaso hubiese hablado con más libertad si yo no hubiera estado presente.

Kate contestó:

—Es posible, señor, pero tan sólo de haber prometido yo mantener sus palabras como una confidencia, y no sé cómo me las hubiera arreglado en ese sentido.

Massingham, sospechó Dalgliesh, hubiera prometido guardar el secreto y después no habría tenido el menor escrúpulo en contarlo todo. Esa era una de las diferencias entre los dos.

—No —dijo—, usted no hubiera podido hacerlo.

4

Una vez en New Scotland Yard, Kate irrumpió en la oficina de Massingham. Lo encontró solo, rodeado por sus papeles, y se dio la satisfacción de interrumpir su concienzuda pero poco entusiasta revisión de los informes sobre la investigación puerta a puerta, con un relato extenso de la entrevista. Kate había controlado con cierta dificultad su malestar en el camino de regreso al Yard, y estaba en buenas condiciones para una confrontación, preferiblemente con un varón.

—¡Ese tipo era un mierda!

—Bien, yo no diría tanto. ¿No te estarás mostrando demasiado dura con él?

—Es la misma historia de siempre. El señor se regodea con su éxito y ella está metida en el equivalente de un nido de amor victoriano para atender a las necesidades de él cuando tiene un momento que dedicarle a ella. Es como si nos encontráramos en el siglo pasado.

—Pero no estamos en él. Ella ha optado por este camino. ¡Vamos, Kate! Tiene un buen empleo, un apartamento en propiedad, un buen sueldo y una carrera con jubilación después. Podía haberle mandado al cuerno cuando se le hubiera antojado. Él no ejercía ninguna coacción sobre ella.

—Físicamente no, tal vez.

—No me salgas con una variante de aquella vieja canción de «Es el hombre el que obtiene el placer y la mujer la que se considera culpable». Al fin y al cabo, la historia reciente está contra ti. Nada le impedía que lo mandase al cuerno. Pudo haberle presentado un ultimátum: «Puedes elegir: ella o yo.»

—¿Sabiendo cuál sería la respuesta?

—Bien, siempre existe ese riesgo, claro. Pero pudo haber tenido suerte. No estamos en el siglo pasado. Y él no es Parnell. El divorcio no hubiera perjudicado su carrera, al menos durante mucho tiempo.

—Pero tampoco la hubiera beneficiado.

—De acuerdo. Pongamos por ejemplo a tu amigo, quienquiera que sea. O cualquier otro individuo que pueda gustarte. Si tuvieras que elegir entre él y tu trabajo, ¿te resultaría tan fácil? Cuando te sientes tan inclinada a la censura, será mejor que te preguntes qué elegirías tú.

Este planteamiento la desconcertó. Probablemente, él sabía algo de Alan o bien lo había supuesto. No era posible conservar muchos secretos en el CID, y su propia reticencia acerca de su vida privada debía de haber estimulado la curiosidad. Sin embargo, ella no esperaba tal perspicacia por parte de él, ni tanta franqueza, y se sintió más bien incómoda. Dijo:

—Bien, de todos modos eso no aumenta mi respeto por él.

—Es que no tenemos que respetarle. A nosotros no se nos pide que le respetemos o que lo apreciemos, o que admiremos su política, sus corbatas o su gusto en cuestión de mujeres. Nuestra tarea consiste en echarle mano a su asesino.

Ella se había sentado ante él, súbitamente fatigada, y dejó que el bolso que llevaba colgado al hombro se deslizara hasta el suelo; después miró a Massingham mientras él empezaba a ordenar sus papeles. Le agradaba su despacho, intrigada por la diferencia entre la escasa masculinidad que había en él y el ambiente de la sala del departamento de asesinatos, al fondo del mismo pasillo. Allí, la atmósfera era densamente masculina, recordaba, pensó ella, la de una sala de oficiales, pero en cierta ocasión había oído que Massingham decía a Dalgliesh, con la socarrona malicia que sus subordinados consideraban ofensiva y que les recordaba el apodo de «El misil tierra-tierra» que antes se le había aplicado: «No es lo que llamaríamos un regimiento de primera clase, ¿no es verdad, señor?» Al departamento se le exigía investigar crímenes en alta mar y, generalmente, se le recompensaba con una fotografía enmarcada del buque en el que habían ocurrido los hechos. Estas fotos estaban colgadas en hileras regulares a lo largo de las paredes, junto con retratos firmados de jefes de la policía de países de la Commonwealth, emblemas y distintivos, testimonios también firmados, e incluso alguna que otra fotografía de una cena de celebración. Las paredes del despacho de Massingham estaban decoradas tan sólo con grabados en color de muy antiguos partidos de criquet, procedentes, suponía ella, de su propia casa. Estas gentiles evocaciones de veranos ya muy lejanos, los bates de formas extrañas, los sombreros de copa de los jugadores, las familiares torres de la catedral resaltando en un cielo inglés, el sombreado césped y las damas con miriñaque y sombrilla, fueron al principio motivo de leve interés para sus colegas, pero ahora apenas había quien advirtiera su presencia. Kate pensaba que su elección mostraba un hábil compromiso entre la conformidad masculina y el gusto personal. Por otra parte, difícilmente hubiera podido exhibir sus fotografías de los tiempos escolares. Eton no se consideraba exactamente inaceptable para la Policía Metropolitana, pero tampoco era una escuela de la que jactarse en aquel lugar.

Kate preguntó:

—¿Cómo va la investigación puerta a puerta?

—Como era de esperar. Nadie vio ni oyó nada. Todos estaban sentados y pegados a la televisión, o bien ante el mostrador del pub El perro y el Ganso, o bien en el vídeo. Ningún pez gordo, pero hemos capturado los pececillos de costumbre. Es una lástima que no podamos devolverlos al agua. Sin embargo, esto mantendrá atareada a la división.

—¿Y los taxistas?

—No ha habido suerte. Uno de ellos recordó haber dejado a un caballero de mediana edad a cuarenta metros de la iglesia, y en un momento relevante. Le seguimos las huellas y resultó que visitaba a una amiga suya.

—¿Cómo? ¿En un nido de amor junto a Harrow Road?

—Tenía unas exigencias un tanto específicas. ¿Recuerdas a Fátima?

—¡No me digas! ¿Todavía sigue en el oficio?

—Ya lo creo. Y también le da por husmear un poco por ahí en beneficio de Chalkey White. En estos momentos, la buena señora no está precisamente muy contenta de nosotros. Y Chalkey tampoco.

—¿Y el pasajero?

—Bien, él ya ha presentado una denuncia oficial. Acoso, intromisión en la libertad personal, todo lo de costumbre. Y hemos recibido seis confesiones sobre el asesinato.

—¿Seis? ¿Tan pronto?

—Cuatro de ellas ya las teníamos antes. Todas de dementes. Uno lo hizo para protestar contra la política de los conservadores en el tema de la inmigración, uno porque Berowne había seducido a su nieta, y otro porque el arcángel Gabriel le dijo que lo hiciera. Todos han dado horas equivocadas. Todos utilizaron un cuchillo y no una navaja, y no te sorprenderá saber que ninguno de ellos pudo mostrarlo. Con una singular falta de originalidad, todos aseguran haber arrojado el arma en el canal.

—¿Te has preguntado alguna vez —dijo Kate— qué parte de tu trabajo es realmente efectiva en relación con lo que cuesta?

—De vez en cuando. Y ¿qué quieres que hagamos al respecto?

—Para empezar, perder menos tiempo con los peces pequeños.

—Vamos, Kate. No podemos elegir nuestras presas, al menos dentro de unos límites estrictos. Viene a ser lo que le ocurre a cualquier médico. No puede conseguir que toda la sociedad goce de buena salud, no puede curar al mundo. Se volvería loco si lo intentara. Se limita a tratar lo que se póne en sus manos. Algunas veces gana y otras veces pierde.

—Pero al menos —contestó ella— no pierde el tiempo cauterizando verrugas mientras los cánceres carecen de tratamiento.

Massingham replicó:

—Qué coño, si el asesinato no es un cáncer, ¿qué puede serlo? En realidad, es probablemente la investigación sobre asesinatos y no los delitos comunes, lo que resulta más costoso. Piensa en lo que costó meter entre rejas al destripador del Yorkshire. Piensa lo que este asesino nuestro va a costarle al contribuyente antes de que le echemos el guante. Si es que lo conseguimos. —Y por primera vez sintió la tentación de añadir: «Y si es que existe.»

Massingham se levantó ante su mesa de trabajo.

—Necesitas tomar un trago. Te invito.

De pronto, ella casi sintió afecto por él.

—Vale —dijo—, muchas gracias.

Recogió su bolso y salieron juntos en dirección de la cantina de oficiales.

5

La señora Iris Minns vivía en un piso municipal en la segunda planta de un bloque cerca de Portobello Road. Aparcar cerca de allí en sábado, el día del mercado callejero, era imposible, y por tanto Massingham y Kate abandonaron el coche en el puesto de policía de Notting Hill Gate y continuaron a pie. Como siempre, el mercado del sábado era un carnaval, una celebración cosmopolita, pacífica aunque ruidosa, de la curiosidad, la simpleza, la codicia y la condición gregaria de la humanidad. Suscitaba en Kate recuerdos de sus primeros días en la división. Ella siempre había recorrido aquella calle tan concurrida con satisfacción, aunque rara vez compraba algo; jamás había compartido la obsesión popular por las chucherías del pasado. Y, pese a todo, su aspecto de jovial camaradería, sabía que aquel mercado era menos inocente de lo que parecía. No todos los fajos de billetes de diversas monedas que cambiaban de mano encontrarían su camino hasta el pago de los impuestos. No todo el comercio se realizaba a base de los inofensivos artefactos del pasado. El número usual de visitantes incautos se encontrarían desprovistos de sus carteras o sus bolsos antes de llegar al otro extremo de la calle. Sin embargo, pocos mercados de Londres eran tan simpáticos, tan amenos y tan divertidos. Esa mañana, como siempre, entró en aquella calle estrecha y bulliciosa, notando que se le alzaba el ánimo. Iris Minns vivía en el apartamento veintiséis del Bloque Dos, un edificio separado del bloque principal y de la calle por un amplio patio. Al atravesarlo, observados por varios pares de ojos aparentemente indiferentes pero llenos de cautela, Massingham dijo:

—Hablaré yo.

Ella notó aquel familiar ramalazo de cólera, pero no contestó.

La cita había sido acordada por teléfono para las nueve y media, y, a juzgar por la rapidez con la que se abrió la puerta al llamar al timbre, la señora Minns debía de haberse contado entre aquellos que acechaban su llegada ocultos detrás de sus cortinas. Se encontraron frente a una figura pequeña pero compacta, con un rostro cuadrado, una barbilla redonda y decidida, una boca ancha que formó una breve sonrisa que les pareció menos de bienvenida que de satisfacción al verles llegar puntualmente, y un par de ojos oscuros, casi negros, que les dedicaron una rápida y calculadora mirada, como si inspeccionara la presencia de polvo en sus personas. Se permitió incluso examinar la tarjeta credencial de Massingham con detenimiento, y después se hizo a un lado y les indicó que entraran, diciendo:

—Está bien, llegan a la hora convenida. Debo reconocerlo. Hay té o café, si les apetece.

Massingham rehusó apresuradamente ambas cosas. El primer instinto de Kate fue el de contestar rápidamente que le agradaría tomar café, pero resistió la tentación. Ésta podía ser una entrevista importante, y no tendría sentido perjudicar su resultado a causa de un roce personal. Por otra parte, a la señora Minns no le pasaría por alto la existencia de un antagonismo visible entre ellos dos. No podía engañarla el brillo de inteligencia que había observado en aquellos ojos oscuros.

La sala de estar en la que entraron era tan singular que esperó que su sorpresa no se reflejara con excesiva claridad en su rostro. Dotada por la burocracia local de un cajón rectangular de cinco metros por tres, una sola ventana y una puerta que daba a un balcón demasiado pequeño para todo lo que no fuese suministrar aire a unos pocos tiestos con plantas, la señora Minns había creado un saloncillo victoriano, oscuro, desordenado y claustrofóbico. El papel de la pared era de un verde oliva oscuro con dibujos de hiedra y lirios, la alfombra era una Wilton ya ajada pero todavía en buen uso, y casi todo el centro de la habitación lo ocupaba una mesa alargada de caoba pulimentada, con patas curvas, una superficie brillante como un espejo, y cuatro sillas de respaldo alto en madera tallada. Había una mesa octagonal más pequeña junto a una pared, y sobre ella una aspidistra en un tiesto de latón, y de las paredes colgaban grabados sentimentales con marcos de madera de arce: *La despedida del marido* y *El regreso del marido*, y un niño que cogía una flor junto a un precipicio, protegidos sus pasos imprudentes por un ángel alado que mostraba una expresión de piadosa necedad. Frente a la ventana, había un largo macetero de hierro forjado pintado de blanco, que llenaban unos tiestos con geranios, y en el balcón propiamente dicho pudieron ver tiestos de terracota con hiedra y plantas trepadoras, cuyas hojas multiformes se enredaban en los barrotes de la barandilla.

El foco de la habitación era un televisor de diecisiete pulgadas, pero esto resultaba un anacronismo menor de lo que pudiera parecer a primera vista, ya que estaba situado ante un fondo de helechos verdes, cuyas frondas rodeaban la pantalla, como si fueran un marco ornamentado pero viviente. La repisa de la ventana estaba cubierta por pequeños tiestos de violetas africanas, de color purpúreo y con motas de un malva algo más pálido. Kate pensó que habían sido plantadas en envases de yogur, pero era difícil comprobarlo, puesto que cada recipiente estaba decorado con un envoltorio de papel plisado. Un aparador, con su parte posterior elaboradamente esculpida, quedaba cubierto por animales de porcelana: perros de diferentes razas y tamaños, un antílope y media docena de gatos en unas actitudes felinas poco convincentes, colocada cada pieza sobre un tapete de lino almidonado, al parecer para proteger la bien barnizada caoba. Toda la habitación estaba inmaculadamente limpia y el intenso olor a cera resultaba abrumador. Cuando en invierno estuvieran corridas las gruesas cortinas de terciopelo rojo, debía de ser posible creerse allí en otro ambiente y en otra época, y la señora Minns bien podía formar parte de ello. Llevaba una falda negra con una blusa blanca abrochada hasta el cuello, asegurado éste por un broche con camafeo, y, con sus cabellos grisáceos muy altos sobre la frente y reunidos en un pequeño moño junto a la nuca, parecía, pensó Kate, una actriz de edad vestida para representar el papel de un ama de llaves victoriana. La única crítica que podía hacerse era la aplicación exagerada de lápiz de labios y sombra en los ojos. La señora Minns se sentó en el sillón de la derecha e invitó a Kate a hacerlo en el otro, dejando que Massingham se acomodara dando la vuelta a una de las sillas de comedor. En ella se encontró incómodamente alto y, pensó Kate, en cierta desventaja, como un intruso del sexo masculino en un ambiente de confortable domesticidad femenina. A la luz otoñal, que se filtraba a través de las cortinas de encaje y la verde hojarasca de las plantas del balcón, su cara, bajo la mata de cabellos rojizos, parecía casi enfermiza, y las pecas de su frente destacaban como si fueran gotas de sangre pálida. Dijo:

—¿Podemos cerrar esta puerta? Casi no oigo mi propia voz.

La puerta del balcón estaba entreabierta. Kate se levantó y fue a cerrarla. A su derecha, pudo ver la enorme tetera blanca y azul colgada en la fachada de la Portobello Pottery y el panel mural pintado del mercado de la porcelana. El rumor de la calle ascendía hasta ella como el de los guijarros impulsados por el agua en la costa. Después cerró el balcón y el sonido se amortiguó. La señora Minns dijo:

—Esto sólo ocurre los sábados. Al señor Smith y a mí no nos importa apenas. Una llega a acostumbrarse. Yo siempre digo que es como un pedazo de vida. —Se volvió hacia Kate—. Usted vive por aquí, ¿verdad? Estoy segura de haberla visto comprando en el Gate.

—Es muy posible, señora Minns. No vivo lejos de allí.

—Ya lo ve, es como un pueblo, ¿no cree? Más tarde o más temprano, se acaba por ver a todo el mundo.

Massingham intervino con impaciencia:

—Ha mencionado usted a un señor Smith.

—Vive aquí, pero no podrán verle. Por otra parte, tampoco podría decirles nada. Pero lo cierto es que ha ido a dar una vuelta.

—¿Una vuelta? ¿Adónde?

—Qué sé yo. Con su bicicleta. Antiguamente, sus padres vivían en Hillgate Village. Aquello era un pueblecillo de mala muerte cuando vivía su abuelo, y ahora piden allí ciento sesenta mil libras por las casas. Creo que el señor Smith lleva sangre gitana. Se concentraron allí muchos gitanos, cuando echaron abajo el hipódromo. Siempre está dando vueltas por ahí. Ahora le resulta más fácil, puesto que en el ferrocarril le dejan cargar la bicicleta sin pagar nada. Es una suerte para ustedes que no esté aquí, pues no le cae muy bien la policía. Muchos de los compañeros de ustedes lo detienen por nada, tan sólo por dormir junto a un seto. Esto es lo malo de este país, que se dediquen tanto a perseguir a gente decente. Y podría mencionarles otras cosas que no se nos permite decir.

Kate podía notar la ansiedad de Massingham para ir al grano, pero, como si también ella lo notara, la señora Minns dijo entonces:

—Debo decirles que también fue una gran impresión para mí. Aquella noche, lady Ursula me llamó poco antes de las nueve. Me dijo que era seguro que ustedes vendrían más tarde o más temprano.

—Por lo tanto, ¿fue la primera noticia que tuvo usted

sobre la muerte de sir Paul, cuando su madre la llamó para prevenirla?

—¿Prevenirme? No me llamó para prevenirme. Yo no lo degollé, pobre señor. Ni sé quién pudo hacerlo. Pero la señorita Matlock bien hubiera podido tomarse la molestia de telefonearme antes. Siempre hubiera sido mejor para mí que oírlo en las noticias de las seis. Me pregunté si había de llamar a la casa, preguntarles si yo podía hacer algo, pero pensé que ya estarían lo bastante abrumados por otras llamadas para que también lo hiciera yo. Será mejor esperar, pensé, hasta que alguien llame.

Massingham dijo:

—¿Y quien lo hizo fue lady Ursula, poco antes de las nueve?

—Eso es. Fue muy amable por su parte molestarse. Pero es que nosotras, lady Ursula y yo, siempre nos hemos llevado muy bien. Le llaman lady Ursula Berowne porque es la hija de un conde. Lady Berowne sólo es la esposa de un baronet.

Massingham dijo con impaciencia:

—Sí, ya lo sabemos.

—Bien, ustedes tal vez sí, pero hay millones de personas que no lo saben, ni tampoco les importa. Sin embargo, es mejor que lo sepan si es que piensan ustedes rondar Campden Hill Square.

Massingham preguntó:

—¿Qué notó en ella cuando la telefoneó?

—¿En lady Ursula? ¿Qué quieren que les diga? No se estaba riendo, desde luego, pero tampoco lloraba. No es cosa que ella suela hacer. Se mantenía tranquila, como siempre. Sin embargo, no me pudo decir gran cosa. ¿Qué ocurrió? ¿Fue un suicidio?

—No podemos estar seguros, señora Minns, hasta que sepamos más y tengamos los resultados de ciertas pruebas. Hemos de tratar el caso como una muerte sospechosa. ¿Cuándo vio usted por última vez a sir Paul?

—Poco antes de que se marchara el martes; creo que era alrededor de las diez y media. Yo estaba en la biblioteca. Había ido a abrillantar la mesa escritorio y él se encontraba allí, sentado ante ella. Entonces le dije que iría después, y él me dijo: «No, pase, señora Minns, enseguida me marcho.»

—¿Qué estaba haciendo?

—Como he dicho, estaba sentado ante su mesa. Tenía abierto su dietario.

Massingham preguntó secamente:

—¿Está usted segura?

—Claro que estoy segura. Lo tenía abierto delante de él y lo estaba mirando.

—¿Cómo puede estar tan segura de que era su dietario?

—Mire, lo tenía abierto delante de él y pude ver que era un dietario. Tenía diferentes días en la página, había fechas y él había escrito allí. ¿Cree que no reconozco un dietario cuando lo veo? Después, lo cerró y lo metió en el cajón de arriba a la derecha, donde suele guardarlo.

Massingham preguntó:

—¿Cómo sabe dónde se guardaba usualmente?

—Mire, he trabajado en aquella casa nueve años. Me tomó la señora cuando sir Hugo era baronet. Una llega a saber muchas cosas.

—¿Qué más se dijeron los dos entonces?

—No mucho. Yo le pedí si podía prestarme uno de sus libros.

—¿Prestarle uno de sus libros?

Massingham frunció el ceño, sorprendido.

—Eso es. Lo había visto en el estante de abajo cuando limpiaba el polvo, y me interesaba leerlo. Está aquí, debajo del televisor, si le interesa. *Una rosa crepuscular*, de Millicent Gentle. Hacía años que no veía un libro suyo.

Lo cogió y se lo entregó a Massingham. Era un libro poco grueso, todavía con su cubierta en la que aparecía un galán de cabellos negros e increíblemente apuesto, que sostenía entre sus brazos a una muchacha rubia, con un fondo de rosales. Massingham lo hojeó rápidamente y dijo con un tono de jocoso desprecio:

—No creo que fuera su lectura predilecta, diría yo. Se lo enviaría, supongo, alguna de sus votantes. Está firmado por la autora. Me pregunto por qué se molestaba en guardarlo.

La señora Minns contestó con sequedad:

—¿Y por qué no había de guardarlo? Millicent Gentle es una buena escritora. No es que haya escrito gran cosa últimamente, pero a mí me gusta mucho una buena novela romántica. Siempre es mejor que esos horribles libros de asesinatos. Yo no puedo soportarlos. Por consiguiente, le pregunté si podía prestármelo y me dijo que sí.

Kate se apoderó del libro y lo abrió. En la página de guarda habían escrito: «A Paul Berowne, con los mejores deseos de la autora.» Y debajo estaba la firma, Millicent Gentle, y la fecha, el siete de agosto. Era la misma fecha en que Diana Travers se ahogó, pero al parecer Massingham no lo había notado. Cerró el libro y dijo:

—Devolveremos este libro a Campden Hill Square, si ha terminado de leerlo, señora Minns.

—Como ustedes gusten. No pensaba quedármelo si es eso lo que ustedes sospechaban.

Massingham preguntó:

—¿Y qué más ocurrió después de decirle él que podía llevarse el libro?

—Me preguntó cuánto tiempo llevaba trabajando en Campden Hill Square. Le contesté que nueve años. Entonces me dijo: «¿Han sido buenos años para usted?» Yo le dije que habían sido para mí tan buenos como para la mayoría de la gente.

Massingham sonrió y repuso:

—No creo que él se refiriese a eso.

—Sé perfectamente a qué se refería. Sin embargo, ¿qué esperaba que dijera yo? Hago mi trabajo y ellos me pagan cuatro libras por hora, que está por encima de lo corriente, y también me pagan el taxi hasta mi casa si salgo después de anochecer. No me quedaría si este empleo no me conviniera. Pero ¿qué esperan ellos a cambio de su dinero? ¿Afecto? Si él quería que yo dijera que había pasado los mejores años de mi vida en Campden Hill Square, se quedó con las ganas. Ahora bien, todo era diferente cuando vivía la primera lady Berowne.

—¿Qué quiere decir con eso de diferente?

—Pues eso, diferente. La casa parecía más viva entonces. Me gustaba la primera lady Berowne. Era una señora muy agradable. No es que durase mucho, pobre criatura.

Kate preguntó:

—¿Por qué siguió trabajando en el número sesenta y dos, señora Minns?

La señora Minns volvió sus ojillos brillantes hacia Kate y se limitó a contestar:

—Me gusta abrillantar los muebles.

Kate sospechó que a Massingham le tentaba preguntar qué opinaba ella acerca de la segunda lady Berowne, pero en todo caso decidió mantenerse en la directriz principal del interrogatorio.

—¿Y qué ocurrió después? —inquirió.

—Salió.

—¿De la casa?

—Eso es.

—¿Puede estar segura?

—Mire, llevaba puesta la chaqueta, cogió aquel gabán que tenía, atravesó el vestíbulo y oí abrirse y cerrarse la puerta principal. Si no era él quien salió, ¿quién iba a ser?

—Pero en realidad usted no le vio salir.

—Nunca le seguía hasta la puerta para darle un beso de despedida, si es eso lo que quiere decir. Tengo mi trabajo allí. Sin embargo, ésa fue la última vez que le vi en este mundo, y no espero verle de nuevo en el otro, puede estar bien seguro.

Tal vez por prudencia, Massingham no la siguió por este camino. Se limitó a preguntar:

—¿Y está segura de que metió su dietario de nuevo en el cajón?

—No se lo llevó consigo. Oiga, ¿qué ocurre con el dietario? ¿No estará diciendo que lo robé yo o algo por el estilo?

Kate intervino:

—No está ahora en el cajón, señora Minns. Desde luego, no sospechamos que nadie lo haya cogido. No tiene ningún valor. Sin embargo, parece como si faltara, y podría ser importante. Verá usted: si convino una cita para el día siguiente, no sería entonces muy probable que saliera de su casa con la intención de matarse.

La señora Minns, ablandada, dijo:

—Pues bien, no se lo llevó consigo. Vi cómo lo guardaba otra vez, con mis propios ojos. Y si volvió después para recogerlo, no fue mientras yo estaba en la casa.

Massingham preguntó:

—Eso es posible, desde luego. ¿Cuándo se marchó usted?

—A las cinco. Mi hora de costumbre. Friego todos los cacharros del almuerzo y hago mi tarea especial de la tarde. Unos días puede tratarse de la plata, y otros, del armario de la ropa blanca. El martes, quité el polvo de los libros de la biblioteca. Estuve allí desde las dos y media hasta las cuatro, cuando fui a ayudar a la señorita Matlock a preparar el té. Desde luego, él no regresó entonces, pues yo hubiera oído a cualquiera que cruzara el vestíbulo.

De pronto, Kate preguntó:

—¿Diría usted que era un matrimonio feliz, señora Minns?

—Apenas los había visto juntos como para poder decirlo. Las pocas veces que los vi, todo parecía normal. Sin embargo, nunca compartieron el mismo dormitorio.

—Eso no es tan inusual —observó Massingham.

—Tal vez, pero hay unas maneras de no compartirlo y otras maneras de compartirlo, si sabe usted a lo que me refiero. Sepa que yo hago las camas. Tal vez ésta sea su idea del matrimonio, pero no es la mía.

Massingham dijo:

—No sería lo más apropiado para engendrar al siguiente baronet.

—Bien, yo me pregunté acerca de ello hace unas semanas. Vomitó su desayuno, y no es cosa corriente en ella. Pero creo que no sería muy probable. Le preocupa demasiado su figura. Le advierto que no es mala persona cuando está de buen humor, pero sí demasiado cargante. «Por favor, señora Minns, sea buena y déme mi bata.» «Señora Minns, usted es un ángel y va a prepararme el baño.» «Tenga la amabilidad, querida señora Minns, de prepararme una taza de té.» Dulce como la miel, siempre y cuando consiga lo que ella desea. Bien, yo diría que más o menos es así como ha de ser. Lo mismo ocurre con lady Ursula. Le tiene prácticamente sin cuidado que la señorita Matlock la ayude a bañarse y vestirse. Yo esto lo veo, aunque Matlock sea incapaz de verlo. Sin embargo, así es. Si una se acostumbra a que le preparen el baño, le sirvan el desayuno en la cama y le guarden las ropas, bien ha de cargar con algunos inconvenientes a cambio. Era diferente cuando lady Ursula era una niña, desde luego. Entonces, a los criados se les veía pero no se les oía. Se apretaban contra la pared cuando los señores pasaban ante ellos, para que ni siquiera se les viese. Entregaban el correo con guantes, como para no contaminarlo. Y todo el mundo se alegraba de tener una buena casa. Mi abuela ya servía, y por eso lo sé.

Massingham dijo:

—Entonces, ¿no había disputas, que usted sepa?

—Tal vez hubiera sido mejor que las hubiese. Él era demasiado educado, estirado podríamos decir. Y eso no es natural en un matrimonio. No, no había disputas, al menos hasta el martes por la mañana. Y a aquello apenas se le podía llamar disputa. Para disputar se necesitan dos. Ella chilló como para que la oyeran en toda la casa, pero a él no le oí decir ni pío.

—¿Cuándo ocurrió eso, señora Minns?

—Cuando subí la bandeja con el desayuno de ella a las ocho y media. Lo hago cada mañana. Sir Paul solía ocuparse del de lady Ursula. Ella sólo toma zumo de naranja, dos rebanadas de pan integral, tostadas, mermelada y café, pero lady Berowne quiere un servicio completo. Zumo de naranja, cereales, huevo revuelto, tostadas, de todo. Sin embargo, nunca engorda ni un gramo.

—Hábleme de esa discusión, señora Minns. ¿Qué oyó usted?

—Llegaba a la puerta del dormitorio cuando la oí gritar: «¡Te vas a ver a esa puta! Pues no puedes hacerlo, ahora no. Te necesitamos, los dos te necesitamos. No permitiré que vayas.» Algo por el estilo. Y entonces pude oír la voz de él, muy baja. No oí lo que decía. Me quedé ante la puerta, preguntándome qué había de hacer yo. Dejé la bandeja sobre la mesa junto a la puerta. Generalmente, así lo hago antes de llamar. Pero no me pareció correcto molestarles. Por otra parte, tampoco podía quedarme allí plantada. Y entonces se abrió la puerta y salió él. Estaba blanco como un papel. Me vio y me dijo: «Yo entraré la bandeja, señora Minns.» Por lo tanto, se la entregué. Dado su aspecto, fue un milagro que no la dejara caer allí mismo.

Massingham insistió:

—¿Pero entró con ella en el dormitorio?

—Eso es, y cerró la puerta y yo regresé a la cocina.

Massingham cambió la orientación de su interrogatorio y preguntó:

—¿Entró alguien más en la biblioteca aquel martes, que usted sepa?

—Entró ese señor Musgrave, del distrito electoral. Esperó desde cosa de las doce y media hasta cerca de las dos, pensando que tal vez sir Paul regresara para almorzar. Entonces desistió y se marchó. La señorita Sarah llegó alrededor de las cuatro. Había ido a ver a su abuela. Yo le dije que no esperábamos a lady Ursula para el té, pero ella contestó que esperaría. Después, al parecer, también ella se cansó de esperar. Debió de salir por su cuenta. Yo no la vi salir.

Massingham siguió interrogándola acerca de Diana Travers. Kate pensó que no tenía él tanta fe como ella en la creencia del jefe en la posible relación de las muertes de las dos jóvenes con el asesinato de Paul Berowne, pero no por ello dejó Massingham de hacer lo que de él se esperaba. El resultado fue mucho más interesante de lo que cualquiera de los dos hubiera juzgado posible. La señora Minns dijo:

—Yo estaba allí cuando llegó Diana. Nos acaba de dejar María. Era española y su marido trabajaba en el Soho como cocinero, pero después se quedó embarazada de su tercer hijo y el doctor dijo que había de abandonar los trabajos fuera de su casa. María era muy trabajadora. Esas chicas españolas saben cómo se ha de limpiar una casa, eso hay que reconocerlo. Y entonces la señorita Matlock puso un anuncio en el escaparate del quiosco, al final de Ladbroke Grove, y así se presentó Diana. Ese anuncio no podía llevar allí más de una hora. En realidad, fue cosa de suerte. Yo nunca pensé que el anuncio tuviera ninguna respuesta. En estos tiempos, las buenas asistentas no han de mirar en los quioscos para encontrar trabajo.

—¿Y hacía bien la limpieza?

—Nunca lo había hecho en toda su vida, era algo que se veía enseguida, pero tenía muy buena voluntad. Desde luego, la señorita Matlock nunca le dejó tocar las mejores porcelanas ni dar cera en el salón. Ella se ocupaba de los cuartos de baño y los dormitorios, preparaba las verduras y hacía parte de la compra. Se portaba bien.

—De todos modos, no dejaba de ser un trabajo un poco extraño para una chica como ella.

La señora Minns comprendió lo que su interlocutor quería decir.

—Desde luego, era una chica con una educación, eso saltaba a la vista. De todas maneras, no se le pagaba mal —cuatro libras por hora—, con una buena comida al mediodía si una está allí, y sin impuestos, a no ser que una sea lo bastante tonta como para pagarlos. Nos dijo que era una actriz en busca de trabajo y que deseaba un empleo que pudiera abandonar al momento si le salía algo. Oiga, ¿y por qué le interesa tanto Diana Travers?

Massingham ignoró la pregunta y prosiguió:

—¿Se llevaban bien usted y ella?

—No había ningún motivo para que no fuera así. Ya le he dicho que era una chica conforme. Un poco fisgona, sin embargo. Un día la vi mirar en el cajón del escritorio de sir Paul. No me oyó hasta que me vio a su lado. No se inmutó en lo más mínimo, incluso se echó a reír. También preguntaba mucho acerca de la familia, pero poca cosa sacó de mí, y no digamos de la señorita Matlock. Sin embargo, no lo hacía con mala intención, sino porque le gustaba mucho charlar. A mí me caía bien. De no haber sido así, no la hubiese dejado venir aquí.

—¿Quiere decir que ella vivía aquí? Eso no nos lo dijeron en Campden Hill Square.

—Claro, es que tampoco lo sabían. No había razón alguna para que lo supieran. Ella había empezado a comprarse un apartamento en Ridgmount Gardens y hubo un retraso. Los propietarios del mismo todavía no podían trasladarse a su nueva casa. Ya sabe lo que son estas cosas. Entonces, ella tuvo que dejar el lugar donde vivía y encontrar algo para un mes. Pues bien, yo tengo dos dormitorios y le dije que podía instalarse aquí. Veinticinco libras a la semana, incluido un buen desayuno. No está mal. No sé si al señor Smith esto le gustó mucho, pero de todos modos él tenía que salir igualmente para rondar por ahí.

Y había dos dormitorios, pensó Kate. Los negros ojos de la señora Minns se clavaron en Massingham, como desafiándole a preguntar acerca de los usuales arreglos para pasar la noche. Y entonces ella dijo:

—Mi abuela decía que toda mujer debería casarse una vez, que es algo que se debe a sí misma. Pero tampoco se trata de convertir esto en una costumbre.

Kate dijo:

—¿Un apartamento en Ridgmount Gardens? ¿No hay allí unos precios un poco altos para una actriz sin trabajo?

—Es lo que pensé yo, pero ella me dijo que su padre la ayudaba. Tal vez fuese así o tal vez no. Tal vez fuese su padre, o tal vez fuese algún otro. El padre vivía en Australia, al menos esto me dijo ella. No era asunto de mi incumbencia.

Massingham dijo:

—Por lo tanto, se instaló aquí. Pero ¿cuándo se marchó?

—Sólo diez días antes de ahogarse, pobre criatura. Y no irá usted a decirme que hubiera algo sospechoso en aquella muerte. Yo asistí al juicio. Un interés natural, podríamos decir. Pero ni siquiera se mencionó el lugar donde trabajaba, ¿sabe usted? Yo diría que hubieran podido mandar una corona al entierro, pero no quisieron saber nada del asunto, ¿sabe?

Massingham preguntó:

—¿Cómo pasaba ella el tiempo mientras vivía aquí con usted?

—Apenas la veía. No era cosa de mi incumbencia, ¿comprende? Dos mañanas por semana trabajaba en Campden Hill Square. El resto del tiempo estaba fuera, para sus audiciones, decía ella. Salía bastante por la noche, pero nunca trajo a nadie aquí. No daba ningún problema y siempre lo dejaba todo limpio y ordenado. Desde luego, no la hubiera dejado vivir aquí si yo no hubiese sabido ya esto. Entonces, la noche después de haberse ahogado, antes incluso de que comenzara la encuesta, cuando ella todavía no llevaba muerta veinticuatro horas, se presentaron aquellos dos individuos.

—¿Aquí?

—Eso es. Precisamente cuando yo acababa de regresar de Campden Hill Square. Estoy segura de que esperaron sentados en su coche a que yo llegase. Me dijeron que eran sus abogados y que venían para recoger cualquier cosa que hubiera podido dejar aquí.

—¿Le enseñaron algún tipo de identificación, alguna autorización?

—Una carta de la firma. Escrita en un papel de lujo. Y tenían una tarjeta, por lo que les dejé entrar. Sin embargo, yo me quedé junto a la puerta y vigilé lo que hacían. No les gustó, pero yo quería saber qué se llevaban entre manos. «Aquí no hay nada —les dije—. Vean ustedes mismos. Se marchó hace casi un par de semanas.» Registraron a fondo el lugar, e incluso levantaron el colchón. Desde luego, no encontraron nada. Un asunto extraño, pensé, pero como nada salió de él no dije ni palabra. No valía la pena armar jaleo.

—¿Y quiénes creyó usted que eran aquellos dos hombres?

La señora Minns soltó una repentina y breve carcajada.

—¿A mí me lo pregunta? ¡Vamos, hombre! Eran dos de los de ustedes. Polis. ¿Cree que no reconozco a un policía cuando veo a uno?

A pesar de la tenue luz arbórea de la habitación, Kate observó un leve rubor de excitación en el rostro de Massingham, pero éste era demasiado experimentado para seguir presionando. Optó por hacer unas cuantas preguntas inofensivas acerca de las tareas domésticas en Campden Hill Square y se dispuso a poner fin a la entrevista. Sin embargo, la señora Minns tenía sus ideas propias y Kate sospechó que deseaba comunicar algo en privado. Levantándose, preguntó:

—¿Le importa que utilice su baño, señora Minns?

No sabía si había logrado o no confundir a Massingham, pero lo cierto era que él no podía seguirlas. Y, mientras la esperaba ante la puerta del baño, la señora Minns casi susurró:

—¿Ha visto usted la fecha en aquel libro?

—Sí, señora Minns. El día en que Diana Travers se ahogó.

Los agudos ojillos brillaron de satisfacción.

—Sabía que usted lo habría advertido. Pero él no se ha fijado, ¿verdad?

—Creo que no. Al menos, no lo ha mencionado.

—Es que no se fijó. Conozco a esos tipos. Se las dan de muy listos, pero les pasa por alto lo que tienen ante las narices.

—¿Cuándo vio usted el libro por primera vez, señora Minns?

—Al día siguiente, el ocho de agosto. Era por la tarde, después de llegar él a casa desde su distrito electoral. Debió de llevarlo consigo.

—Por consiguiente, ella pudo habérselo dado entonces.

—Es posible, pero tal vez no. De todas maneras, resulta interesante, ¿verdad? Sabía que usted lo había advertido, pero le aconsejo que se guarde este detalle. Ese Massingham está demasiado satisfecho de su persona.

Habían dejado atrás Portobello Road y caminaban por Ladbroke Grove cuando Massingham habló, después de reírse brevemente.

—¡Qué habitación, Dios mío! Compadezco al misterioso señor Smith. Si yo tuviera que vivir allí y con ella, también saldría a rondar por ahí.

Kate replicó airadamente:

—¿Qué hay de malo en la habitación o en ella? Al menos, es algo que tiene carácter, no como el edificio donde está, diseñado por algún burócrata con instrucciones para meter el máximo de viviendas allí con el menor gasto público. Sólo porque usted no haya vivido nunca en uno de ellos, no deja de haber personas que viven allí y les gusta... —Y añadió, recalcando la palabra—: Señor.

Él se rió de nuevo. Ella siempre tenía el puntillo de reconocerle su rango, cuando estaba enfadada.

—Está bien, está bien, admito que tiene carácter. Los dos tienen carácter: ella y su habitación. ¿Y qué hay de tan malo en el edificio? Yo pensaba que era bastante decente. Si el municipio me ofreciera un apartamento allí, lo tomaría de buena gana.

Y lo haría, pensó ella. Probablemente, a él le preocupaban menos que a ella los detalles de su propia vida, dónde comía, dónde vivía e incluso lo que llevaba puesto. Y resultaba irritante descubrir, una vez más, con qué facilidad, cuando se encontraba en compañía de él, caía ella en la insinceridad. Ella nunca había creído que los edificios tuvieran tanta importancia. Era la gente, y no los arquitectos, lo que podía afear un barrio. E incluso los Ellison Fairwheather Buildings hubieran estado perfectamente, de haber sido erigidos en un lugar diferente y llenados con personas diferentes. Él prosiguió:

—Y ella nos ha resultado útil, ¿no? Si tiene razón y él metió de nuevo el dietario en el cajón, y si podemos demostrar que no regresó...

Ella le interrumpió:

—Pero esto no va a ser fácil. Exigirá justificar todos los minutos de su tiempo. Y, por el momento, no tenemos ninguna pista acerca de adónde se dirigió después de salir de la oficina del agente inmobiliario. Tenía una llave. Pudo haber entrado y salido de nuevo en menos de un minuto.

—Sí, pero las probabilidades son de que no lo hizo. Después de todo, salió con su bolsa, y, obviamente, pensaba estar fuera todo el día e ir directamente a la iglesia. Y si lady Ursula consultó el dietario antes de las seis, cuando llamó el general Nollinge, entonces sabemos quién ha de ser nuestro primer sospechoso, ¿no te parece? Dominic Swayne.

No era necesario detallar tanto. Ella había comprendido la importancia del dietario al mismo tiempo que él. Dijo entonces:

—¿Quién crees que eran aquellos hombres, los que hicieron el registro? ¿De la Sección Especial?

—Es lo que yo supongo. O bien ella trabajaba para ellos y la metieron en Campden Hill Square, o trabajaba para alguien o para algo mucho más siniestro, y la liquidaron. Desde luego, también puede que fueran lo que decían, o sea, empleados de un bufete de abogados buscando tal vez documentos, un testamento.

—¿Debajo del colchón? Fue un registro de lo más profesional.

Y si eran de la Sección Especial, pensó ella, habría problemas. Dijo:

—Ellos nos informaron sobre la amiga de Berowne.

—Sabiendo que nosotros lo habríamos descubierto enseguida por nuestra cuenta. Eso es típico de la Sección Especial. Su idea de la cooperación es como la del ministro que contesta a una interpelación en la Cámara: la contestación ha de ser breve, precisa, procurando no decirles nada que ellos no sepan ya. Pero si ella estaba vinculada con la Sección Especial, habrá jaleo.

Kate preguntó:

—¿Entre Miles Gilmartin y el jefe?

—Entre todos y cada uno.

Caminaron en silencio unos momentos y después él dijo:

—¿Por qué te has llevado esa novela?

Durante un instante, ella tuvo la tentación de buscar alguna evasiva. Sabía que cuando el significado de aquella fecha le llamó por primera vez la atención, había planeado guardar silencio al respecto, efectuar una pequeña investigación privada, buscar a la escritora y ver si allí podía saber algo. Pero después la prudencia prevaleció. Si el dato resultaba importante, el jefe tendría que saberlo y ella podía imaginar cuál sería su respuesta ante ese tipo particular de iniciativa personal. Era una hipocresía quejarse de la carencia de cooperación entre los miembros del departamento, mientras ella trataba de realizar su tarea privada en la brigada. Contestó:

—La firma lleva la fecha del siete de agosto, el día en que Diana Travers murió.

—¿Y qué? Ella lo firmó y lo envió por correo el día siete.

—La señora Minns lo vio la tarde siguiente. ¿Desde cuándo llega tan pronto el correo en Londres?

—Es perfectamente posible que lo enviara con sello de urgencia.

Ella insistió:

—Es mucho más probable que él viera a Millecent Gentle aquel día y ella se lo entregara personalmente. Pensé que podría ser interesante saber cuándo y por qué.

—Podría ser. Es tan probable como que ella lo firmara el día siete y después se lo dejara en su oficina electoral. —Y entonces sonrió—. Entonces, ¿esto es lo que tú y la señora Minns estabais cuchicheando allí como dos colegialas?

Le dedicó una leve e irónica sonrisa y ella comprendió, no sin irritación, que Massingham había sospechado su tentación de ocultar aquella prueba, y que la cosa le divertía.

6

De nuevo en el Rover y camino del Yard, ella dijo de pronto:

—Yo no entiendo esto de la experiencia religiosa.

—Querrás decir que no sabes en qué categoría incluirla.

—Tú te criaste con eso, supongo. Te adoctrinaron desde la cuna, con oraciones infantiles, la capilla de la escuela y todas esas cosas...

Ella había visto la capilla de la escuela una vez que hizo una excursión a Windsor, y le impresionó. Éste era, al fin y al cabo, su propósito. Kate sintió interés, admiración, incluso pasmo, al caminar bajo aquella bóveda impresionante. Sin embargo, continuó siendo un edificio en el que ella se sentía como una extraña, que le hablaba de historia, privilegios, tradición, afirmando que los ricos, por haber heredado la tierra, podían esperar disfrutar de privilegios similares en el cielo. Alguien tocaba el órgano y ella se sentó para escuchar con placer lo que supuso debía de ser una cantata de Bach, mas para ella no hubo ninguna armonía secreta.

Él dijo, con los ojos clavados en la carretera:

—Estoy algo familiarizado con las formas externas, pero no tanto como mi padre. Él se siente obligado a ir a diario a la capilla, o al menos así lo dice.

—Yo ni siquiera siento la necesidad de esto, de la religión o de la oración.

—Eso es perfectamente natural. Les ocurre a muchos. Probablemente, formas parte de una respetable mayoría.

Es una cuestión de temperamento. ¿Qué es lo que te preocupa?

—No me preocupa nada, pero esto de la oración es extraño. Al parecer, muchas personas rezan. Alguien hizo un estudio al respecto. Rezan aunque no estén seguros de a quién se dirigen. ¿Y el jefe?

—No sé de qué siente él necesidad, excepto de su poesía, su trabajo y su intimidad. Y probablemente por este orden.

—Pero tú has trabajado antes con él, y yo no. ¿Crees que en este caso hay algo que se le ha metido en la cabeza?

Massingham la miró, como si estuviera compartiendo el coche con una desconocida, preguntándose hasta qué punto podía confiar prudentemente en ella. Después contestó:

—Sí, así lo creo.

Kate sintió que se había conseguido algo, cierta confidencia, una confianza. Insistió.

—¿Qué es lo que le está pinchando, pues?

—Lo que le ocurrió a Berowne en aquella iglesia, supongo. Al jefe le gusta que la vida sea racional. Cosa curiosa por tratarse de un poeta, pero así es. Este caso no es racional. Al menos no totalmente.

—¿Has hablado con él al respecto? Me refiero a lo que ocurrió en aquella iglesia.

—No. Lo intenté una vez pero lo único que pude conseguir de él fue: «El mundo real ya es suficientemente difícil, John. Hemos de procurar mantenernos en él.» Y entonces, para no hacer el tonto, cerré la boca.

El semáforo cambió. Kate accionó la palanca de cambio y el Rover avanzó rápida y suavemente. Eran meticulosos en turnarse en la conducción. Él cedía el volante de buena gana, pero, como todos los buenos conductores, le desagradaba ser el pasajero y para ella era cuestión de puntillo estar a la altura de la competencia y rapidez de él como conductor. Sabía ella que él la toleraba, que incluso la respetaba, pero en realidad no se agradaban el uno al otro. Él aceptaba que el equipo necesitaba una mujer, pero, sin mostrarse abiertamente machista, hubiera preferido un hombre como acompañante. Los sentimientos de ella por él eran más firmes, formados por resentimiento y antipatía. Parte de ello, sabía Kate, era resentimiento de clase, pero en el fondo había un desagrado más instintivo y fundamental. Ella consideraba a los hombres pelirrojos poco atractivos físicamente y, fuera lo que fuese lo que hubiera entre ellos, no era, sin duda, el antagonismo de una sexualidad no reconocida. Dalgliesh, desde luego, sabía esto perfectamente y lo había utilizado como utilizaba tantas otras cosas. Por un momento, ella sintió una oleada de desagrado activo contra todos los hombres. «Soy un caso extraño —pensó—. ¿Qué me importaría, y me refiero a importar realmente, si Alan me dejara plantada? ¿Supongamos que tuviera la opción entre mi promoción o Alan, mi apartamento o Alan...?» Tendía a entregarse a estos desagradables exámenes de conciencia, con sus opciones imaginarias y sus dilemas éticos, a pesar de que no resultaran intrigantes, puesto que ella sabía que nunca habría de afrontarlos en la vida real.

Dijo:

—¿Crees que en realidad le ocurrió algo a Berowne en aquella sacristía?

—Debió de ocurrirle, pienso yo. Un hombre no abandona su cargo y cambia la dirección de toda su vida por nada.

—Pero ¿fue real? De acuerdo, no me preguntes qué entiendo yo por real. Real en el sentido de que este coche es real, tú eres real y yo soy real. ¿Estaba alucinado, borracho, drogado? ¿O bien tuvo en realidad..., bien, algún tipo de experiencia sobrenatural?

—Esto me parece improbable en un miembro practicante de la vieja Iglesia de Inglaterra, que es lo que se supone fue él. Esto es el tipo de cosas que cabe esperar en personajes de una novela de Graham Greene.

Kate dijo:

—Te refieres a ello como si fuera algo de mal gusto, excéntrico, un tanto presuntuoso. —Guardó silencio por un momento y después preguntó—: Si tuvieras un hijo, ¿lo harías bautizar?

—Sí. ¿Por qué me lo preguntas?

—Por lo tanto, tú crees en todo eso, en Dios, la Iglesia, la religión.

—Yo no he dicho eso.

—Entonces ¿por qué?

—Mi familia ha sido bautizada durante cuatrocientos años, más incluso, supongo. La tuya también, creo. No parece que nos haya hecho ningún daño. No veo por qué debería ser yo el primero en quebrantar la tradición, al menos sin algunos sentimientos en contra que en realidad no poseo.

Y ella pensó si no sería ésta una de las cosas que disgustaban a Sarah Berowne de su padre, ese desprendimiento irónico demasiado arrogante incluso para llegar al fondo de las cosas. Dijo:

—Por tanto, es una cuestión de clase.

Él se echó a reír.

—Para ti, todo es cuestión de clase. No, es una cuestión de familia, de piedad familiar, si quieres.

Ella dijo, procurando no mirarle:

—No soy la persona indicada para hablar de piedad familiar. Soy hija ilegítima, por si no lo sabías.

—No, no lo sabía.

—Bueno, muchas gracias por no decirme que eso no tiene importancia.

Él replicó:

—Sólo afecta a una persona. A ti. Si tú crees que es importante, pues muy bien, ha de ser importante.

De pronto, ella casi sintió simpatía por él. Contempló el rostro pecoso bajo la mata de cabellos rojizos y trató de imaginarle en el escenario de aquella capilla de su colegio. Después pensó en su propia escuela. La Ancroft Comprehensive tenía, desde luego, una religión, puesta al día y, en una escuela con veinte nacionalidades diferentes, eficiente. Era el antirracismo. Allí pronto se aprendía que cabía prescindir de toda insubordinación, indolencia o estupidez si se mostraba solidez en esta doctrina esencial. A ella le daba la impresión de que era como cualquier otra religión; significaba lo que cada uno quisiera que significara: era fácil de aprender, con unos cuantos consejos, mitos y consignas, y era intolerante; ofrecía la excusa para una ocasional agresión selectiva y cabía elaborar una virtud moral a base de despreciar a la gente que resultara desagradable. Y lo mejor de todo era que no costaba nada. A Kate le agradaba pretender que este temprano adoctrinamiento no tenía absolutamente nada que ver con la fría rabia que se apoderaba de ella cuando contemplaba su extremo opuesto, los graffitti obscenos, los insultos proferidos a gritos, el terror de las familias asiáticas que no se atrevían a salir de las barricadas montadas en sus casas. Si la persona había de poseer una ética escolar para obtener la ilusión de pertenecer a una sociedad, entonces, por lo que le había costado, el antirracismo era tan bueno como cualquier otra cosa. Y por más que pudiera pensar ella en sus manifestaciones más absurdas, no era probable que indujera a nadie a ver visiones en una iglesia polvorienta.

7

Dalgliesh había decidido ir solo en su coche, el sábado por la tarde, a ver a los Nolan en su chalet de Surrey. Era el tipo de tarea que en circunstancias normales hubiera confiado a Massingham y Kate, o incluso a un sargento y otro detective, y pudo ver la sorpresa en los ojos de Massingham cuando le dijo que no necesitaba ningún testigo ni a nadie para tomar notas. El propio viaje era innecesario. Si el asesinato de Berowne estaba vinculado al suicidio de Theresa Nolan, todo lo que él pudiera descubrir acerca de la chica, que en el momento actual no era más que una fotografía de un archivo policial, una cara pálida e infantil bajo una cofia de enfermera, podía ser importante. Necesitaba revestir aquella sombra espectral con la muchacha viva, pero con su intromisión en el dolor de sus abuelos lo menos que podía hacer era facilitarles en lo posible la tarea. No cabía duda de que un oficial de la policía resultaría más tolerable que dos.

Pero sabía que había otra razón para ir él mismo y solo. Necesitaba un par de horas de soledad y tranquilidad, una excusa para alejarse de Londres, de su despacho, de las insistentes llamadas telefónicas, de Massingham y de la brigada. Necesitaba escapar de las críticas de su superior, cuidadosamente silenciadas, en el sentido de que él estaba creando un misterio a partir de un suicidio y asesinato trágicos pero poco notorios, y de que todo ello equivalía a perder tiempo en una caza del hombre sin ninguna presa a la vista. Necesitaba escapar, aunque fuera por breve tiempo, de su abarrotada mesa de trabajo y de la presión de las personalidades, para ver el caso con unos ojos más claros y sin prejuicios.

Era un día caluroso, pero tormentoso. Jirones de nubes se arrastraban a través de un cielo de un azul intenso, y proyectaban sus tenues sombras sobre los campos otoñales ya segados. Dalgliesh seguía el itinerario a través de Cobham y Effingham, y, una vez fuera de la A-3, detuvo su Jaguar XJS y abrió la capota del coche. Después de Cobham, con el viento despeinando sus cabellos, creyó poder oler, en sus ráfagas, el intenso aroma de pino y madera ahumada del otoño. Las estrechas carreteras de la campiña, blanqueadas entre el verdor de sus bordes, discurrían a través de la zona boscosa de Surrey hasta que, de pronto, se le ofreció una amplia panorámica de los South Downs y Sussex. Sintió entonces el deseo de que la carretera siguiera una línea recta ante sus ruedas y permaneciera vacía, sin la menor señal, eternamente, para que él pudiera apretar el acelerador y perder todas sus frustraciones en aquel impulso de energía, para que aquel torbellino de aire otoñal que silbaba junto a sus oídos limpiara, también para siempre, su mente y sus ojos del color de la sangre.

Casi había temido el final de su viaje y éste se produjo con inesperada rapidez. Pasó por Shere y se encontró en la cuesta de una colina y, a la izquierda de la carretera, cercada por robles y álamos, y separada del camino por un breve jardín, se alzaba una casa victoriana poco notable y con su nombre, Weaver's Cottage, pintado en la cerca blanca. Unos veinte metros más allá, la carretera se enderezó y pudo avanzar con su Jaguar lentamente, hasta un lindero recubierto de gravilla. Cuando detuvo el motor, el silencio fue absoluto, sin la presencia de ningún pájaro, y durante unos momentos permaneció inmóvil y exhausto, como si acabara de pasar por una dura prueba que se hubiese impuesto a sí mismo. Había telefoneado y, por tanto, sabía que le estarían esperando. Sin embargo, todas las ventanas estaban cerradas, no salía humo de la chimenea y el edificio tenía la atmósfera hermética y opresiva de un lugar no abandonado, pero sí deliberadamente cerrado frente al mundo. El jardín frontal no presentaba ningún signo de la frondosa exuberancia normal en los jardines de aquel tipo de casa de campo. Todas las plantas formaban hileras, con crisantemos, pensamientos y dalias, y entre ellas otras hileras más bien descuidadas de hortalizas. Sin embargo, no se habían arrancado las malas hierbas y la breve zona de césped a cada lado de la puerta no había sido segada y ofrecía un aspecto abandonado. Había en la puerta un picaporte en forma de herradura, pero no había timbre. Dejó caer suavemente el picaporte, suponiendo que debían de haber oído la llegada del coche y que seguramente esperarían la llamada, pero transcurrió todo un minuto antes de que se abriera la puerta.

—¿La señora Nolan? —dijo, y exhibió su tarjeta, sintiéndose mientras lo hacía como un inoportuno vendedor puerta a puerta.

Ella apenas la miró, pero se apartó a un lado para dejarle entrar. Debía de estar más cerca de los setenta que de los sesenta años, y era una mujer de constitución frágil con una cara angulosa y angustiada. Sus ojos protuberantes, tan parecidos a los de su nieta, contemplaron los suyos con una mirada que a él ya le resultaba familiar: una mezcla de aprensión, curiosidad y después alivio al comprobar que, por lo menos, él tenía una apariencia humana. Llevaba un vestido de tela plisada azul y gris, mal ajustado en los hombros y que hacía bolsas allí donde ella lo había acortado en el bajo. En la solapa lucía un broche redondo de plata y piedras de colores. El broche colgaba, tirando de la fina tela. Dalgliesh pensó que no era éste su atuendo usual para un sábado por la tarde, y que se había vestido debidamente para recibir su visita. Tal vez fuese una mujer que se vestía para hacer frente a todos los inconvenientes y las tragedias de la vida, en un pequeño gesto de orgullo y desafío ante lo desconocido.

La sala de estar, cuadrada, con una única ventana, le pareció más típica de un suburbio londinense que de aquella zona rural boscosa. Era una habitación muy limpia, pero carente de todo carácter y más bien oscura. La chimenea original había sido sustituida por otra de imitación de mármol, con una repisa de madera, y habían instalado en ella una estufa eléctrica, una de cuyas barras estaba encendida. Dos de las paredes habían sido empapeladas con una mezcla chillona de rosas y violetas, y las otras dos con papel liso con franjas azules. Las delgadas cortinas habían sido colocadas con la cara estampada hacia afuera, de modo que el sol de la tarde se filtraba a través de un estampado de rosas bulbosas y un entramado de hiedra. Había dos butacas modernas, una a cada lado de la chimenea, y una mesa cuadrada central con cuatro sillas. Junto a la pared más distante había un televisor de gran tamaño, situado sobre un carrito. Excepto un ejemplar del *Radio Times* y otro del *TV Times*, no había otras revistas ni tampoco libros. El único cuadro era un grabado chillón del Sagrado Corazón sobre la chimenea.

La señora Nolan le presentó a su marido. Estaba sentado en la butaca de la derecha, frente a la ventana, y era un hombre muy alto y macilento, que respondió al saludo de Dalgliesh con una rígida inclinación de cabeza, pero sin levantarse. También su cara parecía rígida. A la luz solar que se filtraba a través de las cortinas, los planos y ángulos de su rostro daban la impresión de que éste hubiera sido tallado en madera de roble. Su mano izquierda, que reposaba en su regazo, practicaba un incesante e involuntario tembleque. La señora Nolan dijo:

—¿Le apetece tomar un poco de té, si me permite?

El contestó:

—Sí, muchas gracias, si no es molestia. —Y pensó:

«Me parece que he oído esta pregunta y contestado estas palabras durante toda mi vida.»

Ella sonrió y asintió con la cabeza, en un gesto de satisfacción, y abandonó la sala. Dalgliesh pensó: «Yo digo las insinceridades convencionales y ella me contesta como si fuera yo el que le hiciera el favor. ¿Qué puede haber en mi trabajo que obligue a la gente a sentirse agradecida por el hecho de que yo me comporte como un ser humano?»

Los dos hombres esperaron en silencio, pero el té no tardó en llegar. Esto, pensó Dalgliesh, explicaba el retraso en abrir la puerta. Al oír su llamada, ella se había apresurado a poner la tetera en el fogón. Se sentaron a la mesa con envarada formalidad, esperando mientras Albert Nolan se levantaba rígidamente de su butaca y, penosamente, se dirigía a su nuevo asiento. Este esfuerzo provocó un nuevo espasmo tembloroso. Sin hablar, su esposa le sirvió el té y colocó la taza ante él. Él no la cogió, sino que inclinó la cabeza y sorbió el té ruidosamente desde la taza. Su esposa ni siquiera le miró. Había medio pastel que, según dijo ella, era de nueces y mermelada, y volvió a sonreír cuando Dalgliesh aceptó una porción. Estaba seco y era más bien insípido, y se convirtió en una blanca pasta en su boca. Pequeños fragmentos de nuez se alojaron entre sus dientes y algún que otro pedazo de corteza de naranja dejó un sabor amargo en su lengua. Despejó la situación con un buen sorbo de té fuerte y muy cargado de leche. En algún lugar de la habitación, una mosca emitía un zumbido intermitente.

Dalgliesh dijo:

—Siento tener que molestarles, y mucho me temo que esto resulte doloroso para ustedes. Como le expliqué por teléfono, estoy investigando la muerte de sir Paul Berowne. Poco antes de que éste muriese, recibió una carta anónima. Sugería que tal vez él tuviese algo que ver con la muerte de la nieta de ustedes. Ésta es la razón de mi presencia aquí.

La taza de la señora Nolan tintineó en su platillo. Después colocó las dos manos debajo de la mesa, como una niña bien educada en una merienda colectiva, y a continuación miró a su marido. Dijo:

—Theresa se quitó la vida. Yo creía que usted, señor, ya lo sabía.

—Lo sabíamos. Pero cualquier cosa que le ocurriese a sir Paul en las últimas semanas de su vida podría ser importante, y una de estas cosas fue la llegada de esa carta anónima. Nos gustaría saber quién la envió. Debo decirles algo: creemos probable que él fuese asesinado.

La señora Nolan replicó:

—¿Asesinado? Esa carta no fue enviada desde esta casa, señor. Dios es testigo de que nosotros nada tenemos que ver con una cosa semejante.

—Lo sé. Ni por un momento pensamos que fuese así. Sin embargo, yo me preguntaba si su nieta les habló alguna vez de alguien, de algún amigo íntimo tal vez, de alguien que pudiera tener motivo para culpar a sir Paul de la muerte de ella.

La señora Nolan meneó la cabeza y dijo:

—¿Se refiere usted a alguien que pudiera haberle matado a él?

—Es una posibilidad que debemos tener en cuenta.

—¿Y quién podría ser? Esto no tiene sentido. Ella no tenía a nadie más, aparte de nosotros, y nosotros jamás pusimos la mano sobre él, aunque Dios sabe que la indignación nos hervía por dentro.

—¿Indignación contra él?

De pronto, fue su marido el que habló:

—Ella se quedó embarazada mientras estaba en su casa. Y él supo dónde encontrar su cadáver. ¿Cómo lo supo? Dígamelo, vamos.

Su voz era dura, casi inexpresiva, pero las palabras surgieron con tanta fuerza que su cuerpo se estremeció. Dalgliesh contestó:

—Sir Paul dijo en el juicio que su nieta le explicó una noche que le encantaban los bosques. Entonces pensó que si había decidido poner fin a su vida, tal vez hubiera elegido el único lugar de bosque silvestre que hay en el centro de Londres.

La señora Nolan dijo:

—Nosotros no le enviamos esa carta, señor. Yo le vi en el juicio. Mi marido no acudió, pero yo creí que uno de los dos había de estar presente. Sir Paul sólo habló conmigo. En realidad, se mostró muy amable. Dijo que lo sentía mucho. Bueno, ¿qué más puede decir la gente?

El señor Nolan añadió:

—Que lo siente. Y poca cosa más.

Ella se volvió hacia su esposo:

—Papá, esto no es una prueba. Y él era un hombre casado. Theresa nunca hubiera... No con un hombre casado.

—No podemos saber lo que pudo haber hecho ella. Ni él. ¿Qué importa ahora? Ella se mató, ¿no? Primero embarazada, después el aborto y por último el suicidio. ¿Qué es un pecado más, cuando se lleva todo eso en la conciencia?

Dalgliesh preguntó con voz suave:

—¿Pueden decirme algo acerca de ella? Ustedes la criaron, ¿no es verdad?

—Así es. No tenía a nadie más. Nosotros sólo tuvimos un hijo, su padre. Su madre murió diez días después de nacer Theresa. Tuvo una apendicitis y la operación salió mal. Una posibilidad entre un millón, dijo el doctor.

Dalgliesh pensó: No quiero oír nada de esto. No quiero escuchar sus penas. Eso era lo que el ginecólogo le había dicho a él cuando fue a ver por última vez a su difunta esposa, con su hijo recién nacido junto al brazo, los dos sumidos ya en la secreta nulidad de la muerte. Una posibilidad entre un millón. Como si pudiera haber consuelo, casi un orgullo, en el hecho de saber que el azar había señalado a la familia de uno para demostrar las arbitrarias estadísticas de la falibilidad humana. De pronto, el zumbido de la mosca le resultó intolerable y dijo:

—Perdón.

Cogió el número del *Radio Times* y la atacó violentamente con él, pero falló el golpe. Necesitó otros dos ataques vehementes contra el cristal de la ventana hasta que el zumbido cesó por fin y el insecto desapareció de la vista, dejando tan sólo una leve traza sanguinolenta. Después dijo:

—¿Y su hijo?

—Bien, él no podía ocuparse del bebé. No cabía esperarlo. Sólo tenía veintiún años. Y creo que deseaba alejarse de casa, de nosotros, incluso de su hija. Aunque parezca extraño, creo que nos culpaba a nosotros. Ha de saber que, en realidad, nosotros no queríamos que se casaran. Shirley, su esposa, no era la chica que nosotros hubiéramos elegido. Le dijimos que de ese matrimonio no podía salir nada bueno.

Y cuando nada bueno salió de ello, fue a ellos a los que culpó, como si su desaprobación, su rencor, hubieran planeado sobre su esposa como una maldición. Preguntó:

—¿Dónde está él ahora?

—No lo sabemos. Creemos que se fue a Canadá, pero nunca escribe. Tenía un buen oficio. Era mecánico. Muy entendido en coches. Y siempre había sido muy hábil con las manos. Dijo que no tendría problema en encontrar un empleo.

—Por consiguiente, ¿no sabe que su hija ha muerto?

Albert Nolan contestó:

—Apenas sabía si ella vivía. ¿Qué puede importarle que ahora esté muerta?

Su esposa inclinó la cabeza como para dejar que su oleada de ira resbalase sobre ella. Después dijo:

—Creo que siempre se sintió culpable, pobre Theresa. Creía haber matado a su madre. Era un absurdo, desde luego. Y después, el hecho de que su padre la abandonase fue todavía peor. Se crió como una huérfana y creo que esto le hizo mella. Cuando a una chiquilla le ocurren desgracias, siempre cree que es por su culpa.

Dalgliesh dijo:

—Sin embargo, debía de sentirse feliz aquí, con ustedes. A ella le gustaba el bosque, ¿no es así?

—Tal vez. Pero creo que se sentía muy sola. Tenía que ir a la escuela en autobús y no podía quedarse para las actividades después de sus clases. Y aquí cerca tampoco había otras chicas de su edad. Le gustaba pasear por los bosques, pero nosotros no la alentábamos en este sentido. En estos tiempos, nunca se sabe. Nadie puede considerarse seguro. Esperábamos que hiciera amistades cuando empezara a trabajar como enfermera.

—¿Y fue así?

—Ella nunca trajo a nadie a casa, pero de todos modos aquí tampoco había ningún aliciente para la gente joven, ésta es la verdad.

—¿Y nunca encontraron nada entre sus papeles, entre cosas que ella dejara, que les diera alguna idea de quién pudo haber sido el padre de su bebé?

—No dejó nada, ni siquiera sus libros de enfermería. Vivía en una residencia cerca de Oxford Street, después de abandonar Campden Hill Square, y despejó toda la habitación, sin dejar nada en ella. Todo lo que recibimos de la policía fue la carta, su reloj y las ropas que llevaba puestas. Tiramos la carta. De nada servía guardarla. Puede ver su habitación si lo desea, señor. Es la misma que tuvo desde que era una niña. Allí no hay nada. Es tan sólo una habitación vacía. Entregamos todo lo suyo, sus ropas y sus libros, a Oxford. Pensamos que eso es lo que ella hubiera deseado.

Fue, pensó Dalgliesh, lo que habían deseado ellos. La anciana le condujo a la estrecha escalera, le enseñó la habitación y después se retiró. Se encontraba en la parte posterior de la casa, pequeña y estrecha, de cara al norte y con una ventana enrejada. Afuera, los pinos y los alerces estaban tan cercanos que sus hojas casi temblaban junto a los cristales. Había en la habitación una luminosidad verde, como si se encontrara bajo el agua. Una rama de un rosal trepador, con hojas casi caídas y un solo capullo todavía por florecer, daba golpecillos en la ventana. Era, como ella había dicho, tan sólo una habitación vacía. Su atmósfera estaba totalmente quieta y había en ella un leve olor a desinfectante, como si sus paredes y el suelo hubieran sido recientemente lavadas a fondo. Le recordó una habitación de hospital de la que se hubiera retirado un difunto, una habitación impersonal y funcional, un espacio calculado entre cuatro paredes, esperando que el siguiente paciente introdujera en ella su aprensión, sus dolores, su esperanza de darle un significado. Incluso habían deshecho la cama. Había un cobertor blanco sobre el colchón desnudo y la única almohada. Los estantes de la librería mural estaban vacíos; seguramente, eran demasiado frágiles incluso para soportar el peso de muchos libros. Nada más quedaba allí, excepto un crucifijo sobre la cama. Sin tener nada más que recordar, excepto el dolor, habían despojado la habitación incluso de la personalidad de ella, y después habían cerrado la puerta.

Contemplando aquella cama estrecha, y casi desnuda, recordó las palabras de la nota de suicida que había escrito la muchacha. Él la había leído sólo dos veces al estudiar el informe del juicio, pero no tuvo la menor dificultad en recordarla palabra por palabra.

«Por favor, perdonadme. No me es posible seguir soportando tanto dolor. Maté a mi hijo y sé que nunca lo volveré a ver, ni a vosotros tampoco. Supongo que estoy condenada, pero ya no puedo creer en el infierno. No puedo creer en nada. Fuisteis buenos conmigo pero yo nunca os fui de ninguna utilidad. Pensé que, cuando fuese enfermera, todo sería diferente, pero el mundo nunca se mostró amable conmigo. Ahora sé que no tengo que vivir en él. Espero que no sean niños los que encuentren mi cuerpo. Perdonadme.»

No era, pensó, una carta espontánea. Había leído muchos mensajes de suicidas desde que era un joven comisario de distrito. A veces, habían sido escritos a causa del dolor y de una indignación que producía una poesía inconsciente del desespero. Pero ésta, a pesar de su nota de sufrimiento y de su aparente simplicidad, era más elaborada, con un tono personal mitigado pero inconfundible. Pensó que ella pudo haber sido una de aquellas jóvenes peligrosamente inocentes, a menudo más peligrosas y menos inocentes de lo que aparentan, y que son los agentes catalizadores de la tragedia. Ella permanecía en la periferia de su investigación como un pálido espectro con su uniforme de enfermera, algo desconocido y que ahora ya no podía conocerse, y con todo —de ello estaba convencido— una pieza central en el misterio de la muerte de Berowne.

No tenía ya esperanzas de enterarse de datos útiles en Weaver's Cottage, pero su instinto de investigador le movió a abrir el cajón del armario junto a la cama, y allí vio que algo quedaba de ella: su misal. Lo sacó y lo hojeó casualmente. Cayó de él una hojita de papel arrancada de una libreta de notas.

La recogió y pudo ver en ella tres columnas de números y letras:

R	D3	S
B	D2	S
P	D1	S
S-N	S2	D

Abajo, los Nolan, seguían sentados ante la mesa. Les enseñó el papel. La señora Nolan opinó que los números y las letras habían sido escritos por Theresa, pero añadió que no podía estar segura de ello. Ninguno de los dos pudo ofrecer la menor explicación, y por otra parte tampoco mostraron el menor interés. Sin embargo, no opusieron ningún reparo cuando él dijo que le agradaría llevarse aquel papel. La señora Nolan le acompañó hasta la puerta y, con cierta sorpresa por parte de él, caminó a su lado por el camino hasta llegar a la verja.

Al llegar junto a ésta, ella contempló las sombras oscuras del bosque y dijo con una pasión apenas disimulada:

—Esta casa está vinculada al trabajo de Albert. Hubiéramos tenido que dejarla hace tres años, cuando él empeoró tanto, pero han sido muy amables con nosotros. Sin embargo, la abandonaremos tan pronto como las autoridades locales nos encuentren un piso, y a mí no me disgustará en absoluto. Odio estos bosques, los odio de veras. No hay nada más en ellos que este viento que silba continuamente, tierra húmeda, una oscuridad que se cierne sobre nosotros, y animalillos que gritan durante la noche.

Y después, mientras cerraba la verja detrás de él, le miró directamente a los ojos:

—¿Por qué ella no me habló del bebé? Yo lo hubiera comprendido. Yo hubiera cuidado de ella. Yo hubiese logrado que papá se hiciera cargo. Eso es lo que más duele. ¿Por qué no me dijo nada?

Dalgliesh contestó:

—Supongo que quería ahorrarles el disgusto. Eso es lo que todos tratamos de hacer, ahorrarles disgustos a las personas a las que amamos.

—Papá está muy amargado. Cree que ella se ha condenado, pero yo la he perdonado. Dios no puede ser menos misericordioso que yo. Es algo que yo no puedo creer.

—No —dijo él—, no es necesario creer tal cosa.

Ella se quedó junto a la verja, mirándole, pero cuando él se metió en el coche y ajustó su cinturón de seguridad, al volver a mirarla descubrió que, casi misteriosamente, se había desvanecido. La casa de campo había recuperado su secreta reserva. Pensó: «Este trabajo contiene demasiado dolor. ¡Y pensar que yo solía felicitarme, creer que era útil, que Dios me valga, que la gente tendiera a confiar en mí! ¿Y qué me ha traído hoy mi contacto con la realidad? Un trozo de papel arrancado de una libreta con unos cuantos garabatos, letras y números que acaso ni siquiera escribió ella.» Se sentía contaminado a su vez por la amargura y el dolor de los Nolan. Pensó: «¿Y si digo que ya basta, que ya basta con veinte años de utilizar las debilidades de las personas en su contra, con veinte años de evitar cuidadosamente toda implicación con ellas, y dimito de una vez? Fuera lo que fuese lo que Berowne encontró en aquella sacristía destartalada, no me es lícito ni siquiera pretender averiguarlo.»

Y mientras el Jaguar enfilaba suavemente la carretera, sintió un arrebato de envidia e indignación, totalmente irracionales, contra Berowne, que había encontrado una salida tan fácil.

8

Eran las seis y cuarto de la tarde del domingo y Carole Washburn, apoyada en la barandilla del balcón, contemplaba el panorama de Londres Norte. Nunca había sentido la necesidad de correr las cortinas cuando Paul estaba con ella, incluso a horas avanzadas de la noche. Podían contemplar juntos la ciudad y saber que a ellos nadie les vigilaba, que eran inviolables. En aquellos momentos, era agradable salir al balcón, notando el calor del brazo de él a través de su manga, y permanecer allí juntos, seguros, en la intimidad, observando las incesantes preocupaciones de un mundo salpicado por las luces. En aquellos momentos, ella había sido una espectadora privilegiada, pero ahora se sentía proscrita, añorando aquel distante e inalcanzable paraíso del que se había visto excluida para siempre. Cada noche, desde su muerte, observaba cómo se encendían las luces, una manzana tras otra, casa por casa, cuadrados de luz, rectángulos luminosos, luces que se filtraban a través de cortinas de habitaciones donde la gente vivía sus existencias, compartidas o secretas.

Y, ahora, lo que parecía ser el domingo más largo que jamás hubiera soportado tocaba a su fin.

A primera hora de la tarde, ansiando salir de la jaula de aquel apartamento, había ido en coche al supermercado abierto más cercano. No necesitaba nada, pero había empujado sin rumbo un carrito entre los estantes, cogiendo automáticamente latas, paquetes, rollos de papel higiénico, amontonándolo todo en el carro, sin hacer caso de las miradas de los otros compradores. Pero cuando las lágrimas empezaron a brotar de nuevo, goteando sobre su mano, descendiendo en una corriente que no podía detenerse, mojando los paquetes de cereales y arrugando los rollos de papel, abandonó el carro, lleno de artículos no deseados y totalmente innecesarios, se dirigió al aparcamiento y regresó a su casa, conduciendo lenta y cuidadosamente, como si fuera una conductora novata, viendo un mundo confuso y desorientado, en el que la gente se movía como marionetas, como si la realidad se estuviera disolviendo en una lluvia perpetua.

Más avanzada la tarde, se apoderó de ella la necesidad desesperada de una compañía humana. No era la necesidad de comenzar cierta vida para sí misma, de planear algún tipo de futuro, de echar su red en el vacío que había creado alrededor de su vida secreta y comenzar a atraer hacia sí a otras personas. Tal vez esto llegara con el tiempo, por imposible que ahora pareciera. Era una simple añoranza incontrolable que la movía a buscar la compañía de otro ser humano, oír una voz humana que emitiera sonidos humanos ordinarios, por poco significativos que fuesen. Telefoneó a Emma, que había ingresado en el servicio civil con ella, procedente de Reading, y que era ahora alta funcionaria en el Ministerio de Sanidad y Seguridad Social. Antes de convertirse en la amante de Paul, ella había empleado gran parte de su tiempo libre con Emma, en rápidos almuerzos en algún bar o café situado cerca de sus oficinas, yendo al cine y a veces al teatro, e incluso en un fin de semana juntas en Amsterdam, para visitar el Rijksmuseum. Había sido una amistad sin exigencias ni confidencias. Ella sabía que Emma nunca prescindiría de la oportunidad de encontrarse con un hombre para pasar una velada con ella, y Emma había sido la primera víctima de su obsesiva necesidad de intimar, que la movió a su vez a no prescindir ni de una sola hora del tiempo que podía concederle a Paul. Miró el reloj. Eran las seis y cuarenta y dos minutos. A no ser que Emma pasara el fin de semana fuera de la ciudad, probablemente la encontraría en su casa.

Tuvo que buscar el número. Aquellas cifras familiares aparecieron en la página de la agenda como si fueran la llave de una existencia anterior y casi olvidada. No había hablado con ningún ser humano desde que se marchó la policía, y se preguntó si su voz le sonaría tan falsa a Emma como resonaba en sus propios oídos.

—¿Emma? No te lo creerás. Soy Carole, Carole Washburn.

Se oía una música alegre, en contrapunto. Podía ser de Mozart o tal vez de Vivaldi.

—Baja el volumen, querido —pidió Emma, y después prosiguió dirigiéndose a Carole—: ¡Dios mío! ¿Cómo estás?

—Muy bien. Hace siglos que no nos vemos. He pensado si te gustaría ir al cine o a cualquier otra parte. Esta noche, tal vez.

Hubo un breve silencio, y poco después la voz de Emma, cuidadosamente neutral, con sorpresa y tal vez una leve nota de rencor cuidadosamente disimuladas, contestó:

—Lo siento, tenemos invitados a cenar.

Emma siempre hablaba de sus cenas, incluso cuando lo único que se proponían era tomar unos platos chinos ya preparados, en la mesa de la cocina. Era uno de los esnobismos de poca monta que Carole había juzgado en otro tiempo irritantes. Preguntó:

—¿El próximo fin de semana, entonces?

—No será posible, mucho me temo. Alistair y yo iremos al Wiltshire. En realidad, a visitar a sus padres. Otra vez será, supongo. Me ha encantado oírte de nuevo, pero ahora debo apresurarme, pues los invitados llegarán a las siete y media. Cualquier día te telefonearé.

Nada más podía hacer ella, excepto gritar: «¡Cuenta conmigo, cuenta conmigo! Por favor, necesito asistir.» Colgaron el otro teléfono y la voz, la música y la comunicación quedaron cortadas. Alistair. Desde luego, había olvidado que Emma estaba prometida. Un alto funcionario de Hacienda. Por tanto, él se había trasladado al apartamento de ella. Podía imaginar lo que estarían diciendo ahora.

«Tres años sin decir palabra y de pronto llama y quiere ir al cine. Y un domingo por la tarde, válgame Dios...»

Y Emma no llamaría. Ella tenía a Alistair, una vida compartida, con unas amistades también compartidas. No era posible apartar a la gente de la propia existencia y esperar encontrarlos de nuevo, complacientes, a la disposición de una, sólo porque una necesitara sentirse humana de nuevo.

Le quedaban dos días más de permiso antes de regresar al trabajo. Podía ir a su casa, desde luego, excepto que este apartamento era su casa. Y apenas valía la pena llegar hasta Clacton, a aquella casa de altos techos, en las afueras de la población, donde su madre viuda vivía desde que murió su padre, doce años antes. Hacía catorce meses que no había estado allí. El viernes por la noche era sagrado, pues podía contar con un par de horas con Paul, aprovechando el viaje de éste a su distrito electoral. El domingo siempre lo había conservado libre para él. Su madre, acostumbrada ya a la negligencia de la hija, no parecía mostrarse particularmente preocupada al respecto. La hermana de su madre vivía en la casa contigua y las dos viudas, olvidadas ya sus anteriores fricciones, se habían instalado en una confortable rutina de apoyo mutuo, con sus vidas rutinarias medidas por pequeños placeres: ir de compras, tomar el café matinal en su bar favorito, devolver sus libros de la biblioteca, los programas vespertinos de la televisión, y las cenas rápidas. Carole casi había dejado de preguntarse acerca de su vida, por qué habían optado por vivir junto al mar cuando nunca se acercaban a él, y de qué podían hablar las dos. Podía telefonear ahora y su madre le concedería de mala gana su aquiescencia, enojada por el trabajo que le suponía preparar la cama de invitados, por la interrupción de su programa de fin de semana, y por el problema de distribuir la comida. Se dijo a sí misma que ella había acostumbrado a su madre, durante los últimos tres años, a esperar negligencia, y que se había alegrado de que sus horas junto a Paul no se vieran amenazadas por exigencias desde Clacton. Le pareció innoble telefonear ahora a su madre, ir a su casa en busca de un consuelo que no tenía derecho a solicitar y que su madre, aunque hubiera sabido la verdad, tampoco habría podido dispensarle. Las seis y cuarenta y cinco minutos. Si fuera un viernes, él habría llegado ya, sincronizando su entrada para asegurarse de que en el vestíbulo no hubiera nadie que pudiese verle. Se oiría un solo y prolongado timbrazo y después las dos llamadas breves que eran su señal. Y entonces el timbre sonó, con una llamada larga e insistente. Creyó haber oído una segunda y después una tercera, pero ello seguramente se debió a su imaginación. Durante un milagroso segundo, un solo segundo, creyó que él había venido, y que todo había sido un absurdo error. Exclamó: «¡Paul, Paul querido!», y casi se abalanzó hacia la puerta. Pero entonces su mente volvió a adueñarse de la realidad y supo la verdad. El auricular del interfono se deslizó entre sus manos húmedas y estuvo a punto de caérsele, y sus labios estaban tan secos que pudo oír cómo se agrietaban. Murmuró:

—¿Quién es?

La voz que respondió era una voz femenina y dijo:

—¿Puedo subir? Soy Barbara Berowne.

Casi sin pensar, oprimió el pulsador y oyó el zumbido de la cerradura al abrirse, así como el chasquido de la puerta al cerrarse. Era ya demasiado tarde para cambiar de idea, pero supo que no había otra opción. En su actual y desesperada soledad no era capaz de impedir la entrada a nadie. Y este encuentro era inevitable. Desde que comenzó su relación con Paul, ella había deseado ver a la esposa de éste, y ahora iba a verla. Abrió la puerta y se quedó en el umbral esperando, escuchando el susurro del ascensor, los pasos apagados sobre la alfombra, como otras veces había esperado los de él.

Ella avanzó por el pasillo, con paso grácil, casualmente elegante, dorados los cabellos, con un perfume sutil que parecía precederla y después desvanecerse en el aire. Llevaba un abrigo de color crema con amplios pliegues en los hombros y las mangas cortadas en una tela más fina y de diferente textura. Sus botas de cuero negro parecían tan suaves como sus guantes negros, y llevaba un bolso colgado al hombro con una estrecha correa. No llevaba sombrero y sus cabellos del color del maíz, con mechas de un dorado más pálido, formaban a su espalda un largo bucle. Sorprendió a Carole el hecho de poder observar los detalles, que incluso pudiera pensar en la tela de las mangas del abrigo, calcular dónde había sido comprado y cuánto había podido costar.

Al entrar ella, le pareció a Carole que aquellos ojos azules examinaban la habitación con un detenimiento abierto y levemente despreciativo. Entonces dijo con una voz que, incluso para sus oídos, sonó agria y poco amable:

—Por favor, siéntese. ¿Quiere beber algo? ¿Café, jerez, un poco de vino?

Ella se dirigió hacia el sillón de Paul. Le parecía imposible que la esposa de éste se sentara en el mismo lugar donde ella se había acostumbrado a verle a él. Se enfrentaron las dos a unos metros de distancia. Barbara Berowne miró la alfombra, como para asegurarse de que ésta estuviera limpia antes de colocar su bolso junto a sus pies. Después dijo:

—No, muchas gracias. No puedo quedarme mucho

tiempo. Tengo que regresar. Vendrá gente, colegas de Paul; quieren hablar sobre el funeral. No lo celebraremos hasta que la policía descubra quién lo mató, pero estas cosas han de resolverse con semanas de anticipación si se desea hacerlas en Saint Margaret. Al parecer, no creen que él tenga derecho a la abadía, pobrecillo. Usted vendrá, desde luego; al funeral, me refiero. Habrá tanta gente allí que nadie advertirá su presencia. Quiero decir que no necesita sentirse violenta por mi causa.

—No, nunca me he sentido violenta por su causa.

—Creo que, en realidad, todo esto es bastante desagradable. No creo que a Paul le hubiera gustado todo ese jaleo. Sin embargo, el electorado parece pensar que debemos dedicarle un funeral. Después de todo, él era ministro. La incineración será en privado. No creo que deba usted asistir a ella, ¿no le parece? Sólo asistirá la familia y unos cuantos amigos realmente íntimos.

Amigos íntimos. De pronto, le entraron ganas de reírse a carcajadas. Dijo:

—¿Ésta es la razón de que haya venido? ¿Hablarme de los preparativos del funeral?

—Pensé que Paul hubiera querido que usted lo supiera. Después de todo, las dos lo queríamos, cada una a nuestra manera. A las dos nos importa salvaguardar su reputación.

—No hay nada que pueda usted enseñarme respecto a salvaguardar su reputación. ¿Cómo ha sabido dónde encontrarme?

—Bien, hace meses que yo sabía dónde encontrarla. Un primo mío contrató a un detective privado. La cosa no fue muy difícil; bastó con seguir el coche de Paul un viernes por la tarde. Y después, eliminó a todas las parejas de casadas en este manzana, a todas las viejas y a todos los hombres solteros. Entonces quedó usted.

Se había quitado los guantes negros y los había dejado sobre su rodilla. Ahora los estaba alisando, un dedo tras otro, con unas manos de uñas rosadas. Dijo, sin levantar la mirada:

—No estoy aquí para causarle problemas. Después de todo, las dos estamos metidas en esto. Estoy aquí para ayudar.

—No estamos metidas en nada, juntas. Nunca lo hemos estado. ¿Y a qué se refiere con eso de ayudar? ¿Va a ofrecerme dinero?

Los ojos de la otra se alzaron y Carole creyó detectar un atisbo de ansiedad, como si la pregunta necesitara ser tomada en serio.

—No, en realidad. Quiero decir que no he creído que usted se encontrara realmente necesitada. ¿Le compró Paul este apartamento? Queda un poco justo, ¿no cree? Sin embargo, no deja de ser agradable si a una no le importa vivir en las afueras. Mucho me temo que no la haya mencionado a usted en su testamento. Ésta es otra cosa que pensé debía usted saber, en caso de que se lo estuviera preguntando.

Carole contestó con una voz estridente y dura incluso para sus propios oídos:

—Este apartamento es mío, yo pagué la entrada y la hipoteca ha sido pagada con mi dinero. De todos modos, esto es algo que a usted no le incumbe, pero si algo le hurga en la conciencia acerca de mí, olvídelo. No quiero nada de usted ni de nadie más que esté relacionado con Paul. Las mujeres que prefieren ser mantenidas por hombres durante toda su vida nunca pueden llegar a imaginar que a otras nos guste pagar nuestras cosas.

—¿Acaso tenía alguna otra opción?

Perdida el habla, oyó cómo aquella voz chillona, casi infantil, proseguía:

—Al fin y al cabo, usted siempre ha sido discreta. La admiro por eso. No puede haberle sido fácil verle tan sólo cuando él no tenía nada mejor que hacer.

Lo más sorprendente era que el insulto no había sido

deliberado. Era una mujer capaz de ser intencionadamente ofensiva, desde luego, pero ésta había sido una observación casual, fruto de un egoísmo tan insensible que habló para expresar lo que pensaba, sin intención particular de herir, pero al mismo tiempo incapaz de preocuparse por si hería o no. Carole pensó: «Paul, ¿cómo pudiste casarte con ella? ¿Cómo pudiste dejarte atrapar? Es una estúpida, una mujer de ínfima categoría, llena de despecho, insensible, mezquina. ¿Es realmente tan importante la belleza?»

Dijo:

—Si esto es todo lo que ha venido a decir, tal vez será mejor que se marche. Ya me ha visto. Ahora ya sabe cuál es mi aspecto. Ha visto el apartamento. Éste es el sillón en el que él solía sentarse. En esta mesa tomaba su copa. Si quiere, puedo enseñarle la cama en la que hacíamos el amor.

—Sé para qué venía.

Tuvo ganas de gritar: «¡No, no lo sabe! ¡Usted no sabe nada de él! Yo era tan feliz en esa cama con él como no lo había sido nunca y nunca más volveré a serlo. Pero él no venía para eso.» Había creído, creía todavía, que sólo con ella se había sentido él totalmente en paz. Había vivido su existencia, extremadamente ocupada, dividida en compartimientos: la casa de Campden Hill Square, la Cámara de los Comunes, su despacho en el Ministerio, su sede en el distrito electoral. Tan sólo en ese apartamento alto, ordinario, suburbano, se fundían entre sí tan dispares elementos y él podía ser toda una persona, únicamente él mismo. Cuando llegaba y se sentaba ante ella, dejaba su cartera junto a sus pies y le sonreía, ella contemplaba con alegría, una y otra vez, cómo se ablandaba y relajaba aquel rostro tenso, cómo se suavizaba como si hubieran acabado de hacer el amor. Había en la vida privada de él cosas que ella sabía que le ocultaba, no conscientemente o por falta de confianza, sino porque, cuando estaban juntos, ya no le parecían importantes. Sin embargo, nunca se había ocultado a sí mismo.

Barbara Berowne estaba admirando su anillo de compromiso, extendiendo la mano y moviéndola lentamente ante su cara, y el enorme brillante, con su cerco de zafiros, centelleaba y resplandecía. Mostró una directa sonrisa evocadora y después miró de nuevo a Carole y dijo:

—Hay otra cosa que usted también debe saber. Voy a tener un hijo.

Carole gritó:

—¡No es verdad! ¡Me está mintiendo! ¡No es posible!

Los ojos azules la miraron muy abiertos.

—Claro que es verdad. No es algo sobre lo que una pueda mentir, al menos durante largo tiempo. Quiero decir que dentro de un par de meses la verdad será evidente para todo el mundo.

—¡No es hijo de él!

Pensó: «Estoy gritando, gritándole a ella. Debo mantener la calma. Dios mío, ayúdame a no creerlo.»

Y ahora Barbara Berowne se echó a reír.

—Claro que es hijo suyo. Siempre quiso un heredero, ¿no lo sabía usted? Mire, es mejor que lo acepte. El único hombre con el que me he acostado, aparte de él, desde mi matrimonio, es estéril. Se hizo una vasectomía. Voy a tener un hijo de Paul.

—Él no pudo hacerlo. Y usted no pudo obligarlo a hacerlo.

—Pero lo hizo. Hay una cosa que una siempre puede obligar a un hombre a hacer. Es decir, si a él le gustan las mujeres. ¿No lo ha descubierto todavía? Usted no estará embarazada también, ¿verdad?

Carole ocultó la cara entre las manos. Murmuró:

—No.

—Pensé que me convenía estar segura. —Soltó una risita—. Eso hubiera sido una complicación, ¿verdad?

De pronto, desapareció todo control. No quedó nada, excepto la ira desnuda, la vergüenza totalmente desnuda, y se oyó a sí misma aullar como una arpía:

—¡Lárguese! ¡Fuera de mi casa!

Incluso en medio de su cólera, no le pasó por alto el súbito centelleo del miedo en aquellos ojos azules. Pudo verlo con una breve sensación de placer y triunfo. Por tanto, ella no era inviolable después de todo, ya que era posible asustarla. Sin embargo, este conocimiento no acabó de complacerla, pues hacía de Barbara Berowne una persona vulnerable, más humana. Ahora se levantaba, casi sin la menor gracia, se inclinaba para coger por la correa su bolso, y se dirigía hacia la puerta con paso torpe como el de un niño. Sólo cuando Carole la hubo abierto y se hubo hecho a un lado para dejarle paso, se volvió para hablar.

—Siento que usted se lo haya tomado de esta manera. Pienso que se está comportando neciamente. Después de todo, yo era su esposa. Yo soy la parte ofendida.

Y, seguidamente, se alejó presurosa a lo largo del pasillo. Carole exclamó a su espalda:

—¡La parte ofendida! ¡Dios mío, ésta sí que es buena! ¡La parte ofendida!

Cerró la puerta y se apoyó en ella. Una sensación de náusea le retorció el estómago. Corrió hacia el cuarto de baño y se inclinó sobre el lavabo, agarrándose a los grifos para sostenerse. Entre su ira y su dolor, le entraron ganas de echar la cabeza atrás y aullar como un animal. Tambaleándose, regresó a la sala de estar y buscó su sillón como una ciega, y después se quedó mirando el vacío sillón de él, mientras se esforzaba para calmarse. Cuando se sintió de nuevo dueña de sí, buscó su bolso y sacó la tarjeta con el número de Scotland Yard, al que le habían pedido que telefonease.

Era domingo, pero alguien ya estaría de servicio. Aunque no pudiera hablar con la inspectora Miskin ahora, siempre podía dejar un mensaje y pedir que la llamara ella.

La cosa no podía esperar hasta mañana. Había de comprometerse irrevocablemente, y ahora mismo.

Contestó una voz varonil, que ella no reconoció. Dio su nombre y preguntó por la inspectora Miskin.

Añadió:

—Es urgente. Se trata del caso Berowne.

Hubo un retraso de sólo unos segundos antes de que contestara la inspectora. Aunque ella sólo había oído aquella voz en una sola ocasión, la reconoció de golpe. Dijo:

—Soy Carole Washburn. Quiero verla. Hay algo que he decidido decirle.

—Iremos enseguida.

—Aquí no. No quiero que vengan aquí, nunca más. Nos encontraremos mañana por la mañana, a las nueve. En el jardín formal de Holland Park, el que está junto a la Orangery. ¿Lo conoce?

—Sí, lo conozco. Estaremos allí.

—No quiero que venga el comandante Dalgliesh. No quiero ningún policía. Sólo usted. No hablaré con nadie más.

Hubo una pausa y después la voz habló de nuevo, sin reflejar sorpresa, aceptando:

—Mañana, a las nueve. El jardín, en Holland Park. Iré yo sola. ¿Puede darme alguna idea de lo que se trata?

—Se trata de la muerte de Theresa Nolan. Adiós.

Colgó el teléfono y apoyó la frente en la frialdad pegajosa del metal. Se sentía vacía, con la cabeza hueca, estremecida por los latidos de su propio corazón. Se preguntó qué sentiría, cómo podría seguir viviendo cuando se percatara de lo que acababa de hacer. Le entraron ganas de exclamar en voz alta: «Querido, lo siento. ¡Lo siento!» Pero había tomado ya su decisión. Ahora ya no podía volverse atrás. Y le pareció que todavía flotaba en la habitación el aroma fugaz del perfume de Barbara Berowne, como la marca de la traición, y que el aire de su apartamento nunca más se vería libre de él.

QUINTA PARTE
RH POSITIVO

1

Miles Gilmatin, de la Sección Especial, se veía protegido contra las molestias de visitantes casuales o inoportunos y la atención de los malintencionados por una serie de verificaciones y nuevas verificaciones que a Dalgliesh, que esperaba con ira e impaciencia mal disimuladas que cada trámite terminara, le parecían más infantilmente ingeniosas que necesarias o efectivas. Era un juego que él no se sentía con humor para practicar. Cuando finalmente fue introducido en el despacho de Gilmartin por una funcionaria que combinaba irritantemente una belleza excepcional con el evidente conocimiento de su extraordinario privilegio al servir al gran hombre, Dalgliesh se encontraba ya más allá de toda consideración de prudencia o discreción. Bill Duxbury estaba en el despacho de Gilmartin y, apenas hubieron cambiado las primeras cortesías preliminares, la indignación de Dalgliesh encontró válvula de escape en forma de palabras.

—Se supone que formamos parte del mismo bando, aunque vosotros no reconozcáis más bando que el vuestro. Paul Berowne fue asesinado. Si no puedo obtener cooperación de vosotros, ¿dónde puedo esperar conseguirla?

Gilmartin repuso:

—Puedo comprender cierto enojo por el hecho de que no os dijéramos antes que Travers era una de nuestras operarias...

—¡Operarias! Suena como si formara parte de una

cadena de montaje. Y además no me lo dijisteis. Tuve que descubrirlo por mi cuenta. Desde luego, admito la fascinación de vuestro mundo. Me recuerda mis clases en la escuela. Teníamos nuestros pequeños secretos, nuestras palabras en código y nuestras ceremonias de iniciación. Sin embargo, ¿cuándo diablos os portaréis como hombres ya crecidos? Está bien, ya sé que es necesario, al menos en parte y durante cierto tiempo, pero vosotros lo convertís todo en obsesión. Secreto por amor al secreto, y toda esta burocracia llena de papeleo, para espiar. No es extraño que vuestra organización cree vuestra propia especie de traidores. Entretanto, yo estoy investigando un asesinato de veras y me serviría de ayuda que dejarais de una vez vuestros juegos y bajarais al mundo real.

Gilmartin repuso suavemente:

—Tengo la impresión de que este discurso hubiera estado más acertado si se hubiese dirigido al MI5. Hay algo en lo que tú dices. Siempre conviene guardarse de los entusiasmos excesivos, y, desde luego, estamos excesivamente burocratizados. Pero dime, ¿qué organización no lo está? Al fin y al cabo, nosotros trabajamos en información, y la información carece de valor si no está debidamente documentada y fácilmente disponible. Sin embargo, libra por libra, creo que le ofrecemos al contribuyente algo que bien vale su dinero.

Dalgliesh le miró fijamente.

—En realidad, no has entendido una palabra de lo que he dicho.

—Ya lo creo que sí, Adam. Sin embargo, esto no es digno de ti. ¡Tanta vehemencia! Has leído demasiadas novelas de espías.

Tres años antes, pensó Dalgliesh con amargura, Gilmartin bien hubiera podido pensar, aunque no se hubiera atrevido a decirlo: «Todo se debe a esas poesías que escribes.» Sin embargo, no podía decirlo ahora. Gilmartin continuó:

—¿Estás seguro de que ese asesinato de Berowne no se te ha metido en la cabeza? Tú le conocías, ¿no es cierto?

—Por el amor de Dios, si otra persona sugiere que no puedo ocuparme del caso porque conocía a la víctima, presentaré la dimisión.

Por primera vez, una mueca de preocupación, semejante a un breve espasmo doloroso, cruzó el rostro fofo y casi incoloro de Gilmartin.

—Hombre, yo no haría tal cosa. No por un pequeño pecado de omisión por parte nuestra. Supongo que Berowne fue asesinado, desde luego. Hay un rumor según el cual pudo haberse suicidado. Al fin y al cabo, no puede decirse que estuviera totalmente normal en aquellos momentos. Me refiero a la costumbre que había adoptado de dormir en sacristías de iglesia. ¿Y no se dice también que había tenido una especie de revelación divina? ¡Escuchar esas voces cuando debiera haber estado escuchando al primer ministro! ¡Y vaya iglesia curiosa fue a elegir! Puedo comprender su entusiasmo por el estilo perpendicular inglés, pero una basílica románica en Paddington es, seguramente, una opción improbable para dormir plácidamente una noche, y menos para emprender un camino personal hacia Damasco.

Dalgliesh sintió la tentación de preguntarle si él hubiera juzgado una opción más aceptable la de Westminster, pero Gilmartin, tras haber demostrado netamente al menos un conocimiento superficial sobre la arquitectura eclesiástica con evidente satisfacción por su parte, se levantó y, abandonando su mesa, empezó a pasear entre las ventanas, como si de pronto hubiera descubierto que él era el único sentado y que este nivel más bajo lo colocaba en desventaja. Podía pagarse un buen sastre y vestía con una cuidadosa formalidad que, en un hombre menos confiado en sí mismo, tal vez hubiera sugerido que estaba al corriente de la reputación ligeramente ambigua de los servicios de seguridad, y que procuraba no robustecerla con el menor descuido en sus modales o su apariencia. Sin embargo, Gilmartin vestía a su gusto, como lo hacía todo. Hoy, vestía elegantemente en gris. Sobre su severo traje con unas rayas más oscuras pero casi invisibles, el rostro cuadrado y casi exangüe y los finos cabellos, prematuramente blancos y peinados hacia atrás desde su alta frente, reforzaban a la vez la imagen y el conjunto de color; era un conjunto cuidadosamente dispuesto en gris y plata, en el cual la corbata de su *college*, a pesar de su relativa sobriedad, destacaba como una bandera audaz y retadora.

En contraste, Bill Duxbury, corpulento, de cara rubicunda y voz estentórea, tenía el aspecto de un caballero rural cuyas fincas agrícolas denotaran mayor prosperidad que su linaje. Se mantenía junto a la ventana mirando hacia el exterior, como si le hubieran ordenado distanciarse de los adultos y de sus preocupaciones. Dalgliesh observó que, recientemente, se había afeitado el bigote. Sin él, su cara parecía incompleta y desnuda, como si se la hubieran afeitado a la fuerza. Llevaba un traje de mezclilla de lana a cuadros, demasiado grueso para aquel otoño relativamente benigno, y dos cortes en la parte inferior de su chaqueta dejaban colgar parte de ésta sobre sus amplias posaderas, casi femeninas. Cuando Gilmartin le miraba, cosa que no ocurría con frecuencia, lo hacía con una expresión dolorosa, ligeramente sorprendida, como si deplorase a la vez el aspecto de su subordinado y la labor de su sastre.

Pronto resultó aparente que era Gilmartin el que había de llevar la conversación. Duxbury le hubiera dirigido una introducción, pero Duxbury permanecía silencioso a menos que se le invitara a hablar. De pronto, Dalgliesh recordó una conversación en una cena que había tenido lugar años antes. Él se encontraba sentado junto a una mujer en uno de esos sofás de tres plazas que sólo resultan confortables si los ocupan dos personas. Era un salón georgiano en una plaza al norte de Islington, pero ahora no podía recordar el nombre de su anfitriona y sólo Dios sabía lo que él estaba haciendo entonces allí. Su compañera estaba ligeramente bebida, no de manera ofensiva pero sí lo suficiente para que se mostrara inclinada al coqueteo, al regocijo y, finalmente, a la confidencia. Su memoria se negaba a repetirle el nombre de ella, pero tampoco importaba. Estuvieron sentados juntos durante media hora antes de que la dueña de la casa, con un tacto fruto de la práctica, los separase. Sólo podía recordar parte de su conversación. Ella y su marido tenían un ático que daba a una calle normalmente utilizada por los estudiantes para sus manifestaciones, y la policía —ella estaba segura de que fue la Sección Especial— les había pedido si podían utilizar su habitación delantera para sacar fotografías desde la ventana.

—Dijimos que sí, desde luego, y ellos se mostraron en realidad muy amables. Pero yo no me sentí del todo satisfecha. Tuve ganas de decirles: «Son súbditos británicos. Tienen derecho a manifestarse si quieren hacerlo. Y si ustedes quieren fotografiarlos, ¿no pueden hacerlo abiertamente, en plena calle?». Sin embargo, no lo hice. Después de todo, la cosa no dejó de ser divertida. Había cierta sensación de conspiración, al saber lo que estaban tramando. Y tampoco nos correspondía a nosotros ofrecer resistencia. Ellos saben lo que hacen. Y nunca es prudente enemistarse con esa gente.

Le pareció entonces a él, como se lo parecía ahora, que estas palabras resumían la actitud de los liberales decentes en cualquier parte del mundo: «Ellos saben lo que hacen. No nos corresponde a nosotros ofrecer resistencia. Nunca es prudente enemistarse con esa gente.»

Dijo agriamente:

—Me sorprende que vosotros y el MI5 no organicéis unas actividades regulares junto con la KGB. Tenéis más en común con ellos que con cualquier otra organización. Tal vez fuese instructivo ver cómo manejan ellos su papeleo.

Gilmartin enarcó una ceja en dirección de Duxbury, como si invitara un gesto de solidaridad frente a tanta sinrazón y dijo con voz amable:

—En lo que se refiere al papeleo, Adam, a nosotros nos ayudaría que vuestra gente se mostrara un poco más consciente. Cuando Massingham pidió información sobre Ivor Garrod, debió de haber presentado un IR49.

—Por cuadruplicado, desde luego.

—Bien, el registro necesita una copia y, creo yo, también vosotros. Se supone que hemos de tener al corriente al MI5. Desde luego, podríamos revisar de nuevo el procedimiento, pero yo diría que cuatro copias eran lo mínimo que cabía solicitar.

Dalgliesh dijo:

—Esa chica, Diana Travers, ¿era la persona más adecuada que pudisteis encontrar para espiar a un ministro del Estado? Incluso tratándose de la Sección Especial, me parece una elección un poco extraña.

—Pero es que nosotros no espiábamos a un ministro del Estado; ella no le fue asignada a Berowne. Como te dije, cuando te interesaste por su querida, Berowne nunca representó un riesgo. A propósito, en este sentido tampoco se presentó ningún IR49.

—Comprendo. Infiltrasteis a la Travers en el grupo o célula de Garrod, como lo llame él, y, convenientemente, olvidasteis mencionar este hecho cuando preguntamos nosotros al respecto. Debíais de saber que él era un sospechoso. Y todavía sigue siéndolo.

—No nos pareció importante. Al fin y al cabo, todos operamos según el principio de la «necesidad de saber». Y nosotros no la infiltramos en Campden Hill Square. Lo hizo Garrod. El trabajito que hizo la Travers para nosotros no tuvo nada que ver con la muerte de Berowne.

—Pero la muerte de Travers sí puede tener que ver.

—No hubo nada sospechoso en su muerte. Seguramente, habrás estudiado el informe de su autopsia.

—Que, como pude comprobar, no fue realizada por el forense usual asignado por el Ministerio del Interior para Thames Valley.

—Nos gusta utilizar a nuestra propia gente. Es un hombre perfectamente competente, puedo asegurártelo. Ella murió por causas naturales, más o menos. Pudo haberle ocurrido a cualquiera. Había comido demasiado y bebido con exceso, y se zambulló en agua fría, se enredó en los juncos, abrió la boca y se ahogó. En el cuerpo no había señales sospechosas. Había tenido, como sin duda recuerdas, ya que lo decía el informe de la autopsia, relación sexual muy poco antes de morir.

Titubeó un poco antes de pronunciar la última frase. Era la única vez que Dalgliesh le había visto aunque sólo fuera ligeramente violento. Fue como si pensara que las palabras «hacer el amor» fuesen inapropiadas y no pudiera decidirse a utilizar un sinónimo más duro.

Dalgliesh guardó silencio. La indignación le había impulsado a una protesta que ahora le parecía tan humillantemente infantil como inefectiva. No había conseguido nada, excepto, posiblemente, exacerbar la ya existente rivalidad profesional entre la División C, la Sección Especial y el MI5, cuya precaria relación tan fácilmente podía trascender a las esferas de la alta política. La próxima vez, Gilmartin tal vez pudiera decir: «Y por el amor de Dios, explicadles a los de la policía lo que han de hacer. Su jefe es capaz de armar un berrinche si no le llega su ración en el reparto de los caramelos.» Pero lo que más le deprimía, y lo que le dejaba un sabor amargo, era lo cerca que había estado de perder su dominio sobre sí mismo. Comprendía ahora cuán importante había llegado a ser para él su reputación de frialdad, desapego y no implicación. Pues bien, ahora estaba implicado. Tal vez ellos tuvieran razón. Acaso uno no debiera aceptar un caso si conocía a la víctima. Sin embargo, ¿cómo podía afirmar que había conocido a Berowne? ¿Qué tiempo habían pasado juntos, excepto un viaje de tres horas en tren, una breve conversación de diez minutos en el despacho de él, y un paseo interrumpido en Saint James's Park? Y no obstante, sabía que nunca había sentido una vinculación tan intensa con ninguna otra víctima. Aquel deseo de aplicar su puño a la mandíbula de Gilmartin, de ver brotar la sangre y salpicar aquella camisa inmaculada, aquella corbata del antiguo *college*..., bien, quince años antes tal vez lo hubiera hecho y le hubiese costado su empleo. Por unos momentos, casi añoró aquella perdida espontaneidad de la juventud, exenta de complicaciones.

Dijo:

—Me sorprende que pensarais que Garrod merecía tanto esfuerzo. Era un activista izquierdista en la universidad. No creo que se necesite un agente secreto para descubrir que Garrod no vota a los conservadores. Nunca ha hecho secreto de sus creencias.

—De sus creencias no, pero sí de sus actividades. Los de su grupo son algo más que los usuales descontentos de la clase media en busca de una salida éticamente aceptable para la agresión, y de cierta causa, preferiblemente una causa que les dé la ilusión del compromiso. Sí, desde luego vale la pena investigarlo.

Gilmartin dirigió una mirada a Duxbury, que dijo:

—Se trata tan sólo de un grupo pequeño, una célula lo llama él. En este momento, cuatro de sus miembros son mujeres. En total, son trece. Él nunca recluta ni más ni menos de trece. Un hábil toque de contrasuperstición y, desde luego, ello se suma a la mística de la conspiración. El número mágico, el círculo cerrado.

Dalgliesh pensó que el número tenía también cierta lógica operativa. Garrod podía organizar tres grupos de cuatro miembros o dos de seis para el trabajo de campaña, y quedar libre él como coordinador director y jefe reconocido. Duxbury prosiguió:

—Todos ellos proceden de la clase media privilegiada, lo cual procura cohesión y evita tensiones de clase. Después de todo, los camaradas no se distinguen por su amor fraternal. Ésos hablan el mismo lenguaje, incluida, claro está, la jerga marxista de costumbre, y todos son inteligentes. Necios tal vez, pero inteligentes. Un grupo potencialmente peligroso. A propósito, ninguno de ellos es miembro del Partido Laborista, y es seguro que este partido tampoco los admitiría. Seis de ellos, incluido Garrod, son miembros pagados de la Campaña Revolucionaria de los Trabajadores, pero no ostentan cargo en ella. Yo sospecho que la CRT es poco más que una fachada. Garrod prefiere dirigir su propio *show*. Una fascinación natural por la conspiración, supongo.

Dalgliesh dijo:

—Debió de incorporarse a la Sección Especial. ¿Y Sarah Berowne también es miembro?

—Durante los dos últimos años. Miembro y la amante de Garrod, lo cual le confiere un prestigio peculiar en el grupo. En ciertos aspectos, los camaradas son notablemente anticuados.

—¿Y qué sacasteis de Travers? De acuerdo, dejadme suponerlo. Garrod la introdujo en la casa de Campden Hill Square. Eso no debió de ser difícil, dada la escasez de personal doméstico de confianza. Sarah Berowne debió de avisarles acerca del anuncio, ello suponiendo que no fuese ella quien lo sugiriese. Toda persona dispuesta a hacer trabajos domésticos y que se presentara con buenas referencias —cosa de la que vosotros os debisteis ocupar— podía estar segura de conseguir el empleo. Es de suponer que ésta era la función de la célula de Garrod, desacreditar a diputados previamente seleccionados.

Fue Gilmartin el que contestó:

—Una de sus funciones. Mayormente, buscaban a los socialistas moderados. Escarbando entre el fango, en busca de un asunto amoroso ilícito, preferiblemente homosexual, una amistad desaconsejable, un viaje patrocinado a Sudáfrica, ya medio olvidado, una sugerencia sobre meter los dedos en los fondos del partido. Después, cuando el pobre diablo se presenta a la reelección, basta con extender el estiércol con cuidado y llamar delicadamente la atención sobre su mal olor. Desacreditar a los miembros del actual Gobierno es, probablemente, más bien obligación ocasional que motivo de placer. Imagino que Garrod eligió a Paul Berowne por razones personales más bien que políticas. A Sarah Berowne le desagrada algo más que el partido de su papá.

Por consiguiente, había sido Garrod el que envió el mensaje anónimo a Ackroyd y a los reporteros de las columnas de chismes en la prensa nacional. Bien, después de todo, siempre había sido el sospechoso predilecto de Dalgliesh en lo referente a ese particular delito. Como si oyera sus pensamientos, Gilmartin dijo:

—Dudo que logres probar que él envió ese mensaje a la prensa. Lo hacen con mucha astucia. Un miembro del grupo visita una de esas tiendas en las que venden máquinas de escribir nuevas y de segunda mano, y donde dejan a los clientes probar las máquinas. Ya conoces estos lugares, con sus hileras de máquinas de escribir, sujetas a las mesas, para que los clientes teclen en ellas. La probabilidad de que un cliente en potencia sea reconocido después es casi nula. Nosotros no podemos mantener una vigilancia perpetua sobre todos los miembros de la célula. No justifican unos esfuerzos tan intensos y, por otra parte, no estoy seguro de qué artículo o subartículo de la ley criminal puedan estar infringiendo. La información que utilizan es exacta. Si no lo es, no les sirve para nada. A propósito, ¿cómo te enteraste de lo de Travers?

—A través de la mujer en cuya casa vivía antes de trasladarse ella a su propio apartamento. Las mujeres sienten un profundo desprecio por las sociedades secretas masculinas y tienen un extraño sentido que les permite ver a través de ellas.

Gilmartin repuso:

—Todo sexo es una sociedad secreta. Queríamos que la Travers viviera sola. Debimos insistir en ello. Sin embargo, me sorprende que hablase.

—No lo hizo. Su casera no creyó que fuese una actriz sin trabajo que, a pesar de ello, pudiera permitirse comprar un piso. Pero fueron vuestros hombres, al aparecer allí para registrar su habitación, los que confirmaron sus sospechas. A propósito, ¿cuál era vuestro interés real por Garrod, aparte de añadir unos cuantos nombres más a vuestras listas de activistas?

Gilmartin frunció los labios.

—Podía haber alguna conexión con el IRA.

—¿Y la había?

Por unos momentos, Dalgliesh pensó que iba a negarse a contestar. Después, Gilmartin miró a Duxbury y dijo:

—De momento, no hemos podido descubrirlas. ¿Crees que Garrod es tu hombre?

—Podría serlo.

—Pues bien, buena caza.

De pronto se mostró inquieto, como si ni supiera poner fin a la entrevista.

Finalmente, dijo:

—Ha sido útil hablar contigo, Adam. Hemos tomado nota de los puntos que has presentado. Y tú cuidarás del procedimiento, ¿verdad que sí? El IR49. Es un pequeño y modesto formulario, pero tiene su utilidad.

Mientras el ascensor le conducía a su planta, le pareció a Dalgliesh como si hubiera estado encerrado con la Sección Especial durante días, en vez de apenas una hora.

Se sentía contaminado por una especie de desesperación enfermiza. Sabía que no tardaría mucho en desprenderse de sus síntomas, pues siempre lo conseguía, pero la infección permanecería en su torrente sanguíneo, como parte de aquella enfermedad del espíritu que él empezaba a pensar que había de aprender a soportar.

Sin embargo, la entrevista, pese a haber resultado humillante en parte, había servido para sus fines, eliminando toda una maraña de materias extrañas en el camino principal de su investigación. Conocía ahora la identidad y el motivo del autor del anónimo. Sabía lo que Diana Travers había estado haciendo en Campden Hill Square, quién la había metido allí y por qué, después de ahogarse, su habitación había sido registrada. Habían muerto dos mujeres jóvenes, una por su propia mano y la otra a causa de un accidente. No había misterio sobre el porqué y el cómo habían muerto, y muy poco ahora acerca de cómo habían vivido. ¿Por qué, pues, seguía obstinadamente convencido de que esas dos muertas no sólo estaban vinculadas al misterio del asesinato de Paul Berowne, sino que formaban una parte esencial del mismo?

2

Cuando regresó de aquel mundo secreto y pomposo situado en las plantas octava y novena, Dalgliesh observó que en su pasillo reinaba un silencio poco usual. Asomó la cabeza en la oficina de su secretaria, pero la máquina de escribir de Susie estaba enfundada, su mesa estaba despejada, y entonces recordó que aquella mañana ella tenía hora con el dentista. Kate había de encontrarse con Carole Washburn en Holland Park. Arrastrado por su malhumor, apenas había pensado en las posibilidades de este encuentro. Sabía también que Massingham estaba visitando el refugio de vagabundos en Cosway Street, para hablar con su encargado sobre Harry Mack, antes de ir a interrogar a dos de las chicas que habían estado en la barcaza del Támesis el día en que Diana Travers se ahogó. Según sus declaraciones en el juicio, ninguna de ellas había visto a la joven zambullirse en el agua. Ellas y los demás componentes del grupo la habían dejado con Dominic Swayne en la orilla, cuando botaron la batea, y no habían visto ni oído nada de ella hasta aquel terrible momento en que el palo de la barcaza chocó con su cuerpo. Las dos habían admitido en el juicio que en aquel momento estaban medio bebidas. Dalgliesh dudaba que pudieran decir ahora algo más útil que en el caso de haber conservado la sobriedad, pero, si algo podían decir, Massingham era el más indicado para sabérselo extraer.

Pero Massingham había dejado un mensaje. Cuando entró en su despacho, Dalgliesh vio una hoja de papel blanco clavada en su secante con el cortapapeles de Massingham, una daga larga y muy puntiaguda que él aseguraba haber ganado en una feria cuando era un niño. Aquel gesto dramático y las breves líneas de letras y cifras escritas en negro por una mano enérgica, lo decían todo. El laboratorio forense había mandado por teléfono el resultado de los análisis de sangre. Sin desclavar la daga, Dalgliesh observó el papel en silencio, examinando la prueba vital para su teoría de que Berowne había sido asesinado.

Berowne	Mack	Manchas en la alfombra y en el forro de la chaqueta
Rh+		+ +
ABO A	A	A
AK 2– 1 (7,6 %)	1 (92,3 %)	2– 1
(enzimas)		
PGM 1 + (40 %)	2 + 1 – (4,8 %)	1+
(enzimas)		
Hoja de la navaja:		
AK 2 –1		
PGM 2 +, 1 , 1+,		

Sabía que el sistema PGM era muy fiable. No había sido necesario establecer una reacción de control con la alfombra sucia. Sin embargo, el laboratorio debía de haber trabajado durante el fin de semana, a pesar de estar todos ellos tan ocupados y del hecho de que, de momento, no había ningún sospechoso bajo custodia, por todo lo cual se sintió agradecido. Había sangre de dos tipos diferentes en la navaja, pero esto apenas resultaba sorprendente y el análisis había sido una mera formalidad. Pero lo más importante era que la mancha en la alfombra, debajo de la chaqueta de Harry, no era de la sangre de éste.

Dalgliesh tenía otra entrevista para aquella misma tarde y que prometía, aunque de una manera diferente, resultar tan irritante como la sesión con Gilmartin. Era muy útil que esa prueba científica tan importante hubiera llegado a tiempo.

3

Holland Park estaba a pocos minutos a pie desde Charles Shannon House. Kate se había despertado poco después de las seis y a las siete ya había desayunado y se impacientaba esperando el momento de salir. Después de recorrer de un lado a otro un apartamento ya inmaculado, tratando de encontrar tareas con las que ocupar el tiempo, llenó una bolsa de papel de migas para los pájaros, se la metió en el bolsillo de la chaqueta y salió con tres cuartos de hora de anticipación, diciéndose a sí misma que resultaría menos exasperante pasear por el parque que quedarse en casa preguntándose si Carole Washburn aparecería en realidad, o tal vez se estaba arrepintiendo ya de su promesa. Dalgliesh había aceptado que se respetara el acuerdo con la joven y Kate se encontraría con Carole Washburn a solas. Él no le había dado ninguna instrucción ni ofrecido ningún consejo. Otros altos jefes habrían sentido la tentación de recordarle la importancia de aquel encuentro, pero ésta no era su manera de actuar. Ella le respetaba por ello, pero no dejaba de incrementar su carga de responsabilidad. Todo podría depender tal vez de cómo llevase la entrevista.

Poco antes de las nueve se encaminó hacia la terraza situada sobre los jardines formales. La última vez que visitó el parque, el verano había llenado todos los parterres de geranios, fucsias, heliotropos y begonias, pero ahora ya había llegado el momento del despojo otoñal. La mitad de los parterres estaban ya vacíos y su blanda tierra recubierta de tallos rotos, pétalos parecidos a gotas de sangre y una capa de hojas moribundas. Como siniestro armón del invierno, un carro municipal esperaba allí para ser cargado con los despojos. Y ahora, mientras el diminuto dedo de su reloj coincidía con la hora, los gritos y chillidos procedentes de los patios de la escuela de Holland Park cesaron repentinamente y el parque recuperó la calma propia de primera hora de la mañana. Una vieja, encorvada como una bruja, con una jauría de seis perros pequeños y jadeantes sujetos con una traílla, avanzaba arrastrando los pies por el camino lateral, y después hizo una pausa para arrancar y olisquear las últimas flores de espliego. Un practicante de *jogging* solitario bajó por los escalones y desapareció a través de los arcos que conducían al naranjal.

Y de pronto Carole Washburn apareció allí. Casi a la hora exacta, una solitaria figura femenina apareció en el extremo más distante del jardín. Llevaba una corta chaqueta gris sobre una falda que hacía juego, y se cubría la cabeza con un amplio pañuelo azul y blanco que casi oscurecía su rostro. Pero Kate supo inmediatamente, no sin que su corazón diera un salto, que era ella. Por un momento se miraron la una a la otra y después avanzaron entre los desnudos parterres, con pasos medidos, casi ceremoniosos. Kate recordó las novelas de espionaje, un cambio de desertores en algún rincón fronterizo, una sensación de observadores ocultos, con los oídos prestos a escuchar la detonación de un fusil. Cuando se encontraron, la joven saludó con la cabeza, pero sin hablar. Kate dijo simplemente:

—Gracias por haber venido.

Después dio media vuelta y juntas subieron por la escalinata del jardín, atravesando el amplio terreno de césped esponjoso hasta llegar al camino entre los jardines de los rosales. Allí, el frescor del aire matinal tenía todavía un matiz que recordaba el aroma del verano. Las rosas, pensó Kate, nunca se acababan. Había algo irritante en una flor incapaz de reconocer que su temporada había terminado. Incluso en diciembre habría brotes pequeños y parduscos, destinados a marchitarse antes de que se abrieran, y unas cuantas flores anémicas inclinándose hacia una tierra sembrada de pétalos. Mientras caminaba lentamente entre los espinosos rosales, notando que el hombro de Carole casi rozaba el suyo, pensó: «Debo tener paciencia. Debo esperar que ella hable la primera. Ha de ser ella la que elija el momento y el lugar.»

Llegaron a la estatua de lord Holland, sentado en su pedestal y contemplando con mirada benigna su casa. Siempre en silencio, siguieron caminando a lo largo del húmedo camino entre los bosquecillos. Después, su acompañante se detuvo. Contempló la vegetación y dijo:

—Aquí es donde la encontraron, aquí mismo; bajo ese abedul, el inclinado, junto a las matas de acebo. Vinimos los dos aquí, una semana más tarde. Creo que él necesitaba enseñármelo.

Kate esperó. Era extraordinario que aquella agrupación de árboles pudiera estar tan cerca del centro de una gran ciudad. Una vez atravesada la baja empalizada, cabía creerse en plena campiña. No era extraño que Theresa Nolan, criada en los bosques de Surray, hubiera escogido aquel lugar tranquilo y boscoso para morir. Debió de ser como un regreso a la primera infancia, con el olor del humus, la áspera corteza del árbol junto a su espalda, los susurros de pájaros y ardillas entre las matas, la blandura de aquella tierra, capaz de lograr que la muerte resultara tan natural y amable como quedarse dormida. Durante un extraordinario momento, le pareció haber entrado en aquella muerte, formó misteriosamente una sola persona con aquella muchacha solitaria y moribunda bajo aquel árbol lejano. Se estremeció. El momento de empatía pasó con rapidez, pero su fuerza la asombró e incluso la trastornó levemente. Había visto suficientes suicidios en sus primeros cinco años en la policía como para haber aprendido a mostrar desapego, y para ella ésta nunca había sido una lección difícil. Siempre había podido mantener a distancia la emoción, pensar: «Esto es un cadáver», y no: «Esto era una mujer viva.» Por consiguiente, ¿por qué una muerte imaginada podía resultar más desconcertante que un cadáver a la vista? «Tal vez —pensó—, pueda permitirme cierta implicación, un poco de compasión.» No obstante, era extraño que esto hubiera de comenzar ahora. ¿Qué había, se preguntó, en el caso Berowne que le diera la impresión de cambiar incluso su percepción sobre su tarea? Volvió de nuevo los ojos al camino y oyó la voz de Carole Washburn.

—Cuando Paul se enteró de que ella había desaparecido, cuando llamaron desde la clínica para preguntar si en Campden Hill Square alguien la había visto o sabía dónde estaba, sospechó que podía estar aquí. Antes de ser ministro y de que su servicio de seguridad le siguiera por doquier, solía dirigirse a su trabajo atravesando a pie el parque. Cruzaba Kensington Church Street, entraba en Hyde Park y después se adentraba en Green Park, en Hyde Park Corner, caminando casi todo el trecho hasta la Cámara sobre el césped y bajo los árboles. Por lo tanto, era natural venir aquí y mirar... Quiero decir que no tuvo que apartarse mucho de su camino. No se sometía a ningún esfuerzo excesivo.

La súbita amargura en su voz resultaba extraña, pero Kate siguió sin pronunciar palabra. Se metió la mano en el bolsillo de la chaqueta, sacó la bolsa de migas y las depositó en la palma de su mano. Un gorrión dócil como sólo pueden serlo los gorriones de Londres, saltó sobre sus dedos con un delicado roce de garras. Su cabeza se inclinó, Kate notó el leve pinchazo del pico y después el pájaro desapareció.

Dijo:

—Debía de conocer muy bien a Theresa Nolan.

—Es posible. Ella solía hablar con él durante las noches, cuando lady Ursula dormía; le hablaba de sí misma, de su familia. Se mostraba propicio a que le hablaran las mujeres, algunas mujeres.

Las dos guardaron un momento de silencio. Pero había una pregunta que Kate tenía que formular. Dijo:

—El hijo que Theresa Nolan esperaba... ¿no pudo haber sido de él?

Con gran alivio por su parte, la pregunta fue admitida con calma, casi como si fuese esperada. La joven contestó:

—En otros momentos hubiera dicho que no, y hubiera tenido una certeza absoluta. Ahora ya no tengo certeza de nada. Había cosas que él no me contaba, y yo siempre lo supe. Ahora lo sé todavía mejor. Sin embargo, creo que eso me lo hubiera dicho. No era hijo suyo. Sin embargo, se culpó a sí mismo por lo que le ocurrió a ella. Se sintió responsable.

—¿Por qué?

—Ella trató de verle el día antes de matarse. Fue a su despacho, en el Ministerio. Fue una falta de tacto —una de aquellas cosas que sólo una persona inocente puede hacer— y no pudo haber elegido peor momento. Él estaba a punto de tomar parte en una reunión importante. Pudo haberle dedicado cinco minutos, pero esto no hubiera sido conveniente y tampoco hubiera sido prudente. Cuando el joven secretario de su oficina particular le comunicó que una señorita llamada Theresa Nolan estaba en el vestíbulo y pedía verle con urgencia, él dijo que se trataba probablemente de una de sus votantes e indicó que se le pidieran sus señas, pues él se pondría en contacto con ella. Ella se marchó sin decir palabra. Nunca más volvió a saber de ella en vida. Creo que, de haber tenido tiempo, él se hubiera puesto en contacto con Theresa. Pero no tuvo ese tiempo. Al día siguiente, ella ya había muerto.

Era interesante, pensó Kate, que esta información no

hubiera salido a relucir cuando Dalgliesh interrogó a los funcionarios que dependían de sir Paul. Aquellos hombres cuidadosos, por su preparación y por propio instinto, protegieron a su ministro. ¿Extendieron también esta protección más allá de la muerte? Hablaron de la rapidez y la habilidad de Paul Berowne para dominar una situación complicada, pero no se había hecho ninguna mención a la visita de una joven inoportuna. Pero tal vez esto no resultara sorprendente. El funcionario que había pasado el mensaje era en cierto modo un principiante. Era un ejemplo más de prescindir de interrogar al hombre que en realidad poseía la información interesante. Pero, aunque se le hubiera interrogado, tal vez él no hubiese juzgado importante el hecho, a no ser que hubiera leído el informe sobre la investigación judicial y reconocido a la joven. Y tal vez ni siquiera en este caso lo habría mencionado.

Carole Washburn seguía contemplando el bosque, con las manos hundidas en los bolsillos de su chaqueta y los hombros encogidos como si de aquella maraña de vegetación llegara el primer viento frío del invierno. Dijo:

—Estaba apoyada en el tronco..., aquel tronco. Apenas puede verse ahora, y en pleno verano es invisible. Pudo haber permanecido aquí días enteros.

No por mucho tiempo, pensó Kate. El olor pronto hubiera alertado a los guardianes del parque. Holland Park podía ser un pequeño paraíso en medio de la ciudad, pero no era diferente de cualquier otro Edén. Había todavía predadores de cuatro patas merodeando entre las matas, y predadores de dos patas que caminaban por los senderos. La muerte seguía siendo la muerte. Los cadáveres todavía hedían cuando se pudrían. Miró a su compañera. Carole Washburn seguía contemplando el bosque con una dolorosa intensidad, como si conjurase aquella figura caída al pie del álamo. Entonces dijo:

—Paul explicó la verdad sobre lo sucedido, pero no toda la verdad. Había dos cartas en el bolsillo de la chaqueta de ella, una dirigida a sus abuelos para pedirles perdón, la que se leyó en la encuesta judicial. Pero había otra, marcada como confidencial y dirigida a Paul. Esto es lo que he venido a contarle a usted.

—¿Usted la vio? ¿Se la enseñó él?

Kate trataba de impedir que se notara avidez en su voz. ¿Sería esto, por fin, una prueba física?, pensó.

—No. La trajo a mi apartamento pero no me la dio para que la leyese. Él me dijo lo que contenía. Al parecer, mientras Theresa trabajaba como enfermera en Pembroke Lodge, la pasaron al servicio nocturno. A una de las pacientes su esposo le había llevado unas botellas de champaña y estaban dando una fiesta. Algo propio de aquel lugar. La mujer estaba un poco achispada. Hablaba sin parar sobre su bebé, un hijo después de tres niñas, y dijo: «Gracias al querido Stephen». Después, explicó que si las pacientes querían un bebé de un sexo determinado, Lampart hacía una amniocentesis temprana y abortaba el feto indeseado. Las mujeres que odiaban los partos y no estaban dispuestas a pasar por ellos sólo para tener un hijo del sexo no deseado, sabían adónde acudir.

Kate dijo:

—Pero asumía…, asume un riesgo terrible.

—En realidad, no. No si nunca hay nada sobre papel, ni se habla nunca de nada específico. Paul se preguntaba si algunos de los informes patológicos eran falsificados para mostrar una anormalidad en el feto. La mayor parte de su trabajo de laboratorio se efectúa en la misma clínica. Después, Theresa trató de obtener alguna prueba, pero no era fácil. Cuando interrogó a la paciente al día siguiente, ella se echó a reír y dijo que estaba bromeando. Pero Theresa se sintió aterrorizada. Aquella misma tarde se despidió.

Por consiguiente, ésta era la explicación de aquellas misteriosas anotaciones que Dalgliesh había encontrado en el misal de Theresa. Ella trataba de reunir pruebas sobre el sexo de los hijos anteriores de las pacientes. Kate preguntó:

—¿Habló Theresa con alguna persona en Pembroke Lodge?

—No se atrevió. Sabía que alguien había atacado en cierta ocasión a Lampart, y que éste lo había arruinado con una querella por difamación. Era..., es un hombre notoriamente propenso al litigio ante los tribunales. ¿Qué podía esperar hacer ella, una joven enfermera, pobre, sin amigos poderosos, contra un hombre de este estilo? ¿Quién iba a creerla? Y entonces descubrió que estaba embarazada y que tenía sus propios problemas en los que pensar. ¿Cómo podía ella hablar contra lo que consideraba como el pecado de él, cuando ella misma estaba a punto de cometer pecado mortal? Pero cuando ya se preparaba para morir, creyó que había de hacer algo, poner punto final a aquello. Pensó en Paul. Éste no era un ser débil, no tenía nada que temer. Era un ministro, un hombre poderoso. Él se ocuparía de que aquello cesara.

—¿Y lo hizo?

—¿Cómo iba a hacerlo? Ella no tenía la menor idea del tipo de carga que colocaba sobre sus hombros. Como he dicho, era una inocente. Siempre son éstas las que causan más daño. Lampart es el amante de su esposa. Si arremetía contra él, parecería un chantaje o, lo que todavía sería peor, una venganza. Y la culpabilidad que sentía por la muerte de ella, su mentira al decir que debía de ser una de sus votantes, el hecho de que no la ayudara, todo esto debió de parecerle moralmente peor que todo lo que estuviera haciendo Lampart.

—¿Y qué decidió?

—Rompió la carta mientras estaba conmigo y la arrojó al water.

—Pero él era abogado... ¿No tuvo el instinto de conservar esta prueba?

—No esta clase de prueba. Dijo: «Si no tengo valor

para utilizarla, debo desprenderme de ella. No hay fórmula de compromiso. O hago lo que Theresa quería o destruyo la prueba.» Supongo que guardarla podía ser degradante, como si conservara cuidadosamente una prueba contra un enemigo, por si era necesaria en el futuro.

—¿Le pidió consejo a usted?

—No. Consejo, no. Él necesitaba pensarlo todo de nuevo y yo estaba allí para escuchar. Para eso solía necesitarlo, para escuchar. Ahora me doy cuenta. Y sabía lo que diría yo, lo que quería yo decir. Yo diría: «Divórciate de Barbara y utiliza esta carta para asegurarte de que ella y su amante no pongan ningún inconveniente. Utilízala para conseguir tu libertad.» No sé si lo hubiera dicho con tanta brutalidad, pero él sabía que eso era lo que yo quería que hiciera. Antes de destruirla, me hizo prometer que no diría nada.

Kate preguntó:

—¿Está segura de que no tomó absolutamente ninguna medida?

—Creo que tal vez habló con Lampart. Me dijo que lo haría, pero nunca más volvimos a hablar de ello. Él se disponía a decirle a Lampart lo que sabía, admitiendo que no tenía pruebas. Y retiró su dinero de Pembroke Lodge. Era un capital importante, tengo entendido, que había invertido anteriormente su hermano.

Empezaron a caminar lentamente por el sendero. Kate pensó: «Supongamos que Paul Berowne hubiera hablado con Lampart. Con la prueba destruida, y además una prueba patéticamente inadecuada, el doctor poco tenía que temer. Un escándalo podía dañar a Paul Berowne tanto como al propio Lampart. Pero después de la experiencia de sir Paul en aquella sacristía, tal vez las cosas resultaran muy diferentes. Tal vez el Berowne cambiado, habiendo echado por la borda su carrera, consideraría como su deber moral denunciar y arruinar a Lampart, con pruebas o sin ellas. ¿Y qué sería de Barbara Berowne, enfrentada por una parte a un marido, que había abandonado a la vez su cargo y todas sus perspectivas, y que incluso se proponía vender su casa, y, por otro lado, a un amante que tal vez estuviera sentenciado a la ruina?» Kate decidió hacer una pregunta contundente que, en otras circunstancias, tal vez hubiera considerado imprudente:

—¿Cree que Lampart le mató, con o sin la complicidad de ella?

—No. Sería un estúpido si la implicase a ella en algo de este tipo. Y ella no tiene el valor ni el ingenio para planearlo por sí sola. Es el tipo de mujer que consigue un hombre para que le haga el trabajo sucio, y después se persuade a sí misma de que no sabe nada al respecto. Pero yo le he dado un motivo, un motivo para los dos. Habría de bastar para que a ella la vida le resultara incómoda.

—¿Es eso lo que desea?

La joven se volvió en redondo y exclamó con súbita pasión:

—¡No, no es eso lo que deseo! Quiero verla acosada, interrogada, aterrorizada. Quiero verla humillada. Quiero verla detenida, encarcelada para toda su vida. Quiero verla muerta. Esto no sucederá, nada de esto sucederá. Y lo peor es que yo me he hecho más daño a mí misma que todo el que pueda hacerle a ella. Una vez le telefoneé a usted, una vez dije que me encontraría aquí, supe que tenía que venir. Pero él me habló confidencialmente, confió en mí, siempre había confiado en mí. Ahora ya no queda nada, nada de lo que pueda recordar acerca de nuestro amor, que esté libre de dolor y de culpabilidad.

Kate la miró y vio que estaba llorando. No emitía ningún sonido, ni siquiera el menor sollozo, pero de unos ojos fijos y que parecían aterrorizados brotaban las lágrimas en una corriente ininterrumpida y corrían por su cara exangüe hasta llegar a una boca medio abierta y temblorosa. Había algo que asustaba en aquel dolor intenso y silencioso. Kate pensó: «No hay un hombre, ningún hombre en el mundo, que merezca esta agonía.» Sintió una mezcla de compasión, de impotencia y de irritación que, pudo reconocerlo, no carecía de un leve menosprecio. Pero la compasión se impuso. No acertaba a decir nada que sirviera de consuelo, pero al menos podía ofrecer alguna respuesta práctica, pedir a Carole que fuese con ella a su apartamento para tomar un poco de café antes de separarse. Abría ya la boca para hablar, pero se contuvo. La joven no era sospechosa. Incluso en el caso de que fuera razonable pensar en ella como tal, tenía una coartada, una reunión fuera de Londres a la hora del crimen. Pero en el caso de que a Carole se le exigiera declarar ante el tribunal, cualquier sugerencia de amistad o de un entendimiento entre las dos podía resultar perjudicial para la acusación. Y para algo más que la acusación: podía ser perjudicial para su propia carrera. Era el tipo de error sentimental de juicio que no desagradaría del todo a Massingham si llegaba a enterarse de él. Y entonces se oyó a sí misma decir:

—Mi apartamento está muy cerca de aquí, al otro lado de la avenida. Venga y tome un poco de café antes de marcharse.

En el apartamento, Carole Washburn se dirigió hacia la ventana como una autómata y contempló la vista sin decir palabra. Después se acercó al sofá y examinó la pintura al óleo colgada en la pared: tres triángulos, en parte sobrepuestos, en pardo rojizo, verde claro y blanco. Preguntó, pero no como si le importara mucho:

—¿Le gusta el arte moderno?

—Me gusta experimentar con formas y diferentes colores unos junto a otros. No me gustan las reproducciones y no puedo permitirme originales, de modo que pinto por mi cuenta. No creo que sean arte, pero disfruto con ellos.

—¿Dónde aprendió a pintar?

—Me limité a comprar las telas y las pinturas y aprendí

por mi cuenta El dormitorio pequeño es una especie de estudio. Últimamente, no he tenido tiempo para hacer gran cosa.

—Es interesante. Me gusta la textura del fondo.

—La hice apretando una tela contra la pintura antes de que se secara. La textura es lo más fácil; lo que me cuesta más es aplicar el óleo debidamente.

Entró en la cocina para moler el café. Carole la siguió y se quedó mirándola desde el umbral. Esperó hasta que desenchufó el molinillo, y entonces preguntó repentinamente.

—¿Qué le hizo elegir la policía?

Kate sintió la tentación de contestar: «Prácticamente las mismas razones que a ti te hicieron elegir ser funcionaria civil. Pensé que podría realizar esa tarea. Era ambiciosa. Prefiero el orden y la jerarquía al caos.» Después se preguntó si Carole necesitaba hacer preguntas en vez de contestarlas, hurgar, aunque fuera tentativamente, en la vida de otra persona. Respondió:

—No quería un trabajo de oficina. Deseaba una carrera en la que, desde un buen principio, pudiera esperar una promoción. Supongo que me gusta enfrentarme a los hombres y éstos se mostraron bastante contrarios a mi idea en la escuela a la que fui. Esto fue un incentivo adicional.

Carole Washburn guardó silencio y la miró durante unos momentos, antes de retirarse de nuevo a la sala de estar. Kate, con las manos ocupadas por la cafetera, las tazas y los platos, la bandeja y las galletas, no pudo menos que recordar aquella última entrevista con la señorita Shepherd, la asesora de carreras:

—Nosotros esperábamos que apuntaras más alto, hacia la universidad, por ejemplo. Yo diría que tus notas te hacen apta para ella.

—Quiero empezar a ganar dinero.

—Eso es comprensible, Kate, pero recuerda que puedes aspirar a una beca completa. Podrás arreglártelas.

—Yo no quiero arreglármelas. Quiero un puesto de trabajo, algo que sea mío. La universidad representaría tres años perdidos.

—La educación nunca se pierde, Kate.

—Es que no abandono la educación. Puedo seguir educándome a mí misma.

—Pero una mujer policía... Nosotros esperábamos más bien que eligieras algo más... Bien, socialmente importante.

—Quiere decir más útil.

—Más relacionado, tal vez, con los problemas humanos básicos.

—No se me ocurre nada más básico que contribuir a que la gente pueda pasearse con toda seguridad en su propia ciudad.

—Siento decirte, Kate, que las recientes investigaciones demuestran que pasear con toda seguridad tiene poco que ver con el nivel de labor policial. ¿Por qué no lees ese folleto que hay en la biblioteca, «Labor policial en la ciudad: una solución socialista»? Pero si ésta es tu opción, naturalmente haremos cuanto podamos para ayudarte. ¿Y dónde deseas situarte? ¿En el Departamento de Menores?

—No. Deseo ser detective.

Y había sentido la tentación de añadir con malicia: «Y también la primera mujer que esté al frente de una comisaría.» Sin embargo, supo después que esto era tan irreal como la posibilidad de que una recluta de las fuerzas femeninas del ejército llegar a mandar la Caballería Real. Las ambiciones, si se quería saborearlas, y no digamos satisfacerlas, habían de arraigar en la posibilidad. Incluso sus fantasías infantiles habían estado ancladas en la realidad. El padre perdido reaparecía, afectuoso, próspero y arrepentido, pero jamás esperó de él que se apeara de un Rolls-Royce. Y al final no se había presentado, y ella supo que en realidad jamás había esperado que lo hiciera.

No se oía el menor rumor en la sala de estar y, cuando entró en ella con la bandeja del café, vio que Carole se había sentado en una silla, muy erguida y mirando sus manos cruzadas. Kate depositó la bandeja y enseguida Carole vertió leche en su taza y a continuación la levantó con las dos manos y bebió con avidez agazapada en su silla como si fuera una anciana acuciada por el hambre.

Era extraño, pensó Kate, que la joven pareciera más desesperada, poseedora de menos control sobre sí misma, que en su primer encuentro, cuando charlaron brevemente en su cocina. Se preguntó qué podía haber ocurrido para obligarla a traicionar la confianza de Berowne, para instigar tanta amargura y tanto rencor. ¿Se habría enterado de que no se la mencionaba en el testamento de él? Sin embargo, seguramente era esto lo que ella esperaba. Pero tal vez esto importara más de lo que ella pudiera haber creído, esa confirmación pública y definitiva de que siempre había ocupado tan sólo un lugar en la periferia de la vida de él, oficialmente no existente después de la muerte como lo había sido en los años que pasaron juntos. Ella pensaba que le era indispensable, que él había encontrado con ella en aquel apartamento sencillo, pocas veces visitado, un foco tranquilo de plenitud y de paz. Y tal vez hubiera sido así, al menos durante unas pocas horas arrebatadas a su tiempo. Sin embargo, ella no había sido indispensable para él; no lo había sido nadie. Él había organizado a la gente en compartimientos, tal como lo había hecho con el resto de su vida extraordinariamente reglamentada, archivando a cada persona en los recovecos de su mente hasta el momento de necesitar lo que cada una pudiera ofrecerle. No obstante, se preguntó Kate a sí misma, ¿es eso tan diferente de lo que yo hago con Alan?

Se sabía incapaz de decidirse a preguntar a la joven lo que la había inducido a ese encuentro con ella, y en realidad la cosa no tenía importancia para la investigación. Lo que era importante era el hecho de que se hubiera quebrantado la confidencia de Berowne, y que con ello el motivo de Lampart se viera enormemente reforzado. Pero ¿adónde los llevaba esto en realidad? Una buena prueba, sólida y de presencia física, valía por una docena de motivos. Volvían a la ya antigua pregunta: ¿pudieron haber tenido realmente, Lampart y Barbara Berowne el tiempo necesario? Alguien, Berowne o su asesino, había utilizado el fregadero de Saint Matthew a las ocho. Tres personas habían visto salir el agua y a ninguna de ellas se la podía contradecir. Por tanto, o Berowne vivía todavía a las ocho, o el asesino se encontraba aún en aquel lugar. De una o de otra manera, era difícil dictaminar cómo pudo Lampart llegar en coche al Black Swan a las ocho y media.

Cuando terminó su café, Carole logró sonreír débilmente y dijo:

—Gracias. Ahora será mejor que me marche. Supongo que deseará todo esto por escrito.

—Nos interesará tener una declaración. Puede telefonear al puesto de policía de Harrow Road, donde disponen de una habitación para tomarla, o bien venir al Yard.

—Iré a Harrow Road. ¿Harán allí más preguntas?

—Es posible, pero no creo que la retengan mucho tiempo.

Junto a la puerta, permanecieron un momento mirándose las dos. De pronto, Kate pensó que Carole iba a dar un paso hacia adelante y caer en sus brazos, y supo que, a pesar de su poca práctica, sus brazos podían ser capaces incluso de sostener y consolar, y que tal vez consiguiera encontrar las palabras adecuadas. Pero ese momento pasó y Kate se dijo a sí misma que el pensamiento había sido tan embarazoso como ridículo. Apenas estuvo sola, llamó a Dalgliesh, procurando eliminar toda nota triunfal de su voz:

—Ha venido, señor. No hay nuevas pruebas físicas,

pero ha reforzado el motivo de uno de los sospechosos. Creo que usted querrá ir a Hampstead.

Él preguntó:

—¿Y desde dónde me llama? ¿Desde su apartamento?

—Sí, señor.

—Llegaré dentro de media hora.

Pero aún no había transcurrido este tiempo cuando sonó el timbre del interfono. Dalgliesh dijo:

—He aparcado algo más arriba, en Lansdowne Road. ¿Puede bajar ahora?

No sugirió si podía subir él, pero ella tampoco lo esperaba. Ningún otro jefe era más escrupuloso en lo que se refería a respetar la intimidad de sus subordinados. Kate se dijo que, en él, esto apenas debía considerarse como virtud, ya que también se mostraba escrupulosamente cuidadoso en cuanto a proteger la suya. Mientras bajaba en el ascensor se le ocurrió que, cuanto más era lo que sabía sobre Berowne, más se parecía éste a Dalgliesh, y sintió cierta irritación contra los dos. La estaba esperando un hombre que también podía causar aquel dolor extremo a una mujer lo suficientemente imprudente para amarlo. Se dijo a sí misma que se alegraba de que esta tentación, al menos, la tuviera totalmente controlada.

4

Stephen Lampart dijo:

—No es verdad. Theresa Nolan sufría un trastorno psicológico o bien, si prefieren que lo diga sin rodeos, estaba lo bastante loca como para quitarse la vida. Nada de lo que escribiera antes del suicidio cuenta como prueba fiable, incluso en el caso de que tuvieran ustedes esa supuesta carta, que supongo no tienen. Quiero decir que, si la carta estuviera realmente en su poder, es seguro que ahora me la estaría pasando por delante de mi cara. Usted se basa en una información de tercera mano y los dos sabemos lo que puede valer eso delante de un tribunal, o en cualquier otro lugar.

Dalgliesh repuso:

—¿Me está diciendo que la historia de la joven es falsa?

—Seamos caritativos y digamos que es errónea. Era una chica solitaria, abrumada por la culpabilidad, en particular en lo referente al sexo, deprimida, perdido todo contacto con la realidad. Hay un informe psiquiátrico en su archivo médico que, desprovisto del léxico técnico, dice exactamente esto. Y también cabe argumentar que ella mentía deliberadamente. Ella o Berowne. Ninguno de los dos era un testigo particularmente fiable. Por otra parte, ambos han muerto. Y si esto equivale a adjudicarme un motivo, es absurdo. Se acerca también a la calumnia, y yo sé cómo enfrentarme a ella.

Dalgliesh dijo:

—Como supo usted enfrentarse a la difamación. Sin embargo, no es tan fácil arruinar a un oficial de la policía que efectúa una investigación por asesinato.

—Financieramente no, tal vez. Los tribunales suelen mostrarse ridículamente indulgentes con la policía.

La enfermera que les recibió en Pembroke Lodge les dijo:

—El doctor Lampart está acabando una operación. Les ruego que me sigan.

Y les acompañó hasta una habitación contigua al quirófano.

Lampart se reunió con ellos casi enseguida, quitándose su gorro de color verde y los guantes de goma. La habitación era pequeña, clínica, al parecer llena de instalaciones de agua corriente y del rumor de los pies que se movían en la sala vecina, de voces confidenciales sobre el cuerpo inconsciente de una paciente. Era un lugar temporal, una habitación para conversaciones rápidas de tema clínico, no para confidencias. Dalgliesh se preguntó si aquella situación había sido deliberada, una manera de demostrar el sutil poder de su categoría profesional, de recordar a la policía que había más de un tipo de autoridad. No creía que Lampart hubiera sentido temor ante aquella entrevista, aunque hubiera juzgado prudente celebrarla en su propio terreno. No había mostrado el menor signo de aprensión. Después de todo, había disfrutado del poder, cierta clase de poder, durante el tiempo suficiente para haber adquirido la capa protectora que confiere el éxito. Un hombre que había logrado todo el aplomo de un ginecólogo de fama sin duda tenía también el aplomo suficiente para hacer frente a un oficial de la Policía Metropolitana.

Ahora dijo:

—Yo no maté a Berowne. Aunque yo fuese capaz de cometer un asesinato tan brutal y sangriento, desde luego no hubiera llevado conmigo a la mujer de Berowne para hacerla esperar en el coche mientras yo degollaba a su marido. En cuanto a las demás majaderías, aunque fuese cierto que yo hubiese provocado el aborto de fetos sanos por no ser del sexo que la madre deseaba, ¿cómo se propone demostrarlo? Las operaciones se han realizado aquí. Los informes patológicos figuran en los archivos médicos. En este edificio, no hay nada que me incrimine en ningún archivo y, aunque lo hubiese, usted no tendría acceso a ello, al menos sin tomarse una larga serie de molestias. Tengo unas ideas muy firmes en lo que respecta al carácter sagrado de los registros médicos. Por consiguiente, ¿qué puede hacer? ¿Empezar a interrogar a una serie de pacientes, con la esperanza de conseguir, mediante trucos o amenazas, que una de ellas cometa una indiscreción? ¿Y cómo daría con ellas, sin mi cooperación? Su alegación es ridícula, comandante.

Dalgliesh repuso:

—Sin embargo, Paul Berowne creyó en ella. Se desprendió de sus acciones en Pembroke Lodge después de la muerte de Theresa Nolan. Creo que habló con usted. No sé lo que le dijo, pero puedo suponerlo. Usted podía suponer que él guardaría silencio en aquellos momentos, pero después de su experiencia en aquella iglesia, de su conversión, fuera lo que fuese ésta, ¿podía confiar en que siguiera manteniendo ese silencio?

Se preguntó si había sido prudente mostrar su baza tan pronto y con tanta claridad, pero la duda sólo fue momentánea. Era necesario enfrentar a Lampart con la nueva evidencia, por tenue que ésta pudiera ser. Se le había de conceder el derecho a la réplica. Y si todo ello era irrelevante, cuanto antes quedara despejado, tanto mejor.

Lampart dijo:

—No fue así. Nunca hablamos. Y, suponiendo que él lo creyese, se hubiera encontrado en una situación bastante desagradable, mucho más desagradable de lo que pueda usted suponer. Él quería un hijo, pero desde luego no quería otra hija. Y, por otra parte, tampoco Barbara. Tal vez Barbara deseara darle un heredero, aunque sólo fuera para consolidar su posición. Ella consideraba esto como parte del trato. Sin embargo, nueve meses de incomodidad para darle otra hija que le disgustara, a la que despreciara e ignorase, era pedirle demasiado a una mujer, sobre todo a una mujer a la que desagrada y teme un parto. Suponiendo que esa historia fuese cierta, podría usted decir que Berowne se encontraba en una posición curiosa, al menos en el aspecto moral. Él no podía digerir los medios, pero sospecho que no le desagradaban del todo los fines. Y ésta nunca ha sido una postura moral particularmente digna, al menos en mi opinión. Barbara tuvo un aborto —una niña— ocho meses después de su matrimonio. ¿Cree usted que a él le causó esto un gran disgusto? No me extraña que el pobre diablo se desbaratase por completo psicológicamente. No me extraña que se rajara el cuello con una navaja. Lo que usted ha descubierto, comandante, si es que es verdad, es una razón adicional para el suicidio, no un motivo para el asesinato.

Lampart descolgó su chaqueta de un colgador y después abrió la puerta para que salieran Dalgliesh y Kate, con una cortesía sonriente que casi resultaba insultante. Después les acompañó hasta su sala de estar privada, cerró la puerta y les indicó las butacas ante la chimenea. Tras sentarse ante ellos, se inclinó hacia adelante, con las piernas abiertas, y aproximó su cara a la de Dalgliesh. Éste pudo ver aquellas correctas facciones ampliadas, los poros de la piel relucientes por el sudor, como si todavía se encontrara bajo el calor del quirófano, los músculos tensos en el cuello, las ojeras de cansancio bajo los ojos y las venillas escarlata alrededor de los iris, las motas de caspa en las raíces del mechón de cabellos que caía, indisciplinado, sobre su frente. Era todavía una cara relativamente joven, pero los signos del envejecimiento ya estaban presentes y, de pronto, pudo ver cuál sería el aspecto de Lampart al cabo de otros treinta años; la piel moteada y blanqueada, los huesos recubiertos por unas carnes menos firmes, la confianza varonil agriada por el cinismo de la vejez. Pero ahora su voz era firme y áspera, y su agresión llegó hasta Dalgliesh, poderosa como una fuerza desencadenada.

—Seré franco con usted, comandante, más franco de lo que probablemente yo juzgaría prudente si lo que usted dice fuese verdad. Si yo hubiera provocado el aborto de esos fetos indeseados, ello no produciría ni la menor impresión en lo que usted denominaría probablemente mi conciencia. Hace doscientos años, la anestesia en los partos era considerada inmoral. Hace menos de cien años, el control de la natalidad era virtualmente ilegal. Una mujer tiene el derecho de elegir si ha de tener o no un hijo. Resulta que yo pienso que también tiene derecho a elegir su sexo. Un hijo no deseado suele ser un estorbo, en sí mismo, para la sociedad y para sus padres. Un feto de dos meses no es un ser humano, es un conjunto complicado de tejidos. Es probable que usted no crea personalmente que el niño tiene un alma antes de nacer, al nacer o después de nacido. Poeta o no poeta, no es usted el tipo de hombre que ve visiones y oye voces en las sacristías de las iglesias. Yo no soy un hombre religioso. Nací con mi ración de neurosis, pero no con ésa. Sin embargo, lo que me sorprende en aquellos que aseguran tener fe es que parecen pensar que pueden encontrar hechos científicos a espaldas de Dios. Ese primer mito, el Jardín del Edén, es notablemente persistente. Siempre pensamos que no tenemos derecho a saber, o que, cuando sabemos, no tenemos derecho a utilizar esa sabiduría. En mi opinión, tenemos derecho a hacer todo lo que podamos para conseguir que la vida humana sea más agradable, más segura y no tan llena de sufrimientos.

Su voz era ronca y en los ojos grises había un destello

desagradablemente próximo al fanatismo. Dalgliesh pensó que bien hubiera podido ser un mercenario religioso del siglo XVII recitando su credo con la espada desenvainada.

Dalgliesh repuso suavemente:

—Siempre y cuando, presumiblemente, no perjudiquemos a otras personas y el acto no sea ilegal.

—Siempre y cuando no perjudiquemos a otras personas. Sí, lo admito. Pero librarse de un feto no deseado no perjudica a nadie. O el aborto no puede ser justificado, o bien se justifica basándose en lo que la madre considera importante y el sexo no deseado es una razón tan válida como cualquier otra. Siento más respeto por aquellos cristianos que se oponen al aborto, cualquiera que sea su base, que por aquellos ingeniosos compromisarios que desean una vida de acuerdo con sus propios términos y al mismo tiempo una conciencia libre. Al menos, los primeros son firmes en sus ideas.

Dalgliesh dijo:

—También la ley es firme. El aborto indiscriminado es ilegal.

—Sí, pero esto debería considerarse como altamente discriminatorio. De acuerdo, sé lo que usted quiere decir. Sin embargo, la ley no ha lugar cuando se trata de la moralidad privada, sexual o no.

Dalgliesh preguntó:

—¿Y dónde se supone que ha de actuar?

Se levantó y Lampart los acompañó hasta la salida, deferente, sonriente, confiado. Excepto las cortesías de la despedida, no se pronunció ninguna otra palabra.

En el coche Kate dijo:

—Ha sido prácticamente una confesión, señor. Ni siquiera se ha molestado en negarlo.

—No. Pero no es una confesión escrita o que nosotros podamos utilizar ante un tribunal. Y ha sido una confesión de prácticas médicas ilegales, no de asesinato. Y él tiene razón, desde luego. Sería prácticamente imposible probarlo.

—Pero esto le da un doble motivo. Su asunto con lady Berowne y el hecho de que Berowne hubiera podido considerarse obligado a denunciarlo. A pesar de sus faroles y su arrogancia, debe de saber que es tan vulnerable al escándalo como cualquier otro médico. Incluso un simple rumor podría perjudicarle. Y, procedente este rumor de alguien de la categoría de un Berowne, habría de ser tomado en serio.

Dalgliesh dijo:

—Sí, desde luego. Lampart lo tiene todo: los medios, el motivo, la oportunidad, los conocimientos y la arrogancia de pensar que puede salir bien librado del asunto. No obstante, yo acepto una cosa que nos ha dicho. No se hubiera llevado consigo a Barbara Berowne hasta aquella sacristía, y no la veo a ella accediendo a quedarse sola en un coche aparcado en una zona no muy saludable de Paddington, cualquiera que fuese la excusa que le hubieran dado. Y, como siempre, hemos de pensar otra vez en el tiempo. El portero de noche les vio salir juntos de Pembroke Lodge. Higgins les vio llegar al Black Swan. A no ser que uno de ellos o los dos mientan, Lampart queda a salvo.

Y entonces pensó: «A menos que nosotros estemos engañados por aquella descarga de agua desde la tubería. A menos que estemos totalmente equivocados en el momento de la muerte.» Si Berowne murió en la hora más temprana que el doctor Kynaston juzgaba posible, las siete de la tarde, ¿qué sería entonces de la coartada de Lampart? Él había asegurado encontrarse en Pembroke Lodge con su amante, pero había más de una manera de salir de la clínica y regresar a ella sin ser visto. Sin embargo, alguien estuvo en la cocina de la iglesia a las ocho, a no ser, desde luego, que se hubiera dejado correr deliberadamente el agua. Pero, ¿quién pudo haberlo hecho? ¿Alguien que llegó antes, a las siete, alguien que llegó en un Rover negro? Si Berowne había muerto a las siete, había otros sospechosos además de Stephen Lampart. No obstante, ¿qué finalidad se perseguía al dejar abierto aquel grifo? Siempre había, desde luego, la posibilidad de que hubiera quedado abierto por casualidad. Pero, en ese caso, ¿cómo y cuándo había sido cerrado?

5

Las amistades de lady Ursula habían expresado su condolencia con flores y su sala de estar tenía un aspecto incongruentemente festivo, debido a las rosas de largo tallo y sin espinas, los claveles y los ramos de importación de lirios blancos, que parecían artefactos de plástico pulverizados con algún perfume. Las flores habían sido introducidas, más bien que ordenadas, en toda una variedad de jarrones colocados alrededor de la habitación, por conveniencia, más que en busca de un efecto. Al lado de ella, sobre la mesa de palisandro, había un pequeño jarro de cristal tallado, con fresias. Su aroma, dulce e inconfundible, llegó hasta Dalgliesh cuando se acercó a su sillón. Ella no se movió para levantarse, pero le tendió la mano y él la tomó. Estaba fría y seca, y no hubo ninguna presión de respuesta. Se sentaba, como siempre, muy erguida, vestida con una falda negra hasta los tobillos y una blusa de cuello alto, de fina lana gris. Sus únicas joyas eran una doble cadena de oro viejo y sus anillos; los largos dedos que reposaban en los brazos de su sillón estaban cargados de grandes piedras centelleantes, hasta el punto de que aquellas manos con venas parecidas a cordones azules y con una piel apergaminada, casi parecían demasiado frágiles para sostener aquel áureo peso.

Hizo un gesto a Dalgliesh para indicarle el sillón opuesto al suyo. Cuando se hubo sentado y Massingham hubo encontrado un lugar en un pequeño sofá colocado junto a la pared, ella dijo:

—El padre Barnes ha estado aquí esta mañana. Tal vez se creyó en el deber de procurarme un consuelo espiritual. ¿O acaso se excusaba por el uso que se hizo de su sacristía? Difícilmente podía suponer que yo le atribuyera la culpa. Si pretendía ofrecerme consuelo espiritual, mucho me temo que encontró en mí un familiar decepcionante. Es un hombre curioso. Lo encuentro muy poco inteligente, muy corriente. ¿Fue ésta también la opinión de usted?

Dalgliesh contestó:

—Yo no lo describiría como corriente, pero es difícil imaginarle influyendo en su hijo.

—A mí me pareció un hombre que hace mucho tiempo ha dejado de esperar poder influir en nadie. Tal vez haya perdido su fe. ¿No está eso de moda, actualmente, en la Iglesia? Pero, ¿por qué eso habría de inquietarle? El mundo está lleno de personas que han perdido la fe: políticos que han perdido la fe en la política, asistentes sociales que han perdido la fe en la asistencia social, maestros que han perdido la fe en la enseñanza y, por lo que puedo yo saber, policías que han perdido la fe en la labor policial y poetas que han perdido la fe en la poesía. Es una característica de la fe el hecho de que se pierda de vez en cuando, o al menos que se extravíe. ¿Y por qué no se hace limpiar la sotana? Es una sotana, ¿no? Había lo que supuse que eran manchas de huevo en el puño derecho, y en la parte del pecho un gran lamparón.

Dalgliesh dijo:

—Es una prenda que prácticamente siempre lleva puesta, lady Ursula.

—Seguramente podría comprarse otra de recambio.

—En caso de poder pagársela. Y había intentado eliminar la mancha.

—¿De veras? Pero no con gran eficacia. Desde luego, usted ha aprendido a observar esas cosas.

No le sorprendía que estuvieran hablando sobre prendas eclesiásticas mientras lo que quedaba de su hijo yacía, sin cabeza y destripado, en un cajón frigorífico de la morgue. A diferencia de ella y del padre Barnes, ellos dos habían sido capaces de comunicarse desde su primer encuentro. Ella se desplazó un poco en su asiento y después dijo:

—Pero, desde luego, no está usted aquí para charlar sobre los problemas espirituales del padre Barnes. ¿Qué ha venido a decirme, comandante?

—He venido para preguntarle otra vez, lady Ursula, si vio usted o no el dietario de su hijo en el cajón del escritorio, cuando el general Nollinge telefoneó a esta casa el martes pasado, a las seis.

Aquellos ojos notables miraron fijamente a los suyos.

—Esta pregunta ya la ha hecho antes, dos veces. Siempre me satisface, claro, hablar con el poeta que escribió «Rh negativo», pero sus visitas son cada vez más frecuentes y su conversación resulta predecible. No tengo nada que añadir a lo que le dije antes, y juzgo esta reiteración más bien ofensiva.

—¿Comprende usted la trascendencia de lo que está diciendo?

—Claro que la comprendo. ¿Hay algo más que necesite preguntar?

—Me gustaría que me confirmase que, realmente, habló usted dos veces con Halliwell aquella tarde en que murió su hijo, y que, dentro de lo que usted pueda saber, el Rover no salió aquella noche antes de las diez.

—Esto ya se lo dije, comandante. Hablé con él alrededor de las ocho y después a la nueve y cuarto. Debió de ser unos cuarenta y cinco minutos antes de que él se marchara a Suffolk. Y creo que puede usted tener la seguridad de que si alguien hubiese utilizado el Rover, Halliwell lo habría sabido. ¿Algo más?

—Sí, desearía ver otra vez a la señorita Matlock.

—En ese caso, preferiría que la viese aquí y que yo estuviera presente. Usted mismo puede llamar.

Dalgliesh tiró del cordón del timbre. La señorita Matlock no se apresuró, pero tres minutos después apareció en el umbral de la puerta, ataviada de nuevo con la larga falda gris de amplios pliegues y aquella misma blusa que tan mal le sentaba.

Lady Ursula dijo:

—Siéntate, Mattie. El comandante ha de hacerte unas preguntas.

La mujer fue a buscar una de las sillas colocadas junto a la pared y la acercó, colocándola junto al sillón de lady Ursula. Después miró estólidamente a Dalgliesh, y esta vez pareció como si lo hiciera casi sin la menor ansiedad. Empieza a cobrar confianza, pensó él. Sabe que muy poco es lo que podemos hacer si ella se aferra a su versión de los hechos. Empieza a pensar que, después de todo, la cosa puede ser fácil. Repasó de nuevo los hechos que ella había relatado, y ella respondió a sus preguntas referentes a la tarde del martes casi con las mismas palabras que había utilizado antes. Finalmente, él dijo:

—Desde luego, ¿no era inusual que el señor Dominic Swayne viniera aquí para tomar un baño, y tal vez comer?

—Ya le dije que lo hacía de vez en cuando. Es el hermano de lady Berowne.

—Pero sir Paul no se enteraba necesariamente de estas visitas, ¿verdad?

—Unas veces sí, y otras no. No era de mi incumbencia decírselo.

—¿Y la penúltima vez, no el martes sino la vez anterior? ¿Qué hizo usted entonces?

—Tomó un baño, como de costumbre, y después le preparé una cena. No siempre cena aquí cuando viene a bañarse, pero aquella noche lo hizo. Le serví una chuleta de cerdo con salsa de mostaza, patatas fritas y judías verdes.

Una cena más opípara, pensó Dalgliesh, que la tortilla que había preparado ella la noche en que murió Berowne. Pero esa noche él había venido con más premura.

¿Por qué? ¿Porque su hermana le había telefoneado después de la disputa con su marido? ¿Porque le había dicho ella dónde se encontraría Berowne aquella noche? ¿Porque su plan para el asesinato empezaba a cobrar forma?

Preguntó:

—¿Y después?

—Comió tarta de manzana y queso.

—Yo me refería a qué hizo usted después de la cena.

—Después jugamos al Scrabble.

—Parece como si a usted y a él les gustara extraordinariamente ese juego.

—A mí me gusta y creo que él juega para complacerme. Aquí no hay nadie más que quiera hacer una partida conmigo.

—¿Y quién ganó aquella vez, señorita Matlock?

—Yo, me parece. No recuerdo por qué tanteo, pero creo que gané yo.

—¿Cree usted que ganó? Hablamos de hace tan sólo diez días. ¿No puede estar segura?

Dos pares de ojos se clavaron en los suyos, los de ella y los de lady Ursula. Ellas no eran, pensó, aliadas naturales, pero ahora estaban sentadas la una al lado de la otra, rígidamente erguidas, inmóviles como si estuvieran prendidas en un campo de fuerza que ambas alimentaran y que las vinculara entre sí. Notó que lady Ursula había llegado al extremo de su resistencia, pero creyó ver en la mirada retadora de Evelyn Matlock un destello de triunfo.

Entonces ella dijo:

—Puedo recordarlo perfectamente. Gané yo.

Dalgliesh sabía que ésta era la manera más efectiva de fabricar una coartada. Describir hechos que realmente hubieran sucedido, pero en una ocasión diferente. Era la coartada más difícil de desmentir, puesto que, aparte de la alteración en el tiempo, las partes afectadas decían la verdad. Pensaba que ella estaba mintiendo, pero no podía estar seguro. Sabía que la mujer era una neurótica, y el hecho de que ahora empezara a disfrutar al medir su ingenio con el suyo bien podía ser tan sólo la autodramatización de una mujer en cuya vida se habían producido muy pocas excitaciones de ese calibre. Oyó entonces la voz de lady Ursula:

—La señorita Matlock ha contestado a todas sus preguntas, comandante. Si se propone seguir acosándola, creo que tendré que disponer que esté presente mi abogado.

Dalgliesh repuso fríamente:

—Tal es, desde luego, su derecho, lady Ursula. Y no estamos aquí para acosarlas, ni a usted ni a ella.

—En este caso, Mattie, creo que debes acompañar hasta la puerta al comandante y al inspector jefe Massingham.

El coche recorría Victoria Street cuando sonó el teléfono. Massingham contestó a la llamada, escuchó y después entregó el receptor a Dalgliesh.

—Es Kate, señor. Detecto en ella una nota de entusiasmo femenino. Al parecer, no puede esperar nuestro regreso. Pero creo que prefiere decírselo personalmente.

La voz de Kate, como su entusiasmo, estaba bien controlada, pero también Dalgliesh pudo detectar la nota de vivo optimismo.

—Ha surgido algo interesante, señor. La editorial Hearne and Collingwood ha llamado hace diez minutos para darnos la dirección de Millicent Gentle. Se mudó de casa desde que le publicaron el último libro y, como no les dio la nueva dirección, les ha costado un poco dar con ella. Vive en Riverside Cottage, Coldham Lane, cerca de Cookham. He consultado una guía municipal. Coldham Lane pasa casi enfrente del Black Swan, señor, ella debió entregar a sir Paul su libro el siete de agosto.

—Parece bastante probable. ¿Tiene su número de teléfono?

—Sí, señor. La editorial no ha querido darme ni la dirección ni el número hasta haber hablado con ella por teléfono y haber obtenido su consentimiento.

—Llámela pues, Kate. Pregúntele si puede recibirnos mañana por la mañana, lo más temprano posible.

Colgó el teléfono.

Massingham dijo:

—La pista de la novelista romántica. Me muero de ganas de conocer a la autora de *Una rosa crepuscular*. ¿Quiere que vaya yo a Cookham, señor?

—No, John, iré yo.

Ante la entrada del Yard, se apeó del Rover, dejando que Massingham se ocupara de meterlo en el garaje, y, después de titubear un momento, echó a andar con paso vigoroso hacia Saint James's Park. Su despacho era un lugar demasiado claustrofóbico para contener su repentino arrebato de irracional optimismo. Necesitaba caminar en libertad y solo. Había sido un día infernal, iniciado con el peor de los malhumores en el despacho de Gilmartin, y rematado en Campden Hill Square con una serie de mentiras no demostrables. Pero ahora vejaciones y frustraciones se desprendían de sus hombros.

Pensó: «Mañana sabré exactamente qué ocurrió en el Black Swan la noche del siete de agosto. Y cuando lo sepa, sabré también por qué tuvo que morir Paul Berowne. Tal vez no pueda probarlo todavía, pero lo sabré».

6

Brian Nichols, recientemente nombrado comisario ayudante, no simpatizaba con Dalgliesh y consideraba todavía más irritante esta antipatía al no estar seguro de que fuese justificada. Después de veinticinco años de policía, calibraba incluso sus antipatías con ojo judicial; le agradaba confiar en que el caso contra el acusado se sostuviera ante el tribunal. Con Dalgliesh no estaba seguro. Nichols era superior en rango pero esto le procuraba escasa satisfacción por saber que Dalgliesh pudo haberle aventajado de haberlo querido. Este desinterés por el ascenso, que Dalgliesh nunca condescendía en justificar, lo veía como una crítica sutil de las preocupaciones de él, más ambiciosas. Deploraba su poesía, no por principio, sino porque le había dado prestigio y, por tanto, no podía considerarse como un *hobby* inofensivo, como la pesca, la jardinería o la talla en madera. Un policía, en su opinión, debía conformarse con ser policía. Un agravio adicional era el hecho de que Dalgliesh eligiera a la mayoría de sus amigos al margen de las fuerzas policiales y que aquellos colegas con los que congeniaba no siempre fuesen del rango apropiado. En un oficial de menos grado, esto hubiera sido considerado como una idiosincrasia peligrosa, y en un superior tenía un toque de deslealtad. Y para rematar tales delitos, vestía demasiado bien. Ahora se encontraba de pie ante la ventana, mirando hacia el exterior y mostrando un fácil aplomo, vestido con un traje de tweed marrón claro que Nichols le había visto llevar durante los últimos cuatro años. Tenía el sello inconfundible de un sastre excelente, probablemente, pensaba Nichols, la misma firma de la que su abuelo había sido buen cliente. Nichols, al que le agradaba comprar ropa, a veces con más entusiasmo que discriminación, pensaba que en un hombre era más decoroso poseer más trajes aunque no estuvieran tan bien cortados. Finalmente, siempre que se encontraba ante Dalgliesh, sentía inexplicablemente que tal vez debiese afeitarse el bigote y descubría que su mano se movía sin querer hacia su labio superior, como para decirse que el bigote seguía siendo un apéndice respetable. Este impulso, irracional, casi neurótico, le irritaba profundamente.

Ambos hombres sabían que Dalgliesh no necesitaba encontrarse allí, en el despacho de Nichols en la décima planta, que la sugerencia casual de que el comisario debía entrar en el cuadro no era más que una invitación, no una orden. La nueva brigada estaba ya formalmente constituida, pero el asesinato de Berowne se había producido seis días demasiado pronto. En el futuro, Dalgliesh informaría directamente al comisario; ahora, sin embargo, Nichols podía imponer un legítimo interés. Al fin y al cabo, era su departamento el que había facilitado la mayoría de los hombres para el equipo de apoyo de Dalgliesh. Y con el comisario temporalmente ausente para asistir a una conferencia, él podía argüir que tenía derecho al menos a un breve informe sobre los progresos realizados. Pero, de una manera irracional, parte de él deseaba que Dalgliesh hubiera presentado objeciones, que le hubiera dado la excusa para una de aquellas trifulcas departamentales cuando el trabajo ofrecía menos excitación que la anhelada por su espíritu inquieto y en las que él solía salir victorioso.

Mientras Nichols examinaba el expediente del caso, Dalgliesh miraba hacia el este por encima de la ciudad. Había visto muchas capitales desde una altura similar, todas ellas diferentes. Cuando contemplaba Manhattan desde la habitación de su hotel, su espectacular y majestuosa belleza siempre le parecía precaria, incluso sentenciada. Surgían imágenes de películas vistas en su adolescencia, monstruos prehistóricos que se alzaban por encima de los rascacielos para derribarlos con sus garras, una enorme ola procedente del Atlántico y que cubría el horizonte, la ciudad tachonada de luces que se oscurecía en el holocausto final. Veía el panorama, que nunca le cansaba, en términos de pintura. A veces, tenía la blandura y la calidez de una acuarela; otras veces, en pleno verano, cuando el verdor recubría el parque, tenía la densa textura del óleo. Esa mañana era un grabado al acero, de líneas contundentes, gris, unidimensional.

Se apartó de mala gana de la ventana. Nichols había cerrado la carpeta, pero se estaba meciendo en su sillón y moviendo incesantemente su cuerpo como para subrayar cierta relativa informalidad del procedimiento. Dalgliesh se acercó y se sentó frente a él. Ofreció un conciso resumen de su investigación hasta donde ésta había llegado y Nichols escuchó en su exhibición de disciplinada paciencia, sin dejar de mecerse y con los ojos clavados en el techo. Después dijo:

—De acuerdo, Adam, me has convencido de que Berowne fue asesinado. Pero yo no soy el que debe quedar convencido. Sin embargo, ¿con qué cuentas como prueba directa? Una pequeña mancha de sangre bajo un pliegue de la chaqueta de Harry Mack.

—Y una mancha que coincide, en el forro. Sangre de Berowne. Él murió el primero. No hay lugar a dudas. Podemos probar que esa mancha es idéntica a su sangre.

—Pero no cómo llegó allí. Ya sabes lo que la defensa alegará si el caso llega al tribunal. Uno de tus hombres la llevó allí en sus zapatos. O lo hizo el chiquillo, el que descubrió el cadáver. O aquella solterona..., ¿cómo se llama? Edith Wharton.

—Emily Wharton. Examinamos los zapatos de los dos y tengo la seguridad de que ninguno de los dos entró en la sacristía pequeña. Y, aunque lo hubieran hecho, es difícil ver cómo hubieron podido dejar una marca de sangre de Berowne debajo de la chaqueta de Harry.

—Es una mancha muy conveniente para tu punto de vista. Y supongo que también para el de la familia. Pero sin ella no hay nada que sugiera que eso no sea exactamente lo que primero pareció ser: asesinato seguido por suicidio. Un político destacado, brillante, pasa por una especie de conversión religiosa, una experiencia casi mística, llámalo como quieras. Echa por la borda su cargo, su carrera, posiblemente su familia. Y después, y no me preguntes cómo o por qué, descubre que todo es una quimera. —Y Nichols repitió esta palabra como si quisiera asegurarse de su pronunciación. Después prosiguió—: Y a propósito, ¿por qué volvió Berowne a aquella iglesia? ¿Tú lo sabes?

—Posiblemente a causa de una nueva complicación relacionada con su matrimonio. Creo que su mujer le dijo aquella mañana que estaba encinta.

—Pues ya ves. Él ya estaba teniendo dudas. Vuelve allí y se enfrenta a la realidad de lo que ha echado a perder. Ante él sólo quedan el fracaso, la humillación y el ridículo. Y entonces decide ponerle punto final allí mismo. Tiene los medios a mano. Mientras está haciendo sus preparativos, quemando su dietario, entra Harry y trata de detenerlo. ¿El resultado? Dos cadáveres en vez de uno.

—Esto supone que él no sabía que Harry Mack estaba allí. Y creo que sí lo sabía, que él le dejó entrar. Y esto no es lo que suele hacer un hombre que piensa suicidarse.

—No tienes pruebas de que él le dejara entrar. Ninguna que pudiera satisfacer a un jurado.

—Berowne dio a Harry parte de su cena: pan integral, queso de Roquefort, una manzana. Figura en el expediente. ¿No irás a sugerirme que Harry Mack compró su Roquefort? No pudo haber sorprendido a Berowne. Llevaba ya algún tiempo en la iglesia antes de que Berowne muriese. Se había acostado en la sacristía grande. Hay pruebas físicas de ello: cabellos, fibras de su chaqueta, aparte de las migajas de comida. Y no estaba en la sacristía ni en la iglesia cuando el padre Barnes dio un vistazo después de las vísperas.

Nichols dijo:

—Cree haber dado un vistazo. ¿Juraría como testigo que dio vuelta a la llave en la puerta sur, que examinó todos los rincones? ¿Y por qué había de buscar? Él no se esperaba un asesinato. Hay muchos lugares donde Harry, o un asesino incluso, pudo haberse ocultado. Es de suponer que la iglesia estaba oscura, en una penumbra religiosa.

El comisario ayudante tenía esa costumbre de salpicar su conversación con alguna que otra cita a medias. Dalgliesh nunca había podido decidir si sabía lo que estaba diciendo o bien las palabras nadaban en su consciente procedentes de un estanque ya medio olvidado de ejercicios escolares. Ahora le oyó decir:

—¿Hasta qué punto conocías personalmente a Berowne?

—Le vi un par de veces a través de una mesa de sala de consejo. Viajamos juntos para asistir a la conferencia sobre dictámenes. En una ocasión me pidió que le visitara en su despacho. Atravesamos los dos Saint James's Park hasta la Cámara. Me caía bien, pero no me tiene obsesionado. No me identifico con él más que cualquiera pueda hacer con cualquier víctima. Esto no es una cruzada personal. Pero admito una objeción perfectamente razonable a verle marcado como el brutal asesino de un hombre que murió después de hacerlo él.

Nichols dijo:

—¿Basándote en la prueba de una pequeña mancha de sangre?

—¿Qué prueba necesitamos?

—Para el hecho del asesinato, ninguna. Como te he dicho antes, a mí no tienes que convencerme. Pero no veo cómo puedes llegar más lejos si no encuentras una prueba irrefutable que vincule a uno de tus sospechosos con el escenario del crimen. —Y Nichols añadió—: Y cuanto antes mejor.

—Supongo que el comisario ya estará recibiendo quejas.

—Las usuales: dos fiambres, dos gargantas rajadas, y un asesino que sigue en libertad. ¿Por qué no arrestamos a ese lunático peligroso, en vez de examinar los coches, las ropas y las casas de ciudadanos respetables? A propósito, ¿encontraste alguna pista en la ropa de los sospechosos?

Era irónico, pensó Dalgliesh, pero no sorprendente; la nueva división creada para investigar delitos graves con sensibles matizaciones, acusada ya de torpe insensibilidad. Y sabía de dónde debían de proceder las críticas. Dijo:

—No, pero tampoco esperaba ninguna. Ese asesino iba desnudo o casi desnudo. Tenía a su alcance medios para lavarse. Tres transeúntes oyeron que corría el agua allí poco después de las ocho.

—¿Berowne lavándose las manos antes de cenar?

—En ese caso, lo estaba haciendo muy a conciencia.

—¿Pero sus manos estaban limpias cuando lo viste?

—La izquierda sí. La derecha estaba muy ensangrentada.

—Pues ya lo ves.

Dalgliesh dijo:

—La toalla de Berowne estaba colgada en una silla de la sacristía. Creo que su asesino se secó con el trapo del té en la cocina. Todavía estaba ligeramente húmedo, no en ciertos lugares sino todo él, cuando lo toqué. Y lo mataron con una de sus navajas. Berowne tenía dos, marca Bellingham, en un estuche junto al fregadero. Un intruso casual, o el propio Harry Mack, no hubiera sabido que estaban allí; probablemente, ni siquiera habría identificado el estuche por lo que era.

—¿Y qué es una Bellingham, válgame Dios? ¿Por qué no podía ese hombre utilizar una Gillette o una máquina eléctrica, como cualquiera de nosotros? De acuerdo, por tanto fue alguien enterado de que él se afeitaba con una navaja barbera, alguien que sabía que lo encontraría en la iglesia aquella noche, y que tuvo acceso a la casa de Campden Hill Square para recoger las cerillas y el dietario. ¿Y sabes quién encaja mejor en esa lista de requisitos? El propio Berowne. Y todo lo que tú tienes contra la teoría del suicidio es una mancha de sangre.

Dalgliesh empezaba a pensar que aquellas cuatro palabras breves y contundentes le seguirían acosando hasta que finalizara el caso, pero se limitó a decir:

—¿Supongo que no sugerirás que Berowne se degolló a medias, se abalanzó contra Harry, tambaleándose, para asesinarlo, chorreando sangre entretanto, y después avanzó de nuevo, a trompicones, hasta el otro extremo de la habitación para infligirse el tercer y último corte en su garganta?

—No, pero el abogado defensor sí podría hacerlo. Y Doc Kynaston tampoco lo ha descartado por completo. Tú y yo hemos visto salir airosas defensas menos ingeniosas.

Dalgliesh dijo:

—Él escribió algo cuando se encontraba en aquella sacristía. El laboratorio no puede identificar las palabras, aunque consideran posible que firmase con su nombre. La tinta del secante es la misma tinta de su pluma.

—¿Por tanto escribió una nota de suicidio?

—Posiblemente, pero, ¿dónde está ahora?

El comisario ayudante dijo:

—La quemó junto con el diario. De acuerdo, ya sé lo que vas a decirme, Adam. ¿Es probable que un suicida queme su nota una vez escrita? Pues bien, no es imposible. Pudo haberla quemado descontento de lo que escribió. Palabras inadecuadas, demasiado triviales, no vale la pena. Después de todo, es la acción la que habla por sí misma. No todo suicida aparece muy documentado para ese viaje.

Un destello de complacida sorpresa pasó por su rostro, como gratificado ante la aptitud de su frase, pero deseoso de recordar de dónde lo había sacado. Dalgliesh dijo:

—Hay algo que pudo haber escrito y que tal vez no secó inmediatamente, algo que otra persona bien pudo haber deseado destruir.

Nichols se mostraba a veces algo lento en su captación, pero nunca le asustaba tomarse el tiempo necesario. Ahora lo hizo, y después dijo:

—Eso necesitaría tres firmas, claro. Es una teoría interesante, y sin duda reforzaría el motivo para dos de tus sospechosos, como mínimo. Pero tampoco constituye prueba. Cada vez volvemos a lo mismo. Es un edificio ingenioso el que has construido, Adam, y yo me siento medio convencido por él. Pero lo que necesitamos son pruebas sólidas, concretas. —Y añadió—: Podríamos decir que es como la Iglesia, un edificio ingenioso erigido sobre suposiciones sin demostrar, lógico en sí, pero sólo válido si uno puede aceptar la premisa básica, la existencia de Dios.

Pareció complacido con la analogía y Dalgliesh dudó de que fuera de su propia cosecha. Vio cómo el comisario ayudante hojeaba las restantes páginas del expediente casi con negligencia. Cerrando la carpeta, dijo:

—Es una lástima que no hayas podido seguir los movimientos de Berowne después de salir él del sesenta y dos de Campden Hill Square. Da la impresión de que se hubiera desvanecido en el aire.

—No del todo. Sabemos que se dirigió a la oficina de los Westerton, los agentes de fincas, en Kensington High Street, y vio a uno de los socios, Simon Follett-Briggs. Pidió que alguien de la firma le visitara el día siguiente para inspeccionar y valorar la casa. De nuevo, una acción difícilmente comprensible en un hombre que piensa suicidarse. Dice Follett-Briggs que se mostraba tan despreocupado como si le diera instrucciones para vender un apartamento de un par de habitaciones por cuarenta mil libras. Él expresó con tacto su pesar por el hecho de que la familia vendiera una casa en la que había vivido desde que fue construida, pero Berowne replicó que ellos la habían tenido durante ciento cincuenta años y que ya era hora de que alguien más tuviera esa oportunidad. No estaba dispuesto a comentar ese punto y sólo deseaba asegurarse de que fuese allí alguien, a la mañana siguiente, para efectuar la valoración. Fue una entrevista breve y se marchó a eso de las once y media. Después de esto, no hemos podido seguir sus pasos, pero pudo haber pasado por uno de los parques o caminado junto al río. Se había enfangado los zapatos, y éstos habían sido después lavados y limpiados.

—¿Limpiados dónde?

—Exactamente. Sugiere que pudo haber vuelto a su casa, pero nadie admite haberle visto. Tal vez hubiese pasado desapercibido en caso de haber entrado y salido rápidamente, pero no si se quedó el tiempo suficiente para limpiarse los zapatos. Y el padre Barnes está seguro de que llegó a la iglesia a las seis. Tenemos casi siete horas que justificar.

—¿Y viste a ese Follett-Briggs? La gente tiene a veces nombres extraordinarios. Debía de estar hecho polvo. La venta hubiera supuesto una buena comisión. Pero supongo que aún podrá conseguirla si la viuda decide vender.

Dalgliesh guardó silencio.

—¿Y dijo Follett-Briggs cuánto pensaba sacar?

Era, pensó Dalgliesh, como si hablara de un coche de segunda mano.

—No quiso comprometerse, desde luego. No ha inspeccionado la casa y tenía la impresión de que las instrucciones de Berowne ya no rigen. Sin embargo, con un poco de presión aplicada con tacto, murmuró que esperaba conseguir más de un millón. Excluyendo el contenido, desde luego.

—¿Y todo va a parar a la viuda?

—Va a parar a la viuda.

—Pero la viuda tiene una coartada. Y también la tiene el querido de la viuda. Y, que yo sepa, todos los demás sospechosos en el caso.

Cuando Dalgliesh recogió su carpeta y se dirigió hacia la puerta, la voz del comisario ayudante le persiguió como una súplica.

—Sólo una prueba concreta, Adam. Es todo lo que necesitamos. Y, por el amor de Dios, procura conseguirla antes de que tengamos que convocar la próxima conferencia de prensa.

7

Sarah Berowne encontró la postal sobre la mesa del vestíbulo el lunes por la mañana. Era una postal del Museo Británico, que representaba un gato de bronce con pendientes en las orejas, y con un mensaje de Ivor escrito con su letra apretada y vertical. «Te he telefoneado, pero en vano. Espero que te encuentres mejor. ¿Podemos cenar juntos el martes próximo?»

Por consiguiente, todavía utilizaba su código. Disponía de una pequeña colección de postales de los principales museos y galerías de Londres. Toda mención de telefonear significaba una propuesta que hacer, y este mensaje, una vez descifrado, pedía que ella estuviera cerca del puesto de venta de postales del Museo Británico el próximo martes. La hora variaba según el día. Los martes, la cita era siempre para las tres. Como otros mensajes similares, éste daba por sentado que ella podía acudir. De lo contrario, ella había de telefonear para decir que le era imposible ir a cenar. Pero él siempre había dado por supuesto que ella cancelaría cualquier otro compromiso cuando llegara una postal. Un mensaje enviado de esta manera era siempre urgente.

Era, pensó ella, un código que difícilmente burlaría el ingenio de la policía y menos de los servicios de seguridad, si se interesaban por él, pero tal vez su misma sencillez y su carácter de mensaje abierto fuesen una salvaguarda. Después de todo, ninguna ley prohibía que unos amigos pasaran una hora visitando juntos un museo, y la cita era preferentemente lógica. Siempre podían inclinarse sobre la misma guía, hablar en el murmullo casi obligatorio, desplazarse a voluntad en busca de las galerías desiertas.

En aquellos primeros y arriesgados meses, después de haberla reclutado él para su Célula de los Trece, cuando ella empezaba a enamorarse de él, había mirado esas postales como hubiera podido hacerlo con una carta de amor, atisbando en el vestíbulo en espera de que el correo cayera en el buzón, apoderándose de la postal y absorbiendo su mensaje como si aquellas letras apretadas pudieran decirle lo que tan desesperadamente ella necesitaba que se le dijera, pero que sabía que él jamás escribiría y mucho menos diría. Pero ahora, por primera vez, leyó la convocatoria con una mezcla de depresión y de irritación. La nota era ridículamente breve, y no sería fácil estar en Bloomsbury a las tres. ¿Y por qué diablos no podía telefonear? Rompiendo la postal, sintió lo que nunca había experimentado antes: que el código era un truco infantil e innecesario, fruto de la necesidad obsesiva de él de manipular y conspirar. Era algo que a los dos les ponía en ridículo.

Él llegó, como siempre, puntual y seleccionó unas postales en el puesto de venta. Ella esperó mientras él pagaba y, sin hablar, salieron juntos de la galería. A él le fascinaban las antigüedades egipcias y, casi instintivamente, se dirigieron primero hacia las galerías de la planta baja y permanecieron juntos mientras él contemplaba el enorme torso granítico de Ramsés II. En cierta ocasión, a ella le había parecido que aquellos ojos muertos, aquella boca medio sonriente y finamente cincelada sobre la barba prominente, eran un símbolo poderosamente erótico del amor de los dos. Muchas cosas se habían susurrado entre ellos, en frases breves y elípticas, mientras lo contemplaban como si vieran al faraón por primera vez, tocándose los hombros y luchando ella contra el anhelo de extender la mano para sentir los dedos de él entre los suyos. Pero ahora todo su poder se había extinguido. Era un artefacto interesante, una losa enorme de granito resquebrajado, pero nada más. Él dijo:

—Se cree que Shelley utilizó estas facciones como modelo cuando escribió «Ozymandias».

—Ya lo sé.

Dos turistas japoneses, finalizada su inspección, se alejaron de allí. Sin ningún cambio en el nivel o el tono de su voz, él dijo:

—La policía parece estar más segura ahora de que tu padre fue asesinado. Supongo que disponen de los informes forenses sobre la autopsia. Han venido a verme.

Un escalofrío de miedo recorrió su espalda como agua helada.

—¿Por qué?

—Con la esperanza de romper nuestra coartada. No lo han hecho y, desde luego, no pueden. A menos que te convenzan a ti. ¿Han vuelto?

—Una sola vez. No el comandante Dalgliesh, sino la mujer detective y un hombre más joven, el inspector jefe Massingham. Se interesaron por Theresa Nolan y Diana Travers.

—¿Y tú qué les dijiste?

—Que había visto a Theresa Nolan dos veces, una cuando fui a ver a la abuela, que estaba enferma, y otra vez en aquella cena, y que nunca había visto a Diana. ¿No era eso lo que tú esperabas que dijera?

Él contestó:

—Vayamos a visitar a Pelirrojo.

Pelirrojo, así llamado por el color de los restos de su cabello, era el cadáver de un hombre predinástico, momificado por las calientes arenas del desierto tres mil años antes de Cristo. Ivor siempre se había sentido intrigado por él y nunca abandonaban el museo sin efectuar esta visita casi ritual. Ahora, ella contempló aquel cuerpo emaciado acurrucado sobre su costado izquierdo, la patética colección de vasijas que habían contenido los alimentos y la bebida para alimentar su espíritu en su largo viaje a través del más allá, la lanza con la que se defendería contra sus terrores espectrales hasta llegar a su paraíso egipcio. Tal vez, pensó, si ese espíritu pudiera despertarse ahora y ver las luces brillantes, la enorme sala, las formas móviles del hombre del siglo XX, creería haber llegado a él. Pero ella nunca había podido compartir el placer que suscitaba con Igor aquel *memento mori*; aquel cuerpo descarnado, incluso su actitud, evocaban con demasiada fuerza un horror moderno: «Ni siquiera cuando estamos aquí nunca pregunta qué pienso yo, qué siento, qué preferiría ver.» Dijo:

—Vayamos a la Galería Duveen. Quiero ver el friso del Partenón.

Se alejaron lentamente de allí. Mientras caminaban, con los ojos fijos en la guía abierta, ella dijo:

—Diana Travers. Tú me dijiste que no se la introdujo en Campden Hill Square para espiar la vida privada de papá. Dijiste que a ti sólo te interesaba su tarea, averiguar lo que había en el nuevo manual de opciones tácticas de la policía. Pequé de ingenua. No sé por qué te creí. Pero eso fue lo que tú me dijiste.

—No necesito dedicar un miembro de la célula a abrillantar la plata de la familia Berowne para descubrir qué dice el manual de opciones tácticas. Y a ella no se la metió allí para que espiara su vida privada, al menos no principalmente. La metí allí para hacerle creer que tenía una tarea que efectuar, que se confiaba en ella. Eso la mantenía ocupada mientras yo decidía qué había de hacerse con ella.

—¿Qué quieres decir con eso? Ella era un miembro de la célula. Sustituyó a Rose cuando Rose volvió a Irlanda.

—Ella creía ser miembro, pero no lo era. No hay razón por la que no debas saberlo. Al fin y al cabo, está muerta. Diana Travers era una espía de la Sección Especial.

Él la había enseñado a no mirarle cuando estaban hablando y a mantener los ojos fijos en las piezas del museo, la guía, o directamente enfrente e ella, y esto último fue lo que hizo ahora. Dijo:

—¿Por qué no nos lo dijiste?

—Se dijo a cuatro de vosotros, no a toda la célula. Yo no le cuento todo a la célula.

Ella sabía, desde luego, que su filiación a la Campaña Revolucionaria de los Trabajadores era una tapadera para la Célula de los Trece, pero también la célula, al parecer, había sido tan sólo una tapadera para su gabinete interior privado. Como con una muñeca rusa, se desatornillaba un envoltorio para encontrar otro alojado en su interior. Sólo había cuatro personas en las que hubiera confiado por completo y consultado, y ella no se contaba entre ellas. ¿Había confiado alguna vez él en ella, desde el principio?, se preguntó. Dijo:

—Aquella primera vez, cuando me telefoneaste hace casi cuatro años y me pediste que sacara fotos de Brixton, ¿formaba todo parte de un plan para reclutarme, para meter a la hija de un diputado conservador en la CRT?

—En parte. Yo sabía hacia dónde se inclinaban tus simpatías políticas. Supuse que no había de alegrarte mucho el segundo matrimonio de tu padre. Parecía un momento propicio para efectuar un tanteo. Después, mi interés se hizo..., bien, simplemente más personal.

—Pero ¿hubo alguna vez amor?

Frunció el ceño. Ella sabía cuánto odiaba cualquier intrusión de lo personal, lo sentimental. Contestó:

—Hubo, y todavía hay, un gran afecto, respeto, atracción física. Puedes llamar a esto amor si quieres utilizar esa palabra.

—¿Y cómo lo llamas tú, Ivor?

—Yo lo llamo afecto, respeto, atracción física.

Habían llegado a la Galería Diveen. Sobre ellos caracoleaban los caballos del friso del Partenón, los guerreros desnudos con sus capas flotantes, los carros, los músicos, los ancianos y las doncellas que se dirigían a los dioses y diosas sentados. Pero ella contempló esta maravilla con ojos que no veían. Pensaba: «Necesito saber. Necesito saberlo todo. Debo enfrentarme a la verdad.» Dijo:

—¿Y fuiste tú quien envió aquel anónimo a papá y a la *Paternoster Review*? ¿Y no te parece más que mezquino incluso a ti, el revolucionario del pueblo, el gran luchador contra la opresión, el profeta de la nueva Jerusalén, rebajarte al chisme, a la calumnia, a la pataleta infantil? ¿Qué creías estar haciendo?

Él contestó:

—Una pequeña e inofensiva travesura.

—¿Así llamas tú a contribuir a desacreditar a hombres decentes? Y no sólo a mi padre. Muchos de ellos de tu propio bando, hombres que han dado años de sus vidas al movimiento laborista, una causa que se supone que tú apoyas.

—La decencia no entra en esto. Esto es una guerra. En las guerras pueden luchar hombres decentes, pero no son ellos quienes las ganan.

Se había concentrado un pequeño grupo de visitantes. Se apartaron y echaron a andar lentamente por el lateral de la galería. Él dijo:

—Si trabajas organizando un grupo revolucionario, aunque sea reducido, y ellos han de esperar una acción real, un poder real, tú has de mantenerlos ocupados, alerta, darles la ilusión de que están consiguiendo algo. No basta con hablar. Ha de haber acción. En parte, esto es un adiestramiento para el futuro, y en parte sirve para mantener la moral.

Ella dijo:

—A partir de ahora tendrás que hacerlo sin mí.

—Me doy cuenta. Lo supe después de haberte visto Dalgliesh. Pero espero que te quedes, al menos nominalmente, hasta que termine la investigación de este asesinato. No quiero decirles nada a los demás mientras Dalgliesh siga fisgoneando. Después podrás unirte al Partido Laborista. Allí te sentirás más contenta. O al Socialdemócrata, claro. Elige tú misma, pues no hay diferencia. De todos modos, cuando llegues a los cuarenta años ya serás conservadora.

Ella preguntó:

—¿Y todavía confías en mí? ¿Me has dicho todo esto sabiendo que os quiero dejar?

—Claro. Te conozco. Has heredado el orgullo de tu padre. Tú no querrías que la gente dijera que tu amante te ha plantado y por tanto tú te vengas traicionándole. No querrías que tus amistades, incluso tu abuela, supieran que has conspirado contra tu padre. Podríamos decir que confío en tus decencias burguesas. Pero no existe apenas un riesgo. La célula se disolverá, volverá a formarse y se reunirá en cualquier otro lugar. Ahora, ni siquiera esto es necesario.

Ella pensó: «Éste es otro aspecto de la lucha revolucionaria, enterarse de las decencias de la gente y utilizarlas contra ella.» Dijo:

—Hay algo que aprendí de papá, algo de lo que no me di cuenta hasta que él murió. Procuraba ser bueno. Supongo que estas palabras no tienen ningún significado para ti.

—Significan algo. No estoy seguro de qué esperas tú, exactamente, que signifiquen. Supongo que él trataba de comportarse de tal modo que no le incomodara un exceso de culpabilidad. Todos lo hacemos. En vista de su política y su estilo de vida, no pudo resultarle fácil. Tal vez al final dejara de intentarlo.

Ella repuso:

—Yo no hablaba de política. No tenía nada que ver con la política. Ya sé que tú piensas que todo tiene que ver con ella, pero hay otro punto de vista. Hay un mundo en otra parte.

—Espero que seas feliz en él.

Estaban saliendo ahora de la galería y ella sabía que ésta sería la última vez que estarían los dos juntos allí. La sorprendió constatar cuán poco le importaba. Dijo:

—Pero en cuanto a Diana Travers, tú has dicho que la metiste en Campden Hill Square hasta decidir qué había de hacerse con ella. ¿Y qué hiciste? ¿Ahogarla?

Y ahora, por primera vez, ella vio que él se enojaba.

—No seas melodramática.

—Pero fue conveniente para ti, ¿no es verdad?

—Ya lo creo, y no sólo para mí. Había alguien más que tenía un motivo mucho más poderoso para desembarazarse de ella. Tu padre.

Olvidando la necesaria discreción, ella casi gritó:

—¿Papá? ¡Pero si él no estuvo allí! Le esperaban, pero no llegó.

—Ya lo creo que estuvo allí. Aquella noche yo le seguí. Puedes considerarlo como un ejercicio de vigilancia. Le seguí en coche a lo largo de todo el camino hasta el Black Swan y le vi meterse en el desvío de entrada. Y si llegas a decidir hablar con Dalgliesh, que por alguna razón parece inducir en ti la necesidad de exponer confidencias femeninas y sentimentales, yo diría que ésta es una información que debieras suministrarle.

—Pero tú no puedes, ¿verdad que no? No sin admitir que también tú estabas allí. Si es una cuestión de motivo, Dalgliesh podría pensar que no hay mucho que escoger entre los dos. Y tú estás vivo, y él ha muerto.

—Pero, a diferencia de tu padre, yo tengo una coartada. Y esta vez auténtica. Volví directamente en coche a Londres, para asistir a una reunión de asistentes sociales en el Ayuntamiento. Yo estoy limpio. Pero ¿y él? Su recuerdo ya es lo bastante desagradable. ¿Quieres vincular otro escándalo a su nombre? ¿No te basta con el pobre Harry Mack? Piensa en esto si te entra la tentación de hacer una llamada anónima a la Sección Especial.

8

La mañana del martes no podía augurar mejor día para salir en coche de Londres. La luz del sol era incierta pero sorprendentemente intensa y el cielo era un etéreo techo azul por encima de las movedizas nubes. Dalgliesh conducía a buena velocidad, pero casi en silencio. Kate esperaba que fueran directamente a Riverside Cottage, pero la carretera pasaba ante el Black Swan y, cuando llegaron a él, Dalgliesh detuvo el coche, pareció reflexionar y finalmente enfiló el camino de entrada. Dijo:

—Tomaremos una cerveza. Me agradaría pasear a lo largo del río, ver el edificio desde esta orilla. Es propiedad de Higgins, al menos la mayor parte de él. Será mejor que le informemos de nuestra presencia.

Dejaron el Rover en el aparcamiento, que estaba vacío, excepto un Jaguar, un BMW y un par de Fords, y se encaminaron hacia el vestíbulo de entrada. Henry les saludó con impasible cortesía, como inseguro de si se esperaba que los reconociera y, como respuesta a una pregunta de Dalgliesh, explicó que monsieur se encontraba en Londres. El bar estaba vacío, salvo por la presencia de un cuarteto de hombres de negocios inclinados con actitud de conspiradores sobre sus whiskies. El barman, de rostro aniñado sobre su chaqueta blanca y almidonada y su corbata de lazo, les sirvió una abundante y auténtica *ale* de cuyo suministro se enorgullecía el Black Swan, y empezó a ocuparse de lavar copas y ordenar su barra como si esperase que esta manifestación de actividad inhibiera cualquier pregunta por parte de Dalgliesh. Éste se preguntó qué clase de alquimia habría utilizado Henry para señalar sus identidades. Llevaron sus cervezas a las butacas situadas a cada lado de la chimenea, donde ardían unos troncos, bebieron en amistoso silencio, y después regresaron al aparcamiento y cruzaron la entrada del resto para ir a la orilla del río.

Era uno de aquellos perfectos días otoñales ingleses que se dan con más frecuencia en la memoria que en la vida. Los ricos colores de la hierba y la tierra se intensificaban con la luz suave de un sol casi lo bastante caliente como para ser primaveral, y el aire era una dulce evocación de todos los otoños de la infancia de Dalgliesh: humo de leña, manzanas maduras, las últimas gavillas de la cosecha y el intenso olor a brisa marina de las aguas en movimiento. El Támesis fluía con ímpetu, bajo un vientecillo que iba en aumento y aplanaba la hierba que bordeaba la orilla y formaba pequeños torbellinos a lo largo de ésta. Bajo una superficie iridiscente en azules y grises, en la que la luz se movía y cambiaba como si fuese de cristales de colores, hierbas con hojas como puñales se movían ondulantes. Más allá de los grupos de sauces en la orilla opuesta, pastaba apaciblemente un rebaño de vacas frisonas.

Al otro lado y a unos veinte metros aguas arriba pudo ver un bungalow, poco más que un gran cobertizo blanco sobre pilares, y supuso que éste era su punto de destino. Y sabía también, como lo había sabido caminando bajo los árboles de Saint James's Park, que allí encontraría la pista que buscaba. Pero no le corría prisa. Como el niño que aplaza el momento de una satisfacción segura, se alegraba de que llegaran temprano, agradeciendo aquel breve lapso de tranquilidad. Y de pronto experimentó un minuto de cosquilleante felicidad tan inesperada e intensa que casi contuvo el aliento, como si pudiera detener el tiempo. Ahora le sobrevenían muy raras veces esos momentos de intensa dicha física, y jamás había experimentado uno en medio de una investigación por asesinato. El momento pasó y oyó su propio suspiro. Rompiendo el encanto con una frase corriente, dijo:

—Supongo que esto debe ser Riverside Cottage.

—Creo que sí, señor. ¿Saco el mapa?

—No. Pronto lo sabremos. Es mejor que sigamos.

Pero todavía se entretuvo saboreando el viento que movía sus cabellos y agradeciendo otro minuto de paz. Se alegraba, también, de que Kate Miskin pudiera compartirlo con él sin necesidad de hablar y sin hacerle pensar que el silencio de ella era una disciplina consciente. La había elegido a ella porque necesitaba una mujer en su equipo y ella era la mejor entre las disponibles. La elección había sido en parte racional y en parte instintiva, y precisamente ahora estaba empezando a comprender que su instinto le había servido muy bien. Hubiera sido poco sincero decir que entre los dos no había ningún atisbo de sexualidad. En su experiencia casi siempre lo había, por más que se le repudiara e ignorara, entre cualquier pareja heterosexual razonablemente atractiva que trabajara en estrecha proximidad. No la habría elegido si la hubiese juzgado inquietantemente atractiva, pero la atracción existía y él no era inmune a ella. Sin embargo, a pesar de este leve aguijón de sexualidad, o tal vez a causa de él, encontraba sorprendentemente calmante trabajar a su lado. Ella sabía instintivamente lo que él quería, sabía cuándo tenía que guardar silencio, y su deferencia nunca resultaba excesiva. Sospechaba que, con una parte de su mente, ella veía sus puntos débiles con mayor claridad, le comprendía mejor y era mejor juez al respecto que cualquiera de sus subordinados varones. Nada tenía de la crueldad de Massingham, pero no era ni mucho menos sentimental. No obstante, según su experiencia, las mujeres oficiales de policía rara vez lo eran.

Dio un vistazo final al bungalow. Si hubieran caminado junto a la orilla en aquella primera visita al Black

Swan, como él había tenido la tentación de hacer, habría contemplado sus patéticas pretensiones con ojo indiferente y despreciativo, pero ahora, con aquellas frágiles paredes que parecían centellear entre la leve neblina del río, contenía para él una promesa infinita y turbadora. Se alzaba a unos treinta metros del borde del agua, con un amplio porche, una chimenea central y a la izquierda, aguas abajo, un pequeño atracadero. Creyó ver una zona de tierra revuelta, con matas de color malva y blanco, tal vez un parterre de margaritas de San Miguel. Se había intentado, en cierto modo, arreglar un jardín. Desde lejos, el bungalow parecía bien conservado, con su blanca pintura resplandeciente, pero aun así tenía un aspecto veraniego, provisional, un tanto abandonado. Pensó que a Higgins no debía de gustarle mucho tenerlo a la vista desde sus campos de césped.

Mientras miraban, una mujer regordeta salió por la puerta lateral y se dirigió hacia el embarcadero, con un perrazo trotando junto a ella. Se metió en un chinchorro, se inclinó para soltar la amarra y empezó a remar enérgicamente a través del río y hacia el Black Swan, agazapada sobre los remos y con el perro sentado, muy tieso, a proa. Al acercarse más el chinchorro, pudo ver que era un cruce de poodle y alguna especie de terrier, con un cuerpo lanudo y una cara ansiosa y amable, casi tapada del todo por los pelos. Observaron cómo se inclinaba y alzaba la mujer sobre los remos, progresando lentamente contra una corriente que la estaba impulsado aguas abajo hacia ellos. Cuando finalmente la barca llegó a la orilla, Dalgliesh y Kate caminaron hacia ella. Inclinándose, él agarró la proa y la inmovilizó. Vio entonces que el lugar elegido por la mujer para atracar no era fortuito. Había un poste de acero profundamente clavado entre la hierba, junto al agua. Dalgliesh pasó la amarra sobre él y extendió una mano. Ella la agarró y casi saltó a tierra, con un solo pie; él pudo ver entonces que su pie izquierdo calzaba una bota ortopédica. El perro saltó tras ella, husmeó los pantalones de Dalgliesh, y después, desalentado, se echó sobre la hierba, como si todo el esfuerzo físico de la travesía hubiera corrido a su cargo. Dalgliesh dijo:

—Creo que usted debe de ser la señorita Millicent Gentle. En este caso, veníamos a visitarla. Esta mañana hemos telefoneado desde Scotland Yard. Le presento a la inspectora Kate Miskin; mi nombre es Adam Dalgliesh.

Contempló aquella cara redonda y arrugada como una manzana que llevara demasiado tiempo almacenada. Las rojizas mejillas eran dos bolas duras bajo unos ojillos que, cuando ella le sonrió, se convirtieron en estrechas hendiduras; después se abrieron para revelar unos iris de un castaño brillante, como dos canicas bien pulimentadas. Llevaba unos informes pantalones marrones de tergal y un chaleco acolchado de un rojo desvaído sobre una zamarra ajada por el tiempo. Bien encasquetado, llevaba un gorro de lana, tejido a mano, con franjas verdes y rojas y unas orejeras que terminaban en una trenza de lana adornada con una borla roja. Tenía un aspecto arrugado y ligeramente maltrecho, como un viejo gnomo de jardín castigado por demasiados inviernos. Pero cuando habló, su voz, profunda y resonante, se reveló como una de las más hermosas voces femeninas que él había oído.

—Le esperaba, desde luego, comandante, pero creí disponer todavía de otra media hora. Ha sido agradable encontrarles de este modo inesperado. Les llevaré en mi barca, pero, con la presencia de Makepeace, tendrá que ser uno cada vez y la cosa será un poco larga. Creo que por la carretera hay ocho kilómetros, pero tal vez tengan el coche aquí.

—Tenemos un coche.

—Claro, bien han de tenerlo siendo oficiales de la policía. Vaya necedad la mía. Acabo de cruzar el río con mis cartas. El señor Higgins me deja ponerlas en la mesa del vestíbulo, para enviarlas junto con las suyas. Mi buzón se encuentra a tres kilómetros de camino. Es muy amable por su parte, si se tiene en cuenta que en realidad no le gusta mi casa. Mucho me temo que la juzga más bien como una mala visión. No pueden equivocarse en la carretera. Tome la primera a la izquierda, que indica Frolight, pase por el puente combado y después de nuevo a la izquierda al llegar a la granja del señor Roland, donde verán un letrero con una vaca frisona pintada. Entonces verán también un camino que conduce al río y a mi casa. Como pueden ver, no es posible perderse. Ah, y espero que quieran tomar un poco de café.

—Gracias, lo tomaremos con mucho gusto.

—Creo que sí. En parte a causa de él he cruzado ahora el río. El señor Higgins tiene la amabilidad de venderme medio litro más de leche. Vienen por lo de sir Paul Berowne, ¿verdad?

—Sí, señorita Gentle. A causa de sir Paul.

Esperaron unos momentos mientras ella cojeaba con rapidez hacia el Black Swan, con el perro pisándole los talones, y después dieron media vuelta y se encaminaron lentamente hacia el aparcamiento. Siguieron sin dificultad las instrucciones que les había dado, pero Dalgliesh condujo lentamente, sabiendo que todavía no era la hora concertada para la cita y deseando dar tiempo a la señora Gentle para regresar y esperarles en su casa. Al parecer, Gentle era su verdadero nombre y no un seudónimo, pero parecía casi demasiado apropiado para una novelista romántica. Mientras conducía con exasperante lentitud, advirtió la incontrolada impaciencia de Kate a su lado, pero diez minutos después abandonaron la carretera lateral y enfilaron el camino de tierra que llevaba hasta el bungalow.

Atravesaba un campo sin setos divisores, y en pleno invierno, pensó Dalgliesh, debía de ser un cenagal prácticamente intransitable. El bungalow presentaba un aspecto más sólido que visto desde lejos. Un parterre, ahora en plena decrepitud otoñal, bordeaba el camino de tierra hasta la escalera lateral, debajo de la cual pudo ver unos bidones, posiblemente de parafina, amontonados bajo una lona. Detrás del bungalow había un pequeño huerto, con coles achaparradas, tallos agostados de coles de Bruselas, bulbosas cebollas deshojadas, y las últimas judías, cuyas vainas moribundas colgaban de los tallos como harapos. El olor del río era aquí más intenso y Dalgliesh pudo imaginarse la escena en invierno, con la fría niebla elevándose desde el agua, los campos empapados y aquel solitario camino de tierra para llegar a una desolada carretera rural.

Pero cuando la señorita Gentle les abrió la puerta y con una sonrisa se hizo a un lado, entraron en un ambiente alegre y luminoso. Desde las amplias ventanas de la sala de estar, cualquiera podía imaginarse en un barco, sin nada más a la vista que la blanca barandilla del porche y el resplandor del río. A pesar de una incongruente estufa de hierro forjado, la habitación era mucho más propia de un chalet que de una barraca junto al río. Una pared, cubierta por un también incongruente papel pintado con capullos de rosa y petirrojos, estaba repleta de cuadros: viejas acuarelas de escenas rurales, dos grabados gemelos de las catedrales de Winchester y de Wells, cuatro grabados de moda victoriana montados en un solo marco, una imagen bordada en oro y seda del ángel recibiendo a los apóstoles ante la tumba vacía, y un par de buenos retratos en miniatura con marcos ovalados. La pared opuesta estaba recubierta por libros y Dalgliesh observó que algunos de ellos eran obras de la señorita Gentle, todavía intactas en sus cubiertas. A cada lado de la estufa había una butaca y, entre ellas, una mesa de tres patas sobre la cual ella había colocado ya una jarra de leche y tres tazas y platos con motivo floral. La señorita Gentle, ayudada por Kate, acercó una pequeña mecedora para acomodar a su segundo invitado. Makepeace, tras haber contribuido junto a su dueña a darles la bienvenida, se echó ante la vacía estufa y lanzó un maloliente suspiro.

La señorita Gentle sirvió el café casi inmediatamente. Había tenido la cafetera sobre el fuego y le había bastado con verter el agua sobre los granos. Al tomar el primer sorbo, Dalgliesh sintió una momentánea compunción. Había olvidado cuán inconveniente les resultaba a los solitarios enfrentarse a unos visitantes inesperados. Aquella travesía en barca hasta el Black Swan, sospechaba, se había debido más a la leche que al envío del correo. Dijo con voz suave:

—Usted ya sabe, desde luego, que sir Paul ha muerto.

—Sí, lo sé. Fue asesinado y por eso se encuentran ustedes aquí. ¿Cómo han dado conmigo?

Dalgliesh le explicó el hallazgo de su libro y dijo:

—Todo lo que le ocurriera durante las últimas semanas de su vida es importante para nosotros. Por eso nos gustaría que nos dijera, exactamente, qué ocurrió la noche del siete de agosto. Usted le vio.

—Sí, ya lo creo que le vi.

Dejó su taza sobre la mesa y tuvo un leve escalofrío, como si de repente sintiera frío. Después se dispuso a contar su historia como si fuesen unos chiquillos ante la chimenea del cuarto de jugar.

—En realidad, yo me entiendo muy bien con el señor Higgins. Claro que a él le gustaría comprar esta casa y derribarla, pero yo le he dicho que la primera negativa la recibirá de mis albaceas cuando yo haya muerto. Bromeamos al respecto. Y el Black Swan es, realmente, un lugar muy respetable. Un lugar tranquilo, con una clientela muy selecta. Pero aquella noche algunos clientes no lo eran. Yo estaba intentando trabajar y la cosa llegó a ser muy irritante. Había unos jóvenes que gritaban y chillaban. Por tanto, me acerqué a la orilla y vi que había cuatro de ellos en una batea. La estaban meciendo de forma muy peligrosa, y dos de ellos estaban de pie y trataban de cambiar de lugar. Pensé en cruzar el río y hablar con el señor Higgins. Tal vez Henry pudiese imponer un poco de orden. Aparte del ruido, se estaban comportando como locos. Y, por consiguiente, Makepeace y yo cruzamos el río. Atraqué en mi lugar de costumbre. Hubiera sido una gran imprudencia remar hacia ellos y dirigirles una reprimenda, pues yo ya no estoy tan fuerte como en otros tiempos. Al virar con la barca para acercarme a la orilla, vi a los otros dos hombres.

—¿Supo usted quiénes eran?

—Entonces no. Había oscurecido ya, desde luego. Sólo había la luz refleja procedente del aparcamiento de los coches, por encima del seto. Después reconocí a uno de ellos, sir Paul Berowne.

—¿Qué estaban haciendo?

—Peleándose.

La señorita Gentle pronunció esta palabra sin la menor desaprobación, casi, pensó Dalgliesh, con una nota de sorpresa ante la necesidad de su pregunta. De su tono podía deducirse que pelearse a la orilla del río y casi a oscuras era una actividad que cabía esperar de dos caballeros que no tuvieran nada mejor que hacer. Añadió:

—A mí no me vieron, claro. Sólo mi cabeza sobresalía por encima de la orilla. Creo que Makepeace se disponía a ladrar, pero le dije que no lo hiciera y en realidad se mostró muy dueño de sí, aunque pude ver que tenía ganas de saltar y sumarse a la pelea. Me pregunté si yo debía intervenir, pero decidí que sería un gesto poco digno y en realidad bastante inefectivo. Y era, evidentemente, una pelea privada. Quiero decir que no tenía el aspecto de un ataque no provocado de los que imponen el deber de procurar atajarlo. El otro hombre parecía mucho más bajo que sir Paul, lo cual no dejaba de ser una desventaja. Pero era más joven, y esto restablecía el equilibrio. Se las estaban arreglando muy bien sin mí y sin Makepeace.

Dalgliesh no pudo resistir la tentación de echar una mirada a Makepeace, sumido en una calma soñolienta. Parecía poco probable que hubiese sido capaz de reunir las energías necesarias para emitir un ladrido, y mucho menos para pegar una dentellada. Preguntó:

—¿Quién ganó?

—¡Sir Paul! Acertó al otro con lo que llaman, según creo, un gancho en la mandíbula. Pareció un golpe muy satisfactorio. El más joven cayó al suelo y entonces sir Paul lo agarró por el cuello de la chaqueta y por los pantalones, como si fuera un cachorrillo, y lo arrojó al río. Hubo un buen chapotazo. «Dios mío —le dije a Makepeace—, ¡qué velada tan extraordinaria la que estamos pasando!»

Dalgliesh pensó que la escena empezaba a asemejarse a un capítulo de una obra del género cultivado por la propia señorita Gentle. Dijo:

—¿Y qué ocurrió después?

—Sir Paul vadeó en el río y pescó al otro. Supongo que en realidad no quería que se ahogara. Tal vez no supiera si sabía o no nadar. Entonces lo arrojó sobre la hierba, dijo algo que yo no pude oír y echó a andar aguas arriba, en dirección a mí. Al pasar ante mí, asomé la cabeza y dije: «Buenas noches. No creo que me recuerde, pero nos conocimos el pasado mes de junio, en la fiesta de los conservadores en Hertfordshire. Yo estaba visitando a una sobrina mía. Soy Millicent Gentle.»

—¿Y qué hizo él?

—Se acercó, se agachó junto al chinchorro y me estrechó la mano. No estaba nada sofocado, ni desconcertado en absoluto. Empapado sí, desde luego, y le sangraba la mejilla. Parecía un arañazo. Pero se mostraba tan dueño de sí como el día en que nos conocimos en la fiesta de los conservadores. Le dije: «He visto la pelea. No lo habrá matado, ¿verdad?» Y él contestó: «No, no lo he matado. Sólo he querido hacerlo.» Entonces se excusó por lo sucedido, y yo le dije que en realidad no era necesario. Estaba empezando a tiritar —de hecho no hacía calor como para andar con la ropa mojada— y le sugerí que viniera a mi casa para secarse. Me dijo: «Es muy amable por su parte, pero creo que primero debo cambiar el coche de sitio.» Sabía a qué se refería, desde luego. Sería mejor que saliera del Black Swan antes de que alguien le viera o supiera que estaba allí. Los políticos han de tener cuidado. Le sugerí que lo aparcara en cualquier lugar junto a la carretera, y le dije que yo le esperaría un poco más arriba, hasta que regresara. Hubiera podido venir a mi casa en coche, claro, pero eran ocho kilómetros o más, y en realidad estaba pasando mucho frío. Desapareció y yo esperé. No tardó mucho. Regresó antes de cinco minutos.

—¿Y qué fue del otro hombre?

—No esperé para verlo. Sabía que se repondría. Además, no estaba solo. Había una chica con él.

—¿Una chica? ¿Está segura?

—Ya lo creo, totalmente segura. Salió de entre las matas y vio cómo sir Paul arrojaba al otro al río. No pude dejar de verla. Estaba totalmente desnuda.

—¿Podría reconocerla?

Sin que se lo pidiera, Kate abrió su bolso y le tendió la fotografía.

La señorita Gentle dijo:

—Pero ¿no es ésta la chica que se ahogó? Es posible que fuera la misma, pero no le vi claramente la cara. Había muy poca luz, como ya he dicho, y debían de estar a unos treinta metros de distancia.

—¿Y ella qué hizo?

—Se rió. Fue algo extraordinario. Una carcajada tras otra. Cuando sir Paul se metió en el agua para sacar al otro, ella se sentó en la orilla, desnuda como estaba, y partiéndose de risa. No está bien reírse del infortunio de los demás, pero en realidad él tenía un aspecto muy cómico. La escena fue de lo más extraño. Dos hombres saliendo empapados del río, y una chica desnuda sentada junto a la orilla y riéndose. Y tenía una risa contagiosa, sonora y alegre. Resonando sobre el agua, no parecía maliciosa. Pero supongo que debía de serlo.

—¿Y qué hacía entretanto el grupo de la barcaza?

—Remaban aguas abajo en dirección al Black Swan. Tal vez empezaran a sentirse un poco asustados. El río está muy negro por la noche, y resulta muy extraño, casi siniestro. Yo ya me he acostumbrado y me siento en él a mis anchas, pero creo que ellos deseaban volver en busca de las luces y el calor.

—Por tanto, lo último que vio usted del hombre y la chica es que estaban juntos en la orilla, y entonces usted empezó a remar lentamente contra corriente sin que la vieran, ¿no es así?

—Sí. El río se curva allí ligeramente y las matas son más altas junto al agua. A ellos enseguida los perdí de vista. Me senté tranquilamente y esperé a que regresara sir Paul.

—¿Desde qué dirección?

—Desde más arriba, la misma dirección en que había remado yo. Tuvo que venir atravesando el aparcamiento para coches, ¿comprende?

—¿Sin oír ni ver al chico y a la chica?

—Bueno, sin poder verlos, pero yo todavía la oí a ella, riéndose, mientras cruzábamos el río. Tuve que remar con mucho cuidado, pues con Makepeace y un pasajero íbamos muy bajos sobre el agua.

La imagen de los dos en aquel cascarón, con Makepeace rígido en la proa, era ridícula pero al mismo tiempo conmovedora, y a Dalgliesh le entraron ganas de echarse a reír. No esperaba sentir un impulso semejante en medio de una investigación por asesinato, y mucho menos en ésta, y lo agradeció. Preguntó:

—¿Cuánto tiempo estuvo riéndose la chica?

—Casi hasta que llegamos a la orilla opuesta. Entonces, de repente, la risa cesó.

—¿Oyó usted algo en aquel momento? ¿Un grito, una zambullida en el agua?

—Nada. Pero es que si ella se zambulló limpiamente

allí, apenas pudo oírse nada. Y no creo que yo hubiera podido oír la zambullida con el ruido de mis remos.

—¿Y qué ocurrió entonces, señorita Gentle?

—Primero, sir Paul preguntó si podía utilizar el teléfono para una llamada local. No dijo adónde y yo, naturalmente, no se lo pregunté. Le dejé allí y entré en la cocina, para que él pudiera sentirse a sus anchas. Después, le sugerí que tomara un baño caliente. Encendí el calentador eléctrico del cuarto de baño y también todas mis estufas de parafina. No parecía el momento propicio para economizar. Y le di un desinfectante para la cara. No creo haber mencionado que aquel joven le había hecho un feo arañazo en la mejilla. No era una manera muy viril de pelear, pensé. Después, mientras él estaba en el cuarto de baño, le sequé la ropa en la secadora. Yo no tengo lavadora, y en realidad no la necesito, viviendo, como vivo, sola. Incluso me las arreglo muy bien con las sábanas, gracias al escurridor. Sin embargo, no sabría cómo arreglármelas sin la secadora. Además, le di la vieja bata de mi padre para que se la pusiera mientras se le secaba la ropa. Es de pura lana y calienta mucho. Ahora ya no se fabrican batas así. Cuando salió del cuarto de baño, pensé que estaba muy guapo con ella. Nos sentamos ante el fuego y yo preparé un poco de cacao caliente. Por tratarse de un caballero, pensé que tal vez le gustara algo más fuerte y le ofrecí mi vino de bayas de saúco, pero me dijo que prefería el cacao. Bien, en realidad no dijo que prefiriese el cacao. Le hubiese gustado probar el vino, pues estaba seguro de que había de ser excelente, pero pensaba que una bebida caliente le sentaría mejor. Estuve de acuerdo con él. En realidad, no hay nada tan reconfortante como un buen cacao bien fuerte cuando el frío aprieta. Lo preparé con leche. Había encargado medio litro más porque aquella noche había pensado hacer coliflor con bechamel para cenar. ¿No fue una suerte?

Dalgliesh dijo:

—Lo fue, ciertamente. ¿Ha hablado de esto con alguna otra persona?

—Con nadie. Y no se lo hubiera dicho a usted si no me hubiera telefoneado y si él no estuviera muerto.

—¿Le pidió él que guardara silencio al respecto?

—Oh, no, él no hubiera hecho tal cosa. No era de esa clase de hombres, y además sabía que yo no lo contaría. Siempre se sabe cuándo se puede confiar en una persona en un caso como éste, ¿no cree? Si se puede confiar, ¿por qué decírselo? Y si no se puede, de nada sirve pedirlo.

—Le ruego que siga sin hablar de ello, señorita Gentle. Podría ser muy importante.

Ella asintió, pero sin decir palabra, y Dalgliesh preguntó, sin saber si ello podía ser importante ni por qué necesitaba saberlo con tanta urgencia:

—¿De qué hablaron ustedes?

—No de la pelea, al menos no mucho. Yo dije: «Espero que no fuese por una mujer, ¿verdad que no?» Y él me dijo que sí.

—¿La mujer que se reía, la chica desnuda?

—No lo creo. No estoy segura del porqué, pero no lo creo. Tengo la sensación de que se trataba de algo más complicado. Y no creo que él se hubiera peleado ante ella, al menos sabiendo que ella estaba allí. Pero, por otra parte, no creo que lo supiera. Ella debió de esconderse entre las matas cuando le vio venir.

Dalgliesh creía saber por qué Berowne se encontraba en la orilla del río. Había llegado para sumarse a la cena, para saludar a su esposa y al amante de su esposa, para tomar parte en una charada civilizada, como el marido complaciente, la figura clásica de la farsa. Y entonces oyó el murmullo de la corriente, olió, como lo hizo Dalgliesh, aquel intenso y nostálgico aroma del río, con su promesa de unos momentos de soledad y de paz. Y, tras unos momentos de vacilación, cruzó la entrada del seto para pasar del aparcamiento a la orilla del río. Una cosa tan ínfima, la obediencia a un simple impulso, lo llevó hasta aquella sacristía ensangrentada.

Y debió de ser entonces cuando Swayne, tal vez poniéndose la camisa por la cabeza, salió de entre los matorrales para enfrentarse a él, como la personificación de todo lo que él aborrecía en su vida y en su propia persona. ¿Había interpelado a Swayne respecto a Theresa Nolan, o ya estaba enterado de todo? ¿Sería aquél otro secreto que la joven le había confiado en aquella última carta, el nombre de su amante?

Dalgliesh preguntó nuevamente, con suave insistencia:

—¿De qué hablaron, señorita Gentle?

—Sobre todo de mi obra, de mis libros. Estaba en realidad muy interesado en saber cómo empecé a escribir y de dónde sacaba yo mis ideas. Claro que no he publicado nada en los últimos seis años. La literatura que yo cultivo no está muy de moda. Me lo explicó el señor Hearne, siempre tan amable y tan dispuesto a ayudar. Hoy, la ficción romántica es más realista, y mucho me temo que yo soy demasiado anticuada. Pero ya no puedo cambiar. La gente se muestra a veces un poco hostil con los novelistas románticos, ya lo sé, pero somos exactamente lo mismo que los demás escritores. Cada uno sólo puede escribir lo que necesita escribir. Y yo me considero muy afortunada. Tengo buena salud, mi pensión de vejez, mi casa, y a Makepeace para hacerme compañía. Y sigo escribiendo. El próximo libro puede ser el de la suerte.

Dalgliesh preguntó:

—¿Cuánto tiempo se quedó sir Paul?

—Pues varias horas, casi hasta la medianoche. Pero no creo que lo hiciera por cortesía. Creo que estaba a gusto aquí. Seguimos sentados, charlando, y preparé unos huevos revueltos cuando nos entró apetito. Había bastante leche para ellos, pero no, claro está, para la coliflor con bechamel. En cierto momento, él dijo: «Nadie en todo el mundo sabe dónde estoy en este momento, ni una sola persona. Nadie puede encontrarme.» Y lo dijo como si yo le hubiera dado algo precioso. Estaba sentado en esta butaca, la que usted ocupa ahora, y parecía sentirse de lo más cómodo con la bata vieja de mi padre, como si estuviera en su propia casa. Usted es muy parecido a él, comandante. No me refiero a su físico. Él era rubio y usted muy moreno. Pero es usted como él: la manera de sentarse, las manos, la manera de andar, incluso un poco la voz.

Dalgliesh dejó su taza sobre la mesa y se levantó. Kate le miró, sorprendida, y enseguida se levantó también y recogió su bolso. Dalgliesh se oyó a sí mismo dando las gracias a la señorita Gentle por el café, reiterándole la necesidad de guardar silencio, y explicándole que les gustaría tener una declaración por escrito y que, si era necesario, vendría a buscarla un coche para llevarla a New Scotland Yard. Habían llegado ya a la puerta cuando, obedeciendo a un impulso, Kate preguntó:

—Y cuando él se marchó aquella noche, ¿fue la última vez que usted le vio?

—¡Oh, no! Le vi la misma tarde en que murió. Creía que ustedes lo sabían.

Dalgliesh intervino con tacto:

—Pero, señorita Gentle, ¿cómo íbamos a saberlo?

—Yo pensaba que él ya le habría dicho a alguien adónde iba. ¿Es importante esto?

—Muy importante, señorita Gentle. Hemos estado tratando de seguir sus movimientos aquella tarde. Díganos qué ocurrió.

—No hay mucho que decir. Llegó, inesperadamente, poco antes de las tres. Recuerdo que yo estaba escuchando la «Hora de la Mujer» en Radio Cuatro. Llegó caminando y llevaba una bolsa de viaje. Debió de recorrer los seis kilómetros desde la estación, pero pareció sorprendido cuando yo le dije lo lejos que quedaba. Me explicó que le apetecía una caminata junto al río. Le pregunté si había comido algo y me contestó que tenía un poco de queso en su bolsa y que eso le bastaba. Debía de estar hambriento. Por suerte, yo me había guisado un estofado de buey para almorzar y quedaba un poco, por lo que le hice entrar y comérselo, y después tomamos café juntos. No habló mucho. No creo que viniera para hablar. Después dejó aquí la bolsa y fue a dar su paseo. Regresó alrededor de las cuatro y media y yo hice té. Tenía muy sucios los zapatos —los prados junto al río han estado muy encharcados este verano— y, por tanto, le di mi caja de betunes y él se sentó en la escalera y se dedicó a limpiarlos. Después, recogió su bolsa, se despidió y prosiguió su camino. Así de sencillo.

Así de sencillo, pensó Dalgliesh. Las horas en blanco justificadas, aquel pegote de barro en el zapato explicado. No había ido a ver a su amiga, sino a una mujer a la que en toda su vida sólo había visto otra vez, una mujer que no hacía preguntas, que no andaba con exigencias, que le había dado aquellos momentos de paz que él recordaba. Había querido pasar aquellas horas allí donde absolutamente nadie supiera encontrarle. Y debió de ir directamente desde Paddington hasta la iglesia de Saint Matthew. Tendrían que comprobar los horarios de los trenes y cuánto tiempo pudo haberle exigido todo el viaje.

Pero Berowne hubiese podido ir a su casa, recoger su diario y, a pesar de ello, llegar a la iglesia a las seis de la tarde.

Mientras miraba la puerta que ya se cerraba, Kate dijo:

—Conozco a una anciana que, en su lugar, diría: «Nadie quiere saber nada de mis libros, soy pobre, soy coja y vivo en una casucha húmeda con un perro como única compañía.» Y ella dice: «Tengo buena salud, mi pensión, mi casa, la compañía de Makepeace, y sigo escribiendo.»

Dalgliesh se preguntó en quién estaría pensando ella. Había en su voz un rencor que a él le resultaba nuevo. Después recordó que había una abuela de edad avanzada en algún rincón de aquel cuadro, y reflexionó. Era la primera vez que ella aludía veladamente a una vida privada. Antes de que pudiera contestar, ella prosiguió:

—Por tanto, esto explica por qué dijo Higgins que la ropa de Swayne estaba chorreando. Después de todo, era una noche de agosto. Si había estado nadando desnudo y se había vestido después de ahogarse la chica, ¿por qué había de estar chorreando? —Y añadió—: Es un nuevo motivo, señor, un motivo más. La paliza, la humillación, arrojado al río y sacado a rastras de él, como un perro, y además delante de la chica.

Dalgliesh dijo:

—Sí, desde luego, Swayne debía de odiarle.

Y en consecuencia tenía, por fin, no sólo el motivo para un asesinato, sino también para aquel asesinato en particular, con su mezcla de planificación y de impulso, y su brutalidad, el ingenio mostrado en él, aquella astucia que no había sido suficientemente aguda. Lo tenía ante él con toda su mezquindad, su arrogancia, su esencial incapacidad, pero también con toda su terrible violencia. Reconocía la mente que había tras ello. Había tropezado con casos similares, la mente de un asesino que no se contenta meramente con arrebatar una vida, que venga la humillación con la humillación, que no puede soportar la idea torturante de que su enemigo respire el mismo aire, que desea ver a su víctima no sólo muerta, sino también caída en desgracia, la mente de un hombre que se ha sentido despreciado e inferior toda su vida pero que nunca más volverá a sentirse en inferioridad. Y si su instinto acertaba y Dominic Swayne era su hombre, para echarle mano tendría que quebrantar a una mujer vulnerable, solitaria y obstinada. Se estremeció y se subió el cuello de la chaqueta. El sol se extinguía ya en los prados y el viento era más fresco, y desde el río llegaba un olor húmedo y siniestro, como el primer aliento del invierno. Oyó la voz de Kate:

—¿Cree que podremos destruir su coartada, señor, por algún método ortodoxo?

Dalgliesh cobró nuevos ánimos y se encaminó hacia el coche.

—Debemos intentarlo, inspectora, debemos intentarlo.

SEXTA PARTE

CONSECUENCIAS MORTALES

1

Cuando el padre expuso por primera vez a la señorita Wharton la sugerencia de Susan Kendrick en el sentido de que tal vez le conviniera pasar uno o dos días con ellos en la vicaría de Nottingham hasta que las cosas se hubieran apaciguado un tanto, ella lo aceptó con gratitud y una sensación de alivio. Se acordó que fuese a Nottingham inmediatamente después del juicio y que el padre Barnes fuese con ella en metro hasta King's Cross, para ayudarla a llevar su única maleta y acomodarla en el tren. Aquel plan pareció la respuesta a una plegaria. El casi untuoso respeto con el que ahora la trataban los McGrath, que parecían mirarla como una valiosa posesión que realzaba la categoría de ellos en el barrio, lo consideraba ella más pavoroso que su anterior antagonismo. Sería un alivio escapar de sus ávidos ojos y sus interminables interrogatorios.

La encuesta judicial no fue una prueba tan dura como ella creía. Sólo se tomó declaración, brevemente, acerca de la identidad y el descubrimiento de los cadáveres antes de que, a petición a la policía, se aplazara la vista. El juez de primera instancia trató a la señorita Wharton con grave consideración y su presencia en el estrado de los testigos fue tan breve que, apenas se dio cuenta de que se encontraba en ella, se la invitó a abandonarla. Sus ojos, ansiosamente escudriñadores, no habían podido ver a Darren. Conservaba el confuso recuerdo de haber sido presentada a numerosos extraños, entre ellos un joven rubio que dijo ser el cuñado de sir Paul. Nadie más de la familia estaba presente, pero había varios hombres vestidos de oscuro que, según le dijo el padre Barnes, eran abogados. En cuanto a éste, resplandeciente con su sotana y birrete nuevos, se mostró totalmente a sus anchas. La guió, con brazo seguro, a través de los fotógrafos, saludó a miembros de su parroquia con un aplomo que ella jamás había visto en él, y trató a la policía con singular familiaridad. En un momento de perplejidad, la señorita Wharton llegó incluso a pensar que aquellos asesinatos parecían haberle sentado bien.

Pasado el primer día en Saint Crispin, supo que su visita no iba a constituir un éxito. Susan Kendrick, aunque en avanzado estado de gestación de su primer hijo, no mostraba ninguna merma en sus energías y cada minuto de su jornada parecía ocupado por sus quehaceres parroquiales o domésticos, o bien por la clínica de fisioterapia en el hospital local, a la que dedicaba parte de su tiempo. Aquella vicaría enclavada en plena ciudad nunca estaba vacía y, excepto en el estudio del padre Kendrick, no había tranquilidad en ninguna parte. Continuamente presentaban a la señorita Wharton a personas cuyos nombres no acertaba a captar y cuyas funciones en la parroquia nunca adivinaba. En lo referente a los asesinatos, su anfitriona se mostraba debidamente compasiva, pero era evidente que abrigaba la opinión de que no era razonable que alguien se sintiera perpetuamente trastornado por unos muertos, por más desagradable que hubiera sido su final, y que explayarse en esa experiencia era, en el mejor de los casos, un error, y en el peor absolutamente morboso. Pero la señorita Wharton había llegado a la etapa en la que le hubiera sido útil hablar, y echaba de menos a Darren con una ansiedad que se estaba haciendo desesperada, preguntándose dónde estaba, qué sería de él y si era feliz.

Había expresado su placer respecto al bebé que esperaban, pero el nerviosismo se había trocado en timidez y sus palabras habían sonado como extremadamente sentimentales incluso a sus propios oídos. Frente al sólido sentido común de Susan respecto a su embarazo, ella llegó a sentirse como una solterona absurda. Se había ofrecido para ayudar en la parroquia, pero la incapacidad de su anfitriona para encontrarle una tarea que se aviniera a sus habilidades redujo todavía más su confianza. Había empezado a merodear por la vicaría como el ratón de sacristía que probablemente ellos creían que era, y al cabo de un par de días sugirió con nerviosismo que debía empezar a pensar en regresar a casa y nadie hizo el menor intento para disuadirla.

Pero la misma mañana del día de su partida se decidió a confiar a Susan su preocupación por Darren, y en este punto la dueña de la casa se mostró útil. La burocracia local no tenía secretos para ella. Sabía a quién llamar, cómo descubrir el número, y había hablado a la voz desconocida del otro extremo de la línea con el tono de una autoridad conspiradora mutuamente reconocida. Efectuó la llamada desde el estudio de su marido, con la señorita Wharton sentada en la silla convenientemente situada para quienes buscaban el consejo del vicario. Durante la conversación telefónica, se sintió como la indigna destinataria de una paciente atención profesional, vagamente consciente de que hubiera hecho mejor papel de haber sido una madre soltera o una delincuente, preferiblemente ambas cosas a la vez, y además negra.

Después, Susan Kendrick le dio el veredicto. De momento, ella no podía ver a Darren, pues la asistenta social no lo juzgaba ni mucho menos deseable. Había comparecido ante el Tribunal de Menores y se había cursado una orden de supervisión. Esperaban disponer un programa de tratamiento inmediato para él, pero hasta que éste estuviera satisfactoriamente en marcha, no creían prudente que viera a la señorita Wharton. Esto sólo podía provocar recuerdos desagradables. Se había mostrado muy poco dispuesto a hablar de los asesinatos, y su asistenta social juzgaba que, cuando estuviera preparado para hacerlo, convenía que fuese ante alguien debidamente cualificado en materia de ayuda social y capaz de actuar sobre el trauma sufrido por el niño. Él aborrecerá todo esto, pensó la señorita Wharton. Nunca le habían gustado las intromisiones.

Echada en la cama, la primera noche en su casa, despierta como tan a menudo solía estarlo últimamente, tomó una decisión. Iría a Scotland Yard y pediría ayuda a la policía. Seguramente, ésta tendría alguna autoridad, o al menos cierta influencia sobre la asistenta social de Darren. Siempre se habían mostrado muy amables y serviciales con ella y podrían asegurar a las autoridades municipales que a ella se le podía confiar el cuidado de Darren. Esta decisión proporcionó cierta tranquilidad a su turbado espíritu y se quedó dormida.

A la mañana siguiente se sintió menos confiada, pero su resolución se mantenía inquebrantable. Saldría después de las diez, pues de nada le serviría encontrarse con la hora punta del tráfico. Se vistió cuidadosamente para esta excursión; las primeras impresiones siempre eran importantes. Antes de salir, se arrodilló y rezó brevemente para que la visita fuese un éxito, para que se la atendiera con comprensión, para que Scotland Yard no fuese el lugar atemorizador que ella imaginaba, y para que el comandante Dalgliesh o la inspectora Miskin estuvieran dispuestos a hablar con la autoridad local y explicar que ella ni siquiera mencionaría los asesinatos ante Darren si su asistenta social lo consideraba imprudente. Caminó hasta la estación de metro de Paddington y tomó la Circle Line. En la estación de Saint James's Park se equivocó de salida, quedó desorientada durante unos minutos y tuvo que preguntar el camino hasta el Yard. Y de pronto, al otro lado de la calzada, vio el signo giratorio y el gran edificio rectangular de cristal, tan familiar gracias a los telediarios.

El vestíbulo de entrada la sorprendió. No recordaba con seguridad lo que había imaginado ella: un agente uniformado de guardia, tal vez una reja de acero, incluso una hilera de presos esposados, conducidos bajo escolta a las celdas. Pero se encontró ante un mostrador de recepción de lo más corriente, atendido por dos mujeres jóvenes. Había mucha gente en aquel lugar, que mostraba un aspecto de actividad eficiente pero al mismo tiempo relajada. Hombres y mujeres enseñaban sus pases y se dirigían, charlando alegremente, hacia los ascensores. Excepto la llama conmemorativa que ardía en su pedestal, pensó, aquello podía ser cualquier oficina. Preguntó por la inspectora Miskin, tras haber decidido que se trataba de una cuestión en la que una mujer podía mostrarse más comprensiva que un hombre, y que difícilmente podía molestar al comandante Dalgliesh con algo de tan escasa importancia, excepto para ella. No, admitió, no estaba citada. Se le pidió que se sentara en una de las sillas colocadas ante la pared de la izquierda, y esperó mientras la joven telefoneaba. Su confianza aumentó y sus manos, que se aferraban a su bolso, se relajaron gradualmente. Fue capaz, incluso, de interesarse por las continuas idas y venidas de la gente, de sentir que tenía derecho a encontrarse allí.

Y, de pronto, la inspectora Miskin apareció junto a ella. No esperaba esta aparición; más bien creía que un ordenanza la acompañaría a su despacho. Está economizando tiempo, pensó. Si cree que es importante, entonces me hará subir. Y resultó obvio que la inspectora Miskin no juzgaba que fuese algo importante. Cuando la señorita Wharton le hubo explicado el motivo de su visita, se sentó junto a ella y guardó silencio unos momentos. «Se siente decepcionada —pensó la señorita Wharton—. Esperaba que le trajera alguna noticia sobre los asesina-

tos, que recordara algún detalle nuevo o importante.»
Entonces la inspectora dijo:

—Lo siento, pero no creo que podamos ayudarla. El Tribunal de Menores ha cursado una orden de supervisión a la autoridad local. Ahora, el caso es de su incumbencia.

—Lo sé. Es lo que la señora Kendrick me dijo, pero yo creía que ustedes podrían ejercer su influencia. Después de todo, la policía...

—En esto no tenemos influencia.

Estas palabras le parecieron tremendamente definitivas y la señorita Wharton pasó a la súplica:

—Yo no le hablaría del asesinato, aunque a veces pienso que los niños son más fuertes que nosotros en ciertos aspectos. Pero tendría el mayor cuidado. Me sentiría mucho mejor sólo con poder volver a verle, aunque fuese por poco rato, sólo para saber que se encuentra bien.

—¿Y por qué no puede hacerlo? ¿Le han dicho algo al respecto?

—Ellos piensan que no debe hablar de los asesinatos hasta que logre superar el trauma con alguien experimentado en materia de ayuda social.

—Sí, eso suena a la jerga de costumbre.

A la señorita Wharton le sorprendió la súbita nota de sarcasmo en la voz de la inspectora y tuvo la sensación de contar con una aliada. Abrió la boca para hacer una nueva petición, pero decidió abstenerse de ella. Si algo podía hacerse, la inspectora Miskin lo haría. La inspectora parecía estar reflexionando, y finalmente dijo:

—No puedo darle su dirección, y por otra parte no la recuerdo. Tendré que consultar su expediente. Ni siquiera estoy segura de si lo dejaron en su casa con su madre, pero supongo que solicitaron una orden de custodia si deseaban sacarlo de allí. Sin embargo, recuerdo el nombre de su escuela, Bollington Road Junior. ¿Sabe dónde está?

La señorita Wharton exclamó:

—¡Ya lo creo! Sé en donde está Bollington Road. Puedo ir allí.

—Supongo que siguen saliendo más o menos a las tres y media, ¿verdad? Podría usted pasar por allí en el momento oportuno. Si se encuentra con él accidentalmente, no creo que puedan ponerle ninguna objeción.

—Gracias, muchísimas gracias.

Con su percepción ahora agudizada por la ansiedad seguida por el alivio, la señorita Wharton sospechó que la inspectora Miskin estaba pensando en hacerle alguna nueva pregunta sobre los asesinatos, pero no dijo nada. Cuando se levantaron y la inspectora la acompañó hasta la puerta, la miró y le dijo:

—Ha sido usted muy amable. Si recuerdo alguna otra cosa respecto a los asesinatos, algo que aún no les haya dicho, en seguida me pondré en contacto con usted.

Sentada en el metro, en su trayecto hacia la estación de Saint James's Park, planeó que si todo le salía bien se obsequiaría después con un café en los Army and Navy Stores, pero su visita al Yard parecía haberle exigido mayor esfuerzo de lo que ella había esperado, y la mera idea de tener que salvar el tráfico de Victoria Street la deprimió y desalentó. Tal vez resultara menos fatigoso prescindir del café y encaminarse hacia su casa. Mientras titubeaba junto al borde de la acera, notó que un hombro rozaba el suyo. Una voz varonil, joven y agradable, dijo:

—Perdone, pero ¿no es usted la señorita Wharton? La conocí en las primeras diligencias sobre la muerte de Berowne. Soy Dominic Swayne, el cuñado de sir Paul.

Ella parpadeó, confusa unos segundos, y entonces le reconoció. Él dijo:

—Estamos bloqueando la acera —ella sintió la mano de él en su brazo, guiándola firmemente a través de la calle.

Después, sin soltarla, él añadió:

—Habrá estado usted en el Yard. Yo también. Necesito tomar algo, y le ruego que me acompañe. Estaba pensando en ir al Saint Ermin's Hotel.

La señorita Wharton respondió:

—Es usted muy amable, pero no estoy segura de que...

—Por favor. Necesito hablar con alguien. Me está usted haciendo un favor.

En realidad, era imposible rehusar. Su voz, su sonrisa, la presión de su brazo, eran persuasivas. Y la conducía, amable pero firmemente, a través de la estación y en dirección de Caxton Street. Y de pronto se encontró ante el hotel, tan sólidamente acogedor, con su amplio patio flanqueado por animales heráldicos. Sería agradable sentarse allí tranquilamente antes de iniciar el camino de regreso a casa. Él la guió hacia la puerta de la izquierda y hasta el salón.

Era todo grandioso, pensó: la escalinata bifurcada que conducía a un gran balcón curvado, los resplandecientes candelabros, los espejos de las paredes y las columnas elegantemente esculpidas. Y, sin embargo, se sentía extrañamente a sus anchas. Había algo tranquilizador en aquella elegancia eduardiana, aquella atmósfera de respetable y segura comodidad. Siguió a su acompañante, sobre la alfombra de color azul y crema, hasta un par de butacas de respaldo alto, ante la chimenea. Después de sentarse en ellas, él preguntó:

—¿Qué le apetece tomar? Hay café, pero creo que debería tomar algo un poco más fuerte. ¿Un jerez?

—Sí, es una buena idea, muchas gracias.

—¿Seco?

—Bueno, tal vez no demasiado seco.

La señora Kendrick sacaba la botella del jerez cada noche, antes de cenar, en la vicaría de Saint Crispin. Invariablemente era jerez seco, un vino pálido y áspero que realmente no era de su gusto. Pero al regresar a su casa echó de menos este ritual. Sin duda, cualquiera se acostumbraba con rapidez a esos pequeños lujos. Él levantó un dedo y el camarero acudió, rápido y deferente. Llegó el jerez, de un hermoso color ámbar, semidulce, inmediatamente reconfortante. Había un pequeño cuenco con frutos secos y otro con galletitas saladas. Todo era elegante, idóneo para aplacar los nervios. La vida ruidosa de Victoria Street parecía encontrarse a kilómetros de distancia. Sentada allí, con la copa junto a los labios, contempló con trémula admiración la ornamentación tallada en el techo, las lámparas murales gemelas, con sus pantallas fruncidas, los enormes jarrones con flores al pie de la escalinata. Y de pronto supo por qué se sentía tan a sus anchas. Visiones, rumores, sensaciones, incluso la cara de aquel joven que la miraba sonriente, todo se fundió en una imagen durante largo tiempo olvidada. Ella se encontraba en el salón de un hotel, seguramente el mismo hotel, aquel mismo lugar, sentada junto a su hermano, que disfrutaba de su primer permiso después de haber conseguido los galones de sargento. Y entonces recordó. Él había sido destinado a Bassingbourn, en East Anglia. Debieron de reunirse en un hotel cercano a Liverpool Street, no a Victoria Street, pero era un hotel muy similar. Ella recordaba con orgullo la elegancia de su uniforme, la insignia alada de ametrallador de la aviación en su pecho, el flamante brillo de sus tres galones, la sensación de importancia que experimentó al ser acompañada por él, cómo le satisfizo aquel lujo desacostumbrado, el aplomo con que él llamó al camarero y le encargó jerez para ella y cerveza para él. Y su actual acompañante le recordaba un poco a John. Como John, era casi de la misma estatura de ella. A los ametralladores de popa «nos prefieren pequeños», había dicho John. Pero además era rubio como John, había algo de John en sus ojos azules y la alta curva de las cejas, y mucho de John en su amabilidad y cortesía. Casi podía imaginar aquel emblema alado de la aviación en su pecho. Entonces él dijo:

—Supongo que la habrán estado interrogando de

nuevo acerca de los asesinatos. ¿Le han hecho pasar un mal rato?

—Oh, no, nada de eso...

Le explicó la finalidad de su visita, sin la menor dificultad en hablarle acerca de Darren, de sus caminatas a lo largo del camino de sirga, sus visitas a la iglesia, su necesidad de verle de nuevo. Añadió:

—La inspectora Miskin no puede hacer nada ante la autoridad municipal, pero me ha dicho cuál es la escuela de Darren. Realmente, se ha mostrado muy amable.

—Los de la policía nunca son amables, excepto cuando les conviene. Conmigo no han sido amables. Verá, creen que yo sé algo. Tienen una teoría. Creen que pudo hacerlo mi hermana, ella junto con su amante.

Miss Wharton gritó:

—¡Oh, no! ¡Eso es una idea terrible! Imposible que lo hiciera una mujer... ¡y menos su propia esposa! Una mujer no pudo cometer semejante asesinato. Seguramente, ellos han de comprenderlo.

—Tal vez sí. Tal vez sólo fingieran creerlo. Pero están tratando de obligarme a decir que ella confió en mí, que incluso me confesó lo que había hecho. Ella y yo nos llevamos muy bien, ¿comprende? Siempre hemos estado muy cerca el uno del otro. Sólo contamos el uno con el otro. Saben que, de estar ella metida en algún lío, me lo contaría a mí.

—¡Pero ésta es una situación terrible para usted! No puedo creer que el comandante Dalgliesh admita realmente una cosa así.

—Necesita proceder a una detención, y la esposa o el marido siempre son los sospechosos más obvios. He pasado dos horas muy desagradables.

La señorita Wharton había terminado su jerez y, al parecer por milagro, había otro en su lugar. Tomó un sorbo y pensó: Pobrecito mío, pobre muchacho. También él bebía, un líquido más pálido en un vaso ancho, mezclado con agua. Tal vez fuese whisky. Ahora dejó su vaso sobre la mesa y se inclinó hacia ella, que pudo oler el alcohol en su aliento, masculino, áspero, un tanto inquietante. Dijo:

—Hábleme del crimen. Dígame lo que vio, cómo era aquello.

Ella pudo sentir la necesidad de él, intensa como una fuerza, y también experimentó la necesidad de salir a su encuentro. También ella necesitaba hablar. Había pasado demasiadas noches insomne, luchando contra el horror, esforzándose en no pensar en aquello, en no recordarlo. Era mejor abrir de nuevo la puerta de aquella sacristía y afrontar la realidad. Por tanto, se lo explicó, susurrando a través de la mesa. Volvía a encontrarse en aquel matadero. Lo describió todo: las heridas como bocas fláccidas, Harry Mack con aquella mancha de sangre seca en el pecho, el hedor, más insistente en la imaginación que en la realidad, las manos pálidas y carentes de vida, caídas como flores. Él se inclinaba hacia ella a través de la mesa, bebiendo las palabras de su boca. Después, ella dijo:

—Y esto es todo lo que puedo recordar. Nada de lo que ocurrió antes o después, sólo aquellos dos cadáveres. Y después, cuando sueño con ellos, siempre están desnudos, totalmente desnudos. ¿No le parece extraordinario?

Soltó una leve risita y se llevó cuidadosamente la copa a los labios.

Oyó que él suspiraba, como si aquel desagradable relato hubiera liberado algo en su interior. Se repantigó en su sillón, respirando profundamente, como si hubiese estado corriendo. Después dijo:

—¿Y no entró en la habitación, en aquella sacristía donde los encontraron?

—Eso es lo que el comandante nos preguntó una y otra vez. Incluso nos miró las suelas de los zapatos. No lo hizo al principio, lo hizo precisamente cuando nos marchábamos. Y el día siguiente vino un policía y se llevó los zapatos. ¿No le parece raro?

—Estaban buscando sangre.

—Sí, claro —admitió ella tristemente—, ¡había tanta sangre!

De nuevo aproximó a la suya, a través de la mesa, su cara pálida y expresiva. Ella pudo ver una pequeña mota de mucosidad en el rabillo de su ojo izquierdo, una traza de humedad a lo largo del labio superior. Tomó otro sorbo de jerez. ¡Calentaba tanto, y era tan reconfortante! Él dijo:

—Quien hizo aquello, quienquiera que fuese, no pudo ser cualquier intruso corriente. Este asesinato fue cuidadosamente planeado, y brillantemente planeado incluso. Nos encontramos ante alguien con inteligencia y con unos nervios a toda prueba. Volver a aquella habitación, desnudo y navaja en mano. Enfrentarse a él y después matarlo. ¡Dios mío, se necesitó valor para hacerlo! —Se inclinó todavía más hacia ella—. Debe usted comprenderlo. Lo comprende, ¿verdad?

Valor, pensó ella. Pero el valor era una virtud. ¿Podía un hombre ser tan malo y al mismo tiempo mostrar valor? Tendría que preguntárselo al padre Barnes, aunque últimamente no resultara tan fácil hablar con el padre Barnes. Pero, en cambio, sí era fácil hablar con aquel joven que la miraba con los ojos de John. Dijo:

—Mientras Darren y yo estábamos sentados allí, en la iglesia, esperando a nos interrogaran, tuve la sensación de que había algo que sabía, algo que mantenía callado, algo sobre lo que se sentía..., bien, tal vez algo culpable.

—¿Ha hablado con la policía de ello?

—No, claro que no. No les he dicho nada de esto. Hubiera parecido una tontería. En realidad, él no puede ocultar absolutamente nada. Estuvimos los dos juntos en todo momento.

—Pero tal vez él pudo advertir algo, alguna cosa que usted no viese.

—Pero entonces la policía lo habría visto también. Es tan sólo una sensación que tuve. Es que, en realidad, yo conozco bastante bien a Darren. Sé cuándo se siente.., bueno, un poco avergonzado. Pero en esta ocasión debí de equivocarme. Tal vez sepa algo más cuando me sea posible verle.

—¿Qué piensa usted hacer? ¿Encontrarse con él delante de la escuela?

—Es lo que pienso hacer. La inspectora me dijo que salen a las tres y media.

—Pero él estará con otros niños. Ya sabe cómo se comportan, gritando y corriendo hacia sus casas. Tal vez no quiera separarse de su pandilla, y es posible que se sienta violento al encontrarla a usted esperándole allí.

La señorita Wharton pensó: «Quizá se avergüence de mí. ¡Los niños son tan extraños! Será terrible si le veo y él no se detiene, si no quiere reconocerme.»

Su interlocutor dijo:

—¿Y por qué no escribirle una nota y pedirle en ella que se encuentre con usted en el lugar de costumbre? Él sabrá que eso significa el camino de sirga. Yo podría entregársela, si usted quiere.

—¿Podría hacerlo? Pero él no le reconocerá...

—Se la daré a otro de los chicos para que se la entregue. Le daré una propina y le diré que se trata de un secreto. O pediré a cualquiera de ellos que me señale quién es. Darren recibirá la nota, eso se lo prometo. Mire, yo mismo la escribiré de parte de usted. Sabe leer, ¿verdad?

—Ya lo creo, estoy segura de que sabe leer. Lee los avisos en la iglesia. En realidad, es un niño muy inteligente. Su asistenta social le dijo a la señora Kendrick que Darren apenas ha asistido a la escuela. Al parecer, su madre se fue con él a Newcastle, pero ella no encontró allí las mismas oportunidades para su trabajo y por tanto regresaron. Pero no lo comunicó a la escuela y mucho me temo que a Darren le resultara demasiado fácil hacer novillos. Fue una picardía por su parte. Sin embargo, estoy segura de que sabe leer.

Él dobló un dedo y el camarero acudió con pasos silenciosos. Poco después regresaba con una hoja de papel, con membrete del hotel, y un sobre. La copa de la señorita Wharton fue retirada y otra llena ocupó su lugar.

Él dijo:

—Escribiré con letra de imprenta el mensaje y el nombre de usted. Esto le resultará más fácil a él. Y mejor será decir que se encuentre con usted después de salir de la escuela. Tal vez no pueda establecer contacto con él hoy mismo, pero lo haré mañana. Supongamos que decimos el viernes a las cuatro de la tarde, en el camino de sirga. ¿Le parece bien?

—Oh, sí, claro, perfectamente. Y yo me ocuparé de que no vuelva tarde a su casa.

Él escribió con rapidez, dobló el papel y, sin enseñárselo a ella, lo metió en el sobre.

—¿Cómo se llama? —preguntó—. Su apellido.

—Wilkes. Se llama Darren Wilkes. Y la escuela es la Bollington Road Junior, cerca de Lisson Grove.

Miró cómo lo escribía él, con letra de imprenta, en el sobre y se lo metía en el bolsillo de la americana. Después sonrió.

—Bébase el jerez —dijo— y no se preocupe. Todo irá bien. Estará allí. Le verá, se lo prometo.

Cuando salieron del hotel y se encontraron bajo la desvaída luz del sol, a la señorita Wharton le pareció flotar en un éxtasis de gratitud y alivio. Apenas se dio cuenta de que él le pedía sus señas y la metía en un taxi, ni del billete de cinco libras que se deslizó en la mano del taxista. La cara de él, extrañamente grande, tapaba la ventanilla del taxi.

—No se preocupe —le repitió—. He pagado al taxista. Le devolverá algo de cambio. Y no lo olvide. El viernes a las cuatro.

Lágrimas de gratitud se agolparon en los ojos de ella, y alargó la mano, buscando unas palabras, pero sin que se le ocurriera ninguna. Y entonces el taxi se puso en marcha, haciéndola recostarse en el asiento, y él desapareció. Durante todo el trayecto hasta su casa, se sentó muy erguida, apretando su bolso contra el pecho, como si simbolizara la nueva felicidad reencontrada.

Viernes, se dijo en voz alta. Viernes a las cuatro.

Cuando el taxi se perdió de vista, Swayne sacó el mensaje y lo releyó, con semblante inexpresivo. Después lamió el borde del sobre y lo cerró. La hora y el lugar eran, exactamente, los que él había dicho, pero la fecha era la del día siguiente.

Jueves y no viernes.

Y sería él, y no la señorita Wharton, quien estaría esperando en el camino de sirga.

2

Diez minutos después de regresar Kate a la oficina, entró Massingham. Él y Dalgliesh habían estado interrogando a Swayne, y ella ocultó su desilusión al verse excluida de aquel primer encuentro importante después del hallazgo de nuevas pruebas, diciéndose que ya llegaría su momento. A menos que doblegaran rápidamente a Swayne, los interrogatorios, cuidadosamente estructurados, efectuados según las normas de los jueces y el reglamento policial, pero planificados, variados y persistentes, constituirían inexorablemente, día tras día, hasta el momento en que pudieran acusarlo o, al menos durante algún tiempo, tuvieran que dejarlo en paz. A juzgar por la expresión en la cara de Massingham, ella tendría su oportunidad. Su colega casi arrojó el expediente sobre la mesa y después se aproximó a la ventana, como si la visión espectacular de las torres de Westminster y la curva del río pudieran contribuir a suavizar su frustración.

Ella preguntó:

—¿Cómo ha ido?

—Nada. Ha estado sentado allí con su abogado al lado y sonriendo, diciendo cada vez menos cosas. O, mejor dicho, explicando lo mismo una y otra vez. «Sí, Berowne y yo nos encontramos en la orilla. Sí, tuvimos un altercado. Me acusó de seducir a Theresa Nolan y a mí me molestó que tratara de cargarme la paternidad de su bastardo. Se abalanzó contra mí como si se hubiera vuelto loco.

Y estaba loco. Pero no me arrojó al río. Berowne se había marchado ya cuando yo nadé hasta la barcaza. Y yo no lo maté. Estuve toda aquella tarde con la señorita Matlock. Me vieron llegar a Campden Hill Square. Recibí la llamada telefónica de la señora Hurrell a las ocho cuarenta. Estuve allí hasta que salí para ir al *pub*. Fui visto allí desde las once menos cuarto hasta la hora de cerrar. Y si ustedes piensan otra cosa, pruébenlo.»

—¿Y quién es su abogado? ¿Alguien de Torrington, Farrell y Penge?

—No. Nadie que tenga que ver con los Berowne. Tengo la impresión de que Barbara Berowne se está distanciando de su hermano, en vista de la dudosa reputación de éste. Se ha buscado un joven, brillante y prometedor, de Maurice y Sheldon, perfectamente competente y que ya está calculando sus honorarios. No hay nada como un caso notorio para dar a conocer el nombre al público. Su fuerza radica en que realmente da crédito a su cliente, y esto debe de ser un raro placer para un abogado de esa firma. Podía verse cómo trabajaba su mente. Él no cree que Swayne tenga bemoles para haber cometido ese asesinato, no puede creer que el motivo sea lo bastante poderoso, no ve cómo Swayne pudo haber salido de Campden Hill Square con tiempo suficiente para cometer el asesinato y regresar sin que se enterase la Matlock, y, desde luego, no ve por qué habría de mentir ella. Pero sobre todo, claro está, deja bien a la vista que no cree que Berowne fuera asesinado, y con eso ya empieza a ser uno de la mayoría. Él y el gran jefe podrían ir del brazo.

Y por tanto, pensó Kate, trataremos nuevamente de romper el silencio de Evelyn Matlock. Y ella se sentará allí, amparada por lady Ursula y aconsejada por los abogados de la familia, mitad obstinada y mitad triunfal, disfrutando con su voluntario martirio. ¿Por qué causa?, preguntóse. ¿Odio, venganza, glorificación de sí misma, amor? Por primera vez, tuvo que admitir que el caso, el primero emprendido por la nueva brigada, podía concluir sin ningún arresto y con un fracaso ignominioso. Massingham se volvió desde la ventana.

—Todavía no hay ni la menor prueba concreta que lo vincule a él con la escena del crimen. De acuerdo, tenía un motivo, pero también lo tenían media docena más de personas.

—Pero si mató por odio, seguramente no podría ocultar ese odio ni siquiera ahora, ¿no crees?

—Sí, ya lo creo que sí, y muy bien. ¿Acaso no ha descargado la peor parte de ese odio? Se ha librado de su poder. Puede sentarse allí, sonriente, el arrogante hijo de puta, porque se ha librado de su enemigo para siempre. Se mostraba muy dueño de sí, pero estaba exultante como un enamorado.

Ella dijo:

—Él lo mató y sabemos que lo hizo. Pero hemos de romper esa coartada. Y, sobre todo, hemos de encontrar alguna prueba física.

—Es que Swayne esto lo sabe, y mejor que nadie. Él confía en que la prueba no exista. Todo es circunstancial. Si tuviéramos algo más sólido, ya lo habríamos sacado a relucir. Y en realidad está diciendo lo que otras personas están pensando, que Berowne preñó a Theresa Nolan, la repudió y se mató, en parte por remordimiento y en parte porque la basura publicada en la *Paternoster Review* le advirtió que iba a producirse el escándalo. Joder, Kate, si al jefe le sale mal esto, nos van a tocar las bolas a todos.

Ella le miró sorprendida. Era raro oírle utilizar palabras obscenas, y supuso que no sólo estaba pensando en el éxito de la nueva brigada, o el de sus colegas en la C1, y no en los más jóvenes, a los que no disgustaría ver al díscolo Dalgliesh dar un tropezón. Él había planeado su carrera tan cuidadosamente como ella la suya, y lo último que deseaba era que se le adjudicara un fracaso espectacular. Pero tenía sus motivos para estar preocupado, pensó ella con amargura. Difícilmente se conformaría si volviera a verse de nuevo en la división.

Le dijo:

—Dudo de que te lo echaran en cara a ti. De todos modos, en enero te marcharás a hacer tu curso de mandos superiores, el próximo paso hacia el puesto de comisario ayudante.

Él habló casi como si hubiera olvidado la presencia de ella allí:

—Las cosas no van a ser fáciles cuando muera mi padre.

—No estará enfermo, ¿verdad?

—Enfermo, no, pero tiene más de setenta años, y, desde que murió mi madre, en abril, parece como si también él hubiera perdido gran parte de su vida. Me gustaría irme a otra parte, comprar un apartamento, pero en este momento es difícil.

Era la primera vez que le hablaba de su familia, y esta confianza la sorprendió. El hecho de que la hubiera mostrado debía de tener algo que ver, supuso ella, con el cambio en sus relaciones, pero supo que sería imprudente hurgar más.

Le dijo:

—Yo no perdería el sueño por el título. Siempre puedes rehusarlo. De todos modos, a la policía le será más fácil acomodar al jefe lord Dungannon que a la jefe Kate Miskin.

Él hizo una mueca y después dijo sonriendo:

—Está bien. Podrías haber optado por ingresar en las Wrens, pero difícilmente podrías esperar ascender a Primer Lord del Mar. Todo llegará con el tiempo: la primera mujer jefe de policía, cosa de una década después de la primera mujer arzobispo de Canterbury, diría yo. Pero no en mi tiempo, gracias a Dios.

Ella no replicó a la provocación. Advirtió la repentina mirada de él y entonces dijo:

—¿Qué te ocurre? ¿Te preocupa algo?

Es tan obvio, pensó, no del todo contenta con su inusual percepción. De poco servía no invitarle nunca a ir a su apartamento, si la mente de ella se había hecho tan accesible. Dijo:

—Vino la señorita Wharton mientras tú estabas con Swayne. Quiere ver a Darren.

—Bien, ¿y quién se lo impide?

—Al parecer, su asistenta social, en interés de una buena práctica de su tarea social. La señorita Wharton quiere mucho a ese niño. Es evidente que sabe comprenderlo. Se llevan bien. Ella también le cae bien a él. ¿Te extraña que su asistenta social esté decidida a mantenerlos separados?

Él sonrió, divertido, con cierta indulgencia, como el hombre en cuya vida privilegiada la palabra «asistencia» había significado siempre su definición en el diccionario, y nada más.

—Las odias de veras, ¿verdad?

—De todos modos, le dije el nombre de la escuela del niño. Le sugerí que rondara por allí y esperase la hora de la salida para hablar con él.

—¿Y te preguntas si a los servicios de asistencia social les agradará esto?

—Sé perfectamente que no va a gustarles. Me estoy preguntando si hice bien. —Y añadió, como para tranquilizarse a sí misma—: De acuerdo, ella merodeará cerca de la escuela y, con suerte, tal vez pueda acompañarlo a su casa. No veo qué daño puede hacer eso.

—Ninguno, diría yo —replicó él con desenvoltura—. Ni el menor daño. Vamos a tomar una copa.

Pero antes de que pudieran llegar a la puerta, sonó el teléfono de él. Lo descolgó y enseguida ofreció el auricular a Kate.

—Es para ti.

Kate lo cogió, escuchó en silencio durante un momento y después dijo brevemente:

—De acuerdo, voy enseguida.

Al observar su cara mientras colgaba el teléfono, Massingham preguntó:

—¿Qué ocurre?

—Es mi abuela. La han golpeado y robado. Llamaban desde el hospital. Quieren que vaya a recogerla.

El dijo con fácil conmiseración:

—Mala cosa. ¿Es grave? ¿Está bien ella?

—¡Claro que no está bien! Tiene más de ochenta años y esos hijos de puta la han golpeado. No está gravemente herida, si eso es lo que preguntas. Pero no está en condiciones de quedarse sola. Tendré que pasarme el resto del día fuera. Y probablemente mañana también, a juzgar por lo que dicen.

—¿Y no pueden disponer ellos de alguien que se ocupe de ella?

—Si hubiera alguien más, ya no me llamarían a mí. —Y seguidamente añadió con más calma—: Ella me crió. No hay nadie más.

—Entonces es mejor que vayas. Ya se lo diré al jefe. Siento lo de la copa. —Y añadió, con los ojos todavía fijos en la cara de ella—: Ahora no sería conveniente.

—¡Claro que no sería conveniente! No es necesario que me lo indiques. ¿Y cuándo va a serlo?

Caminando a su lado por el pasillo, en dirección a su despacho, ella preguntó de pronto:

—¿Qué pasaría si tu padre cayera enfermo?

—No lo he pensado. Supongo que mi hermana vendría de Roma.

Claro, pensó ella. ¿Quién más podía ser? El enojo contra él, que ella había empezado a pensar que se estaba disipando, afloró de nuevo con vigor. El caso empezaba por fin a llegar a su desenlace, y ella no estaría presente.

Tal vez sólo estuviera ausente un día y medio, pero no podía ser en peor momento. Y la cosa no podía durar mucho más. Al contemplar el rostro de Massingham, cuidadosamente controlado, ante su puerta, pensó: Él y el jefe se quedan ahora mano a mano. Será como en otro tiempo. Él tal vez lamente lo de la copa que no vamos a tomar juntos, pero eso será lo único que lamente.

3

El jueves fue uno de los dos días más frustrantes que Dalgliesh podía recordar. Habían decidido conceder un respiro a Swayne y no hubo interrogatorio, pero una conferencia de prensa convocada para primera hora de la tarde había resultado particularmente difícil. Los medios de comunicación se estaban impacientando, no tanto por la falta de progresos como por la de noticias. O bien sir Paul Berowne había sido asesinado, o se había dado muerte por su propia mano. En el segundo caso, la familia y la policía admitirían el hecho, y en el primero ya era hora de que la nueva brigada se mostrara más explícita sobre sus progresos para echarle el guante al asesino. Tanto dentro como fuera del Yard, había cáusticos comentarios en el sentido de que la brigada se hacía notar más por su sensibilidad que por su efectividad. Como susurró un superintendente del C1 al oído de Massingham, en el bar:

—Feo caso para dejarlo sin resolver; es de los que se crean su propia mitología. Menos mal que Berowne era de derechas y no de izquierdas, pues de lo contrario alguien estaría ya escribiendo un libro para demostrar que lo degolló el MI5.

Ni siquiera la reunión de cabos sueltos, aunque satisfactoria, había disipado su depresión. Massingham le había informado sobre una visita suya a la señora Hurrell. Debió de mostrarse persuasivo, pues la señora Hurrell admitió que su esposo, pocas horas antes de su muerte, le había hecho una confidencia. Se había pasado por alto una pequeña factura de carteles, al preparar las cuentas finales antes de las últimas elecciones generales. Habría situado los gastos del partido por encima del límite estatutario y habrían invalidado la victoria de Berowne. El propio Hurrell había cubierto la diferencia y había decidido no decir nada, pero el hecho pesaba sobre su conciencia y quiso confesarlo a Berowne antes de morir. Qué finalidad creía conseguir con esta confesión era algo que resultaba difícil determinar. La señora Hurrell no sabía mentir y Massingham explicó que se había mostrado insistente, aunque de modo poco convincente, en el hecho de que su marido nunca había confiado en Frank Musgrave. Pero no era éste un camino que necesitaran explorar. Estaban investigando un asesinato y no un caso de ilegalidad, y Dalgliesh estaba convencido de que conocía a su hombre.

Y Stephen Lampart había quedado exento de toda posibilidad de participación en la muerte de Diana Travers. Sus dos invitados de la noche en que ésta se ahogó, un especialista de moda en cirugía plástica y su joven esposa, habían sido visitados por Massingham. Al parecer, conocían a éste ligeramente y, entre invitaciones a beber y el grato descubrimiento de que tenían amistades comunes, confirmaron que Stephen Lampart no había abandonado la mesa durante la cena y que había empleado menos de dos minutos para ir a buscar el Porsche, mientras ellos esperaban, charlando con Barbara Berowne, ante la puerta del Black Swan.

Pero fue útil despejar este detalle, como también lo fue saber, a partir de las investigaciones del sargento Robins, que la esposa y la hija de Gordon Halliwell se habían ahogado mientras pasaban unas vacaciones en Cornwall. Por breve tiempo, Dalgliesh se había preguntado si Halliwell podía haber sido el padre de Theresa Nolan. Nunca le había parecido la cosa muy probable, pero la posibilidad había de ser explorada. Todo eran cabos sueltos, ahora bien atados, pero la línea principal de la exploración seguía bloqueada. Las palabras del comisario ayudante seguían resonando en su cerebro tan insistentes e irritantes como un sonsonete de la televisión: «Encuéntrame la prueba física.»

Curiosamente, representó más bien un alivio que una irritación enterarse de que el padre Barnes había telefoneado mientras él se encontraba en la conferencia de prensa, y había dicho que le interesaba verle. El mensaje era un tanto confuso, pero no mucho más que el propio padre Barnes. Al parecer, el clérigo quería saber si la sacristía pequeña podía ser desprecintada, y cuándo, si era posible saberlo, se iba a devolver la alfombra a la iglesia. ¿Se ocuparía la policía de hacerla limpiar, o era éste un asunto que le incumbía a él? ¿Tendrían que esperar hasta que fuese presentada en el juicio? ¿Había alguna posibilidad de que el Consejo de Compensación de Perjuicios Criminales pagara otra nueva? Parecía extraño que incluso una persona tan fuera de este mundo como el padre Barnes pudiera esperar de veras que las facultades reglamentarias del CCPC incluyeran el suministro de alfombras, pero, para un hombre que empezaba a temer que aquel caso de asesinato nunca llegara a ser sometido a juicio, esa inocente preocupación por un detalle tan trivial resultaba reconfortante, incluso conmovedora. Obedeciendo a un impulso, decidió que bien valía la pena hacerle una visita al padre Barnes.

En la vicaría nadie contestó, y todas las ventanas estaban cerradas. Y entonces recordó su primera visita a la iglesia, y aquel tablero que anunciaba las vísperas a las cuatro los jueves. Presumiblemente, el padre Barnes estaría en la iglesia. Y así era. La gran puerta norte no estaba cerrada con llave y, cuando hizo girar la pesada manija de hierro y abrió, se encontró con el ya esperado aroma del incienso y vio que estaban encendidas las luces en la capilla de Nuestra Señora y que el padre Barnes, con sobrepelliz y estola, dirigía las oraciones. El número de fieles era superior a lo que Dalgliesh hubiese esperado y el murmullo de las voces llegó hasta él, claramente, como un susurro suave y desacorde. Se sentó en la fila más cercana a la puerta y escuchó pacientemente las vísperas, aquella parte tan descuidada y estéticamente tan satisfactoria de la liturgia anglicana. Por primera vez desde que la conocía, la iglesia estaba siendo utilizada para el fin para el que había sido construida, pero le pareció sutilmente cambiada. En el candelabro de múltiples brazos donde el miércoles anterior ardía una única vela, había ahora una doble hilera de cirios, algunos de ellos recientemente encendidos, y otros que chisporroteaban con su última y trémula llama. No sintió el menor impulso de contribuir a aquella iluminación. Bajo la luz reinante, el rostro prerrafaelista de la Virgen, con su aureola de cabellos rizados y dorados bajo la alta corona, resplandecía como si acabara de ser pintada, y las voces distantes llegaban hasta él como augurios premonitorios del éxito.

La ceremonia fue breve. No hubo sermón ni cánticos y, a los pocos minutos, la voz del padre Barnes, que llegaba como si fuese desde lejos pero muy clara, tal vez porque las palabras eran tan familiares, recitó la Tercera Colecta como petición de ayuda contra los peligros: «Te rogamos que ilumines nuestras tinieblas, Señor, y que tu gran misericordia nos defienda de todos los males y peligros de esta noche, por el amor de tu único Hijo, Jesucristo, nuestro Salvador.»

Los fieles murmuraron su amén, se levantaron y empezaron a dispersarse. Dalgliesh se levantó y se adelantó. El padre Barnes salió presuroso a su encuentro, con un revuelo de tela de lino blanca. Desde luego, había conseguido un nuevo aplomo y casi, pudo creer Dalgliesh, mayor estatura física desde su primer encuentro. Ahora parecía más pulcro, mejor vestido, incluso más rollizo, como si una leve pero no mal recibida notoriedad hubiera añadido carne a sus huesos.

Dijo:

—Muy amable por su parte el haber venido, comandante. Estaré con usted enseguida. Sólo tengo que vaciar
las cajas de las ofrendas. A mis feligreses les agrada que yo
mantenga esta costumbre. No es que esperemos encontrar gran cosa en ellas.

Sacó una llave del bolsillo de sus pantalones y abrió
la caja sujeta al candelabro votivo frente a la estatua de la
Virgen, y empezó a introducir las monedas en una bolsa
de cuero cuya boca se cerraba con un cordón. Dijo:

—Más de tres libras en calderilla y seis monedas de
una libra. Nunca habíamos conseguido tanto, hasta ahora. Y también las colectas ordinarias han aumentado desde los asesinatos.

Su cara trataba de mantener una expresión solemne,
pero su voz era tan alegre como la de un chiquillo.

Dalgliesh le acompañó, a lo largo de la nave, hasta el
segundo candelabro, ante la reja. La señorita Wharton,
que había acabado de guardar los reclinatorios y de ende-
rezar las sillas en la capilla de Nuestra Señora, se situó a
su lado, y, cuando el padre Barnes abrió la caja, dijo:

—Aquí no espero que haya más de ochenta peniques.
Yo solía darle a Darren una moneda de diez peniques para
encender una vela, pero en realidad nadie más utiliza esta
caja. A él le encantaba meter las manos entre la reja y encender la cerilla. Apenas llegaba. Es curioso, pero no lo
había recordado hasta ahora. Supongo que es porque no
tuvo tiempo para encender la vela aquella terrible mañana. Ahí está, ¿la ve?, todavía sin encender.

El padre Barnes tenía las manos metidas en la caja.

—Esta vez sólo siete monedas y un botón..., bien poco
corriente, por cierto. Parece como si fuera de plata. A primera vista, creí que era una moneda extranjera.

La señorita Wharton lo miró de cerca y dijo:

—Esto debe de ser cosa de Darren. Una travesura
suya. Ahora recuerdo que en el camino se agachó y yo creí

que recogía una flor. En realidad, hizo mal en coger algo de la iglesia. Pobre niño, debe de haberle pesado en la conciencia. No es extraño que sintiera una sensación de culpabilidad. Espero verle mañana y le diré algo al respecto. Pero tal vez debiéramos encender la vela ahora, comandante, y rezar una oración por el éxito de su investigación. Creo que tengo una moneda de diez peniques.

Empezó a rebuscar en su bolso.

Dalgliesh dijo al padre Barnes, a media voz:

—¿Puedo ver el botón, padre?

Y allí estaba por fin, en la palma de su mano, la prueba física que había estado buscando. Había visto antes botones como aquél, en la chaqueta italiana de Dominic Swayne. Un solo botón. Un objeto tan pequeño y tan corriente, pero tan vital. Y tenía dos testigos para su descubrimiento. Siguió mirándolo y le invadió una sensación, no de excitación o de triunfo, sino de una inmensa fatiga y de conclusión.

Dijo:

—¿Cuándo vaciaron esta caja la última vez, padre?

—El martes pasado, debía de ser el diecisiete, después de la misa de la mañana. Como he dicho, teníamos que vaciarla aquel martes, pero creo que con toda aquella excitación olvidé hacerlo.

Por lo tanto, había sido vaciada la mañana del día en que Berowne había sido asesinado. Dalgliesh preguntó:

—¿Y el botón no estaba entonces en la caja? ¿Pudo haberle pasado por alto?

—Oh, no, eso no hubiera sido posible. Con toda seguridad, no estaba entonces en ella.

Y toda la parte oeste de la iglesia había estado cerrada desde el descubrimiento de los cadáveres hasta hoy. En teoría, claro, alguien de la misma iglesia, un feligrés o un visitante, pudo haber metido el botón en la caja. Pero ¿por qué había de hacerlo? La caja más apropiada para ser utilizada, aunque fuera para gastar una broma, era la situada frente a la estatua de la Virgen. ¿Por qué recorrer la nave en toda su longitud, hasta el fondo de la iglesia? Y no pudo haber sido introducido en la caja confundiéndolo con una moneda, pues allí no se había encendido ninguna vela. Pero todo esto era puramente teórico. Estaba oponiéndose a argumentos como lo haría un abogado defensor. Con seguridad, había una sola chaqueta de la que pudiera proceder aquel botón. Era demasiada coincidencia suponer que alguien relacionado con la iglesia de Saint Matthew y que no fuera Swayne pudiera haberlo dejado caer más allá de la puerta sur.

Dijo:

—Voy a meterlo en uno de aquellos sobres de la sacristía pequeña, y después lo cerraré y les pediré a los dos que lo firmen a través de la solapa. No podemos desprecintar la habitación por el momento, padre.

—¿Quiere decir que este botón es importante? ¿Es una pista?

—Ya lo creo —contestó—. Es una pista.

La señorita Wharton habló con nerviosismo:

—¿Es que supone que su propietario puede venir a buscarlo?

—No creo en absoluto que lo haya echado aún de menos. Pero, incluso en este caso, nadie correrá el menor peligro cuando sepa que obra ya en poder de la policía. No obstante, enviaré un hombre para que se quede en la iglesia, padre, hasta que lo capturemos.

Ninguno de los dos preguntó de quién era el botón y tampoco él vio motivo para explicárselo. Se dirigió hacia su coche y telefoneó a Massingham. Éste dijo:

—Será mejor que pesquemos enseguida al niño.

—Sí, inmediatamente. Eso es lo primero que hay que hacer. Y después a Swayne. Y necesitaremos la chaqueta. John, compruebe los informes del laboratorio al respecto, ¿quiere? No había botones de menos cuando vimos a Swayne en Campden Hill Square. Éste es, probablemente, el de recambio. El laboratorio detectará si había una etiqueta en el orillo. Y vea si puede conseguir prueba de que la chaqueta le fue vendida a Swayne. Necesitamos el nombre de los importadores y del comerciante que las vende, pero esto probablemente tendrá que esperar hasta mañana.

—Lo pondré todo en marcha, señor.

—Pero ahora necesitamos un duplicado del botón. Voy a sellar y certificar éste, y no tengo un sobre que sea transparente. Usted reconoció la chaqueta. Supongo que sería esperar demasiado que tuviera usted una igual.

—Yo diría que demasiado. Un demasiado que equivale a trescientas libras. Pero mi primo tiene una, y puedo hacerme con un botón. —Y añadió—: ¿Cree que puedan correr algún peligro la señorita Wharton o el padre Barnes?

—Evidentemente, o bien Swayne no ha echado de menos el botón o no tiene idea de dónde lo perdió. Pero me gustaría tener a alguien aquí, en la iglesia, hasta que le echemos la mano encima. Pero ante todo búsquenme a Darren, y pronto. Yo voy directamente y después querré que usted me acompañe al sesenta y dos de Campden Hill Square.

—Sí, señor. Hay muchas cosas que hacer. Es una lástima que no tengamos a Kate. Esto es lo que tiende a ocurrir con las mujeres policías: la inconveniente emergencia doméstica.

Dalgliesh replicó fríamente:

—No tantas veces, John, y en particular no con ella. Hasta dentro de veinte minutos, pues.

4

Era sólo la segunda vez, desde la muerte de su padre, que Sarah iba al sesenta y dos de Campden Hill Square. La primera había sido la mañana después de difundirse la noticia. Había entonces un pequeño grupo de fotógrafos ante la verja de entrada y ella se había vuelto instintivamente cuando la llamaron por su nombre. A la mañana siguiente vio en el periódico una foto suya, subiendo furtivamente los escalones como una sirvienta infiel que se equivocara de puerta, con el pie: «La señorita Sarah Berowne ha sido hoy uno de los visitantes de Campden Hill Square.» Pero ahora no había gente en la plaza. Los grandes olmos esperaban con muda aquiescencia el invierno, con las ramas moviéndose perezosamente en el aire cargado de lluvia. Aunque la tormenta había cesado, la tarde era tan oscura que las luces brillaban pálidamente desde las ventanas de las habitaciones de los primeros pisos, como si ya fuese de noche. Supuso que, detrás de aquellas ventanas, la gente vivía sus existencias secretas, separadas e incluso desesperadas, pero las luces parecían resplandecer de cara al exterior con la promesa de una seguridad inalcanzable.

No tenía llave. Su padre le había ofrecido una cuando ella se marchó, con la rígida formalidad —o al menos así se lo pareció a ella entonces— de un padre victoriano poco propicio a tenerla bajo su techo, pero reconociendo que, como hija soltera, tenía derecho a su protección y a una habitación en su casa, en caso de necesitarla. Al contemplar la famosa fachada, las ventanas elegantemente redondeadas, supo que nunca había sido y nunca sería su casa. ¿Hasta qué punto esto le había importado a su padre?, se preguntó. A ella siempre le había dado la impresión de que él se alojaba en ella, pero que nunca la había considerado como su propia casa, tal como le ocurría a ella. Sin embargo, ¿había envidiado a su hermano durante su adolescencia, aquellas piedras muertas y prestigiosas? ¿Había codiciado la casa, como había codiciado la novia de su hermano? ¿Qué pensaba cuando, con su madre al lado, había apretado el acelerador en aquel viraje peligroso? ¿Qué cosas de su pasado se habían enfrentado finalmente a él, en aquella ínfima sacristía de la iglesia de Saint Matthew?

Mientras esperaba que Mattie abriera la puerta, se preguntó cómo había de saludarla. Parecía natural decirle: «¿Cómo estás, Mattie?», pero esta pregunta no tenía el menor sentido. ¿Cuándo le había importado a ella saber cómo se sentía Mattie? ¿Qué posible respuesta le cabía esperar, como no fuera una cortesía igualmente desprovista de significado? La puerta se abrió. Mirándola con los ojos de una extraña, Mattie pronunció su tranquilo «buenas tardes». Había en ella algo diferente, pero ¿acaso no habían cambiado todos desde aquella terrible mañana? Mattie tenía el aspecto agotado que Sarah había visto en la cara de una amiga que recientemente había dado a luz: ojos brillantes y cara arrebolada, pero al mismo tiempo hinchada y en cierto modo disminuida, como si la virtud hubiera huido de ella.

Le dijo:

—¿Cómo estás, Mattie?

—Bien, muchas gracias, señorita Sarah. Lady Ursula y lady Berowne están en el comedor.

La mesa ovalada estaba cubierta de correspondencia. Su abuela estaba sentada muy erguida, dando la espalda a la ventana. Delante de ella había una gran hoja de papel secante y a su izquierda cajas de papel de carta y sobres. Estaba doblando una carta ya escrita cuando Sarah se acercó a ella. Como siempre, intrigó a la joven el hecho de que su abuela se mostrara tan meticulosa con las nimiedades del comportamiento social, tras haberse saltado durante toda su vida las convenciones en materia sexual y religiosa. Aparentemente, su madrastra no tenía cartas de pésame que contestar o bien dejaba esta tarea en manos de otros. Estaba ahora sentada a un extremo de la mesa, disponiéndose a pintarse las uñas, titubeantes las manos sobre una fila de botellitas. No se las pintará de rojo sangre, supongo, pensó Sarah. Pero no, iba a ser de un rosado suave, totalmente inocuo, perfectamente apropiado. Ignoró a Barbara Berowne y dijo a su abuela:

—He venido como respuesta a tu carta. Lo del funeral no es posible. Lo siento, pero no estaré allí.

Lady Ursula le dirigió una mirada prolongada y calculadora, como si ella fuese, pensó Sarah, una nueva camarera que se presentara con unas referencias un tanto sospechosas. Dijo:

—No es deseo particular mío que se celebre un funeral, pero sus colegas así lo esperan y parece que sus amigos lo quieren. Yo asistiré, y espero que su viuda y su hija estén allí conmigo.

Sarah Berowne insistió:

—Ya te he dicho que no es posible. Vendré a la cremación, desde luego, pero eso será en privado, sólo para la familia. Lo que no haré es exhibirme debidamente enlutada en Saint Margaret de Westminster.

Lady Ursula pasó un sello por encima de la humedecida almohadilla y lo pegó con precisión en el ángulo derecho del sobre.

—Me recuerdas a una chica que conocía en mi infancia, la hija de un obispo. Causó cierto escándalo en la diócesis al negarse resueltamente a ser confirmada. Lo que a mí me chocó, pese a contar sólo trece años, fue que ella no tuviera la perspicacia de ver que sus escrúpulos nada tenían que ver con la religión. Tan sólo quería causarle una situación embarazosa a su padre. Esto, desde luego, es perfectamente comprensible, sobre todo en el caso del obispo en cuestión, pero, ¿por qué no mostrarse sincera al respecto?

Sarah Berowne pensó: «No tendría que haber venido. Ha sido una estupidez pensar que lo comprendería, o incluso que trataría de hacerlo.» Dijo:

—Supongo, abuela, que tú habrías querido que ella se confirmase, aunque sus escrúpulos hubieran sido auténticos.

—Sí, desde luego, creo que sí. Yo situaría la amabilidad por encima de lo que tú llamarías convicción. Después de todo, si la ceremonia era una comedia, lo que, como sabes, es mi opinión, tampoco podía hacerle ningún daño dejar que las manos episcopales reposaran un momento sobre su cabeza.

Sarah murmuró:

—No sé si querría vivir en un mundo que situara la amabilidad por encima de la convicción.

—¿No? Pues tal vez fuese más agradable que éste, y considerablemente más seguro.

—Bien, ésta es una comedia en la que yo prefiero no tener ningún papel. Sus ideas políticas no eran las mías, y siguen no siéndolo. Yo debiera estar haciendo una declaración pública. No estaré presente allí y espero que la gente sepa el porqué.

Su abuela contestó secamente:

—Quienes se den cuenta lo sabrán, pero yo no esperaría de ello un gran valor propagandístico. Los viejos estarán observando a sus contemporáneos y preguntándose cuánto tiempo pasará antes de que les llegue el turno, esperando que sus vejigas se contengan durante el acto, y los jóvenes observarán a los viejos. Pero me atrevo a decir que muchos de ellos advertirán tu ausencia, los suficientes como para captar el mensaje de que tú odiabas a tu padre y que prosigues tu venganza política más allá de la tumba.

La joven casi sollozó:

—¡Yo no le odiaba! Durante la mayor parte de mi vida, lo amé, y hubiera podido seguir queriéndole si él me lo hubiese permitido. Y él no querría que yo estuviera allí, no esperaría que estuviera. Él mismo habría odiado estar. Oh, ya sé que todo será de muy buen gusto, con palabras y música cuidadosamente elegidas, los trajes adecuados, la gente apropiada, pero no estaréis honrándole a él, no a su persona, estaréis honrando a una clase, a una filosofía política, a un club privilegiado. A ti y a los de tu clase no os cabe en la cabeza que el mundo en que crecisteis ha muerto, está muerto.

Lady Ursula repuso:

—Lo sé, hija mía. Yo estaba en él, en 1914, cuando murió.

Tomó la carta siguiente de la parte superior de un montón y, sin alzar la vista, continuó:

—Nunca he sido mujer aficionada a la política y puedo comprender que los pobres y los estúpidos voten por el marxismo o por una de sus variantes de moda. Si no se tiene más esperanza que la de vivir como esclavo, bien cabe optar por la forma más eficiente de esclavitud. Pero debo decir que estoy en contra de tu amante, un hombre que ha disfrutado de privilegios toda su vida, y que trabaja para promover un sistema político que asegurará que nadie tenga oportunidad de gozar de lo que él ha disfrutado tan singularmente. Esto sería excusable si él fuese físicamente feo, ya que este infortunio tiende a fomentar envidia y agresión en un hombre. Pero no lo es. Puedo comprender la atracción sexual, aunque sea cincuenta años demasiado vieja para sentirla. Pero tú, seguramente, podrías haberte acostado con él sin tener que cargar con todo ese equipaje de moda.

Sarah Berowne se volvió con actitud fatigada, se acercó a la ventana y contempló desde ella la plaza. Pensó: «Mi vida con Ivor y la célula ha concluido, pero nunca fue honesta, nunca tuvo la menor realidad, nunca pertenecí a ella. Pero tampoco pertenezco a este lugar. Me siento sola y estoy asustada, pero tengo que encontrar mi propio lugar. No puedo volver corriendo al lado de mi abuela, a un antiguo credo, a una falsa seguridad. Y a ella todavía le desagrado y me desprecia, casi tanto como me desprecio yo a mí misma. Esto facilita las cosas. No me exhibiré a su lado en Saint Margaret, como una hija pródiga.»

Y entonces oyó la voz de su abuela. Lady Ursula había dejado de escribir y apoyaba ambas manos en la mesa. Decía:

—Y puesto que ahora estáis las dos aquí, hay algo que necesito preguntar. La pistola de Hugo y las balas no están en la caja fuerte. ¿Sabe alguna de vosotras quién las ha cogido?

La cabeza de Barbara Berowne quedaba oculta detrás de su bandeja de botellas. Levantó la vista pero no contestó. Sarah, sobresaltada, dio media vuelta.

—¿Estás segura, abuela?

Su sorpresa debió de ser obvia. Lady Ursula la miró.

—Por tanto, tú no la has cogido, y es de presumir que no sabrás quién lo ha hecho.

—¡Claro que no la he cogido! ¿Cuándo descubriste que faltaba?

—El miércoles pasado por la mañana, poco antes de que llegara la policía. Yo pensaba entonces que era posible que Paul se hubiera suicidado y que por tanto hubiera, entre sus papeles, una carta dirigida a mí. Por consiguiente, abrí la caja. No había nada de lo que yo esperaba, pero la pistola había desaparecido.

Sarah preguntó:

—¿Y sabes cuándo la cogieron?

—Durante meses no he tenido ocasión de mirar el

contenido de la caja. Ésta es una de las razones de que no haya dicho nada a la policía. Podía faltar desde hacía semanas. Tal vez no tuviera nada que ver con la muerte de Paul, y no tenía sentido concentrar su atención en esta casa. Más tarde, tuve otra razón para guardar silencio.

Sarah preguntó:

—¿Qué otra razón pudiste tener?

—Pensé que el asesino pudo haberla cogido para utilizarla contra él mismo si la policía se acercaba demasiado a la verdad. Esto parecería ser una acción muy sensata por su parte, y no vi motivo para prevenirlo. Ahora, creo llegado el momento de decirlo a la policía.

—Claro que debes decírselo. —Sarah frunció el ceño y añadió—: Supongo que Halliwell no la cogería como una especie de recuerdo. Ya sabes la devoción que le profesaba al tío Hugo. Tal vez no le gustara la idea de que cayera en otras manos.

Lady Ursula replicó secamente:

—Es muy probable, y yo comparto su preocupación. Pero ¿en las manos de quién?

Barbara Berowne levantó la vista y dijo con su vocecilla de niña:

—Paul la tiró hace unas semanas. Me dijo que no era prudente conservarla.

Sarah la miró.

—Ni tampoco muy prudente tirarla, diría yo. Supongo que pudo haberla entregado a la policía. Pero ¿por qué? Él tenía licencia de armas y allí donde se guardaba estaba perfectamente segura.

Barbara Berowne se encogió de hombros.

—Bueno, eso es lo que dijo él. Y no tiene importancia, creo yo. No lo mataron de un tiro.

Antes de que cualquiera de las otras dos mujeres pudiera contestar, oyeron el timbre de la puerta principal. Lady Ursula dijo:

—Puede ser la policía. En ese caso, han vuelto antes

de lo que yo esperaba. Tengo la impresión de que pueden estar llegando al final de sus investigaciones.

Sarah Berowne le preguntó con brusquedad:

—Tú lo sabes, ¿verdad? Siempre lo has sabido.

—Yo no lo sé, ni tengo pruebas concretas. Pero estoy empezando a suponerlo.

Escucharon en silencio las pisadas de Mattie en el suelo de mármol del vestíbulo, pero parecía como si ésta no hubiera oído el timbre. Sarah Berowne dijo con impaciencia:

—Iré yo. Y ojalá sea la policía. Ya es hora de que todos nosotros nos enfrentemos a la verdad.

5

Fue primero al apartamento de Shepherd's Bush, para recoger la pistola. No sabía con seguridad por qué había de necesitarla, como tampoco estaba seguro de por qué la había sustraído de la caja fuerte. Pero no podía dejarla en Shepherd's Bush; ya era hora de encontrarle un nuevo escondrijo. Y llevar la pistola encima reforzaba su sensación de poder, de ser inviolable. El hecho de que antes hubiese pertenecido a Paul Berowne y ahora fuese suya la convertía en talismán además de arma. Cuando la empuñaba, apuntaba con ella, acariciaba el cañón, volvía a él algo de aquel primer triunfo. Necesitaba sentirlo de nuevo. Era extraño que se desvaneciera con tanta rapidez, hasta el punto de que a veces le asaltaba la tentación de explicar a Barbie lo que había hecho por ella, decírselo ya, mucho antes de que fuera seguro o prudente confiárselo, viendo en su imaginación los ojos azules muy abiertos por el terror, por la admiración, por la gratitud y, finalmente, por el amor.

Bruno se encontraba en su pequeño taller, atareado con su último modelo. Swayne pensó que era un tipo repelente, con su enorme pecho semidesnudo, en el que un amuleto de plata, una cabeza de cabra colgada de una cadena, se balanceaba repulsivamente entre los pelos, y aquellos dedos rechonchos a los que las delicadas piezas de cartón parecían adherirse mientras él las colocaba en su sitio con un cuidado infinito. Sin levantar la vista, Bruno dijo:

—Creía que te habías largado para siempre.

—Y lo hago. Estoy recogiendo mis últimas cosas.

—Entonces quiero que me devuelvas la llave.

Sin decir palabra, Swayne se la depositó sobre la mesa.

—¿Y qué diré si se presenta la policía?

—No vendrá. Saben que me he largado de aquí. Pienso pasar una semana en Edimburgo. Puedes decírselo si vienen a meter las narices aquí.

En la pequeña habitación posterior que, con sus paredes cubiertas por estantes, era a la vez el dormitorio vacante de Bruno y un almacén para sus viejos modelos, nada se movía nunca de su sitio, nada se limpiaba jamás. Se subió a la cama para llegar al atiborrado estante superior, metió la mano debajo del escenario de un modelo del castillo de Dunsinane y extrajo la Smith and Wesson y la munición. La metió en una pequeña bolsa de lona, junto con su último par de calcetines y dos camisas, y después se marchó, sin dirigir ni una sola palabra a Bruno. Había sido un error instalarse allí. En realidad, Bruno nunca lo había querido, y el lugar era una pocilga, hasta el punto de que se preguntó cómo había pasado tanto tiempo en él. El dormitorio de Paul en Campden Hill Square era un lugar mucho más apropiado. Bajó rápidamente por la escalera hasta la puerta de la calle, contento de que nunca más necesitara entrar allí.

Llegó al camino del canal demasiado temprano, poco después de las tres, pero ello no se debió a ansiedad por su parte. Sabía que el niño acudiría. Desde su encuentro con la señorita Wharton, tenía la sensación de ser arrastrado por los acontecimientos, no como mero pasajero del destino, sino triunfalmente impulsado sobre una ola de suerte y euforia. Nunca se había sentido tan fuerte, tan confiado, ni más dueño de sí. Sabía que el chiquillo acudiría, tal como sabía que el encuentro resultaría importante en aspectos que por el momento ni siquiera podía empezar a barruntar.

Incluso hacer llegar el mensaje a Darren había sido más fácil de lo que se atrevía a esperar. La escuela era un edificio de dos plantas construido en sucio ladrillo victoriano y rodeado por verjas. Había merodeado por allí, pero sin quedarse frente a él, para no llamar la atención del pequeño grupo de madres que ya esperaban, y no se acercó a la verja hasta oír los primeros chillidos de los niños puestos en libertad. Había elegido a un niño como mensajero. Una niña, pensó, podía mostrarse más curiosa, más observadora, más propensa a hacer preguntas a Darren acerca del mensaje. Llamó a uno de los niños más pequeños y le preguntó:

—¿Conoces a Darren Wilkes?

—Sí. Está por ahí.

—Dale esto, ¿quieres? Es de su madre y es importante.

Le entregó el sobre junto con una moneda de cincuenta peniques. El niño lo cogió sin apenas mirarlo, arrebatando la moneda como si temiera que pudiese cambiar de opinión. Después atravesó corriendo el patio de juegos, hasta llegar al lado de otro niño que estaba jugando a la pelota contra una pared. Swayne se quedó mirando hasta que vio que el sobre cambiaba de manos, y entonces dio media vuelta y se alejó presuroso.

Había elegido el lugar del encuentro con esmero: unas espesas matas de espino blanco cerca del canal, detrás de las cuales podía vigilar el largo trecho de camino a su derecha y los cuarenta metros hasta la boca del túnel a su izquierda. Detrás de él, unos metros a su derecha, estaba una de las verjas de hierro con entrada al camino del canal. Su breve exploración le había mostrado que conducía a una estrecha carretera flanqueada por garajes cerrados, solares vallados y las desnudas fachadas de anónimas naves industriales. No era un camino que tentara al paseante del canal en una oscura tarde de otoño, y le facilitaría una ruta de fuga desde el camino de sirga en caso necesario. Sin embargo, no estaba demasiado preocupado. Llevaba veinte minutos de pie allí y todavía no había visto a nadie.

Y también el niño llegó temprano. Poco antes de las cuatro menos diez, fue visible su figurilla, caminando a lo largo de la orilla del canal. Tenía un aspecto insólitamente pulcro, con unos pantalones vaqueros, evidentemente nuevos, y una cazadora blanca y marrón con cremallera. Swayne retrocedió un poco y, pegado a la corteza de un árbol, observó su llegada a través de un escudo de hojas. De pronto, el pequeño desapareció y Swayne experimentó una intensa aprensión hasta que vio que había bajado hasta la zanja y ahora reaparecía, sosteniendo con ambas manos la llanta de una vieja rueda de bicicleta. Empezó entonces a hacerla correr por el camino. La rueda se bamboleaba y saltaba. Swayne salió entonces de su escondrijo y la cogió. El niño, a menos de doce metros de distancia, se detuvo en seco, le miró, atemorizado como un animal, y pareció dispuesto a dar media vuelta y echar a correr. Inmediatamente, Swayne sonrió y lanzó de nuevo la rueda hacia él. El niño la detuvo, sin dejar de fijar en él su mirada fija y seria. Después, volteó la llanta en el aire, girando torpemente sobre sí mismo, se detuvo y la soltó. La rueda voló sobre el agua y cayó con un chapoteo que a Swayne le pareció tan fuerte que casi esperó ver llenarse repentinamente de gente el camino del canal. Pero no había nadie, y no se oyeron voces ni pisadas apresuradas.

Las ondas se ensancharon y después se extinguieron. Se acercó al chiquillo y comentó jovialmente:

—Un buen chapotazo. ¿Encuentras muchas como ésta en la zanja?

El niño desvió la mirada y, contemplando el canal, dijo:

—Una o dos. Depende.

—Tú eres Darren Wilkes, ¿verdad? La señorita Wharton me dijo que te encontraría aquí. Te estaba buscando. Soy un inspector de la Sección Especial. ¿Sabes lo que quiere decir esto?

Sacó su cartera con sus tarjetas de crédito y el viejo carnet de la universidad. Era una suerte que no se hubiese desprendido de él después de aquel primer y último desastroso semestre. En él estaba su fotografía y lo pasó rápidamente ante los ojos del niño, sin darle oportunidad para que lo mirase atentamente.

—¿Dónde está, pues, la señorita Wharton?

La pregunta había sido cuidadosamente indiferente. El niño no quería delatar su necesidad de saberlo, si es que la tenía. Pero se había molestado en acudir. Estaba allí.

Swayne contestó.

—No ha podido venir. Me dijo que te explicara que lo siente mucho, pero no se encuentra muy bien. ¿Has traído la nota que ella te ha enviado?

—¿Qué le pasa?

—Sólo un resfriado. Nada que pueda preocupar. ¿Has traído la nota, Darren?

—Sí. La tengo.

Metió un pequeño puño en el bolsillo de sus vaqueros y sacó el mensaje. Swayne cogió el arrugado papel, le echó un vistazo y después lo rompió cuidadosamente en fragmentos pequeños. El niño miró en silencio cómo los arrojaba al agua. Permanecieron en la superficie como menudos pétalos primaverales y después se movieron silenciosamente, se oscurecieron y desaparecieron.

Swayne dijo:

—Es mejor no correr riesgos. Verás, yo tenía que asegurarme de que tú eres realmente Darren Wilkes. Por eso la nota era tan importante. Tenemos que charlar un poco.

—¿De qué?

—Del asesinato.

—Yo no sé nada del asesinato. Ya he hablado con la bofia.

—Con la policía corriente sí, ya lo sé. Pero ellos andan un poco desorientados. En este caso hay más de lo que ellos pueden comprender. Mucho más.

Avanzaban lentamente en dirección a la entrada del túnel. Las matas eran allí más espesas, y en determinado lugar lo eran tanto que, incluso con el verdor estival ya desvaído, todavía formaban una pantalla segura junto al camino. Hizo que el niño se metiera con él en la semioscuridad y dijo:

—Voy a confiar en ti, Darren, porque necesito tu ayuda. Mira, nosotros, los de la Sección Especial, creemos que no fue un asesinato corriente. Sir Paul fue muerto por una banda, una banda de terroristas. Sabes a qué me refiero al hablar de la Sección Especial, ¿verdad que sí?

—Sí. Algo relacionado con el espionaje.

—Eso es. Nuestra tarea consiste en capturar a los enemigos del Estado. Y la llaman especial porque eso es lo que es. ¿Sabes guardar secretos?

—Sí, tengo muchos.

Su cuerpecillo pareció oscilar. Miró a Swayne, con aquella cara tan parecida a la de un mono inteligente, súbitamente atenta y ávida.

—¿Por eso estuvo usted allí, entonces? ¿Vigilándole?

La impresión fue como un puñetazo en pleno pecho, doloroso, paralizante.

Cuando pudo hablar, Swayne se sorprendió ante la calma que reflejaba su voz.

—¿Qué te hace pensar que yo estaba allí?

—Estos botones tan raros de su chaqueta. Encontré uno.

Su corazón dio un salto y después pareció detenerse, como una cosa muerta en su pecho que le arrastrara hacia abajo. Pero enseguida volvió a notar su palpitación regular, infundiéndole de nuevo calor, vida y confianza. Sabía ahora por qué se encontraba allí, por qué estaban allí los dos. Dijo:

—¿Dónde, Warren? ¿Dónde lo encontraste?

—En el camino cerca de la iglesia. Lo cogí. La señorita Wharton creyó que cogía una flor. Ella no lo vio. Me dio diez peniques para una vela, ¿sabe?, como siempre. Siempre me da diez peniques para la BVM.

Por un momento, la mente de Swayne pareció girar, perdido todo control. Las palabras del niño ya no tenían ningún sentido. Vio que aquella cara delgaducha, de un verde enfermizo en la penumbra de los matorrales, le miraba con una expresión que sugería menosprecio.

—La BVM. La estatua de aquella señora de azul. La señorita Wharton siempre me da diez peniques para la caja. Y entonces yo enciendo una vela, ¿sabe? Para la BVM. Sólo que esa vez me guardé los diez peniques y no tuve tiempo para encender la vela porque ella me llamó.

—¿Y qué hiciste con el botón, Darren?

Tuvo que cerrar los puños para que sus manos no se cerraran alrededor del cuello del niño.

—Lo metí en la caja, ¿sabe? Sólo que ella no se enteró. Yo no se lo dije.

—¿Y no se lo has dicho a nadie más?

—Nadie me lo ha preguntado. —Y alzó de nuevo la vista, con una repentina timidez—. No creo que a la señorita Wharton le gustase.

—No. Ni a la policía tampoco..., a la policía corriente. Dirían que eso es robar, pues te quedaste con el dinero para ti. Y ya sabes lo que les hacen a los chicos que roban, ¿verdad? Están tratando de echarte mano, Darren. Quieren una excusa para meterte en uno de esos hogares. Y eso tú también lo sabes, ¿verdad? Podrías encontrarte en un grave aprieto. Pero tú guardas mi secreto y yo guardaré el tuyo. Juraremos los dos sobre mi pistola.

—¿Tienes una pistola?

—Claro. Los de la Sección Especial siempre vamos armados.

Sacó la Smith and Wesson de su bolsa colgada al hombro y la mostró sobre la palma de la mano. Los ojos del niño se clavaron en ella, fascinados. Swayne dijo:

—Pon tu mano sobre ella y júrame que no hablarás con nadie sobre el botón, sobre mí y sobre este encuentro.

La manita se alargó con avidez. Swayne vio cómo se apoyaba en el cañón. El niño dijo:

—Lo juro.

Swayne puso su mano sobre la de Darren y la oprimió hacia abajo. Era pequeña y muy blanda, y parecía curiosamente independiente del cuerpo del niño, como si tuviera vida separada como un animal joven.

Dijo con voz altisonante:

—Y yo juro solemnemente no decir nada de lo que ocurra entre nosotros.

Sabía cuál era el anhelo del niño y le preguntó:

—¿Te gustaría sostenerla?

—¿Está cargada?

—No. Llevo las balas, pero no está cargada.

El niño la cogió y empezó a apuntar con ella, primero hacia el canal, después, haciendo una mueca, contra Swayne, y luego de nuevo hacia el canal. La empuñaba como debía de haberlo visto hacer a los polis en la televisión, con los brazos extendidos y sosteniéndola con ambas manos. Swayne dijo:

—Es así como se hace. Podríamos sacar buen partido de ti en la Sección Especial, cuando seas mayor.

De pronto, oyeron los dos el siseo de unas ruedas de bicicleta. Ambos retrocedieron instintivamente, en busca de una protección más profunda entre las matas. Tuvieron la breve visión de un hombre de mediana edad, con gorra, que pedaleaba lentamente venciendo la viscosa resistencia del fango, fijos los ojos en el camino de sirga. Permanecieron inmóviles, apenas respirando, hasta que hubo desaparecido. Pero esto le recordó a Swayne que no disponía de mucho tiempo. El camino del canal se vería más transitado. Podía haber gente que se sirviera de él como atajo para ir a sus casas. Tenía que hacer lo que debía hacer con rapidez y en silencio. Dijo:

—Tienes que tener cuidado cuando juegues junto al canal. ¿Sabes nadar?

El niño se encogió de hombros.

—¿No os enseñan a nadar en la escuela?

—No. No he ido mucho tiempo a la escuela.

Resultaba casi demasiado fácil. Resistió un súbito impulso de echarse a reír a carcajadas. Tenía ganas de tumbarse sobre aquella tierra húmeda, mirar hacia lo alto a través del intrincado ramaje y pregonar a gritos su triunfo. Era invencible, estaba fuera del alcance de todos protegido por la suerte y por la inteligencia, y por algo que nada tenía que ver con ninguna de estas cosas, pero que ahora ya formaba parte de él para siempre. La policía no podía haber encontrado el botón, pues de haberlo hecho lo hubieran confrontado con él, le hubieran confiscado la chaqueta, con el revelador hilo de algodón prendido en su orillo. Hubieran visto la etiqueta, hubieran sabido, al examinar la chaqueta, que faltaba el botón de recambio. Pero un agente joven y muy serio se la había devuelto sin hacer ningún comentario, y desde entonces él la había llevado casi a diario, ya que sin ella se sentía supersticiosamente inquieto. Recuperar el botón no sería difícil. Primero se las arreglaría con el niño y después iría inmediatamente a la iglesia. No, inmediatamente no. Necesitaría un escoplo para abrir la caja de las limosnas. Podía recoger uno en Campden Hill Square o, mejor, comprar uno en el Woolsworth's más cercano. Un cliente entre tantos pasaría desapercibido. Y no sólo compraría el escoplo. Sería más seguro adquirir varios objetos de poca monta antes de hacer cola ante la caja, pues con ello sería menos probable que la cajera recordara el escoplo. Y abrir la caja de las ofrendas parecería el resultado de una pequeña ratería. Era algo que sucedía continuamente. Dudaba de que alguien se molestara siquiera en informar a la policía, y si lo hacían, ¿por qué habrían de relacionarlo con el asesinato? Y entonces le asaltó la idea de que la caja podía haber sido vaciada ya. Este pensamiento ensombreció su sensación de triunfo, pero sólo por un momento. Si era así, el botón o bien habría sido entregado a la policía, o tirado como objeto inútil. Y no podían habérselo dado a la policía, pues ésta ya habría hecho uso de él. E incluso si por mala suerte se encontraba todavía en poder de alguien, sólo el niño sabía dónde había sido hallado. Y el niño estaría muerto, ahogado accidentalmente, un niño más que jugaba imprudentemente en la orilla del canal.

Abandonó el refugio de los matorrales y el pequeño le siguió. A cada lado, el camino se extendía en una vacía desolación, y el canal discurría, espeso y pardo como el cieno, entre las desgastadas orillas. Se estremeció. Por un momento, se había apoderado de él la ilusión de que no venía nadie porque no quedaba nadie que pudiera hacerlo, que él y Darren eran los últimos supervivientes en un mundo muerto y desierto. Incluso el silencio era sobrenatural, y le impresionó darse cuenta de que, desde que llegó al camino, no había oído el susurro de ningún animal, ni la nota de un solo pájaro.

Advirtió que Darren se había apartado de su lado y se había puesto en cuclillas junto al agua. Deteniéndose a su lado, Swayne vio que había una rata muerta prendida en el codo de una rama rota; el cuerpo flaco y alargado causaba ondas en la superficie, y el morro apuntaba como una proa. Se agachó junto al niño y la contemplaron en silencio. La rata, pensó, parecía curiosamente humana en su muerte, con los ojos empañados y las patitas alzadas como en una última y desesperada súplica. Dijo: «Afortunada rata», y enseguida supo que esa observación casual carecía de todo sentido. La rata, que ya no era rata, no era afortunada ni desafortunada. No existía. Ninguna observación sobre ella tenía el menor sentido.

Vio cómo el niño agarraba el extremo de la rama y empezaba a mover el cadáver debajo del agua. Después lo levantó. Se formó un pequeño torbellino sobre su cabeza y ascendió con el pelo brillante, arqueada la espalda por la atracción de las hediondas aguas. Ordenó secamente:

—No hagas eso, Darren.

El niño soltó la rama y la rata volvió a caer y empezó a derivar lentamente aguas abajo.

Siguieron caminando. Y, de pronto, su corazón pegó un brinco. Darren echó a correr desde su lado y, con un chillido, se metió como una flecha en la boca del túnel. Durante un torturante segundo, Swayne pensó que su víctima debía de haber adivinado su propósito y se daba a la fuga. Corrió tras él en la semioscuridad, y entonces recuperó de nuevo el aliento. Darren, gritando y aullando, pasaba las manos por la pared del túnel, y seguidamente saltaba, con los brazos extendidos, en un vano intento de tocar el techo. Swayne estuvo a punto de ponerse a saltar con él.

Y ése era, desde luego, el lugar, ninguno podía ser mejor. Necesitaría tan sólo un minuto, tal vez sólo unos segundos. Habría de actuar con rapidez y seguridad. Nada podía quedar confiado al azar; habría de hacer algo más que arrojarlo simplemente al agua. Necesitaría arrodillarse y mantener la cabeza bajo el agua. El pequeño seguramente se debatiría, pero la cosa sería breve. Parecía demasiado frágil para oponer una gran resistencia. Se quitó la chaqueta y se la echó al hombro; no era necesario salpicar una americana tan cara. Además, aquí el borde del camino de sirga era de hormigón, no de tierra. Podría arrodillarse si era necesario, sin el riesgo de mancharse los pantalones con un barro delator.

Llamó con voz suave:

—Darren.

El niño, que todavía saltaba, procurando llegar hasta el techo, no le prestó atención. Swayne había cobrado ya aliento para llamarlo de nuevo, cuando de pronto la figurilla que tenía delante se tambaleó, se dobló, cayó silenciosamente, como una hoja, y se quedó inmóvil. Su primer pensamiento fue que Darren estaba practicando algún juego, pero cuando se acercó a él vio que el niño se había desmayado. Yacía con las piernas y los brazos abiertos, tan cercano al canal que un bracito colgaba sobre él, con el puño, pequeño y semicerrado, casi tocando el agua. Tan completa era su inmovilidad que hubiera podido estar muerto, pero Swayne sabía que podía reconocer la muerte cuando la veía. Se agachó y observó fijamente aquella cara inmóvil. La boca del niño estaba abierta y húmeda, y creyó oír el suave suspiro de su respiración. En aquella media luz, las pecas destacaban en la blancura de la piel como motas de pintura dorada y apenas podía distinguir las escasas pestañas abatidas sobre la mejilla. Pensó: Debe de padecer alguna enfermedad. Está enfermo. Los niños no se desmayan sin motivo. Y entonces le acometió una sensación que era mitad compasión y mitad enojo. Pobre diablo. Lo llevan ante el Tribunal de Menores, lo someten a supervisión y ni siquiera pueden cuidar de él. Ni siquiera ven que está enfermo. Hijos de puta. Maldito fuera todo aquel hatajo de hijos de puta.

Pero ahora que lo que debía hacer resultaba más fácil que nunca, tan sólo un leve empujón, de pronto se había vuelto más difícil. Introdujo un pie debajo del niño y lo levantó suavemente. El cuerpo se alzó sobre su zapato, tan aparentemente carente de peso que apenas podía notarlo. Pero Darren no se movió. Un empujón, pensó, un breve impulso. Si hubiese creído en un dios, le habría dicho: «No debiste ponérmelo tan fácil. Nada debería resultar tan fácil.» Reinaba la mayor calma en el túnel. Podía oír el lento goteo de la humedad desde el techo, el leve lengüetazo del canal contra el borde del pavimento, el íntimo chasquido de su reloj digital tan intenso como el tic-tac de una bomba de relojería. El olor del agua llegaba hasta él, intenso y agrio. Las dos medias lunas que resplandecían en los extremos del túnel le parecieron de pronto muy remotas. Pudo imaginarlas retrocediendo y empequeñeciéndose hasta convertirse en finas curvas luminosas, y después desvaneciéndose por completo, dejándole a él y a aquel niño que respiraba casi inaudiblemente encerrados juntos en una nada negra y que olía a humedad.

Y entonces pensó: «¿Necesito hacerlo? Él no me ha hecho ningún daño. Berowne merecía morir, pero él no. Y no hablará. De todos modos, la policía ha dejado de interesarse por él. Y una vez yo tenga el botón, no importa si él habla. Será su palabra contra la mía. Y sin el botón, ¿qué pueden probar?» Descolgó la chaqueta de su hombro y, al notar cómo se deslizaba el forro junto a sus brazos, supo que ésta era la acción decisiva. Al chiquillo se le permitiría vivir. Durante un extraordinario momento saboreó una nueva sensación de poder, y le pareció más dulce y excitante incluso que la que experimentó cuando por fin se volvió para contemplar el cadáver de Berowne. Eso era lo que a uno le hacía sentirse como un dios. Tenía poder para quitar la vida o para otorgarla. Y esta vez había elegido ser misericordioso. Le estaba dando al niño el mayor don en su poder, y el niño ni siquiera sabría que había sido él quien se lo había concedido. Pero se lo contaría a Barbie. Algún día, cuando todo estuviera bien seguro, le contaría a Barbie lo de la vida que había arrebatado y lo de la vida que tan generosamente había respetado. Apartó un poco el cuerpo del niño del borde del agua, y oyó que el pequeño gemía. Sus párpados se agitaron. Como si le asustara encontrarse con su mirada, Swayne se incorporó entonces y casi echó a correr hacia el extremo del túnel, intentando desesperadamente llegar al final y alcanzar aquella media luna de luz antes de que la oscuridad se cerrara sobre él para siempre.

6

Fue Sarah Berowne quien los hizo entrar. Sin hablar, los guió hasta la biblioteca, atravesando el vestíbulo. Lady Ursula estaba sentada ante la mesa del comedor, en la que se apilaban cartas y documentos en tres pilas bien ordenadas. Parte del papel de cartas estaba orlado de negro, como si la familia hubiera rebuscado en los cajones en busca del papel de luto que debía de estar de moda en los tiempos de su juventud. Al entrar Dalgliesh, la anciana levantó la vista y le saludó con la cabeza; después, insertó su cortapapeles de plata en un nuevo sobre y él oyó cómo se abría éste con un leve chasquido. Sarah Berowne se acercó a la ventana y se quedó junto a ella, contemplando el exterior, con los hombros caídos. Más allá de los cristales bañados por la lluvia, el denso ramaje de los sicomoros colgaba empapado en la atmósfera cargada de humedad, y las hojas muertas, arrancadas por la tormenta, pendían como trapos pardos entre el verdor. Había un denso silencio. Incluso el rumor del tráfico en la avenida quedaba amortiguado como una marea en retirada en una costa muy distante. Pero en el interior de la habitación parecía flotar todavía parte de la pesadez del día y el difuso dolor frontal que había incomodado a Dalgliesh desde la mañana se había intensificado y concentrado detrás de su ojo derecho, como una aguja penetrante.

Jamás había percibido en aquella casa una atmósfera de paz o de tranquilidad, pero ahora la tensión vibraba en el aire. Sólo Barbara Berowne parecía impermeable a ella.

También ella estaba sentada ante la mesa. Se pintaba las uñas y ante ella, en una bandeja, había botellitas de colores brillantes y bolas de algodón. Al entrar él, el pincel quedó por un momento detenido, inmóvil en el aire su punta coloreada.

Sin mirar a su alrededor, Sarah Berowne dijo:

—Mi abuela esta preocupada, entre otras razones, por los preparativos para el funeral. No sé si usted, comandante, tiene alguna opinión sobre la relativa conveniencia de entonar el *Libra la buena batalla* o bien *Oh Señor y Hacedor de la humanidad*.

Dalgliesh se acercó a lady Ursula y le mostró el botón, en la palma de su mano. Dijo:

—¿Has visto algún botón como éste, lady Ursula?

Ella le indicó que se acercara más y después inclinó la cabeza hacia sus dedos, como si quisiera oler el botón. Seguidamente, le miró con semblante inexpresivo, y dijo:

—Que yo sepa, no. Parece proceder de una americana de hombre, probablemente cara. No puedo ofrecerle más ayuda.

—¿Y usted, señorita Berowne?

La joven abandonó la ventana, miró brevemente el botón y contestó:

—No, no es mío.

—No era ésa mi pregunta. Yo he preguntado si lo había visto, o alguno parecido a éste.

—Si lo vi, no me acuerdo. Pero es que a mí no me interesa mucho la ropa o los accesorios de la moda. ¿Por qué no se lo pregunta a mi madrastra?

Barbara Berowne tenía la mano izquierda levantada y se soplaba suavemente las uñas. Sólo la del pulgar estaba sin pintar y parecía una deformidad muerta junto a las cuatro puntas rosadas. Al aproximarse Dalgliesh a ella, cogió el pincel y empezó a aplicar cuidadosos trazos de color rosa a la uña del pulgar. Hecho esto, contempló el botón y después volvió rápidamente la cabeza y dijo:

—No es nada que me pertenezca. Y no creo tampoco que fuese de Paul. Nunca lo he visto hasta ahora. ¿Es importante?

Sabía que ella mentía pero no, pensó, por temor o por cualquier sensación de peligro. Para ella, mentir en caso de duda era lo más fácil, incluso la respuesta más natural, una manera de ganar tiempo, de esquivar situaciones desagradables, de aplazar problemas. Dalgliesh se volvió hacia lady Ursula:

—También me gustaría hablar con la señorita Matlock, si me lo permite.

Fue Sarah Berowne quien se dirigió hacia la chimenea y tiró del cordón del timbre.

Cuando entró Evelyn Matlock, las tres mujeres Berowne se volvieron a la vez y la miraron. Ella permaneció inmóvil por un momento, con los ojos fijos en lady Ursula, y después avanzó hacia Dalgliesh, rígida como un soldado a paso de carga. Él le dijo:

—Señorita Matlock, voy a hacerle una pregunta. No la conteste apresuradamente. Reflexione cuidadosamente antes de hablar, y después dígame la verdad.

Ella le miró fijamente. Era la mirada de una chiquilla recalcitrante, obstinada, maliciosa. Él no pudo recordar cuándo había visto tanto odio en un rostro. De nuevo extrajo la mano de su bolsillo y mostró, en su palma, el botón de plata labrada. Dijo:

—¿Ha visto alguna vez este botón o uno parecido a él?

Sabía que los ojos de Massingham, al igual que los suyos, estarían clavados en el rostro de ella. Era fácil decir una mentira, una sola y breve sílaba, pero representar una mentira resultaba más difícil. Ella podía controlar el tono de su voz, podía obligarse a mirarle resueltamente a los ojos, pero el daño ya estaba hecho. A Dalgliesh no le había pasado por alto aquel destello instantáneo de identificación, el leve sobresalto, el momentáneo rubor en la frente, y esto último, sobre todo, estaba fuera del control de ella. Al hacer ella una pausa, él dijo:

—Acérquese más, examínelo atentamente. Es un botón característico, probablemente de una chaqueta de hombre. No es de los que se encuentran en las americanas corrientes. ¿Cuándo vio por última vez uno como éste?

Pero ahora la mente de ella estaba trabajando. Casi se podía oír el proceso de su pensamiento.

—No lo recuerdo.

—¿Me dice que no recuerda haber visto un botón como éste, o que no recuerda cuándo lo vio la última vez?

—Me está usted confundiendo.

Volvió la cara hacia lady Ursula, quien dijo:

—Si deseas tener a tu lado un abogado antes de contestar, tienes derecho a exigirlo. Puedo telefonear al señor Farrell.

Ella replicó:

—No, no quiero ningún abogado. ¿Por qué iba a querer un abogado? Y si lo necesitara, no llamaría al señor Farrell. Me mira como si yo fuese basura.

—Entonces, sugiero que contestes a la pregunta del comandante. A mí me parece bien sencilla.

—He visto algo parecido a este botón. No puedo recordar dónde. Debe de haber cientos de botones similares.

Dalgliesh insistió:

—Trate de acordarse. Usted ha visto algo parecido a él. ¿Dónde? ¿En esta casa?

Massingham, evitando cuidadosamente los ojos de Dalgliesh, debía de estar esperando este momento. Su voz fue una estudiada mezcla de brutalidad, desprecio y sarcasmo.

—¿Es usted su querida, señorita Matlock? ¿Por eso le está escudando? Porque usted lo escuda, ¿no es así? ¿Es así como le pagaba él, con una rápida media hora en su cama, entre su baño y su cena? Le salía bastante barata su coartada, ¿no le parece?

Nadie podía hacerlo mejor que Massingham. Cada palabra era un insulto calculado. Dalgliesh pensó: Dios mío, ¿por qué siempre dejo que haga por mí el trabajo sucio?

La cara de la mujer se arreboló. Lady Ursula se echó a reír, con un leve graznido de hilaridad, y se dirigió a Dalgliesh:

—Verdaderamente, comandante, además de ofensiva, creo que esta sugerencia es ridícula. Grotesca.

Evelyn Matlock se revolvió hacia ella, con las manos cerradas y el cuerpo tembloroso por la indignación.

—¿Por qué es ridícula, por qué es grotesca? No soporta creerlo, ¿verdad? Usted tuvo muchos amantes en su tiempo, todo el mundo lo sabe. Es usted famosa en ese sentido. Y ahora es vieja, es fea y está tullida y nadie la quiere, ni hombre ni mujer, y no soporta el pensar que alguien pueda quererme a mí. Pues él lo hizo y lo hace. Me ama. Nos amamos los dos. Se preocupa por mí. Sabe cómo es mi vida en este casa. Estoy cansada. Hago un exceso de trabajo y los odio a todos ustedes. Esto usted no lo sabía, ¿verdad que no? Creía que yo me sentía agradecida. Agradecida por la tarea de lavarla a usted como si fuese un bebé, agradecida por servir a una mujer demasiado perezosa para recoger del suelo su ropa interior, agradecida por el peor dormitorio de la casa, agradecida por un hogar, una cama y la comida en la mesa. Esta casa no es un hogar. Es un museo. Está muerta. Hace años que está muerta. Y no piensan en nadie, como no sea en ustedes mismos. Haz esto, Mattie; búscame esto, Mattie; llename la bañera, Mattie. Y yo tengo un nombre. Él me llama Evelyn. Mi nombre es Evelyn. No soy un gato ni un perro, no soy un animalito doméstico. —Se volvió hacia Barbara Berowne—. ¿Y usted? Hay cosas que yo podría decir a la policía respecto a aquel primo suyo. Usted planeó hacerse con sir Paul, antes incluso de que su prometido estuviera enterrado, antes de que muriera su esposa.

Usted no dormía con él. Claro que era usted demasiado astuta para eso. ¿Y qué decir de usted, su hija? ¿Qué afecto le dedicaba? ¿Y ese amante suyo? Sólo lo utilizaba para herir a su padre. Ninguno de ustedes sabe lo que es el afecto, lo que es el amor. —De nuevo se volvió hacia lady Ursula—. Y está lo de mi padre. Se supone que yo he de estar agradecida por lo que hizo su hijo. Pero ¿qué hizo? Ni siquiera consiguió que mi padre no fuera a parar a la cárcel. Y la cárcel era para él una tortura. Tenía claustrofobia. No pudo resistirlo. Se sintió torturado hasta morir. ¿Y qué les importó eso a cualquiera de ustedes? Sir Paul pensó que darme a mí un trabajo, un hogar, lo que ustedes llaman un hogar, era suficiente. Creyó estar pagando por su error. Nunca pagó. Yo me ocupé de pagarlo todo.

Lady Ursula dijo:

—No sabía que pensaras así. Debí saberlo. Me culpo por ello.

—¡Oh, no, eso sí que no! Eso son sólo palabras. Usted nunca se ha culpado a sí misma. Jamás. Por nada. En toda su vida. Sí, dormía con él. Y volveré a hacerlo. No pueden impedírmelo. No es asunto que les incumba. No me poseen en cuerpo y alma, sólo creen poseerme. Él me ama y yo a él.

Lady Ursula repuso:

—No seas ridícula. Te estaba utilizando. Te utilizaba para conseguir una comida gratis, un baño caliente, y para tener la ropa limpia y planchada. Y al final te utilizó para establecer una coartada en el asesinato.

Barbara Berowne había dado fin a su manicura y ahora contemplaba sus uñas ya pintadas con el agrado y complacencia de una niña. Después alzó la vista.

—Sé que Dicco le hizo el amor, pues él me lo ha dicho. Pero, desde luego, él no mató a Paul; eso es una tontería. Eso era lo que estaba haciendo él cuando Paul murió. Le estaba haciendo el amor a ella en la cama de Paul.

Evelyn Matlock se volvió en redondo hacia ella y chilló:

—¡Eso es mentira! ¡No pudo habérselo dicho! ¡No pudo habérselo dicho!

—Pues lo hizo. Pensó que me divertiría. Creyó que la cosa tenía su gracia.

Y miró a lady Ursula, con una mirada conspiradora en la que se mezclaban diversión y menosprecio, como si la invitara a compartir un chiste en privado. La voz aguda e infantil de Barbara Berowne prosiguió:

—Le pregunté cómo era capaz de tocarla, pero me dijo que él podía hacerle el amor a cualquier mujer si cerraba los ojos e imaginaba que lo hacía con otra persona. Dijo que pensaba en el agua caliente del baño y en una cena gratis. En realidad, a él no le importaba hacerle el amor. Dijo que no tiene mala figura y que incluso podía disfrutar, siempre y cuando mantuviese la luz apagada. Era la charla empalagosa, todos aquellos discursos que ella le dirigía después, lo que él no podía soportar.

Evelyn Matlock se había desplomado en una de las sillas alineadas junto a la pared. Ocultó la cara entre las manos, pero después clavó la vista en el rostro de Dalgliesh y dijo con una voz tan queda que él tuvo que inclinar la cabeza para oírla:

—Aquella noche salió, pero me dijo que deseaba hablar con sir Paul. Quería averiguar qué iba a ocurrirle a lady Berowne. Me dijo que los dos estaban muertos cuando él llegó. La puerta estaba abierta y ellos estaban muertos. Muertos los dos. Él me amaba. Él confiaba en mí. ¡Dios mío, ojalá me hubiese matado también a mí!

Y de pronto empezó a llorar, con grandes sollozos parecidos a arcadas, que daban la impresión de desgarrarle el pecho y que alcanzaron un ululante crescendo de agonía. Sarah Berowne acudió prestamente a su lado y le sostuvo tímidamente la cabeza. Lady Ursula dijo:

—Este ruido es insoportable. Llévatela a su cuarto.

Como si estas palabras, que sólo debió de oír a medías, fueran una amenaza, Evelyn Matlock intentó dominarse. Sarah Berowne miró a Dalgliesh y dijo:

—Pero no es posible que él lo hiciera. No hubiera tenido tiempo para cometer los asesinatos y después limpiar aquello. A no ser que fuese en coche o en bicicleta. No se hubiese atrevido a tomar un taxi. Y si cogió la bicicleta, Halliwell tuvo que verle u oírle.

Lady Ursula intervino:

—Halliwell no estaba.

Levantó el receptor del teléfono y marcó un número. La oyeron decir:

—¿Quiere hacer el favor de venir, Halliwell?

Nadie habló. El único ruido de la habitación era el del llanto sofocado de la señorita Matlock. Lady Ursula la contempló con una mirada tranquilamente calculadora, sin compasión, casi, pensó Dalgliesh, sin interés.

Y entonces oyeron pasos en el suelo de mármol del vestíbulo y la robusta silueta de Halliwell apareció en el umbral. Llevaba pantalones vaqueros y una camisa de manga corta y cuello abierto, y su actitud era la del que se encuentra perfectamente a sus anchas. Sus ojos oscuros pasaron rápidamente de los policías a las tres Berowne, y después a la sollozante y acurrucada figura entre los brazos de Sarah. Cerró la puerta y miró tranquilamente a lady Ursula, sin deferencia, relajado, alerta, más bajo que los otros dos hombres, pero dando la impresión, gracias a su sosegado plomo, de dominar momentáneamente la habitación.

Lady Ursula dijo:

—Halliwell me llevó a la iglesia de Saint Matthew la noche en que murió mi hijo. Describa al comandante lo que ocurrió, Halliwell.

—¿Todo, señora?

—Claro.

Se dirigió a Dalgliesh:

—Lady Ursula me llamó a las seis menos diez y me

dijo que tuviera el coche a punto. Dijo que ella bajaría al garaje y que tendríamos que salir con la mayor discreción posible por la puerta posterior. Cuando ya estaba sentada en el coche, dijo que me dirigiera a la iglesia de Saint Matthew, en Paddington. Necesité consultar la guía de calles, y así lo hice.

Por tanto, pensó Dalgliesh, habían salido casi una hora antes de que llegara Dominic Swayne. El piso sobre el garaje había estado desierto. Swayne debió de suponer que Halliwell ya se había marchado, puesto que tenía libre el día siguiente. El chófer continuó:

—Llegamos a la iglesia y lady Ursula me pidió que aparcase frente a la puerta sur, en la parte posterior. La señora tocó el timbre y sir Paul abrió. Ella entró. Una media hora más tarde, volvió a salir y me pidió que me reuniera con ellos. Debían de ser más o menos las siete. Sir Paul estaba allí con otro hombre, un vagabundo. Había sobre la mesa una hoja de papel con unas ocho líneas escritas en ella. Sir Paul dijo que se disponía a firmar y quería que yo fuera testigo de su firma. Después firmó y yo escribí debajo mi nombre. El vagabundo hizo lo mismo.

Lady Ursula añadió:

—Fue una suerte que Harry supiera escribir. Claro que era ya viejo. Asistió a una escuela estatal cuando a los niños se les enseñaban estas cosas.

Dalgliesh preguntó:

—¿Estaba sobrio?

Fue Halliwell quien contestó.

—Le olía el aliento, pero se sostenía firmemente sobre sus pies, y pudo escribir su nombre.

—¿Leyó usted lo que había escrito en el papel?

—No, señor. No era de mi incumbencia leerlo y no lo hice.

—¿Cómo fue escrito?

—Al parecer, con la pluma estilográfica de sir Paul.

Él utilizó la pluma para firmar, y después me la entregó a mí y al vagabundo. Cuando hubimos firmado, pasó por encima el secante. Después, el vagabundo desapareció por la puerta que había a la derecha de la chimenea y lady Ursula y yo nos marchamos. Sir Paul se quedó en la sacristía. No nos acompañó hasta la puerta. Lady Ursula dijo entonces que le agradaría dar una vuelta antes de regresar a casa. Nos dirigimos a los Parliament Hill Fields y después fuimos a Hampstead Heath. Ella se quedó sentada en el coche, que detuve junto a los brezales, durante unos veinte minutos. Después la traje aquí; llegamos alrededor de las nueve y media. Lady Ursula me ordenó que la dejara ante la puerta principal, para poder entrar en casa sin que la vieran. Me dijo que aparcara el coche en Campden Hill Square, y así lo hice.

Por lo tanto, habían podido salir de la casa y regresar a ella sin que nadie lo advirtiera. Y ella había pedido que se le sirviera la cena en una bandeja, el termo de sopa, el salmón ahumado. Nadie había de molestarla hasta que la señorita Matlock la acostara.

Preguntó a Halliwell:

—Después de firmar usted el papel, ¿dijo algo sir Paul?

Halliwell miró a lady Ursula, pero esta vez no recibió ninguna ayuda. Dalgliesh volvió a preguntar:

—¿Le dijo algo a usted, a Harry Mack, a su madre?

—Harry no estaba allí. Como he dicho, firmó y salió del cuarto. No muy adecuado, diría yo, para hacer compañía o dar conversación. Sir Paul dijo algo, a la señora. Sólo tres palabras. Dijo: «Cuida de él.»

Dalgliesh miró a lady Ursula. Estaba sentada muy quieta, con las manos en el regazo, mirando, a través de la habitación, más allá del verde tapiz de los árboles, como si contemplara un futuro imaginario, y él creyó ver la traza de una sonrisa en sus labios. Se dirigió de nuevo a Halliwell:

—Entonces, ¿admite haber mentido cuando le pregunté si alguien pudo haber sacado aquella noche un coche o la bicicleta? ¿Mintió al decir que había estado en su apartamento toda aquella velada?

Halliwell replicó con calma:

—Sí, señor. Mentí.

Lady Ursula intervino:

—Yo le pedí que mintiera. Lo que hubiese ocurrido entre mi hijo y yo en aquella sacristía no era relevante para su muerte, tanto si se suicidó como si no lo hizo. Me parecía importante que invirtiera usted su tiempo y sus esfuerzos en encontrar a su asesino, no en inmiscuirse en los asuntos privados de la familia. Mi hijo estaba vivo cuando yo le dejé. Pedí a Halliwell que no dijera nada acerca de nuestra visita, y él es un hombre acostumbrado a recibir órdenes.

Halliwell dijo:

—Ciertas órdenes, señora.

La miró y le dirigió una leve sonrisa, y ella contestó a su mirada con un breve gesto de asentimiento, satisfecha. Dalgliesh tuvo la impresión de que por un momento olvidaron la presencia de todos los demás en la habitación, unidos en su privado mundo de conspiración, que tenía sus propias compulsiones. Se mantenían juntos ahora como lo habían estado desde el principio. Y él no tenía ninguna duda respecto a lo que los ligaba. Hugo Berowne había sido su comandante, y ella era la madre de sir Hugo. Hubiera hecho por ella mucho más que mentir.

Casi habían olvidado a Barbara Berowne, pero ahora ésta se levantó de un salto y casi se abalanzó sobre Dalgliesh. Las uñas rosadas arañaron su chaqueta. La falsa sofisticación se desprendió y Dalgliesh se encontró frente a una criatura aterrorizada, que le gritó:

—¡No es verdad, él no lo hizo! Dicco no salió de la casa. ¿No lo ve? Mattie está celosa porque, en realidad, ella nunca le importó en absoluto. ¿Cómo iba a hacerlo?

Fíjese en ella. Y la familia siempre le ha odiado, a él y a mí. —Se volvió hacia lady Ursula—. Tú nunca quisiste que se casara conmigo. Nunca creíste que fuera lo bastante buena para tus preciosos hijos, cualquiera de los dos. Pues bien, ahora la casa es mía, y creo que será mejor que te marches.

Lady Ursula respondió con toda calma:

—Me temo que no es así.

Con dificultad, se volvió y cogió su bolso, que tenía colgado en el respaldo de la silla. Vieron cómo aquellos dedos deformes luchaban con el cierre, y seguidamente extrajo una hoja de papel, doblada. Dijo:

—Lo que firmó mi hijo era su testamento. Se te recuerda en él adecuadamente, aunque no extravagantemente. Esta casa y el resto de sus propiedades se me legan a mí en custodia para su hijo póstumo. Si el hijo no sobrevive, pasa todo a mí.

Barbara Berowne tenía los ojos llenos de lágrimas, como una niña frustrada. Gritó:

—¿Y por qué lo hizo? ¿Cómo lograste que lo hiciera?

Pero fue a Dalgliesh a quien lady Ursula se dirigió, como si fuese a él a quien se le debiera la respuesta. Dijo:

—Fui allí para conversar con él, para asegurarme que sabía lo del hijo, si sabía si era suyo, para preguntarle qué intentaba hacer. Fue la presencia del vagabundo lo que me dio la idea. Verá, yo tenía los dos testigos necesarios. Le dije: «Si el hijo que lleva es tuyo, quiero asegurarme de que nazca como es debido. Quiero salvaguardar su futuro. Si tú murieses esta noche, ella lo heredaría todo y tu hijo tendría a Lampart como padrastro. ¿Es esto lo que quieres?» No me contestó. Se sentó ante la mesa. Yo saqué una hoja de papel del cajón superior del escritorio y se la puse delante. Sin decir palabra, escribió el testamento, sólo aquellas ocho líneas. Una renta anual razonable para su mujer y todo lo demás en fideicomiso para el hijo.

Puede que él quisiera desembarazarse de mí, y creo que así fue. Pudo haberle tenido sin cuidado; también esto es posible. También pudo dar por sentado que viviría para tomar más disposiciones formales el día siguiente. Todos hacemos esta suposición. O tal vez, no sé cómo, sabía que no sobreviviría a aquella noche. Pero esto, desde luego, es absurdo.

Dalgliesh dijo:

—Usted mintió al decir que habló con Halliwell aquella noche, más tarde. Una vez descubiertos los cadáveres, supo que él podía correr peligro. Pensó usted que le debía al menos una coartada. Y mintió también respecto al dietario de su hijo. Usted sabía que aquella tarde, a las seis, se encontraba en esta casa. Bajó usted al estudio y lo sacó del cajón del escritorio cuando telefoneó el general.

Ella replicó:

—A mi edad, la memoria tiende a ser algo defectuosa. —Y añadió, con lo que pareció ser una maliciosa satisfacción—: No creo haber mentido a la policía en ninguna otra ocasión. Mi clase rara vez necesita hacerlo, pero si lo hacemos puedo asegurarle que estamos tan dispuestos a ello y nos mostramos tan hábiles como otras personas, y probablemente más. Pero no creo que usted haya dudado jamás de ello.

Dalgliesh dijo:

—Usted esperaba saber, desde luego, cuánto era lo que habíamos descubierto, estar segura de que la madre de su nieto no era una asesina ni cómplice en un asesinato. Sabía que estaba usted ocultando información vital, una información que pudo haber ayudado al verdugo de su hijo a seguir en libertad. Pero esto no hubiera importado, ¿verdad? No hubiera importado, si el linaje familiar continuaba, si su nuera producía un heredero.

Ella le corrigió gentilmente:

—Un heredero legítimo. A usted puede que no le parezca muy importante, comandante, pero yo paso de los ochenta años y tenemos prioridades diferentes. Ella no es una mujer inteligente, ni siquiera una mujer admirable, pero será una madre adecuada; yo me ocuparé de ello. El niño nacerá debidamente. Sobrevivirá. Pero crecer sabiendo uno que su madre fue la cómplice de su amante en el brutal asesinato de su padre, eso no es una herencia cuyo peso pueda soportar cualquier niño. Y yo no quería que mi nieto tuviera que cargar con él. Paul me pidió que me ocupara de su hijo, y esto es lo que yo he estado haciendo. Hay una autoridad peculiar en las últimas voluntades de los que han muerto recientemente. Y en este caso coincidían con las mías.

—¿Y esto es todo lo que le preocupa?

Ella replicó:

—Tengo ochenta y dos años, comandante. Los hombres a los que yo amé están todos muertos. ¿Qué más me queda para preocuparme?

Dalgliesh dijo:

—Desde luego, necesitaremos nuevas declaraciones de todos ustedes.

—Naturalmente. Ustedes siempre quieren declaraciones. ¿No corren a veces el peligro de creer que todo lo importante de la vida puede ser expresado en palabras, firmado y admitido como prueba? Supongo que ésta es la atracción de su oficio. Todos los embrollos más sucios e incomprensibles reducidos a palabras en una hoja de papel, y pruebas con etiquetas y números. Pero usted es un poeta... o lo fue en otro tiempo. No es posible que crea que lo que revuelve en su oficio sea la verdad.

Dalgliesh dijo:

—Dominic Swayne vive ahora aquí, ¿no es cierto? ¿Sabe alguien dónde está? —No hubo respuesta—. Entonces dejaremos aquí a un oficial de la policía hasta que regrese.

Fue entonces cuando el teléfono empezó a llamar. Barbara Berowne tuvo un sobresalto y miró del aparato a

Dalgliesh con algo muy parecido al miedo. Lady Ursula y Sarah Berowne ignoraron la llamada, como si ni la habitación ni nada de lo que había en ella fuese ya de su incumbencia. Massingham se acercó a él y descolgó el receptor. Dio su nombre y escuchó en silencio durante un par de minutos, durante los cuales nadie se movió, y después habló en voz tan baja que sus palabras fueron ininteligibles y colgó. Dalgliesh se acercó a él, y Massingham le informó en un susurro:

—Darren ha llegado a su casa, señor. No quiere decir dónde estuvo y Robins asegura que es evidente que está ocultando algo. Su madre aún no ha regresado y nadie sabe dónde está. Están buscándola en los pubs y clubs que suele frecuentar. Dos oficiales se quedarán con Darren hasta que detengamos a Swayne, y han telefoneado a los servicios sociales para tratar de ponerse en contacto con un supervisor. Ahí no ha habido suerte. Ya no era hora de oficina.

—¿Y Swayne?

—Todavía no hay noticia de él. El diseñador con el que compartía un apartamento dice que más temprano se presentó allí, en Shepherd's Bush, para recoger sus cosas. Dijo que se marchaba a Edimburgo.

—¿Edimburgo?

—Al parecer, tiene amigos allí, gente a la que conoció cuando tomó parte en una representación en el festival de este año. Robins se ha puesto en contacto con Edimburgo. Tal vez puedan echarle mano en el tren.

—Si es que lo ha tomado.

Se aproximó a Evelyn Matlock. Ella levantó hacia él una cara devastada por el dolor y vio en sus ojos algo tan parecido a la confianza que su corazón dio un vuelco. Le dijo:

—Utilizó su afecto por él para obligarla a mentir en su beneficio, y eso fue una traición. Pero lo que él sintiera por usted y usted por él es asunto de la incumbencia de ustedes dos y de nadie más, y sólo usted puede saber la verdad al respecto.

Ella contestó, mirándole, deseando que él la comprendiera:

—Él me necesitaba. Nunca tuvo a nadie más. Era amor. ¡Era amor!

Dalgliesh guardó silencio, y entonces ella dijo con una voz tan baja que él apenas pudo captar sus palabras.

—Al marcharse, se llevó una caja de cerillas. Yo no lo hubiera advertido, pero la tetera eléctrica de la cocina estaba estropeada. Halliwell me la estaba arreglando. Tuve que encender el gas con una cerilla y tuve que abrir una caja nueva. La que había junto a los hornillos no estaba.

Empezó a llorar de nuevo, pero esta vez casi sin ruido, con un raudal de lágrimas silenciosas que descendía por su rostro, como si la causa del llanto fuese su anonadamiento y una desesperación más allá del dolor.

Pero había todavía preguntas que él tenía que hacer, y tenía que hacerlas ahora, al haber pasado ella de los extremos de la desdicha y la sensación de pérdida a la aceptación de la derrota. Le dijo:

—Cuando llegó el señor Swayne, ¿fue solo a alguna otra parte de la casa, además de la salita de usted y la cocina?

—Sólo para dejar su bolsa de aseo en el cuarto de baño.

Por lo tanto, tuvo oportunidad para entrar en el estudio. Prosiguió:

—Y cuando volvió, ¿llevaba algo en la mano?

—Sólo el periódico de la tarde. Ya lo llevaba cuando llegó.

Pero, ¿por qué no dejarlo en la parte trasera de la casa? ¿Por qué llevarse el periódico al cuarto de baño, a no ser que se propusiera utilizarlo para ocultar algo, un libro, una carpeta, tal vez unas cartas privadas? Generalmente, los suicidas destruyen sus papeles, y él podía encontrar algo en la casa para llevárselo y quemarlo. Probablemente había sido un hecho fortuito el que abriera el cajón y encontrara allí el dietario, al alcance de su mano.

Se volvió hacia Sarah Berowne y dijo:

—Es evidente que la señorita Matlock pasa un grave disgusto. Creo que le sentaría bien una taza de té. Tal vez alguien quiera tomarse la molestia de preparársela.

Ella replicó:

—Usted nos desprecia a todos, ¿verdad? A cada uno de nosotros.

Él dijo:

—Señorita Berowne, me encuentro en esta casa como un funcionario que efectúa una investigación. Aquí no tengo otro derecho y ninguna otra función.

Él y Massingham habían llegado a la puerta antes de que lady Ursula hablara, con voz clara, sin el menor titubeo.

—Antes de marcharse, comandante, creo que debe saber que ha desaparecido una pistola que había en la caja fuerte. Pertenecía a mi hijo mayor, y era una Smith and Wesson, calibre ocho. Mi nuera dice que Paul se desprendió de ella, pero creo más prudente suponer que está... —hizo una pausa y después añadió con delicada ironía—: Que está equivocada.

Dalgliesh se volvió hacia Barbara Berowne.

—¿Pudo haberse apoderado de ella su hermano? ¿Conocía él la combinación de la caja?

—¡Claro que no! ¿Por qué había de quererla Dicco? Paul se deshizo de ella. Me lo dijo. Pensaba que era peligrosa. La tiró. La arrojó al río.

Lady Ursula habló como si su nuera no estuviera presente.

—Pienso que puede usted dar por supuesto que Dominic Swayne conoce la combinación de la caja. Mi hijo la cambió tres días antes de morir. Tenía la costumbre de anotar la nueva combinación con lápiz en la última página de su dietario, hasta estar seguro de que él y yo la habíamos memorizado. Lo que hacía era rodear las cifras con un círculo en el calendario del año siguiente. Creo que ésa era la página que usted me enseñó, comandante. Había sido arrancada.

7

Eran casi las cinco cuando compró el escoplo, el más recio que tenían en la tienda. Al final no había dispuesto de tiempo para ir a un almacén Woolworth's, pero se dijo a sí mismo que no importaba y adquirió la herramienta en una ferretería de Harrow Road. Tal vez el dependiente pudiera recordarle, pero ¿quién iba a preguntarlo? El robo sería considerado como una ratería sin importancia, y después él arrojaría el escoplo al canal. Y sin el escoplo para contrastarlo con las señales en el borde de la caja de limosnas, ¿cómo iban a relacionarlo a él con el delito? Era demasiado largo para el bolsillo de su americana, y por tanto lo metió junto con la pistola en la bolsa de lona. Le divertía llevar colgada del hombro aquella bolsa tan vulgar e inocua, notar el peso de la pistola y del escoplo junto a su flanco. No temía que le parasen. ¿Quién iba a pararle, un joven respetablemente vestido que se encaminaba tranquilamente a su casa al finalizar la jornada? Pero esta sensación de seguridad tenía unas raíces más profundas. Caminaba por aquellas calles monótonas con la cabeza alta, invencible, y le entraban ganas de reírse a carcajadas de aquellos rostros grises y estúpidos que pasaban a su lado con la vista al frente, o dirigida hacia el suelo como si escudriñaran instintivamente la acera, con la esperanza de encontrar alguna moneda caída. Estaban acorralados en sus vidas sin esperanza, recorriendo interminablemente los mismos perímetros desnudos, esclavos de la rutina y del convencionalismo. Sólo él había tenido el valor de li-

berarse. Era un rey entre los hombres, un espíritu libre.
Y al cabo de unas horas estaría camino de España, en busca del sol. Nadie podía pararlo. La policía no tenía nada que justificara su retención, y ahora la única prueba física que le vinculaba al escenario del crimen se encontraba a su alcance. Tenía dinero suficiente para pasar dos meses, y después escribiría a Barbie. Todavía no había llegado el momento de decírselo, pero un día se lo contaría y ese día no podía tardar. La necesidad de decírselo a alguien se estaba convirtiendo en una obsesión. Casi había estado a punto de confiar en aquella solterona patética con la que había tomado unas copas en el Saint Ermin's Hotel. Después, casi se sintió asustado por ese anhelo de confesar, de tener a alguien que se maravillase ante su brillantez y su valor. Y, por encima de todo, necesitaba explicárselo a Barbie. Era Barbie quien tenía derecho a saber. Le diría que ella le debía su dinero, su libertad y su futuro a él, y ella sabría cómo mostrar su agradecimiento.

La tarde era tan oscura ahora que era como si fuese de noche, con el cielo espeso y velludo como una manta, un aire que costaba respirar y con el áspero sabor metálico de la inminente tormenta. Y precisamente cuando doblaba la esquina de la calle y veía la iglesia, estalló la tormenta. El aire y el cielo centellearon con el primer fogonazo del relámpago y, casi al mismo tiempo, se oyó el fragor del trueno. Dos gotarrones mancharon la acera ante él y empezó a caer una cortina de lluvia. Riéndose, corrió a buscar el refugio del pórtico de la iglesia. Incluso el tiempo estaba de su lado; la calle principal que conducía a la iglesia estaba desierta, y ahora él la contemplaba desde el pórtico, a través de la lluvia. Parecía ya como si las casas de apartamentos se estremecieran detrás de la cortina de agua. En la reluciente calzada brotaban chorros como fuentes y las bocas de alcantarilla engullían torrentes con un intenso gorgoteo.

Hizo girar lentamente la gran manija de hierro de la

puerta. No estaba cerrada, sino ligeramente entreabierta. Pero él ya había esperado encontrarla abierta. Una parte de su mente creía que las iglesias, edificios de refugio y superstición, siempre estaban abiertas para los fieles. Pero nada podía sorprenderle a él, nada podía salir mal. La puerta rechinó al cerrarla tras él y avanzar en aquella tranquilidad de olor dulzón.

El templo era mayor de lo que había imaginado, tan frío que se estremeció y tan silencioso que por un momento creyó oír el jadeo de un animal, hasta que comprendió que era su propia respiración. No había ninguna luz artificial, excepto un solo candelabro y una lamparilla en una pequeña capilla lateral, donde el aire se teñía con un resplandor rojizo. Dos hileras de cirios ardían ante la estatua de la Virgen, vacilantes sus llamas en la corriente de aire producida por la puerta al cerrarse. Había una caja asegurada al pie del candelabro, pero sabía que no era ésta la que él buscaba. Había interrogado a fondo al chiquillo. La caja que contenía el botón se encontraba en el extremo oeste de la iglesia, frente a la reja ornamental. Pero no se apresuró. Avanzó por el centro de la nave, de cara al altar, y abrió los brazos como para tomar posesión de aquella vasta vaciedad, de aquella santidad, de aquel aire de olor dulzón. Ante él, el mosaico del ábside resplandecía con intensos tonos áureos y, al elevar la vista hacia los lienzos superiores, pudo ver en la penumbra las hileras de figuras pintadas, unidimensionales, inofensivamente sentimentales, como grabados de un libro infantil. El agua de lluvia se escurría entre sus cabellos como para lavarle la cara, y se rió cuando notó su sabor dulce en la lengua. Junto a sus pies se formó un pequeño charco. Después, lentamente, casi ceremoniosamente, se dirigió desde la nave al candelabro que había delante de la reja.

Había un candado en la caja, pero muy pequeño, y la propia caja era más frágil de lo que esperaba. Insertó el escoplo bajo la tapa e hizo palanca. Primero resistió, pero enseguida pudo oír el leve crujido de la madera al astillarse y la abertura se ensanchó. Aplicó más presión y de pronto el candado saltó con un chasquido tan fuerte que su eco resonó a través de la iglesia como un pistoletazo. Casi al mismo tiempo, fue contestado por un trueno. Los dioses, pensó, me están aplaudiendo.

Y entonces advirtió la presencia de una sombra que avanzaba hacia él y oyó una voz amablemente despreocupada, gentilmente autoritaria:

—Si buscas el botón, hijo mío, has llegado demasiado tarde. La policía lo ha encontrado.

8

La noche anterior, el padre Barnes había tenido otra vez el mismo sueño que le asaltó la noche del asesinato. Fue terrible, terrible en el momento de despertarse y no menos terrible cuando pensó más tarde en él, y como todas las pesadillas dejó la sensación de que no había sido una aberración, sino que estaba firmemente alojado en su subconsciente, animado por su propia y espantosa realidad, agazapado y presto a volver. El sueño había sido un horror en tecnicolor. Él estaba presenciando una procesión, no como parte de ella, sino de pie junto al bordillo de una acera, solo e ignorado. Al frente de la procesión iba el padre Donovan con su mejor casulla, contoneándose delante de la cruz procesional mientras los fieles salían en tropel de la iglesia, detrás de él, con caras sonrientes, cuerpos que saltaban y levantaban polvo, y estrépito de tambores metálicos. David, pensó él, bailando ante el Arca del Señor. Y entonces venía la custodia, muy alta bajo el palio. Pero cuando estuvo cerca, vio que no se trataba de un palio sino de la sucia y ajada alfombra de la sacristía pequeña de Saint Matthew, con su fleco meciéndose al inclinarse los palos de los porteadores, y lo que llevaban no era la custodia, sino el cadáver de Berowne, desnudo y sonrosado como un lechón ensartado, y con la garganta rajada.

Se despertó gritando, buscando la lamparilla de la mesita de noche. Noche tras noche se había repetido la pesadilla, hasta que el domingo anterior, misteriosamente, se vio libre de ella y durante varias noches su sueño fue profundo y tranquilo. Y, al regresar para cerrar la vacía y oscura iglesia después de haberse marchado Dalgliesh y la señorita Wharton, se encontró rezando para que no volviera a visitarle aquella noche.

Miró su reloj de pulsera. Sólo eran las cinco y cuarto, pero la tarde era tan oscura que parecía que fuera medianoche. Y, cuando llegó junto al pórtico, la lluvia empezó a caer. Hubo primero un relámpago y un trueno, tan intenso que pareció sacudir la iglesia. Pensó en lo inconfundible y estremecedor que resultaba ese ruido ultraterreno, mitad rugido y mitad explosión. No era extraño, pensó, que el hombre siempre lo hubiera temido, como si fuese la ira de Dios. Y entonces, inmediatamente, llegó la lluvia, cayendo desde el tejado del pórtico como un sólido muro de agua. Sería absurdo dirigirse hacia la vicaría con semejante tormenta. Quedaría empapado en cosa de segundos. Si no se hubiese empeñado en quedarse unos minutos más después de haberse marchado Dalgliesh, para anotar el dinero de las velas en su libro de la caja pequeña, probablemente le hubieran llevado en coche a casa, ya que el comandante había de dejar a la señorita Wharton en su casa, camino del Yard. Pero ahora no le quedaba más remedio que esperar.

Y entonces recordó el paraguas de Bert Poulson. Bert, que era el tenor del coro, lo había dejado en la sacristía después de la misa dominical. Volvió a entrar en la iglesia, dejando entreabierta la puerta norte, abrió la puerta de la verja y se dirigió hacia la sacristía principal. El paraguas seguía allí, y entonces se le ocurrió que tal vez debiera dejar una nota en el perchero. Teniendo en cuenta su carácter, Bert podía llegar temprano el domingo y empezar a armar jaleo cuando viera que el paraguas no estaba allí. El padre Barnes entró en la sacristía pequeña y, sacando una hoja de papel del cajón del escritorio, anotó: «El paraguas del señor Poulson está en la vicaría.»

Acababa de escribir estas palabras y se estaba metiendo de nuevo el bolígrafo en el bolsillo cuando oyó el ruido. Fue un estampido considerable, y muy cercano. Instintivamente, salió de la sacristía pequeña y cruzó el pasillo. Detrás de la reja había un hombre joven, rubio, con un escoplo en la mano, y la caja de las limosnas estaba abierta de par en par.

Y entonces el padre Barnes lo supo. Supo a la vez quién era y por qué se encontraba allí. Recordó las palabras de Dalgliesh: «Nadie correrá peligro cuando sepa que hemos encontrado el botón.» Pero durante un segundo, un solo segundo, sintió miedo, un terror abrumador e incapacitante que le privó del habla. Y después pasó, dejándole frío y débil, pero con la mente perfectamente clara. Lo que ahora sentía era una calma inmensa, una sensación de que nada podía hacer y de que nada había de temer. Todo estaba controlado. Avanzó tan decidido como si se dispusiera a saludar a un nuevo miembro de su parroquia, y supo que su cara denotaba la misma atención consciente y sentimental. Su voz sonó totalmente firme al decir:

—Si buscas el botón, hijo mío, has llegado demasiado tarde. La policía lo ha encontrado.

Los ojos azules centellearon ante los suyos. El agua se escurría como lágrimas en aquel rostro juvenil. Pareció de pronto la cara de un niño desolado y aterrorizado, y su boca, entreabierta, fue incapaz de pronunciar palabra. Y entonces oyó un gruñido y vio con ojos incrédulos las dos manos extendidas hacia él, temblorosas, y en aquellas manos había una pistola. Oyó su propia voz: «¡No, por favor, no!», y supo que no estaba implorando piedad porque allí no la había. Fue un último grito impotente ante lo insoslayable. Y, mientras lo estaba profiriendo, sintió un golpe violento y su cuerpo dio un brinco. Sólo momentos después, cuando chocó contra el suelo, oyó la detonación.

Alguien se desangraba sobre las losas de la nave. Se preguntó de dónde procedía aquella mancha que se agrandaba sin cesar. Más trabajo de limpieza, pensó. Sería difícil hacerla desaparecer. La señorita Wharton y las demás señoras se disgustarían. El chorro rojo se deslizaba, viscoso como el aceite, entre las losas. Ingeniería líquida, como en aquel anuncio de la televisión. En algún lugar, alguien gimoteaba. Era un ruido horrible, muy intenso. Verdaderamente, tendrían que callarse. Y entonces pensó: «Ésta es mi sangre, soy yo el que sangra. Voy a morirme.» No tuvo miedo, sino tan sólo un momento de terrible debilidad, seguida por una náusea más espantosa que cualquier otra sensación física experimentada hasta entonces. Pero, después, también esto pasó. Pensó: Si esto es morirse, no es tan difícil. Sabía que había palabras que debería decir, pero no estaba seguro de recordarlas y no importaba. Pensó: Debo abandonarme, tan sólo abandonarme.

Estaba inconsciente cuando al fin dejó de brotar la sangre. Nada oyó cuando, casi una hora más tarde, la puerta se abrió lentamente y las recias pisadas de un inspector de policía avanzaron por la nave en dirección hacia él.

9

Desde el momento en que entró en la sala de accidentados y vio a su abuela, Kate supo que no le quedaba ya opción. La anciana estaba sentada en una silla junto a la pared, con una manta roja del hospital sobre los hombros y una gasa sujeta con esparadrapo a su frente. Parecía muy pequeña y muy asustada, con una cara más grisácea y arrugada que nunca y unos ojos ansiosos clavados en la puerta de entrada. A Kate le recordó un perro extraviado que, encerrado en la perrera de Notting Hill, esperaba su traslado al Hogar Canino de Battersea, y que, atado con un bramante a un banco, miraba, tembloroso, la puerta con la misma intensa añoranza. Al avanzar hacia ella, le pareció mirar a su abuela con aprensión, como si no se hubieran visto durante meses. Los signos bien patentes de deterioro, aquella pérdida de fuerzas y de amor propio que ella había ignorado o fingido no ver, de pronto destacaron con toda claridad. El cabello, que su abuela siempre había tratado de teñir con su color rojizo original, colgaba ahora en mechas verticales, blancas, grises y curiosamente anaranjadas, a cada lado de las hundidas mejillas; las manos moteadas y resecas como garras; las uñas melladas, en las que los restos de la pintura aplicada hacía meses persistían aún como sangre seca; los ojos todavía agudos, pero en los que brillaba ahora un primer destello de paranoia; el agrio olor de ropa y carne sin lavar. Sin tocarla, Kate se sentó a su lado en una silla vacante. Pensó: «No debo permitir que lo pida ella; no ahora, cuando la cosa se ha vuelto tan importante. Al menos, puedo evitarle esta humillación. ¿De dónde saqué yo mi orgullo, sino de ella?» Dijo:

—Está bien, abuela. Vas a venirte a casa conmigo.

Sin titubeos y sin alternativa. No podía mirar a aquellos ojos y ver en ellos por primera vez auténtico miedo, verdadera desesperación, y aun así decir que no. La dejó sólo un momento, para hablar con la enfermera jefe y confirmar que estaba en condiciones de marcharse. Después la acompañó, dócil como una chiquilla, hasta el coche, la llevó a su apartamento y la acostó.

Después de tantas programaciones y fricciones, después de querer justificarse a sí misma, después de la determinación de que ella y su abuela jamás volverían a vivir bajo el mismo techo, todo había sido así de sencillo y de inevitable.

El día siguiente fue ajetreado para ambas. Kate, después de hablar con el puesto de policía local, acompañó a su abuela a su casa y llenó una maleta con la ropa de la señora Miskin y una colección de pertenencias de las que ella no quiso separarse, dejó notas a los vecinos explicando lo que había ocurrido, y habló con el departamento de servicios sociales y la oficina de la vivienda. Cuando terminó era ya media tarde. A su regreso a Charles Shannon House, tuvo que preparar té, despejar cajones y un armario para las cosas de su abuela, y guardar sus utensilios de pintura en un rincón. Sólo Dios sabía, pensó, cuándo podría volver a utilizarlos.

Eran más de las seis cuando pudo dirigirse al supermercado de Notting Hill Gate para comprar comida suficiente de la que disponer durante los próximos días. Lo que anhelaba era poder regresar a su trabajo el día siguiente, que su abuela estuviera lo bastante repuesta como para poder dejarla. Ella había insistido en acompañar a Kate y había resistido bien las idas y venidas de la jornada, pero ahora parecía fatigada y a Kate la preocupaba desesperadamente la posibilidad de que a la mañana siguiente se negara a quedarse sola. Se había dado un golpe en la cabeza y magullado el brazo derecho cuando aquellos jovenzuelos arremetieron contra ella, pero se limitaron a arrebatarle el bolso sin patearle la cara y los daños físicos eran superficiales. Le habían hecho radiografías de la cabeza y el brazo, y en el hospital certificaron que estaba en condiciones de volver a su casa si había en ella alguien que pudiera vigilarla. Pues bien, alguien había para vigilarla, la única persona que a ella le quedaba en el mundo.

Empujando su carrito a lo largo de los pasillos del supermercado, Kate se maravilló al comprobar la cantidad de comida adicional que otra persona hacía necesaria. No necesitaba ninguna lista. Se trataba de las cosas familiares exigidas por su abuela y que ella le había comprado cada semana. Al meterlas en la cesta, todavía podía oír el eco de aquella voz cascada, confiada y gruñona en sus oídos. Galletas de jengibre («no de esas blandas, me gustan duras para poder mojarlas en el té»), peras en conserva («al menos a ésas puedes hincarle el diente»), natillas en polvo, paquetes de jamón en lonchas («así se mantiene más fresco y ves lo que comes»), bolsas de té del más fuerte («el que me trajiste la semana pasada no servía ni para bañar en él una rana»). Pero esa tarde había sido diferente. Desde su llegada al apartamento no había emitido la menor queja, era una anciana patética, cansada y dócil. Incluso su ya esperada crítica del último cuadro de Kate —«No sé por qué quieres colgar eso en la pared, parece el dibujo de un crío»— sonó más bien como una objeción ritual, como un intento de revivir su antiguo genio, que como una auténtica censura. Dejó que Kate saliera a hacer sus compras tan sólo con una repentina reaparición del miedo en sus ojos marchitos y una ansiosa pregunta:

—No tardarás mucho, ¿verdad?

—No mucho, abuela. Sólo voy al supermercado de Notting Hill Gate.

Y entonces, al llegar Kate a la puerta, la llamó y enarboló de nuevo el pequeño y airoso gallardete de su orgullo:

—No pido que me mantengas, ¿sabes? Tengo mi pensión.

—Lo sé, abuela. No hay ningún problema.

Maniobrando con su carrito en el pasillo flanqueado por las latas de frutas, pensó: Me parece que no necesito una religión sobrenatural. Lo que le ocurrió a Paul Berowne en aquella sacristía, fuera lo que fuese, es algo que me está tan negado a mí como un cuadro para un ciego. Para mí, nada es más importante que mi trabajo. Pero no me es posible hacer de la ley la base de mi moralidad personal. Ha de haber algo más si quiero vivir en paz conmigo misma.

Y le pareció haber hecho un descubrimiento sobre sí misma y su trabajo que revestía una enorme importancia, y sonrió al pensar que ello hubiera ocurrido mientras dudaba entre dos marcas de peras en conserva en un supermercado de Notting Hill Gate. Extraño también que hubiese tenido que ocurrir durante aquel caso en particular. Si todavía seguía en la brigada al finalizar la investigación, le gustaría decirle a su jefe: «Gracias por haberme admitido en el caso, por haberme elegido. He aprendido algo sobre el trabajo y también sobre mí misma.» Pero inmediatamente comprendió que esto no sería posible. Estas palabras serían demasiado reveladoras, demasiado confiadas, la clase de entusiasmo infantil que después no podría recordar sin un rubor de vergüenza. Y entonces pensó: ¿Y por qué no, vamos a ver? Él no me destituirá por eso, y además es la verdad. No lo diría para incomodarle ni para causarle buena impresión, ni por cualquier otra razón, excepto porque es la verdad y porque necesito decirlo. Sabía que se estaba poniendo excesivamente a la defensiva, y que probablemente siempre sería así. Aquellos años anteriores no podían borrarse y tampoco era posible olvidarlos, pero seguramente bien podía tender un pequeño puente levadizo sin rendir por ello la fortaleza. ¿Y sería tan importante si se rindiera?

Era demasiado realista para esperar que ese talante de exaltación durase largo tiempo, pero la deprimió ver con qué rapidez se extinguía. Soplaba un fuerte viento en Notting Hill Gate, que levantaba polvo y briznas de hierba de los parterres de flores y los proyectaba, todavía húmedos, contra sus piernas. Junto a la baranda, un viejo harapiento, rodeado por repletas bolsas de plástico, alzaba su voz trémula y despotricaba débilmente contra el mundo. Kate no había utilizado el coche. Era inútil tratar de aparcar cerca de Notting Hill, pero las dos bolsas eran más pesadas de lo que había esperado y su peso empezó a hacer mella en su espíritu, así como en los músculos de sus hombros. Estaba muy bien entregarse a la autocomplacencia, reflexionar sobre los imperativos del deber, pero ahora la realidad de la situación la afectó como un golpe físico, llenándola de una congoja rayana en el desespero. Ella y su abuela quedarían unidas ahora hasta que la anciana muriese. Ésta era demasiado vieja ya para pensar en una vida independiente, y pronto vería compensada esta pérdida al persuadirse a sí misma de que en realidad no la deseaba. ¿Y quién le daría ahora prioridad para un apartamento individual o una plaza en una residencia de ancianos, aunque ella quisiera aceptarla, con tantos casos mucho más urgentes en la lista? ¿Cómo podría ella, Kate, atender a su trabajo y al mismo tiempo cuidar a una paciente geriátrica? Sabía cuál sería la pregunta de la burocracia: «¿No puede pedir tres meses de permiso por razones familiares, o encontrar un empleo a tiempo parcial?» Y los tres meses se convertirían en un año, el año podría llegar a ser dos o tres, y su carrera quedaría truncada. No había esperanza ya de una plaza en el curso de Bramshill, o de planear la obtención de un mando superior. Ni esperanza siquiera de permanecer en la brigada especial, con sus horarios prolongados e imprevisibles, y sus exigencias de dedicación total.

La tormenta había cesado, pero de los grandes plátanos de Holland Park Avenue todavía se desprendían gruesas gotas de lluvia que se escurrían, desagradablemente frías, bajo el cuello de su abrigo. La tarde atravesaba la hora punta y sus oídos eran machacados por el zumbido y el rugido del tráfico, un ruido que rara vez advertía. Mientras esperaba para cruzar Ladbroke Grove, una furgoneta que circulaba con rapidez excesiva a través de los charcos formados junto a las bocas de alcantarilla, le salpicó las piernas con agua fangosa. Lanzó un grito de protesta, pero nadie pudo oírlo entre el estrépito de la calle. La tempestad había provocado la primera caída otoñal de hojas. Descendían lentamente, junto a las cortezas de los árboles, y se posaban, como esqueletos de delicadas venas, en el mojado pavimento. Al pasar por Campden Hill Square, miró hacia la casa de los Berowne. Quedaba oculta por los árboles del jardín de la plaza, pero podía imaginarse su vida secreta y tuvo que resistir la tentación de atravesar la calzada y acercarse para ver si ante ella se encontraba el Rover de la policía. Le parecía haber estado alejada de la brigada durante semanas, en vez de un solo día.

Se alegró al dejar atrás el fragor de la avenida y entrar en la relativa tranquilidad de su propia calle. Su abuela no pronunció palabra cuando tocó el timbre y pronunció su nombre en el interfono, pero hubo un zumbido y la puerta se abrió con sorprendente rapidez. La anciana debía de encontrarse cerca de la puerta. Metió las bolsas en el ascensor y ascendió, planta tras planta de vacíos y silenciosos pasillos.

Entró en el apartamento y, como hacía siempre, dio vuelta a la llave en la cerradura de seguridad. Después depositó las bolsas de comestibles sobre la mesa de la cocina y se volvió para recorrer los tres metros del vestíbulo hasta la puerta de la sala de estar. Había en el apartamento un silencio poco natural. ¿Habría apagado su abuela la televisión? Pequeños detalles, que le habían pasado desapercibidos en su estado obsesivo de enojo y desesperación, se unieron repentinamente: la puerta de la sala cerrada cuando ella la había dejado abierta, la rápida pero muda respuesta a su llamada desde la puerta de la calle, aquel silencio extraño. Mientras su mano se posaba en el pomo de la puerta de la sala y la abría, supo ya, con toda certeza, que algo malo sucedía. Mas para entonces ya era demasiado tarde.

Había amordazado a su abuela y la había atado a una de las sillas de comedor con tiras de tela blanca, probablemente, pensó Kate, una sábana rasgada. Él se encontraba de pie detrás de ella, con ojos centelleantes sobre una boca sonriente, como un extraño cuadro de juventud triunfal y vejez. Sostenía la pistola con ambas manos, bien nivelado el cañón, rígidos los brazos. Ella se preguntó si estaba familiarizado con las armas de fuego, o si era así como había visto empuñar una pistola en las series policíacas de la televisión. Tenía la mente curiosamente despejada. A menudo se había preguntado cómo se sentiría si se encontrara frente a este tipo de emergencia y le interesó comprobar que sus reacciones eran ahora las pronosticables. Incredulidad, *shock*, miedo. Y después la oleada de adrenalina, los engranajes de la mente asumiendo el control.

Cuando los ojos de los dos se encontraron, los brazos de él descendieron lentamente, y después apoyó el cañón del arma contra la cabeza de su abuela. Los ojos de ésta, sobre la mordaza, eran inmensos, grandes estanques negros de terror. Era extraordinario que aquellos ojos inquietos pudieran contener tal grado de súplica. Kate se sintió invadida por una compasión y una ira tan intensas que por un momento no se atrevió a hablar. Después dijo:

—Quítele esa mordaza. Le está sangrando la boca. Ha tenido ya una impresión muy fuerte. ¿Quiere que muera de dolor y miedo?

—Oh, no se morirá. Estas brujas no se mueren. Viven para siempre.

—No está muy fuerte y un rehén muerto no le servirá de nada.

—Bien, pero siempre la tengo a usted. Una mujer policía, algo mucho más valioso.

—¿Lo cree? Sepa que a mí me tiene sin cuidado, a no ser por ella. Veamos, si quiere alguna cooperación por mi parte, quítele la mordaza.

—¿Para que se ponga a chillar como un cerdo en el matadero? No es que yo sepa cómo chilla un cerdo en el matadero, pero sí sé el ruido que armaría ella. Soy particularmente sensible, y nunca he podido soportar los ruidos.

—Si grita, siempre puede amordazarla otra vez, ¿no le parece? Pero no lo hará. Yo me ocuparé de ello.

—Está bien. Acérquese y quítesela usted misma. Pero tenga cuidado. Y recuerde que tengo la pistola junto a su cabeza.

Kate atravesó la habitación y puso una mano en la mejilla de su abuela.

—Voy a quitarte la mordaza, pero no debes hacer ningún ruido. Ni el más pequeño ruido. Si lo haces, él volverá a ponértela. ¿Prometido?

No hubo respuesta, sólo terror en aquellos ojos vidriosos. Pero seguidamente su cabeza asintió dos veces.

Kate dijo:

—No te preocupes, abuela. Estoy aquí. No pasará nada.

Las manos, rígidas, con los nudillos abultados y apergaminados, se aferraban a los brazos del sillón como si estuvieran pegadas a la madera. Kate puso sobre ellas las suyas. Eran como de caucho reseco, frías y sin vida. Las oprimió con sus cálidas palmas y sintió la transferencia física de vida, de esperanza. Suavemente, colocó la mano derecha junto a la mejilla de su abuela y se preguntó cómo pudo haber considerado alguna vez repulsiva aquella piel arrugada. Pensó: «No nos hemos tocado nunca durante quince años. Y ahora yo la estoy tocando, y con amor.»

Cuando la mordaza se desprendió, él le hizo una seña para que se apartara y dijo:

—Quédese allí, junto a la pared. ¡Vamos!

Hizo lo que le ordenaban y sus ojos la siguieron.

Atada a su silla, su abuela abría y cerraba rítmicamente la boca, como un pez en busca de aire. Un hilillo de mucosidad sanguinolenta se deslizaba por su barbilla. Kate esperó hasta que pudo dominar su voz, y entonces dijo fríamente:

—¿A qué viene ese pánico? No tenemos ninguna prueba real, y usted debe de saberlo.

—Sí, ahora sí la tienen.

Sin mover la pistola, volvió con la mano izquierda el borde de su chaqueta.

—Mi botón de recambio. Sus colegas del laboratorio no habrán dejado de ver este trozo de hilo que hay aquí. Es una lástima que estos botones sean tan característicos. Esto es culpa de tener un gusto tan refinado para la ropa. Papá siempre decía que esto sería mi desgracia.

Tenía una voz aguda, vidriosa, y unos ojos grandes y brillantes como si estuviera bajo el efecto de una droga. Ella pensó: En realidad no está tan tranquilo como quiere aparentar. Y ha estado bebiendo. Probablemente, le ha echado mano a mi whisky mientras esperaba. Pero eso le hace más peligroso, en vez de menos. Dijo:

—Un botón no es suficiente. Mire, no pierda la cabeza. Deje de hacer comedia y entrégueme la pistola. Vuelva a su casa y avise a su abogado.

—Es que en este preciso momento no creo poder hacerlo. Sepa que está también lo de ese maldito cura entrometido. O, mejor dicho, estaba ese maldito clérigo entrometido. Le tenía afición al martirio, pobre infeliz. Espero que esté disfrutando de él.

—¿Ha matado al padre Barnes?

—Le he pegado un tiro. Por tanto, ya ve que nada tengo que perder. Si busco más bien Broadmoor que una prisión de alta seguridad, podríamos decir que cuanto más haya hecho tanto mejor.

Ella preguntó:

—¿Cómo ha encontrado mi casa?

—En la guía telefónica, ¿cómo iba a ser, si no? Una entrada más bien discreta y poco explícita, pero supuse que era usted. Además, ni la menor dificultad para que la vieja me abriera la puerta. Me limité a decir que era el inspector jefe Massingham.

—Muy bien, ¿y cuál es el plan?

—Pienso largarme. España. Hay un barco en el puerto de Chichester que me viene al pelo. El *Mayflower*. Ya he navegado en él. Es propiedad del querido de mi hermana, si le interesa. Y usted me llevará en coche allí.

—No pienso hacerlo, por el momento. Al menos hasta que los caminos estén despejados. Sepa que tengo tantas ganas de vivir como usted mismo. Yo no soy el padre Barnes, no soy una mártir. La policía me paga bien, pero no tanto. Yo le llevaré a Chichester, pero tendremos que esperar hasta que la A3 esté despejada, si es que queremos llegar allí. Pero, hombre de Dios, ¿no ve que es la hora punta? Ya sabe cómo está el tráfico en la salida de Londres. No tengo el menor deseo de encontrarme en un embotellamiento con una pistola apuntando a mi espalda y todos los demás automovilistas fisgoneando en mi coche.

—¿Y por qué habrían de hacerlo? La policía andará buscando a un hombre solo, no a un hombre con su esposa y su querida abuelita.

Ella replicó:

—Todavía no buscan a nadie, con botón o sin él. Al menos hasta que hayan encontrado al cura o sepan que usted tiene la pistola. Por lo que a la policía se refiere, no hay ninguna prisa. Ni siquiera saben que usted se ha enterado ya de lo del botón. Si queremos largarnos deprisa y sin ser vistos, hemos de tener el camino expedito hasta Chichester. Y no tiene ningún sentido cargar con mi abuela. No sería más que un obstáculo.

—Es posible, pero ella vendrá. La necesito.

Claro que la necesitaba. Su plan era perfectamente transparente. Se esperaba que ella condujera el coche y él se sentaría detrás, con la pistola apuntando a la cabeza de la anciana. Y cuando llegaran al puerto, se suponía que ella le ayudaría a zarpar, al menos hasta que llegara a alta mar. ¿Y después qué? ¿Dos pistoletazos, dos cadáveres arrojados por la borda? Él parecía reflexionar, y finalmente dijo:

—De acuerdo, esperaremos. Pero sólo una hora. ¿Cuánta comida hay aquí?

—¿Tiene hambre?

—La tendré, y necesitaremos provisiones. Todo lo que tenga y que nos podamos llevar.

Ella sabía que esto podía ser importante. El hambre, unas necesidades comunes, unos alimentos compartidos, una necesidad humana, natural, satisfecha. Era una manera de establecer aquella empatía de la que podía depender su supervivencia. Recordó lo que le habían enseñado referente a los asedios. Los prisioneros identificados con sus aprehensores. Eran aquellos ojos siniestros que atisbaban desde el exterior, aquellas inteligencias invisibles, sus armas, sus dispositivos de escucha adheridos a las paredes, sus voces falsamente insinuantes, lo que se convertía en el enemigo. Ella no quería identificarse con él ni con su especie, aunque estuvieran juntos hasta morirse de hambre, pero había cosas que sí podía hacer. Utilizar el «nosotros» en vez del «usted». Procurar no provocarlo. Intentar aliviar la tensión y, si ello era necesario, cocinar para él. Dijo:

—Puedo ver de qué disponemos. No tengo aquí muchos alimentos frescos, pero habrá huevos, conservas y pasta, y puedo preparar lo que había planeado para esta noche: unos espaguetis a la boloñesa.

Él dijo:

—Nada de cuchillos.

—Es difícil cocinar sin servirse de algún tipo de cuchillo. Necesitaré picar cebollas y también el hígado. En mi receta se incluye hígado trinchado.

—Pues arrégleselas sin cuchillo.

Espaguetis a la boloñesa. Un sabor fuerte. ¿Podría añadir algo a la salsa que lo incapacitara? En su pensamiento, hizo inventario del contenido de su botiquín, pero rechazó esta idea como carente de sentido común. No tendría semejante oportunidad. No era un necio. Pensaría también en eso. Y no comería nada que ella no compartiera con él. La anciana empezó a murmurar y Kate dijo:

—Tengo que hablar con ella.

—De acuerdo. Pero mantenga las manos en la espalda y tenga mucho cuidado.

Tenía que apoderarse de la pistola, pero no era éste el momento. Un movimiento sospechoso por su parte, y él apretaría el gatillo. Se acercó de nuevo a la silla e inclinó la cabeza. Su abuela susurró algo, y Kate dijo:

—Quiere ir al water.

—Mal asunto. Que se quede donde está.

Kate replicó airadamente:

—Oiga, no querrá que esto huela a mil diablos durante toda una hora. Y no digamos en el coche... Yo soy remilgada en estas cosas, si usted no lo es. Déjeme acompañarla. ¿Qué peligro puede haber en ello?

De nuevo hubo unos momentos de silencio mientras él reflexionaba.

—Está bien. Desátela. Pero deje la puerta abierta, y recuerde que yo la estaré vigilando.

Kate necesitó todo un minuto para aflojar aquellos nudos tan apretados, pero finalmente las tiras de tela se aflojaron y su abuela cayó entre sus brazos. Ella la enderezó, asombrada por el poco peso de su cuerpo, tan frágil como el de un pájaro. Sosteniéndola amorosamente y mur-

murándole palabras de aliento, como si se tratara de una niña, Kate la llevó casi en brazos hasta el baño. Sosteniéndola con un brazo, le bajó las bragas y la colocó en el asiento, consciente de la presencia de él, situado junto a la pared del pasillo, a menos de dos metros de distancia, con la pistola apuntando a su cabeza. Su abuela murmuró:

—Nos matará.

—Nada de eso, abuela. ¡Claro que no nos matará!

La anciana lanzó una mirada de odio más allá del hombro de Kate y susurró:

—Se ha estado bebiendo tu whisky, el muy caradura.

—Ya lo sé, abuela, pero eso no importa. Es mejor que no hablemos ahora.

—Nos pegará un tiro a las dos. Lo sé. —Y añadió—: Tu padre era policía.

¡Un policía! Kate tuvo ganas de echarse a reír a carcajadas. Era extraordinario enterarse de ello ahora. Sin dejar de amparar el cuerpo de su abuela con el suyo, preguntó:

—¿Y por qué no me lo dijiste?

—Nunca me lo preguntaste. Además, de nada hubiera servido decirlo. Murió antes de que nacieras tú, en un accidente de coche, mientras perseguía a un criminal. Y tenía esposa y dos hijos pequeños. Poca cosa para ellos la pensión de un policía, y sólo hubiera faltado que te añadieras tú.

—Por lo tanto, ¿él nunca supo de mí?

—Así es. Y de nada servía decírselo a su mujer. Nada podía hacer ella al respecto. Más dolor y más problemas...

—Y por tanto te cargaron el paquete a ti. ¡Pobre abuela! No te he servido de gran cosa.

—Te has portado bien. No peor que cualquier otra hija. Nunca me sentí tranquila contigo. Siempre me sentí culpable.

—¿Tú culpable? ¿Y por qué?

—Cuando murió tu madre, deseé que hubieras muerto tú.

Por tanto, ésta había sido la raíz de todo aquel distanciamiento. Sintió una oleada de dicha. Allí, acurrucada junto a la taza de un water, con una pistola que apuntaba a su cabeza, con la muerte acaso a unos segundos de distancia, era capaz de echarse a reír. Rodeó con su brazo a la anciana para ayudarla a levantarse, y después la dejó descansar apoyada en ella mientras le subía las bragas. Dijo:

—Pero eso es lógico. Era natural. Era lo que correspondía. Ella era tu hija. Tú la querías. Claro que habías de desear que fuese yo quien muriera, si una de las dos había de hacerlo.

Pero no pudo decidirse a decir: Hubiera sido mejor que muriese yo.

Su abuela murmuró:

—Todos estos años, eso me ha estado torturando.

—Pues deja ya de torturarte. Tenemos aún muchos años por delante.

Y entonces oyó la pisada de él cuando avanzó hasta el umbral de la puerta, notó su aliento en la nuca. Él dijo:

—Fuera de aquí y empiece a preparar esa comida.

Pero había algo que ella necesitaba preguntar. Durante más de veinte años no lo había preguntado, ni siquiera le había importado, pero ahora, sorprendentemente, había adquirido importancia. Ignorando la presencia de él, dijo a su abuela:

—¿Estaba contenta ella conmigo? Mi madre, quiero decir...

—Creo que sí. Antes de morir dijo: «Mi dulce Kate». Así es como te llamaba.

Por lo tanto, había sido así de sencillo, así de maravilloso.

La voz de él graznó con impaciencia:

—He dicho que largo de aquí. Llévesela a la cocina. Átela a una de las sillas, contra la pared y junto a la puerta. Quiero apuntar a su cabeza con la pistola mientras usted prepara la comida.

Le obedeció, recogiendo las tiras de la sábana de la sala de estar y atando con cuidado las muñecas de su abuela a su espalda, tan flojamente como pudo, procurando no hacerle el menor daño. Con los ojos fijos en los nudos, dijo:

—Oiga, hay algo que debo hacer. Tengo que telefonear a mi novio. Vendrá a cenar a las ocho.

—No importa. Que venga. Para entonces, ya nos habremos marchado.

—Sí que importa. Si encuentra el apartamento vacío, sabrá que ocurre algo extraño y avisará a la policía. Tenemos que impedir que venga.

—¿Y cómo sé yo que ha de venir?

—Encontrará sus iniciales en ese tablón detrás de usted.

Se alegraba ahora de que, entregada a la tarea que supuso instalar a su abuela, hubiera telefoneado a Alan para cancelar su cita y hubiese olvidado tachar las iniciales escritas con lápiz y la fecha. Dijo:

—Oiga, tenemos que llegar a Chichester antes de que nadie se entere de que nos hemos marchado. No le sorprenderá que anule su visita. La última vez que estuvo aquí nos tiramos los platos a la cabeza.

En silencio, él consideró la cuestión, y después dijo:

—Está bien. ¿Cómo se llama y cuál es su número?

—Alan Scully, y trabaja en la Biblioteca Teológica Hoskyns. Todavía no se habrá marchado. Los jueves se queda hasta más tarde.

Él dijo:

—Llamaré desde la sala. Usted se quedará junto a la pared. No se acerque al teléfono hasta que yo se lo diga. ¿Cuál es el número?

Ella le siguió hasta la sala de estar. Él le señaló que se colocara contra la pared, a la izquierda de la puerta, y después se dirigió hacia el teléfono, instalado en un mueble junto a la pared, con el contestador automático a su lado y dos listines telefónicos bien apilados debajo de él. Kate se preguntó si correría el riesgo de dejar la huella de la palma de su mano, pero, como si este pensamiento le hubiera sido transmitido, sacó un pañuelo del bolsillo y con él envolvió el receptor. Después preguntó:

—¿Quién contestará? ¿Ese Scully o su secretaria?

—A esta hora, él. Estará solo en su oficina.

—Esperemos que sea así. Y no intente ninguna jugarreta, pues si lo hace le pegaré un tiro, y después otro a esa vieja bruja. Y tal vez no muera enseguida. Usted sí, pero ella no. Tal vez me divierta antes con ella, encendiendo la estufa eléctrica y aplicándole la mano a la placa encendida. Piense en esto, si es que siente la tentación de pasarse de lista.

Ella no podía creer que, incluso ahora, él fuese capaz de semejante cosa. Era un asesino, pero no un torturador. Sin embargo, las palabras, el horror de la imagen que evocaban, la hicieron estremecerse. Y la amenaza de muerte era real. Había matado ya a tres hombres. ¿Qué tenía que perder? Preferiría contar con un rehén vivo, preferiría que ella condujera el coche, contar con la ayuda de un par de manos en el barco. Pero si era necesario matar lo haría, confiando en que él se encontraría ya muy lejos cuando los cadáveres fuesen descubiertos.

Y entonces él dijo:

—¿Y bien? ¿Qué número es?

Ella se lo dio y esperó, con el corazón al galope, mientras él marcaba. La llamada había de recibir una rápida respuesta. Él no habló, pero, cuando aún no habían pasado cuatro segundos, alargó el receptor y ella se adelantó y se lo arrebató de la mano. Empezó a hablar en voz muy alta, rápidamente, desesperadamente dispuesta a sofocar toda pregunta y también toda respuesta.

—¿Alan? Soy Kate. De lo de esta noche nada. Es que estoy muy cansada, he pasado un día infernal y estoy harta de cocinar para ti cada vez que nos vemos. Y no me telefonees. Ven mañana, si te apetece. Tal vez puedas llevarme a algún sitio, para variar. Y oye, Alan, acuérdate de traerme aquel libro que me prometiste. *Trabajos de amor perdidos*, de Shakespeare, por favor. Nos veremos mañana. Y acuérdate del Shakespeare.

Colgó de golpe. Descubrió entonces que estaba conteniendo el aliento y lo dejó escapar, suave y silenciosamente, temiendo que él observara aquella descarga de tensión. ¿Habían resultado sus palabras aunque fuesen remotamente creíbles? A ella, el mensaje le parecía obviamente falso. ¿Podía haberle engañado a él? Pero, después de todo, él no conocía a Alan, ni la conocía a ella. Bien podía ser aquella conversación típica de su manera de hablarse. Le dijo:

—Todo conforme. No vendrá.

—Más le vale.

Con un gesto, le ordenó que regresara a la cocina y él volvió a situarse detrás de su abuela, de nuevo con la pistola apuntándole a la cabeza.

—Tiene vino, ¿verdad?

—Debe de saberlo ya. —Pues ha registrado mi mueble bar.

—Es cierto. Tomaremos el Beaujolais. Y nos llevaremos el whisky y media docena de botellas del rosado. Tengo la impresión de que necesitaré alcohol antes de atravesar el canal.

¿Cuál podía ser su experiencia como marino?, se preguntó ella. ¿Y qué clase de embarcación era el *Mayflower*? Stephen Lampart la había descrito, pero ahora no conseguía recordarlo. ¿Y cómo podía él estar seguro de que el barco estaría repostado y a punto para hacerse a la mar, y que las mareas serían las adecuadas? ¿O había franqueado ya las fronteras de la razón, o de una precaria cordura, para sumirse en unas fantasías en las que incluso las mareas funcionaran a su antojo?

Él inquirió entonces:

—Bien, ¿se dispone o no a trabajar? No tenemos mucho tiempo.

Ella sabía que cada acción había de ser lenta, delibe-rada, nunca intimidante y que cualquier movimiento re-pentino podía resultar fatal. A continuación dijo:

—Ahora bajaré una sartén de este estante, el más alto. Después necesitaré la carne de buey picada y el hígado, que están en la nevera, y un bote de salsa de tomate y las hierbas, que sacaré de ese armario a mi derecha. ¿Esta-mos?

—No necesito que me dé una lección de cocina. Y recuerde que nada de cuchillos.

Al comenzar sus preparativos, ella pensó en Alan. ¿Qué estaría haciendo? ¿Qué estaría pensando? ¿Se que-daría inmóvil unos momentos, reflexionando, llegando a la conclusión de que ella estaba bebida, histérica o loca, para volver después a sus libros? ¡Pero no podía hacer tal cosa! Debía saber que ella no podía estar afectada por nin-guna de estas cosas, y que si se volvía loca no lo haría de esta manera. Pero era imposible imaginarle emprendien-do una acción real, llamando al Yard, preguntando por el comandante Dalgliesh. Le parecía que esperaba de él que representara un papel tan distante de él como lo sería para ella asumir el trabajo de él, catalogar su biblioteca. Pero, seguramente, la referencia a *Trabajos de amor perdido* ha-bía sido inconfundible. Sin duda adivinaría que ella trata-ba de darle un mensaje urgente, que se encontraba bajo una coacción. No podía haber olvidado su conversación sobre Berowne, el noble cortejador. Pensó: «Lee los pe-riódicos, tiene que saber que estas cosas ocurren. No pue-de desconocer la clase de mundo en que vivimos.» Y nor-malmente ella jamás le hablaría en esos términos, con ese tono de voz. La conocía lo suficiente como para estar se-guro de ello. ¿Y si no era así? Llevaban más de dos años amándose satisfactoriamente. No había en el cuerpo de ella nada que a él no le fuese familiar, tal como el suyo lo era para ella. ¿Desde cuándo esto significaba que dos per-sonas se conocían mutuamente?

De pie junto a la pared, con la pistola todavía apoyada en la cabeza de su abuela, Swayne mantenía los ojos clavados en ella, mientras Kate sacaba el paquete de carne picada y el de hígado de la nevera, para llenar la sartén. Dijo:

—¿Ha estado alguna vez en California?

—No.

—Es el único lugar donde se puede vivir. Sol. Mar. Luz radiante. Personas que no son grises ni están asustadas o medio muertas. A usted no le agradaría. No es lugar para usted.

Ella preguntó:

—¿Y por qué no regresa allí?

—No me lo puedo permitir.

—¿El billete de avión o el gasto que supone vivir allí?

—Ni una cosa ni la otra. Mi padrastro me paga para mantenerme alejado. Perdería mi paga si regresara.

—¿Y no podría conseguir un empleo?

—Sí, pero entonces tal vez perdiera otra cosa. Hay una pequeña historia con el Seurat de mi padrastro.

—Un cuadro, ¿no? ¡Qué hizo con él?

—Muy lista. ¿Cómo lo sabe? No creo que la historia del arte figure en el currículum de la policía, ¿verdad?

—¿Qué hizo con el cuadro?

—Lo atravesé varias veces con un cuchillo. Quería estropear algo que él estimase. En realidad, no es que lo tuviera en gran estima, pero sí el dinero que le costó. De todos modos, no hubiera sido muy acertado clavarle el cuchillo a mamá, ¿no cree?

—¿Qué pasa con su madre?

—Bien, ella se lleva bien con mi padrastro. Ha de hacerlo, más o menos. Él es quien tiene el dinero. De todos modos, ella nunca se ha preocupado mucho por los chiquillos, al menos no por los suyos. Barbara es demasiado hermosa para ella; en realidad, no le gusta. La razón es que teme que a mi padrastro pueda gustarle demasiado.

—¿Y usted?

—Ninguno de los dos quiere saber nada de mí. Nunca. Ni este padrastro, ni el anterior. Pero sabrán de mí. Ya lo creo.

Ella pasó la carne picada del envoltorio a la sartén y empezó a removerla con una espátula. Manteniendo tranquila la voz, como si aquello fuese una cena corriente y él un invitado corriente, dijo, dominando el chisporroteo de la carne que salteaba:

—En realidad, a esto habría que añadirle cebolla.

—Déjese de cebollas. ¿Y su madre?

—Mi madre está muerta y yo nunca conocí a mi padre. Soy bastarda.

Es mejor que se lo diga, pensó. Podía despertar alguna emoción: curiosidad, compasión, desprecio. No, compasión no. Pero incluso el desprecio sería algo. El desprecio era una respuesta humana. Si habían de sobrevivir, tenía que establecer alguna relación que no fuese la de miedo, odio o conflicto. Pero cuando él habló, en su voz sólo hubo una tolerancia divertida.

—¿Es una de ésos? Todos los bastardos están llenos de complejos. Y sé lo que digo. Le contaré algo acerca de mi padre. Cuando yo tenía once años pidió que me hicieran un análisis de sangre. Vino un médico y me clavó una aguja en el brazo. Yo veía cómo mi sangre llenaba la jeringa. Me quedé aterrorizado. Lo hizo para demostrar que yo no era su hijo.

Ella afirmó con toda sinceridad:

—Una cosa terrible para hacérsela a un niño.

—Es que él era un hombre terrible. Pero me desquité. ¿Y por eso es usted policía, para vengarse de los demás?

—No, sólo para ganarme la vida.

—Hay otras maneras. Pudo haber sido una honrada puta. De ésas no hay las que harían falta.

—¿Son ésas las mujeres que a usted le gustan, las putas?

—No, lo que a mí me gusta no es tan fácil de encontrar. La inocencia.

—¿Como Theresa Nolan?

—¿De modo que está enterada? Yo no la maté. Se mató ella.

—¿Porque usted la obligó a abortar?

—Bien, difícilmente podía ella esperar tener el niño, ¿no le parece? ¿Y cómo está tan segura de que era mío? Nadie puede tener esa seguridad. Si Berowne no se acostaba con ella, deseaba hacerlo. ¡Vaya si lo deseaba! ¿Por qué, si no, me arrojó a aquel río? Yo hubiese podido hacer mucho por él, le hubiese podido ayudar si me lo hubiera permitido. Pero no podía dignarse siquiera hablar conmigo. ¿Quién se creía que era? Iba a dejar a mi hermana, nada menos que a mi hermana, por aquella triste puta suya, o por su Dios. ¿A quién diablos puede importarle por cuál? Se disponía a vender su casa, a sumirnos en la pobreza y el menosprecio. Me humilló delante de Diana. Pues bien, eligió un mal enemigo.

Su voz seguía siendo baja, pero a ella le pareció como si llenara toda la habitación, cargada de ira y de triunfo.

Pensó. «Bien puedo hacerle preguntas al respecto. Querrá hablar. Siempre lo hacen.» Y le habló con indiferencia, mientras vertía la salsa de tomate en la sartén y alargaba la mano hacia el tarro de las especias.

—Sabía usted que él estaría en aquella sacristía. No podía haber salido de su casa sin decir dónde se le podía encontrar, sobre todo existiendo la posibilidad de que le llamara un hombre que se estaba muriendo. Dijo usted a la señorita Matlock que nos mintiera, pero ella sabía dónde estaba y se lo contó.

—Él le dio un número de teléfono. Yo sospeché que era el número de la iglesia, pero llamé a información y el número que me dieron para Saint Matthew era el mismo que él le había dejado a Evelyn.

—¿Y cómo fue de Campden Hill Square a la iglesia? ¿En taxi? ¿En coche?

—En bicicleta, su bicicleta. Cogí la llave del garaje, que estaba en la alacena de Evelyn. Halliwell se había marchado ya, dijera lo que dijese después a la policía. Tenía las luces apagadas y el Rover no estaba. No utilicé el Golf de Barbie. Demasiado llamativo. Una bicicleta era igual de rápida y yo podía esperar entre la sombra hasta que la carretera estuviera despejada, y largarme pedaleando de firme. Y no la dejé ante la iglesia, donde alguien pudiera verla. Le pedí a Paul si podía entrarla y dejarla en el pasillo. Hacía buena noche y por tanto no tenía que preocuparme por huellas de barro de los neumáticos en el suelo. Como puede ver, pensé en todo.

—En todo, no. Se llevó las cerillas.

—Pero las volví a dejar en el mismo sitio. Las cerillas no demuestran nada.

Ella dijo:

—Y él le dejó entrar, a usted y su bicicleta. Esto es lo que me parece extraño, que se lo permitiera.

—Es más extraño de lo que se imagina. Mucho más extraño. No lo advertí entonces, pero sí ahora. Él sabía que yo iría allí. Me estaba esperando.

Kate sintió un estremecimiento causado por un horror casi supersticioso. Tuvo ganas de gritar. ¡Pero él no podía saberlo! ¡No es posible!

Dijo:

—¿Y Harry Mack? ¿Tenía que matar forzosamente a Harry Mack?

—Claro. Fue mala suerte para él que entrase allí. Pero mejor está muerto, pobre diablo. No se preocupe por Harry. Le hice un favor.

Volviendo la cara hacia él, le preguntó:

—¿Y Diana Travers? ¿También la mató?

Sonrió con malicia y pareció mirar a través de ella, como si reviviera un placer secreto.

—No necesité hacerlo. Las hierbas lo hicieron en mi lugar. Me metí en el agua y miré cómo se zambullía ella. Hubo como un destello blanco que se hundió en el superficie. Y después se quedó allí y no se vio nada más, excepto aquella líquida oscuridad. Entonces esperé, contando los segundos. Y de pronto, muy cerca de mí, surgió una mano del agua. Sólo una mano, pálida, carente de cuerpo. Fue algo pavoroso. Así. Mire, así.

Levantó la mano izquierda, con los dedos muy separados. Ella pudo ver los tendones, tensos bajo la piel blanca como la leche. No dijo una sola palabra. Lentamente, él relajó los dedos y dejó caer el brazo. Dijo:

—Y entonces también ésta desapareció. Y yo esperé, contando todavía los segundos. Pero no pasó nada, ni siquiera se formaron ondas.

—¿Y echó a nadar, dejando que ella se ahogara?

Los ojos de él volvieron a enfocarla como haciendo un esfuerzo, y ella oyó de nuevo en su voz la carga de odio y triunfo.

—Se rió de mí. Nadie puede hacer tal cosa. Nadie más volverá a hacerlo.

—¿Y qué sintió después, sabiendo lo que había hecho en aquella sacristía, aquella carnicería, toda aquella sangre?

—En estos casos se necesita una mujer y yo tenía una a mano. No era lo que yo hubiese elegido, pero hay que arreglárselas con lo que se pueda. Fue una idea brillante también. Yo sabía que después ella nunca se doblegaría.

—La señorita Matlock. La utilizó en más de un sentido.

—No más que los Berowne. Ellos creen que ella les sirve devotamente. ¿Y sabe por qué? Porque nunca se han molestado en preguntarse qué piensa ella en realidad. Tan eficiente, tan dedicada. Casi como si fuera de la familia, excepto, claro está, que no lo es. Nunca lo ha sido. Ella los odia. No lo sabe en realidad, todavía no lo sabe, pero los odia y un día despertará y se dará cuenta. Como yo. Esa vieja bruja asquerosa, lady Ursula. La he visto procurar no sentirse rebajada cuando Evelyn la toca.

—¿Evelyn?

—Mattie. Sepa que ella tiene un nombre. Pero ellos le encontraron un apodo, como si se tratara de un gato o de un perro.

—Si han estado abusando de sus servicios durante años, ¿por qué no se marchó?

—Demasiado atemorizada. Estaba ida. Cuando alguien pasa una temporada en una de esas granjas de la protección y el padre es un asesino, la gente se vuelve suspicaz. Ya no se atreven a confiar a esas personas el cuidado de sus preciosos hijos o dejarlas andar por sus cocinas. Los Berowne la tenían bien segura, allí donde querían tenerla, ya lo creo. ¿Por qué habían de pensar, si no, que a ella le entusiasmaba cuidar a aquella vieja egoísta, lavarla por debajo de sus tetas caídas como pellejos? ¡Espero no llegar a viejo!

Ella dijo:

—Llegará. Allí donde va a ir, le cuidarán debidamente. Una dieta saludable, ejercicio diario, bien seguro durante la noche. Llegará a viejo, sin lugar a dudas.

Él se echó a reír.

—Pero no me matarán, ¿verdad que no? No pueden hacerlo. Y volveré a salir. Curado. La sorprendería saber con qué rapidez me curarán.

—No, si mata a una oficial de policía.

—Esperemos que no sea necesario, pues. ¿Cuándo estará lista esa comida? Tengo ganas de ponerme en marcha.

Ella contestó:

—Pronto. Ya no puede tardar mucho.

La cocina empezaba a llenarse del sabroso olor de la salsa. Cogió el paquete de la pasta y sacó de él un puñado de espaguetis. Los partió y los leves chasquidos le parecieron insólitamente fuertes. Pensó: Si Alan ha telefoneado a la policía, pueden estar ya ahí afuera, perforando la pared, mirando, vigilando, escuchando. Se preguntó cómo procederían. ¿Telefonearían y comenzarían el largo proceso de negociación? ¿Irrumpirían de golpe? Probablemente, ninguna de las dos cosas. Mientras él ignorase su presencia, vigilarían y escucharían, sabiendo que más tarde o más temprano él saldría del apartamento con sus dos rehenes. Esto les ofrecería la mejor oportunidad para reducirlo a la impotencia. Si es que estaban allí. Si es que Alan había actuado.

De pronto, él dijo:

—Dios, este lugar es de lo más patético. Usted no puede verlo, ¿verdad? Cree que está muy bien. No, cree que está mejor incluso. Cree que en realidad es algo. Se siente orgullosa de él, ¿verdad? Un buen gusto aburrido, ortodoxo, horrible, convencional. Seis tazas espantosas colgadas de sus pequeños ganchos. No necesita nada más, ¿verdad? Con seis personas ya basta. No puede venir nadie más porque no habría taza para él. Y lo mismo en la alacena. Le he echado un vistazo y lo sé. Seis de cada cosa. Nada roto. Nada desportillado. Todo muy bien ordenado. Seis platos corrientes, seis de postre y seis soperos. Me ha bastado con abrir ese armario que hay detrás de mí para saber cómo es usted. ¿Nunca le entran ganas de dejar de contar la vajilla y empezar a vivir?

—Si por empezar a vivir se refiere a jaleo y violencia, no, no tengo ganas. Ya tuve bastante de eso cuando era una cría.

Sin mover la pistola, alargó la mano izquierda y levantó el pestillo de la alacena. Después sacó los platos corrientes, uno por uno, y los colocó sobre la mesa. Dijo:

—¿Verdad que no parecen reales? No parece que hayan de romperse.

Levantó uno de los platos y lo golpeó contra el borde de la mesa. Se partió limpiamente en dos. Después cogió el siguiente. Ella siguió cocinando tranquilamente mientras oía romper un plato tras otro, cuidadosamente, y cómo las dos mitades eran dispuestas ordenadamente sobre la mesa. La pirámide crecía. Cada golpe era como una pequeña detonación. Ella pensó: Si realmente la policía se encuentra aquí, si han instalado sus dispositivos de escucha, captarán estos ruidos y tratarán de identificarlos. El mismo pensamiento debió de ocurrírsele a él, que dijo:

—Es una suerte para las dos que no esté la bofia ahí afuera. Se preguntarían qué estoy haciendo y si entraran sería lamentable para esa vieja bruja. Los platos rotos no ensucian, pero no es posible colocar ordenadamente sangre y sesos encima de una mesa.

Ella le preguntó:

—¿Cómo lo hizo? ¿Cómo se las ingenió para sorprenderle? Tuvo que presentarse ante él medio desnudo, con la navaja en la mano...

Había hecho la pregunta para motivarle, para halagarle, pero lo que no esperaba era su respuesta. Brotó de él casi como si fuesen amantes y él hubiera estado anhelando hacer sus confidencias. Dijo:

—Pero ¿no lo comprende? ¡Él quería morir, maldito sea, quería morir! Prácticamente, lo pidió. Hubiera podido tratar de detenerme, de rogar, de discutir, de iniciar una pelea. Hubiera podido suplicar, pedir misericordia. «No, por favor, no lo hagas. ¡Por favor!» Eso era todo lo que yo quería de él. Por favor. Sólo esas dos palabras. El cura pudo decirlas, pero no Paul Berowne. Me miró con aquel menosprecio... Y después me volvió la espalda. ¡Le aseguro que me volvió la espalda! Cuando entré medio desnudo, navaja en mano, nos quedamos mirándonos el uno al otro. Él lo supo entonces. Claro que lo supo. Y yo no lo hubiera hecho si él me hubiese hablado, aunque fuese como a un ser medio humano. No le hice nada al niño. Puedo ser misericordioso. Y aquel niño está enfermo. Si sale de aquí con vida, haga algo por él, por el amor de Dios. ¿O es que no les importa, maldita sea?

Repentinamente, los ojos azules se habían vuelto luminosos. Ella pensó: Está llorando. En realidad, está llorando. Y lloraba en silencio, sin una mueca en la cara. Kate no sintió compasión, tan sólo una clara curiosidad. Apenas se atrevía a respirar, aterrorizada al pensar que la mano de él pudiera estremecerse, que se disparase el arma apoyada en la cabeza de su abuela. Podía ver los ojos de la anciana, agrandados y vidriosos como si ya estuviera muerta, su cuerpo rígido por el terror, sin osar parpadear a pesar de la presión del duro metal contra su cráneo indefenso. Entonces él recuperó el dominio de sí mismo y, con un sonido entre sollozos y risas, dijo:

—Debía de parecer un loco de atar. Desnudo, o casi, pues sólo llevaba puestos los calzoncillos. Y la navaja. Él debió de ver la navaja. Quiero decir que yo no la ocultaba, ni mucho menos. Por tanto, ¿por qué no me detuvo? Ni siquiera se mostró sorprendido. Lo natural era que se quedara aterrorizado. Era de suponer que tratara de impedirlo. Pero él sabía a qué había ido yo allí. Sólo me miró como diciendo: «¿Así que eres tú? Es extraño que hayas de ser tú.» Como si yo no tuviera otra opción. Tan sólo un instrumento. Insensato. Pero yo sí tenía opción. Y él también la tenía. ¡Dios, pudo haberme detenido! ¿Por qué no lo hizo?

Ella dijo:

—No lo sé. No sé por qué no le detuvo. —Y acto seguido preguntó—: Ha dicho que no le hizo nada al niño. ¿Qué niño? ¿Es que ha hablado con Darren?

Él no contestó. Seguía mirándola fijamente, pero era como si no la viese, súbitamente remoto como si hubiera entrado en un mundo privado. Y después dijo, con una voz tan fría, tan preñada de amenaza, que ella apenas pudo reconocerla:

—Aquel mensaje sobre *Trabajos de amor perdido*, de Shakespeare. Era un código, ¿verdad?

Exhibió una siniestra sonrisa de satisfacción y ella pensó: Dios mío, lo sabe y le alegra saberlo. Ahora tiene la excusa que él quiere, la excusa para matarnos. Su corazón empezó a latir con fuerza, como un animal que saltara y rebotara contra su pecho, pero consiguió mantener firme su voz:

—Claro que no. ¿Cómo iba a serlo? ¿De dónde ha sacado semejante idea?

—De su librería. La examiné brevemente mientras exploraba el piso antes de que regresara. Tiene sus pequeñas ambiciones, ¿verdad? Todos los aburridos mamotretos de siempre, los que la gente se cree obligada a tener cuando intentan causar cierta impresión. ¿O es que su amiguito trata de educarla? Le va a costar lo suyo. Sea como fuere, tiene usted un Shakespeare.

Kate respondió con firmeza, a través de unos labios que parecían haberse hinchado y resecado al mismo tiempo:

—No era un código. ¿Qué código podía ser?

—Por su propio bien, espero que no lo fuese. No voy a dejarme acorralar en este agujero, con la policía afuera, esperando una excusa para entrar y liquidarme. Sería una operación limpia, sin preguntas embarazosas. Sé cómo actúan. Como ya no hay pena de muerte, se montan sus brigadas de ejecución. Pues bien, esto no va a funcionar conmigo. Por tanto, es mejor que rece para que salgamos de aquí sanos y salvos antes de que lleguen ellos. Oiga, puede dejar esa porquería. Nos vamos ahora mismo.

Dios mío, pensó ella, dice lo que piensa. Hubiera sido mejor no haber hecho nada, no haber telefoneado a Alan, habernos marchado del apartamento lo antes posible, confiar en la esperanza de estrellar el coche en cualquier parte. Y entonces, por un momento, pareció como si el corazón se le detuviera literalmente, y la invadió una espantosa frialdad. Había una diferencia en la habitación, en el piso. Algo había cambiado. Y supo enseguida de qué se trataba. El incesante ruido de fondo del tráfico a lo largo de la avenida, leve pero continuo, había cesado, y nada se movía en Ladbroke Road. La policía estaba desviando el tráfico. Ambas calles habían sido cerradas. No se arriesgaban a permitir una salida. El asedio había comenzado. Y de un momento a otro, también él se daría cuenta.

No me es posible soportarlo, pensó. Él nunca será capaz de hacer frente a un asedio. Ni yo tampoco. Tiene la intención de hacer lo que había dicho. Y apenas advierta que la policía está ahí afuera, nos matará. Tengo que apoderarme de esa pistola. Y debo hacerlo ahora.

Le dijo:

—Mire, esto ya está a punto. Lo he preparado todo. Será mejor que nos lo comamos. Sólo nos costará unos pocos minutos, y siempre será mejor que pararnos en pleno camino.

Hubo un momento de silencio y después él habló de nuevo, con una voz que parecía de hielo.

—Quiero ver ese Shakespeare. Vaya a buscarlo.

Con un tenedor, extrajo unos cuantos espaguetis de la sartén y los probó con dedos temblorosos. Sin mirar a su alrededor, dijo:

—Están casi en su punto. Oiga, yo estoy ocupada. ¿No puede ir a buscarlo usted mismo? Ya sabe dónde está.

—Vaya a buscarlo, si no es que quiere verse libre de este saco de huesos.

—Está bien.

Había de ser ahora.

Obligó a sus manos a inmovilizarse. Con los dedos de la izquierda se desabrochó los dos botones superiores de la blusa, como si en la cocina hiciera de pronto demasiado calor. La lonja de hígado se encontraba en el escurridor, frente a ella, sangrante bajo su envoltorio. Hundió las manos en ella, desgarrándola y triturándola, ensuciándoselas hasta quedar totalmente pringadas de sangre. Fue cuestión tan sólo de unos segundos. Y después, con un gesto instantáneo, se pasó una mano a través del cuello y dio media vuelta, con los ojos desorbitados y la cabeza echada hacia atrás, y tendió hacia él las manos bañadas en sangre. Sin esperar siquiera ver reflejado el terror en sus ojos, ni oír su exclamación entrecortada, semejante a un sollozo, se lanzó contra él y los dos cayeron al suelo. Oyó el golpe de la pistola contra el suelo al desprenderse de su mano, y después otro golpe más sordo cuando chocó contra la puerta.

Él se había entrenado. Era tan eficaz en combate como ella y estaba igualmente desesperado. Y era fuerte, mucho más fuerte de lo que ella esperaba. Con una repentina sacudida convulsiva se colocó sobre ella, su boca contra la suya, enfurecido como un violador, con su agrio aliento proyectado en la garganta de ella. Kate hundió la rodilla en su entrepierna, oyó un grito de dolor, apartó las manos de él de su garganta y deslizó sus manos ensangrentadas por el suelo, buscando la pistola. Después lanzó un grito de agonía cuando él le introdujo los pulgares en los ojos. Con los cuerpos entrelazados, ambos buscaban desesperadamente la pistola, pero ella no veía. Sus ojos eran estrellas danzantes de colores, y fue la mano derecha de él la que encontró el arma. El disparo estremeció el aire como una explosión. Después hubo otra explosión y la puerta del apartamento se abrió de par en par. Kate tuvo la extraña sensación de unos cuerpos masculinos que saltaban por el aire con los brazos extendidos, con pistolas empuñadas rígidamente, y después alzándose junto a ella como sombríos colosos. Alguien la levantaba. Hubo gritos, voces de mando, una exclamación de dolor. Y entonces vio a Dalgliesh en el umbral de la puerta, y avanzaba hacia ella, deliberadamente, poco a poco, como en una película a cámara lenta, pronunciando su nombre, y al parecer con el deseo de que ella sólo fijara sus ojos en él. Pero ella se volvió y miró a su abuela. Aquellos ojos hundidos todavía contenían la fijeza vidriosa del paroxismo del miedo. Los cabellos seguían colgando con sus mechas multicolores. En su frente, todavía seguía adherido el cuadrado de gasa. Pero allí no había nada más. Nada. La parte inferior de su cara había sido arrancada por el disparo. Y, atada a su silla de ejecución por las tiras de tela que la propia Kate había asegurado, ni siquiera podía caerse. Durante aquel segundo en el que ella pudo contemplarla, le pareció a Kate que aquella figura sentada clavaba en ella una mirada de apenado asombro, lleno de reproche. Después se encontró sollozando intensamente, enterrando la cara junto a la chaqueta de Dalgliesh, manchándola con sus manos ensangrentadas. Pudo oír que él murmuraba:

—Todo va bien, Kate. Todo va bien. Todo va bien.

Pero no era así. Nunca había sido así y jamás lo sería.

Dalgliesh seguía plantado allí, sosteniéndola entre sus fuertes brazos, en medio de las estruendosas voces masculinas, las órdenes, los rumores de forcejeo. Y entonces se apartó de él, pugnando por recuperar el dominio sobre sí misma, y vio por encima de su hombro a Swayne, centelleantes y triunfantes sus ojos azules. Estaba esposado. Un inspector al que ella no conocía lo arrastraba fuera de la habitación. Pero él se volvió para mirarla a ella, como si fuese la única persona allí presente. Después, con un movimiento de la cabeza, señaló hacia el cadáver de su abuela y dijo:

—Bien, ahora ya te has librado de ella. ¿No piensas darme las gracias?

SÉPTIMA PARTE

COLOFÓN

1

Massingham nunca había podido comprender por qué era tradicional que la policía asistiera al entierro de la víctima de un asesinato. Cuando el crimen todavía estaba sin resolver, ello podía tener cierta justificación, aunque él nunca había creído en la teoría de que el asesino tendía a exponerse a la vista del público sólo por la satisfacción de ver enterrar o incinerar los restos de su víctima. Profesaba, también, una aversión irrazonable a la cremación —a lo largo de generaciones, su familia había preferido saber dónde yacían los huesos de sus antepasados— y le disgustaba la música religiosa enlatada, una liturgia desprovista de gracia y de significado, y la hipocresía de tratar de dignificar un simple acto de higiénica eliminación con connotaciones falsas.

El funeral de la señora Miskin le permitió alimentar todos estos prejuicios, y se sintió todavía más disgustado cuando se procedió al ritual de examinar las coronas, una hilera patéticamente reducida de ofrendas florales junto a la pared del crematorio, y descubrió que una de ellas, particularmente espléndida, procedía de la brigada. Se preguntó a quién le habrían confiado la misión de comprarla y si aquel mensaje de pésame, más bien exagerado, iba dirigido a la señora Miskin, que no había de verlo, o a Kate, que no lo hubiera deseado. Pero, al menos, la ceremonia fue breve y, por suerte, coincidió con el extravagante funeral de una estrella pop en la capilla contigua, de modo que el interés del público y la prensa por su reunión, mucho más sobria, quedó misericordiosamente reducido.

Habían de regresar al apartamento de Lansdowne Road y, mientras esperaba a Dalgliesh en el coche, quiso suponer que Kate se habría ocupado de disponer los refrescos de rigor, pues necesitaba desesperadamente echar un trago. El acto parecía haber agriado también el humor de su jefe. Camino de Londres, en dirección sur, éste se mostró todavía menos comunicativo de lo que era su costumbre. Massingham dijo:

—¿Leyó aquel artículo del padre Barnes en uno de los suplementos dominicales, señor? Al parecer, asegura que en Saint Matthew ocurrió una especie de milagro, ya que Paul Berowne tenía estigmas en las muñecas después de la primera noche que pasó en aquella sacristía.

Los ojos de Dalgliesh estaban clavados en la carretera, frente a él.

—Lo leí.

—¿Y cree que es cierto?

—Más de una persona querrá que lo sea para llenar la iglesia en un futuro previsible. Han de poder comprar una alfombra nueva para la sacristía pequeña.

Massingham dijo:

—Me pregunto por qué lo hizo. Me refiero al padre Barnes, claro. No complacerá ni mucho menos a lady Ursula. E imagino que Berowne se habría disgustado mucho.

Dalgliesh repuso:

—Sí, se habría disgustado. O tal vez le hubiese divertido. ¿Cómo saberlo? En cuanto a la razón de que lo hiciera, incluso un clérigo, al parecer, dista de ser inmune a la tentación de convertirse en un héroe.

Recorrían ya Finchley Road cuando Massingham volvió a hablar.

—Con respecto a Darren, señor. Al parecer, finalmente su madre ha plegado velas. El consejo va a solicitar al Tribunal de Menores que cambie la orden de supervisión por otra de asistencia directa. Pobre pequeño, ha caído en manos del Estado asistencial con todo lo que esto significa.

Siempre con la vista fija en la carretera, Dalgliesh dijo:

—Sí, lo sé, el director de Servicios Sociales encontró tiempo para llamarme. Y mejor que sea así. Creen que padece leucemia.

—Mal asunto.

—Hay excelentes probabilidades de curación. La han pillado a tiempo. Ayer lo ingresaron en Great Ormond Street.

Massingham sonrió y Dalgliesh lo miró de soslayo:

—¿Qué es lo que le divierte, John?

—Nada, señor. Estaba pensando en Kate. Probablemente me preguntará si supongo seriamente que Dios permitió que mataran a Berowne y a Harry para que el pequeño Darren se curase de su leucemia. Fue Swayne, después de todo, el primero en indicar que el niño estaba enfermo.

Había sido un error y la voz de su jefe fue fría:

—Yo diría que esto significaría cierto empleo extravagante de los recursos humanos, ¿no cree? Vigile la velocidad, John, está rebasando el límite.

—Lo siento, señor.

Aflojó el pie en el acelerador y siguieron su camino en silencio.

2

Una hora más tarde, sosteniendo sobre una rodilla un plato con bocadillos de pepino, Dalgliesh pensó que todos los tés de los funerales a los que había asistido eran curiosamente semejantes por su mezcla de alivio, embarazo e irrealidad. Pero éste le despertó un recuerdo más intenso y más personal. Él tenía entonces trece años y había vuelto con sus padres a una granja de Norfolk tras haber oficiado su padre el funeral de un arrendatario local. Después, al ver a la joven viuda, con un vestido negro nuevo que no podía pagarse, ofreciendo a los asistentes las salchichas y bocadillos preparados en casa, insistiendo para que él tomara el pastel de fruta que ella sabía que era su predilecto, percibió por primera vez la sensación penosa y casi abrumadora de la tristeza en plena vida, y le maravilló la gracia con la que los pobres y los humildes sabían afrontarla. Nunca había pensado en la humildad relacionándola con Kate Miskin, y ésta nada tenía en común con aquella viuda de la granja y su desolado e incierto futuro. Pero cuando vio la comida servida, los bocadillos preparados antes de que ella se marchara para ir al crematorio, cubiertos después con papel de aluminio para mantenerlos frescos, el pastel de frutas, vio que eran casi exactamente los mismos alimentos y ello despertó en él la misma sensación compasiva. Supuso que a ella le había resultado difícil decidir qué era lo más apropiado servir, si alcohol o té. Se había decidido por el té y había acertado; era té lo que necesitaban.

Era un grupo reducido y curiosamente variopinto: un pakistaní que había sido vecino de su abuela y su bellísima esposa, ambos más a sus anchas en aquel funeral de lo que él suponía que hubieran estado en una fiesta, sentados los dos juntos con una discreta dignidad. Alan Scully ayudaba a servir las tazas, procurando vagamente pasar desapercibido. Dalgliesh se preguntó si procuraba no dar la impresión de tener derecho a tratar como propio aquel apartamento, pero después decidió que su interpretación era demasiado sutil. Aquél era, seguramente, un hombre al que no le importaba en absoluto lo que los demás pudieran pensar. Al observar a Scully mientras pasaba los platos, con aire inseguro, Dalgliesh recordó aquella sorprendente conversación telefónica, la persistencia con la que él había asegurado que sólo podía hablarle a él, la claridad del mensaje, la calma extraordinaria de su voz y, en especial, aquellas últimas e ilustrativas palabras.

—Y hay otra cosa. Hubo una pausa después de descolgar yo y antes de que hablara ella, y entonces me habló muy deprisa. Creo que en realidad otra persona marcó el número y después le pasó a ella el receptor. He estado reflexionando al respecto, y hay una sola interpretación que encaje con todos los detalles. Está sometida a alguna clase de amenaza.

Al observar el tipo desgarbado de Scully, con su metro noventa, los ojos amables tras las gafas con montura de concha, el rostro delgado y más bien agraciado, sus rubios cabellos largos y descuidados, pensó que parecía un amante poco indicado para Kate, si amante era. Y entonces captó la mirada que Scully dirigió a Kate mientras ésta hablaba con Massingham, especulativa, intensa, por un momento vulnerable en su abierto anhelo, y pensó: «Está enamorado de ella.» Y se preguntó si Kate lo sabía y en caso afirmativo, hasta qué punto le importaba a ella.

Fue Alan Scully el primero en marcharse, desvaneciéndose sutilmente, más que efectuando una decidida

retirada. Cuando también se despidieron los dos pakista-
níes, Kate guardó los platos y tazas del té en la cocina.
Hubo una sensación de anticlímax, el vacío usual e incómodo que se produce al final de toda ocasión vagamente
social. Ambos hombres se preguntaron si debían ofrecerse
para ayudarla a fregar todo aquello, o si Kate deseaba verse
libre de su presencia. Y entonces, de pronto, ella dijo que
le gustaría volver al Yard con ellos, y, ciertamente, no
parecía haber ninguna buena razón para que ella se quedara en casa.

Pero Dalgliesh se sintió un tanto sorprendido cuando ella le siguió hasta su despacho y se quedó frente a la
mesa, tan rígida como si la hubiera llamado para dirigirle
una reprimenda. La miró y vio que la confusión había arre-
bolado, casi manchado de rojo, su cara; después, ella dijo
con voz ronca:

—Gracias por haberme elegido para la brigada. He
aprendido mucho.

Estas palabras brotaron con dureza, sin la menor ob-
sequiosidad, lo cual le hizo comprender lo mucho que le
había costado decirlas. Le contestó afablemente:

—Siempre aprendemos. Eso es lo que a veces resulta
tan penoso.

Ella asintió como si diera la conversación por terminada y acto seguido se volvió y avanzó con paso firme hacia la puerta, pero de pronto dio media vuelta y gritó:

—¡Nunca sabré si yo quería que ocurriera de aquella
manera! Su muerte. Si yo fui la causante. Si la deseaba.
Nunca lo sabré. Ya oyó usted lo que me dijo Swayne: «¿No
piensas darme las gracias?» Él lo sabía. Usted le oyó.
¿Cómo podré estar nunca segura?

Él le dijo lo que era posible decir:

—Claro que no quería usted que ocurriera. Cuando
piense en ello con calma y sensatez, lo sabrá. Ahora tiende a sentirse parcialmente responsable. Todos lo hacemos
cuando perdemos a alguien a quien amamos. Es una cul-

pabilidad natural, pero no es racional. Hizo usted lo que creyó conveniente en aquel momento. Nadie puede hacer más. Usted no mató a su abuela. Lo hizo Swayne, y fue su última víctima.

Pero en un asesinato nunca había una víctima final. Ninguno de los afectados por la muerte de Berowne permanecía inalterado, ni él, ni Massingham, ni el padre Barnes, ni Darren, ni siquiera aquella patética solterona, la señorita Wharton. Esto Kate lo sabía perfectamente. ¿Por qué había de suponer que ella era distinta? Aquellas frases sonaron a falsas al pronunciarlas. Y había cosas que se encontraban más allá de su esfuerzo para tranquilizar. El pie de Berowne, clavado en el acelerador en aquella curva peligrosa; las manos ensangrentadas de ella, tendidas hacia el asesino. Pero ella era resistente, sabría encajar. A diferencia de Berowne, aprendería a aceptar y llevar su carga personal de culpabilidad, como también él había aprendido a llevar la suya.

3

La única experiencia de la señorita Wharton con un hospital de niños se remontaba a cincuenta años atrás, cuando ingresó en su pequeño hospital rural para que le extrajeran las amígdalas. Difícilmente podía Great Ormond Street estar más alejado de sus traumáticos recuerdos referentes a aquel hecho. Era como entrar en una fiesta infantil, con aquella sala tan llena de luz, de juguetes, de madres y de actividades felices, que era difícil creer que aquello era un hospital hasta ver las caras pálidas y las delgadas extremidades de los niños. Después se dijo a sí misma: «Pero están enfermos, todos están enfermos y algunos de ellos morirán. Nada puede evitarlo.»

Darren era uno de los que guardaban cama, pero estaba sentado, vivaracho y ocupado con un rompecabezas en una bandeja. Dijo con satisfacción y dándose importancia:

—Uno se puede morir con lo que yo tengo. Me lo dijo uno de los niños.

La señorita Wharton casi gritó para expresar su protesta:

—¡Oh, Darren, no, no! ¡Tú no vas a morirte!

—Supongo que no. Pero podría morirme. Ahora estoy con unos padres adoptivos. ¿Se lo han dicho ya?

—Sí, Darren, y eso es maravilloso. ¡Me alegro tanto por ti! ¿Eres feliz con ellos?

—Son muy buenos. El tío me llevará a pescar cuando salga de aquí. Vendrán algo más tarde. Y tengo una bicicleta..., una Chopper.

Sus ojos estaban ya clavados en la puerta. Apenas la había mirado desde que llegó y, mientras ella avanzaba hacia su cama, pudo captar en su cara un curioso embarazo de adulto, y de pronto ella se vio a sí misma como la veía él, una anciana patética y bastante ridícula, portadora de su obsequio: una violeta africana en un pequeño tiesto.

—Te echo de menos en Saint Matthew, Darren —le dijo ella.

—Sí. Bueno, creo que ahora ya no tendré tiempo para aquello.

—Claro que no. Estarás con tu familia adoptiva. Lo comprendo.

Tuvo ganas de añadir: «Pero pasamos momentos felices juntos, ¿no es así?» Pero se abstuvo. Se parecía demasiado a una súplica humillante en busca de algo que ella sabía que el niño no podía darle.

Había traído la violeta porque le pareció más manejable que un ramo de flores, pero él apenas le dirigió una mirada y ahora, al contemplar ella la sala llena de juguetes, se preguntó cómo pudo haber imaginado que aquello fuera un regalo apropiado. Él no lo necesitaba, y tampoco la necesitaba a ella. Pensó: Se siente avergonzado de mí. Quiere desembarazarse de mí antes de que llegue ese nuevo tío. Y el pequeño apenas pareció advertirlo cuando ella le dijo adiós y se retiró, entregando la violeta a una de las enfermeras, camino de la salida.

Tomó el autobús hasta Harrow Road y se dirigió a pie a la iglesia. Tenía allí mucho quehacer. Hacía tan sólo dos días que había vuelto el padre Barnes, rehusando un período de convalecencia, pero el número de servicios y el de asistentes a ellos había aumentado desde aquel artículo en el periódico acerca de un milagro, y habría aquella tarde una larga fila de penitentes en espera de confesión, después de las vigilias. Saint Matthew ya nunca volvería a ser lo mismo. Se preguntó hasta cuándo habría allí un lugar para ella.

Ésta era la primera vez que iba sola a la iglesia desde el asesinato, pero en su sensación de congoja y soledad apenas notó la menor aprensión cuando trató de meter la llave en la cerradura y descubrió, tal como había ocurrido aquella terrible mañana, que no podía introducirla. La puerta, como entonces, no estaba cerrada con llave. La empujó, con el corazón latiéndole fuertemente, y llamó:

—Padre, ¿está usted aquí? ¿Padre?

Una mujer joven salió de la sacristía pequeña. Era una muchacha corriente, respetable, en absoluto inquietante, que llevaba una chaqueta y un pañuelo azul en la cabeza. Al observar el pálido semblante de la señorita Wharton, dijo:

—Lo siento. ¿La he asustado?

La señorita Wharton logró mostrar una débil sonrisa.

—No es nada. Sólo que no esperaba ver a nadie aquí. ¿Ha encontrado lo que buscaba? El padre Barnes todavía tardará otra media hora.

—No, no busco nada —contestó la joven—. Yo era amiga de Paul Berowne. Sólo quería visitar la sacristía pequeña, estar un rato sola allí. Quería ver dónde ocurrió, donde murió él, y ya me marcho. El padre Barnes dijo que devolviera la llave en la vicaría, pero tal vez pueda dársela a usted, puesto que ya está aquí.

Se la tendió y la señorita Wharton la cogió. Después vio que la joven se dirigía hacia la puerta. Cuando llegó junto a ella, se volvió y dijo:

—El comandante Dalgliesh tenía razón. Es sólo una habitación, una habitación perfectamente corriente. Aquí no había nada, nada que ver.

Y dicho esto se marchó. La señorita Wharton, todavía temblorosa, cerró la puerta exterior, recorrió el pasillo hasta la reja y contempló, a través de la iglesia, el rojo resplandor de la lámpara del santuario. Pensó: Y esto también es una lámpara corriente, de bronce pulimentado y con un vidrio rojo. Es posible desmontarla, limpiarla y llenarla con aceite corriente. Y las hostias consagradas detrás de la cortina corrida, ¿qué son? Tan sólo delgados discos transparentes de harina y agua, que vienen bien protegidos en cajitas, a punto para que el padre Barnes los coja entre sus manos y diga sobre ellos las palabras que los convertirán en Dios. Pero en realidad no se convertían. Dios no estaba allí, en aquella pequeña hornacina detrás de la lámpara de bronce. Ya no estaba en la iglesia. Como Darren, se había marchado. Después recordó lo que el padre Collins había dicho en un sermón, la primera vez que ella fue a Saint Matthew: «Si descubres que ya no crees, compórtate como si todavía lo hicieras. Si sientes que no puedes rezar, sigue diciendo las palabras.» Se arrodilló en el duro suelo, aferrándose con ambas manos a la reja de hierro y dijo las palabras con las que siempre comenzaba sus plegarias privadas: «Señor, no soy digna de que tú entres en mi casa, pero una palabra tuya bastará para sanarme.»

ÍNDICE